史詩時代的
抒情聲音

二十世紀中期的中國知識分子與藝術家

The Lyrical in Epic Time

Modern Chinese Intellectuals and Artists Through the 1949 Crisis

王德威　David Der-wei Wang

目錄

致謝

　　《史詩時代的抒情聲音》一書承蒙多位學者、同仁、學生提供資料及批評意見，謹此致謝。柯慶明、陳國球、鄭毓瑜、蔡宗齊、黃英哲、廖肇亨、楊小濱、張松建等教授在不同階段參與討論辯難；廖靜文女士、費明儀女士、徐慶平院長、臺益公教授、沈龍朱先生，馮葉女士等惠賜圖像及文字資料，尤其銘感於心。

　　本書各章由分別由以下學者翻譯，衷心表達謝忱。各篇譯文均已大幅改寫，論述及註解資料亦有多處增訂，謹此說明。

引言：涂航先生，哈佛大學東亞系博士候選人

導論：余淑慧教授，國立政治大學

第一章：陳婧褀教授，Middlebury College

第二章：余淑慧教授，國立政治大學

第三章：宋明煒教授，Wellesley College

第四章：呂淳鈺教授，William and Mary College

第五章：楊小濱教授，中央研究院

第六章：楊小濱教授，中央研究院

第七章：陳思齊教授，國立臺北大學

第八章：蔡建鑫教授，University of Texas, Austin

尾聲：涂航先生，哈佛大學東亞系博士候選人

陳婧裬、高嘉謙、宋明煒教授、應磊女士，胡金倫、李浴洋、鍾秩維、楊富閔、涂航、張博實先生參與校對，特此致謝。

台灣大學高嘉謙教授為此書中文版最重要的推手，從聯絡翻譯到編輯策劃均全力以赴；師生之誼，無過於此。東華大學劉秀美教授仔細校對全書並提出許多修訂建議；中文版論述及註解遠較英文版完備，劉教授應居首功。

麥田出版公司林秀梅總編輯、林怡君女士、張桓瑋先生、江灝先生及其他同仁執行編輯工作，專業知識與細心態度在在值得敬佩。城邦出版集團總經理兼麥田出版發行人凃玉雲女士、麥田出版公司陳逸瑛總經理、劉麗真編輯總監熱情支持本書及其他拙作出版，在此一併致謝。本書出版獲得哈佛大學比較文學系 Schofield Publication 項目贊助；四、五、八章承蒙台大出版中心授予版權，敬致謝忱。

謹以此書，紀念導師 Arthur E. Kunst (1934-2013)。

引言

　　「抒情」一詞可能是距離二十世紀中葉中國歷史最遙遠的詞彙之一。這段時期中國重重憂患，從抗日戰爭到國共內戰，從新中國成立到百萬人民流亡遷徙，從連串運動、整肅到文化大革命。家國興廢，政治起伏，影響之深之廣，堪稱「史詩」時代亦不為過。如果以「抒情」名之，未免顯得時空倒錯，甚至有輕佻自欺之嫌。

　　然而本書強調，正是由於二十世紀中期的中國經歷如此劇烈轉折，文學、文化抒情性的張力反而以空前之姿降臨。中國文學傳統中的抒情論述和實踐從來關注自我與世界的互動，二十世紀中期天地玄黃，觸發種種文學和美學實驗，或見證國族的分裂離散，或銘記個人的艱難選擇。「抒情」之為物，來自詩性自我與歷史世變最驚心動魄的碰撞，中國現代性的獨特維度亦因此而顯現。

　　本書所討論的作家、藝術家和知識分子難以被整合為一個同質性的團體：他們有自由主義信徒、左翼鬥士、頑固的保守派、敵偽同謀者、意識形態轉彎者，以及孤芳自賞的個人主義者等。

他們表達自我的方式也異常多元，包括詩歌、小說、電影、戲
劇、繪畫、書法、音樂、文論和政治宣言等。儘管背景不同，政
治訴求有異，他們均以「抒情」——作為一種文類或藝術風格，
或生命態度、價值體系、政治信念、世界觀——來反思歷史的危
機與轉機，群與己的關係，藝術與詩學的諸多形式。

更重要的是，「抒情」的聲音並不獨來自二十世紀中葉的
中國。現代西方批評界雖流派紛呈，各異其趣，然而從海德格
（Martin Heidegger）到阿多諾（Theodor Adorno），從布魯克斯
（Cleanth Brooks）到德曼（Paul de Man），諸多理論巨擘均曾援
引抒情主義作為批判時代種種徵候的依據。「抒情」因此有了極
複雜甚至矛盾的定位：既意味現代主義的病徵，也代表社會主義
的美德；既投射小資感傷情懷，也呈顯形上哲學隱喻；既是形式
主義的產物，也是革命想像的結晶。本書所論的中國案例更為這
一光譜增加繁複色彩。

二十世紀中期的鉅變影響深遠，在在呈現有如史詩般的宏大
格局，而處於當世的文學與文化人為何選擇以抒情標記他們的心
聲？這個時代的抒情話語究竟由何構成？上個世紀抒情的感召與
我們的時代有何關聯？這些問題都是本書期待討論的主題。本書
英文原題 "The Lyrical in Epic Time" 語帶雙關。「Time 」除了指
涉「時間」和「時代」，也指涉音樂的「節奏」。藉此，我有意
發揮此書有關聲腔音調的母題，不僅描寫一個時代種種抒情聲
音，更要探詢這些抒情聲音如何體現或顛覆了史詩的節奏和韻
律。我對「抒情」與「史詩」的理解，深受捷克漢學家普實克

（Jaroslav Průšek）的啟發。[1]對他而言，抒情和史詩不僅指的是規定文學文化的類型和風格，[2]更意味著一系列價值觀念和規範社會認知範式的「感覺結構」（structure of feeling）。[3]

　　本書圍繞兩個主題展開。首先，通過抒情話語對中國現代性兩大主導範式，「啟蒙」與「革命」，重作檢討。我提議納「抒情」為一種參數，將原有二元論述三角化，亦即關注「革命」、「啟蒙」、「抒情」三者的聯動關係。此處的「情」是感情，也是人情、世情；是人性內裡的七情六欲，也是歷史的情景狀態。更進一步，「情」是本然真實的存在，也是審時度勢的能力。

　　我認為，革命的能量既源於電光石火的政治行動，也來自動人心魄的詩性號召；而啟蒙雖然意指知識的推陳出新，但若無靈光一現的創造性情懷則難以成其大。然而要強調的是，二十世紀中期的抒情話語總已裹挾著時代的幽暗意識。據此，本書探勘傳統詩學未能觸及的矛盾：不食人間煙火的表述可能暗含暴虐與背叛的因子，狂熱的意識形態可能召喚田園牧歌式的共鳴。更有甚者，抒情的精誠所至或不能至，竟可能以自毀——從自我批判，到沉默，到自絕——為代價。

---

[1]　有關普實克的論述，將於導論中詳述。

[2]　關於文學文化（literary culture）的討論，見Sheldon Pollock, "Introduction," in *Literary Cultures in History: Reconstructions from South Asia*, ed. Sheldon Pollock (Berkeley: University of California Press, 2003), 以及Michel Hockx, *Questions of Style. Literary Journals and Literary Societies in Modern China, 1911-1937* (Leiden: Brill, 2003).

[3]　Raymond Williams, *Marxism and Literature* (Oxford: Oxford University Press, 1977), p. 131.

　　其次，我認為這一抒情話語不僅從西方獲得靈感，也從中國傳統汲取資源。漢語中的「抒情」二字源於古代中國，同時具有自發的和喻象的、超越的和政治的維度。抒情從古典過渡到現代其實蘊含了中國文化變革的艱難途徑。但現代中國抒情論述往往被西學所遮蔽，從席勒到里爾克，從華茲華斯到奧登，從普希金到馬雅可夫斯基，都是常見的名字，相形之下，中國抒情傳統反而隱晦不彰。緣此，本書各章致力譜系學闡釋，試圖發掘「古典」與「現代」失落已久的線索。我希望在中國傳統詩學和西方美學話語的雙重語境下援引「抒情」，彰顯此書在詞源和概念層面上的複雜性。

　　二十世紀中期的抒情論述充滿相互矛盾的動機與實踐，我所提出的問題未必能於本書完滿回答。事實上，批判的聲音已經時有所聞。對那些認為此書將現代中國文學「去政治化」的批評，我的回應是，當代中國「去政治化」的危機正是由於曾經萬眾一心的革命情懷——一種集體的，解放自我的**抒情**渴望——早已枯竭。馬克思不是曾教誨我們，「社會革命不能從過去，而只能從未來汲取自己的詩情」[4]？這樣的革命詩情於今安在哉！

　　對那些擔憂此書偏離了「抒情傳統」的批評，我的回應則是，我所謂的傳統不是僵化的「偉大的存在之鏈」（The Great Chain of Being），而是一連串的發明、反發明，和再發明所匯集的洪流。最重要的，我並不把抒情話語看作是解決現當代中國文

---

[4]　Karl Marx, *The Eighteenth Brumaire of Louis Bonaparte* (New York: International Publishers, 1994), p. 18.

學、思想問題的靈丹妙藥；革命、啟蒙的配方顯然也未奏全效。相對的，我視抒情為批判的界面，用以呈現中國後革命、後啟蒙時代裡，另一思辨現代性的方法。

＊

在展開本書各章的論述前，我們有必要對目前中國現代文學文化研究範式稍作回顧。首先，正如上文所言，過去一個世紀的中國文學、文化史被「啟蒙」與「革命」兩大範式所主宰。[5] 這類範式充滿了歷史、政治急切性，深深影響學術研究的方向；歷來奉文學革命，革命文學，文化大革命，啟蒙和新啟蒙運動之名的研究不知凡幾。然而，如果革命與啟蒙總預設了現代主體的能動性，那麼這個主體如何能夠感知政治行動和歷史意識，也為其所感召，就不應該被忽視。過去一個世紀中國文化和藝術主體的呈現，從意識形態的狂熱到濫情主義的放肆，從自甘墮落的頹廢到憤世嫉俗的逃避，無不浸潤於各式各樣的情感和表達元素。然而我們尚未得見一種論述能像革命或啟蒙研究那樣，細緻入微地體察、接受，批判現代中國「情」與「感」的向度。

學者和批評家熱衷談論革命、啟蒙，對「情」的問題卻是避之猶恐不及，似乎印證了林毓生教授所指出的，中國知識分子的通病──「藉思想、文化以解決問題的方法」。[6] 就是從知識論

5　此說受到李澤厚八〇年代關於啟蒙與救亡理論的影響。李澤厚的觀點在八〇年代知識界爭鳴中產生極大影響。見李澤厚，〈啟蒙與救亡的雙重變奏〉，《中國現代思想史論》（北京：東風出版社，1987），頁7-50。

6　林毓生著、穆善培譯，《中國意識的危機──「五四」時期激烈的反傳統主

層次上，以總體一元論式的邏輯偵知、評論、解決所有家國、社會、個人問題傾向。這種論述其來有自，但在現代語境裡蛻變為一種「強勢思維」（strong thought of modernity）。[7]在中國，這一強勢思維源於晚清、五四，並在毛澤東時代達到高潮，不斷訴求黨國、主義、理性、集體性、剛性，和革命一以貫之的邏輯。從修辭學的角度來看，它凸出宏觀論述，喚起「崇高喻象」[8]，以及構築諸如「大國」、「天下」之類的（史詩式）表徵體系。對比之下，抒情話語顯得柔軟瑣碎，似乎難以承受現代性的重責大任。[9]

　義》（貴陽：貴州人民出版社，1986），第一章。

[7]　我的論述受到了Gianni Vattimo所提出的weak thought的影響。見Gianni Vattimo, *The End of Modernity*, trans. Jon R. Snyder (Baltimore: Johns Hopkins University Press, 1988).關於Vattimo概念的解析，見Snyder的導論：「對於現實的無窮可闡釋使得我們能夠討論形而上意義上的存在與真理的弱化。Vattimo支持虛無主義的消逝，認為無窮的可闡釋性導致了現實的弱化，因為這使得一切被形上學認為是真實、必然，和存在的事物淪為諸多可能闡釋的一種罷了。」(xxii) Vattimo的weak thought的理論來源於他對海德格weak ontology的解讀，參見頁86。

[8]　Ban Wang, *The Sublime Figure of History: Aesthetics and Politics in Twentieth-Century China* (Stanford: Stanford University Press, 1997).

[9]　許多中國文學界批評家與學者似乎不願意將專業局限於「文學研究」，如果這意味僅對虛構的研究和對感性議題的分析。他們更願意跨學科討論更「真實」的政治與歷史議題。「批判」、「介入」、「戰術」與「能動性」已經成為當代批評的流行用語。而後殖民、帝國研究，和生命政治的話語更是喧囂塵上。我們似乎忽略了通過想像力，文學「虛構」得以質詢「真實」的能量。相形之下，當代學界樂於將「批判」和「政治」視為具有理論先導性和道德優先性的文學實踐。

　　然而，二十世紀中國作家和藝術家的成就並不能被單一的強
勢話語所概括，何況所謂強勢，也可能是虛張聲勢。例如，魯迅
的〈吶喊〉和〈徬徨〉之所以撼動人心，與其說是發出了直白的
革命號召，不如說是暴露了作家和筆下人物挫折糾結的靈魂。魯
迅自承他的心意與《楚辭》到安德列耶夫（Leonid Andryev）的
小說遙遙相應。周作人則通過日本美學和中國隱逸精神開脫自己
的叛國行徑，而瞿秋白慷慨就義，反映的不僅是烈士精神，也是
佛教的虛無意識。[10]此外，毛澤東的魅力並不完全來自他的梟雄
形象，而是他雄渾而浪漫的詩人氣質使然。[11]毛的詩歌一方面懷
舊傷情，一方面睥睨天下、指點江山，在在展現獨特的抒情稟
賦。[12]

　　我認為，「強勢思維」如果的確剛強，就能夠容納，而非清
除、戒備諸多抒情表意的方式。革命行動能夠摧枯拉朽，恰恰
因為內裡含蘊著一個溫柔的、「他心直指我心」（singular plural）

[10] 見 Paul Pickowicz, *Marxist Literary Thought in China: The Influence and Ch'u Ch'iu-pai* (Berkeley: University of California Press, 1981), pp. 15-16, 39-42.

[11] 見 Chunchou Zhang and C. Edwin Vaughan, *Mao Zedong as Poet and Revolutionary Leader: Social and Historical Perspectives* (New York: Lexington Books, 2002).毛澤東早在青年時代就表達了他對《楚辭》的讚賞，直至1958年他仍然讚賞不絕。1959年，他甚至下令重新編纂注釋《楚辭》，並在廬山會議中分發。見陳晉，《毛澤東之魂》（長春：吉林人民出版社，1993），頁103-105；錢理群，《毛澤東時代和後毛澤東時代》（臺北：聯經出版公司，2012）（上），頁184。

[12] 這包括毛澤東的〈蝶戀花：答李淑一〉（1957）；〈憶秦娥：婁山關〉（1935）；〈送瘟神〉（1958）。參見中共中央文獻研究室編，《毛澤東詩詞集》（北京：中央文獻出版社，1996），頁100、52、104。

的烏托邦渴望。[13]早在二〇年代，朱謙之（1899-1972）就大聲呼籲革命的動力無他，「唯情」而已矣。朱的「唯情」論融合柏格森（Heri Bergson）的生命哲學、左派王學，以及虛無主義美學，在當時並非主流。[14]但歷史後見之明卻見證他的「革命」即「唯情」的論述最具創意、也最具殺傷力。時至八〇年代，著名思想家李澤厚指出中國現代性的「啟蒙」之道屢屢被「救亡」、「革命」的迫切號召所壓制，必須改弦易轍。[15]但容易忽略的是，李同時呼籲新時期的中國人應該重拾「新感性」和審美判斷力，以其作為彌補、延續啟蒙與革命所未完成的現代性大計。[16]九〇年代以來，李澤厚甚至提出「情本體」力抗後現代、後社會主義狂潮。[17]李澤厚的「情本體」融人道主義的馬克思主義、康德美

---

[13]　"Singular plural"的說法見Jean-Luc Nancy, *Being Singular Plural*, trans. Rober Richardson and Anne O'Byrne (Stanford: Stanford University Press, 2000).

[14]　朱謙之，〈發端〉，《周易哲學》，收入《朱謙之文集》（福州：福州教育出版社，2002），第3卷，頁101-106。〈發端〉內容曾以〈唯情哲學發端〉為題，1922年發表於《民鐸》第3卷3號。蕭鐵，〈一個唯情主義者的發明——朱謙之的「我」兼論現代性的「內轉」〉，《思想與文化》，2016年10月，第1期，頁172-191。有關朱謙之《革命哲學》的討論，見Tie Xiao, *Revolutionary Waves: The Crowd in Modern China* (Cambridge, MA: Harvard Asia Center, 2017), chapter 2。對現代中國情的論述綜合，參見方用，《20世紀中國哲學建構中的「情」問題研究》（上海：上海人民出版社，2011）。有關朱的討論，見第3章。

[15]　同註5。

[16]　李澤厚，《美學四講》，收入《美學三書》（合肥：安徽文藝出版社，1999），頁531-535。Liu Kang, *Aesthetics and Marxism: Chinese Aesthetic Marxists and Their Western Contemporaries* (Durham: Duke University Press, 2000), pp. 163-180.

[17]　李澤厚，〈論實用理性與樂感文化〉，《人類學歷史本體論》（天津：天津社

學、儒家思想為一爐，和一甲子以前朱謙之的路數頗有不同。而
他在「告別革命」之後提出此說，當然更引人深思。

　　早在五〇年代，李澤厚便在「美學大辯論」中以檢討朱光潛
的唯心主義和蔡儀的機械唯物主義，一戰成名。[18]經過四十年的
生命和思想歷練，他提出「情本體」是深思熟慮的結果。[19]他認
為一代中國人面對文革後的精神廢墟，必須反思啟蒙與革命範
式的不足；眼前無路思回頭，中國主體性的自我更新離不開對
「情」[20]的思考與培育。徘徊在康德、馬克思和儒家之間，李澤厚
折衷主義的傾向有待商榷。[21]弔詭的是，他對「情」的關注竟然

　　會科學出版社，2008），頁203-252；〈情本體：兩種道德與立命〉，《人類學
　　歷史本體論》，頁255-280。

[18]　「美學大辯論」發生在1956至1964年。通常認為這場辯論由三個學派主導：
　　推崇馬列教條主義美學的蔡儀，追隨唯心美學的朱光潛以及兼治康德美學及
　　人道主義馬克思美學的李澤厚。李澤厚既批駁朱光潛的唯心主義立場，也反
　　對蔡儀的馬克思主義反映論。李澤厚提倡從人類與客觀世界互動而產生的
　　「歷史積澱」來討論美感的生成，並且強調自然到文化轉變中人的能動性和感
　　性的重要角色。

[19]　關於李澤厚學說對中國文學史的影響，見張偉棟，《李澤厚與現代文學史的
　　重寫》（南昌：江西人民出版社，2012）。

[20]　李澤厚，〈論實用理性與樂感文化〉，《人類學歷史本體論》，頁158-251；
　　Liu Kang, *Aesthetics and Marxism*, p. 175.

[21]　見Liu Kang, *Aesthetics and Marxism*, pp. 163-174；Gu Xin認為李澤厚的折衷
　　主義背後是黑格爾式的總體性美學，見Gu Xin, "Subjectivity, Modernity, and
　　Chinese Hegelian Marxism: A Study of Li Zehou's Philosophical Ideas from a
　　Comparative Perspective," *Philosophy East and West* 46, no. 2 (1996): 205-245.另
　　外見李澤厚的回應，" Subjectivity and 'Subjectality': A Response," *Philosophy
　　East and West* 49, no. 2 (1999): 174-183.

有了官方的回聲。2005年胡錦濤提出「和諧社會」，[22] 2013年習近平呼喚「中國夢」，都挪用了抒情性修辭。2017年習大談「中華民族歷來重真情、尚大義。『感人心者，莫先乎情。』」，更是唯情是問了。[23] 彷彿之間，社會主義國家機器也告別革命與鬥爭，肯定和諧之必要，夢之必要，「抒情」之必要。

　　第二個論點旨在針對中國文學文化研究的內在／外在模式，提出批判。半個多世紀前，夏志清先生將中國文學的精神概括為「感時憂國」。夏志清認為中國現代文人是如此困於民族國家危機，以致將他們對中國現實的厭惡轉化為一種受虐狂式的結論：他們將社會和政治的危機和國民性的腐敗都歸結為中國所獨有，以全盤否定的邏輯來定義中國的現代性。[24] 夏志清的批判也許有其理論限制，但無礙後之來者的對話。周蕾從中國文字和視覺文化中看出了「原初的激情」（primitive passions）：即中國作家和電影人傾向以荒涼落後的自然景觀和弱勢群相，來體現中國面對

---

[22] 胡溫政權在2005年的全國人大會議上最先提出「和諧社會」的觀念：社會主義建設的目標是實現一種社會的、經濟的，和文化全面和諧的社會。「和諧」二字有深厚的儒家根源，在儒學中指的是通過禮樂實現社會和諧。

[23] 習近平，〈在2017年春節團拜會上的講話〉。

[24] 夏志清注意到中國作家與西方作家不同的是：儘管他們和西方同道一樣心懷對現代文明的不滿，中國作家是如此地被中國的危機所困擾，以至於無法把對中國人民政治和道德命運的關注擴展為對人性的普遍關懷。中國作家急於展示一些西方同道們無法企及的道德標準，然而「感時憂國」的代價則是狹隘的愛國主義和對西方優越性的天真信念。C.T. Hsia, "Obsession with China: The Moral Burden of Modern Chinese Literature," appendix 1 of *A History of Modern Chinese Fiction* (New Haven: Yale University Press, 1971), pp. 533-554.

現代性衝擊所產生愛恨交織的心態。[25]石靜遠（Jing Tsu）則指出
現代中國身分政治是基於一種「失敗情結」。[26]與此同時，安敏
成（Marston Anderson）和林郁沁（Eugenia Lean）分別討論了私
人和公眾領域的「同情」，[27]李海燕呼籲學界關注現代中國「心的
革命」，[28]而黃樂嫣（Gloria Davies）則從當代中國新左翼與新自
由主義知識分子論爭中發掘了「憂患意識」的情懷。[29]尤其令人
矚目的是王斑有關「崇高形象」（sublime figure）的討論：「我們
大致可以把崇高看做是文化啟迪與提升的過程，對個人和政治圓
滿的崇高極致的奮力追求，阻擋危險與威脅的身體防禦機制，供
大眾效仿的不斷更新的英雄人物，身體的傲岸形象，或者是使人
形容枯槁的極端消沉與叫人振奮的無比狂喜。正是依靠這些過程
與形象，我們淨化並且壓抑一切帶有人性色彩的特性，如食慾、

[25] Rey Chow, *Primitive Passions: Visuality, Sexuality, Ethnography, and Contemporary Chinese Cinema* (New York: Columbia University Press, 1995).

[26] Jing Tsu, *Filature, Nationalism, and Literature: The Making of Modern Chinese Identity, 1895-1937* (Stanford: Stanford University Press, 2005).

[27] Marston Anderson, *The Limits of Realism: Chinese Fiction in the Revolutionary Period* (Berkeley: University of California Press, 1990), Chapter 3; Eugenia Lean, *Public Passions: The Trial of Shi Jianqiao and the Rise of Popular Sympathy in Republican China* (Berkeley: University of California Press, 2007).

[28] Haiyan Lee, *Revolution of the Heart: A Genealogy of Love in China, 1900-1950* (Stanford: Sanford University Press, 2006).關於heart/mind的話語以及中國思想現代性的進一步討論，見郜元寶，《魯迅六講》（北京：北京大學出版社，2007）；劉紀蕙，《心之拓撲：1895事件後的倫理重構》（臺北：行人文化實驗室，2011）。

[29] Gloria Davies, *Worrying about China: The Language of Chinese Critical Inquiry* (Cambridge, Mass: Harvard University Press, 2009).

情感、理智、感官、想像、恐懼、激情、欲望、自利等等，由此，過於世俗的人性就昇華成了超人甚至非人。」[30]

這些極富洞見的分析大多從西學中的主體性、精神分析和情動力（affect）理論中汲取靈感。誠然，「中國現代文學」作為一個學科原本就是中西合璧，因此沒有必要在理論層面刻意追求本質主義化的中國論述。但我們仍不能忽視學界「西風壓倒東風」的現象：論現代中國心靈，往往必須假道阿甘本到齊澤克、佛洛依德到拉崗等西方論述，卻忽視中國傳統中同樣豐富的理論資源。事實上，我以為魯迅的「摩羅詩力說」，章太炎的「大獨」和「無我之我」[31]，朱光潛的「靜穆」[32]，胡風的「主觀戰鬥精神」一樣充滿思辨潛能。班雅明筆下的「浪蕩子」在中國語境裡四處遊蕩，而胡蘭成更為相關的「蕩子」[33]卻乏人問津。近年來

---

[30]　王斑著、孟祥春譯，〈引言〉，《歷史的崇高形象：二十世紀中國的美學與政治》（上海：上海三聯書店，2008），頁2。

[31]　章太炎的龐雜思想在中文學界還沒有得到足夠關注。這一領域著名的相關著作包括：陳雪虎，《「文」的再設：章太炎文論初探》（北京：北京大學出版社，2008），第5章〈留日時期的周氏兄弟與「文學復古」〉；張春香，《章太炎主體性道德哲學研究》（北京：中國社會科學出版社，2007），第2章〈「依自不依他」——章太炎主體性道德哲學原則論〉、第3章〈「大獨」——章太炎主體性道德人格論〉；汪暉，《現代中國思想的興起》（北京：生活・讀書・新知三聯書店，2003），第3卷，第10章〈無我之我與公理的解構〉。英語學界的研究，見 Viren Murthy, *The Political Philosophy of Zhang Taiyan: The Resistance of Consciousness* (Leiden: Brill, 2011).

[32]　參見本書第1章的詳細討論。

[33]　見本書第6章關於胡蘭成哲學的詳細討論。

傅柯的知識考古學受到學界追捧，而沈從文的「抒情考古學」[34]
卻仍有待發掘。

當前學界有識一同、視五四啟蒙運動為一股激烈的反傳統主
義思潮。我卻要提請注意，五四知識分子中有不少學貫中西的學
者，能夠自由地從外國思潮和中國傳統文化中汲取資源。例如，
魯迅的現代主義不僅受惠於尼采和施蒂納（Max Stirner），而且
也得自陶潛、嵇康的薰陶。[35]王國維不僅試圖通過康德和叔本華
哲學解決他的存在危機，也從佛教的「境界」說中獲得靈感。朱
光潛的學術求索不僅包括尼采、克羅齊、馬克思和維科，也包括
「情景交融」的傳統詩論。[36]宗白華深受德國唯心主義哲學影響，
卻也試圖融合康德、黑格爾哲學與中國傳統思想、藝術──如
《易經》、音樂、山水畫──構築其美學。[37]此外，試圖從中國抒

---

[34] 「抒情考古學」一說最先由沈從文在西南聯大時期的學生汪曾祺提出，見汪
　　曾祺，〈沈從文先生在西南聯大〉，《汪曾祺自選集》（桂林：灕江出版社，
　　1987），頁104。文中主要討論沈從文在抗戰時期對中國古代文物的興趣，以
　　及中共建國之後轉向藝術史的學術研究。沈從文可視為現代中國鄉土抒情的
　　代表人物，他的情懷可以追溯至巫楚文化。不同於五四時代對啟蒙主體的自
　　發性強調，沈從文認為文明劫毀無常，而試圖發掘流變中微隱的抽象價值。
　　見周仁政，《巫覡人文：沈從文與巫楚文化》（長沙：岳麓書社，2005），頁
　　2-3。

[35] 關於英文學界對魯迅和中國傳統的複雜承襲，見Eileen J. Cheng, *Literary
　　Remains: Death, Trauma, and Lu Xun's Refusal to Mourn* (Honolulu: University of
　　Hawai'i Press, 2013), chapter 2.

[36] 晚近學界對於朱光潛的比較研究，見夏中義，《朱光潛美學十辯》（北京：商
　　務印書館，2011）。

[37] 晚近學界對宗白華的中國美學以及德國古典哲學研究的批評，見楊雍華，
　　《宗白華與「中國美學」的困境》（北京：北京大學出版社，2010）。

情傳統和西方美學中尋找共鳴的批評家、小說家和詩人數多不勝
數：李長之、李健吾、廢名、沈從文、卞之琳和梁宗岱等皆在其
列。

　　二十世紀中國的抒情詩學文論並不是文化保守主義者的專
利。李長之在《魯迅批判》——中國第一本魯迅專論——裡提
出，儘管魯迅擺出革命姿態，內心卻詩意盎然，而魯迅的檄文
只有在以抒情手法寫就之時才最具批判性。[38]李長之的論著深
刻影響了竹內好關於「回心」的論述。[39]左翼評論家胡風的革
命理論與盧卡奇的黑格爾／馬克思主義革命理論互通款曲，也
同時帶有孟子心學的影響；[40]艾青的詩論離不開他對阿波利奈爾
（Guillaume Apollinaire）和白居易的仰慕；[41]路翎巨著《財主底兒
女們》激發了革命教育小說和《紅樓夢》之間的對話；孫犁以田

---

[38] 李長之，《魯迅批判》（北京：北京出版社，2003），頁49-51。

[39] 見劉偉，《日本視角與中國現代文學研究：以竹內好，伊藤虎丸，木山英
雄為中心》（北京：人民出版社，2011），第1章〈緒論：「日本視角」與中
國現代文學研究〉、第2章〈中國現代文學研究的「日本視角」的歷史與現
狀〉。

[40] 見郜元寶，《魯迅六講》第1章〈「為天地立心」——魯迅著作所見「心」字
通詮〉、第2章〈神思之心和學之心——文學與學術的分途〉中，對魯迅與
心學關係的論述；鄧騰克詳細論述胡風及其弟子路翎的文化政治與孟子學說
的關係：Kirk Denton, *The Problematic of Self in Modern Chinese Literature: Hu
Feng and Lu Ling* (Stanford: Stanford University Press, 1998), chapters 1-3.

[41] 見艾青，《詩論》（上海：復旦大學出版社，2005），頁49。在〈詩的散步〉
一文中引用白居易的「詩者，根情，苗言，華聲，實義」一說來印證詩歌的
重要性。其中白居易的引文見《白居易集箋校》（上海：上海古籍出版社，
2003），第5卷，頁2790。

園詩的手法描繪了革命農民在戰火中的似水柔情。然而左翼革命語境裡，抒情論述總是一個充滿爭議的話題。例如，徐遲在1939年便認為政治詩人必須「放逐抒情」以抵禦多愁善感的威脅。耐人尋味的是，徐遲在1959年卻熱情頌揚「政治抒情」，並將社會主義戰歌比作《詩經》和《楚辭》中「頌」的再生。[42]

*

本書導論部分介紹個人的論點：在革命與啟蒙論述行之百年後，我們有必要對中國現代主體性的生成與發展重新思考；抒情與世變的關係可以作為新的起點。除了西方抒情主義的學術資源，我們需要重新梳理中國傳統概念中的「抒情」脈絡。因此，本書特別強調古典中國詩學和現代理論的互動。導論集中討論三位學者——美國的陳世驤、中國的沈從文，和捷克斯洛伐克的普實克——如何構建抒情論述，以回應中國在二十世紀中葉所面臨的危機。

本書正文八章分為兩部分：第一部分（一至四章）討論抒情詩學及其在不同文類的表徵，尤以詩歌、散文為主。第二部分（五至八章）則通過音樂、電影、戲劇、繪畫和書法對抒情美學進行初步探討。此處刻意處理不同藝文形式，以此強調抒情不僅是文學類型，也更代表了現代中國思想和藝術模式之一端。本

---

[42] 徐遲，〈祖國頌序〉，引自王光明，〈五六十年代的詩歌、散文與劇作〉，收入嚴家炎主編，《二十世紀中國文學史》（下）（北京：高等教育出版社，2010），頁40。

書期望在跨文類和跨學科的平臺上，反思中國抒情論述的批判潛能。

第一章梳理二十世紀初到新中國成立第一個十年間，抒情詩學的流變。分析構成中國抒情論述的諸多元素——從浪漫詩歌到政治宣言，從西方理論到中國文論——並觀察影響它們的歷史成因。

第二章討論沈從文從四○年代到六○年代對「抽象的抒情」的追求，特別聚焦於其獨樹一格的「抒情考古學」。通過沈從文的「三次啟悟」關鍵，論述沈從文的抒情方案如何與社會主義唯物律令發生衝突，又如何謀得出路；同時，試圖探究沈從文後半生投身中國服飾史研究的因由。沈鑽研古典工藝、器物、織品長達四十年，從中摩挲抽象與物質、歷史與虛構的意義，終將他的思考結晶為獨特的抒情論述。

第三章考察馮至和何其芳這兩位現代主義詩人，在四○、五○年代的轉型與「抒情的再生緣」。「再生」（重生）一詞富於宗教內涵，這裡指的是詩人歷經現代主義和革命主義的雙重考驗，追求自我重生的嘗試。儘管兩位詩人力圖接受新意識形態洗禮，他們卻無法不假抒情形式來表達重生前後的困惑與狂喜。因此，「再生」不僅引發他們創作風格的間歇（caesuras）——詩歌因為情感或韻律需要引發的停頓；更帶來思想志業無從迴避的罅隙（aporias）——話語產生自我矛盾與解構的裂縫。

第四章討論胡蘭成如何迴避公私領域的背叛，甚至發展出一種（背叛的）詩學。雖然背負感情和政治不忠的罵名，胡蘭成卻能通過抒情——通常意味內在情感最真摯的表達——自圓其說，

甚至贏得胡迷認同。我們必須思考，胡蘭成的例子究竟是直搗抒情「誠於中，形於外」的本質，還是揭發了抒情「本質」內蘊的表演性和曖昧性？究竟是胡蘭成背叛了抒情，抑或是他揭示了一種抒情化的背叛美學？

第五章展示了臺灣旅日作曲家和詩人江文也追尋身分認同的悲喜劇：江在抗戰期間所作的藝術及政治選擇以及戰後必須承擔的後果。通過江文也的音樂、詩歌和理論著述，本章探究江的現代主義風格如何同時展現他的殖民主義和世界主義背景；他對孔廟音樂的研究與創作如何糅合了中國文化本位主義和日本大東亞主義；他的抒情視野又如何被歷史的偶然所觸動和壓抑。

第六章討論兩位現代中國繪畫巨擘：林風眠與徐悲鴻。徐悲鴻領導現實主義美術運動，林風眠則試圖通過抒情手法現代化中國繪畫。本章著重兩者有關寫實／抒情的辯論，以及發生在文學領域的類似論戰；此外，考察林風眠在抗戰及戰後的抒情實驗，強調林以極具個人風格的作品為世變中的美術界帶來衝擊。這一衝擊影響了寫實主義文本和視覺層面的辯證，以及隨之而生的政治效應。

第七章討論中國共產革命前夕的戲劇和電影，以「詩人導演」費穆的兩部電影：《生死恨》與《小城之春》為範例。前者由梅蘭芳主演，根據梅氏同名京劇改編而成；後者則是一部充滿感傷意味的戰後羅曼史，靈感來自蘇軾詞〈蝶戀花〉。兩部電影的形式和背景截然不同，卻都對戰爭的創傷和愛情頻頻致意。費穆在梅蘭芳的激勵下發展出一套映像美學，為他的電影語言添加獨特的中國性。

　　第八章講述在抗戰到內戰危機中，臺靜農從文學到書法的藝術轉變。臺靜農在亂世中放棄文字的「深度」，轉向「表面」文章，他的選擇其實是對藝術能動性和歷史意義的重新認知。文學力量有時而窮，書法以其豐沛的「表演性」反而釋放了歷史建構和家國認同的可能性。本章處理三個問題：現代中國文學「視覺意義」上的解體，書法及地緣政治隱喻，華語語系的「沉默」象形詩學。

　　本書的尾聲討論新世紀圖景下的中國抒情傳統。我認為在後社會主義的語境裡，李澤厚、高友工等人的論述翻新了抒情論述。我也指出當代中國抒情想像的兩難處境，並思考有待解決的問題。這些問題和可能的解答有助我們探索新的路徑，展望一種「批判的抒情」論述浮出歷史地表。

「抒情傳統」之發明

　　史亡而後詩作。

——黃宗羲[1]

　　詩，誕生於危機的語言。

——馬拉美（Stéphane Mallarmé）[2]

　　本書旨在討論二十世紀中期，「抒情論述」（lyricism）、中國文學，和現代性三者之間的對話。以下論述脈絡裡的「抒情」，除了指陳抒情詩這一特定文類，[3]也涉及其他文學藝術媒

---

[1] 「史亡而後詩作」出自黃宗羲，〈萬履安先生詩序〉，《黃宗羲全集》（杭州：浙江古籍出版社，2005），第10冊，頁49。本文引用黃宗羲此語，與原義不盡相同。黃較強調詩的內鑠力量，詩作為顯現或救贖歷史的終極意義的可能，以及詩史互證的理想。見本章以下對詩／史關係的詳細討論。「史」在古代中國文化中有多重意義，其中至少包括「史家」、「歷史紀錄」、「歷史事件」。詩與史的關係複雜，近期相關討論請參閱李惠儀（Wai-yee Li）的討論，見 Wilt Idema, Wai-yee Li, and Ellen Widmer, eds., *Trauma and Transcendence in Early Qing Literature* (Cambridge, Mass: Harvard Asia Center East Asian Monographs, 2006), pp. 75-100.

[2] 這句話是否出自馬拉美，歷來爭議頗多。1899年，席曼（Arthur Symons）最早撰文討論，見 *The Symbolist Movement in Literature* (New York: Dutton, 1919), p. 66；卓思特（Walter Jost）也曾引用這條資料，見 *Rhetorical Investigations: Studies in Ordinary Language Criticism* (Charlottesville: University of Virginia Press, 2004). 但有學者認為席曼將這句歸於馬拉美名下，僅屬筆誤。參 Edgar Wind, *Art and Anarchy* (Evanston, Ill.: Northwestern University Press, 1985), p. 126. 感謝楊小濱博士提供上述資料。

[3] 關於抒情詩的歷史與抒情詩的特質，這方面最新近的研究請參閱以下著作：David Lindley, "Lyric," in Martin Coyle, Peter Garside, et al., eds., *Encyclopedia of Literature and Criticism* (London: Routledge, 1990), pp. 188-198; Douglas Lane

介，包括電影、繪畫、書法等；因為不論就表意訴求或動人效果，這些形式每每也能發揮抒情特色。更重要的，本書使用「抒情」或「抒情論述」，在於釐清種種關乎「自我」——從小我到大我——的詩學概念與實踐。[4]「抒情」從感官和意象獲得彰顯，但究其極致，足以成為特定歷史時空中的思想、文化與倫理模式表徵。

　　英文的"lyricism"或"lyrical"（抒情的）可能無法充分說明我要探討的課題，亦即中文語境下的「抒情」。"Lyricism"與中文的抒情都指向音樂或詩歌等藝術形式中，個性情感的強烈訴求，時間流程的暫停凝結，主體意識的反觀內省，以及意象文字的豐富表達。[5]但這些僅僅只是中西抒情定義的切入點而已，後續

Patey, "'Aesthetics' and the Rise of Lyric in the Eighteenth Century," *Studies in English Literature, 1500-1900* 33, no. 3 (1993): 587-608; Scott Brewster, *Lyric* (London: Routledge, 2009), pp. 43-111.

[4] 關於中國人「自我」定義與演變，近期研究可參考張世英，《中西文化與自我》（北京：人民出版社，2011）；張世英藉由本書試圖梳理中國人的自我概念譜系，藉此與黑格爾（G.W.F. Hegel）的主體性概念展開對話；黑格爾認為現代西方人擁有自我這一概念，其源頭是主體性。亦可參閱Donald Munro, ed., *Individualism and Holism: Studies in Confucian and Taoist Values* (Ann Arbor: Center for Chinese Studies, University of Michigan, 1985)；關於現代中國人自我概念的轉變與傳承，亦可參考余英時，〈中國近代個人觀的改變〉，收入許紀霖、宋宏編，《現代中國思想的核心觀念》（上海：上海人民出版社，2011），頁197-205；或許紀霖，〈大我的消解：現代中國個人主義思潮的變遷〉，《現代中國思想的核心觀念》，頁209-236。

[5] 例如米勒（Paul Allen Miller）的討論，見 *Lyric Texts and Lyric Consciousness: The Birth of a Genre from Archaic Greece to Augustan Rome* (London: Routledge, 1994)；米勒把內向的氣質視為抒情意識的標記。其他關於此文類的研究可

的多元分歧論述有待仔細探討。在中國文學與文化傳統裡，「抒情」概念雖然古老，卻不一定最為顯著。但傳統有關抒情的語源和知識的系譜遠遠超過現代所習知。[6]五四時期抒情與西方抒情

參閱Chaviva Hošek and Patricia Parker, eds., *Lyric Poetry: Beyond New Criticism* (Ithaca: Cornell University Press, 1985); Mark Jeffreys, ed., *New Definitions of Lyric: Theory, Technology, and Culture* (New York: Garland Publishing, 1998); Anne Janowitz, *Lyric and Labour in the Romantic Tradition* (New York: Cambridge University Press, 1998); Thomas A. DuBois, *Lyric, Meaning, and Audience in the Oral Tradition of Northern Europe* (Notre Dame, Ind.: University of Notre Dame Press, 2006); Steve Newman, *Ballad Collection, Lyric, and the Canon: The Call of the Popular from the Restoration to the New Criticism* (Philadelphia: University of Pennsylvania Press, 2007)以及Jacob Blevins, ed., *Dialogism and Lyric Self-fashioning: Bakhtin and the Voices of a Genre* (Selinsgrove, Pa.: Susquehanna University Press, 2008).關於抒情傳統譜系研究，本書受益於陳國球與張松建兩位教授研究成果頗多，謹此致謝。至於中國現代抒情文類的研究，新近的作品可參考柯慶明、蕭馳編，《中國抒情傳統的再發現：一個現代學術思潮的論文選集》（臺北：國立臺灣大學出版中心，2009）；王德威，《現代抒情傳統四論》（臺北：國立臺灣大學出版中心，2001）；陳國球、王德威編，《抒情之現代性》（北京：生活・讀書・新知三聯書店，2014）。

6　識者嘗謂「抒情」就是中國詩學的核心，但吾人必須謹記在知識論的層次，中國對詩的看法與西方截然不同。宇文所安（Stephen Owen）指出：「如果我們把『詩』翻譯為poem，這也只是一種方便善巧而已。中文的『詩』並不等於英文的poem；『詩』並不是『製成品』（thing made），不像我們製造的床、圖畫或鞋子那樣的製成品。我們可以構思、潤飾或雕琢一首『詩』，但是這些付出，說到底與『詩』最終極的本質無關。……也許其中最大的問題在於控制：如果我們把某一文本視為『詩』，視為一份『製成的』（made）文本，那麼這一文本就是創作者的意志的產物；這一文本就不是創作者本身，而是某種他『製造』的東西。自浪漫時期以來，許多抒情詩作家嘗試純任天然的『詩』；但是他們一旦寫起poetry，他們的所思所想就洩露了他們掙扎的痕跡，即他們意識到古人把poetry視為某種『製造』出來的東西──我

詩歌劃上等號,並賦予浪漫主義和革命思想的色彩,傳統抒情論述遂出現新的向度。[7]但這不足以說明中國抒情現代性的複雜面

們讀到很多這類掙扎過後留下的論述,如面具、敘述者、距離、藝術技巧的控制等。」在中華文化脈絡之下,詩就是「一個人的內在……至於我們能在『詩』所看到的這個『內在』是什麼?就是『志』,傳統的定義就是『心之所向』。」見 Stephen Owen, ed. *Readings in Chinese Literary Thought* (Cambridge, Mass: Council on East Asian Studies, Harvard University, 1992), pp. 27-28.

[7] 查爾斯・泰勒(Charles Taylor)指出,情感的現代主體這一觀念來自啟蒙時期;在此思潮下,人之所以為人有三大特質:內在特質或者個體都具有一個自我、日常生活得到肯定、「自然」的表達被視為內在的道德資源;見 *Sources of the Self: The Making of Modern Identity* (Cambridge, Mass: Harvard University Press, 1989), pp. ix-x. 在泰勒看來,浪漫主義運動使自我表達這一概念鞏固成形,並給與「情感一個正面的中心位置」,「透過我們的情感,我們才得以碰觸到最深沉的道德和宇宙的真理」(頁371);換言之,情感是現代主體意識的生成動力。泰勒這一看法不難在當代思想家當中找到對話的聲音,例如彼得・蓋伊(Peter Gay)即曾指出:理性主體與感性主體之間形成的張力,造就了啟蒙運動的多元面向,見 *The Enlightenment: An Interpretation* (New York: Norton, 1977), v.1, p. 3. 霍克海默(Max Horkheimer)和阿多諾(Theodor Adorno)則雙雙發難,質疑啟蒙主義承諾賦予文明以理性和個人主體意識,卻在現代退化到古典的神話階段,導致主體退隱,感性能力消失,見 Max Horkheimer and Theodor Adorno, *Dialectic of Enlightnment* (Stanford: Stanford University Press, 2002), p. 1;亦可參考 Daniel Bell, *The Cultural Contradiction of Capitalism* (New York: Basic Books, 1978), pp. xxiii-xxiv. 至於詩歌與革命之間的辯證關係,新近著作可參考馬丁・普克納(Martin Puchner)的〈導論〉,收在 Martin Puchner, *Poetry of the Revolution: Marx, Manifestos, and the Avant-gardes* (Princeton: Princeton University Press, 2006);在〈導論〉裡,普克納提到馬克思的《共產黨宣言》發表以來,宣言(manifesto)就成為一種有助於達成革命的特殊文體,因為這種文體「體現並產生現代性這一思潮裡的幻想、希望、靈感與缺失」(p. 7);「現代革命多少會召喚未來,並從這一未來當中想出各種言說、形式,以及某種可以『衍生』出『詩歌』的文類」(p. 1)。

相。本書研究的焦點是觀察中國知識分子、作家、藝術家等如何奉「現代」之名，調動中西抒情傳統與資源，用以介入歷史、激發創作、塑造小我與大我。

　　本書以二十世紀中期為研究時間。這段歷史時期似乎與「抒情」難以發生關聯。第二次中日戰爭（1937-1945）和國共內戰（1947-1949），中華人民共和國建立（1949），數以百萬計人民的流亡，種種紅色、白色整肅清算，還有文化大革命（1966），凡此種種，都為中國人的生活與心靈帶來激烈的震撼與轉變。衝擊之深，影響之劇，以致吾人稍微提起「抒情」，都會顯得不合時宜，甚至唐突失敬。阿多諾說過，「奧許維斯大屠殺之後，詩不再可能。」[8]誠哉斯言！相對於抒情，識者更會同意二十世紀中期中國是個**歷史**大開大闔的時代，充滿野蠻與暴力，是個「史詩」的時代。[9]

　　不過，這段時期正是本書探討抒情論述與中國現代性的起點。在我看來，正因為二十世紀中期家國劇變，反而有助於我們觀察中國抒情傳統最具張力、最引人思辨之處。一般看法以為：抒情論述只是詩人逃避現實的藉口，或只是個人情感的耽溺；用左翼行話來說，抒情論述只是小資階級抗拒社會群體、顧影自憐的姿態而已。然而，只要稍稍涉獵中國或西方抒情論述的傳統，就會看到不一樣的視野。例如西方文學裡的抒情論述直到近代才

8　Theodor Adorno, "Cultural Criticism and Society," in *Prisms* (Cambridge, Mass: MIT Press,1983), p. 34. 此文最初發表於1949年。

9　普實克（Jaroslav Průsek）曾召喚「史詩」來表達當時的「時代精神」（Zeitgeist）。請見下文討論。

被貼上絕對唯我論（solipsism）的標記，[10]而中國詩學中的抒情論述從來都蘊含人與我、情與物的互動指涉。[11]再者，西方浪漫主義抒情論述的興起本與歐洲十八世紀末的革命狂飆息息相關，[12]而中國傳統裡的抒情最早也可追溯到《楚辭》充滿政治隱喻的召喚。1926年，魯迅提到他的文章不外乎「釋憤抒情」，呼應的正是兩千多年前屈原的詩行：「發憤以抒情」。[13]

---

[10] 見Jonathan Arac, "Afterword: Lyric Poetry and the Bounds of New Criticism," in Hošek and Parker, eds., *Lyric Poetry*, p. 353；至於西方（抒情）詩論中的模仿與形而上之間的二元論，可參閱余寶琳（Pauline Yu）的研究，見Pauline Yu, *The Reading of Imagery in the Chinese Poetic Tradition* (Princeton: Princeton University Press, 1987), pp. 13-16.

[11] 宇文所安在研究中國與西方詩學論述的比較時，曾注意到希臘文的*poiêma*（或文學的「製成物」）在柏拉圖的事物體系中，已經成為第三元，令人不安。所謂的「製成」的反面，……大部分中國文學思想家的說法是「體現」（'manifestation'）：即任何內在的一切都有一種外顯與體現的固有傾向，包括人的情性，天地的法則皆然，見Owen, *Readings in Chinese Literary Thought*, p. 21；余寶琳研究中國詩學認識論的根源時，曾注意到西方詩學論述有形而上與模仿的對立；與此對照的是，中國詩學論述則「意圖喚起一個早已存在的呼應系統，此呼應系統存在於詩人，世界與種種意象之間」（頁37）；葉維廉（Wai-lim Yip）則進一步將此潛藏在中國詩學文化底層的呼應系統稱之為「秘響旁通」，見Wai-lim Yip, *Diffusion of Distances: Dialogue Between Chinese and Western Poetics* (Berkeley: University of California Press, 1993), Chapter 5.

[12] 例如參閱Stephen Prickett, *England and the French Revolution* (London: Macmillan Education, 1989); Richard Bourke, *Romantic Discourse and Political Modernity* (New York: St. Martin's Press, 1993); Marilyn Butler, *Romantics, Rebels and Reactionaries* (Oxford: Oxford University Press, 1981).從比較文學的角度看中國與西方浪漫主義裡的政治議題，可參閱張旭春，《政治的審美化與審美的政治化：現代性視野中的中英浪漫主義思潮》（北京：人民出版社，2004）。

[13] 魯迅，〈華蓋集續編小引〉，《魯迅全集》（北京：人民出版社，2005），第1

　　正如以下各章所論，二十世紀中葉的中國離亂擾攘，在文學與藝術領域裡卻仍有不少特立獨行之士，堅持以個人創作抵抗集體的吶喊與徬徨。這些創作所展現的情感與行動如此複雜，讓一般定義的「抒情」頓生疑問。舉例來說，新中國成立前夕，沈從文（1902-1988）──中國最重要的鄉土抒情作家──企圖以自殺維護理想的生命情境。相對於此，馮至（1905-1993）──魯迅心目中「中國最為傑出的抒情詩人」[14]──卻認為如果不向左翼繆斯投誠，就無以證成詩性自我。在抗戰如火如荼的時候，導演費穆（1906-1951）以電影《孔夫子》向儒家禮樂倫理美學致意；[15]無獨有偶，胡蘭成（1906-1981）也在同一時刻高呼禮樂思想，為自己叛國與偷情的行徑打開方便之門。[16]

　　因此，要在這個「史詩」時刻重新發現「抒情」，我們不能重申傳統那套二元對立的語彙，像是真情抑或禮教、唯美耽溺抑或革命大義、本土唯情論述抑或西方浪漫主義等。這一時代的基調充滿多音複杳的喧譁，難以簡化為非此即彼的選項。我認為，如果「自我」（selfhood）是串聯本書系列研究的關鍵詞，這個「自我」是個建構，由種種個體與群體所形成。不僅如此，一旦

冊，頁183。屈原，《九章‧惜誦》，（宋）洪興祖撰，《楚辭補注》（臺北：中華書局，1983），頁121。

[14] 魯迅，〈導言〉，趙家璧主編，《中國新文學大系：小說二集》（上海：良友圖書公司，1935），第4集，頁5。

[15] 費穆1940年執導電影《孔夫子》。此片近年修護完成，2009年於第三十三屆香港國際電影節放映。其他相關資料請參閱黃愛玲，《費穆電影孔夫子》（香港：香港電影資料館，2010）。

[16] 請參閱本書第5章的討論。

作家或藝術家召喚抒情，他們的訴求往往同時具有現代與傳統特徵。甚至在某些案例裡，真誠導致背叛，抒情衍生諷刺，促使我們思考其中的二律悖反、以及歷史脈絡的不得不然。這一觀察也引發我們對六朝和晚明的聯想；這是中國歷史上兩個偉大的「抒情時刻」[17]，而這兩個時刻都與社稷動亂、理法崩解共相始終。

二十世紀中期的中國儘管危機四伏，抒情論述的發展卻不曾稍止。1941年，艾青出版《詩論》，1943年朱光潛也發表書名相同的《詩論》；兩人各從形式主義或革命的角度處理抒情論述。1971年，陳世驤發表〈中國的抒情傳統〉，宣告中國文學的整體特色無他，就是「抒情的傳統」，因此將抒情論推向高峰。從四〇到七〇年代之間，我們聽到許多議論抒情的聲音，其中至少包括李廣田（1906-1968）《詩的藝術》（1943）、臧克家（1905-2004）《我的詩生活》（1943）、馮文炳（廢名，1901-1967）《談新詩》（1944）、朱自清《新詩雜話》（1947）、宗白華《藝境》（1948）、[18]阿壠（1907-1967）《人和詩》（1949），此外還有胡風論詩與主體性的散文，沈從文寫於四〇年代和五〇年代的隨筆雜文。

---

[17] 梁朝是六朝其中一個黃金時代，這方面的介紹請參閱 Xiaofei Tian, *Beacon Fire and the Shooting Star: The Literary Culture of the Liang (502-557)* (Cambridge, Mass: Harvard East Asian Monograph Series, 2007)；相對於晚清，晚明的文學成就可參閱 David Der-wei Wang and Shang Wei, eds., *Dynastic Crisis and Cultural Innovation: From the Late Ming to the Late Qing and Beyond* (Cambridge, Mass: Harvard East Asian Monograph Series, 2005).

[18] 宗白華1948年完成此書，因為種種原因阻擾，該書八〇年代方才問世，《美學與意境》（上海：上海人民出版社，1981）。

　　1949年國共分裂之後，抒情論述在海外引起激烈討論。新儒家學者唐君毅（1909-1978）在五〇年代以「詩人的情調」重新思考儒家思想，並且以詩人思想家的名號著稱。[19] 1965年，時在臺灣的徐復觀（1904-1982）出版《中國藝術精神》，探討國畫、書法、詩歌與藝論的哲學線索。[20]流亡日本的胡蘭成則分別於1954、59年完成《山河歲月》和《今生今世》等書，從《詩經》、禪宗、道教與《易經》等脈絡重新定義思考中國歷史與人生的關係。1968年，旅美學者梅祖麟（1933- ）和高友工（1929-2016）援用結構主義和語言分析學討論中國詩歌的抒情結構與「效應」。[21]爾後十年，高友工進一步提出「抒情美典」，用以指稱中華文化精髓。[22]

　　上述學者文人的思想、背景儘管不同，彼此所處的地理位置也相距遙遠，但他們似乎有志一同，都在1949危機前後召喚抒

---

[19] 唐君毅，《生命存在與心靈境界——生命存在之三向與心靈九境》，《唐君毅全集》（臺北：臺灣學生書局，1977），卷23，頁7。亦可參閱唐君毅，〈導言〉，《人生之體驗》：「寫作時常常感觸一種柔情之忐忑，忍不住流感動之淚。」見《唐君毅全集》，卷1之1，頁11。

[20] 徐復觀，《中國藝術精神》（臺北：臺灣學生書局，1965）；關於徐復觀美學思想的進一步研究，可參閱章啟群，《百年中國美學史略》（北京：北京大學出版社，2005），頁183-212；王守雪，《人心與文學：徐復觀文學思想研究》（鄭州：鄭州大學出版社，2005）。

[21] Tsu-lin Mei and Yu-kung Kao, "Tu Fu's 'Autumn Meditations': An Exercise in Linguistic Criticism," *Harvard Journal of Asiatic Studies* 28 (1968): 44-80.

[22] 請參閱本書最後一章的分析。高友工針對中國美學所寫的論文，大部分收入《中國美典與文學研究》（臺北：國立臺灣大學出版中心，2004）。

情，視之為理解歷史與文學的不二法門。問題是：他們究竟如何召喚——或如何發明——抒情論述，並以此回應「史詩」時代的挑戰？而我們又該如何放眼全球文學語境，理解這一抒情召喚？為了釐清這些問題，本章將討論三位重要批評家，陳世驤（1912-1971）、沈從文和普實克（Jaroslav Průšek, 1906-1980）。

陳世驤1941年離開中國，四〇年代後期在加州大學柏克萊分校教授中國文學。他早年鑽研現代主義文學，赴美後轉向古典文學，甚至提出「中國抒情傳統」的呼籲。沈從文是1949年前中國最卓然有成的鄉土抒情作家。新中國成立後，他卻因各種因素黯然退出文壇，轉向文物研究。此後，他的文學「創作」只能見諸私人書信、隨筆和古典詩歌等所謂「抽屜裡的文學」。儘管如此，沈從文卻在社會主義、現實主義高唱入雲的六〇年代初，提出「抽象的抒情」。普實克是著名捷克漢學家，也是一位熱情的馬克斯主義者。他以「史詩」視角解釋中國共產革命與冷戰政治，弔詭的是，他卻將古典中國詩學的「抒情」納入論述，並宣稱「抒情」才是中國「史詩」現代性的根本。下文首先針對傳統中國抒情論述譜系作簡單的回顧，繼之分論陳世驤、沈從文、普實克三位對抒情論述的貢獻。

「抒情」的譜系——從古典到現代

「抒情」一詞首次出現於《九章·惜誦》：

> 惜誦以致愍兮，
> 發憤以抒情。[23]

詩人因為自己的忠心不能見知於君王，勸諫復遭冷落，因而賦詩以抒「憤」。這一政治背景至關重要，有助我們了解詩人為何需要抒發情感。漢代宮廷詩人嚴忌（188?-105?b.c.）[24]作詩〈哀時命〉，援引屈原，並自傷身世：

> 獨便悁而煩毒兮，
> 焉發憤而抒情。[25]

　　這些例子引發我們重新理解抒情之「抒」字的必要。就詞源來說，「抒」和表示「解除」的「紓」，還有與表示「宣洩」的「舒」有關。「抒」有時可以指「和緩」、「消除」，甚至抹除情感的過程。[26]「抒」也可以和「杼」互訓。「杼」的本義有二，一

---

[23] 屈原，《九章·惜誦》，《楚辭補注》，頁121。

[24] 嚴忌本姓莊，避漢明帝諱曰嚴。見《楚辭補注》，頁259。

[25] 嚴忌，〈章句·哀時命〉，見《楚辭補注》，頁266。

[26] 根據王逸《楚辭章句補注》和朱熹《楚辭集注》，「抒」與「舒」或「紓」互通，可交互使用。姜亮夫主張「抒」可能是魏晉之後才出現的用語。「抒」意同「渫」或「挹」。在「抒情」兩字連用的脈絡下，「抒」意指情感的散發或流溢或其結果；姜亮夫引王逸註《九章》，認為「抒情」或許也有療癒的意涵，因為詩人深受疾病與疲憊折磨之餘，發憤作詩，抒發深藏心中的積恨與怨怒。參閱姜亮夫，《楚辭通故》（濟南：齊魯書社，1985）。

指控制水量的裝置，[27]一指織布時用以持理經緯的梭子。[28]就第一個意義來說，抒／杼意指調節宛如流水的情，就第二個意義而言，則抒／杼意指組織或編織千頭萬緒的情。此為嚴忌詩中「杼中情」之所由：

志憾恨而不遑兮，
杼中情而屬詩。[29]

從詞源研究我們看出，「情」在歷史裡從來就不是一個穩定的概念。甲骨文和金文皆未出現「情」字，《詩經》和《尚書》僅僅出現一次，《論語》亦只出現兩次。[30]到了《左傳》或其他戰國時期著作，「情」字開始頻繁出現，通常意指實情或共識。[31]漢代之前，「情」多用來描寫一種從感官內心生起，滿含

---

[27] 「杼」是指控制水量的裝置。杜預對此字的註解是「申杼舊意」；《文選》以「杼」為「抒情素」，即「抒下情，而通諷論」，見《楚辭補注》，頁121。

[28] 許慎認為「杼」是「機之持緯者」，亦即「梭」，見《說文解字》（北京：中華書局，1992），頁123。

[29] 嚴忌，〈哀時命〉，《楚辭補注》，頁259。楊儒賓曾為文討論屈原與中國抒情詩文的緣起，見〈屈原為什麼抒情？〉，《臺大中文學報》第40期，2013年3月，頁101-144。

[30] 陳伯海，〈釋「情志」——論詩生命的本根〉，《中國詩學之現代觀》（上海：上海古籍出版社，2006），頁71；暴慶剛對「情」的字源有深入廣泛的討論，見王月清、暴慶剛、管國興編，《中國哲學關鍵詞》（南京：南京大學出版社，2011），頁62-72。

[31] 例如《左傳‧莊公十年》有「大小之獄，雖不能察，必以情」的說法，見《春秋左傳正義》（臺北：臺灣古籍出版有限公司，2001），頁275。

欲望的感受，[32]誠如《禮記》所言：「何謂人情？喜、怒、哀、懼、愛、惡、欲，七者弗學而能。」[33]荀子把「性」與「情」、「欲」並列，提出「性者，天之就也；情者，性之質也；欲者，情之應也」的說法。[34]到了西漢，據傳董仲舒（ca. 179-104 b.c.）將「情」與「性」對立起來，「情」自此披上曖昧的道德色彩。此後，「性」意謂人類與生具來的善根，「情」則指人性當中易受動搖、誘惑或影響的傾向。[35]往後幾個世紀，思想家紛紛對「情」提出不同的闡釋和辯論。其中魏晉南北朝文人對「情」作出形上思考，視之為人性本源。宋代新儒家則重「理」抑「情」；在理學家眼中，「情」猶如流水，難以駕馭。[36]晚明文人

---

[32] 《呂氏春秋》有〈情欲〉篇。《漢書・董仲舒傳》有云：「性者，生之質也；情者，人之欲也」，見《二十四史・漢書・董仲書傳》（北京：中華書局，1997），頁638。

[33] （清）孫希旦撰，〈禮運〉，《禮記集解》（北京：中華書局，1989），卷22，頁606。黃衛總（Martin W. Huang）教授的討論令我受益匪淺，見 *Desire and Fictional Narrative in Late Imperial China* (Cambridge, Mass: Harvard University Asia Center, 2001), p. 25. 或此書中譯版，張蘊爽譯，《中華帝國晚期的欲望與小說敘述》（南京：江蘇人民出版社，2012），頁26。

[34] （清）王先謙，《荀子集解下》（臺北：中華書局，1988），第2冊，頁428。

[35] 參見黃衛總著、張蘊爽譯，《中華帝國晚期的欲望與小說敘述》，頁26。

[36] 參閱王月清、暴慶剛、管國興編，《中國哲學關鍵詞》的討論，頁62-72；亦可參閱朱熹（1130-1200）的把「性」比喻為止水之清，把「情」比喻為流水的說法，見黎靖德編，《朱子語類》（北京：中華書局，1989），卷5，頁94。「情」在宋元之際評價較低，可能與新儒家思想的盛行有關，見王兆傑（Siu-kit Wong），*Ch'ing in Chinese Literary Criticism*, Ph.D. diss., Oxford University, 1969, pp.77-80.

則以「情教」之名,提倡個人情感的解放。[37]到了晚清,改革派更高唱「情」為救國新民的關鍵要素。[38]

　　二十世紀末,由於郭店楚簡的出土,我們看到古人對「情」有其他不同的闡釋。在一段名為〈性自命出〉的殘篇中,「情」字出現十九次,尤其「道始於情」這句話更引起各式各樣的詮釋。[39]識者認為「道始於情」這句話大大修正了傳統儒家傳統的

---

[37] 對情的推崇,晚明文壇首推湯顯祖(1550-1616)及其同道。為了反對具有道德意味的「詩言志」,湯顯祖提出「志也者,情也」的說法,見〈董解元西廂題辭〉,收入《湯顯祖集》(上海:上海人民出版社,1978),第2冊,頁1502。湯顯祖與其從人提倡人性當中原初的情,但也未忽略情的多重意涵。後世文人探索情的意義、功能與效用時,因而有不同的切入角度。舉例而言,王夫之(1619-1692)從「情景交融」的角度入手,黃宗羲則以「深一情以拒眾情」,區辨「眾情」與「一情」的差別,見〈朱人遠墓誌銘〉,《黃宗羲全集》第10冊,頁484。而最引人側目的討論當屬曹雪芹(1724-1763)在《紅樓夢》提到的「情不情」。這方面的分析請見李惠儀的研究,在 *Enchantment and Disenchantment: Love and Illusion in Chinese Literature* (Princeton: Princeton University Press, 1993), pp. 203-211.

[38] 參閱我的討論,《被壓抑的現代性:晚清小說新論》(臺北:麥田出版,2003),頁58-64;晚清文人之重新開始探索「情」為何物,這一波思潮要從龔自珍(1792-1841)說起,龔自珍曾撰文挑戰自古以來「情」在思想上的種種限制,見〈宥情〉,《龔自珍全集》(上海:上海古籍出版社,1999),頁89-99;劉鶚(1857-1909)曾渴望看見一個由情所滋養的國度,見〈老殘遊記·序〉,《老殘遊記》(臺北:聯經出版公司,1978),頁1。

[39] 荊門市博物館,《郭店楚墓竹簡》(北京:北京文物出版社,1998),頁139。哥倫比亞大學李峰教授建議把「道始於情,情生於性,始者近情,終者近義。知情者能出之,知義者能入之」翻譯為:"The Way begins with emotion, and emotion is given birth by nature. Its beginning is close to emotion, and its end is close to righteousness. The one who knows emotion is able to exit it, and the one who knows righteousness is able to enter it." 而 Matthias L. Richter 則把「道始

看法。儒家認為「情」需要文化禮制加以導正，但「道始於情」這句話的意思恰好相反，「情」反而成為所有文化禮制的起點。據此，「情」促進了**道**的開展，讓人性充滿美善的情感。[40]

　　「情」除了表示人的官能與感性，也有「實情」的意思，指涉實際情形或真實境況。[41]擴而言之，「情」也與真確可信的事物或理念有關。[42]據葛瑞漢（A.C. Graham）研究，漢以前文本中，「情」若是名詞，指的是「各種事實」；若是形容詞，則表

於情，情生於性」譯為 "The Way proceeds from the Actual Inner Condition; the Actual Condition is generated by Disposition." 據此，他標舉了「情」的其他重要含意，點出情之生起，乃源自周遭脈絡。關於這方面的討論，見Richter, "How Manuscripts Reflect the Process of Text Accretion: The Case of *Xing zi ming chu*（性自命出）and *Xing qing lun*（性情論）" 未刊稿，宣讀於哥倫比亞大學中國研究會議，2011年2月14日。

[40] 王振復，《中國美學史新著》（北京：北京大學出版社，2009），頁68-75，尤其頁74-75；李澤厚，《實用理性與樂感文化》（北京：生活·讀書·新知三聯書店，2008），頁55-56。

[41] 例如《論語·子路》有言：「上好信，則民莫敢不用情。」孟子也有「乃若其情，則可以為善矣」的說法，這裡的「情」指某種天生而且真實的品質，見《孟子注疏》（臺北：臺灣古籍出版有限公司，2001），頁354。

[42] 《周易·繫辭上第七》提到「設卦以盡情偽」，見李學勤主編，《周易正義》下經，（臺北：臺灣古籍出版有限公司，2001），頁343。亦可參見陳伯海，〈釋「情志」〉，頁71；暴慶剛對「情」的字源學研究，見《中國哲學關鍵詞》，頁62-72。這方面的英文資料可參閱A.C. Graham, *Studies in Chinese Philosophy and Philosophical Literature* (Albany: State University of New York Press, 1986), pp. 59-66; Wai-yee Li's extensive footnote 34 in *Enchantment and Disenchantment: Love and Illusion in Chinese Literature* (Princeton: Princeton University Press, 1993), pp. 61-62.

示「真實的」或「本質的」。[43]葛瑞漢這種帶有本質論的解釋遭
到陳漢生（Chad Hansen）的批判，陳漢生強調「情」出現於外
在現實與內在反應相輔相成之時；據此，「情」含有「情感」與
「事實」兩個要素。[44]余國藩既不同意葛瑞漢的本質論論調，也
不贊同陳漢生的現實論說法。他認為人的主體原本就有調節事實
與情感的能力。為了說明這一論點，余國藩重提荀子之說（見
前引），並強調「性」、「情」與「欲」不斷相互協調消長的現
象。[45]

　既然「情」可解為情緒／情感，也可解為事實／狀態，因而
引起許多學者進一步探討「情」究竟是發自人心的固有能力，
抑或是普遍存在宇宙的實體。例如龔鵬程就曾質疑「情」是否
僅僅只是一種內在情感的表達；他把「情」的概念上推到漢朝
以及更早，認為「情」源自於天地自然力量的運行。[46]林凌翰

---

[43] A.C. Graham, "The Meaning of Ch'ing," appendix to "The Background of
the Mencian Theory of Human Nature," *Studies in Chinese Philosophy and
Philosophical Literature*, pp. 59-64.

[44] Chad Hansen, "*Qing* (Emotion) in Pre-Buddhist Chinese Thought," in Joel Marks
and Roger T. Ames, eds., *Emotions in Asian Thought: A Dialogue in Comparative
Philosophy* (Albany: State University of New York Press, 1995), pp. 181-211,
particularly 200-202.

[45] 見 Anthony Yu, *Reading the Stone: Desire and the Making of Fiction in Dream of
the Red Chamber* (Princeton: Princeton University Press, 1997), p. 57.關於葛瑞漢
與陳漢生之間的對話，黃衛總有一簡明扼要的總結，《中華帝國晚期的欲望
與小說敘述》，第2章，尤其頁26-28。

[46] 龔鵬程，〈從呂氏春秋到文心雕龍：自然氣感與抒情自我〉，柯慶明、蕭馳
編，《中國抒情傳統的再發現》（臺北：國立臺灣大學出版中心，2009），第2

（Ling-hon Lam）近期研究則指出：「情」是內在情感因應外在
性（exteriority）而啟動。相對傳統每以「興」聯屬「情」，林凌
瀚以「風」喻「情」，強調「情」的內在性（interiority）總以外
在性作為前提。這一外在性的意義有二，一指本體情狀，二指歷
史因緣。林又從明代戲曲和其他文類的個案研究中，嘗試界定
「情」的「空間性」；他從文本資料，工藝作品與戲劇表演尋找
這一空間特質，認為這一特質有助於「展演」（perform）人的主
體意識，內在覺醒。[47]

　　在文學研究方面，我們必須始自〈詩大序〉這篇耳熟能詳的
詩學文獻：

> 詩者，志之所之也，在心為志，發言為詩。情動於中而形
> 於言，言之不足，故嗟嘆之，嗟嘆之不足，故詠歌之，詠
> 歌之不足，不知手之舞之，足之蹈之也。[48]

　　雖然「詩言志」從來是中國詩歌的根本概念，論者也嘗指

　　冊，頁679-708。

[47] 林凌翰認為我們比較熟知的「情」，其實是指一種由心靈或感官驅動的內
　　在力量，而這種力量需要透過身體或藝術表演的形式予以表達和體現。參
　　閱林凌翰即將出版的著作 *From Dreamscapes to Theatricality: The Spatiality
　　of Emotion in Early Modern China* (Cambridge, Mass: Harvard Asia Center East
　　Asian Monographs).

[48] 「詩言志，歌咏言」，見《尚書・舜典》；《毛詩正義・鄭玄詩譜序》（臺北：
　　新文豐出版有限公司，2001），頁10。

出：「志」與「情」並不牴觸，兩者具有相輔相承的力量。[49]余
寶琳指出，〈詩大序〉假定「深藏在內心的（情感）會自然而然
找到與之相應的形式或行動，因此之故，詩歌也可以自然而然地
反映、動搖、影響政治的秩序與天道的運行。」[50]

　　「情志」在魏晉南北朝成為文學創作的關鍵詞。陸機（261-
303）一反傳統「詩言志」，提出「詩緣情」，可說是抒情傳統的
開端。[51]雖然「詩緣情」強調情感及其抒發渠道，但陸機的「情」
其實包含了「以情為志」或「以志為情」的雙重概念。[52]而「情」
在詩的表述中，包含內心世界與外在境況的相互呼應。宇文所安
（Stephen Owen）曾翻譯陸機的〈文賦〉；他把「每自屬文，尤
見其情」的「情」分別翻譯成「心態」（"state of mind"）與「境
況」（"situation"）[53]在這裡，詩人的「心態」與「境況」並非兩相
衝突，而是互相應承。陸機以「杼」來描述詩人的表達能力，而
「杼」如上所述，本是一種編織用具，意指織人用以編織「絲」

---

[49] 參閱陳伯海，〈釋「情志」〉，頁70-92；陳國球，〈陳世驤論中國文學：通往
抒情傳統之路〉，《漢學研究》第29卷第2期，2011年6月，頁234。

[50] 見余寶琳，*The Reading of Imagery in the Chinese Poetic Tradition*，頁12。

[51] 見宇文所安，*Readings in Chinese Literary Thought*，頁131。關於中國文學
理論的興起，這方面的討論可參閱劉若愚（James Liu），*Chinese Theories of
Literature* (Chicago: University of Chicago Press, 1975)，特別是第3章與第5
章，因為這兩章涉及情感、表達與美學三者間的聯繫。

[52] 見陳伯海，〈釋「情志」〉，頁73。陸機《文賦》：「頤情志於典墳」，將「緣
情」與「言志」二者結合。

[53] 宇文所安譯文為 "And whenever I myself compose a literary piece, I perceive full
well their state of mind (or the situation) " 見Owen, *Readings in Chinese Literary
Thought*, p. 80；亦可參見王兆傑，*Ch'ing in Chinese Literary Criticism*, pp. 25-33.

線的梭子，此處則指詩人用以組織思想，亦即「思」的工具：

> 雖杼軸於予懷，
> 怵他人之我先。[54]

陸機如此把玩「杼」在絲／思出入的隱喻，讓我們聯想到屈原在
〈九章〉裡所祈助的「抒情」，本身已經隱含雙重意義，既疏放
又持守，既鬆解又緊密。

　　但在漫長的文學史裡，抒情作為文類和概念仍歷經多次轉
折。朱自清（1898-1948）在1947年出版的《詩言志辨》一書中
提到「『抒情』這詞組是我們固有的，但現在的涵義卻是外來
的。」[55]的確，在王國維之前，傳統中國文人極少使用抒情。[56]從
比較文學觀點來看，朱自清的觀察有其道理；現代中國作家與藝
術家常以抒情一詞等同西方浪漫主義式的lyricism。但朱自清忽
略了一個事實：現代中國文人從來不曾徹底拋棄傳統。恰恰相
反，現代抒情論述在跨文化的交流過程中融合了中國與西方、現
代與傳統，因而產生比過去更加複雜的意涵。

　　近年學者研究抒情傳統迭有發現。陳國球指出，《楚辭》之
後，我們可以在各種題材的文本中看到「抒情」一詞的蹤影，

---

[54] 張少康集釋，《文賦集釋》（上海：上海古籍出版社，1984），頁12。

[55] 朱自清，《詩言志辨》，《朱自清全集》（南京：江蘇教育出版社，1996），第
6卷，頁172。

[56] 李珺平，《中國古代抒情理論的文化闡釋》（北京：北京大學出版社，
2005），頁271。

例如班固（32-92）的〈兩都賦〉、江淹（444-505）的詩、蕭統（501-531）的《昭明文選》（520）。[57]近期研究者如鄭毓瑜、顏崑陽亦相繼指出，除了與情感和自我表達關聯密切之外，在先秦以及中古時期，抒情還具有豐富的社會意義，包括教育、外交、倫理、甚至療癒的功能。[58]此外，抒情也常被用為諷喻或「形容盛德」的政治讚頌。[59]在唐宋詩歌文化中，抒情作為隱逸或社交的喻象更大行其道，以此充分顯示其內省性及公共性兩個面向。[60]

　　「情」既具有雙重意義，既指內在自我的湧現，也指人世實際的境況，因此與「情」呼應的「抒情」也涉及主體對人「情」與人「事」的雙重介入。由此，我們或可推衍「抒情」一詞所兼具的「詩」與「史」的雙重意涵。誠如傳統「詩史」一詞所示，情與事，文學與歷史的相互定義源遠流長。唐代文人孟棨（?-?，九世紀）曾有名言：「觸事興詠，尤所鍾情。」[61]孟棨同時

---

[57] 陳國球，〈導論 「抒情」的傳統〉，收入陳國球、王德威編，《抒情之現代性》，北京：生活・讀書・新知三聯書店，2014）。

[58] 鄭毓瑜，《引譬連類：文學研究的關鍵詞》（臺北：聯經出版公司，2012），第1章〈「體氣」與「抒情」說〉。顏崑陽，《詩比興系論》（臺北：聯經出版公司，2017）。

[59] 陳國球，〈導論 「抒情」的傳統〉，收入陳國球、王德威編，《抒情之現代性》，北京：生活・讀書・新知三聯書店，2014）。

[60] 同前註，頁10。

[61] 孟棨，〈本事詩・序〉，見張暉，《中國「詩史」傳統》（北京：生活・讀書・新知三聯書店，2012），頁14；陳國球在〈抒情與傳統：抒情之現代性導論〉也指出，唐朝的盧懷曾著有《抒情集》一書。目前此書已經佚失，但是從書名判斷，可知此書收錄的都是有待留念的詩歌或敘述文字。猶如孟棨

考慮「情」的「境況」與「情感」作用，點出歷史經驗與詩人心靈交相影響的關係。張暉指出，孟棨的「詩史」說法有兩個來源：一是《春秋》夾敘夾議的史傳筆法；二是魏晉南北朝緣情物色的詩學。[62]

　　孟棨視詩為史的看法其來有自。宇文所安曾對此提出如下解釋：「藉詩來表情達意的過程必須始於外在世界，這個外在世界雖然不是最重要的條件，卻是先決條件。當某個潛在的形式隨著人的內在情性逐漸開展，此形式會從外在世界開始，逐漸移轉到心靈，再從心靈移轉到文學。這當中涉及同情共感的理論。」[63]依此看法，我們稱杜甫為「詩史」，除了杜甫擅長描寫歷史現實或以史入詩，也考慮到他的有情眼光；這一特殊的眼光使杜甫的詩心與史識共鳴，並與天地萬物交響。用宇文所安的話說，杜甫的詩不應該被看成「虛構」的作品，因為「杜甫的詩是獨特的現實記錄，其中含藏著歷史時間裡的獨特經驗，是人的意識應對外在世界的記錄、詮釋與回應。」[64]

的《本事詩》亦以史事入詩，並藉以抒情。

[62] 張暉，《中國「詩史」傳統》，頁14-16。

[63] 見 Stephen Owen, *Traditional Chinese Poetry and Poetics: Omen of the World* (Madison: University of Wisconsin Press, 1985), p. 21；另外，誠如劉若愚所描述的，「詩人並不是把經驗當作他的觀點的『內容』，然後再把這個『內容』倒入某一『形式』裡；詩人受到某種經驗的刺激——可能是某種情感或事件——而提筆寫作，他在搜尋適當的字詞，聲音與意象的時候，原來的經驗已經轉換成某種新的東西，也就是詩。」參閱 James Liu, *The Art of Chinese Poetry* (Chicago: University of Chicago Press, 1962), p. 96.

[64] Owen, *Traditional Chinese Poetry and Poetics*, p. 15.

　　「詩史」的思考與實踐在晚明清初達到高潮，其中最重要的
案例是黃宗羲。當黃宗羲感喟「史亡而後詩作」，[65]他是以詩情見
證朝代更迭，重新理解歷史與詩心的互動。[66]錢謙益（1582-1664）
將「詩史」的抒情特質發揮得更為淋漓盡致。錢跳脫出傳統的反
映論（reflectionism），指出詩原本就是史的核心要素。基於這種
看法，詩的氣氛、意象、聲調就不僅只是修辭手法而已，更是詩
人涵養史識的一種心理——甚至是本體——的指標。嚴志雄以錢
為例，因此認為：「詩史把詩與歷史連結在一起，是抒情論述最
理想的表達方式。」[67]

　　近年有學者將抒情論述與古代中國倫理實踐、知識體系作出
細緻研究。顏崑陽專注「詩用」論，強調古代詩作為人我、公私
的社會性功能。[68]鄭毓瑜則以漢賦為例，提出「情」既是感官資
料的寶庫，也是認識論的源頭；她認為在中國古代文化中，「抒
情」不僅調節公私領域的情感，也促進知識的生產。藉由「引譬

---

[65] 張暉指出「詩史」這個概念在清初曾經歷一次文字與考據的轉向；換言之，
詩人與學者傾向於把詩看作一種證據，看作歷史經驗的實錄。參氏著〈中國
「詩史」傳統〉，頁150-157。

[66] 在黃宗羲之前，「詩史」主要是杜甫的別號。龔鵬程指出黃宗羲給「詩史」
新添了另一個面向；自黃以來，「詩人即史家」這一說法已經被用來指出詩
具有批判、矯正、甚至代換歷史的作用。參閱龔鵬程，〈清初詩史觀念的轉
變〉，《詩史本色與妙悟》（臺北：臺灣學生書局，1993），頁66。

[67] 嚴志雄（Lawrence C.H. Yim），*The Poet-Historian Qian Qianyi* (New York:
Routledge, 2009)，頁27；有關錢謙益的「詩史說」可參閱張暉，《中國「詩
史」傳統》，頁164-168。

[68] 顏崑陽，《詩比興系論》。

連類」，抒情文學融合了官能反應、感性共鳴、修辭比喻、知性思考，從而形成綿密的分類排比系統，為世界命名，肇生知識體系。[69] 蕭馳則以魏晉詩歌的興起為例，說明中國抒情論述是漢魏時期探究宇宙論的主要範式。[70] 蕭的立論前有來者，朱光潛和高友工都主張唐代的律詩是最完美的形式，充分展現了天道流轉、自然應和的韻律。[71]

　　以上論述掛一漏萬，當然不能道盡「情」與「抒情」的根源與分歧；同樣的，也無意誇張古今之間必然的因果關聯。我只希望點明一個事實：早在西方與日本的影響進入中國之前，中國抒情論述已經發展出豐富多元的脈絡。據此，以下討論陳世驤、沈從文與普實克對「抒情」的思考。三者分別自北美、中國與歐洲語境，引領我們一窺二十世紀中期中國抒情論述的風貌。

---

[69] 參閱鄭毓瑜，《引譬連類》的分析，此分析可與宇文所安的說法相互印證，宇文所安認為：「如果文學的文是一種未曾實現樣式的漸行實現，文字的文就不僅是一種〔代表或再現抽象理想的〕標記，而是一種體系的構成，那麼也就不存在先後主從之爭。文的每個層面，不論是彰顯世界的文或是彰顯詩歌的文，各在彼此息息相關的過程中確立自己的位置。詩〔作為文的〕最終外在彰顯，就是這一關係繼長生成的形式。」參見 Owen, *Traditional Chinese Poetry and Poetics,* p.21.

[70] 蕭馳，《玄智與詩興》（臺北：聯經出版公司，2011），〈導論：魏晉詩歌中的思想之旅〉。

[71] 朱光潛，〈中國詩何以走上律的路〉，《朱光潛全集·詩論》（合肥：安徽教育出版社，1987），第3冊，第11、12章；Yu-kung Kao, "The Aesthetics of Regulated Verse," in Shuen-fu Lin and Stephen Owen, eds., *The Vitality of Lyric Voice: Shih Poetry from the Late Han to the T'ang* (Princeton: Princeton University Press, 1986), pp. 332-384；蕭馳，《中國抒情傳統》（臺北：允晨文化，1999），頁1-136。

陳世驤：「抒情傳統」之發明

　　1971年，陳世驤在亞洲研究學會（Association of Asian Studies）年會發表〈中國的抒情傳統〉，從比較文學的視角檢視中國文學。他的結論是：西方文學的特色是史詩和希臘悲劇，而中國文學的特色「在抒情的傳統裡」。[72]陳世驤指出，這一抒情傳統源自《詩經》與《楚辭》，在隨後的幾個世紀裡分別以漢賦和樂府等形式發揚光大，並在六朝與唐代詩歌中登峰造極。陳世驤認為即使「戲劇和小說的敘述技巧最後以遲來的面目出現，抒情體仍舊聲勢逼人，各路滲透，或者你可說仍舊使戲劇小說不能立足。」[73]陳世驤認為：

> 以字的音樂做組織和內心自白做意旨是抒情詩的兩大要素。中國抒情道統的發源，《楚辭》和《詩經》把那兩大要素結合起來，時而以形式見長，時而以內容顯現。此後，中國文學創作的主流便在這個大道統的拓展中定形。所以，發展下去，中國文學被注定會有強勁的抒情成分。[74]

---

[72] 陳世驤，〈中國的抒情傳統〉，《陳世驤文存》（臺北：志文出版社，1972），頁32。

[73] 同前註，頁34。

[74] 同前註，頁32-33。

陳世驤進一步補充：一，不論在「私下或公共場合中」，[75]我們皆可找到抒情的、主觀的自我傾吐；二，「把抒情體當作中國或其他遠東文學道統精髓的看法，很可能會有助於解釋東西方相牴觸的、迥異的傳統形式和價值判斷的現象」。[76]究其極，陳世驤提出「就整體而論，我們說中國文學的道統**是**一種抒情的道統並不算過分。……藉此我們了解中國文學的特色，並且——在它可代表遠東各種文學傳統的範疇中——可以了解東方文學或多或少連貫在一起的整體和西歐文學在一個焦點上並列而迥異」。[77]

陳世驤提到他評價中國文學的前提，來自對西方經典的反思，而他之所以提出中國「抒情傳統」，主要在於區別西方文論評價**所有**文學都來自荷馬史詩和希臘悲劇的觀點。為了矯正西方文學視野，陳刻意強調中國傳統的獨特性：較諸西方文學顯著的史詩傳統，在中國——甚至東亞——文學中存在一個與之對應的「抒情傳統」，「抒情」是中國文學——甚至是東亞文學——的「正統」。陳的用心拳拳可感，但話說回來，他的論調不免流露另一種本質主義的痕跡。再者，將中國形形色色的文學表達全都置於「抒情傳統」大纛下，也顯得過於寬泛。何況他將所有東亞文學都歸納為「中國抒情傳統」的延伸，已有中國中心主義（Sinocentrism）之虞，而這似乎複製了他原所詬病的西方中心主義（Eurocentrism）。可惜的是，陳世驤不曾有機會回應這些質

---

[75] 同前註，頁35。
[76] 同前註，頁34。
[77] 同前註。

疑；論文發表數月後，他即因病去世。

　　雖然陳世驤的論述有待商榷，但無礙於他成為二十世紀中期最有創意的文論家之一。事實上，當時有許多學者文人以各自不同立場倡述「抒情」，並以其反思當下中國文明危機。這些批評家包括在香港的唐君毅、臺灣的徐復觀、中國大陸的沈從文、日本的胡蘭成等。不過他們都不如陳世驤所展現的那樣自信與氣派。自陳世驤以後，「抒情傳統」論述傳遍海外華人學界，各式各樣的詮釋、論辯此起彼落，甚至形成一個「抒情傳統」的傳統（meta-tradition）。[78] 近年來，中國大陸學界也開始注意「抒情傳統」。這都促使我們重新思考陳世驤的論點，以及他對世紀中期中國詩學的貢獻。

　　早在1949年，陳世驤已經開始研究「抒情傳統」。在〈中國詩字之原始觀念試論〉中，[79] 他賦予詩至高無上的地位，以此凸顯中國文學的起源與西方文學有別。他詳細討論「詩言志」——

---

[78] 下列著作足以印證此一論述傳統的源遠流長：柯慶明，《中國文學的美感》（臺北：麥田出版，2000）；呂正惠，《抒情傳統與政治現實》（臺北：大安出版社，1989）；張淑香，《抒情傳統的省思與探索》（臺北：大安出版社，1992）；蔡英俊，《比興物色與情景交融》（臺北：大安出版社，1988）；鄭毓瑜，《六朝情境美學綜論》（臺北：臺灣學生書局，1996）；廖棟樑，《詩品》（臺北：金楓出版，1986）；顏崑陽，《六朝文學觀念叢論》（臺北：正中書局，1993）。香港的陳國球和新加坡的蕭馳，他們的作品也大部分在臺灣出版。

[79] 陳世驤，〈中國詩字之原始觀念論〉，《陳世驤文存》，頁39-61。Chen Shih-hsiang, "In Search of the Beginning of Chinese Literary Criticism," *University of California Publications in Semitic Philology, Semitic and Oriental Studies Presented to William Popper* 11 (1951): 45-63.

中國詩學論述最重要的觀念——的來歷，辨明志／詩的字源，陳
世驤認為「㞢」是「詩」和「志」的共同字根，而「㞢」「在甲
骨和金文中」有四個不同的象形表示，都源自「象足或云象足著
地」。雖然是形聲相同的「㞢」字，卻有兩個相反的意義，「一
是『止』，停也；一是『之』，去也」。[80]由此引申，則停留在心
的，是為「志」；迸發而出、形諸音聲或文字的，是為「詩」。
陳世驤這一看法雖然承自聞一多（1899-1946），[81]但他眼光獨
具，點出「㞢」這個象形文字本身即暗含身體的律動：「㞢的象
足，不但是足之停，而又是足之往，之動。足之動又停，停又
動，正是原始構成節奏之最自然的行為」。[82]

　　解開詩言志「如謎語般」的語源後，陳世驤提出「詩言志」
的發展有二，一端導向各種道德、倫理、政治的呼籲。另一端則
讓人將「詩」與「情」連在一起，表達個人當下抒發的感受。[83]
與此同時，陳世驤又提出另一個同樣著名的中國詩學論述，即陸
機的「詩緣情」。「詩言志」與「詩緣情」雖然分別指向中國文
學思想的兩條路徑，但兩者其實相互關聯。他在〈原興：兼論中
國文學特質〉（1969）中有進一步的闡述；在該文中，他用「抒

---

[80] 同前註，頁49。陳世驤在此把中國詩歌的源頭上推到上古時代的歌舞和如詩
的言說。

[81] 同前註，頁56-59。陳國球指出，除了聞一多，其他民國初年的學者如朱自清
和楊樹達等也曾探討過詩的語源。見陳國球，〈陳世驤論中國文學：通往抒
情傳統之路〉，《漢學研究》第29卷第2期，2012年6月，頁225-244。

[82] 同前註，頁59。

[83] 同前註，頁54-60。

情」（lyric）來描述中國詩，[84]指出柏拉圖「最初分別文學類型的時候只使用『描寫』、『模仿』……，前者指史詩的敘事部分，後者專指戲劇。」在古希臘的文學分類中，除史詩與戲劇兩大類型外，找不出第三種。因為表達個人心緒思維的抒情詩是沒有地位的。但在相應的中國，詩經所代表的抒情詩自然是第三類型。「周朝中葉時，中國的抒情詩已經有了它的定義……所謂『抒情詩』亦即我們今天文學評論上所使用的專門術語，特指起源於配樂歌唱，發展為音樂性的語言，直抒情緒，或宜譯稱為『樂府』。」[85]

陳世驤在此點出「興」為中國詩歌生發的核心元素。在〈原興〉一文中，他承續商承祚的論點，並參考郭沫若的甲骨文研究成果指出「興是群眾合力舉物時所發出的聲音，……如邪許之類是也。……舉物旋遊者所發之聲表示他們的歡快情緒，實則合力勞作者最不乏邪許之聲。」把「興」描述為「初民合群舉物旋遊時所發出的聲音，帶著神采飛逸的氣氛，共同舉起一件物體而旋轉」。[86]陳世驤相信此中藏有「詩」即為「歌」的原始根源，只是「詩」此後會逐漸演變成中國「詩歌」的通稱。

> 這些初民的謳歌經文人轉化與修飾，成為一種詩藝技巧和
> 風尚，且衍生出各種不同意思。這些轉化與修飾後的民歌

---

84 陳世驤，〈原興：兼論中國文學特質〉，《陳世驤文存》，頁219-266。
85 同前註，頁221-222。
86 同前註，頁236、237。

> 仍然透露出一種原始「曲調」的基本成分，對此，毛公所
> 記或許並不完整，但他將這種「曲調」的基本成分命之為
> 「興」，並賦予極高的地位。[87]

不過陳世驤最感興趣的是「興」來自「新鮮世界」的詩質。他深信「興」帶著初民之歌的音樂詞藻和「上舉歌舞」的自然節奏。「興是即時流露的，甚至包括筋肉和想像兩方面的感覺。注意詩中頻仍的疊字和擬聲句，⋯⋯注意詩裡頭韻和腳韻的大量使用⋯⋯『興』是這種詩歌之所以特別形成一種抒情文類的靈魂。」[88]

陳文英文原文的用詞充滿浪漫主義抒情意味：「興」也帶來一種「自然」（spontaneous）、「同步」（Simultaneous）、「即時」（instantaneous）、「充滿動態」（kinetic）和「充滿意象」（imagistic）的吸引力。[89]這幾種特質一旦落實在詩裡，即轉變成「擬聲、對仗、頭韻、複韻」的華麗形式，從而構成的「興」的元素，亦即「抒情的靈魂」。

陳世驤確立「興」是中國詩歌的基礎後，繼而思考如何把時間和主體意識帶入「抒情傳統」。他研究的焦點是《楚辭》。在〈論時：屈賦發微〉一文中，他點出《楚辭》不僅首度創造了

---

[87] 同前註，頁237；據此假設，陳世驤提出了一個遠比《詩經》更早的傳統。他認為《詩經》收錄的詩固然看來像「民歌」，但這些詩表達精緻，背後自有一套形式傳統（例如「複沓」）與情感的自然抒發。

[88] 同前註，頁249。

[89] Chen, "The Shih-ching," p. 33.

一個有情主體,也開啟了「時間」作為主體意識特徵的歷史。陳此文以遺作形式於1973年發表。文中表示:「楚辭最動人的力量,最引人注目的面向是屈原處理時間與事件的手法,充滿高度的悲劇姿態和主觀的色調。」[90]他從比較文學的角度指出,「時間在西方自古即有一席之地;文藝復興與宗教改革後,時間在個人的思考中獲得一個新的,感性的面向」。[91]與此相對,古代中國文明並不詳究時間與主體這類課題。陳世驤認為一直要到屈原的〈天問〉,這個「放在所有時代都充滿挑戰性的問題」才被提了出來:「惟時何為」(什麼是時間?或時間何所為?)。[92]不過屈原的提問並未(像西方那樣)導向哲學思考。相對的,屈原的提問引發了「詩的創生」(poetic genesis),亦即對時間做出深情多感的表述;[93]時間永遠總是已經「高度個人化的時間」,而且是一個抒情的召喚。[94]因此,我們在屈原的詩裡發現了「詩人對時間無可挽回的深自感傷,為了抵抗時間的種種肆虐,詩人內心充滿焦慮,亟亟於陶冶、秉持他的『品行』,亦即作為人的存有特質」。[95]

---

[90] Chen Shih-hsiang, "The Genesis of Poetic Time: The Greatness of Ch'ü Yuan [Qu Yuan], Studied with a New Critical Approach," *Tsing-hua Journal of Chinese Studies* 10, no. 1 (1973): 6.陳世驤,〈論時:屈賦發微〉,《清華學報》第10卷第1期,1973年6月,頁1-44。

[91] 同前註,頁6。

[92] 同前註,頁7。

[93] 同前註,頁8。

[94] 同前註,頁9。

[95] 同前註,頁27。

　　這一抒情化的時間跨越了歷史，展現詩人心靈的廣大無垠。對陳世驤而言，杜甫的作品最能展現這種抒情的時間意識，尤其是〈八陣圖〉。杜甫這首絕句寫的是西元208年的赤壁之戰，中國進入中古時期的轉捩點。在陳看來，杜甫這首詩雖只有短短二十字，卻壓縮了時間變化的各種形式，從朝代的更迭到人世的悲歡，從個人有情的沉思到天地無情的興替，盡在其內。詩人對時間、歷史的思考，以此為最。[96]

　　陳世驤的屈原研究行文既有小學家的縝密，也饒富西方論述的丰采。他所徵引的現代詩人與思想家包括艾略特（T. S. Eliot）、葉慈（W. B. Yeats）、布萊（Georges Poulet）、海德格等。在陳世驤筆下，屈原似乎既承受了古典不可知論的痛苦，也充滿著現代存在主義式的不安。不過在杜甫的案例中，最吸引陳世驤的是：杜甫竟能把時間的多重脈絡整合成新批評術語所謂的語言「有機的」展現。陳世驤又從史賓諾沙（Baruch Spinoza）、施萊格爾（August Schlegel）、梅特林克（Maurice Maeterlinck）、柏克（Kenneth Burke）、柏格森等人得到靈感，為絕句重新定義：好的絕句「就像一座雕塑，是全方位的」。[97]

　　這裡的關鍵是陳世驤對中國「抒情傳統」的論述法。他一方面使用現象學語彙來描述「興」，一方面以新批評的共時性架構

---

[96] Chen Shih-hsiang, "To Circumvent 'The Design of Eightfold Array'" *Tsing-hua Journal of Chinese Studies* 7, no. 1 (1968): 26-51. 陳世驤，〈「八陣圖」圜論〉，《清華學報》第7卷第1期，1968年8月，頁26-53。這篇文章修改自1958年，陳世驤發表於臺灣大學的一篇演講稿。

[97] 同前註，頁49。

將時間抒情化。兩者結合,使他的抒情研究既復古又時新。奇特的是,他雖然徵引現代理論資源,卻似乎無意將「現代時間」納入他的抒情傳統,彷彿中國文學一跨入二十世紀,抒情傳統就戛然而止了。

陳世驤的抒情傳統(有意無意的)抹消了現代,或許顯示他默認一般所見,將現代與傳統截然劃分,也或許反映了他的一種文化鄉愁。但這樣的答案仍嫌簡單。我們不可忽略的是,陳世驤在中國期間是現代主義者,赴美後才轉向古典文學。這一事實提醒我們必須細思他的「抒情傳統」論述背後的複雜動機,並探問他為何從現代主義轉換跑道,又如何在現代西方文學訓練與中國古典研究間取得協調。在深入探討陳世驤「抒情傳統」的「緣起」前,了解他的早年生活是第一步。

陳世驤在北大時曾積極參與現代主義相關的活動,與號稱「漢園三友」的卞之琳、何其芳、李廣田(1906-1968)頗有往來。同時他也是傳播現代主義的「京派」分子之一。[98]他和當時在北京的艾克敦(Harold Acton, 1904-1994)頗有來往;[99]艾克敦提倡現代主義,是個特立獨行的「美學家」。透過艾克敦,陳世驤進入艾略特和勞倫斯(D. H. Lawrence)的殿堂。兩人後來合作編譯了《中國現代詩選》(*Modern Chinese Poetry*, 1936),是為第一本現代中國新詩英譯,其中包括戴望舒(1905-1950)、

---

[98] 陳國球對此有一詳細的研究,見〈陳世驤論中國文學〉,頁227,註5;陳的靈感來自沈從文的一篇文章,文內提到他曾參與朱光潛在三〇年代舉辦的讀詩會,陳世驤也是常客之一。

[99] 陳世驤從學艾克敦兩年,有一段時間(1933-1935)兩人甚至同住一處。

聞一多、卞之琳、林庚（1910-2006）等人作品。

　　陳世驤早年受到兩位大師影響，其一是新批評學派開山祖瑞恰慈（I. A. Richards, 1893-1979）。1929到1930年間，瑞恰慈在北平清華大學任教，吸引大批追隨者。瑞恰慈認為文學藉形式組織種種感官反應，形成連貫有機的整體；文學也提供了審美判準，用以衡量人生。更重要的，文學的創造和欣賞必須也是個知性過程，經此審美主體過濾外物紛擾，證成一己的獨立自主。[100]

　　陳世驤也深受朱光潛影響。朱光潛引領當時美學風騷，除了師承康德、克羅齊（Benedetto Croce）學說，也傾心維柯（Giambattista Vico）與尼采。朱光潛因尼采《悲劇的誕生》的啟發而有名作《悲劇心理學》。此外，他也藉由克羅齊的「直覺」說（intuition）、布洛（Edward Bullough）的「距離」說（distance）、里普斯（Theodore Lipps）的「同情共感」說

---

[100] 瑞恰慈的理論，例如詩的有機形式、心理機能的批判模式、感官衝動的形式（schemata），這些說法很快吸引大批中國學生，成為他們論斷文學的準則。1934年，李安宅以瑞恰慈的《意義的意義》（*Meaning of Meaning*）為楷模，出版了《意義學》，自此新批評在中國首度留下了本土的足跡。隨後幾年，新批評的風潮愈發盛行，成為許多學者研究文學的利器，例如吳世昌用之於細讀中國古典詩，周煦良提到詩不在於事實的展現，而是真理的「情感體現」（"sensuous embodiment"），錢鍾書則研究溝通的層疊結構。1937年，陳世驤發表的一篇論文顯然呼應瑞恰慈的觀點。這篇文章提到詩是「對語言的獨特掌握……把音調、色彩、情緒、意象、觀念全部統整起來，形成一個整體的和諧」，這篇文章發表在1935年12月6日《大公報》，標題為〈對於詩刊的意見〉。陳世驤後來接觸到其他批評家例如布萊克默（Richard Blackmur）和弗萊（Northrop Frye）的著作，他們的作品更加深化陳世驤對形式批評的興趣。

（*Einfühlung*/ empathy），積極提倡現代美學。[101]杜博妮（Bonnie McDougall）指出朱光潛受到瑞恰慈影響，修正了承繼自康德與克羅齊的美學自主說。[102]值得注意的是，朱光潛同時對中國傳統詩學極為關注，包括「情景交融」說及唐代律詩的音樂性。[103]

　　1937年，陳世驤對現代主義詩學的探究到達高峰。他在〈今日的詩〉中嘆道：

> 氤氳裡奇麗的蜃樓
> 是永恆的靈魂的居室。
> 當宇宙將顯示出：
> 現實只是霧，
> 霧即是現實。
> ——而人的行程以行至
> 冥頑自負的陸
> 與飄渺永幻的河流

---

[101] 朱光潛曾多年因提倡唯心主義哲學和美學而飽受批評。左翼論述強調中國需要革命與唯物主義，而非唯心主義。然而最近的研究顯示，五〇年代以後朱光潛曾努力調整立場，因應時代趨向。可參閱夏中義，《朱光潛美學十辯》（北京：商務印書館，2012）。

[102] Bonnie McDougall, "The View from the Leaning Tower: Zhu Guangqian on Aesthetics and Society in the Nineteen-twenties and Thirties," in Göran Malmqvist, ed., *Modern Chinese Literature and Its Social Context* (Nobel Symposium, No. 32; Stockholm: Nobel House, 1975), p. 98.

[103] 朱光潛詩學的新近研究，可參閱Brian Skerratt, "Form and Transformation in Modern Chinese Poetry and Poetics," Ph.D. diss., Harvard University, 2013.

> 同至於海岸時，
> 原是在氤氳裡奇麗的神物
> 乃衝破了紗幛歌成了今日的詩。[104]

這是一首關於詩的詩，藉此陳世驤提出個人版的詩學（mini-*ars poetica*）。詩中人虛無浪漫，視現實為一場虛無縹緲的「霧」，航向氤氳無端的彼岸。對陳世驤來說，生命如何成為具體形象的管道，惟詩歌而已。

　　憑此背景，陳世驤赴美後大可繼續研究現代主義。事實不然。他卻轉往中國古典文學研究。1948年，他離開中國已經七年，英譯了陸機〈文賦〉，刊登於《北京大學五十週年論文集》。[105]這標誌著陳世驤古典文學研究的開始。論及翻譯〈文賦〉的原因，他稱〈文賦〉不只是中國古代文學批評的經典，本身也是一篇文學傑作。[106]然而，我認為陳的學術轉型背後，仍有其他原因。

---

[104] 陳世驤，〈今日的詩〉，《新詩》，第2卷第2期，1937年5月，頁144-145；特別感謝梅家玲教授提供此詩。

[105] Chen Shih-hsiang, *Literature as Light Against Darkness*, *National Peking University Semi-Centennial Papres*, *No. 11 College of Arts* (Peiping [Beijing]: National Peking University Press, 1948).

[106] 見Chen Shi-shiang, "Introduction," *Essay on Literature Written by the Third-Century Chinese Poet Lu Chi* (Portland, Maine: The Anthoensen Press, 1953), p. iv；這是陳世驤1948年的原譯修訂版。特別感謝陳國球教授提示陳氏對《文賦》成文時間的討論。以下引文出自英譯本〈文賦〉者，指的是1953年版。

　　陳世驤認為陸機生於「人類歷史最黑暗的時代」，[107]社會動亂頻仍，宮廷政爭無以復加。矛盾的是，這樣的亂世反而促成中國抒情論述首次浮出歷史地表。的確，詩作為一種個人自覺的表現形式，即出現在此時，新猷並出，〈文賦〉就是其中佼佼者。陳世驤最關注的是陸機在〈文賦〉裡流露的時間感。透過鉅細靡遺的考證，他認為〈文賦〉成文時間是在西元300年。那年陸機曾介入一場宮廷政變。雖然最後全身而退，甚至獲得晉升，他卻親眼目睹許多同僚舊識慘死，包括賞識他的張華（232-300）。

　　陳世驤認為陸機在這一時間點上爆發創造力，並非偶然。據傳陸機每每感於生命無常，但奇特的是，那場血腥的政變反而促使他寫下一系列作品，鑽研文之為用，而以〈文賦〉稱冠。[108]對此，陸機的弟弟陸雲（262-303）嘆道：「兄頓作爾多文，而新奇乃爾，真令人怖，不當復道作文。」[109]讓陸雲覺得如此可「怖」的，或許不是陸機的寫作速度和質量，而是陸機竟然在如此險惡的時局裡謳歌文學之美。但誠如陸機所說，「文」可以調節語言與感情，洞悉人情世事，連結有限與永恆。

　　　佇中區以玄覽，頤情志於典墳。遵四時以歎逝，瞻萬物而
　　　思紛。悲落葉於勁秋，喜柔條於芳春，心懍懍以懷霜，志
　　　眇眇而臨雲。詠世德之駿烈，誦先人之清芬。遊文章之林

---

[107] Chen, *Essay on Literature*, p. ix.

[108] 陳世驤把「賦」譯為"essay"，但是宇文所安在*Readings in Chinese Literary Thought*把「賦」譯為"poetic exposition"（如詩的闡述）。

[109] 引文出自 Chen, *Essay on Literature*, p. 14.

府，嘉麗藻之彬彬。慨投篇而援筆，聊宣之乎斯文。[110]

如此，歷史危機竟成為陸機的創作動力，彷彿只有透過文學的想像與技巧，詩人才能從亂世浮生裡找到方寸之地，從噬人心魄的恐懼中，謀求暫時解脫那「幽暗漸次聚集的不祥時代」。[111]

　　陳世驤把他1948年版的英譯本〈文賦〉取名 "Literature as Light Against Darkness"（〈如光的文學，照亮黑暗〉）。他必然意識到「光」是〈文賦〉最重要的一個意象，不僅指涉一種生命感官資源，也代表哲學與宗教智慧。[112]他又引用米爾頓（John Milton）的《失樂園》（*Paradise Lost*）：

　　他再次下令，黑暗如飛逃遁，
　　秩序在渾沌升起，有光照耀。[113]

將米爾頓與陸機相提並論，陳世驤認為並無不妥，因為「陸機所說的真理……讓人不由得想起幾個與他很相似的批評家和詩人，儘管他們之間在時間與空間都相隔遙遠」。[114]不僅如此，

---

[110] 張少康集釋，《文賦集釋》，頁16。

[111] 同前註。在陸機的〈文賦〉裡，文學與歷史之間隱藏著命運黑暗的注腳。西元300年的那場政爭雖然讓陸機晉升官職，但這也是他殞落的前奏。三年後他被控叛國而遭處死。

[112] 光的意象如何在中國中古時期被用為觀念表述與意象營造，可參閱Xiaofei Tian, *Beacon Fire and Shooting Star*，特別是第五章和第六章。

[113] 引文見Chen, *Essay on Literature*, p. 20.

[114] 同前註，p. 21。

陳世驤以齊克果（Søren Kierkegaard）式的「絕望」來說明陸機如何「在黑暗中，熱情地躍起」。[115]他甚至將陸機比作卡夫卡（Franz Kafka），因為兩位作者都耽於「悸動不安的身分」。[116] 1953年，〈文賦〉英譯再版，陳世驤為這一版本題上馬拉美的著名警語：「詩，誕生於危機的語言。」

　　陳世驤如此強調詩歌「曲折」的時間性，讓我們思考「抒情傳統」裡時間的意義為何。抒情詩是詩歌最精粹的形式。如果「抒情」意味詩獨立於時間之外的靈光一現，那麼陳世驤構思的「抒情傳統」就引發兩重意義：一指朝向原初的、飽滿的時間的永劫回歸；一指時間洪流裡不斷逸出的「『當下此刻』連續性的截斷」。不論如何，時間在「抒情」與「傳統」之間變得模稜兩可；既是循環再現，也可能是一個剎那爆發卻自足的狀態，亦即「興」的狀態。

　　但時間果真在陳世驤的「抒情傳統」裡消失了麼？我們不妨推測他在1948年翻譯〈文賦〉，以及此後提倡「抒情傳統」的動機。陳世驤在抗戰最激烈的時刻離開中國。在海外，他見證戰爭的勝利，以及接踵而至的內戰。共產黨席捲中國前夕，陳世驤獨立蒼茫，可曾試圖從一千六百年前陸機所經歷的危機中，找尋啟示，安頓自己？對陳而言，西元300年是個「令人驚懼的美麗」時刻，因為在那個關鍵時刻，政治的生靈塗炭導出詩歌的鳶飛魚躍，肉身的隕滅造就了文學的永恆。他於是得出結論：當歷史指

---

[115] 同前註，p. 8。
[116] 同前註，p. 6。

向無路可逃的「必然」（Necessity），詩歌以「創作」（Creative）的活力，讓「一切成為可能，並且化身為自由」。[117]

　　的確，五〇年代末期，當中國的革命活動愈演愈烈之際，陳世驤開始積極投入「抒情傳統」的研究。回首故國的杌隉不安，他重新從古老的詩學中發現了「興」──泰初有詩，「上舉歡舞」，喚停時間，超越歷史。「興」以其豐沛的想像，賦予歷史新意。與此同時，陳世驤極力推崇主體的當下性和自發性，用以救贖「時間的種種劫毀」。這是「抒情」所能展現的最大魔力了。

　　從《詩經》到《楚辭》，從陸機到杜甫，陳世驤審視古今歷史創傷，思考詩歌作為「對抗黑暗」的光明之源時，我們看到一位離散知識分子如何琢磨自我解脫之道。陳世驤最大的貢獻是，在現代一個關鍵時刻，喚起了「興」。藉由「興」的詩學，他發現──更是發明──「抒情傳統」。他將這一「抒情傳統」也抒情化，從而否想歷史，創造時間的「之」、「止」論述，「詩」的論述。

沈從文：抒情考古學

　　1961年夏天，沈從文在青島寫下散文〈抽象的抒情〉。文中提到「生命在發展中，變化是常態，矛盾是常態，毀滅是常態」。既然無常與短暫是人的宿命，人所能做的：

---

[117] 同前註，p. 12。

> 惟轉化為文字，為形象，為音符，為節奏，可望將生命某
> 一種形式，某一種狀態，凝固下來，形成生命另外一種存
> 在和延續，通過長長的時間，通過遙遠的空間，讓另外一
> 時另一地生存的人，彼此生命流注，無有阻隔。[118]

沈從文認為文學和藝術作品為照亮生命的重要形式，否則生命將只是一連串變化、矛盾、毀滅。然而文學和藝術作品也是人為創作，變化、矛盾、毀滅的威脅，無時不在。「只偶然有極小一部分，因種種偶然條件而保存下來，發生作用」，[119] 傳諸後人。

「抽象的抒情」的運作，需要某種特殊的藝術鑑賞力。透過這種鑑賞力，我們得以挖掘、撿拾、拼湊那些僅僅存於圖像、器物或斷簡殘篇裡的蛛絲馬跡。即使如此，這樣的努力未必能得到具體成果，因為生命充滿各種無形有形的險阻；查禁、破壞、遺忘、湮沒不過是其中比較引起注意的。重要的是，唯有抒情主體能遊走重重歷史縫隙之中，喚起不同時空的知音與之共鳴。[120] 沈從文此說讓我們想起班雅明（Walter Benjamin）；後者陷於另一文化、歷史困境裡，有感而發：「大難不止，唯有其間的小小間隙，或有救贖的契機。」[121]

---

[118] 沈從文，〈抽象的抒情〉，《沈從文全集》（太原：北岳文藝出版社，2009），第16冊，頁527。

[119] 同前註，頁530。

[120] 劉勰《文心雕龍》有〈知音〉一章，宇文所安譯「知音」為 "the one who knows the tone"（解音律之人），見 *Readings in Chinese Literary Thought*, pp. 286-287.

[121] Walter Benjamin, "Central Park," Selected Writings, vol. 4: 1938-1940, ed. Howard

　　沈從文是三〇年代最著名的鄉土作家，[122] 但在革命時代裡，他的立場卻如此不合時宜，以至付出極大代價。1948年，他被郭沫若貼上「反動」分子的標籤，斥為「桃紅色作家」。[123] 次年因政治、家庭壓力使然，終於精神崩潰，並企圖自我結束生命。1949年後，沈從文被調任歷史博物館，[124] 從事登錄館藏、研究歷代工藝美術品等工作，自此與文壇絕緣。

　　但沈從文未曾放棄寫作的可能。[125] 1961年，創作契機似乎來臨：大躍進減緩，政治風向逐漸改變。此時沈從文訪井岡山，有系列古體詩紀行。他還打算撰寫一部以妻弟張鼎和就義事蹟為題的小說。[126] 相形之下，「抽象的抒情」就與彼時氛圍格格不入。置身在一個「革命寫實主義」與「革命浪漫主義」高唱入雲的時代，「抽象」或「抒情」這類字眼就算稍稍提及，已足以引人側

Eiland and Michael W. Jennings (Cambridge, Mass: Harvard University Press, 2006), p. 185.

[122] 關於沈從文作為中國鄉土作家這一面向的討論，請參閱王德威，《茅盾，老舍，沈從文：寫實主義與現代中國小說》（臺北：麥田出版，2009），第6章〈批判的抒情──沈從文小說中現實的界域〉和第7章〈想像的鄉愁──沈從文與鄉土小說〉。

[123] 見郭沫若，〈斥反動文藝〉，刊載於《大眾文藝叢刊》1948年3月1日第1期。資深左翼作家邵荃麟與馮乃超也在這一期刊物發表文章攻擊沈從文。

[124] 新中國成立後，沈從文的「決定」可以有各種各樣的解釋。除了擔任歷史博物館館員之外，他也很努力想留在文藝圈內，試圖寫下幾篇散文和小說。不過政治情勢愈益緊繃，沈從文發現他幾乎沒有獨立創作的機會，遑論發表。參閱錢理群，〈一九四九年後的沈從文〉，收入王德威、陳思和、許子東編，《一九四九以後》（香港：牛津大學出版社，2010），頁107-165。

[125] 見錢理群在〈一九四九年後的沈從文〉的討論，頁107-147。

[126] 就像其他計畫一樣，沈從文這個計畫並未能實踐。

目。〈抽象的抒情〉在沈從文生前從未定稿，也不曾發表，或許多少也反映了他的疑慮。

事實上，沈從文對「抽象」與「抒情」提出了不同的定義。一般認為文學和藝術作品是情感結晶，超越時空局限。但沈從文卻一再強調：面對歷史的流變，人類其實不堪一擊。文學與藝術多為因時因地而作，難以抵禦時間的摧毀。即使某些作品得以倖免，所存也多半支離破碎。據此，沈從文所謂的「抽象的抒情」並不是一種形上的哲學思考，而是情感的「考掘」，即從特定歷史時空裡，發現、破解文學與藝術作品裡所植入的感性密碼，不論是色彩、圖式，或是質料。沈從文嘗試將情感——感官的悸動、想像的飛躍——從一個已經僵化甚至毀滅的文明裡搶救出來；更進一步，他希望從紛然斷裂的物件中，「抽」其「象」，「抒」其「情」。汪曾祺（1920-1997）在西南聯大曾師事沈從文，本身也是傑出散文家，他將沈這方面的研究稱為「抒情考古學」。[127]

汪曾祺的觀察固然敏銳，卻不曾探究「抒情」與「考古」二詞在觀念上的張力，更不論其與「抽象」的關係。其實「抒情考古學」含意豐富，本身就值得考掘。以下從三點加以論述：一、沈從文具象與抽象辯證的歷史脈絡；二、他的「考古學」所隱含的唯物觀；三、他投入「抒情考古學」的情感意義。

---

[127] 〈抽象的抒情〉一直未能完成，成為所謂的「抽屜裡的文學」，直到多年後才重見天日，與另一個時代的讀者見面。這一事實，使〈抽象的抒情〉一文本身也成為「抒情考古學」的案例。

〈抽象的抒情〉中有這樣一段說法：

> 事實上如把知識分子見於文字，形於語言的一部分表現，
> 當作一種「抒情」看待，問題就簡單多了。因為其實本質
> 不過是一種抒情。特別是對生產鬥爭知識並不多的知識分
> 子，說什麼寫什麼差不多都像是即景抒情。……這種抒
> 情氣氛，從生理學或心理學說來，也是一種自我調整，和
> 夢囈差不多少。[128]

沈從文此說乍看十分自謙，因為他將知識分子，包括自己，比擬
為夢囈者。然而如果我們將其與另一段文字合而觀之，就會了解
他的說法其實頗富深意。沈從文提到文學與藝術的創作不能光靠
思想理論，而有賴「情緒的釋放」；他進一步解釋：「不過『情
緒』這兩個字的含意應當是古典的，和目下習慣使用含意略有不
同。一個真正唯物主義者，會懂得這一點。」[129]

　　一個「真正唯物主義者」真能了解抽象的抒情嗎？近年的研
究讓我們對沈從文的說法有進一步的理解。五〇年代沈從文也曾
努力融入社會主義運動。他不但苦讀毛選，並將研究所得總結
為「唯物的常識」與「工作中，由於常識累積得來的一份副產
物」。[130]最重要的，他提到他的工作「一切是從具體出發，不從

---

[128] 沈從文，〈抽象的抒情〉，頁535。

[129] 沈從文〈抽象的抒情〉，頁532；見錢理群在〈一九四九年後的沈從文〉的討
　　論，頁130-149。

[130] 沈從文，〈用常識破傳統迷信〉，《沈從文全集》，第27冊，頁229；可參見

抽象出發」。[131]

　　當沈從文的想法向「唯物主義」靠攏的同時，卻也有意無意的作了創造性誤讀。我們可以循著他的暗示，探究他心目中唯物主義的「古典」意涵。在古典詩學裡，「情」與「物」構成辯證關係。「情」既指人的內心情感，也指（實際或觀念的）外在情境。「物」則意指世界的種種存在，包含世路人情、山川草木、乃至天地運行之道。有關情與物關係的探討，最重要的依據之一是劉勰的《文心雕龍》。在〈神思〉篇中，劉勰用「物」來泛稱哲學意義上的客體，意指心靈神遊遇到的任何事物：「故思理為妙，神與物游。神居胸臆，而志氣統其關鍵；物沿耳目，而辭令管其樞機。樞機方通，則物無隱貌；關鍵將塞，則神有遁心。」[132] 在〈物色〉篇中，劉勰將「物」看成「自然世界裡，任何吸引感官知覺的物理存在」。[133] 當物質性的「物」與情感性質的「情」產生互動，文學的創造力於焉爆發。因此，「自然事物的種種色相一旦動盪流轉，人的心靈也開始隨之動搖」，「我們的情感隨物相流

　　〈我為什麼強調資料工作〉一文的論述，《沈從文全集》，第27冊，頁184。這些文章撰寫於文化大革命期間，或可看成沈從文為自己研究的「政治正確」而作的辯護。但他雖然使用毛語，但他的「唯物主義」仍具相當的個人色彩。

[131] 沈從文，〈我為什麼搞文物制度〉，《沈從文全集》，第27冊，頁194。

[132]（梁）劉勰著、黃叔琳註，〈神思〉《文心雕龍》（上海：新文化書社，1933），頁204。

[133] 見宇文所安，*Readings in Chinese Literary Thought*, p. 277。劉勰用「色」這個語詞來翻譯梵文的 *rûpa*，亦即足以引起幻覺與欲望的表象；這個語詞「不僅指外在的表象，也暗指情感的，有時甚至是感官的誘惑。」

轉，語言則隨我們的情感油然滋生」。[134]《文心雕龍》〈物色〉篇：

> 歲有其物，物有其容；情以物遷，辭以情發。一葉且或迎
> 意，蟲聲有足引心。況清風與明月同夜，白日與春林共朝
> 哉！[135]

　　更重要的是，這種對「情」與「物」的了解，使沈從文明瞭
人類在面對世間萬物時，具有將事物「抽象」化的能力，包括分
類、組織和創造象徵。誠如前文所論，這種抽象能力最佳的展示
就是文學與藝術創作。劉勰膾炙人口的說法：

> 是以詩人感物，聯類不窮。流連萬象之際，沉吟視聽之
> 區；寫氣圖貌，既隨物以宛轉；屬采附聲，亦與心而徘
> 徊。[136]

---

[134] 同前註。

[135] 〔梁〕劉勰著、黃叔琳註，〈物色〉，《文心雕龍》，頁299。

[136] 同前註。宇文所安論道：「人的心靈被投擲到物質世界裡，被物質世界影響
和動搖，因為人類也是物質世界的一部分。但是『詩人』似乎把自己交付給
這一世界，讓自己與事物『推移』，並且同時『描繪』周遭事物。」參見宇
文所安，*Readings in Chinese Literary Thought*, pp. 279-280；張靜針對兩個與
「物」有關的概念，即「感物」和「物色」，提出「感物」強調詩人對世間生
命短暫所做出的回應，而「物色」則指詩人在面對世間轉瞬即逝的印象時，
其重點是在「色」這一表象與詩人的互動。這是一種更為積極主動的詩心。
「物」的變化不居滿含「色」這一佛教概念的重大影響。參見張靜，〈物色：
一個彰顯中國抒情傳統發展的理論概念〉，《臺大文史哲學報》第67期，
2007年11月，頁39-62。

劉勰之說有助於我們釐清沈從文的觀點。對沈從文而言,「物」並不是固定不動的存在,而是「及物」的,不斷流轉變化互動的過程。詩人或藝術家一旦與「物」相遇,並「感物」、「聯類」的時候,辨識與抽象即隨之而生,且具體呈現在詩人或藝術家的創作當中。沈從文認為這樣的「抽象」過程不只隱含審美判斷,亦含有認知、情感,甚至療癒的作用。

　　其次,沈從文「考掘」並將之抽象化的「情」,究竟為何物?沈從文曾說他的本命應該是詩人,他的詩心深植在家鄉楚文化,書寫亦沉浸在「楚人的血液」裡。但回顧歷史,楚文化自古即屢遭挫敗。作為傳承楚文化的後裔,沈從文永遠烙印著一種無以名狀的「挫傷」。[137]這種挫傷「或許是屬於我本人來源古老民族氣質上的固有弱點,又或許只是來自外部生命受盡挫傷的一種反應現象。我『寫』或『不寫』,都反應這種身心受過嚴重挫折的痕跡,是無從用任何努力加以補救的」,[138]而這種感覺是「情感發炎的症候」。[139]沈從文曾多次提到他得益《楚辭》甚多,而《楚辭》正是楚文化與生俱來創傷的終極表現。[140]

　　沈從文對楚文化與《楚辭》的態度,使他以極不同的眼光

---

[137]「楚人血液給我一種命定的悲劇性」,見沈從文,〈長庚〉,《沈從文全集》,第12冊,頁39。在其他脈絡下,沈從文也提過相似的說法,如「生命受盡挫傷」,見〈散文選譯序〉──這篇序文後來改為〈湘西散記序〉,《沈從文全集》,第16冊,頁387-394。

[138] 沈從文,〈湘西散記序〉,《沈從文全集》,第16冊,頁394。

[139] 沈從文,〈水雲〉,《沈從文全集》,第12冊,頁127。

[140] 例如《邊城》描寫一段美好戀情因一連串的誤解與延誤而遭致破壞;《長河》(1947)彷彿是沈從文為家鄉之遭受現代創傷而預寫的輓歌。

審視中國詩學，尤其是「怨」。「怨」是儒家詩學四大要義，「興」、「觀」、「群」、「怨」的最後一環。[141] 傳統詩學論述向來重視「興」所激發的創造力。相對的，「怨」因其情感和認知的負面意涵，總是處於從屬位置。[142] 孔門詩教中，「怨」意指君子透過詩的調節，才能將嗔痴不滿的情緒導正至「仁」的境界。但沈從文別出心裁，他的「怨」少了詩教的批判與教化力量，而充滿著詩人自己深沉的憂鬱。他特別將「怨」置於《楚辭》的脈絡之下，將其與楚文化「內在的挫傷」連結在一起。

因此，沈從文成為「騷言志」──《楚辭》所代表的詩學概念──的現代代言人。[143] 與《詩經》的「詩言志」遙相對立，「騷言志」強調詩人的深情與執著，想像與耽溺。「騷言志」的原型詩人無他，正是屈原。李澤厚曾以屈原的自殺為例，將《楚辭》

---

[141] 此段引文出自《論語·陽貨》：「子曰：『小子！何莫學夫詩？詩，可以興，可以觀，可以群，可以怨』。」

[142] 雖然如此，怨的相關論辯始終不曾稍息，晚明的遺民精神導致怨的詩學愈見熾烈。近代研究怨的詩學觀，其中最著名的當屬錢鍾書，見〈詩可以怨〉，《七綴集》（北京：生活·讀書·新知三聯書店，2002），頁115-130，尤其頁116。亦可參閱徐子方，《千載孤憤：中國悲怨文學的生命透視》（南京：江蘇教育出版社，2001）；張淑香，〈論詩可以怨〉，《抒情傳統的省思與探索》，頁3-40；關於明遺民的以詩抒怨，可參閱謝明陽，《明遺民的「怨」「群」詩學精神：從覺浪道盛到方以智、錢澄之》（臺北：大安出版社，2004），尤其第2章與第3章。

[143] 見胡曉明，〈從詩言志到騷言志〉，《詩與文化心靈》（北京：中華書局，2006），頁35-41。「騷言志」這一說法首見於饒宗頤，見《澄心論萃》（上海：上海文藝出版社，1996）；關於「興」的新近研究，可參閱彭鋒，《詩可以興：古代宗教，倫理，哲學，與藝術的美學闡釋》（合肥：安徽教育出版社，2003）。

中的情感喻象連鎖到（現代定義下的）唯我主義和憂鬱徵兆。這種執著糾結輾轉，深不可測，最終只能以主體的自我泯滅作為解脫。[144]《楚辭》因此見證主體的創造欲望與死亡執念。[145]

　　前節提及陳世驤召喚「興」，視之為中國抒情傳統的始源動力。對陳而言，「興」是一股活躍的創造力，是天道、自然、人世與詩歌世界的開端。但沈從文的「怨」指的是詩人遭遇世界種種挫敗後，所體現在情感與認知上的深沉憂傷。[146]陳世驤從《詩

---

[144] 李澤厚，〈美在深情〉，《華夏美學》，《美學三書》輯2（合肥：安徽文藝出版社），頁331-340。

[145] 同前註。

[146] 廖棟樑對此曾提出簡要的分析，見氏著，《倫理，歷史，藝術：古代楚辭學的建構》（臺北：里仁書局，2008），尤其第2章。在儒家的傳統裡，「怨」所表現的是詩人對現實的不滿，通常有個傾訴的對象（君王），而且是明君。誠如夏之放所指出的，「怨」在儒家傳統中是與《楚辭》的傳統遙相呼應，只是「怨」的詩學著重在社會與道德的意涵，而《楚辭》則著重在個人主體對外景與內情的回應。李澤厚的觀點雷同，但他更進一步指出：《楚辭》所生發的情感力量是古代中國獨特的美學傳統起源。李澤厚，《華夏美學》，第4章；夏之放，《論塊壘：文學理論元問題研究》（北京：人民文學出版社，2007），頁27-32。此外，亦可參閱胡曉明，〈從詩言志到騷言志〉。關於詩可以怨的研究很多，近年最著名的研究或許要屬錢鍾書的〈詩可以怨〉。
同樣的，沈從文的抒情美學也可以追溯到六朝。沈從文最大的貢獻是他重新詮釋了「物色」這個概念。所謂「物色」或感受世界的外相，意指「物」引領詩人主體，使之意識到世界的變幻。沈從文所訴諸的怨，不禁令人想及吉川幸次郎（Yoshikawa Kōjirō）論《古詩十九首》時所提出的「推移的悲哀」。最重要的是，我們由此得知沈從文的情感論述脫胎自中古文人，例如陸機的「遵四時以嘆逝，瞻萬物而思紛」，見張少康集釋，《文賦集釋》，頁16；劉勰的「物色相召，任誰獲安」與「情以物遷，辭以情發」，見劉勰，〈物色〉《文心雕龍》，頁299。這一論述傳統與儒家的言論極為不同，因為這

經》的「興」看到一股充塞抒情主客體生生不息的力量。沈從文心目中的「怨」則與始源的創造無關，而是一種因**失去**那純粹、理想的始源所產生的匱缺感。這種匱缺，很弔詭的，成就了（總已被挫傷的）創造力。「怨」可能出自政治動機，但「怨」隱含著更深邃，更近乎本體意義上的「怨懟」（*ressentiment*）。「怨懟」驅使詩人投向有去無回的淵藪，或遁入不切實際的虛空。不論詩人選擇那條路，都注定無解。我曾稱這種怨懟引起的感傷為「預期的鄉愁」（anticipatory nostalgia）──一種先發的傷逝姿態，不僅為難以救贖的事物，也為即將逝去的，或從未存在的事物預作悼亡。[147]沈從文曾在小說裡生動地描寫這一心態：

> 我實在有點憂鬱，有點不能同年青合伴的脾氣，因為我常常要記起那些過去事情。[148]

> 一個人有一個人命運，我知道。有些過去的事情永遠咬著我的心，我說出來時，你們卻以為是個故事，沒有人能夠了解一個人生活裡被這種上百個故事壓住時，他用的是一種如何心情過日子。[149]

一傳統強調個人主體與世界的互動，重視從這一互動所引起的情思與感受。

[147] 參閱我在《茅盾，老舍，沈從文：寫實主義與現代中國小說》，頁378-382的討論。

[148] 沈從文，〈三個男子和一個女人〉，《沈從文全集》，第8冊，頁34-35。

[149] 沈從文，《沈從文文集》（香港：三聯書店，1983），頁49。此段引文根據沈從文1930年版小說。

　　沈從文開始思考「抽象的抒情」，同時也對寫實主義敘事感
到不耐，雖然寫實小說曾使他名聲大噪。四〇年代裡，他不斷實
驗寫作形式。短篇小說〈看虹錄〉（1941）近結尾時，小說中的
「我」如是寫道：

　　　我已把一切「過去」和「當前」的經驗與抽象，都完全打
　　　散，再無從追究分析它的存在意義了，我從不用自己對於
　　　生命所理解的方式，凝結成為語言與形象，創造一個生命
　　　和靈魂新的範本。⋯⋯我似乎在用抽象虐待自己肉體和
　　　靈魂，雖痛苦同時也是享受。[150]

　　抽象導出形式，也拆散形式。之後幾年，沈從文出版了系列
速寫，以及類似《七色魘》（1944-1947）般敘事結構鬆散、意象
晦澀且飽含哲學意味的創作，同時他也嘗試理論性的書寫。他在
〈燭虛〉（1941）一文寫道，「凡能著於文字的事事物物，不過一
個人的幻想之糟粕而已」，同時也表明對抽象的抒情的看法：
「表現一抽象美麗印象，文字不如繪畫，繪畫不如數學，數學
似乎又不如音樂。」[151]〈水雲〉（1942）則述及了文學真與美的問
題：「我倒不大明白真和不真在文學上的區別，也不能分辨它在
情感上的區別。文學藝術只有美和不美，不能說真和不真」。[152]

---

[150] 沈從文，〈看虹錄〉，《沈從文全集》，第10冊，頁341。

[151] 沈從文，〈燭虛〉，《沈從文全集》，第12冊，頁26、25。

[152] 沈從文，〈水雲〉，《沈從文全集》，第12冊，頁106-107。

　　沈從文的實驗性創作同時引起左右兩派的批評，緣於這些文字和他早期鄉土書寫極不協調，也和戰時主流論述背道而馳。然而沈的寫作不妨看作是他「情感發炎的症候」。[153] 對他來說，戰爭，意識形態狂飆以及現實當下的困境已經使他的同胞走向極端，不是極度麻木，就是極度狂熱。在沒有解決之道前，沈從文認為當務之急就是從已被摧毀的文明中搶救某些價值，不論那價值稱之為「美」、「道德」、「神聖」或「情感」。如他所言：「社會的混亂，如果一部分屬於一般抽象原則價值的崩潰，作者還有點自尊心和信心，應當在作品中將一個新的原則重建起來。應當承認作品完美即為一種秩序。」[154]

　　事實上，沈從文非常清楚，他所召喚的抽象價值其實受制於歷史危機，更悲觀的是，這些價值**總是早已**破滅。於是，他的抒情計畫注定是不完整的，甚至是徒然的，因為任何「發現」往往只說明了人類努力的不堪一擊，過去如此，現在也是如此。在這層意義上，「抽象的抒情」所投射的與其說是一種理想，不如說是這一理想在現實的無從企及：

　　　　我正在發瘋。為抽象而發瘋。我看到一些符號，一片形，
　　　一把線，一種無聲的音樂，無文字的詩歌。我看到生命一
　　　種最完整的形式，這一切都在抽象中好好存在，在事實前

---

[153] 同前註，頁127。

[154] 沈從文，〈短篇小說〉，《沈從文全集》，第16冊，頁502。

反而消滅。[155]

當此之際,文學顯然不能幫助沈從文走出困境。他既無法完成鄉土小說(例如《長河》),也無法從現代主義實驗找到出路(例如〈看虹錄〉),就是一大證明。

就在這個關口上,沈從文開始關注工藝美術。過去他已對書法、繪畫、木刻版畫以及民間美術深感興趣。[156]工藝作品就像來自「物」的世界的樣本,引導他走向一個特殊場域,讓他見識日常生活實踐在百工織造裡「抽象」的再現:

> 用一片顏色,一把線,一塊青銅或一堆泥土,以及一組文字,加上自己生命作成的種種藝術,皆得了一個初步普遍的認識。由於這點初步知識,使一個以鑑賞人類生活與自然現象為生的鄉下人,進而對於人類智慧光輝的領會,發生了極寬泛而深切的興味。[157]

在他眼裡,工藝美術品是人類參與歷史發展留下的遺跡或記憶。工藝美術品雖然已經抽離了特定的歷史脈絡,但其形構以及材質仍然可以讓今人與過去產生若斷若續的連鎖。

---

[155] 沈從文,〈生命〉,《沈從文全集》,第12冊,頁43。

[156] 彭曉勇,《沈從文與讀書》(臺北:婦女與生活社,2001),頁178-179。

[157] 沈從文,〈學歷史的地方〉,《沈從文全集》,第13冊,頁356。

　　1947年，沈從文發表了藝評〈讀展子虔遊春圖〉。展子虔（550?-617?）為隋代畫家，其所繪〈遊春圖〉向來被視為珍品，據說銜接了六朝到唐代山水畫發展的軌跡。但沈從文觀畫八次，卻質疑此畫的真偽。他的論據包括歷代文獻對展子虔的風格描述、遊春題材的歷代表現、畫中皴法、畫絹材質、裝裱技術，甚至設色技巧。沈從文特別點出畫中人物的服裝款式與坐姿所反映的並非是隋末唐初（約七世紀）的典型，反而是晚唐五代（約十世紀）的風格。最後，他徵引晚唐五代詞和文獻，說明〈遊春圖〉可能屬於某西蜀畫家的作品。

　　沈從文研究的特色在於他拒絕附和傳統文人印象式鑑賞，改從畫作的物質特徵入手，例如畫絹、裝裱、還有畫中呈現的社會風習、人物穿著等。更重要的，沈從文對〈遊春圖〉的考證雖然鉅細靡遺，但他探究並不就此打住。他進一步提出，判斷一幅畫作的真偽，關鍵不僅在考訂畫作的材料質地，更要判斷畫作所傳達出來的「感覺」。沈從文了解，材料質地的考證能點明過去之為「過去」，卻並不能把過去「帶回來」。他的研究之所以有意義，在於他要點出由畫作裡的人物行止、時代習俗、工藝技巧所構成的「真」象。換句話說，畫裡描繪的那個世界早已消失，留下的只是一張遺址般的圖像，供人按圖索驥，憑弔過去的經驗與情感的痕跡。真正的鑑賞家卻能從這些痕跡當中，「抽」其「象」，「抒」其「情」，從而勾勒屬於那一時代的「感覺結構」（structure of feeling）：圖畫「不僅連結了生死，也融洽了人生。它是文化史中最不可少的一個部門，一種成分，比文字且更有效

保存了過去時代生命形式。」[158]

在材料與情感，器物與啟悟之間，四〇年代末的沈從文已經在試驗一種日後被稱為「抒情考古學」的方法。一位抒情考古學者的任務是探勘藝術與建構的遺跡，理解歷史變動所激發的情感表徵，詮釋這些表徵如何在抽象的形式裡結晶或消散。[159]不過沈從文要到五〇年代以後才真正展開他的「抒情考古學」。本書第一章將討論沈從文如何經歷了政治和情緒的殊死考驗，終以「抽象的抒情」照見了日後的生命境界。

普實克：「抒情」與「史詩」的對話

普實克是二十世紀中期歐洲最重要的漢學家之一。1928年，他跟隨高本漢（Bernhard Karlgren, 1889-1978）開啟了漢學研究之路。1932到37年間，他到東亞旅行，旅居中國兩年期

---

[158] 沈從文，〈讀展子虔遊春圖〉，《沈從文全集》，第31冊，頁107。

[159] 很巧的是，沈從文追尋「抽象的抒情」的時機剛好落在左派呼籲民族形式的時間點上。1938年10月12日至14日毛澤東在中共擴大六中全會的報告〈論新階段〉中提到中國需要一個「民族形式」。他建議「把國際主義的內容和民族形式」「緊密地結合起來」，創造「新鮮活潑的、為中國老百姓所喜聞樂見的中國作風和中國氣派」。沈從文試圖尋找的是一個可以讓傳統藝術日新又新的基礎。就此，他的追尋與左翼文學陣營之追尋民族形式並非全然不同，但兩者方法與目的卻大相逕庭。沈從文認為藝術創作無須受制嚴格管理，相反的，藝術創作不過是某一時刻，某一藝術家靈感的湧現記錄而已。更大的差異是兩者的歷史觀：沈從文獨具楚文化的創傷感，認為任何文明終究難免分崩離析。相反的，左翼陣營認為歷史總是朝向烏托邦式意志前進、實踐。

間，結識了魯迅、冰心（1900-1999）、沈從文、鄭振鐸（1898-
1958）等人。[160] 據他的回憶錄《我的姊妹中國》（*My Sister China*,
1941）所述，這段經驗對他的學術影響頗大。1937年普實克回
到布拉格後，與捷克詩人馬提修斯（Bohumil Mathesius, 1888-
1952）合譯了系列古典中國詩歌讀本。馬提修斯對中國詩的抒情
意象頗有研究，個人詩作也頗受影響。與此同時，普實克對民間
敘事文學和其他文類也產生興趣。二次大戰結束後，他已經成為
捷克年輕漢學家中的佼佼者。[161]

　　1957年，普實克發表〈現代中國主體主義和個人主義〉
（"Subjectivism and Individualism in Modern Chinese Literature"）
一文，自此奠定他對中國文學的抒情探索。文中開宗明義主張中
國現代文學從第一次世界大戰到滿洲國時期，最重要的特色就是
轉向主體與個人的追求：

---

[160] 1932到34年普實克在中國的生活經驗，可參閱他的回憶錄，見 *My Sister China*, trans. Ivan Vomáčka (Boston: Cheng & Tsui, 2002).

[161] 1952年，普實克出任新成立的斯洛伐克學院（Czechoslovak Academy of Science）東方研究所主任，直到1968年蘇聯入侵為止。他在任內不只復興了布拉格學派的漢學研究，自己更成為中國文學最具原創性的批評家之一。關於普實克的學術生涯和成就，陳國球教授研究成果豐碩，個人得益於其發現與論點處甚多。關於普實克的早期生涯，可參閱陳國球，〈「文學批評」與「文學科學」──夏志清與普實克的「文學史」辯論〉，收入王德威編，《中國現代小說的史與學》（臺北：聯經出版公司，2012），頁66。至於普實克學術生涯的詳細研究，可參考 Augustin Palát, "Jaroslav Průšek Sexagenarian," in *Archiv Oirentálni* 34 (1966), pp. 481-493; Milena Doleželová-Velingerová, ed., *Jaroslav Průšek, 1906-2006: Remembered by Friends* (Prague: Dharma Gaia, 2006).

> 創作對藝術家而言，最重要的意義莫過於表達個人的觀
> 點、感覺、同情，甚或憾恨。在某些極端例子裡，創作提
> 供了一個管道，讓藝術家表達、探索與尋找現實人生中被
> 壓抑，或未能盡情展現的面向。因此，藝術作品記錄的並
> 非客觀現實，藝術作品反映的是藝術家的內在生命，其中
> 包含藝術家個人的感覺、情緒、視野或夢想的分析與描
> 述。藝術家的作品愈接近告白之作，愈能呈現個人性格和
> 生活的不同面向，尤其是較為陰暗，較不能為人所知的面
> 向。[162]

他接著探討魯迅的散文、胡適的自傳、郁達夫的懺情書寫、丁玲
的浪漫小說等。他提出了如下的觀點：儘管這些作者擅長文類各
不相同、社會政治地位有別、個人氣質才情互異，但具有共同的
主觀傾向。他把這種傾向稱之為「抒情」。

乍看之下，普實克似乎重複一般學界對五四的觀點，如高漲
的情感、濃烈的個人主義等。其實不然。普實克深信現代中國作
家的主體性與個人特質並不全然來自西方浪漫主義；中國古典文
學的抒情傾向也同樣做出貢獻。在他看來，這種抒情傾向在古典
詩文裡俯拾即是；其他文類如敘事文學、書信、日記、自傳等也
同受感染。古典詩文在現代式微後，敘事文學成為抒情表達最主
要的媒介。

---

[162] Jaroslav Průšek, "Subjectivism and Individualism in Modern Chinese Literature," in *The Lyrical and the Epic: Studies of Modern Chinese Literature*, ed. Leo Ou-fan Lee (Bloomington: Indiana University Press, 1980), p. 1.

　　普實克的論點自然引起疑議，但他所提出的許多議題，至今
仍具重要性：例如文學歷史與革命典範的對立，世界文學與國家
文學遺產的抗衡等。普實克最具爭議性的說法是：現代中國主體
和自我的「源頭」，可以追溯到中國古典文學的抒情傳統。一般
認為中國現代化等同西化，普實克的想法恰恰相反。他從現代文
學發現舊中國的抒情元素，從而動搖文學史的線性、進步史觀。
他提醒我們不能忽視文學的古今映照，相互啟發的現象。在二十
世紀中期，普實克這一看法充滿挑戰意味——尤其考慮到他與左
翼政治的關聯。理論上，他本該擁護直線前進的（文學）革命
觀，拋棄舊物，迎接「史詩」時代以摧枯拉朽之勢的到來。[163]

　　事實不然。普實克堅信即使**歷史**要求文學必須往「史詩」的
方向前進，「抒情」實為中國文學的核心。首先，普實克從世界
文學的角度看待中國現代文學「抒情」與「史詩」的對應。他
主張抒情詩是「中國人最主要的文藝表達形式」，並認為僅靠抒
情詩，就「足以讓中國文學登上世界文學創作的高峰，與希臘
史詩、莎翁戲劇、俄國小說平起平坐」。[164]他的看法基於兩項前
提，在語言學方面，他注意到中文的語音、文法、聲律結構都十
分有利於抒情詩創作；抒情詩強調的是經驗的「靜態」配置，史
詩剛好相反，史詩描寫的是人性的「動態」圖景。[165]其次在觀念

---

[163] 就此意義上，普實克其實呼應了馬克思的觀點，亦即文學和歷史的進展並不
　　是一個持續穩定的過程。

[164] Jaroslav Průšek, "Some Marginal Notes on the Poems of Po Chu-i," *Chinese History
　　and Literature: Collection of Studies* (Dordrecht, Holland: D. Reidel, 1970), p. 76.

[165] Průšek, "Outlines of Chinese Literature," *New Orient* 5 (1966): pp. 113-114. 這種

方面，他認為抒情詩是種「主觀的詩」。[166]用他的話說：「古代中國文學的大宗就是抒情詩。……甚至，散文寫作也以抒情筆調來描寫自然風景、個人經驗與情感」；[167]相對的，「史詩或戲劇表現的是外在世界的現象，客觀的現實與事件」。[168]普實克的說法與陳世驤的觀點有不可思議的巧合。幾乎在同一時間，陳正在美國提倡中國的「抒情傳統」。

　　識者可以輕易指出普實克的缺點。在分析中國抒情詩的語言有利「特質」時，他暴露了一種本體論的自信。當他視中國抒情詩為一種全然「主觀」且「靜態」的表達時，不免顯露十九世紀歐洲（波西米亞）浪漫主義的東方想像。[169]普實克這些假設固然

抒情的天性來自中文的語言結構。誠如普實克在這篇論文所說的，中文有一種天性，可以透過「相似的文法結構」，組成「有節奏的語段」；而中文句子由一連串孤立、分開的語詞或觀念組成，以至於在理解上，這些語詞或觀念形成「一組組靜態的單位，沒有動態的感覺」。因此他的結論是：這種語言特質導致中國人對現實產生抒情的感受，因為「這些語言特質很適合創作抒情詩，不適合發展史詩」。見陳國球的分析，"The Conception of Chinese Lyricism: Průšek's Reading of Chinese Literary Tradition," in *Paths Toward Modernity: Conference to Mark the Centenary of Jaroslav Průšek*, ed. Olga Lomová (Prague: The Karolinum Press, 2008), pp. 22-23.

[166] 見Průšek, *Chinese History and Literature*, pp. 76-77.

[167] 見Průšek, "Subjectivism and Individualism in Modern Chinese Literature," pp. 9-10.

[168] 見Průšek, *Chinese History and Literature*, pp. 76-77.

[169] 普實克與捷克浪漫主義，尤其涉及東方這一部分的關係至為複雜，爬梳整理此複雜關係的研究者首推陳國球，參閱陳國球，"The Conception of Chinese Lyricism"，頁28-31，或〈如何了解「漢學家」：以普實克為例〉，《中國文哲研究通訊》第17卷第4期，2007年12月，頁108。另參閱Galin Tihanov, "Why Did Modern Literary Theory Originate in Central and Eastern Europe?" *Common Knowledge* 10, no. 1 (2004): 61-68.

有待商榷，但他深入個案研究、為現代中國文學另覓「起源」的
方法卻值得重視。以下討論他的三個觀點。

　　首先，儘管普實克認為，抒情詩反映詩人的主觀情緒、意向
自不待言，但古典中國抒情詩仍有其獨特性：即詩人在表達個人
情感的同時，亦能從中呈現某種普世性的反思。在〈白居易詩
歌側記〉（"Some Marginal Notes on the Poems of Po Chü-I," 1958）
一文中，他提到白居易詩作對社會民生多有關懷，但白氏卻仍能
以個人情性和筆觸傳達他的視野。「白居易描寫現實的同時，也
在觀察、思考、感覺這一現實，並對這一現實提出批判。詩人層
層迭出的興嘆使他所描繪的畫面充滿情感色彩。」[170]普實克認為
這與白居易沉浸在抒情模式有關：白居易「詩歌所長就是從世間
無數的相似經驗中，萃精取華，一如畫家取景作畫那樣。這個方
法讓藝術家擷取現象界最具特色的部分，千錘百煉，盡可能表達
該現象最精粹的特質。」[171]

　　普實克的評論乍看或許顯得空泛。畢竟並不是所有中國抒情
詩人都將個人情感放入社會脈絡詠之嘆之。即便如此，他仍觸及
中國詩學的特質：詩可以而且應該是「情」與「物」──從人文
到天文──共感互動的結晶。這裡涉及的是「情」的古典意涵，
意即人的內在情感與外在情境的交融。然而普實克似乎囿於本身
政治理念，很快就以社會主義語彙收編中國的抒情觀念。在同一
篇論文裡，他以白居易〈賣炭翁〉為例，指出白氏以「基本的抒

---

[170] 見 Průšek, "Some Marginal Notes on the Poems of Po Chu-i," p. 78.
[171] 同前註，p. 80。

情結構」敘述社會的苦難與不公,「一邊是客觀現實,一邊是個
人體驗」。據此,他的討論以「詩史」杜甫為高潮,也就不難理
解。[172]

這引領我們討論普實克的「抒情」對應面——「史詩」。普
實克稱中國文學所涵蘊的歷史敘事動機為「史詩」筆法:「史
詩」以宏觀寫實的形式,銘記社會生命的湧動變化。就像他所
定義的「抒情」一樣,「史詩」一詞也取自西方傳統。普實克
認為,「史詩」源自集體、民間經驗,可以上溯到荷馬史詩傳
統。及至現代,這一傳統轉化為寫實主義小說,例如巴爾札克
(Honoré de Balzac)、托爾斯泰(Leo Tolstoy)等人的作品。普
實克理解中國文學沒有史詩傳統,但認為仍可從抒情詩中感受
「史詩」的天地情懷。這是因為中國抒情詩得天獨厚,能夠「綜
合」個人與世界的視野,而「史詩」即內蘊在「抒情」表述裡。
白居易、杜甫都證明中國詩人「擅用單一、綜合的畫面呈現一種
獨特現實觀。詩人凸顯此一現實的普遍性的同時,也表達了個人
情感和判斷」。[173]換句話說,儘管中國文學缺少史詩以及相關文
類,這一事實無須視為缺憾。普實克企圖說服我們,這一缺憾甚
至就是資產:因為中國的抒情詩同時涵攝了西方文學「抒情」與

---

[172] Průšek, "Outlines of Chinese Literature," p. 145. 普實克稱律詩是「一種顯示創作
主體及其描寫對象之間的聯繫或張力的文類」;準此,一個稱職的詩人可以
從抒情表達中,萃取一種「奇異的現實」(unusual realism),透過這一「奇異
的現實」,詩人把文字與世界,把外在和內在聯繫在一起。參閱陳國球的討
論,"The Conception of Chinese Lyricism," pp. 21-22.

[173] 見 Průšek, "Outlines of Chinese Literature," p. 145.

「史詩」的雙重特徵!

　　普實克對中國抒情傳統做出「史詩式」的詮釋,還另有一層意義。三〇年代後期以來,他對白話文學,尤其是話本小說,產生了濃厚興趣。話本來自民間,具有鮮活的表演氛圍,普實克因此相信白話文學就是中國文學的「史詩」動力所在。套用他自己的話,話本「生動的口頭敘事,說書人所用的各種藝術技巧,如說話的語氣、史詩般鮮明的描繪、戲劇性和臨場感」,在在衝擊中國庶民對現實的想像。[174]理論上,普實克認為透過說書所產生的臨場互動,讓民間社群得以凝聚一處,分享當下的歷史經驗。

　　如果普實克這些言論聽來似曾相識,也許是令人聯想起班雅明著名的「說故事人」。班雅明曾提及西方口語文學傳統裡「說故事人」所扮演的社會性角色;[175]他的詮釋不再只是浪漫主義者對古典言說情境的嚮往,更添加了左翼民間意識。然而普實克的論述根本差異在於:儘管中國白話文學源於也流向社會大眾,其核心卻總有一個縈繞不去的抒情聲音;話本敘事不時插入詩詞就是明證。對普實克而言,這些詩詞不僅「補充說明某些角色或事件,更重要的是將事件的特質予以概括化,使之具有普遍性及典型特質」。[176]如此說來,話本這種敘事類型就顯現「抒情兼史詩」

---

[174] 同前註,p. 149。

[175] Walter Benjamin, "The Storyteller: Reflections on the Works of Nikolai Leskov," in *Illuminations*, ed. Hannah Arendt, trans. Harry Zohn (New York: Schocken, 1969).

[176] Jaroslav Průšek, "Urban Centers: The Cradle of Popular Fiction," in *Studies in Chinese Literary Genres*, ed. Cyril Birch (Berkeley: University of California Press, 1974), p. 281.

——也就是他所謂"lyico-epic"——的特質。[177]

　　普實克與陳世驤觀點相似之處在於，兩人都主張不論文類特徵或歷史動機為何，中國文學表現的精華是抒情詩；同時強調「抒情」為中國文學進入世界的特色。然而，兩人的意識形態與批判前提卻是南轅北轍。陳世驤希望重回抒情，用以對照中國文學現代化——尤其革命之後——的荒涼結果。普實克恰恰相反：他認為抒情是啟動中國現代革命性的強大力量，抒情與史詩的結合也正是革命完成的時刻。再者，陳世驤從新批評、現代主義論述、中國小學的研究烊鍊出他的抒情視野，但普實克則從捷克浪漫主義、布拉格結構主義、馬克思的革命論述導出中國文學「抒情兼史詩」的結論。

　　第三點有關普實克的比較文學傳承。根據陳國球的研究，普實克與波西米亞派浪漫主義可說一脈相承；[178]他對捷克「抒情傳統」的渴望促使他在東方尋找共鳴。舉例來說，德沃夏克（Rudolf Dvořák, 1860-1920）與弗爾赫利茨基（Jaroslav Vrchlický, 1853-1912）將中國古典詩翻譯成捷克文，集成《古典詩》（*Classic of Poetry*），稱之為世界上最好的抒情詩。詩人馬提修

---

[177] 見 Jaroslav Průšek, "The Realist and Lyric Elements in the Chinese Medieval Story," *Archiv Orientáalní* 32 (1964): p. 14；亦可參閱陳國球的討論，見 "The Conception of Chinese Lyricism", pp. 21-22。

[178] 陳國球，〈如何了解「漢學家」〉，《中國文哲研究通訊》第17卷第4期，頁108。尤其注意普實克對卡雷爾・希內克・馬哈（Karel Hynek Mácha, 1810-1836）的仰慕，而馬哈的抒情詩一般認為與捷克民族主義的興起有關，也與捷克現代詩歌的復興有關。

斯接棒，與普實克合譯或擬作了數部中國詩歌讀本。[179] 此外，普
實克是著名布拉格語言學派的一員。他以語言學的結構觀分析
中國抒情詩，顯示他對布拉格結構主義方法論的熟悉。[180] 他所提
及的各種觀念，例如藝術「結構」、「成分組合」、社會和美學
「功能」等都帶有穆卡拉夫斯基（Jan Mukařovský, 1891-1975）學
說的印記，而穆卡拉夫斯基正是布拉格學派的主要成員，也是普
實克在查爾斯大學（Charles University）的同事。[181] 普實克標舉
抒情為中國「文學」特徵與布拉格語言學派不無關聯，因為這
一學派與相關的俄國形式主義者都強調「文學性」為一種「功
能」，也是文學之所以成為文學的要素。[182]

　　更重要的，我們必須考慮普實克對馬列革命的熱情。[183] 這一
背景使他認為中國文學必然導向群眾主體性及革命烏托邦，也就
是朝向「史詩」之路邁進。不過，他還是堅持不論歷史走向如

---

[179] 同前註。

[180] 他不只在同一圈子裡發表兩次演講，在理論基礎上，他與該社團的主要人物
　　 如穆卡洛夫斯基（Jan Mukařovský）和沃季奇卡（Felix Vodicka）立場也是一
　　 致的；參陳國球，"The Conception of Chinese Lyricism", pp. 28-31；陳國球，
　　 〈「文學批評」與「文學科學」〉，頁68-73。

[181] 陳國球，"The Conception of Chinese Lyricism", p. 30。

[182] 雅克遜（Roman Jakobson）在1921年出版的《現代俄國詩歌》（*Noveishaya
　　 russkaya poeziya*）指出，某一文學作品之所以成為文學作品，關鍵在於「文
　　 學性」。換句話說，「文學性」是一個特徵，使文學有別於人類其他的發明，
　　 而「文學性」源自文學作品所使用的特定藝術技巧或技藝（*priemy*）。

[183] 普實克對革命展現了極大的熱情，對此，馬立安・高利克（Márián Gálik）曾
　　 有生動的描述，收在閻純德、吳志良編譯，《捷克和斯洛伐克漢學研究》（北
　　 京：學苑出版社，2009），第四章。

何,「抒情」是中國語言與文學的本體。這一論式使他陷於互相
齟齬的批評中。概括而言,普實克的「科學」方法,分別指布拉
格結構主義和馬克思革命的信條。布拉格結構主義使他確信「抒
情」是中國文學「組合結構」(compositional structure)裡的關鍵
「功能」;馬克思革命信條則使他將社會主義「史詩」定義為文
學現代性的終極目標。折衝在這些理論脈絡間,普實克每有不能
自圓其說之處,他對白居易和杜甫作品的分析即為一例。當他指
出兩位詩人兼具抒情與史詩的特質時,似乎向中國傳統「詩史」
觀致意,但事實上,他又把兩位詩人「抒情兼史詩」的能量歸諸
於馬克思主義的文學典型論辯證。

　　無論如何,普實克以非華裔漢學家立場,為中國抒情傳統的
研究提供了一個獨特角度。他的研究讓我們眼界擴大,重新思考
如何將二十世紀中期北美與歐洲的抒情論述也置於中國語境中審
視。以下簡述重要論述,目的不在於提出任何定論,而在於試圖
從比較文學的方向,點出彼時「抒情」話語在全球流動的脈絡。

　　首先是盧卡奇(György Lukács, 1885-1971)。盧卡奇的《小
說的理論》(*The Theory of the Novel*)以歐洲文學為討論核心,
指出西方小說的淵源是史詩;作為一種文類,史詩所體現的是人
神共處,內在與外在全然和諧的狀態。只是他認為從文藝復興
時期開始,史詩傳統遭到抒情轉向的衝擊,從此一蹶不振。從
浪漫時期到到現代,史詩傳統的衰落更是變本加厲。[184]在盧卡奇

---

[184] Georg Lukács, *The Theory of the Novel*, trans. Anna Bostock (Cambridge, Mass: MIT Press, 1972), 尤其是頁112-113.

看來，現代文學的抒情轉向正是主體耽溺小我的病徵，也是對一個完整健全、有「神」世界的逃避。《小說的理論》出版於1915年，之後數年盧卡奇的思想左轉，並經過幾次重大起伏。直到1959年，他依然譴責西方文學和歷史的「抒情轉向」；他認為抒情小說的主體毫不足觀，不過就是「單個的靈魂，而且小說的行動也不過就是對那個靈魂的渴望而已」。[185]

如前所論，普實克1957年為文推崇抒情，視之為現代主體邁向史詩時代的關鍵。他的抒情論與盧卡奇背道而馳。盧卡奇認為西方現代抒情文學體現了文明的衰落，但普實克認為中國現代抒情文學是「個人從封建傳統掙脫而出的表徵」。[186]兩人的說法雖然南轅北轍，弔詭的是，他們距離其實並不太遠。他們分享浪漫主義的始源論，嚮往一個意義具足、渾然天成的「史詩」世界。更重要的，兩人歷經學思轉折，都皈依共產革命，視其為「回到未來」史詩世界的不二法門。普實克認為中國文學內在本來就「兼具抒情與史詩」的潛能；他大可拈出中國抒情論述作為解藥，解救盧卡奇眼中失落的西方文明。

行文至此，我們不免再度想起班雅明筆下那位「說故事人」。相對於現代「抒情詩人」，班雅明認為「說故事人」更令

---

[185] Georg Lukács, *Soul and Form*, trans. Anna Bostock (Cambridge, Mass: MIT Press, 1974), p. 104; David Miles, "Portrait of the Marxist as a Young Hegelian: Lukács' *Theory of the Novel*," *PMLA* 94, no. 1 (Jan. 1979): 26. 誠如麥爾斯（David Miles）所點出的，盧卡奇早在菲德曼（Ralph Freedman）出版 *The Lyrical Novel* (1963) 之前，已經對抒情與小說有所思考。

[186] Průšek, "Subjectivism and Individualism in Modern Chinese Literature," p. 3.

人心儀。「說故事人」是傳統社會裡行走四方，深入民間，吟誦互古英雄與征戰故事的「說唱者」；以此，他喚起聽眾同情共感的情緒，見證不分你我的群體生成。與之相反，現代「抒情詩人」已經失去說故事的能力。像巴黎詩人波特萊爾（Charles Baudelaire）只能是個漫遊者（flâneur），遊蕩市區街頭，出沒人群之間，捕捉資本世界的浮光掠影。他所能見的，和他筆下所能傳達的，僅是生命的片段、轉瞬即逝的情緒。當世界完善具足的本然已經煙消雲散，現代「抒情詩人」失去了「說故事人」那種凝聚社會的能量，只能「在個人藝術世界的中心處理一驚一乍的經驗」。[187] 而現代抒情文學僅在應付現代生命的無常，抵禦突起的驚嚇。這樣「抵抗驚嚇的經驗或有其功能，即將某一事件安置在特定的時間意識裡，但代價可能是內容的支離破碎。」[188]

　　阿多諾（Theodor Adorno, 1903-1969）接續班雅明的結論，展開自己的學術之路。1957年，阿多諾發表〈抒情詩與社會〉（"On Lyric Poetry and Society"）一文——同年普實克也寫了〈現代中國的主體主義和個人主義〉。對阿多諾來說，抒情詩固然強調個人的主體意識，但仍然可在現代社會善盡批判功能。就社會層面來看，他認為抒情詩反映個體從集體——或主體意識從現實客觀世界中——的「脫離」或「決裂」：「抒情作品總是主觀地表達〔詩人對〕社會的敵意」。如果「所有個人詩歌都建立在對

---

[187] Walter Benjamin, "On Some Motifs in Baudelaire," in *Illuminations*, p. 163.
[188] 同前註。

集體的理解上」，[189]那麼抒情作品既表現了社會的不安，也提供了救贖的手段。阿多諾因而認為抒情詩擁有批判社會的能量。換言之，抒情詩不僅銘刻了社會經驗的本然，也以否定辯證形式，銘刻了社會經驗的應然。「透過對語言（作為一種社會表意媒介，譯註）認同，抒情詩的主體不僅否定那種視社會為一盤散沙的敵意，也否定那種視社會為全然一體化工具的批判。」[190]

　　在此，我們看到普實克與阿多諾可能的對話。兩人都拒絕以簡化的公式看待詩與社會的關係。學界對阿多諾的「否定辯證法」多有討論。根據他的「否定辯證法」，阿多諾解析現代主義文藝與社會主義憧憬間千絲萬縷的依違關係，而不將其簡化成非此即彼的對立。他審視抒情言說的縫隙，認為只有透過字裡行間產生的辯證張力，我們才能理解抒情詩的批判作用。[191]不同於阿多諾探究現代抒情詩「否定辯證」的作用，普實克試圖讓中國古典抒情詩的凝聚力在現代回復生機。對他而言，中國文學必然朝向「史詩」目標邁進，而其內裡的抒情力量不但不阻礙進步，反而能激起合成凝聚的效果，使社會主體「總合」的潛能盡情發

---

[189] Theodor Adorno, "On Lyric Poetry and Society," in *Notes to Literature*, ed. Rolf Tidemann, trans. Shierry Weber Nicholsen, vol. 1 (New York: Columbia University Press, 1991), p. 45.

[190] 同前註，p. 44。

[191] 阿多諾的名言「奧許維茲（Auschwitz）之後，詩不再成為可能」必然會引起雙重的解讀；見 Theodor W. Adorno, "After Auschwitz," in *Negative Dialectics*, trans. E. B. Ashton (New York: Seabury, 1973), p. 362, 191；另參 *Minima Moralia: Reflections from Damaged Life*, trans. E. F. N. Jephcott (London: New Left Books, 1974), p. 245.

揮。「抒情」與「史詩」的互為主客，足以見證社會主義者所嚮
往的「一即是多，多即是一」（singular plural）的烏托邦。[192]

普實克的抒情觀未必只能從全球左翼論述來回顧。他的論點
也提供有利視角，讓我們重新審視二十世紀中期右翼抒情論述
的得失。海德格的思想在三〇年代曾發生著名的「詩學轉向」，
一直到五〇年代，他仍持續思考詩的意義。以最簡單的方式來
說，海德格認為西方哲學在原初階段曾「向存有開放」，但繼之
而來的世紀卻背道而馳。現代西方形上學愈發墜入虛無主義就證
明危機每下愈況。回到原初，「向存有開放」，方法之一是轉向
詩的思考。賀德林（Friedrich Hölderlin）、里爾克（Rainer Maria
Rilke）等的詩作帶給海德格極大啟示。他主張詩的語言揭發世
界的斷裂，解開科技所帶來的「框限」，帶領人類走向抒情的豐
饒存在。[193]

德曼（Paul de Man, 1919-1983）在二戰末期展開學術事業，
戰後移居美國，終成為解構主義研究的要角。德曼六〇年代末
曾發表一系列文章，探討語言與再現之間重重弔詭轉折。[194]他
強調語言的自我指涉與重複延異，終至意義不可聞問，因此解

---

[192] 在此借用讓呂克・南希（Jean-Luc Nancy）的術語。當然，兩位批評家的社會
與個體主體性的異同，應該有更為深入的比較研究。

[193] 例如可參閱 Philippe Lacoue-Labarthe, *Heidegger and the Politics of Poetry*, trans.
Jeff Fort (Champaign: University of Illinois Press, 2007).

[194] 例如參閱 Paul de Man, *Blindness and Insight: Essays in the Rhetoric of Contemporary
Criticism* (New York: Oxford University Press, 1971), pp. 166-186; "Literary
History and Literary Modernity," pp. 142-165.

構了現代性和歷史的關係。他以抒情詩作為參照點，指出文學
的現代性是一個周而復始的自發性創造，外在於時間與歷史。
即便如此，這種創造畢竟自陷於時間的（重複）流變裡，不帶
來一了百了的意義，只帶來借此喻彼，不斷延伸播散的「寓意」
（allegory）。[195] 在〈抒情與現代性〉（"Lyric and Modernity"）一文
中，德曼提出詩的語言「是再現的，同時也是非再現的」，進而
認為：

> 所有表現性的詩歌總是富含寓言性質，不管這些詩是否有
> 此覺察。語言的寓意力量會削弱、模糊某一詩歌表現的文
> 字意義，破壞解讀詩歌的可能。所有寓言詩必須包含某種
> 表現元素，此種表現元素邀請並允許解讀，但是最後人們
> 會發現此種解讀必定是錯誤的。[196]

---

[195] 見 Paul de Man, "Lyric and Modernity," in *Blindness and Insight*, pp. 166-186，和
"Literary History and Literary Modernity," pp. 142-165. 對德曼（Paul de Man）的
批評研究，見 Carrie Noland, *Poetry at Stake: Lyric Aesthetics and the Challenge
of Technology* (Princeton: Princeton University Press, 1999)，特別是頁 264。我覺
得諾蘭（Carrie Noland）對阿多諾和德曼的比較研究深具啟發意義。據諾蘭
所言，當阿多諾和德曼意識到純粹抒情主體的存在只是幻覺，他們都承認感
到絕望。阿多諾的抒情是物質性的，但不可見，只是比喻性的語言的效果，
猶如德曼的抒情「無從實現」一樣。諾蘭認為德曼留給我們一個「二元的對
立陷阱，讓我們困在疑惑與絕望裡」，而阿多諾則透過「無數的簾幕，以及
主角編造的寓言」提供我們一條出路。無論如何，德曼的現代抒情的觀念使
「客體產生質變，進入象徵的所指」，而這呼應的似乎是轉變這個概念，而不
是困陷於比喻的語言，參見 "Lyric and Modernity," p. 179.

[196] de Man, "Lyric and Modernity," p. 185.

　　海德格期望人類可以「詩意地棲居於大地」，德曼卻認為純粹抒情主體是個虛妄，甚至從中開出虛無的狂喜。另一方面，從普實克「抒情」兼具「史詩」的觀點來看，海德格與德曼對詩和史的詮釋帶來不同的結論。兩位思想家都喚起抒情詩歌語言的哲學力量，或將之神祕化（海德格），或解構化（德曼），以因應「史詩」時代的政治或倫理挑戰。詩或是被看成超越形上局限，揭露「存有」的竅門，[197]或是被視為寓言，用以演繹文本無窮的相對性，以及意義的不斷延宕。[198]

　　兩位思想家都企圖抹除歷史，卻反因此暴露了「歷史的焦慮」。二戰期間海德格支持納粹，他要尋找一種可以超越「世界」羈絆的詩意，「開放」那被傳統遮蔽的一切；與此同時，他所背書的納粹政權卻以一種最不詩意的暴行消滅數以百萬非我族類的男男女女。德曼的例子不遑多讓，他過世四年後，與他相關的二戰資料出土，證明四〇年代初他曾撰寫大量報刊文章，支持納粹，反對猶太族群。他的解構學說成為詭異的託辭，抹消歷史，也抹消歷史中的自己。

　　最後，針對普實克與新批評的關係稍作論述。1947年，布

---

[197] 見 Anson Rabinbach, *In the Shadow of Catastrophe: German Intellectuals Between Apocalypse and Enlightenment* (Berkeley: University of California Press, 1997), chapter 3.

[198] 見 Dieter Freundlieb, "Paul de Man's Postwar Criticism: The Pre-Deconstructionist Phase," *Neophilologus* 81, no. 2 (1997): 165-186. Frank Lentricchia 曾寫有一專章評論德曼的思想，見 Frank Lentricchia, *After the New Criticism* (Chicago: University of Chicago Press, 1980).

魯克斯（Cleanth Brooks）出版了《精緻的甕》（*The Well-wrought Urn*），提供一種細讀文本的方法，詮釋從莎士比亞到葉慈等著名詩人的作品。他在末章和附錄裡強烈譴責「意譯的邪說」（heresy of paraphrase），認為意譯以敘述解釋詩歌，使其明白易懂，反而徹底破壞其精義。[199]《精緻的甕》是布魯克斯繼《理解詩歌》（*Understanding Poetry*）和《現代詩與傳統》（*Modern Poetry and the Tradition*）二作後的扛鼎之作。他批評詩歌的歷史或自傳研究，建議讀者應專注文本自身，分析字質，才能一窺其最精緻的內在。詩是自我具足的存在，猶如一個「精緻的甕瓶」。

　　布魯克斯最引人爭議的地方是他揚詩抑史的立場；在本章脈絡裡，即推舉「抒情」，貶抑「史詩」。他相信詩具備一個隱喻結構，非任何歷史經驗或情感波動所能及。但他認為詩不是「非歷史的」（nonhistorical），而是「超歷史的」（suprahistoical）。普實克沒有機會挑戰布魯克斯的論點，但他曾與夏志清展開一場知名的論辯，夏就讀耶魯大學期間曾師從布魯克斯。因此這彷彿是一場代理人之戰（proxy war）。1961年，夏志清《中國現代小說史》（*A History of Modern Chinese Fiction*）出版。普實克嚴厲批評夏對共產文學懷有偏見，迴避歷史，因此是「科學方法」的反面教材：「作者〔夏志清〕沒有能力把他研究的文學現象放進

---

[199] Cleanth Brooks, *The Well-wrought Urn: Studies in the Structure of Poetry* (New York: Mariner Books, 1956), chapter 11.這一章後面附有兩篇附錄："Criticism, History, and Critical Relativism"和"The Problem of Belief".

適當的歷史角度，因而看不出現代文學與前現代的關聯，最終也無法使現代中國文學與世界文學產生關聯。」[200]夏志清的反駁同樣砲火猛烈。他指責普實克深受左翼教條荼毒，奉意識形態為金科玉律，以「科學」為名，卻全然忽略文學審美標準以及普世人文精神。[201]

雖然普實克與夏志清的爭論焦點是小說敘事，不是抒情詩，但抒情詩仍然是這場論辯的潛文本。如前文所論，普實克認為小說是「抒情」與「史詩」在現代交會的場域，而夏志清遵循乃師看法，認為小說追求一種「卓越的價值」，而這種價值的極致體現在詩歌。二人隔有極深的意識形態鴻溝，但仔細推敲他們的理論脈絡，未嘗沒有對話的可能。普實克與一般左翼同僚不同，從來不曾排斥史詩裡的抒情色彩。假設文學主體與群體的欲望能齊頭並進，互為表裡，如此兩全其美的革命文學誰曰不宜？同樣的，夏志清也會欣賞描寫社會政治的作品——如果是類作品在追求集體與史詩的嚮往中，兼容個體抒情的需要。何況夏志清有名的「感時憂國」說本來就充滿了歷史情懷。無論如何，兩人言論各有所執，無需刻意分辨高下。我只強調：將普實克與夏志清的論辯置於比較文學的脈絡裡觀察，會顯出更多意義。他們的爭論代表世紀中期冷戰氛圍下，漢學界對歐美學院文學、歷史、政治研究的精彩回應。

---

[200] Průšek, "Basic Problems of the History of Modern Chinese Literature," and C. T. Hsia, "A History of Modern Chinese Fiction," in *The Lyrical and the Epic*, p. 203.

[201] C.T. Hsia, "On the 'Scientific Method' of Studying Modern Chinese Literature: A Reply to Professor Průšek," in *The Lyrical and the Epic*, pp. 231-266.

　　本章描述了二十世紀中期三種研究抒情論述的取向：陳世驤以「抒情傳統」強調中國文學的抒情傾向其來有自，與西方史詩和戲劇的傳統相抗衡；沈從文藉文喻意，並以藝術形象追索「抽象的抒情」的譜系，試圖從現代肆虐後的文明廢墟裡拯救「有情」的人間價值；普實克將「抒情」與「史詩」並列，從而為現代美學與意識形態之辯，添加另一向度。面對西方浪漫主義與革命思維所激發的抒情論述，這三位學者力圖回到中國文學史的脈絡，從古典發現新意。他們有感於世紀中期中國的危機時刻，提出了三個思考方向：「興」與「怨」的對話；「情」與「物」的共振；「詩」與「史」的互動。以此框架為基礎，本書展開諸章論述。

第一部分

第一章

「有情的歷史」

　　1951年12月，沈從文參加土改考察團赴四川考察運動成效。途中他數次致信妻子張兆和與兒子龍朱與虎雛。1952年1月25日的一封尤有興味。信裡述及，那夜，沈從文獨自留守一處老屋，因鄰居的咳嗽罵架聲讓他無以成眠，遂拿出幾天前從垃圾堆中翻出的一本《史記・列傳》選本。他一頁頁翻閱，隨之「竟彷彿如同回到了二千年前社會氣氛中，和作者時代生活情況中，以及用筆情感中」[1]。他思索著寂寞如何有助於生長新的思想：

> 中國歷史一部分，屬於情緒一部分的發展史，如從歷史人物作較深入分析，我們會明白，它的成長大多就是和寂寞分不開的。東方思想的唯心傾向和有情也分割不開！這種「有情」和「事功」[2]有時合而為一，居多卻相對存在，形成一種矛盾的對峙。對人生「有情」，就常和在社會中「事功」相背斥，易顧此失彼。管晏為事功，屈賈則為有情。因之有情也常是「無能」。現在說，且不免為「無知」！[3]

---

[1]　沈從文，《沈從文全集》（太原：北岳文藝出版社，2009），第19冊，頁317。有關沈從文在五〇年代的經歷，詳細的討論可參見張新穎，〈從個人困境體認歷史傳統中的有情：解釋沈從文土改期間的一封家書〉，張新穎編，《一江柔情流不盡：復旦師生論沈從文》（合肥：安徽教育出版社，2008），頁259-276。

[2]　「事功」可以指行動、成就和功業。

[3]　《沈從文全集》，第19冊，頁317-318。

然而，沈繼續寫道，「事功為可學，有情則難知！」[4]

對沈從文而言，《史記》的作者司馬遷（前145?-86）是一位偉大的歷史學家，不僅因為他嚴謹記錄了王朝的興替和英雄的功過，更由於其對歷史之應然與實然有著非比尋常的洞見。司馬遷以最令人信服的方式探索個體生命，而面對與個體生命相生相應的時間和環境，也不失整體尺度上的把握。沈以為，這一洞見「本於這個人一生從各方面得來的教育總量有關」：

> 作者生命是有分量的，是成熟的。這分量或成熟，又都是和痛苦憂患相關，不僅僅是積學而來的！年表諸書說是事功，可因掌握材料而完成。列傳卻需要作者生命中一些特別東西。我們說得粗些，即必由痛苦方能成熟積聚的情——這個情即深入的體會，深至的愛，以及透過事功以上的理解與認識。[5]

從這些關鍵詞——「寂寞」、「痛苦」、「憂患」、「有情」——我們可以想像，即使對於收信的家人而言，沈從文也顯得不合時宜。此時的中國正在慶祝一個新紀元的開始，沈卻退入過去的時代，思考歷史和情感的意義。1951、52年的這次旅行，原意在讓他見證革命的勝利，那是真正「事功」的成就，可是卻引

---

[4] 同前註，頁318。

[5] 同前註，頁318-319。

發了他對痛苦與憂患的沉思。[6]

　　在這些書信中，沈從文以司馬遷為隱含的對話者。如他所言，透過閱讀《史記‧列傳》選本，他進入一個時空交錯的閾域，在「有情」的召喚下，原本各相迥異的時間、事件、人物有了交集。而沈自己也向這些歷史時刻頻頻致意，試圖獲得回應。也正因此，他與新政權之間的對話反而顯得格格不入。不同於革命時間的線型發展，沈從文選擇了另一種方式看待歷史。對他而言，歷史猶如星羅棋布的天體；事件、主體、藝術品和情感跨越時空、照亮彼此，形成千變萬化卻有跡可循的星象。他的歷史不汲汲於記錄人為的神蹟與災難，而是試圖探問個體生命彼此錯綜複雜的動盪升沉。在社會主義終極目標開啟之處，沈召喚著「抒情的考古學」。

　　沈從文的書信中最具爭議的部分，是其對於文學意義上再現歷史的可能性的討論。他認為，司馬遷是偉大的歷史學家，更是偉大的文學家，能夠「用三五百字寫一個人，反映的卻是作者和傳中人兩種人格的契合與統一」[7]。在他看來，在再現和所再現的對象之間，司馬遷的語言發揮了嚴絲合縫的妙處。語言不是透明的媒介，其傳承從古到今，在在負載時代的印記；語言必須被視為可以感受、觸知的符號，是一種喻象，它既來自感性材料的結晶，也來自時代賦予的召喚。以《史記》為例，沈從文的結論

---

[6]　沈從文也努力適應中國歷史博物館研究員的新職位，但這一任命在某種程度上導致了他文學生涯的終結。因此，即使他以書信體中較為以親密隨意的家書寫就的文字，也成為其個人對抗時代的宣言。

[7]　《沈從文全集》，第19冊，頁319。

是：偉大的歷史首先必須先是「文學的」歷史，由語言、也由情
感鑄就。[8]

　　沈從文並非沒有意識到他這一見解的不足。當他視暴力和痛
苦為司馬遷書寫歷史的動力或阻礙時，他已經在思考「有情的歷
史」的局限。這一局限發生於彼時，也發生在此時。如沈在家書
所暗示，若一個新政權誓言要為「被侮辱與被損害的」代言，卻
又沿用一套成王敗寇的史學修辭——即以往「事功」的歷史論述
——來證明自身的合法性，實則是最辛辣的自我嘲諷。沈的思考
讓我們想起班雅明的觀念：所有的歷史都是勝者重寫敗者的紀
錄，因此實際上也就等於對野蠻的反覆實踐。[9]

　　班雅明批判傳統歷史總是在「除舊布新」這類話語上做文
章，其實不過回收陳腔濫調。他企圖從過去發現「虎躍豹變」的
神祕時刻，讓真正的「現在」橫空出世，作為歷史的革命性契
機。班雅明的唯物革命史觀不無彌賽亞降臨的宗教色彩，卻每每
為西方學院左派奉為圭臬。[10]沈從文面對歷史廢墟時，則沒有這

---

[8]　同前註。沈暗示，正在形成的這一新歷史，化約了時間性，也制約了個人
　　性，並把「豐功偉績」的價值提升於一切之上。他從教科書裡察覺問題的徵
　　兆，並質問若學習的人「總不會寫人敘事，用許多文字，卻寫不出人的特
　　點，寫不出性情，敘事事不清楚。」可想而知會有何種歷史出現。

[9]　Walter Benjamin, "Theses on the Philosophy of History," in *Illuminations*, trans.
　　Harry Zohn (New York: Schocken, 1969), p. 256.

[10]　同前註，頁250-261。參見Peter Osborne的解釋，*The Politics of Time: Modernity
　　and Avant-Garde* (London: Verso, 1995), p. 113.「班雅明的目的是重整現代性
　　中，以中斷時間作為救贖的立場；對於以棄舊來迎新的救贖觀，做一辯證性
　　的修整；將Neuzeit轉為Jetztzeit，即把所謂『新的時間』轉為『當下此刻的

樣的宗教或者意識形態基礎。相對的,他轉向由抒情所召喚的記憶術,嚮往從詩學裡構建「有情」的歷史。他認為「情」是人性的精髓;情之為物,可由觀念、喻象、演練三方面證成。以此,他有意無意地呼應了中國傳統詩學中記憶和重構過去的努力──「詩史」。[11]

　　但沈縈繞於懷的是,這種抒情史觀注定了「不會討好」的宿命;埋沒和遺忘不過是最顯而易見的風險。他甚至暗示,「有情」在歷史上只有通過缺席──通過「無」情──來顯現。我們所習知的歷史充滿暴力殺伐,及種種非理性的人性之惡;「有情」的時刻百不得一。正如沈從文在四川途中所翻閱的《史記.列傳》,僅僅來自於「偶然」與「垃圾堆」。更有甚者,他對歷史的沉思只能以家書形式寫成,直到1990年代才重見天日。這證明在他的時代,甚至在任何一個時代,「有情」的書寫總是岌岌可危。[12]

　　時間』。」進一步講,「不同於建構事件之間的單向線型序列(如亞里士多德的「之前/現在」或者「那時/之後」),或者三維的時間範圍(如胡塞爾[Husserl]的「過去/現在/將來」),班雅明的辯證時間觀構成猶如星座圖,布滿『那時』與『現在』的契機。從歷史終點的立場來看,這些今昔的時間點被涵納在一個不言自明的範疇裡,相互連鎖,映照一個歷史的整體。就此而言,它們並非語意結構上的寓言,而更像本質為神學的象徵:通往救贖的象徵。每一個時間點,在其靈光一現卻又自足完整的存在中,都反射了整體尚有待完成的結構;每一個形象,因此也在其間承載了救贖的視角。」頁145。

[11]　Stephen Owen, *Remembrances: The Experience of the Past in Classical Chinese Literature* (Cambridge, Mass: Harvard University Press, 1986).

[12]　即使新一代的讀者可以讀到這封出版的書信,也無法保證能夠完全理解。

但這只是故事的一部分。沈從文的信裡也指出,「情」儘管易受摧折,卻可以在時間的過程中展現它堅韌的本性。再者,日常生活中的藝術參與(如本書第二章所論的服飾史)所帶來的感召力,也使得任何「情」的表達,既具有物質的基礎,又是「抽象的」。這些悖論構成了沈從文所篤信的歷史的一切:在事件的編年史之下,有一種更深刻也更活潑的歷史——「有情的歷史」。超越有形的經驗之上,它劃定——並調節——人類的經驗所彌散出的無垠領域。對沈來說,「有情的歷史」最有力的見證就是文學。

以上詳細討論沈從文的書信,因為這不是一個孤立的個案。二十世紀中國的歷史瀰漫了革命和啟蒙,但這一世紀同樣以種種不同的「情」為基底:從激昂到憤怒,從困惑到堅定,從寂寞到團結……。如何在「事功」的敘述中梳理出「有情」的傳承,如沈指出,是現代中國人尚需承擔的任務。

本章的第一部分描述中國現代抒情論述的起源,它與浪漫主義、革命主義論述之間的分合,以及之後的發展;第二部分討論種種抒情聲音競逐風流的1930年代;第三部分則轉向抗戰時期,考察當「抒情的放逐」與「抒情中國」辯論甚囂塵上之際,抒情主體何去何從。本章最後對新中國「政治抒情」的崛起,作出扼要反思。

抒情,浪漫,革命

現代中國學者對「情」的本質、實踐及其重要性的思考,

可追溯到晚清時代。早在1898年,嚴復（1854-1921）和夏曾佑
（1863-1924）就提出「英雄之情」與「兒女之情」的辯證,並以
此作為小說戲劇受歡迎的根本原因。他們的觀點看似傳統,卻旨
在重建理想的中國主體。[13] 1899年梁啟超（1873-1929）倡議「詩
界革命」,由此開創現代文學的政治性。1902年,梁在其創辦的
小說雜誌《新小說》裡,提出了著名的小說有不可思議之力的論
點。在他看來,「熏、浸、提、刺」是寫作和閱讀小說的四個主
要功能。[14] 梁的個人風格極富感召力,以「筆鋒常帶感情」見稱
於世。[15]

　　1902年,通俗小說家吳趼人（1867-1910）以「吳趼人哭」
為題發表了五十七篇短文,陳述為家國、個人境遇而落淚的種種
理由。[16] 彷彿是對吳氏的回應,劉鶚（1857-1909）在《老殘遊記》
（1907）中論述哭泣為人類表達情感最強烈的方式:「吾人生今

---

[13] 參見王德威,《被壓抑的現代性:晚清小說新論》（臺北:麥田出版,
2004）,第1章〈被壓抑的現代性〉。也參見 Cai Zongqi, "The Rethinking of
Emotion: The Transformation of Traditional Literary Criticism in the Late Qing
Era," *Monumenta Serica* 45 (1997): 63-100.

[14] 參見梁啟超,〈論小說與群治之關係〉,《梁啟超全集》第2冊（北京:北
京出版社,1999）,頁884-885;夏志清,〈新小說的提倡者:嚴復與梁啟
超〉,收入林明德編,《晚清小說研究》（臺北:聯經出版公司,1986）,頁
69-70。王德威,《被壓抑的現代性:晚清小說新論》,頁62。

[15] 梁啟超在《清代學術概論》中概括自己所作「新文體」特點時所提出,《飲
冰室合集》（北京:中華書局,1989）,第8卷,頁62。參見夏曉虹對梁啟超
基於情的文學理論所作的深入討論,《閱讀梁啟超》（北京:生活・讀書・新
知三聯書店,2005）,頁170-178。

[16] 參見王德威,《被壓抑的現代性:晚清小說新論》內的討論,頁59。

之時，有身世之感情，有家國之感情，有社會之感情，有宗教之感情。其感情愈深者，其哭泣愈痛。」[17]同時，聲名顯赫的翻譯家林紓（1852-1924），據稱和友人在翻譯《巴黎茶花女遺事》過程中，也為主人翁的遭遇哀慟不已。[18]不過，淚水只是構成感情抒發的方式之一。如我在他處所論，從訕笑到義憤，從反諷到憂傷，濫情是晚清文人在追求現代性時一個引人側目的症候。[19]

就在此時，「抒情」進入了論述領域。1907年，魯迅撰〈文化偏至論〉，批判西方文明中不斷衍進的「物質」與「眾數」的危機。在魯迅看來，這一文化上的委頓，只可由「神思一派」為之療救，「以反動破壞充其精神，以獲新生為其希望」。[20]由此，「驁外者漸轉而趣內，淵思冥想之風作，自省抒情之意蘇，去現實物質與自然之樊，以就其本有心靈之域。」[21]同年，王國維為求更好表達他所稱「勢力」的形式，從哲學轉向文學，[22]並寫出

17 劉鶚，〈序〉，《老殘遊記》（臺北：聯經出版公司，1983），頁1。
18 參見李歐梵著、王宏志等譯，《中國現代作家的浪漫一代》（北京：新星出版社，2005），頁43-44；周蕾，《婦女與中國現代性：東西方之間閱讀記》（臺北：麥田出版，1997），頁135-140。
19 王德威，《被壓抑的現代性：晚清小說新論》，頁58-65。
20 魯迅，〈文化偏至論〉，《魯迅全集》（北京：人民文學出版社，2005），第1卷，頁49。這篇論文最初發表於1908年8月《河南》月刊第7號，署名迅行。
21 同前註，頁54。參見Kirk Denton（鄧騰克）關於魯迅在探索中國現代主體性上扮演的先鋒角色的討論，*The Problematic of Self in Modern Chinese Literature: Hu Feng and Lu Ling* (Stanford: Stanford University Press, 1998), pp. 44-45.
22 「若夫最高尚之嗜好，如文學、美術，亦不外勢力之欲之發表。希爾列爾既謂兒童之遊戲，存於用剩餘之勢力矣，文學美術亦不過成人之精神之遊戲。」參見王國維，〈人間嗜好之研究〉，《王國維文集》（北京：中國文史出版

〈英國大詩人白衣龍小傳〉。王國維稱拜倫（Byron／白衣龍）為「純粹之抒情詩人，即所謂『主觀的詩人』是也……每有所憤，輒將其所鬱之於心者泄之於詩歌」。但拜倫又非「文弱詩人」，因為「彼與世之衝突非理想與實在之衝突，乃己意與世習之衝突」。他總結，拜倫的「多情不過為情慾之情……然其熱誠則不可誣」。[23]

在這兩處論述中，抒情都經歷了一番重新定義。理想主義哲學和浪漫主義的影響對雙方都顯而易見。王國維參照叔本華關於欲望與超越的辯證，將拜倫視為一位抒情詩人，魯迅則在斯蒂納、叔本華和尼采的脈絡中，述說抒情精神從「意力」獲得的啟發。[24]更值得注意的是，兩位大師都採用了西方關於抒情的想像，討論自身的文學傳承。1908年魯迅發表〈摩羅詩力說〉，文中所描述的理想詩人為「精神界之戰士」，可「攖人心者」。[25]他推舉屈原為中國「放言無憚，為前人所不敢言」的典範；然而，他同時認為，「中亦多芳菲淒惻之音，而反抗挑戰，則終其篇未能見，感動後世，為力非強」。[26]反之，拜倫以他不懈的熱情和英雄的事蹟，是為摩羅詩人的真正化身。最重要的是，魯迅挑戰

社，1997），第3卷，頁29-30。「文學者，遊戲的事業也。人之勢力用於生存競爭而有餘，於是發而為遊戲。」參見王國維，〈文學小言・二〉，《王國維文集》，第3卷，頁25。

[23] 王國維，〈英國大詩人白衣龍〔拜倫〕小傳〉，《王國維文集》，第3卷（北京：中國文史出版社，1997），頁400。

[24] 魯迅，〈文化偏至論〉，《魯迅全集》，第1卷，頁52-53。

[25] 〈摩羅詩力說〉，《魯迅全集》，第1卷，頁87、70。

[26] 同前註，頁71。

了詩歌「思無邪」的古訓。他辯道，若詩歌意在「言志」，「強以無邪，即非人志。許自繇與鞭策羈縻之下，殆此事乎」？[27]

傳統有關「情」的論述一向紛紛擾擾，褒貶互見，魯迅這一激進解讀為其增加了現代向度。「屈原」可說縈繞魯迅一生，最好的證明莫過於他以《楚辭》名句為小說集《徬徨》題詞，「路漫漫其脩遠兮，吾將上下而求索」[28]。在〈漢文學史綱要〉中，魯迅表彰司馬相如（西元前179?-127?）和司馬遷以個人面對王權的不屈不撓。[29]〈魏晉風度及文章與藥及酒之關係〉則大膽為中古中國的精英文化翻案，闡明一種混合著矯揉與落拓、漠然與憂傷的文化政治風格。[30]

同是1908年，王國維《人間詞話》發表。承繼嚴羽（?-?，十三世紀）、王夫之（1619-1692）和王士禎（1634-1711）一脈言說，王國維企圖從中國詩話的形式和觀點中，彌補西方哲學未竟的論辯。論者已指出，儘管王氏用功所在是重述中國古典詩學，他對主觀和客觀、理想和寫實的討論，卻顯示其人中西

---

[27] 同前註，頁70。

[28] 「朝發軔於蒼梧兮，夕餘至乎縣圃；欲少留此靈瑣兮，日忽忽其將暮。吾令羲和弭節兮，望崦嵫而勿迫；路漫漫其脩遠兮，吾將上下而求索。」〈《徬徨》題記〉，《魯迅全集》，第2卷，頁3。

[29] 魯迅，〈漢文學史綱要〉，《魯迅全集》，第9卷，頁431。

[30] 魯迅，〈魏晉風度及文章與藥及酒之關係〉，《魯迅全集》，第3卷，頁523-539。參見陳平原的分析，《中國現代學術之建立：以章太炎、胡適之為中心》（北京：北京大學出版社，1998），第8章〈現代中國的「魏晉風度」與「六朝散文」〉。

並置的折衷主義。[31]他徵引尼采的格言「一切文學，余愛以血書者」作為評判詞的準則，並認為李煜（937-978）完美體現了這個標準。[32]他的追求以「境界」說總其大成，並以詩歌戲曲為造化「境界」的不二法門。「境界」充滿主觀色彩，源於美感的召喚，但也回應了文學和歷史中「抒情原型的瞬刻」（arch-lyrical occasions）。[33]「境界」雖隱含佛家意蘊，卻不無王國維面對歷史的一種反思。目睹晚清重重政治、文化危機，王無法擺脫對中華文明的悲觀心境。他的詞和詞話念茲在茲的是抒情境界的證成，但與其說這是他對文化傳承的肯定，不如說是告別。[34]

　　魯迅和王國維分別構成了現代中國抒情文論的兩端。在此之間則興起了一系列關於抒情的不同討論，主要包括陳獨秀（1879-1942）的〈文學革命論〉。陳倡議「推倒雕琢的、阿諛的貴族文學，建設平易的、抒情的國民文學」；「推倒陳腐的、鋪張的古典文學，建設新鮮的、立誠的寫實文學」；「推倒迂晦的、艱澀的山林文學，建設明瞭的、通俗的社會文學」。[35]「抒情」在此被召喚，與諸如「新鮮」、「立誠」、「明瞭」、「寫實」、「通俗」

---

[31] 參見葉嘉瑩的討論，《王國維及其文學批評》（臺北：源流出版社，1982），頁313。

[32] 王國維，《人間詞話》，《王國維文集》，第1卷，頁145。

[33] 此處引述蕭馳的觀點，參見《中國思想與抒情傳統：聖道與詩心》（臺北：聯經出版公司，2012），頁219。

[34] 參見潘知常，《王國維：獨上高樓》（北京：文津出版社，2005），第3章〈王國維的末路〉、第5章〈「境界說」〉。

[35] 陳獨秀，〈文學革命論〉，《獨秀文存選》（貴陽：貴州教育出版社，2005），頁80。

的概念並列，成為文學革命所期望的成果。陳把抒情的召喚與革命、國族意識結盟，展示了他取法西方浪漫主義政治的所得[36]，但也顯示了對「詩教」觀念的推陳出新——「詩教」歷史悠久，以詩為制，襄助情感表達、倫理教化及政治和諧。

隨著「五四新文化運動」的展開，「抒情性」（lyricality）迅速流通，「抒情詩」也成為流行的概念。周作人、康白情（1896-1959）、周太玄（1895-1968）、梁實秋（1903-1987）及其他多人，都曾先後言明，「詩是主情的文學」。[37]冰心（1900-1999）和宗白華（1897-1986）寫起了「小詩」，湖畔詩人汪靜之（1902-1996）和他的同人熱忱於浪漫的表達，李金髮（1900-1976）試驗象徵主義，王獨清（1898-1940）、穆木天（1900-1971）和馮乃超（1901-1983）遊戲於現代主義，這些都被視為是一種廣義的抒情表述。與此同時，抒情也呈現於其他文類，魯迅和周作人的散文，郁達夫（1896-1945）和廬隱（1898-1934）的小說，白薇（1894-1987）和陶晶孫（1897-1952）的戲劇，凡此在展示作者的天賦、多情同時，也皆是對抒情和浪漫的另一種描述。

最能顯示（中國）抒情與浪漫的共生關係的，當屬徐志摩（1897-1931）和郭沫若（1892-1978）。徐志摩傾慕濟慈和雪萊，

---

[36] 張旭春，《政治的審美化與審美的政治化：現代性視野中的中英浪漫主義思潮》（北京：人民出版社，2004），第8章〈文學革命的理論和實踐：現代性的浪漫主義追求〉。

[37] 參見張松建，《抒情主義與中國現代詩學》（北京：北京大學出版社，2012），第1章〈中國現代詩學中的抒情主義〉。張指出，中文「抒情主義」隱含強烈的意識形態意義，而英文「lyricism」不能完整展現其有爭議的面向。

被認為是以中文形式成功移植西方浪漫主義的第一人。他的詩作以情感的宣洩、聲律的革新和意象的動人風靡一時。對於日後讀者，徐志摩的情詩和他的戀愛故事或許顯得過於煽情，[38] 但在五四後的時代，他如此一心一意、不拘禮俗的追求愛情，展現了一個衝破網羅、無所畏懼的現代姿態。對此，他的業師梁啟超寫於1923年的一封書信可為最佳註解：「多情多感之人，其幻想起落鶻突，而得滿足得寧帖也極難。所夢想之神聖境界恐終不可得，徒以煩惱終其身已耳。」[39]

郭沫若從1910年代在日本求學期間開始寫詩。1910、20年間，他深受五四運動的鼓舞，寫就了最能代表時代激情和活力的詩歌，如〈鳳凰涅槃〉、〈地球，我的母親〉和〈天狗〉。以〈鳳凰涅槃〉為例，詩歌描述了一個裂變中的世界；大地和大海，地球和宇宙都因之震動。在毀滅和重生中，世界展現無限日新又新的力量。而郭自認為是一個抒情者。他曾言，「抒情詩是情緒直寫」，而情緒的「呂律」所構成的節奏就是詩的形式。[40]

---

[38] 徐志摩的一生和三個女子緊密相關：髮妻張幼儀（1900-1988），初戀林徽因（1904-1955），以及第二任妻子陸小曼（1903-1965）。徐志摩曾言人生最初二十年對詩歌一無所知。他開始寫詩是在英國求學期間結識林徽因以後。為了林，徐拋棄結髮妻子；但林卻決定嫁給梁啟超之子梁思成，徐志摩唯有心痛於這一結局。1926年，徐志摩愛上名媛陸小曼，其時小曼是有夫之婦。1920年代兩人之間的緋聞鬧得滿城風雨，而他們婚後暴風驟雨般的關係可能也間接造成了徐在1931年的早逝。

[39] 梁啟超的批評，出自胡適的悼念文章〈追悼志摩〉，秦賢次編，《雲遊：徐志摩懷念集》（臺北：蘭亭書店，1986），頁5。

[40] 郭沫若，〈論節奏〉，《郭沫若全集》（北京：人民文學出版社，1990），文學

他呼應雪萊，把詩歌的力量比作「一灣清澄的海水……一有風
的時候，便要翻波湧浪起來，宇宙萬匯底印象都活動著在裡面。
這風便是所謂的直覺，靈感」。[41]

　　五四抒情主義／浪漫主義的熱情卻在二〇年代中期遭遇反
挫。其時，以抒情為名的自我放縱、個人主義、感傷主義和資產
頹廢風氣此起彼落，彷彿一發不可收拾。1926年，梁實秋作出
振聾發聵的批評：

> 現代中國文學，到處瀰漫著抒情主義……近年來情詩的
> 創作在量上簡直不可以計算……因著外來的影響而發生
> 所謂新文學運動，處處要求擴張，要求解放，要求自由。
> 到這時候，情感就如同鐵籠裡猛虎一般，不但把禮教的桎
> 梏重重的打破，把監視感情的理性也撲倒了。[42]

　　上文提及，梁實秋曾一度是抒情／浪漫論述的支持者。但他
自1924到25年間負笈哈佛，師從新人文主義大師白璧德（Irving
Babbitt, 1865-1933）後，立場隨之轉變。梁認為，對一個濫情橫
流、大呼小叫充斥的社會，知情守禮、謹守教化更為重要。梁實
秋在文中是以「抒情主義」而非「抒情」來形容他批判的對象和

編第15卷，頁353。

[41] 郭沫若，〈郭沫若致宗白華〉，收《三葉集》，《郭沫若全集》，文學編第15
　　卷，頁14。

[42] 梁實秋，〈文學的紀律〉，《浪漫的與古典的》（北京：人民文學出版社，
　　1983），頁14。

作品。[43]這一概念在1920年代中期的語境中，饒富政治意味，令人想起其他正在興起的「主義」，比如民族主義和共產主義。儘管梁不過是意在譏諷他過去的抒情主義／浪漫主義同僚，卻無意間觸動了中國現代抒情論述中敏感的神經。他對抒情主義的批評旋即引發文壇左右之爭，[44]而他本人也被冠上了保守主義的名號。

　　在此，我們的考量可以分為兩個方面。首先，當前中國現代文學史傾向於把這一時期多重的抒情召喚，歸約、簡化為浪漫主義論述。這背後的假定是，浪漫主義——作為一種從西方（或間接從日本）引進的文化制式、文學風格和革命運動——為一代尋求解放和自主的中國文人提供了最佳定義和體性（habitus）。[45]但是，當學者們急於要為中國文學現代性的進程作定論時，他們似乎太輕易將中國的「抒情」與西方浪漫主義概念裡的「抒情」（lyrical）畫上等號，由此忽視了雙方跨文化互動中所產生的繁複內涵。已有論者注意到，近代中國對西方浪漫主義的引進，不應視為文人知識分子重新辯證、追求內在性的唯一動機。鄧騰克（Kirk Denton）就指出，五四浪漫主義者面對現代西方浪漫主義的觀念如「自主」、「自我」時，並不照單全收。五四諸子所展

---

[43]　1920年代「主義」是一個具有政治挑戰色彩的概念。參見張松建，《抒情主義與中國現代詩學》，頁3，4-7。另參見王汎森〈「主義」時代的來臨——中國近代思想史的一個關鍵發展〉，《思想是生活的一種方式：中國近代思想史的再思考》（臺北：聯經出版公司，2017），頁165-250。

[44]　同前註，頁8-17。

[45]　李歐梵在《中國現代作家的浪漫一代》中，對近代中國浪漫主義做了全面概述。

示出的自我主義其實帶有一種深刻的焦慮。這一張力也許反映出中西文學在宇宙觀上的根本不同。換言之，儘管現代中國人志在打破舊習、反抗傳統，但對西方浪漫主義的「絕對自我」──以無神、無群、無國族為極端表現──卻不無保留。他們更傾向於將浪漫主義引進的資源嫁接到家國社會情境，強調個人對公共領域的重新投入。[46]換句話說，小我和大我的辯證因此有了新意。浪漫主義在此扮演了一個複雜的角色，不僅為中國帶來前所未有的思想資源，也為內在於抒情傳統的某些元素「重新編碼」。其結果是本土與海外的語言和觀念發生強烈碰撞──與結合。在這一交接點，中國抒情論述的再生尤其撼人心魄。

現代中國文學界重新「發現」了古代文學史上的三個時刻，即六朝、晚唐和晚明，就很能說明問題。魯迅以降的五四文人，包括周作人、朱光潛、宗白華、梁遇春和臺靜農等，在追求個人主義美德時，每每從六朝人物如嵇康（223-262）和阮籍（210-263）身上找到榜樣，彷彿這些中古文人怪誕的言行有著現代主義的種子。而陶潛（365?-427）更勝諸人之上，同時體現了田園生

---

46 鄧騰克的原文：「本體論上的雙重性，即認為活著的人與超越是隔絕的，作為西方文學傳統的後盾，在終極意義上推動了再現自然的模仿的欲望。在另一方面，中國的文學觀念興起於一元論的宇宙觀。這一宇宙觀在萬象世界、在自我中，見出『天』或者『道』。它形成了一種和世界一體、並能充分呈現或體現世界的文學觀念……在某些對傳統文學觀念的重構中，中國不僅缺少模仿的觀念，也缺少純粹的自我表達……考慮到這種有機的宇宙論的傳統，五四作家和知識分子接受浪漫主義也是有問題的。」Kirk Denton, *The Problematic of Self in Modern Chinese Literature: Hu Feng and Lu Ling* (Stanford, Calif.: Stanford University Press, 1998), pp. 104-105.

活的自在與反體制思想的激越。[47]另一方面，周作人及其從者重新
發現了晚明美學。他們相信，晚明精緻的趣味和平淡的風格預示
了現代主體對自我和情感的偏好。[48]及至三〇年代，北京的現代派
興起了模仿晚唐詩歌與詩學的風尚。詩人廢名、何其芳、林庚等
浸潤於歐美象徵主義、現代主義之餘，開始欣賞晚唐詩歌晦澀的
意象、頹靡的題材和複雜的用典，並從中淬煉特有的京派「現代
性」。[49]

　　這些重新發現六朝、晚唐、晚明的文人知識分子，既非文學
上的保守主義者，也非文化上的遺老遺少。他們出入西洋和東洋
學術，採用時新文體，並以此引領五四新文學風騷。但在邁向現
代主義的道路上，他們卻意識到自己身體力行的新文學似乎有了
局限。舊價值鬆綁之處，新文學枷鎖應時而生。「吶喊」的聲音
固然獲得廣大回應，未必同調的呼聲卻也受到打壓。由此，這些
文人和知識分子理解「現代」未必是萬靈丹，而有了別求新聲的
迫切感，弔詭的是，他們竟在重新檢視傳統的過程裡，發現了
激進的寄託。這與其說是對傳統的誤讀，不如說是刻意為之的

47　參見陳平原的討論，《中國現代學術之建立：以章太炎、胡適之為中心》，第
　　8章〈現代中國的「魏晉風度」與「六朝散文」〉。也見本書第8章關於臺靜
　　農的討論。

48　周作人和林語堂對晚明詩歌和文體的接受，已為學界廣泛討論，相關研究，
　　參見毛夫國，《現代文學史上的「晚明文學思潮」論爭》（北京：文化藝術出
　　版社，2011），第3章〈「晚明文學思潮」與小品文的論爭〉。

49　參見張潔宇的討論，《荒原上的丁香：20世紀30年代北平「前線詩人」詩歌
　　研究》（北京：中國人民大學出版社，2003），第3章〈「晚唐的美麗」──
　　「晚唐詩熱」與「前線詩人」對傳統詩學的重釋〉。

「時代錯置」（anachronism）。當過去與當下被置於共時性的平臺上，起承轉合的線性時間解構，傳統重新洗牌，「現代」的能量因而被釋出。

第二個考量源於本土與外來資源的交流。如果從比較文學的角度來思考中國現代抒情想像的界線，陳世驤等所提倡的「抒情傳統」就有重新檢討的必要。如本書〈導論〉所述，陳呼喚「抒情傳統」，認為是中國文學的根本，而這一傳統在現代到來的前夕卻煙消雲散。但我們必須理解，「傳統」或「傳統主義」之為物，正因其作為現代性辯證的對立面才得以顯現。陳刻意強調抒情傳統的有去無回，無疑將傳統的「過去性」做出本質化理解，因而落入歷史主義的窠臼。要補正這一觀念，我們強調如果歷史缺乏了更新、求新面向，傳統又如何得以被矗立或推翻？斷裂與銜接其實是一體之兩面。沒有了變數和異質的干擾，我們又何能體會傳統或正或反的價值？[50]

陳世驤認為「抒情傳統」源自《詩經》《楚辭》，宋、明時期經歷一場重整，白話小說、戲劇進入經典的行列，使得抒情的聲音轉向不同的修辭和文體管道。如果此言屬實，那麼「抒情傳統」在現代則經歷了另一場變革。然而，十九世紀末外來觀念、文體和各種文化機制湧進，卻並未如陳氏及其追隨者所暗示的那樣，終結了「抒情傳統」。恰相反的，新的資源攪擾了傳統視為

---

[50] 更多關於傳統作為思想、文化和政治實踐的討論，可參見 Eric Hobsbawn and Terence Ranger, *The Invention of Tradition* (Cambridge: Cambridge University Press, 1983).

理所當然的構置，反而重開抒情命題，將中國主體「內在性」的詩學和政治引向不同境界。因此，現代知識分子和文人面對「抒情」觀念、定義、實踐上所產生的混淆，不妨當作是「現代」時序、座標、和論述「互緣共構」（con-fusion）的表徵。與此相應，我們討論現代「抒情傳統」就不應堅壁清野，只在中國抒情「傳統」的來龍去脈上作文章，而應該對傳統和現代、中學與西學的交相為用，持續觀察。

我們不妨看看中國現代抒情論述的四位開山人物——魯迅、王國維、郭沫若、梁啟超——如何在五四的餘波裡翻新他們的思想。魯迅追尋「摩羅詩人」多年後，在〈希望〉（1925）一文裡寫到：「我的心分外地寂寞。然而我的心很平安；沒有愛憎，沒有哀樂，也沒有顏色和聲音。」[51] 此時，他目睹五四激情的興起與消散，飽嘗個人生活的磨難，他拾起了散文詩這一混雜的文體，抒發曖昧的感觸。絕望與希望，夢寐與清醒，此生與來世，以及其他種種矛盾的想法，在他的思想和文字裡構成了令人眩惑的循環。屈原和裴多菲（Sándor Petöfi）、傳統的打油詩和尼采式的警句、禪宗的公案和歌德的主題，都對他那既傳統又反傳統的抒情觀念有所貢獻。而當〈墓碣文〉（1925）以自食其身的遊魂為詩歌的主體，魯迅提供了一個自我否定的抒情論述：

……抉心自食，欲知本味。創痛酷烈，本味何能知？……

51 魯迅，《野草》，《魯迅全集》，第2卷，頁181。

……痛定之後，徐徐食之。然其心已陳舊，本味又何由
知？……

……答我。否則，離開！……[52]

　　1927年6月2日，王國維自沉於頤和園昆明湖，留下遺書：
「五十之年，只欠一死。經此世變，義無再辱。」[53]王氏自盡的緣
由可能包括家事波折、心理抑鬱、叔本華哲學影響、末世論，還
有大清君臣之義。然而陳寅恪（1890-1969）卻把王的自沉描述
為「自由之思想，獨立之精神」的實踐。[54]據此，我們可說王所
嚮往的「自由」和「獨立」，其意義並不在於政治或思想信念，
而在於詩學「境界」的追求，就像《人間詞話》裡所討論的。在
中國現代發端之時，王國維已經看出所謂「現代」，其實超過了
歷史舞臺搬演的啟蒙與革命。面對公私領域種種衝突，他執拗
的選擇自我消解，從負面來證明自身的自由和獨立。他的死呼
應了屈原的自沉——中國文化和文學想像中的「抒情原型的瞬
刻」。[55]但這樣的自我隕滅也混淆了不同的理念和時間線索。作
為一種極端的抒情表述，它成為一種反證，暴露了以理性、進步
是尚的現代性矛盾重重，以及任何抉擇的兩難。

---

[52] 同前註，頁207。

[53] 王國維遺書的簡要分析，可參見葉嘉瑩，《王國維及其文學批評》，第1編第
　　2章〈一個新舊文化激變中的悲劇人物：王國維死因之探討〉。

[54] 陳寅恪，《金明館叢稿二編》（北京：生活・讀書・新知三聯書店，2001），
　　頁246。

[55] 此處仍是引用蕭馳對「抒情原型的瞬刻」（arch-lyrical occasion）的定義。

魯迅和王國維追尋現代抒情性，卻陷入無可轉圜的（致命）困境，而郭沫若則在1920年代中期開始左傾後，把抒情／浪漫的嘶喊變成了革命的福音。到了1925年，他搖身一變，宣布「浪漫主義的文學早已成為反革命的文學」[56]，一位現代詩人必須超越個人的小布爾喬亞情緒，來表達無私的普世激情。[57]論者已指出，郭沫若詩歌生涯的革命化，不是對他早年痴迷於浪漫的反撥，而是提升。[58]馬雅可夫斯基（Vladimir Mayakovsky, 1893-1930）取代了惠特曼成為他的偶像，往昔的自我抒情被置換為崇高的革命狂喜。儘管郭沫若把自己塑造成一個先鋒作家，為進步的西方意識形態而戰，中國古典詩學的影響卻揮之不去。他的吶喊如果缺少道家正言若反的基調或是「左派」王（陽明）學的回聲，當無法讓中國讀者如此著迷。[59]他對於情感主體、歷史動力和天啟遠景的頌揚，無非是龔自珍（1792-1841）——晚清最偉大的詩人——的詩學在現代的一場噴發。[60]

---

[56] 郭沫若，〈革命與文學〉，《郭沫若全集》，文學編第16卷，頁41。

[57] 張旭春，《政治的審美化與審美的政治化：現代性視野中的中英浪漫主義思潮》，頁281-291。

[58] 相關論述可參閱王富仁，〈審美追求的瞀亂與失措：二論郭沫若的詩歌創作〉，《北京社會科學》，1988年第3期，頁98-110。

[59] 郭沫若受到了莊子思想的深刻影響。見〈《十批判書》後記〉，《郭沫若全集》，歷史編第2卷，頁464、480。關於郭沫若得自莊子和王陽明的惠澤，見〈創造十年續篇〉，《郭沫若文集》，文學編第7卷，頁56；也見〈王陽明禮贊〉，《郭沫若全集》，歷史編第3卷，頁289。亦參見魏紅珊，《郭沫若美學思想研究》（成都：巴蜀書社，2005），第3章〈郭沫若美學思想的理論來源〉，尤見頁55-67。

[60] 參見陳廣宏關於龔自珍對中國現代作家知識分子影響的簡要分析，〈龔自珍

　　儘管民國時期的梁啟超依然活動不輟，卻注定和這一時代格格不入。五四之後的讀者持續肯定他早年對文學革命的貢獻，卻忽視他畢生不懈的詩學反思。梁氏晚年無意早期論述中的說教和改良，轉而關注「趣味」的美學。[61]乍聽之下，梁似乎重拾晚明文人的遺唾，但事實並非如此。梁認為，作為一種詩學傾向，「趣味」兼具康德美學中的「無私趣」（disinterestedness）和儒家倫理的「仁」。但「趣味」有賴主體參與社會、完成擔當，才得以證成歷史實踐之道。[62]回首一生事業起伏，梁自謂不離兩種行動：「知不可而為」和「為而不有」。[63]換言之，一個人的道德充實感不在某一特定目標的完成與否，而在於置身其過程中所「感受」的滿足。這種「置身其間」、不問成敗的立場，與康德的「無私趣」相得益彰，又因其蘊含有己立立人的悲願，而展現了儒家的終極理想——「仁」。[64]

　　梁啟超強調「趣味」本身具有的美學／倫理意涵，所以能夠從新的視角想像歷史和人的能動性。他強調，「趣味」是由內發的情感和外受的環境相互交融所生。就社會全體論，各個時

　　與中國抒情文學的前現代轉型〉，《文學史的文化敘事：中國文學演變論集》（上海：復旦大學出版社，2012），頁231-252。

[61] 梁啟超，〈趣味教育與教育趣味〉，《梁啟超全集》（北京：北京出版社，1999），第7冊，頁3963；〈學問之趣味〉，《梁啟超全集》，第7冊，頁4013。需要注意的是，梁交替使用「趣味」和「興味」兩個術語。

[62] 梁啟超，〈《晚清兩大家詩鈔》題辭〉，《梁啟超全集》，第9冊，頁4927。

[63] 梁啟超，〈「知不可而為」主義於「為而不有」主義〉，《梁啟超全集》，第6冊，頁3411。

[64] 方紅梅，《梁啟超趣味論研究》（北京：人民出版社，2005），頁102-115。柯慶明，《現代中國文學批評述論》（臺北：大安出版社，2005），頁234。

代「趣味」不同。「就一個人而論,趣味亦刻刻變化」。[65]也因為「趣味」的仲介,歷史的意義不產生於因果律,而產生於「不共相」和「動相」所形成的「互緣」。「就在這種關係狀態之下,前波後波,銜接動盪,便成一個淵深的文化史海。」[66]

梁啟超1929年去世,距離他提倡「詩界革命」已三十年。他曾因提出文學有「不可思議」的「熏、浸、刺、提」之力,引發廣泛反響。相形之下,他日後的「趣味」論不覺黯然失色。儘管如此,梁啟超闡明詩的「趣味」源於歷史情境而又不為其所限。藉此他設想了一個有情而又超拔的現代主體。魯迅和王國維所設想的抒情主體陷於自噬噬人的歷史困境,甚至以生命為代價;郭沫若所設想的抒情主體則臣服於革命集體主義,狂熱無端。梁啟超另闢蹊徑,踽踽獨行。直到數十年後,我們才意識到,梁氏晚期思想實為五四後的抒情論述提供了另一種選擇。

歷史紋理中的抒情

1935年12月,朱光潛(1897-1996)在〈說「曲終人不見,江上數峰青」──答夏丏尊先生〉一文中,討論唐朝詩人錢起(722-780)的律詩〈省試湘靈鼓瑟〉。錢起的詩描繪了音樂的力量如何讓人神都為之傾倒,甚至撼動草木山川。朱氏尤其欣賞尾聯:

---

[65] 梁啟超,〈《晚清兩大家詩鈔》題辭〉,《梁啟超全集》,第9冊,頁4927。
[66] 梁啟超,〈研究文化史的幾個重要問題〉,《梁啟超全集》,第7冊,頁4156。

> 曲終人不見，
>
> 江上數峰青。

他在文中討論了所謂的「靜穆美」：

> 藝術的最高境界都不在熱烈。就詩人之所以為人而論，他
> 所感到的歡喜和愁苦也許比常人感到的更加熱烈。就詩人
> 之所以為詩人而論，熱烈的歡喜或熱烈的愁苦經過詩表現
> 出來以後，都好比黃酒經過長久年代的儲藏，失去它的辣
> 性，只剩一味醇樸。我在別的文章裡曾經說過這一段話：
> 「懂得這個道理，我們可以明白古希臘人何以把和平靜穆
> 看作詩的極境，把詩神阿波羅擺在蔚藍的山巔，俯瞰眾生
> 擾攘，而眉宇間卻常如作甜蜜夢，不露一絲被擾動的神
> 色？」這裡所謂「靜穆」（serenity）自然只是一種最高理
> 想，不是在一般詩裡所能找得到的。古希臘──尤其是古
> 希臘的造形藝術──常使我們覺到這種「靜穆」的風味。
> 「靜穆」是一種豁然大悟，得到歸依的心情。它好比低眉
> 默想的觀音大士，超一切憂喜，同時你也可說它泯化一切
> 憂喜。這種境界在中國詩裡不多見。屈原、阮籍、李白、
> 杜甫都不免有些像金剛怒目、憤憤不平的樣子。陶潛渾身
> 是「靜穆」，所以他偉大。[67]

[67] 朱光潛，〈說曲終人不見，江上數峰青──答夏丏尊先生〉，《中學生雜誌》
第60號，1935年；見《朱光潛全集》，第8卷（合肥：安徽教育出版社，

朱的詮釋引來魯迅不以為然的反駁：

> 還有一樣最能引讀者入於迷途的，是「摘句」……最顯著
> 的便是上文說過的「悠然見南山」的例子，忘記了陶潛的
> 〈述酒〉和〈讀山海經〉等詩，捏成他單是一個飄飄然，
> 就是這摘句見怪。
> ……我勸那些認真的讀者不要專憑選本和標點本為法寶
> 來研究文學……自己放出眼光看過較多的作品，就知道
> 歷來的偉大的作者，是沒有一個「渾身是『靜穆』的」。
> 陶潛正因為並非「渾身是『靜穆』，所以他偉大」。[68]

　　這一辯論值得注意，因為參與者是當時文壇的兩位領銜人
物，也觸及兩種針鋒相對的批評方法及歷史觀念。而辯論聚焦於
一首唐詩，也暗示「抒情傳統」與現代性之間的關聯。對朱光潛
而言，錢起的詩出類拔萃，因為它不僅稱頌了音樂本身，而且
稱頌了由音樂所散發的靜穆情感。但魯迅指出，如此「去歷史
化」的解讀無疑輕忽了詩歌創作的語境，而僅僅摘取其中一聯作
為詮釋依據，更無視文本內外互涉的複雜關係。錢這首詩是應制
詩，目的在彰顯才華以為進身之階。其主題既無關個人，也不屬
自發，不過是逢迎之舉。朱光潛以靜穆為全詩情感表達的終極要
義，更讓魯迅不敢恭維。

1993），頁396。
[68]　魯迅，〈題未定草7〉，《魯迅全集》，第6卷，頁425，430。

　　如〈導論〉所言，朱光潛是三〇年代首屈一指的美學家，潛心於尼采、布洛（Edward Bullough），尤其是克羅齊（Benedetto Croce）。他在京派現代主義文學圈裡也扮演了主要角色。三〇年代中期，朱以王國維為榜樣，開始建立自己的美學主張。他以錢起詩為例，提出靜穆的觀點，延續傳統文論裡的「神韻」說和王國維的「境界」說，同時也對照了西方理論，如尼采關於阿波羅精神與狄奧尼索思精神的對比，布洛的心理距離說，華滋華斯的抒情來自激情之後的沉澱說，以及最重要的，克羅齊的直覺論。朱氏對於錢起詩歌的解讀，因此有一石三鳥之效：闡明他的美學觀念；從現代角度評估古典文學；以及強調中西抒情詩學的共通啟示。

　　朱光潛的論述儼然坐實魯迅在文學和政治上所要撻伐的一切。魯迅早年提倡「摩羅詩力」，憧憬文學為「攖人心者」。他與朱形成尖銳的對立，認為詩歌不應為了追求靜穆而遠離激情。更何況1935年時的魯迅早已是左翼文學的領袖，鎮守上海，與北京的現代主義學者針鋒相對。

　　魯迅認為朱光潛對歷史的輕忽不可原諒。他指出如要理解錢起的詩歌，就須仔細解讀唐朝科舉系統與應制詩的關係，而不是一味稱讚其空靈飄逸。魯迅強調從文本的歷史脈絡中解讀作品，乍看之下十分傳統，但錢詩的潛文本讓他堅信，歷史無他，就是個人與社會、特殊性與普遍性之間持續往還的過程。魯迅進而語帶諷刺的提出，不僅是錢起的詩，甚至朱光潛對這首詩「去歷史化」的解讀，也需要在歷史脈絡中審視。我們的大師暗示，在歷史危機時刻欣欣然大談「靜穆」，不是自我陶醉，就是昧於現

實。魯迅所言不無道理。1935年12月9日，北京爆發大規模學生抗日民主運動，導致流血事件。幾乎與此同時，朱光潛正沉浸在他的靜穆美學之中。

一直以來，論者以對立方式看待朱光潛和魯迅的這場爭論，比如自由主義與馬克思主義；形式主義美學與革命意志論；京派與左翼作家聯盟；甚至講求義理詞章的桐城派與獨尊考據的漢學等的兩相對立。[69]這樣的解讀有過於簡化之嫌。我認為朱光潛和魯迅以各自的方式，回答抒情主體如何有助於闡明歷史境況。朱光潛指出人生經驗猶如浮光掠影，只有在詩歌中得到淨化昇華，人之於歷史的意義及其超越因而發生。而魯卻認為歷史洪流滔滔，其意義難以滌清。然而，詩歌的貢獻卻恰恰在點明歷史的無明，以否定辯證方式演繹兩者的密切關係。

多年以來，因為政治因素使然，朱光潛一直被視為居於象牙塔內，不食人間煙火。事實上，朱光潛對歷史的險惡從來戒慎恐懼。他之所以提倡靜穆的詩學，與其說是逃避現實，不如說是另覓救贖之路。他的首部著作《悲劇心理學》正是從尼采《悲劇的誕生》的角度，闡明悲劇的力量。[70]對朱而言，悲劇作為西方文

---

[69]　胡曉明，〈真詩的現代性──七十年前朱光潛與魯迅關於「曲終人不見」的爭論及其餘響〉，《詩與文化心靈》（上海：華東師範大學出版社，2006），頁428-437。

[70]　Bonnie McDougall, "The View from the Leaning Tower: Zhu Guangqian on Aesthetics and Society in the Nineteen-twentieth and Thirties," in *Modern Chinese Literature and Its Social Context*, ed. Göran Malmqvist; Nobel Symposium, No. 32 (Stockholm: Nobel House, 1975), pp. 86-91.

學最重要的文類，既重現人類與世界衝突的諸般缺憾，也提供
彌補缺憾的出路。他從尼采的辯證中汲取對心靈淨化（catharsis）
──悲劇滌清情感的效果──的理解。在尼采那裡，阿波羅式的
清明平靜克服了狄奧尼索思式的混沌淆亂。朱光潛理解中國文學
沒有悲劇傳統，因而選擇抒情詩以為對應，並從中發現了「靜
穆」。他以「靜穆」作為情感返璞歸真的力量，達到淨化的效
果。

　　另一方面，魯迅也從來不是天真的歷史主義者或革命家。他
和朱光潛一樣，認為詩歌具有調度現實、調節生命的力量。但他
認為「靜穆」的詩學過於溫馴，在亂世緩不濟急，於是強調「金
剛怒目」般的激情。然而激情之於魯迅，並非是附和左翼浪漫主
義所追求的狂熱政治化效果；他毋寧希望喚起抒情傳統中被現代
文人所忽視的一脈：清堅決絕，「發憤以抒情」。他對屈原、六
朝詩人──尤其陶潛──的解讀，可以作如是觀。更進一步，在
魯迅的視野裡，激情要挑戰的不僅是政治、社會之惡，更是瀰漫
於世間的「無物之陣」──無所不在的虛無主義。換言之，激情
帶來的不僅是革命衝動，也可能是「內轉迴旋」（involutionary）
鬱結的盲動，自我消磨的欲望，傷人也自傷的怨懟。的確，魯迅
自己的抒情論述展現了一個掙扎於「吶喊」和「徬徨」間，上下
求索而不可得的僵局。[71]

―――――――――

71　需要注意的是：「激情」只是問題的一個層面，魯迅同時也強調「我以為感
　　情正烈的時候，不宜作詩，否則鋒鋩太露，能將『詩美』殺掉」。（《魯迅全
　　集》，〔北京：人民文學出版社，2005年〕，第11卷，頁99）觀察朱光潛與
　　魯迅對現代抒情主體的討論如何助於打開了中國的「抒情傳統」，實別具意

*

就在魯迅和朱光潛爭論的同時，1935 年見證了另一場**想像**對話。對話者是梁宗岱（1903-1983）和瞿秋白，焦點為「現代抒情的本質為何？」梁宗岱曾赴法留學，是三〇年代研究法國象徵主義的專家，尤以對瓦雷里（Paul Valéry）的翻譯和批評著稱。另一方面，瞿秋白在莫斯科接受革命訓練，曾是早期中共領導人之一，1935 年為國民黨政權殺害。無論在美學品味還是在意識形態認同上，梁瞿兩人都勢如水火。可是，當他們從中國抒情傳統尋求啟發時，卻擦出意想不到的火花。

對梁宗岱而言，詩歌是語言、聲音和意象最精緻的建構，排除一切客觀的寫景、敘事、說理和感傷。據此，他其實極端化了朱光潛的「靜穆」詩學。1935 年，梁出版散文集《詩與真》，思考歐洲象徵主義精髓。他以瓦雷里為榜樣，提出詩歌是一種純粹的形式，而「純詩」無非是「詩化了底精神自身」。詩歌的終極形式，同時也是關於「什麼是詩」的哲學陳述：

讓宇宙大氣透過我們心靈，因而構成一個深切的同情交流，物我之間同跳著一個脈搏，同擊著一個節奏的時候，

義。尤其最能說明問題的就是陶潛的例子，對朱光潛而言，陶潛是靜穆的典範，他能夠超越世俗的依戀，達到一種自足的、抒情的從容。而魯迅恰恰相反。在魯迅看來，當陶潛面對神話和生活上的挑戰之時，憤怒和憂鬱充滿了他的詩歌世界。無論如何，這場爭論徹底顯示了 1930 年代抒情論述的爭議本質。

> 站在我們面前的已經不是一粒細沙，一朵野花或一片碎
> 瓦，而是一顆自由活潑的靈魂與我們底靈魂偶然的相
> 遇。[72]

在法國象徵主義的精神號召下，二〇年代初的中國詩人即熱衷尋找詩歌的純粹形式；穆木天、王獨清、李金髮和戴望舒的作品中都是最佳範例。然而梁宗岱對象徵主義的掌握卻是無人能及的。瓦雷里之外，梁還向中國讀者引介了馬拉美、韓波（Arthur Rimbaud）、魏倫（Paul Verlaine）和波特萊爾（Baudelaire）等多位法國詩人。他如此評論波特萊爾：

> 從題材上說，再沒有比波特萊爾底《惡之花》裡大部分的
> 詩那麼平凡，那麼偶然，那麼易朽，有時並且──我怎麼
> 說好？──那麼醜惡和猥褻的。可是其中幾乎沒有一首不
> 同時達到一種最內在的親切與不朽的偉大。[73]

梁宗岱詩學的特殊之處，在於他並置象徵主義和中國傳統詩學，作出獨到解讀。這在中西比較文學上可記一功。在〈談詩〉中，梁比較了同為「趨難避易」的馬拉美和南宋詞人姜夔。後者主張「難處見作者」；前者強調「不難的就等於零」。[74]所謂「難」，

---

[72] 梁宗岱，〈象徵主義〉，《詩與真》（北京：中央編譯出版社，2006），頁87。

[73] 同前註，頁89。

[74] 梁宗岱，〈談詩〉，《詩與真》，頁97。原收入1936年商務印書館《詩與真二集》。

梁主要指的是形式上的複雜和意義上的隱密。「難」的表達，作用如同密傳奧義，引向詩人們「最隱密最深沉的心聲」，抑或「他們精神底本質或靈魂底悵望」。[75]

　　梁還有更大膽的觀察：將象徵等同於《詩經》裡的「興」。他引用《文心雕龍》的定義，「興者，起也。……起情者依微以擬議」，[76]他認為「所謂『微』，便是兩物之間微妙的關係，表面看來，兩者似乎不相聯屬，實則是一而二，二而一。象徵底微妙，『依微擬議』這幾個字頗能道出。」[77]透過詩心與世間事物之間的共鳴，梁召喚「靈境」，他認為這與波特萊爾的「契合」（correspondence）不無相似之處。[78]梁在「興」和「象徵」之間的等同，確有其啟發性，但不免有忽略兩者關於詩歌完全不同的語境和世界觀的可能。宇文所安比較「興」與西方隱喻之間的不同，或可為參考：

　　　　如果仔細思考，在興的中間，常常可以發現某個隱喻作為基礎，但是，在傳統文論中，興的議題在西方隱喻的範疇之外：〔興〕並不是一個詞如何從其本意引申到一個新的意義，它毋寧是對一個現象……在語言中的展現如何能夠神祕地引發一個反應，或者激起一種情緒。這樣一個反

---

[75]　同前註，頁98。

[76]　梁宗岱，〈象徵主義〉，《詩與真》，頁71。劉勰，〈比興〉，《文心雕龍校注》（臺北：河洛圖書出版社，1976），頁240。

[77]　梁宗岱，〈象徵主義〉，《詩與真》，頁71。

[78]　同前註，頁75、77。

應，如若發生，早於思考開始前，而且為人的理解所不
察。[79]

當朱光潛和梁宗岱等京派批評家在發展一種抒情論述，並以
此銜接中國現代主義思考時，他們的左翼對手卻另有所圖。詩人
如郭沫若、蔣光慈、王獨清和穆木天等早年都曾傾慕浪漫主義或
象徵主義，但1920年代中期他們先後左轉，彷彿要為自己激進
的詩情尋找政治出路。他們無條件擁抱革命，以蔣光慈為最：
「真正的詩人不能不感覺得自己與革命具有共同點。詩人──羅
曼蒂克更要比其他詩人能領略革命些！」[80]然而瞿秋白的例子較
他人複雜得多。瞿是中國共產黨內最早赴莫斯科受訓的成員之
一，他的文學批評也的確反映了意識形態目標。在〈藝術與人
生〉一文中，瞿認為「社會生活恬靜的時代，純藝術主義方能得
勢……現在如此湍急的生活流，當然生不出『絕對藝術派』的
詩人，世間本來也用不到他」。[81]在邁向黨內權力頂端的路上，

---

[79] Stephen Owen, ed. *Readings in Chinese Literary Thought* (Cambridge, Mass: Council on East Asian Studies, Harvard University, 1992), pp. 257-258. 也見陳太勝的評論，《象徵主義與中國現代詩學》（北京：北京大學出版社，2005），第4章〈梁宗岱與中國象徵主義理論〉。

[80] 蔣光慈，〈十月革命與俄羅斯文學〉，《蔣光慈文集》，第4卷（上海：上海文藝出版社，1988），頁68。有關蔣光慈革命詩學和革命活動之間的張力，見王德威，《歷史與怪獸》（臺北：麥田出版，2011年二版），第3章〈革命加戀愛〉。

[81] 瞿秋白，〈藝術與人生〉，《瞿秋白文集》，文學編第1卷（北京：人民文學出版社，1985），頁308、309。

他變得更為激進:「文藝——廣泛的說起來——都是煽動和宣傳,有意的無意的都是宣傳。文藝也永遠是,到處是政治的『留聲機』。問題是在於做那一個階級的『留聲機』。並且做得巧妙不巧妙。」[82]他甚至主張漢字拉丁化,廢止中文,徹底排除中國文化和文學遺毒。[83]

　　耐人尋味的是,當瞿秋白放下革命號角,從事文藝時,卻是一個不折不扣的抒情靈魂。他熱愛普希金和托爾斯泰,熟知中國古典詩詞。[84]他兩本關於蘇聯經驗的作品,《餓鄉紀程》和《赤都心史》,寫盡了一個孤獨者如何在革命吶喊中,尋找生命意義。瞿秋白以報導文學為名,描述穿越西伯利亞平原的火車旅行,憂鬱的赤都生活,或肺疾帶來的不祥預感,但我們的感覺卻是他並不那麼像現代共產主義的先鋒,反而更像是舊俄晚期知識分子「零餘人」。

　　瞿秋白對自己互相矛盾的牽扯,了然於心:在他革命工具論

[82] 瞿秋白,〈文藝的自由和文學家的不自由〉,《瞿秋白文集》,文學編第3卷,頁67。

[83] Paul Pickowicz, *Marxist Literary Thought in China: The Influence of Ch'ü Ch'iu-pai* (Berkeley: University of California Press, 1981).因為他矛盾的性格,夏濟安稱瞿為「有著溫柔心靈」的革命者;見 *The Gate of Darkness: Studies on the Leftist Literary Movement in China* (Seattle: University of Washington Press, 1968), chapter 1. 也見 Nick Knight, *Marxist Philosophy in China: From Qu Qiubai to Mao Zedong, 1923-1945* (Dordrecht: Springer, 2005), pp. 29-52.

[84] 關於瞿秋白所受俄國文學影響,見 Ellen Widmer, "Qu Qiubai and Russian Literature," in Merle Goldman, ed., *Modern Chinese Literature in the May Fourth Era* (Cambridge, Mass: Harvard University Press, 1985), chapter 5.

背後，有著佛家萬法皆空的感嘆；不論他反傳統的形象多麼激烈，他難以擺脫出身於一個沒落文人家庭的傷心記憶。在革命的姿態下，瞿秋白深藏著一顆抒情的心靈。他的詩文在在刻畫一個委屈、壓抑的心靈，深為世間的不幸和成長的感傷所苦。他讓我們感動，不僅因為他義無反顧的左翼精神，也因為他所流露的一種傳統文人氣質。

梁宗岱以傳統詩歌的「興」作為理解象徵主義的中國線索。相對於此，瞿秋白以「怨」作為介入、詮釋中國現代性的方法。[85]當他描述如何因家道中落、社會歧視，和黨內鬥爭所感受的疏離和寂寞時，他演繹了「離群托詩以怨」[86]的心聲。當他批判時政，號召無產階級鬥爭時，他回應了「亂世之音怨以怒：其政乖」的古老呼聲。[87]

瞿秋白最動人的抒情敘述當推《多餘的話》。此書寫於1935年他為國民黨拘捕並處以死刑前數日，身後才發表。在書中，他回顧淒涼的家庭生活和多難的革命征程，總結自己是個「脆弱的二元人物」：擺盪在行動和書寫、群眾和文人、烈士和戲子、激情和抒情之間。[88]他也徘徊在不同訴求的「怨」之間，個人的憂

---

85 有關瞿秋白以及他早期對「怨」的詩學的反思和借鑑，參見傅修海，《時代覓渡的豐富與痛苦：瞿秋白文藝思想研究》（北京：中國社會科學出版社，2011），第1章，尤其頁27-28。

86 鍾嶸，〈詩品序〉，《詩品箋注》（北京：人民文學出版社，2009），頁28。

87 漢・鄭玄注、唐・孔穎達正義，〈詩大序〉，《毛詩正義》（臺北：新文豐出版有限公司，2001），頁40。

88 瞿秋白，〈脆弱的二元人物〉，《多餘的話》（南昌：江西教育出版社，2009），頁10-13。

鬱和群體的義憤此消彼長。的確,他曾拒絕「純」詩的召喚,捍
衛政治抱負。但在生命最後一刻,他讓「多餘的話」攪擾了他的
政治抱負。

　　《多餘的話》序前題辭令人深思:「知我者,謂我心憂;不
知我者,謂我何愁。」[89]題詞出自《詩經》,世傳為周室遺民回想
故國、情不自禁所作。瞿秋白引用「封建時代」孤臣孽子的悲音
以明志,注定引來質疑。然而他的不合時宜卻凸顯了革命也可以
如此纏綿反復,也可以抒情。相傳瞿臨刑時高唱〈國際歌〉慷慨
就義,在〈國際歌〉的旋律下,傳來的卻是亙古傷心人的悲聲。
《多餘的話》標題也有弦外之音:「多餘」的話是不請自來的閒
言贅語,是革命「經濟學」(economy)的「額外」(或意外)開
銷;「多餘」的話也是出神之語(apostrophe),為嚴絲合縫的革
命烈士敘事,留下出人意表的旁白──而這正是抒情之於革命
(或正或反)的力量。

*

　　第三個例子是同樣題名為《詩論》的兩本抒情論述專著,作
者分別是艾青和朱光潛。艾青的事業始於藝術。1929年他赴法
習畫,現代詩卻意外地走入他的生命。從惠特曼到波特萊爾、維
爾哈倫(Emile Verhaeren)、阿波利奈爾(Guillaume Apollinaire)
等都是他心儀的對象。1932年艾青回到中國時,已經是一個現

---

[89]　同前註,頁3。題詞原出自〈王風・黍離〉。見許淵沖譯,《詩經》(北京:中
　　華書局,2012),頁74。

代主義詩人，並投身政治運動。他這一階段突出的詩作如〈蘆笛〉和〈巴黎〉，都明顯帶著歐陸影響。〈巴黎〉受到波特萊爾的啟發，而〈蘆笛〉則獻給阿波利奈爾。兩位俄羅斯詩人，馬雅可夫斯基和葉賽寧（Sergei Esenin）給予了艾青志同道合的精神啟發。他從前者學到社會批評和自我表達的爆發力，從後者則習得對土地和農民深邃的感情。艾青之所以能從左翼同人中脫穎而出，是因為他堅信語言和意識形態、情感和行動可以並行不悖，而且他從不憚於說出這樣的想法。[90]因此，他被稱為「左翼現代主義者」，[91]但也因為這立場而付出慘重代價。誠如他著名的〈吹號者〉（1939）寫道：

吹號者的命運是悲苦的，
當他用自己的呼吸摩擦了號角的銅皮使號角發出聲響的時候，
常常有細到看不見的血絲，
隨著號聲飛出來。[92]

---

90 1937年，在評論艾青名詩〈大堰河──我的保姆〉時，杜衡描述艾青有兩個，「一個是暴亂的革命者，一個是耽美的藝術家」。參閱解志熙，〈馮至與艾青的詩〉，收入嚴家炎主編，《二十世紀中國文學史》（中）（北京：高等教育出版社，2010），頁208。

91 解志熙，〈馮至與艾青的詩〉，收入嚴家炎主編，《二十世紀中國文學史》（中），頁206。

92 艾青，〈吹號者〉，《艾青詩選》（北京：人民文學出版社，1984），頁117。

　　從三〇年代中期起，艾青開始寫下自己對於革命時代詩歌的觀察與隨想，合為《詩論》一書。[93]巧合的是，朱光潛在1930年代中期也開始構思一部同名著作。艾青的《詩論》出版於1941年，[94]朱光潛的《詩論》則在1942年問世。艾青的書包括十五個部分，主題從詩學延伸到道德、思想、生活，以及革命。這些思考以箴言或語錄形式寫就，時有引人思辨的觀點。論者甚至認為艾青是傳統詩話的現代代言人。[95]

　　艾青的《詩論》儘管認同革命必須動心忍性，卻頻頻向感性和詩情致意。他在《詩論》中提出許多詩語，極富興味。他說「抒情是一種飽含水分的植物」[96]，並批判「有人愛礦物，厭惡了抒情，甚至會說出『只有礦物才是物質』」[97]，視此為一種「天真」。最為重要的是，「人類無論如何也不至於臨到了一個可以離棄感情而生活的日子；既然如此，『抒情』在詩裡存在，將有如『情感』之在人類中存在，——是永久的。有人誤解『抒情的』即是『感傷的』，所以有了『感傷主義』的同義語『抒情主義』的稱呼」。[98]艾青認為，詩人透過抒情，從「感情人」發展

---

[93] 艾青在1938到1939年間完成《詩論》初稿。

[94] 1941年版《詩論》包括了另外多篇寫於1930年代末和1940年代初的文字：〈詩與散文美〉、〈詩與宣傳〉、〈詩與時代〉、〈詩人論〉。

[95] 參見藍華增的討論，〈艾青、朱光潛《詩論》比較論〉，《中國現代文學研究叢刊》1987年第2期，頁136-143。

[96] 艾青，〈詩論〉，《詩論》（上海：復旦大學出版社，2005），頁9。

[97] 同前註，頁9。

[98] 同前註。

為「行動人」。[99]詩歌雖來自「臨盆的全身痙攣狀態的痛苦」[100]，但「詩的聲音，就是自由的聲音」[101]。同樣重要的是，他相信詩歌在本質上是宣傳：一位好的詩人必須吸引他的聽眾，獲得他們對他情感和信仰的支持。因此，他力勸詩歌同人們「把憂鬱與悲哀，看成一種力！把瀰漫在廣大的土地上的渴望、不平、憤懣……集合攏來，濃密如烏雲，沉重地移行在地面上……佇望暴風雨來卷帶了這一切，掃蕩這整個古老的世界吧」！[102]

　　朱光潛的《詩論》由十個章節構成。[103]不同於艾青《詩論》的隨想式風格，朱作是一本有系統的學術論述。他不再追問像「什麼是詩」這類本體論問題，轉而研究詩的發生學，叩問在音樂、舞蹈之後，詩如何成為古代主要的藝術活動。他強調詩歌的本質是音樂性，宣稱「詩是具有音律的純文學」。[104]儘管他所論的例子多數取自古典詩，但他的主要問題在於，中國現代詩何以仍需建立獨有的文體特徵和形式規範？對朱而言，聲、頓、韻是詩的三個主要組成因素；如果不能形成自身的規則，現代詩幾乎不可能取代古典詩。但他的觀點不應僅以對風格和技藝的偏好視之。他其實同時注意語言的表面和語言之下的「深層」意義。換言之，意義既不在語言之外，也不先於語言存在；兩者息息相

---

[99] 同前註，頁34。

[100] 同前註，頁38。

[101] 同前註，頁5。

[102] 同前註，頁35。

[103] 《詩論》初版於1942年，1947年出版修訂本，新增了三章。

[104] 朱光潛，《詩論》（北京：生活‧讀書‧新知三聯書店，1984），頁111。

關，不可分離。

　　朱光潛和艾青《詩論》的區別，顯而易見。朱把詩描述為「遊戲」和文字上「諧隱」的產物；他所提倡的是一種意義與表達彼此嚴絲合縫、無以拆解的形式主義的詩學。而艾青則認為詩是源自痛苦和歷史憂患的產物：「叫一個生活在這年代的忠實的靈魂不憂鬱，這有如叫一個輾轉在泥色的夢裡的農夫不憂鬱。」[105]朱光潛強調克羅齊美學，古今情感的合流，以及康德學說「無私趣」中的救贖力量；艾青則把自己的使命定位在刻畫社會不公，籲求詩歌的革命召喚力。

　　即便如此，艾青和朱光潛之間仍有共同之處。論者已指出，二人的《詩論》堪稱是王國維《人間詞話》傳承和革新者。[106]透過王國維的「境界」，朱光潛試圖塑造中國現代抒情的主體性，而艾青則發現其中的有機性和能動性。他引用中唐詩人白居易的說法，「詩者，根情，苗言，華聲，實義。」[107]朱光潛反思抒情的超驗性，但如上述，這一反思前提卻是對歷史缺憾的認知；而艾青從來沒有停止思考情感自覺與政治擔當之間的辯證關係。儘管政治立場有異，雙方都相信，詩對人生的表現是一場語言和形式的活動，處在無止息的變化之中，其結果無法由邏輯或意識形態預見。強調語言和詩性的表達，即是肯定了一位詩人理解、形塑世界的能力。

---

[105] 艾青，〈詩論〉，《詩論》，頁35。

[106] 藍華增，〈艾青、朱光潛《詩論》比較論〉，頁129。

[107] 艾青，〈詩的散步〉，《詩論》，頁49。

「抒情的放逐」

1939年5月，一位年輕的現代主義詩人徐遲的文章〈抒情的放逐〉，引發了一場激烈的爭論。爭論的焦點是，面對歷史危機，抒情是否可行？此時，中日戰爭已進入第三年。避居香港的徐遲評論：

> 人類雖然會習慣沒有抒情的生活，卻也許沒有習慣沒有抒情的詩……千百年來，我們從未缺乏過風雅和抒情……可是這次戰爭的範圍與程度之廣大而猛烈，再三再四地逼死了我們的抒情的興致……轟炸已炸死了許多人，又炸死了抒情，而炸不死的詩，她負的責任是要描寫我們的炸不死的精神的。你想想這詩該是怎樣的詩呢。[108]

徐遲號召「放逐抒情」，立時遭到左右兩陣營夾擊，包括郭沫若、胡風等著名人物。面對這些批評，徐遲也許大惑不解：他視「抒情」為多愁善感、個人主義、附庸風雅，而這些特徵在戰前不是早已為詩人、批評家所抨擊？回顧這場爭論，我們得以理解詩歌創作在非常時期的風險，以及中國現代文學論述中抒情觀念的多變。

---

[108] 徐遲，〈抒情的放逐〉，《星島日報》文學副刊，1939年5月13日。參見張松建的討論，《抒情主義與中國現代詩學》，第2章〈反抒情主義與深度抒情〉，尤其頁82-87。也參見陳國球，〈放逐抒情：從徐遲的抒情論說起〉，《清華中文學報》第8期，2012年12月，頁229-261。

　　除了戰時的語境外，徐遲的表述比起1926年梁實秋對抒情主義的攻擊，似乎沒有太多新意。但仔細觀察兩者的背景，即可見不同之處。梁的立足點是新人文主義，而徐當時追隨現代主義。他之所以提議「放逐抒情」，是基於像T.S.艾略那樣的態度：「詩歌不是**感情**的釋放，而是**從感情中逃逸**；詩歌不是表現個性，而是從個性中逃逸。」[109]一首詩能出類拔萃，是因為詩人發揮了才智，而不是沉溺於情緒。徐同時認為，詩歌不應趨於形上主義高調，必須能銘刻時代精神。他的靈感部分來自奧登（W. H. Auden）和斯彭德（Stephen Spender）；二人都在戰時受到中國詩人和讀者的喜愛。徐的立場並非獨樹一幟。當時青年詩人如鷗外鷗（1911-1995）和胡明樹（1914-1977）也都持這種反抒情主張。[110]然而徐的表述充滿煽動性，甚至不自覺地流露他要批判的「抒情」腔，這恰恰與他提倡的冷靜、理性的詩學相對立。

　　徐遲為1940年代抒情論述提供最佳案例。我們不能不注意，儘管「抒情」似乎與「革命」背道而馳，但當時最熱烈的辯護者卻來自左翼陣營。譬如郭沫若、蒲風和穆木天等同道都認

---

[109] T. S. Eliot, "Tradition and the Individual Talent," in *The Sacred Wood* (Mineola, N.Y.: Courier Dover, 1997), p. 28.

[110] 參見張松建的分析，《現代詩的再出發：中國四十年代現代主義詩潮新探》（北京：北京大學出版社，2009），頁134-142。鷗外鷗建議，一位詩人應該有「情緒的否斥」，而胡明樹以郭沫若為靶子，批判多愁善感的氾濫，認為這是戰時中國現代詩的主要缺點。關於鷗外鷗的詩學主張及其實踐，可參見陳國球的新作《左翼詩學與感官世界：重讀「失蹤詩人」鷗外鷗的三、四十年代詩作》（《政大中文學報》第26期，2016年12月）。

為，只有抒情詩才能激發全國的抗日意志。他們反對「放逐抒情」，主張擴展傳統詩歌的菁英趣味，將抒情「大眾化」，以啟發全民敵愾同讎的胸懷。這類構想如能謹慎從事，未嘗不可以豐富中國抒情詩學。然而郭和他的人馬不過是以抒情包裝民族主義，為大眾文學裝點門面。與之相反，艾青則提供了不同視角。如上所論，艾青強調抒情詩在戰時為用大矣。抒情直指人心，啟發社會──甚至社會主義──的動能。但他的態度又是謹慎的，因為看出抒情詩人在民粹和民族主義的拉鋸間，並不容易保持立場。而也因此，艾青賦予抒情最高期望：戰時的抒情無他，就是在個人的濫情和集體的狂熱之間，淬煉方寸之地，呼應家國情懷。

然而最扣人心弦的批判卻是來自胡風，毛澤東文藝理論日後的最大對手。胡風視抒情為號召戰時民心士氣的關鍵存在。他認為沒有抒情，就「沒有通過詩人個人情緒的能動作用和自我鬥爭」，其結果是詩歌只能淪為「空洞的叫喊」和「灰白的敘述」。[111] 胡風、郭沫若與艾青各自有所追求。郭沫若把抒情等同為浪漫、民族主義的吶喊；艾青則企圖藉抒情來平衡自我耽溺與大眾宣傳之間的緊張；胡風意圖的抒情模式既不發揮直接的政治作用，也未必救贖生命的不平。對他而言，抒情毋寧是一個**過**

---

[111] 胡風，〈今天，我們的中心問題是什麼？其一：關於創作與生活的小感〉，原刊《七月》，5, no.1（1940年1月），引自《胡風全集》，第2卷第4輯《民族戰爭與文藝性格》（武漢：湖北人民出版社，1999），頁616。見王麗麗的討論，《在文藝與意識形態之間：胡風研究》（北京：中國人民大學出版社，2003），第1章，尤其是頁62-72。

程，詩人經此展現了一種不斷有待磨合的狀態：抒情投射革命烏
托邦彼岸，卻又同時暗示彼岸仍可望而不可即。抒情因此是一種
「創造中的」模式，展示詩人在語言──以及在生活的經驗──
中持續的抗爭；以此，詩人呈現時代的渴求和挫折。胡風深化了
導師魯迅當年所追尋的「摩羅詩人」；胡風的抒情詩人不但「攖
人心」，也可能「自噬其心」。

　　從早年文學經歷來看，胡風對抒情的擁抱並不足為奇。如他
自述，儘管胡適《嘗試集》和郭沫若《女神》引領他進入詩歌世
界，「但使我真正接近了文學也接近了人生的卻是兩本不大被人
知道的小書：《湖畔詩集》和王統照的《一葉》。前者教給了我
被五四運動喚醒了『自我』的年輕人的感覺……後者所吐出的
幻滅後的嘆息，恰恰提醒了我在生活裡追求著什麼的意識，使
我很久地感到無名地悵惘。」[112] 1925年，胡風結識魯迅，因為魯
迅的推薦，讀了廚川白村的《苦悶的象徵》，日後又讀了亞歷山
大‧勃洛克（Alexander Blok）的長詩《十二個》。也是在這個
階段，他可能經由魯迅又接觸了托洛斯基（Leon Trotsky）的文
學理論。此時，他意識到革命文學不必簡化為反映論或者公式主
義；相反的，它可以作為社會「苦悶的象徵」，也可以表達革命
內在衝突。胡風對廚川白村的理想主義及佛洛德心理學傾向，還

---

[112] 胡風，〈理想主義者時代的回憶〉，《胡風全集》，第2卷第1輯《文藝筆
談》，頁268。《湖畔》是中國湖畔詩人於1922年出版的一本詩集，湖畔詩人
是一個依照華滋華斯、柯勒律治（Coleridge）、騷塞（Southey）和李‧亨特
（Leigh Hunt）的模式建立的青年詩人群體。王統照的現實主義小說展示了契
可夫式的淡淡憂傷。

有勃洛克的「前—蘇維埃革命」的背景，不無保留。但他斷定一個詩人應該忠於他的時代。如果現實迫使他發出（魯迅所謂的）「真的惡聲」，就算有黨派陣線壓力，他也別無選擇。[113]

　　胡風在四〇年代提倡「主觀戰鬥精神」，達到他的詩學巔峰。他相信文學應該普及民間，尤其詩歌必須大眾化以獲取最大回響。但他強調，詩（或文學）不應表達革命煽情主義或草根式烏托邦主義；詩應當探索「被侮辱與被損害者」的內心世界，即使帶來讀者的反感和痛苦也在所不惜。這樣的詩學是「抒情」的，因為它暴露人性深處最脆弱、最曖昧的一面，甚至包括無邊的怨戾和精神病徵。它也是「革命」的，因為它激起社會和心靈最底層的政治潛意識。更進一步，「主觀戰鬥精神」指的是一種「生命力」，驅使詩人不斷重新調整情感、語言和所描繪的世界之間的關係。它督促詩人去面對，甚或置身於人類「黑暗之

---

[113] 論者指出，胡風接觸托洛斯基的文學理論，最大可能是通過魯迅；而魯迅對勃洛克的介紹又是轉介自托洛斯基。參見王凡西，〈胡風遺著讀後感〉，《新苗》第28，見網址：http://www.marxists.org/chinese/_0/marxist.orgchinese-wong-1994.htm. 王凡西（1907-2002）是一個活躍的托洛斯基分子，1949年之後被迫流亡海外。胡風當同意托洛斯基的觀點：「勃洛克並不是我們中的一員，但他走向我們。而他在走向我們的路上倒下了。可是，他情感的痛苦把一些最重要的東西帶給我們的時代。他的詩……將不朽。」Leon Trotsky, *Literature and Revolution,* ed. William Keach (Chicago: Haymarket, 2005), p. 111. 托洛斯基的著作後來有王凡西以惠泉的筆名譯出，題名《文學與革命》（信達出版社，1971）。參見王德威，〈「有情」的歷史——抒情傳統與中國文學現代性〉，《中國文哲研究集刊》第33期，2008年，頁125。關於托洛斯基在現代中國文學與革命中的影響，參見長堀祐造《魯迅與托洛斯基——〈文學與革命〉在中國》（王俊文譯，臺北：人間出版社，2015）。

心」，由此辯證解放的諸種可能。因此，胡風的詩歌主體性不預設任何理想終點，取而代之的是種種身心本能、意識形態和世界觀的不斷衝突和挺進。[114]胡風認為他的弟子路翎是他的詩學最佳詮釋者。對他而言，路翎的《飢餓的郭素娥》（1942）表現了一個女人受難於「精神的飢餓，飢餓於徹底的解放」，[115]而《財主底兒女們》是一首「青春的詩」[116]。

胡風的「主觀戰鬥精神」可以視為針對毛澤東延安講話的微妙批判。後者到四〇年代中期已經成為黨綱教義。毛讚頌群體詩學的發聾振瞶、團結人心，胡風恰恰相反，提醒我們「大敘述」下個別的、執拗的聲音；這些聲音既無從輕易自尋解決之道，也無法與「人民」共享和諧。毛澤東念念樹立雄渾宏大的——史詩式的——詩學和政治，胡風卻似乎應和托洛斯基的名言：「如果沒有新的抒情詩，一個新人就不可能形成。」[117]也許正因如此，胡風表示儘管他不是詩人，他對詩卻有「沖洗不掉的偏愛和不能拋棄的信念」[118]。他把詩人描繪為「一個為人類的自由幸福的戰

---

[114] 王麗麗，《在文藝與意識形態之間：胡風研究》，第1章，尤其是頁29-47。

[115] 胡風，〈一個女人和一個世界——序《飢餓的郭素娥》〉，《胡風全集》，第3卷第6輯《在混亂裡面》，頁100。

[116] 胡風，〈青春的詩——路翎著長篇小說《財主底兒女們》序〉，《胡風全集》，第3卷第7輯《逆流的日子》，頁263。

[117] Leon Trotsky, *Literature and Revolution,* ed. William Keach (Chicago: Haymarket, 2005), p. 144.

[118] 胡風，〈關於「詩的形象化」〉，《胡風全集》，第3卷第6輯《在混亂裡面》，頁84。胡風的這一陳述，是1942年在回應刊物《詩》的編輯胡明樹時所說。此處胡風自述不是詩人是謙遜的說法。事實上，他從二〇年代就開始

鬥者，一個為億萬生靈的災難的苦行者，一個善良的心靈的所有者」[119]；「只有人生至上主義者才能夠成為藝術至上主義者」[120]。如此，「即令他自己沒有寫過一行字，我們也能夠毫不躊躇地稱他為詩人」。[121]至於那些有著生花妙筆，卻在生活上拖泥帶水的人，他們「頂多也只能算是第二義的詩人」。[122]

胡風相信詩可以體現在生活實踐裡，而不僅僅體現在語言上，以此他重申了中國傳統詩學人格、風骨與文章相輔相成的觀念。[123]然而他的詩學又不同於傳統，因為他拒絕了「妙手天成」、「情景交融」那套論述，力主詩是生活中「主觀」和「戰鬥」的結晶。他的詩學呈現一個艱難無比，卻又生機湧現的過程，就在這個過程中，動人的詩性油然而生。對胡風而言，「魯迅的一生就是一首詩」。[124]

＊

發表詩作。

[119] 同前註，頁74。

[120] 同前註，頁76。

[121] 同前註，頁74。

[122] 同前註，頁75。

[123] 在關於胡風詩學的研究中，鄧騰克提醒我們胡風和中國古代思想史之間的複雜關係。Kirk Denton, *The Problematic of Self,* pp. 23, 39-40, 69-70.亦參見宇文所安就古代文論中，詩人的人品與詩品的呈現之間互動的討論，Stephen Owen, *Chinese Literary Theory,* chapter 1.

[124] 胡風，〈關於人與詩，關於第二義的詩人〉，《胡風全集》，第3卷第6輯《在混亂裡面》，頁74。

　　抗戰期間，現代主義詩人也在試圖重新定義抒情。在他們的論述中，「經驗」取代「情感」，成為關鍵性概念。詩人如何面對正在發生的現實，又不失去對細微感情的把握，成為了辯論的焦點。在這方面，現代主義文人和他們的左翼對手並非不能調和；馮至、穆旦和袁可嘉這三個名字脫穎而出。

　　1936年，馮至在客居德國六年後回到中國，並寫下〈里爾克──為十週年而作〉。這篇散文代表馮至告別早年浪漫的抒情主義。他指出里爾克之所以偉大，因為「看不見詩人在敘說他自己，抒寫個人的哀愁」；而是「懷著純潔的愛觀看宇宙間的萬物」，他的詩是「經驗」，而不是「情感」的結晶。

> 他觀看玫瑰花瓣、罌粟花；豹、犀、天鵝、紅鶴、黑貓；他觀看囚犯、病後的與成熟的婦女、娼妓、瘋人、乞丐、老婦、盲人；他觀看鏡、美麗的花邊、女子的命運、童年。他虛心伺奉他們，靜聽他們的有聲或無語，分擔他們人們都漠然視之的運命。一件件的事物在他周圍，都像剛剛從上帝手裡做成；他呢，赤裸裸地脫去文化的衣裳，用原始的眼睛來觀看。[125]

馮至呼應里爾克，強調詩人要有觀看和聆聽的能力，擁抱世界以及被世界擁抱的能力──不論這世界高尚低俗與否；並樂意用

---

[125] 馮至，〈里爾克──為十週年祭日作〉，《馮至全集》，第4卷（石家莊：河北教育出版社，1999），頁84-85。

謙遜和包容接受這個世界的神祕性。「一般人說，詩需要的是情感，但是里爾克說，情感是我們早已有了的，我們需要的是經驗：這樣的經驗，像是佛家弟子，化身萬物，嘗遍眾生的苦惱一般。」[126]

抗戰爆發後，馮至流亡到大後方。戰火的毀壞和戰時生活的艱難，使他重新思考里爾克的詩學，並將其與早已心儀的歌德詩學並觀，相互印證。1942年，馮至出版組詩《十四行詩》。這些詩探問系列主題：生死的循環，變化的必要，以及生命中選擇和承諾的重負。歌德不斷蛻變的願望、雅斯培（Karl Jaspers）對人類存在和責任的強調，里爾克關於「寂寞」和「聯結」的沉思在中國語境裡綻現新意。[127]

馮至深受西方詩人影響，卻把最深的敬意留給杜甫。他早年便崇拜杜甫，但直到戰時才真正理解詩史的境界。馮至引用杜甫的名句「獨立蒼茫自詠詩」[128]作為個人詩集《北遊》（1929）的題辭。三〇年代他極少詩作，要到抗戰期間，才真正體會杜詩「獨立蒼茫」和「自詠詩」的意味。值得三思的是，他卻是透過里爾克的十四行詩形式，才完成與杜甫的對話。同時他也致力為杜甫立傳，這一計畫直到1950年代初才告成。[129]

穆旦和袁可嘉是戰時馮至在西南聯大的學生。他們都是「九

---

[126] 同前註，頁86。

[127] 見本書第3章的討論。

[128] 杜甫，〈樂遊園歌〉，仇兆鰲編，《杜詩詳註》（北京：中華書局，1979），卷2，頁103。

[129] 《杜甫傳》於1952年出版。

葉派」詩人（這一概念在1980年代被提出，指稱九位在戰時崛起的青年詩人），其中穆旦被公認為最有才情，也最具爭議性。穆旦早在1935年負笈清華大學時就開始寫詩，他熟知京派現代主義，和艾略特、瑞恰慈以及他的導師威廉‧燕卜蓀（William Empson, 1906-1984）所示範的批評。乍看之下，穆旦「不像」一般定義的抒情詩人；他的詩行節奏緊湊，語調雜糅反諷與機智，題材則從叢林浴血寫到浪漫邂逅。正如他的詩人朋友唐湜所論，穆旦「有自己的抒情方式，一種十分含蓄，幾近於抽象的隱喻似的抒情，更不缺乏那種地層下的岩漿似的激情」。[130]

　　穆旦重新定義抒情的努力，也表現在他和同時代詩人的對話中。在評論卞之琳戰時的新詩風時，他提出「我們需要『新的抒情』，這新的抒情應該是，有理性地鼓舞著人們去爭取那個光明的一種東西」。[131]這裡的關鍵詞是「有理性地」。穆旦聲稱，「因為在我們今日的詩壇上，有過多的熱情的詩行，在理智深處沒有任何基點，似乎只出於作者一時的歇斯底里」。[132]他的說法不禁讓我們想到徐遲的「抒情的放逐」。事實卻相反，穆旦建議透過「理性」和「距離」來強化抒情；理性使詩人反思情感的複雜性，而距離重新調整他自視的角度，由此進入傳統抒情無法掌握的領域——一個世俗生活、沉思臆想，和感官經驗交流的領

---

[130] 唐湜，〈懷穆旦〉，《九葉詩人：中國新詩的中興》（上海：上海教育出版社，2003），頁93。

[131] 穆旦，〈《慰勞信集》——從《魚目集》說起〉，《穆旦詩文集》，第2卷（北京：人民文學出版社，2006），頁54。

[132] 同前註。

域。[133]透過「新的抒情」，穆旦希望把中國人實實在在的歷史也是感官經驗帶入詩歌。而艾青是他心目中實踐「新的抒情」的典範。[134]

這裡我們關心的是，穆旦如何利用「新的抒情」刻畫歷史。以〈森林之魅〉為例，這首詩根據穆旦個人經驗而作；他在1942年曾以學生志願軍身分參加中國遠征軍的滇緬之役。穆旦並沒有在詩中描述戰爭如何殘酷駭人，而是記錄一場詩人與森林鬼魂的無形交流。隨著他們的對話，戰爭的慘烈和憂傷汨汨湧現，而以一場招魂祭達到高潮：

> 在陰暗的樹下，在急流的水邊，
> 逝去的六月和七月，在無人的山間，
> 你們的身體還掙扎著想要回返，
> 而無名的野花已在頭上開滿。
> ……
> 沒有人知道歷史曾在此走過，

---

133 另一位九葉詩人王佐良認為，穆旦作為一個抒情詩人，「將肉體與形而上的玄思混合的作品是現代中國最好的情詩之一」。王佐良，〈一個中國詩人〉，《穆旦詩集》（北平：中國文聯出版社，1947），附錄，頁120。唐湜也有類似觀點，見〈搏求者穆旦〉，《新意度集》（北京：生活・讀書・新知三聯書店，1989），頁91。

134「『新的抒情』，當我說這樣的話時，我想到了詩人艾青。〈吹號者〉是我所謂『新的抒情』在現在所可找到的較好代表。」穆旦，〈《慰勞信集》——從《魚目集》說起〉，《穆旦詩文集》，第2卷，頁54-55。

留下了英靈化入樹幹而滋生。[135]

　　陳太勝引用中國傳統「情」與「景」的辯證，來描述穆旦詩歌中歷史與情感的交融。如果早期何其芳這樣的詩人以情感為創作之始，再將情感和一特定場景聯繫起來，那麼穆旦恰恰反其道而行：他始於一個場景——生發於偶然的事件和行動，然後擬想其中情感的可能性。陳將穆旦的抒情描述為「事件化抒情」，相對於慣常所討論的「意象化抒情」。[136]「事件」——生命中的經驗，抑或對這種經驗的戲劇性再現——所帶來的動力強化了穆旦的抒情。這一觀察凸顯穆旦得自艾略特、斯彭德和奧登的啟發；然而也提醒我們中國傳統「抒情」的雙重語義：「抒情」既是感情的抒發，也是境況／感受的抒寫。

　　從穆旦「新的抒情」，我們進而考察袁可嘉的「戲劇化抒情」。在九葉詩人中，袁可嘉以批評的嚴謹和論爭的活躍著稱。他欣賞穆旦的詩歌，並據此發展出一套論述。袁指出抗戰詩歌因為濫情和口號而不忍卒讀。袁的批判也許無甚新意，但他的藥方卻發人深省：他建議中國新詩需要「戲劇化」。[137] 所謂「戲劇化」至少指陳三件事。第一，中國詩人和詩歌中的主體過於關注

---

[135] 穆旦，〈森林之魅——祭胡康河谷上的白骨〉，《穆旦詩文集》，第1卷，頁148-149。

[136] 陳太勝，《象徵主義與中國現代詩學》，頁206。馬永波，《九葉詩派與西方現代主義》（上海：東方出版中心，2010），頁176-187。

[137] 袁可嘉，〈新詩戲劇化〉，《論新詩現代化》（北京：生活·讀書·新知三聯書店，1988），頁21-29。

自己，以至落入自我陶醉的窠臼。為了節制情感，詩人戲劇性的「去人格化」，解放我執，成為首要之務。第二，透過「戲劇化」，詩人當可展現一己的想像力，捕捉甚至創造場景，發明詞彙，從而帶來與世界新的互動。第三，經由召喚抒情內在的戲劇性，詩人顛覆詩在歷史和本體論意義上的確定性，引發更深層的思考。[138]

袁可嘉從瑞恰慈、布魯克斯、柏克（Kenneth Burke）和布萊克默（R. P. Blackmur）各擷所需，論述在在引起對於新批評詞語如悖論、反諷、戲劇衝突等的聯想。他的「戲劇化抒情」代表現代主義「戰爭詩學」的高峰。他描述主體在日常經驗中所富含的種種張力；試圖捕捉其中一觸即發的戲劇性，並作為抒情基礎。同時，袁可嘉提醒我們「抒情表達」的表演性，既和詩人重現主體的能動力有關，也必定預期公眾交流的回應。袁念念「抒情」是個人性和公共性間的連結——畢竟語言無論如何精緻，總已是（戲劇化的）溝通形式。因此，他得以打破新批評所謂「精緻的甕瓶」（well-wrought urn）的封閉性，討論諸如「詩與民主」、「『人的文學』與『人民的文學』」等課題。[139] 透過文本細讀，他展示了穆旦等九葉詩人的詩歌與現實當下息息相關，所表達的政治情感並不亞於自命「進步」的同行，甚至複雜處猶有過之。

---

[138] 參見張松建，《現代詩的再出發：中國四十年代現代主義詩潮新探》，頁185-191；亦參見馬永波，《九葉詩派與西方現代主義》，頁176-187。

[139] 袁可嘉，〈詩與民主〉（1948）、〈「人的文學」與「人民的文學」〉（1947）；兩篇都發表於《大公報‧文學副刊》。參見張松建，《現代詩的再出發：中國四十年代現代主義詩潮新探》，頁175-177。

＊

　　最後，我們對戰時抒情的考察也必須包括周作人和胡蘭成這樣的個案。兩人都以精緻的文字和特立獨行的世界觀著稱於世，在戰時也都選擇附日。令人玩味的是，戰後兩人都宣稱他們之所以叛國，為的是保衛中國（抒情）文化。周作人為五四先驅，道德文章一向備受尊重。然而七七事變後他以保護北大文物校產為由，拒絕共赴國難。此後他又加入傀儡政權。

　　周作人的附逆曾引發諸多猜測。但是終其餘生他自己未置一詞。對我們而言，如果他的抒情詩學第一要義是「真誠」，他的抒情政治就留下太多曖昧。周一直致力一種既有地方色彩，又有跨國──日本、希臘……──胸襟的抒情觀。隨著時間推移，他愈來愈以為這一視野不可能在國民黨治下實現，反倒是日本帝國主義給予他更多想像空間。因此他認定自己的附日不是叛國，而是曲線救國，為維繫華族（抒情？）命脈所作的選擇。周氏有理由相信自己的選擇出自肺腑；但他似乎無感於其中的反諷。與虎謀皮，以賣國救國，復興何能出於毀滅？從他戰時言行來看，周不可能對這一悖論毫無所覺。他所寄託的抒情姿態在此畢竟有了虛飾的痕跡。[140]

---

[140] 有關周作人及其可能的附逆原因的討論，可參見例如Susan Daruvala, *Zhou Zuoren and an Alternative Chinese Response to Modernity* (Cambridge, Mass: Harvard University Asia Center, 2000)。或參見木山英雄，《北京苦住庵記：日中戰爭時代的周作人》（趙京華譯，北京：生活・讀書・新知三聯書店，2008）。

　　胡蘭成的個案更加極端。他不僅發明一套機巧的抒情理論來美化他的漢奸行徑，甚至在個人情史上把這套理論操作得淋漓盡致。胡嚮往一個早於《詩經》的黃金時代。他相信，只有通過日本——古典華族文明真正的保存者——中國才有劫後重生的可能。他聲稱現代性的起源出自「情」的驅動。[141]「情」的本質是混沌與無規則的，不應受紀律與意識形態的束縛；「情」衍生出生命的韻律，自然而然與天地同調。「感情不是感覺，也不是脾氣，它是生命自身。」[142]胡蘭成理解魯迅的革命志業，但他批評這位導師如此披肝瀝膽，以致懷有「大的悲哀」，顯得「慘傷，悽厲」。[143]而革命的先決條件是善用「情」的資源，進而召喚出革命的壯闊與優美。對胡而言，革命的創造性動力來自「興」。

　　周作人和胡蘭成的觀念讓我們反思一種最極端的抒情——「忘情」的抒情，「背叛」的抒情。這裡指的不是周、胡之輩在政治或私人生活上如何忘恩負義，而是他們如何視此種背叛為表達親愛精誠的前提。他們的言談魅力甚至能鬆懈讀者戒心，為其詩意的修辭或憧憬所傾倒。但他們獨特的抒情美學畢竟難免洩露機會主義的破綻。他們的言辭愈是情意悠悠，愈顯出自身與所處時代的困境：他們或是引導讀者參詳他們「明心見性」的主體論述，或是揭示抒情主體本質無他，就是表演。

　　同時，周、胡的個案也指向中國傳統詩學隱而不宣的一面。

---

[141]「使千萬人起來革命的是人類的大大的情感」，胡蘭成，〈中國文明與世界文藝復興〉，《亂世文談》（香港：天地圖書有限公司，2007），頁201。

[142] 胡蘭成，〈給青年〉，《亂世文談》，頁215-216。

[143] 同前註，頁216。

如果抒情號稱表達個人內心深處的真情實意，那麼它又如何也用以傳達曲折曖昧心事？如果抒情開啟詩人意圖、文本和境遇三者間「渾然天成」的聯動關係，我們又如何容納其間往復錯落的裂縫？[144]詩必如其人，還是詩不必如其人？周作人和胡蘭成都從未承認叛國的指控。面對千夫所指，周作人冷淡緘默以對，而胡蘭成卻引誘他的同情者**以及**詆毀者同入一場辯證循環，欲罷不能。他們背叛了抒情嗎？抑或他們由此展現了抒情傳統裡向來隱諱不明的「背叛」的抒情？

豎琴，號角，留聲機

　　以上關於現代中國抒情和抒情性的挑戰、爭論和反彈，在中華人民共和國成立那刻，暫時告一段落。建國伊始，無疑是個「史詩」時代。但誠如作家學者指出，這也是個「抒情」時代。[145]國家的新生激發新的主體意識，公私領域都有一種從棄舊

---

[144] 宇文所安引《文心雕龍・情采》，「夫以草木之微，依情待實；況乎文章，述志為本。言與志反，文豈足徵？」評論到：「文實相符的設定在〈詩大序〉占有中心的位置：《詩經》諸篇是人們情感的無意識表達。在另一方面，言詞家的文字……常被描述為欺世，暗示其人明知其實而故意誤導他人。這裡，文與實的對立，作為一個價值觀，被明確建構：在《詩經》的例子裡，詩跟隨已有的情，而讀者在文本中發現真實的情。」Owen, *Readings in Chinese Literary Thought*, pp. 243-244.

[145] 參見謝冕，〈為了一個夢想──五〇年代卷導言〉，收入洪子誠主編，《百年中國新詩史略》（北京：北京大學出版社，2010），頁169-185；收入洪子誠，《中國當代文學史》（北京：北京大學出版社，1999），頁74；李楊，

迎新，興奮昂揚的氛圍，充滿詩情壯志——雖然所付的代價至今難償。新國家的誕生也標誌了新的時間感，如胡風敘事詩標題所示，《時間開始了》（1949）。中國人民據說如此歡欣鼓舞，以致有賀敬之（1924-）所謂〈放聲歌唱〉的衝動。

　　然而，這一新的社會主義抒情性和抒情主體需要仔細推敲。袁水拍在新政權成立後出版的第一本詩集〈序〉寫到：

> 抒情詩不能取消詩人自己的形象，……也絕不能夠偽造詩人自己的形象……，
> 詩人既不能是一個隱身者，也不能是一個旁觀者，更不能是一個偽善者！詩人只能是一個革命者，一個共產主義的戰士，一個像毛澤東同志所說的「毫無自私自利之心」的人，「一個高尚的人，一個純粹的人，一個有道德的人，一個脫離了低級趣味的人，一個有益於人民的人」。政治上的敏感和責任感，對於國家、人民利益的密切關懷，以及在革命漩渦中時刻不懈的鬥志，是詩人的必須具有的精神品質。[146]

《抗爭宿命之路：社會主義與現實主義（1942-1976）研究》（長春：時代文藝出版社，1993），頁145-254；王光明，〈五六十年的詩歌、散文與劇作〉，嚴家炎主編，《二十世紀中國文學史》（下）（北京：高等教育出版社，2010），第22章。

[146] 袁水拍，〈序言〉，收入中國作家學會編，《詩選：1953.9-1955.12》（北京：人民文學出版社，1956），頁12。相關論述參見謝冕，〈為了一個夢想〉，《百年中國新詩史略》，頁174；亦參見王光明的討論，收入嚴家炎主編，《二十世紀中國文學史》（下），頁24-25。

同樣，賀敬之認為詩人必須是「集體主義者」，是「集體的英雄主義」，他也認定「『詩學』和『政治學』的統一。詩人和戰士的統一」。[147]

　　新中國的抒情政治學有兩件事實值得關注。1957年，新中國第一本詩歌雜誌《詩刊》創刊，刊出毛澤東十八首古典詩詞，點燃了全國閱讀偉大領袖傑作的狂熱。[148]與此同時，全國新民歌運動盛大展開，[149]號稱從民間甄選天籟，編採社會主義版《詩經》。1958年毛澤東宣告「民歌」和「古典」詩構成「中國詩的……基礎」。然而這一宣告卻內蘊緊張性，因為奉新社會之名所推出的兩種詩歌，從文類特徵而言，其實十分傳統；另一方面，從1919到1949年發展出的現代詩的主流，儘管形式、主題皆有創新，卻被打入冷宮。在所謂的兩種詩的「基礎」中，儘管毛本人偏好舊體詩，卻（毫不意外的）選擇提倡民歌；他相信，新詩的「形式是民歌，內容應是現實主義和浪漫主義的對立的統

---

[147] 賀敬之做此評論的時候，已遲至文革結束；引自謝冕，〈為了一個夢想〉，《百年中國新詩史略》，頁174。

[148] 毛澤東的十八首古典詩由《詩刊》創刊號推出。作為詩歌刊物，《詩刊》的創立是對毛「百花齊放」運動的回應。參見謝冕，〈為了一個夢想〉，《百年中國新詩史略》，頁178，註3。

[149] 新民歌運動始於1958年4月。它產出了數以百萬計的新民歌，據稱都由中國人民創作；運動的高峰是1959年9月由郭沫若和周揚共同主編的《紅旗歌謠》的出版。參見謝冕，〈為了一個夢想〉，《百年中國新詩史略》，頁182-184；王光明的討論，收入嚴家炎主編，《二十世紀中國文學史》（下），頁42-43。何其芳和馮至也都支持新民歌運動。參見何其芳，〈再談詩歌形式問題〉，《何其芳全集》，第5卷，頁139-180；馮至，〈新詩的形式問題〉，《馮至全集》，第6卷，頁325-333。

一」。[150]周揚於是奉旨定調：「新民歌開拓了詩歌的新道路」，並創造了「革命的現實主義和革命的浪漫主義的結合」。[151]

「新民歌」和「雙結合」運動不論多麼虛矯霸道，卻滿足了毛澤東「抒情中國」的渴望——「春風楊柳萬千條，六億神州盡舜堯」。中國人以集體形式放聲高唱，唱出新時代的真心、幸福、希望。用普實克的話來說，「抒情」就是「史詩」，「史詩」就是「抒情」。這一運動在1959年新中國成立十週年之際登峰造極。據說人民自發創作成千上萬首「紅旗歌謠」，頌揚社會主義生活；集結詩歌的方式則宛如古代的「採風」——帝王收集民歌以獲取民意——重現。

老牌現代主義詩人如馮至也加入這一運動，宣稱「詩人對於現在，應該是個歌頌者，對於將來，應該是個預言者」。[152]不過最佳詮釋者應該是徐遲：「熱情澎湃的政治抒情詩，可以說是我們的詩歌中一個嶄新的形式。政治抒情詩，最鮮明、最充分地抒發了人民之情。雖然它還是個人抒情，可是在政治抒情詩中，詩

---

[150] 革命現實主義和革命浪漫主義相結合運動的背景下，對新詩運動的一個概述，參見王光明的討論，嚴家炎主編，《二十世紀中國文學史》（下），頁27-41。毛澤東時代將「民歌」地位空前提升，其實是將其做為一種「新詩」來看待。只不過這一「新詩」有別於五四新文學家的「新詩」寫作。毛的主張存在問題，日後的實踐也證明其中的缺陷，但仍有其邏輯性。毛澤東對於《紅旗歌謠》並不滿意，直接導致「新民歌運動」的偃旗息鼓。

[151] 周揚，〈新民歌開拓了詩歌的新道路〉，《新詩歌發展問題》，第1卷（北京：作家出版社，1959），頁13。

[152] 馮至，〈漫談新詩的努力的方向〉，《文藝報》第9期，1958年；引自《馮至全集》第6卷，頁317。

人是一個公民，他和共和國的精神，全民的精神是一致的。」[153]
而我們猶記得，徐遲在1939年主張「抒情的放逐」。

　　文學史家洪子誠指出，政治抒情詩的力量有兩個資源：「一
是中國新詩中有著浪漫派風格的詩風……另一是從西方十九世
紀浪漫派詩人，尤其是蘇聯的革命詩人的詩歌遺產。」[154]誠哉斯
言。但基於本章所論，我們或許也可以探問，政治抒情詩是否有
它的古典中國淵源。徐遲對此提供回答：

　　　在我們古代，也有頌歌，劉勰說得好：「頌者，容也，
　　　所以美盛德而述形容也。」可是，他說「容告神明謂之
　　　頌」，又說「頌主告神」……這種登山刻石的頌歌，和我
　　　們今天的頌歌，歌唱人民，歌唱社會主義建設，歌唱友
　　　誼與和平的政治抒情詩是不可同日而語的。屈原的〈橘
　　　頌〉，確乎「情采芬芳」，卻只是一種優美的品德，一種
　　　人格的頌歌。時代不同了，我們今天的詩人所歌頌的事
　　　物，所歌頌的內容不同了。[155]

戰時徐遲曾為了抒情的放逐引起詩壇爭論，而現在，憑著「社會

---

[153] 徐遲，〈《祖國頌》序〉；引自王光明，〈五六十年代的詩歌、散文與劇作〉，
　　　收入嚴家炎主編，《二十世紀中國文學史》（下），頁39；謝冕，〈為了一個
　　　夢想〉，《百年中國新詩史略》，頁161-169。
[154] 洪子誠，《中國當代文學史》（北京：北京大學出版社，1999），頁74。
[155] 徐遲，〈《祖國頌》序〉；引自王光明，〈五六十年代的詩歌、散文與劇作〉，
　　　收入嚴家炎主編，《二十世紀中國文學史》（下），頁40。

主義頌歌」，他又樂見抒情的回歸。〈祖國頌〉音調昂揚，內容歡快，徐遲「完成」了他二十年的抒情辯證。

傳統觀點認為，社會主義政權操縱了現代中國詩歌從抒情到史詩的轉型。事實不然，「抒情」——作為一種文體，一種論述，或者一種文化政治的形式——在五〇年代非但沒有式微，反而變得更具爭議性。這讓我們關注大一統的表面下，波譎雲詭的暗潮；也讓我們思考根植在中國詩學傳統中的「情」或「抒情」，如何多變與不變。在情感真實與歷史境遇間，道德內在性和政治工具論間，中國抒情論述與實踐歷經種種牽扯，游移不定。毛澤東的時代不過為抒情現代性的多元光譜，添加又一重面向。

但不和諧的聲音仍然時有所聞。1957年，當《詩刊》在北京成立，並奉以毛主席為首的詩歌為圭臬時，成都出現另一詩刊《星星》：

> 詩，總是要抒情的。沒有不抒情的史詩，沒有不抒情的敘事詩，沒有不抒情的風景詩，也沒有不抒情的哲理詩。
>
> 中國有六億人民，六億人民的感情，是一個無比寬闊的大海。如果誰說「抒人民之情」會限制詩，那真是一件奇事。但如果誰要偏愛著「單弦獨奏」，只准抒某一種情，那也只能說是一種怪癖。[156]

---

[156]〈七弦交響〉，《星星》第2期，1957年2月。詩刊由詩人石天河、流沙河、白

　　這樣的宣言奇妙的呼應了 1952 年沈從文私下對「有情的歷史」的召喚。然而宏大敘事轟轟隆隆，抒情除非奉國家機器之名與之唱和，那裡能有其他餘地？1957 年胡風已因反黨被掃地出門。朱光潛必須從馬克思主義裡找尋審美資源，縱然時時有「情不自禁」的洩露主觀主義的嫌疑。馮至從里爾克和歌德的信徒皈依為毛主席的信徒。周作人謹小慎微，靠著翻譯文學經典與書寫長兄魯迅謀求生計——雖然從 1923 年起兩人就情斷義絕。胡蘭成流亡日本，卻攪出愈來愈多的嫵媚文字來辯護，甚至張揚，自己的背叛。

　　這還是一個郭沫若、瞿秋白等預言成真的時代：詩人成為留聲機，傳頌革命的律令。與此同時，艾青——政治抒情最高亢的吹號者——因為反革命流放新疆。他早年詩裡的嘆息，「吹號者的命運是悲苦的」，成為現實。[157]

　　也是在這個時代，陳世驤正醞釀「抒情傳統」觀，普實克正發展「抒情與史詩」理論，而沈從文則以散文形式，兀自銘刻他的「抽象的抒情」。

<hr />

航在 1957 年 1 月創刊。參見謝冕，〈為了一個夢想〉，收入洪子誠，《百年中國新詩史略》，頁 179。

[157] 艾青，〈吹號者〉，《艾青詩選》，頁 117。

沈從文的三次啟悟

　　1948年，中國內戰愈演愈烈，沈從文的生活也陷入更深的危機。這一年年初，他被貼上反動分子標籤，被斥為「桃紅色的作家」，[1]思想比較進步的北大同事和學生開始排斥他，周遭朋友逐漸疏遠，甚至與家人也因為革命立場不同而產生隔閡。1949年初，沈從文的精神每下愈況，開始出現妄想症狀，總是疑神疑鬼。[2]3月28日，他趁家人外出以割喉、割腕、喝下煤油方式，企圖了結生命，但又極偶然的逃過了這次死劫。[3]之後他在家人安排下移地療養：這次他病了很久很久。[4]

　　1949年5月30日晚上，沈從文寫下了〈五月卅下十點北平宿舍〉，文中提到：

> 很靜。不過十點鐘。忽然一切都靜下來了，十分奇怪。第一回聞窗下灶馬振翅聲。……兩邊房中孩子鼾聲清清楚楚。……十分鐘前從收音機聽過〈卡門〉前奏曲，〈蝴蝶夫人〉曲，〈茶花女〉曲，……我的家表面上還是如過

1　錢理群認為這次攻擊是毛澤東打擊自由派知識分子的部分運動之一，見〈一九四九年後的沈從文〉，收入王德威、陳思和、許子東編，《一九四九以後》（香港：牛津大學出版社，2010），頁110。

2　沈從文自殺的緣由，請參考李揚，《沈從文的最後四十年》（北京：中國文史出版社，2005），第1章。

3　關於沈從文自殺和之後的處境，亦可見張新穎，《沈從文的後半生：1949-1988》（桂林：廣西師範大學出版社，2014），第一章〈轉折關口的精神危機和從崩潰中的恢復〉、第2章〈革命大學：「越學越空虛」〉。

4　見沈從文，〈五月卅下十點北平宿舍〉，《沈從文全集》（太原：北岳文藝出版社，2009），第19冊，頁42。

去一樣，完全一樣，兆和健康而正直，孩子們極知自重自愛，我依然守在書桌邊，可是，世界變了，一切失去了本來意義。我似乎完全回復到了許久遺忘了的過去情形中，和一切幸福隔絕，而又不悉悲哀為何事，只茫然和面前世界相對，……。[5]

同文中也提及一張十九年前他和丁玲（1904-1986）、凌叔華（1900-1990）的合影。當時丁玲的丈夫胡也頻（1903-1931）被國民政府處決，他護送剛生產完的丁玲回鄉。[6]他繼續寫道：「夜靜得離奇。端午快來了，家鄉中一定是還有龍船下河。翠翠，翠翠，你是在一零四小房間中酣睡，還是在杜鵑聲中想起我，在我死去以後還想起我？」[7]他和丁玲曾是好朋友，後來因政治立場不同而分道揚鑣，翠翠是他著名的小說《邊城》中的女主角，也是他心目中理想美的化身。在他筆下，模糊的記憶、虛構的幻想、幽靈般的意象與各種聲音紛至沓來，糾纏環繞，崩潰一觸即發。套句他自己的話，「我在搜尋喪失了的我」。[8]

　　在現代中國的關鍵時刻，沈從文為自己的精神狀態留下一頁痛苦的自白。這篇散文之所以讓我們低迴不已，是因為體現了沈最錯綜複雜的抒情面向：從尋常不過的經驗裡引發詩興，因珍愛的事物無可避免的崩壞而生的「預期的鄉愁」（anticipatory

---

nostalgia），還有如影隨形的死亡欲望，都讓他的危機感增添一層詭麗的色彩。更重要的是，沈從文這篇散文留下了精準的時間記錄：1949年5月30日晚上10點。這是大劫毀來襲前靜謐的剎那，也是指向未知天啟的神祕一刻。

　　1949年7月初，全國作家協會舉行第一次會議，沈從文卻被拒於門外。[9] 人民共和國成立之後，沈從文雖然努力重新拾筆寫作，卻發現自己已跟不上時代氛圍，也不知如何配合新政權的要求。1950年，他被派往歷史博物館工作，文學名聲就此湮沒，逐漸不為人知。

　　沈從文與共產革命的遭遇幾乎像是一則寓言，述說了許多像他一樣的「落後」作家的共同命運。但他的遭遇又豈是一則寓言可以道盡？如果將其置於更大的脈絡下檢視，我們看到一幅複雜的圖景。沈從文是三〇、四〇年代最著名的鄉土抒情作家，[10] 雖然日後被貼上現代主義者和自由派的標籤，[11] 事實上他一直特立獨行，自有一套主張。抒情敘事讓他博得盛名，但早在1949年之前，他就已經對這一套筆法感到不滿。抗戰期間，他一再尋求

9　參閱李揚，《沈從文的最後四十年》，頁73。

10　參閱王德威，《茅盾，老舍，沈從文：寫實主義與現代中國小說》（臺北：麥田出版，2009），第6、7章。

11　在1948年的一封信裡，沈從文描述那一代人配合現實不來，而國家進展的方式「或稍稍與過去自由主義者書呆子所擬想成的藍圖不甚相合罷了」，見〈致季陸〉，《沈從文全集》，第18冊，頁518。1950年，沈從文在自我批判文中述及自己「大部分習作是自由主義偏左」，見〈總結・思想部分〉，《沈從文全集》，第27冊，頁104。亦可參考錢理群，〈一九四九年後的沈從文〉，頁119。

突破，卻未竟全功。戰後政局不穩，亂事頻傳，使他更加陷入困境。與此同時，他的婚姻也出現了裂縫，[12]然而共產革命儼然是讓沈從文精神崩潰的最後一擊。不論是政治還是文學，他看不到未來的方向。在四面楚歌的困境下，他走向自殺一途。

　　本章主要探討沈從文在面對家國與個人危機中的創作追求，他日後以「抽象的抒情」為這一追求下註解。[13]對沈從文而言，現代中國人歷經戰爭、意識形態及種種社會危機，以至於深陷或充滿妄想、或麻木不仁的精神危機中。他認為這種危機遠比現實困阨更加可怕，最後必會摧毀中華文明。解決之道，在於重建「抽象的價值」。[14]在他看來，詩是表現「抽象價值」的最佳媒介。沈從文心目中的「詩」不僅僅是精緻的語言形式而已。他認為除了文本呈現之外，詩也展現在生命中的重重層面，包括視覺與聽覺的表達，因此，「一切藝術都容許作者注入一種詩的抒情」。[15]最好的詩淬煉感官印象和精神境界，使之趨近某種天啟，甚至見證「神在我們生命裡」的境界。[16]

　　沈從文的追尋顯然具有烏托邦傾向。尤為特別的是，他這段時期的書寫一再提到「抽象」一詞，顯示他的思想似乎耽溺在一

---

[12] 見裴春芳，〈虹影星光或可證──沈從文四十年代小說的愛欲內涵發微〉，《十月》，2009年 第2期，2009年12月，頁30-38；解志熙，〈愛慾抒寫的「詩與真」──沈從文現代時期的文學行為敘論〉（下），《中國現代文學研究叢刊》，2012年第12期，2012年12月，頁73-78。

[13] 沈從文，〈抽象的抒情〉，《沈從文全集》，第16冊，頁527。

[14] 沈從文，〈短篇小說〉，《沈從文全集》，第16冊，頁502。

[15] 同前註，頁505。

[16] 沈從文，〈看虹錄・題辭〉，《沈從文全集》，第10冊，頁328。

種疏離的，幾乎是形而上的境界裡，與當時盛行的革命唯物思維背道而馳。不過若就此論定沈從文自外於現實，退縮在自己的象牙塔裡，未免有點言之過早。我們至少得考慮隱藏於「抽象的抒情」的兩個因素。

首先，如第一章所論，沈從文的寫作向來充滿歷史意識和地方色彩。換言之，他之所以書寫，主要是為了見證深植在楚文化裡的「挫傷」──一種原初的情結，肇因於千百年來楚人因橫逆而生的憂鬱心態，其源頭可追溯到屈原的投江自盡。對沈從文而言，「抽象的價值」反映了最理想的人性，但這些價值也和歷史的種種偶然不可須臾稍離。表面上，沈從文追尋的固然是「神在我們生命裡」的境界，但這樣的追尋總隱藏著憂傷的自知之明：因為他知道「神」的顯現不過是靈光乍現，總是在紛雜的人為或自然中一閃即逝。如此說來，「抽象的價值」不過就是一種「缺席的因由」（absent cause），其意義顯示在某種若即若離的召喚中，或某種無可避免的自我否定裡。

再者，沈從文渴望實現「抽象的價值」同時，也積極尋找某種可以調節抽象與具象的媒介。經過多年摸索，他不再認為文學是唯一可行之道。反之，他希望能在其他表現形式裡尋找抒情的表述，例如音樂，甚至數學。與此同時，沈從文對物質文化的興趣與日俱增。除了繪畫和書法，他對工藝美術也深感興趣，例如銅器、木刻版畫、石雕、漆器、瓷器等。經過多年摸索，他無師自通，逐漸成為明清工藝美術的業餘收藏家。他的收藏品包含瓷碟與各種食器、刺繡、漆器、色紙、佛經布面書套，[17]因之培養出兼具美學品味與考古知識的特殊眼光。甚至他只要觸及工藝作

品，如感受其質地、觀察其設計、研究其媒材結構，就能說出該
工藝品背後的「故事」，包括創作年代，或該作品所代表的「抽
象價值」。

> 由於耐心和愛好換來的經驗，使我從一些盤盤碗碗形體和
> 花紋上，認識了這些藝術品的性格和美術上的特點，都恰
> 恰如一個老浪子來自各種女人關係上所得的知識一般。久
> 而久之，對於清代瓷器的盤碗，我幾幾乎閉目用手指去摸
> 撫它底足邊緣的曲度，就可判斷出作品的時代了。[18]

個人情感與物質媒材，還有對物的認識與實際的驗證，這些因素
在沈從文的生命裡相互影響與作用，使他得以提出別具一格的考
古學。

　　話說回來，沈從文在抗戰和戰後並未把心力完全放在工藝美
術研究上。他的思考經常擺盪在文字表現、圖像藝術及對歷史宿
命的感喟之間。自己究竟是要成為一個尋常生活藝品的鑑賞家，
還是政治烏托邦的幻想家，委實難以定奪。此時的他，畢竟尚無
從組合這些想法，構成完整具足的抒情計畫。相反的，這些想法
相互衝突，造成一種陰鷙的張力。而當政治因素介入，局勢急轉
直下，沈從文的追尋注定失敗。

　　儘管如此，沈從文的追尋有其扣人心弦之處。最令人難忘

---

[17]　彭曉勇，《沈從文與讀書》（臺北：婦女與生活社，2001），頁178-179。
[18]　沈從文，〈水雲〉，《沈從文全集》，第12冊，頁112。

的是，雖然1949年後歷經磨難，他依然不改其志，持續思考抒
情視野的可能性。本書第一章提到沈從文在1952年曾提出「有
情的歷史」，與共產官方所重視的「事功」的歷史相抗衡。這
一觀點的提出，顯示他試圖重新定位自己，並展開與時代的互
動。沈從文逐漸意識到「抽象的抒情」未必只能由詩歌或音樂發
揮；「抽象的抒情」也可以在博物館裡，日日為伍的各種文物上
找到。他發覺自己脫離作家生涯，成為藝術史工作者後，反而更
有利於他將抒情的視野、歷史創傷的感觸，以及對物質文化的
關注結合一起，發展出一種獨特的研究方法——「抒情考古學」
（lyrical archaeology）。最佳例證當然是1981年出版的《中國古
代服飾研究》。

　　從1940到1960年間，沈從文如何開始追尋「抽象的抒
情」，以及如何形成「抒情考古學」？這些年裡，沈從文從一位
作家轉變成藝術史家，在社會主義唯物論的世界裡試圖安頓他的
抒情立場，一路走來，無比艱辛。特別值得注意的是，他在生命
後四十年裡致力中國工藝品與服飾發展史。他觀察、記錄——還
有感受、觸摸——數以千計的工藝美術作品，尤其是織品和服
飾，終將抽象和唯物，織品與歷史編在一起，成就一個專屬於他
的獨特故事。

　　本章分為兩部分。第一部分描述沈從文在世紀中期所經歷的
三段重要時刻；這三段時刻改變了他對生命理解與工作的態度，
我稱之為「三次啟悟」經驗。而這些啟悟都是在偶然的情況下，
因為一個場景或一個物件，讓沈對自己的存在與歷史的意義有
了當頭棒喝般的了悟。第二部分則深入介紹《中國古代服飾研

究》，不僅追蹤這部著作成書的始末，也思考其與沈從文抒情傳統的關連。

沈從文的三次啟悟

　　1947年2月，沈從文收到一位年輕詩人朋友寄來的詩集。[19]展讀之餘，更吸引沈從文的反而是詩集裡的木刻版畫插圖。他發現那些插圖「充滿了一種天真稚氣與熱情大膽的混和」，覺得那些插圖「不僅見出作者頭腦裡的智慧和熱情，還可發現這兩者結合時如何形成一種詩的抒情，對於詩若缺少深致理解，也即不易作到」。[20]他對插畫家的身分感到好奇，經過打聽，發現那位插畫家竟然是表兄黃玉書的兒子黃永玉（1924-　）。這個巧合讓沈從文百感交集，因此寫下〈一個傳奇的本事〉（1947）。

　　黃永玉是中國美術史上家喻戶曉的人物，但在1940年代，他只是個沒沒無聞的青年藝術家。黃十二歲離家追求夢想，與沈從文少年離家竟出奇地相似。他歷經許多波折來到上海，加入木刻運動的行列。[21] 1934年黃永玉曾見過沈從文一面，但在沈發表

---

[19]　這位年輕詩人的身分不明。有學者認為可能是葉汝璉（1924-2007），因為當時葉汝璉時常在沈從文編輯的《益世報》副刊發表作品，見吳世勇，《沈從文年譜》（天津：天津人民出版社，2006），頁283。沈從文是看到黃永玉的木刻版畫，因而想起他在湘西的年輕歲月，但是葉汝璉出版的詩集裡，並沒有黃永玉的木刻版畫插圖。

[20]　沈從文，〈一個傳奇的本事〉，《沈從文全集》，第12冊，頁225。

[21]　黃永玉的早期故事，可參閱黃永玉，〈彷彿是別人的故事〉，《吳世茫論壇》（北京：生活・讀書・新知三聯書店，1998），附錄四，頁154-198；至於黃

〈一個傳奇的本事〉之前，兩人未曾再會面。[22] 藉由書信往來，沈從文才得知黃永玉多年的生活困頓，以及黃玉書夫婦的不幸。黃家的遭遇使沈從文得以從另一視角回顧家鄉湘西兩百年來所經歷的種種變遷。

黃永玉的木刻版畫因此形同觸媒，引發沈從文追憶往事，包括家鄉的歷史以及現代藝術的命運。黃永玉的木刻版畫雖然精彩生動，在沈從文看來卻不免感到一種「異常痛苦」，因為這些畫正印證了「命運偶然的驚奇」。[23] 鄉人當中，很少有人能像黃永玉這樣，儘管歷經艱辛，最終還能幸運地展現自己的才華。沈從文想起黃永玉的父母也是藝術工作者和教師，就像許多同代人那樣，他們時運不濟，白白浪費了才華與生命。沈從文提出一個嚴肅的問題：如果黃玉書夫婦的遭遇令人嗟嘆，那麼從晚清到民國時期的湘西，又有多少同輩子弟曾經懷抱夢想，企圖改變自己和家國的未來，卻壯志難酬，含恨而逝？他們豈不一樣值得同情？

書寫黃永玉的同時，沈從文也注意到木刻運動的發展。自三〇年代以來，木刻版畫就成為許多革命藝術家和革命作家喜愛的

永玉的家庭背景以及他和沈從文的往來，見黃永玉，〈太陽下的風景〉，《太陽下的風景》（天津：百花文藝出版社，1984），頁143-174。關於木刻運動的興衰，見范夢，《中國現代版畫史》（北京：中國青年出版社，1996），第1至3章；或見李樺、李樹聲、馬克編，《中國新興版畫五十年》（瀋陽：遼寧美術出版社，1981）。關於木刻運動的簡要討論，見 Xiaobing Tang (唐小兵), *Origins of the Chinese Avant-garde: The Modern Woodcut Movement* (Berkeley: University of California Press, 2008).

[22] 1934年，沈從文曾在鳳凰縣見過黃永玉。

[23] 沈從文，〈一個傳奇的本事〉，《沈從文全集》，第12冊，頁225-226。

媒材。[24]魯迅是提倡木刻運動最重要的角色，不僅引進許多西方的範例，也介紹了各種版畫的理論模式。[25]與其他形式的現代藝術相比，木刻版畫被認為更能反映中國現實世界的各種張力，銘刻現狀，並彰顯左翼思維中「原初的激情」。[26]沈從文樂見木刻版畫的風行，但對有心人士推動木刻版畫的動機與預期的結果卻有不同看法。早在1939年他已經發表過評論，指出木刻版畫固然具備先鋒性，但在處理革命題材方面，多數作品只能成為新聞話題或政治文宣的附庸。原因在於版畫家太「過於貼近眼見耳聞的世務」。他因此籲請藝術家致力提升作品的形式。換句話說，他認為木刻版畫家致力批判現實、反抗傳統的使命無可厚非，但在技術上仍然應該多方學習，才能讓作品有所提升。例如參考武梁祠石刻的黑白對照，民間年畫的線條和西南少數民族的風俗題材等，都是可行之道。[27]

　　黃永玉在三〇年代末抵達上海時，木刻運動早已建立理論與實踐的規範，成為左翼藝術的標記。黃永玉對這些規範並無異

---

[24] 參閱范夢，《中國現代版畫史》；亦可參閱Xiaobing Tang (唐小兵), *Origins of the Chinese Avant-garde: The Modern Woodcut Movement.*

[25] 關於魯迅與木刻運動的關係，可參閱馬蹄疾、李允經編，《魯迅與中國新興木刻運動》（北京：人民出版社，1985），與《魯迅木刻活動年譜》（上海：上海人民美術出版社，1986）。亦可參閱Tang Xiaobing（唐小兵），〈魯迅與早期木刻運動〉，《中國現代文學》（韓國）第22期，2002年6月，頁117-139。

[26] 參閱Xiaobing Tang (唐小兵), *Origins of the Chinese Avant-garde: The Modern Woodcut Movement.*

[27] 沈從文，〈談談木刻〉，《沈從文全集》，第16冊，頁491。

議，但他的作品表現畢竟與他人不同。除了刻畫政治議題之外，他也力求獨創，從民間藝術汲取營養，尋求民族傳統風格，根據木刻運動領袖李樺的說法，黃永玉的畫「蘊蓄著一種濃郁的童話般的情調，使每幅簡樸的畫面浸透於愉快的，天真的，詩意的意境之中。」[28]

沈從文對黃永玉版畫的看法與李樺相似，但視角有所不同。沈對這位年輕藝術家的評價是：「從那幅精力彌滿大到二尺的『失去樂園』設計構圖中，從他為幾個現代詩人作品所作的小幅插畫中，都依稀可見出父母瀟灑善良的稟賦，與作者生活經驗的沉重，粗豪與精細同時並存而不相犯相混，兩者還共同形成一種幽默的雅典。」[29]如此，黃永玉的作品讓沈從文得以將心中的抒情塊壘予以具象化。

沈從文因黃永玉而與木刻運動其他成員重新展開對話。雙方雖然都認同木刻版畫具有獨特的力量，可以作為現實的見證，但是「現實」該如何被體現，如何被銘刻，始終是個爭議不斷的問題。大部分版畫家都急於以直接而聳動的手法描繪社會亂象，或表現政治情感，但沈從文呼籲畫家務必正視版畫的風格與抒情特質。換句話說，政治主題的刻畫是一回事，版畫的內在要能捕捉時代情感，如此方能激起更多回應。在此，沈從文的「抒情考古

---

[28]　李樺，〈序〉，收入《黃永玉木刻集》（北京：人民美術出版社，1958），頁1。亦參閱馬克，〈獨特的藝術語言：論黃永玉的藝術技巧〉，收入李樺等編，《中國現代版畫創作與經驗論叢》（澳門：神州圖書公司，1976），頁56-59。

[29]　沈從文，〈一個傳奇的本事〉，《沈從文全集》，第12冊，頁226。

學」或許可以找到一個比擬：就像版畫家在木板上層層雕鑿，鐫刻點線光影，創造視覺效果，抒情考古者面對歷史也必須多方深耕淺掘，找出深藏其中的重重脈絡，才能讓真相在深淺不同的層次中逐漸浮現。

在沈從文看來，黃永玉的作品不僅批判現實或懷想一方夢土，刻畫歷史的本然或應然而已。相對於此，黃永玉設計圖案、線條、套色與雕刻的手法其實就是召喚記憶的行動；他藉由自己的作品帶領他的觀眾進入記憶深處。他刻畫的場景無論是歡舞的苗寨兒女、呼雞趕鵝的村民、玩具攤邊打盹的老婦，或太陽下對坐弄笛的祖孫，這些畫面召喚的不僅是鄉愁，而且還是一種先行「預期的鄉愁」。黃永玉（沈從文）尋找的抒情不僅只是對往事的追憶，而是追憶所觸動一線靈光，這靈光足以讓困於現實的我們啟動對未來的想像，創造種種「在未來也會被回憶」的情懷。換句話說，黃永玉那些牧歌式的插圖之所以有力量，不僅因為這些插圖「證明」了什麼歷史經驗，更重要的是，這些插圖激起讀者或觀眾「回到未來」的期許，包括彌散的靈感、被忽視的預言、錯失的機會。這些靈感、預言和機會的意義總是要等到現在才豁然開朗，然而現在卻又無從讓其實踐，必須訴諸將來。[30]

---

[30] 這樣的陳述靈感部分來自班雅明。感謝錢穎教授提醒沈從文「預期的鄉愁」與班雅明所謂「氛圍」（aura）的關聯。也參考韓森（Miriam Henson）對班雅明的批評，據韓森所評：「偶然曝光而攝入照片裡的影像，其來世並非來自我們對該照片的了解，也與照片裡的主題無關。照片的來世源自於觀者搜尋的眼神，不由自主的凝視。那道躍進時間的日光，既十分令人不安，也極為碎裂凌亂。」見 Miriam Hensen, *Cinema and Experience: Siegfried Kracauer,*

　　黃永玉的作品讓沈從文想起黃玉書的命運，他是黃永玉的父親、沈從文的表哥。1921年，沈從文在常德遇見黃玉書，他當時是個滿懷理想的青年藝術家。其時兩人處境窘迫，無所事事的困在一家小客棧「打發日子」。後來黃玉書戀上一位修習美術教育的女子，沈從文代筆三十多封情書，三年後有情人終成眷屬。然而這段浪漫情事並無美好結局。黃玉書夫婦因家庭重擔與社會動亂而精疲力盡，從此與夢想絕緣。1937年，表兄弟再度見面，黃玉書已淪落為軍中辦事員，疾病纏身；黃六年後病逝。[31]

　　沈從文從黃永玉的版畫插圖中看到一個家庭的辛酸，也看到一整個世代青年的寓言──他們受到五四精神啟發，卻終被時代所背叛。但沈從文的詮釋並不僅止於此。他追憶的範圍不斷擴大，及於近幾個世紀以來、家鄉子弟所捲入的社會動亂和戰爭。歷史上湘西男子一直以任俠精神知名，他們熱愛鄉土、重視榮譽，充滿了浪漫勇氣和理想主義。到了現代，這樣的精神特質促使無數青年男子從軍，形成「筸軍」無可匹敵的傳奇。[32]然而，不論出於軍事還是政治原因，筸軍一再被國民政府徵調到最危險的戰區，有時甚至沒有給予適當的裝備。結果可想而知──數以千計的筸軍死於戰爭。抗戰到了第六年，「年紀從十六七到四十

Walter Benjamin, and Theodor W. Adorno (Berkeley: University of California Press, 2012), 107.

[31] 沈從文，〈一個傳奇的本事〉，《沈從文全集》，第12冊，頁220-224。

[32] 同前註，頁229；關於湘西的政治與軍事情況、筸軍的興起和衰落，請參閱下述討論，見Jeffrey Kinkley, *The Odyssey of Shen Congwen* (Stanford: Stanford University Press, 1987), chapter 7.

1948年黃永玉為沈從文《邊城》所作木刻版畫插圖

歲的人，大多數已在六年消耗戰中消耗將盡」。[33] 在沈從文筆下，
篁軍最後是「在極曖昧情形下」全軍覆沒。[34] 他指的是1947年，
篁軍與共產黨軍隊決戰於膠東，不到一星期，全軍覆滅。

　　一支向來以驍勇善戰，在體力和士氣兩方面都無可匹敵的軍
隊究竟如何在那麼短的時間內徹底被打敗？根據多方消息來源，
沈從文推測篁軍潰敗的原因與其說是策略錯誤與軍備不足，不如
說是「由於『厭倦』這個大規模集團的自殘自瀆，因此解體」。

---

[33] 沈從文，〈一個傳奇的本事〉，《沈從文全集》，第12冊，頁224。
[34] 同前註，頁229。

「儘管有各種習慣制度和集團利害拘束到他們的行為，而加上那
個美式裝備，但哪敵得過出自生命深處的另外一種潛力，和某種
做人良心覺醒否定戰爭所具有的優勢？一面是十分厭倦，一面還
得承認現實，就在這麼一個情緒狀態下，我那些朋友親戚，和他
們的理想，便完事了」。[35]

　　沈從文深入思考那種神祕的、迫使筸軍走上絕路的自毀衝
動：眼見前頭沒有任何希望，筸軍要維護自尊的唯一途徑只有自
我毀滅。對沈從文來說，隨著筸軍的覆亡，湘西的某種典型特
質，例如族裔的自豪、浪漫的俠情、幻想的欲望等也隨之灰飛煙
滅。由於沈從文與筸軍都來自湘西同一塊土地，他無可避免地預
感筸軍的遭遇也會發生在自己身上，而且最終也會發生在他那一
代所有中國人身上。他以一種預言的筆調寫道：

> 任何社會重造品性重鑄的努力設計，對目前情勢言，都若
> 無益白費。而见命趨勢，卻從萬千掙扎求生善良本意中，
> 作成整個民族情感凝固大規模的集團自殺。[36]

　　雖然如此，文章末尾，沈從文刻意保持樂觀的筆調。他認為
湘西固然大勢已去，中國的未來也不容樂觀，但是有識之士仍應
知其不可為而為，從土崩瓦解的文化與藝術中搶救「抽象的價

---

[35]　同前註。
[36]　同前註，頁230。

值」。他認為「這只是一個傳奇的起始，不是結束」。[37] 而這個新希望的開始，就寄託在像黃永玉這一代年輕藝術家身上。

不過從沈從文敘述整體的語氣來看，他畢竟有些言不由衷。在他述說黃永玉、篁軍與現代湘西的故事時，他的語氣多半是悲觀的。他很敏銳地意識到藝術創作和歷史劫毀之間的界限何其薄弱；面對命運的撥弄，人類的抗爭也只是徒然。誠如前文提到，沈從文悲觀的心態是他「創傷症候群」的一種表徵，而這又可以追溯到他念茲在茲的楚文化最原初的挫敗。撫今思昔，沈從文再度發現自己被推到歷史深淵的邊緣，只是這一回他找不到回頭路了。

黃永玉的藝術作品真能拯救像沈從文這種具有（自我）毀滅意識的人麼？「抽象的抒情」是否真能躍得過歷史深淵？黃永玉牧歌般的版畫似乎折射出一道夢想的幻影，但這一夢想不曾實現，也永遠不會實現。難怪沈從文一看到那些木刻版畫會覺得「異常痛苦」，即使那些畫表面充滿天真和熱情。沈從文呼籲的「抽象的抒情」內裡隱隱然有絕望的影子。與其說〈一個傳奇的本事〉謳歌黃永玉的藝術生命力，不如說更像是沈從文預寫了自己的輓歌。

＊

1948年年底，沈從文受到左翼人士輪番攻擊，陷入情緒危機，不能自拔。1949年初，他因為「病得很嚴重」，被送到清華

---

[37]　同前註，頁232。

園靜養。他的絕望在寫給妻子張兆和的信,或舊作的題辭裡展露無遺:「我應當休息了,神經已發展到一個我能適應的最高點上。我不毀也會瘋去。」[38]「燈熄了,罡風吹著,出自本身內部的旋風也吹著,於是熄了。一切如自然也如夙命。」[39]「給我不太痛苦的休息,不用醒,就好了,我說的全無人明白。沒有一個朋友肯明白敢明白我並不瘋。」[40]「這是夙命。我終得犧牲。……應當放棄了對於一隻沉舟的希望,將愛給予下一代。」[41]「終於迷途,陷入泥淖。……只能見彼岸遙遙燈火,船已慢慢沉了,無可停頓,在行進中逐漸下沉。」[42]以往沈從文常以河流與船隻作為文學意象,但現在這些沉船的描寫,無疑為他的創作,甚至性命,埋下了悲劇性的伏筆。1949年3月28日,沈從文企圖結束自己的生命。

關於沈從文為何自殺,向來有很多解釋。他三〇年代的作品中已經不乏自殺主題,四〇年代初他曾因寫作及其他挫折,產生自殺的想法。最近的研究指出:他出現自殺念頭的時機,恰與傳說的婚外情倏然而止的時間相符。[43]當然,沈從文恐懼共產黨迫害的傳言也早有所聞。[44]但驅使沈從文走上絕路的,應該還有更

---

[38] 沈從文,〈題〈綠魘〉文旁〉,《沈從文全集》,第14冊,頁456。

[39] 沈從文,〈題《沈從文子集》書內〉,《沈從文全集》,第14冊,頁458。

[40] 《沈從文全集》,第19冊,頁9。

[41] 同前註,頁17。

[42] 沈從文,〈題《沈從文子集》書內〉,《沈從文全集》,第14冊,頁458。

[43] 解志熙,〈愛慾抒寫的「詩與真」〉(下),《中國現代文學叢刊》,第12期,頁78-79。

[44] 李揚,《沈從文的最後四十年》,頁47。

具說服力的理由。錢理群指出，沈從文不是唯一（試圖）自戕的現代作家。在歷史危機到來的時刻，作家學人如王國維（1873-1927）、喬大壯（1892-1948）等都曾選擇極端的手段來護衛自己的文化氣節或生命寄託。[45]

　　或許有人會譴責沈從文是個時代的落伍者。畢竟1949年的革命強調除舊布新，翻身重生，沈從文之流儼然是故步自封，不進則退了。但沈從文的「時代錯亂」（anachronism）也許透露出更多有關中國文學現代性的問題。他雜糅不同時代和風格的立場，似乎有意以退為進，反而比那些自詡走在歷史前端的同輩更加桀驁不馴，更加「現代」。在共產黨勝利的前夕，他早已看出「歷史」遠比照表操課的「啟蒙」和「革命」更為深邃複雜。面對現代性種種互相齟齬矛盾的力量，沈從文無從突破之餘，試圖以最激烈的反面手法──自我毀滅──來伸張個人的自由。

　　1948年年初，沈從文發表了一篇名為〈蘇格拉底談北平所需〉的文章。在這篇文章裡，他把北平這座「歷史性之名都大城」想像成花園，園中遍植花草樹木，主事者多為建築師、劇院工作者、音樂家。城內廣播的不是政治文宣，而是貝多芬的音樂；警察管理的不是意識形態，而是園藝與公共衛生。沈從文進一步建議將美術學校改制為純藝術與應用美術兩院制學院。院長由哲學家兼詩人擔任，課程包括中外文學、哲學、鑑古學、民

[45]　錢理群，〈一九四九年後的沈從文〉，收入王德威、陳思和、許子東編，《一九四九以後》，頁107-108。

俗學與音樂。[46]在1948年的中國，這篇文章如果不被視為異端邪說，也是自由主義者的胡言夢囈。話說回來，儘管這篇文章充滿烏托邦幻想，沈從文其實相當清楚北平的未來以及他自己將會面臨的遭遇。我們都記得蘇格拉底因為堅持自己的理想，「不相信神」，而被雅典法庭判決服毒自盡。沈從文藉蘇格拉底之名提出他的中國願景，他的命運又將如何？

　　就這樣，沈從文走向絕境的「舞臺」已經架設完成。然而引人注意的是，沈從文的自毀行動有可能是由一個再家常不過的事件造成。1949年3月26日，沈從文無意間看到妻子張兆和攝於二十年前同一天——1929年3月26日——的一張照片，他隨即陷入那張照片的世界裡。說來幸運，那張照片歷經1949年後的無數動盪，竟能倖存下來，讓我們得以按圖索驥，一探究竟。

　　照片攝於1929年3月26日，影中人張兆和當時是上海中國公學二年級學生。她與八位籃球球員，兩位男教練合照。照片後沈從文題了兩行字：

　　十八年兆和在吳淞學校球隊（執球）。從文三十八年北平。

　　三十八年三月廿六在北平重閱彷彿有杜鵑在耳邊鳴喚。從文。[47]

---

[46] 沈從文，〈蘇格拉底談北平所需〉，《沈從文全集》，第14冊，頁372-375。亦參閱金介甫相關的討論，見Jeffery Kinkley, *The Odyssey of Shen Congwen*, pp. 259-261.

[47] 沈從文，〈題中國公學女子籃球隊合影〉，《沈從文全集》，第14冊，頁499。

1929年3月26日張兆和所攝照片。1949年3月26日沈從文在照片背面所書題辭。
（沈龍朱先生提供）

這兩行文字可能是沈從文那次企圖自盡之前，所留下的最後文字記錄。

沈從文究竟從這張照片「看」到了什麼，竟觸發他尋死的念頭？照片裡，張兆和坐在前排中間，手持籃球，顯然是球隊的核心人物。球隊後為一棟西式建築物，四扇大門緊緊關閉。張兆和、球隊隊員、兩位男性教練都直視鏡頭。張兆和的形容優雅，神態自若，儼然是籃球好手。籃球在當時是項摩登運動，顯非沈從文所能擅長。再則，張兆和身邊多人環繞，甚至衛護，彷彿隨時都可以來一場比賽。最引人注目的是，張兆和手中籃球寫著一組數字：1929。

1929年，年輕的沈從文剛到中國公學教書。他愛上學生張兆和，如醉如痴，但張兆和無意於這位年輕教師，何況兩人背景有雲霄地壤之別。張兆和出身蘇州名門世家，個性活潑，熱愛運動。沈從文是個常自嘲所謂的「鄉下人」，但他的閱歷卻不是張所能想像於萬一。這位「鄉下人」對張兆和一見傾心，誓娶為妻。那一年，沈從文寫了許多情書給張兆和，同時以她為靈感來源，創作多篇膾炙人口的愛情小說。為了贏得心上人，他無所不用其極，甚至揚言要自殺殉情。張兆和最後接受了沈從文，兩人在1933年結為眷屬。

我們不知道這張照片來源，但從沈從文在照片後的題詞，可以想像他二十年後重看這張照片的感受。對沈從文來說，1929年的張兆和仍然是個難以企及的欲望客體；她是繆斯的化身，讓他時而痛苦，時而歡欣。他與張兆和少有共通之處，但張活潑的身影、黝黑的膚色讓他著迷不已。他以張為原型，創作了多篇小

說中的女性形象，例如三三、翠翠、蕭蕭、么么，其中尤以《邊城》女主角翠翠最為重要。到了1949年，沈從文的文學事業已然中斷，他與妻子的感情也歷經數次起落。張兆和無法了解，國難當頭之際，為何沈從文還如此執迷於審美抒情的抽象思考。事實上，沈從文此時深為神經衰弱困擾，而張兆和與他們的孩子卻對革命充滿好奇，熱切期望歷史展開新的一頁。

　　照片的正反兩面因此相互凸顯、也瓦解彼此所承載的歷史和情感意義。張兆和的影像在照片正面，沈從文以文字在照片背面留下他的痕跡；照片正面裡的張兆和與隊員正在歡慶1929年，照片背面沈從文則寫下了時間流逝，人事無常的感慨。籃球上的數字「1929」，或可視為如羅蘭・巴特（Roland Barthes）所謂的「刺點」（punctum），[48]無意中點出那些令人覺得痛苦的物事。1929年的沈從文剛「移植入人事複雜之大都市」，「毀碎於一種病的發展中」。[49]對1949年的沈從文而言，那張照片在他眼前重新建構一個虛幻的過去，讓他像個闖入者般，又走入1929的歷史時空；他彷彿透過鏡頭，窺視著一位擺好姿勢，正等著拍照的女子張兆和。沈從文捕捉了一個意外的瞬間，這是天真的瞬間，也是神祕的瞬間，因為拍照當時兩人的愛情故事剛剛萌芽。直到二十年後的1949，沈從文才了解那一瞬間已是未來一切的開端，包括愛情、文學、「抽象的抒情」。然而弔詭的是，歷史的

---

[48] Roland Barthes, *Camera Lucida: Reflections on Photography* (New York: Hill and Wang, 1981), pp. 26-27.

[49] 沈從文，〈題《沈從文子集》書內〉，《沈從文全集》，第14冊，頁457。

後見之明讓沈從文（以及我們）理解，這一瞬間也同時註記了未來一切崩毀的開始。看著張兆和在遙遠的過去凝視著鏡頭，沈從文「看見」了他自己身處的危機。照片提醒他：1929年張兆和拍照的時候他是個「局外人」，1949年的他依然還是個局外人。

更有甚者，這張照片被製成明信片。但不知為何，明信片背後的地址欄是空白的，也未見郵票與郵戳的痕跡，是一張不曾寄出的明信片。1949年，沈從文再度在明信片後面題辭時，彷彿有個他想像的收件對象。然而閱讀這兩段前文所引的題辭，沈從文其實更像是自言自語。畢竟，就算他本意是想向明信片正面的影中人一表衷情，也似乎晚了二十年，不僅時間，連意識形態也晚了二十年。德希達（Jacques Derrida）曾利用明信片來解釋文本的不確定性：既私密又公開，既指向他人，也指向自我。[50]這張沒寄出的照片兼明信片如此讓沈從文感傷，因為它標誌著時間與記憶線索的短路，任何有意義的溝通已經不再可能。

沈從文寫在照片／明信片後面的題辭也帶出其他相關的因素。與照片正面的緘默相對，照片背後的題辭透露一種音效，就是聲聲「彷彿在耳邊呼喚」的鵑啼。杜鵑在古典文學裡代表單

---

[50] Jacques Derrida, *The Post Card: From Socrates to Freud and Beyond*, trans. Alan Bass (Chicago: University of Chicago Press, 1987).德希達的文意如下：「明信片要傳達什麼訊息？這種通訊在哪些情況下才有可能？明信片上的訊息超越了你，你不再知道你是誰。明信片上有你的地址，明信片召喚你，就是你，獨一無二的你。然而就在同一時刻，明信片把你隔開，把你晾在一旁，只偶爾才理你一下。你愛，你不愛。根據你的心願明信片摸清你的所思所想。明信片眷顧你，離開你，滿足你。」

相思與情殤——杜鵑啼血的典故沈從文當然十分熟悉。[51] 但在這裡，他也必然會想到杜鵑的地理象徵。1938 年，沈從文曾作湘西返鄉之行。在路上寫給張兆和的信中，他就提到杜鵑的啼喚；例如到了沅陵，他聽到：

> 杜鵑各處叫得很急促，很悲，清而悲。……就其聲音之大，可知同伴相距之遠，與數量之稀。……形體顏色都不怎麼好看，麻麻的，飛時急而亂，如逃亡，姿勢頂不雅觀。就只聲音清遠悲酸。[52]

無獨有偶，沈從文企圖自殺的前幾天瀏覽舊作，曾寫下一段與杜鵑相關的文字：「混亂而失章次，如一虹橋被新的陣雨擊毀，只留下幻光反映於荷珠間。雨後到處有蛙聲可聞。杜鵑正為翠翠而悲。」[53]

　　張兆和的照片或可視為一個場景，向沈從文展示誘惑，也揭露他的創傷。說是誘惑，因為照片裡的那一刻是沈從文生命裡最可望不可即的愛情萌發時刻；說是創傷，因為照片是一個已經凝固——逝去——了的生命片刻，是一閃而過的剎那，也是恍如隔世的警訊。1949 年春天，沈從文困居北平，既失去可以給他安慰的知音，也沒有可以返回的「故鄉」。重看那張 1929 年的照

---

[51] 《沈從文全集》，第 18 冊，頁 308。

[52] 同前註，頁 309。

[53] 沈從文，〈題《沈從文子集》書內〉，《沈從文全集》，第 14 冊，頁 457。

片，與其說給他帶來壓力的緩解，不如說讓他產生不如歸去的念頭——面向死亡的回歸。在幻覺中他聽到杜鵑的悲鳴，看到翠翠的身影，張兆和留在照片上的年輕身影，看來就像愛神（Eros）和死神（Thanatos）的化身，充滿誘惑，也充滿致命的吸引，召喚他走向另一個世界。

*

五〇年代的沈從文逐漸適應歷史博物館的研究工作，與文學圈慢慢失去聯繫。他仍然懷抱著重回文學圈的夢想，但已經學習與時代妥協。[54]這段時期他其實寫了不少「抽屜裡的文學」，最好的作品主要是家書。他的家書語氣平易、感情親密，與當時檯面上的文學迥然不同。從這些家書中，我們見證一位文學創作者因為種種不得已而中止創作，但他對家國、歷史、文學的態度有不能已於言者的想法，微妙之處，在在耐人尋味。一封1957年5月2日的家書可以作為討論焦點。

1956到57年間，沈從文三次到南方出差。自三〇年代以來，他就有在旅途中寫信與妻子分享所見所聞的習慣，也時常於信紙空白處畫上有趣的事物，例如在蘇州看到的垃圾籃兼痰盂，在山東看到的戲棚，以及家鄉風景地貌等。1957年5月2日，他從上海寄信給張兆和，信中繪有三幅插圖，畫的是蘇州河上的外白渡橋。他當時寄住近河的一座旅館，插圖所繪正是房間看出去的窗景。

---

[54] 參閱李揚，《沈從文的最後四十年》，第2至4章。

　　第一張圖裡，畫面左上角是人群擁擠的外白渡橋，右邊則是四艘大小不一的船。圖片上的說明文字寫著「五一節五點半外白渡橋所見」，[55] 然後是一段較為詳細的描述：

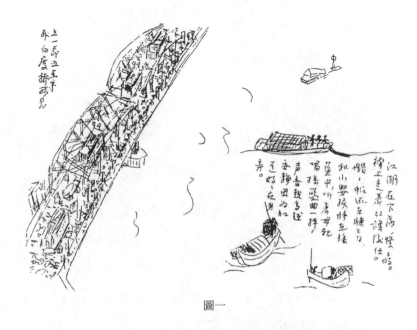

圖一

　　江潮在下落，慢慢的。橋上走著紅旗隊伍。艑艑船還在睡著，和小嬰孩睡在搖籃中，聽著母親唱搖籃曲一樣，聲音越高越安靜，因為知道媽媽在身邊。[56]

55　這座橋蓋在黃浦江與蘇州河的交會處，1907年完成，是上海最大的一座橋。有關沈從文所繪這三幅插圖的討論，亦可見張新穎，《沈從文的後半生》，頁116-119。

56　《沈從文全集》，第20冊，頁177。

第二張圖，橋上依然擠滿遊行人群與觀眾，但是畫面右邊只剩一艘船。說明文字是「六點鐘所見」：

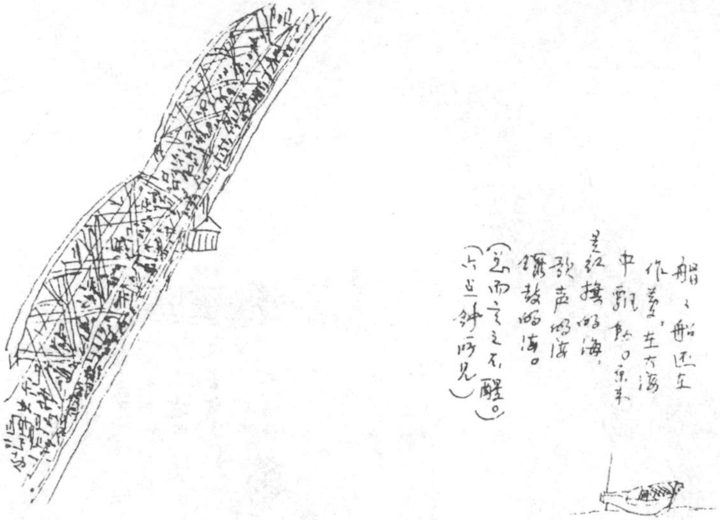

圖二

> 艒艒船還在做夢，在大海中飄動。原來是紅旗的海，歌聲的海。（總而言之不醒。）[57]

第三張圖，橋和橋上的人全皆不見，代之以一筆如煙的線條。但是那艘孤單的艒艒船上，船尾卻有個小小的人，拿著魚網正在捕魚。這張圖，沈從文並未註明時間，只有簡單的說明文字：

[57] 同前註，頁178。

聲音太熱鬧，船上人居然醒了。一個人拿着個網兜撈魚
蝦。網兜不過如草帽大小，除了蝦子誰也不會入網。奇怪
的是他依舊撈著。[58]

圖三

早在三〇年代開始，沈從文就養成在家書畫圖「作註」的習
慣。例如1934年出版的《湘行散記》，他一開始就提到出門除了
書，也會帶一盒彩色蠟筆，方便一路對景寫生。他畫的多幅插
圖，主要都是湘西的山水。這些插圖相當精緻優美，由此可以見
出他的繪畫天分。[59]

58　同前註。

59　晚至1929年，沈從文還曾考慮是否要跟現代中國畫的開創者劉海粟（1896-
　　1994）學油畫，見黃永玉，〈彷彿是別人的故事〉，頁172。不過從沈從文的

沈從文致張兆和書信中所繪湘西風景

　　沈從文的插圖大部分都是在信中與張兆和分享他所見的景物，那是他們夫妻之間的特殊「語言」。1957年的三張插圖是這種親密溝通的精華。這幾張圖與之前所繪有所不同。早年的插圖都是信手畫下的小景小物，但是1957年所畫的則是連續性的景象，特別強調作畫的時間，又附有文字說明。沈從文似乎想藉這三張圖向張兆和以及他的假想讀者說故事，一則關於一艘擬人化的小船如何在白天撐過橋上的喧鬧，到了晚上，當所有人事都消失如煙，終於得到平靜的故事。

　　《自傳》和其他資料，我們得知沈從文畫畫是靠自己的天分與長期摸索才學成的。沈從文的大哥沈雲麓是個無師自通的現代畫家，與著名畫家如林風眠等相交；或許是他引領沈從文走入現代繪畫的世界。早年當兵時期，沈從文在軍閥陳渠珍的幕下當書記，藉由職務之便，他得到一個特殊的機會可以翻閱陳渠珍的藏書、畫冊、瓷器、銅器等。那時，他透過閱讀，開始接觸到中國藝術史。

　　在信裡，沈從文提到作畫靈感來自前一天從旅館房間看出去的景象。但這幾張畫也可以當作寓言加以解讀。[60] 5月1日那天正是國際勞動節，因此一整天都有參加遊行的民眾擠在橋上，呼喊口號與唱歌的聲音此起彼落。與此形成強烈對比的是河上孤單的艑艑船，在船裡睡覺的嬰兒，還有在夜裡起來工作的漁夫。除了對比之外，我們甚至可以將此圖景放在歷史脈絡裡，推論其中的政治意涵。1957年5月1日不僅是共產行事曆重要的日子，也正好是中國政治發展的轉捩點。即所謂「百花齊放」運動。[61] 1956年5月2日，毛澤東制定這一運動的綱領，第二年的2月27日發表公開演說，呼籲人民發表對國家建設有益的評論。這吸引了成千上百的知識分子參與，隨後數週批判性的言論此起彼落。這一運動散發的自由氣氛很快吸引毛澤東及其從者的注意。1957年4月30日，毛澤東表示他對「百花運動」的保留態度。第二天，也就是5月1日，《人民日報》的刊登了一篇標題為〈中共中央關於整風運動的指示〉。[62] 歷史的後見之明告訴我們：這是反右運動的前兆，隨之而來的就是清算整肅數以千計的知識分子和文化工作者。

---

[60] 《沈從文全集》，第20冊，頁176-177。

[61] 關於百花運動的始末，可參閱例如Maurice Meisner, *Mao's China and After: A History of the People's Republic* (New York: Macmillan, 1986), pp. 177-180; Roderick MacFarquhar, *The Hundred Flowers* (Paris: The Congress for Cultural Freedom, 1960).

[62] 1957年5月1日《人民日報》的頭條是〈中共中央關於整風運動的指示〉，第二天的社論刊出〈為什麼要整風〉。見陳明顯，《新中國四十年》（北京：中國工人出版社，1989），頁211。

　　我們沒有證據顯示沈從文是否曾讀過1957年5月1日《人民日報》發布的這篇指示。但我們可以推測,歷經多年風雨後,沈從文已經是個謹慎的觀察者,對政治的起落絕不掉以輕心。他在旅館窗前所看到的景象——白天民眾蜂擁在橋上歡慶五一勞動節,夜裡只剩下一艘舢舢船孤單地留在黃浦江上——必曾觸動他的心弦,促使他思考面對政治的自處之道。

　　沈從文的第一、二張插畫都有兩個焦點:左邊的橋和右邊的船。看畫人的目光必須在這兩個焦點之間左右來回或上下移動。沈從文在畫面上的題字負起調和這兩個焦點的作用。只有在第三張畫裡,沈從文把畫面的焦點集中在舢舢船上,原本在左上角的人和橋則全都消失不見。除此之外,這三張畫還有一個觀點的轉移。從第一、二張畫裡的船隻位置,可知沈從文是採取高遠的視角觀察橋上的人與河裡的船,畫裡的橋與船的比例並不正確。就比例來說,船顯得比較大,彷彿沈從文是從一個較近的距離來畫船。再者,在第三張圖裡,橋、人、黃浦江全都消失在一縷如煙的線條裡,而同時沈從文似乎降低觀察視角,用近乎與舢舢船平行的角度來描繪孤單的漁夫和小船。還有,藉由抹消畫面上所有其他事物,沈從文創造了一個彌散的視角,猶如傳統中國畫所用的構圖技巧,亦即「留白」。

　　我認為這三張畫呈現的焦點與視角轉移構成一條線索,點出沈從文與歷史之間的微妙對話。舉例來說,在前兩張畫裡,橋的兩端都是開放的,一直延伸到畫面之外。但是由於橋身角度傾斜,而且是近乎垂直地落在畫面左上方,因此在視覺上看來就像一道梯子,引領橋上的民眾走向我們無法看到的高處;同理,橋

上的民眾也可能像是往下走，掉入畫面下方不可知的空無。一般而言，橋梁象徵接觸與通道，但是在沈從文筆下，橋梁構造向內壓縮，宛如一個鐵籠，把民眾包圍在擁擠的空間裡。

　　沈從文認同的對象顯然是漂浮在河面上的那艘小小孤舟。此時距離他1949年企圖自殺的時間，已過了八年。換言之，他已經漸漸習慣扮演社會機器裡的一分子。即便如此，他的三張畫還是顯示他與群眾，或導引群眾或上或下的橋梁，保持一個脆弱且孤獨的平衡，就像一條漂蕩在惡水之上的小舟。他當然留意政治的發展，但不像1949年春天那樣，他現在已經發展出應付的策略。誠如第三張畫所示，他刻意抹去畫面上的人和橋，把焦點放在孤獨的漁夫身上。尤其重要的是，這張畫抹去了時間痕跡，因而與第一、二張畫形成強烈的對比。第一、二張畫有明確的作畫時間（五月一日下午五點半、六點），甚至我們聯想到他的文章〈五月卅下十點北平宿舍〉。然而第三張畫彷彿引領我們到另一個境界。

　　沈從文這三張插畫，顯示他刻意抽離時空因素，以成全自己一方風景——他的心靈風景。藉由第三張畫裡的孤舟和漁夫，他似乎表明自己已經找到一個方法來應付現實。記得在四〇年代末期，他把自己比喻為沉舟。但在1957年5月2日的那封給張兆和的信裡，他寫道：「這些舾舾船是何人創造的？雖那麼小，那麼跳動——平時沒有行走，只要有小小的波浪也動盪不止，可是即到大浪中也不會翻沉，因為照式樣看來，是絕對不會翻

沉的！」[63]

在沈從文的家書和圖畫裡，隱藏著某種比生存策略更為深沉的東西。我們知道船與河流是沈從文「想像的鄉愁」的核心主題。[64]雖然沈從文的船在1957年再度出現在給張兆和的信中，但我們注意到這艘艒艒船已經從當年家鄉的河水轉移到上海的蘇州河。我們不禁要問：沈從文是否還有可能，讓他的船回航故鄉──他心中的夢土？

這一問題導向我最後一個論點。艒艒船上孤獨的漁夫很有可能為沈從文提供一個不可思議的喻象，讓他連結過去與現在、想像與現實。這艘蘇州河上的小船讓我們聯想到「漁隱」──傳統中國繪畫重要的主題之一。元朝遺民畫家即對此主題有動人表達。比如元四大畫家之一吳鎮（1280-1345）的〈漁父圖〉等，通常描繪獨釣的舟子，或飄蕩水中的漁船，一種高遠縹緲的氛圍油然而生。[65]

「漁隱」也是「瀟湘山水」──傳統山水畫重要類別之一──最常出現的主題。「瀟湘山水」可以追溯到唐朝，[66]一般意指

---

[63]《沈從文全集》，第20冊，頁177。

[64]《邊城》與《長河》寫的都是湘西船夫在河上的生活故事。散文集《湘行散記》也有許多關於這方面的描寫。他藉由回憶與河的親密關係，打開他的「傳奇的原始材料」。

[65] 衣若芬，〈不繫之舟：吳鎮與其漁父圖卷題詞〉，《思與言》，2007年45卷第2期，頁117-186。

[66] 衣若芬，〈瀟湘山水畫之文學意象情景探微〉，《中國文學研究集刊》，2003年第20期，頁175-222。關於瀟湘山水與中國烏托邦桃花源的最近研究，可參考石守謙，《移動的桃花源：東亞世界中的山水畫》（臺北：允晨文化，2012）。

吳鎮，〈漁父圖〉。（上海美術館）

中國文人想像中的理想所在。但瀟湘其實有其特定地理源頭：瀟水和湘水的源頭都在湘西，也就是沈從文的故鄉。

　　如果以傳統孤舟漁子這一主題來總結上述沈從文的三張家書插圖，我們可以引申出更多意義。這些插圖一方面暗示沈從文尚友古人，與歷代文人畫家靈犀相通，另一方面也藉「瀟湘山水」引譬連類，遙想家鄉風景。然而他的追尋有其反諷意味，因為1957年他畫中的蘇州河一點也不像理想中的「瀟湘山水」或湘西。而且他筆下的漁夫不在渺遠而充滿抒情氛圍的江上捕魚，而是在混濁的蘇州河上撈蝦。更重要的是，在社會主義的光天化日下，哪裡有「漁隱」的可能。「漁隱」遺世而獨立，豈不自絕於群眾，自絕於人民？

　　雖然如此，沈從文還是藉一個無視白日喧譁、中夜獨釣的漁
人，打造了他自己（想像）的時間與空間。他知道這樣的追求幾
近緣木求魚，但他有保持希望的理由。誠如他給張兆和的信裡述
及艒艒船：

> 它們的存在和大船的彼此相需的關係，代它想來也有意
> 思。動物學中曾說到鱷魚常張大嘴，讓一種小鳥跳進口腔
> 中去啄食齒間蟲類，從來不狠心把口合攏。這種彼此互助
> 習慣，不知從何年何時學來。[67]

　　於是在第三張畫裡，沈從文讓所有有形事物全消失於無形，
只留下一個漁夫，夜半獨自垂釣。我們不知道這個漁夫來自何
處，也不知他如何生活。但對沈從文而言，天地玄黃，在那驚鴻
一瞥的瞬間，漁夫似乎指點某種東西，遠遠超乎眼前可見可感的
現實。那漁夫似乎垂釣在時間的河流上，準備引領我們隨他溯游
而上，蘇州河、揚子江、再到荊楚大澤、縱橫交錯的瀟湘源頭。
他甚至可能帶著我們到一處傳奇的所在，在那裡，據說曾有舟子
發現了桃花源——傳說中位於湘西的烏托邦。[68]

　　或者更遙遠的，那漁夫是否會帶領我們來到中國抒情文化
的源頭，傾聽兩千年前楚地的一位逐臣與漁父的對話？《楚辭·

---

[67] 《沈從文全集》，第20冊，頁177。

[68] 桃花源究竟在哪裡？這問題學者已經爭論了好幾個世紀。沈從文了解這一
　　點，因而不時在作品裡提到桃花源有可能就位在他的家鄉湘西。例如他的
　　〈桃源與沅州〉，收入《湘行散記》，《沈從文全集》，第11冊，頁233。

漁父》有云，屈原既放，「游於江潭，行吟澤畔」。他遇見一位
漁父，漁父問他：「何故至於斯？」屈原答道：「舉世皆濁我獨
清，眾人皆醉我獨醒，是以見放。」漁父聽了，唱道：

> 滄浪之水清兮，
> 可以濯吾纓；
> 滄浪之水濁兮，
> 可以濯吾足。
> 遂去不復與言。[69]

服飾的啟蒙

　　五〇年代與六〇年代初期，沈從文嘗試擬定一系列小說計
畫，其中至少包括一部關於張鼎和如何為革命犧牲的小說。他
的其他構想還包含《十城記》、一部「五十年個人和社會種種發
展變遷」的歷史；[70]另外他還想寫一些風格類似《湘行散記》和
《獵人日記》（*Notes of a Hunter*）的速寫。[71]1963年，沈從文甚至
希望能書寫屈原和賈誼流放到楚地的故事。[72]但是事與願違，這
些計畫沒有一個能順利執行。

---

[69] 洪興祖，《楚辭補注》（臺北：藝文印書館，1981），頁297-298。
[70] 《沈從文全集》，第21冊，頁143。
[71] 同前註，頁154。
[72] 同前註，頁390-391。

　　不過,從1953年起,沈從文陸續發表了一系列關於物質文化與藝術史的文章。這些研究的題材十分廣泛,包含織錦、陶瓷、漆器、織品花樣、龍鳳魚紋的設計、染色的技術、製鏡工藝、文房四寶之雕飾、琉璃工藝、畫畫、剪紙藝術、建築設計等。[73]沈從文在這些文章中展現彷彿無盡的知識,但我們仍然可以提問:對沈來說,這些書寫究竟代表什麼意義?是他的學術事業,還是間接的文學書寫?藝術史家就實物研究提出論文,文學家在想像的世界裡冒險,這兩種角色的差異如何調適?在一個書寫歷史(包括藝術史)已經變成敏感挑戰的時代裡,他為此類書寫所付出的代價為何?

　　1963年,在中國總理周恩來的建議下,沈從文被委以編輯中國服飾史的任務。他的工作是負責編輯一本可用為外交禮品,且讓讀者可從多方面了解中國古代服飾發展變化的書。[74]沈從文帶著少數幾位助理,在八個月的時間內完成一部近二十萬字、包含圖版兩百幅的樣稿。但由於政治風向轉變,以致此書的出版計畫延宕下來。文化大革命時期,這一書稿被視為「鼓吹『帝王將相』、提倡『才子佳人』的黑書毒草」。[75]如同當時許多知識分子一樣,沈從文被迫停工,甚至下放至湖北咸寧幹部學校重新學習。很奇妙的,沈從文的書稿歷經文革風暴,竟奇蹟似地保存下來。到了1978年,沈從文得到允許,得以重新修訂全稿。1981年

---

[73] 沈從文關於藝術與工藝品的文章,金介甫曾整理一張列表,並有詳細註解,請參閱Kinkley, *The Odyssey of Shen Congwen*, pp. 431-438.

[74] 沈從文,〈中國古代服飾研究・後記〉,《沈從文全集》,第32冊,頁526。

[75] 同前註,頁527。

《中國古代服飾研究》正式出版，距離初稿完成已經過了十七年。[76]

　　《中國古代服飾研究》一書涵蓋的時間始於中國文明發端，終於清代，代表沈從文學術與文學事業的一大勝利——一個藝術史家兼文學家的勝利。為了完成這部作品，他參考了無數件藝術作品，其中有繪畫、織品、服飾、服飾配件、石雕、漆器、陶瓷器、陶瓷人像、壁畫、古書裡的插圖、喪葬用品，有些還是當時新出土的文物。在書中，我們看到沈從文藉圖片和文字展示三千年來中國人穿衣打扮的究竟。與此同時，他也讓我們意識到服飾又如何反轉過來，在各方面「形塑」了中華文明。

　　《中國古代服飾研究》題目雖然含蓄，但沈從文的用意顯然是編寫一部**歷史**，一部中華文明極少探索的歷史。但沈從文可謂謹慎從事，他知道在共產論述裡，「歷史」意味的是什麼。1961年，他曾參與編撰《中國歷史圖譜》，但政治高壓無所不在，他很快就知難而退。[77]他願意奉命接下書寫中國服飾史的新計畫，顯示他已經在這類任務裡找到自己書寫歷史的方法。

　　沈從文的決定顯然與題材有關。在堂而皇之的大歷史裡，服飾研究微不足道，他卻從中體會出無限可能。作為一種物件，服飾如此「膚淺」、「貼身」，又如此與外在脈動息息相關。除了中介內與外、個人私密與社會體制，服飾本身也傳達了一個社會轉向文明過程當中「種種可感知的關係」（felt relations）。服飾

---

[76] 同前註。1978年沈從文調至中國社會科學院歷史研究所後，同年10月開始針對原書圖稿進行較大的補充修改，文字增至二十五萬字，新繪插圖一百五十餘幅。1979年1月增補完成。最後由商務印書館香港分館出版。

[77] 凌宇，《從邊城走向世界》（長沙：岳麓書社，2006），頁464-465。

研究提供沈從文一個獨特的切入點，使他得以進入另類歷史。

如第一章所論，沈從文曾以「有情的歷史」來對照「事功的歷史」。因此沈從文或許會將他所從事的服飾史也稱之為「有情的歷史」。從當代理論角度來看，沈從文所構想的「歷史」意指種種情動力（affect）匯集、作用的能量之流。誠如沈從文所言，服飾的出現發展與中華文明的生成演進相與為用。在原初時期，服飾只用以保護遮蔽身體，隨著時間進程，服飾的發展愈趨豐富，也顯現一個社會經濟、政治、技術、性別意識與審美情懷的變遷。[78]就性別區分與社會秩序而言，中國古代是男耕女織的社會，在維護禮儀、稅收、階級與性別區分方面，織品與服飾極為重要，周代如此，到了晚清也還是如此。[79]正統的史家或許視服飾無足輕重，但沈從文不以為然；他認為服飾占據一個「柔軟的空間」，在其中，身體與社會，情感與物質，個人感性與文明體制，實用與消費連接一起，相互競勝。再者，只要牽涉到織料（fabric）與形構（fabrication），服飾就是社會集體想像的見證，千絲萬縷的織物就承載千言萬語的文本。就這樣，服飾研究充實了沈從文所謂「抽象的抒情」史觀。

長久以來，服飾的象徵一直深植中國古老的智慧裡。馬克・艾爾文（Mark Elvin）曾點出：在中國觀念中，服飾是文化與行為規範的關鍵要素，傳統美學並不視赤身裸體為誘人或美觀。[80]

---

[78] 相關的討論，請看Francesca Bray, *Technology and Gender: Fabrics of Power in Late Imperial China* (Berkeley: University of California Press, 1997), chapters 4-6.

[79] 同前註。

[80] Mark Elvin, "Tales of Shen and Xin: Body-Person and Heart-Mind During the Last

相傳黃帝元妃嫘祖教導初民養蠶製絲。荀子曾說：「有物於此，儵儵兮其狀屢化如神。功被天下，為萬世文。禮樂以成，貴賤以分。養老長幼，待之而後存。」[81]這種關於服飾與禮儀文明的討論在歷史上層出不窮，為政之道更被喻為經緯大業：「黃帝、堯、舜垂衣裳而天下治。」用胡曉明教授的話說：「衣之華夏美學，十字打開，二柄相連，既是一套政治社會歷史之大美學，亦是人心微處的小美學。」[82]錢鍾書先生則援引古典，將其與文學譬喻作連接：「詩廣譬喻，托物寓志；其意恍兮躍如，衣之隱也、障也；其詞煥乎斐然，衣之引也、彰也。」[83]

　　沈從文很清楚服飾這一題材所隱含的政治意涵。畢竟在他的時代裡，國家為了強調階級與性別平等，強制服飾的統一。從《中國古代服飾研究》內容不難看出沈從文所隱喻的時尚符碼與國家權力的關係。但他的注意如果僅及於此，也不過是藉服飾為題的微言大義。事實上，沈從文有更多的話要說。以下分為三

Years in China," in Thomas P. Kasulis, Roger T. Aimes, and Wimal Dissanayake, eds., *Self as Body in Asian Theory and Practice* (Albany: State University of New York Press, 1993), pp. 213-243.

[81] 荀子，〈賦篇〉，收入王先謙，《荀子集解》，《新編諸子集成》（臺北：世界書局，1974），第2冊，頁316。

[82] 胡曉明，〈「衣」之華夏美學〉，《嶺南學報》，復刊號（第1、2輯合刊），2015年，頁119。

[83] 錢鍾書引用《禮記》、《說文》、《白虎通》等古典，點出「衣」自古隱喻「隱藏／彰顯」的雙重意義。《管錐編》，第1冊（北京：中華書局，1979年版），頁5-6。

方面討論：一、歷史唯物與「微物」論；二、「文學的」歷史；
三、「抒情的考古學」。

　　首先，沈從文一再宣稱他的中國服飾研究不只是傳統史學的
操演。相對的，他的研究奠基於與無數古代工藝美術品的機遇，
尤其是視覺觀察和感官接觸。在四〇年代，沈從文就已經是中國
工藝品的業餘收藏家。1953年始，他正式從事中國古代服飾研
究，名副其實地開始「接觸」數以萬計的織品、器皿、文物。經
年累月的研究使得沈從文明白，任何對服飾「意義」的研究，首
先必須熟悉整體過程，對設計、製作、使用、社會功能等有全盤
了解。而他對每一服飾項目的觀察，必然觸及其他相關織品文
物、裝飾配件和私人器物等。所謂觸類旁通，沈從文對刺繡、服
飾配件（帽子、鞋子頭巾）、珠寶、裝飾品、髮型、服裝設計、
化妝方式、家具款式也都萌生興趣。

　　這關涉到沈從文在方法論及意識形態上與主流史學家的微妙
對話。當學院同儕斤斤計較檔案資料或理念模式的分析，沈從文
反其道而行，將研究興趣放在下里巴人的區塊。服飾向來被視為
是小道，與「真正的」歷史無關。沈從文不同意這種看法。他不
只研究文物，更「感受」文物，從而創造了獨樹一幟的「唯物／
微物史學」。他甚至曾經暗示：儘管他的形象貌似反動，他才是
真正理解時代精神、遵循歷史要求的學者。畢竟他所研究的對象
都是最「貼身」的物質文化，甚至是最新出土的文物。如此，還
有誰比他更貼近物質，更靠近現實？在文化大革命期間，沈從文
即以此為自己辯護，強調自己的研究不折不扣的實踐了毛澤東的

唯物思想。[84]

　　《中國古代服飾研究》的時間結構順著中國歷史直線展開，但沈從文並未試圖對每一時期做出鉅細靡遺的描寫。相反的，他將焦點放在特定文物上，以其為基準，描述、隨想或興嘆一個時代的服飾文化。沈從文所專注的文物可能是信而有徵的實物或複製，也可能只是圖像（例如從銅器或陵墓上描摹下來的圖樣）。據此，他對該文物圖像的來龍去脈娓娓道來，並旁徵博引相關資料，形成綿密而具個人風格的敘述。整體看來，他這本書讀來不像一部縱貫時間，包羅萬有的史書，反倒像自成系列的散文特寫。但是沈從文畢竟功力深厚，在字裡行間，他讓每篇文章彼此照應，傳達整體的意義。

　　茲舉下例說明。沈從文研究一件戰國陵墓出土的衣服時，鉅細靡遺地觀察其設計和剪裁，重新認識先秦服制及其加工藝術。他從插縫於服飾袖腋處的「嵌片」發現了「袺」的異物同名（為古代深衣制度中百注難得其解的「袺」，是為狹義的「袺」，漢代人所謂的「小要（腰）」）。[85]不論就漢胡民族背景與服飾規範而言，這都是重要的環節。他繼而解釋那樣的設計如何可以增加空間的靈活度，讓穿著者覺得舒適也更具美感。另一個例子是，沈從文研究唐代婦女戴的一種附有長面紗（冪羅）的帽子。他追溯這款帽子的源頭，並探索其在中古以後直到清代的發展，一款樣子有如頭巾，附有裝飾作用的遮眉勒，另一款則像方形的圍

---

[84]　請參考本書〈導論〉一章的討論。

[85]　沈從文，《中國古代服飾研究》，第17章，《沈從文全集》，第32冊，頁89。

巾，附有防風雨的蓋頭。[86]沈從文也十分關注某一服飾規範的政治意涵及其顛覆策略。例如明代百工衣色規定為暗褐色。沈從文卻注意到，隨著染色技術的發明，明代的工匠自己創造出各種彩度不同的褐色，與官方下令的單一色彩規範形成巧妙抗衡。[87]

　　從前述例子中，沈從文認為若沒有親眼目睹或親身感受被描述的文物，研究者很難判斷其物質的材料與功用，遑論歷史意義。但儘管沈從文強調眼見為憑，他仍然明白「看見」並不必然就讓觀者「看出」或「相信」。由此引至第二個重點，即沈從文的視覺／觸覺研究法仍必須以縝密的詮釋學作後盾。舉例而言，據傳為南唐顧閎中（910?-980?）所畫的〈韓熙載夜宴圖〉向來被視為珍品，因為此畫呈現五代貴族生活的圖景。然而沈從文指出〈韓熙載夜宴圖〉成畫的時間不可能早於宋朝初年。他提出的佐證不少，其中之一是畫中的家具與食器全為宋代式樣。再者，圖中狀似官員的人物清一色著綠色官服，而這樣的服色只適於降宋的五代（包括南唐）官員。另外，畫中閒立者皆「叉手示敬」，這是兩宋的禮儀。[88]

　　沈從文也在另一張著名的畫裡看出圖像與史實不符之處。〈簪花仕女圖〉據傳是唐代畫家周昉（?-?；第八世紀）的作品。那張畫裡，宮廷貴婦頭上梳著高聳的髮髻，戴著金釵，穿著半透明的絲袍，儼然是盛唐時代宮廷貴婦的裝扮。但沈從文提醒我們，

86　沈從文，《中國古代服飾研究》，第70章，《沈從文全集》，第32冊，頁243。
87　沈從文，《中國古代服飾研究》，第152章，《沈從文全集》，第32冊，頁460。
88　沈從文，《中國古代服飾研究》，第99章，《沈從文全集》，第32冊，頁331。

宮廷貴婦頭上還戴著花，而這些花冠的材質是宋代才有的。再者，其中一位貴婦的金鍊戴於衣外，式樣非唐宋時期所有，反而為清初貴族婦女朝服所常見。沈從文的結論是：這張畫有可能是宋朝或稍晚的畫家根據唐人舊稿畫成，也就是用宋朝制度繪唐朝事，至於那不合時宜的項鍊則很有可能是清代畫工添加上去的。[89]

　　這幾個例子說明，沈從文雖然一方面藉畫作（以及其他文學與文化作品）來鑑定他所討論的服飾文物，但他對所參考畫作的真偽卻持謹慎態度。這必須涉及跨領域的知識檢索，對材料的持續掌握擴充，還有更重要的，對一個過往時代的「感覺」。沈從文在四〇年代已經展現這方面的學養。如〈導論〉所言，他曾運用豐富的文史知識鑑別〈展子謙遊春圖〉的年代問題。在《中國古代服飾研究》一書中，他進一步運用這方面的知識考察文物的真偽。他所依賴的不僅是某件藝術作品或某一服飾的規範，而是豐富的史學知識，甚至常識。更進一步，史學家的任務不僅僅是觀察文物、鑑定真偽而已，而是從多重面向**看出，也感受**，文物所體現的多重意義——解讀一件唐代服飾，一款宋代髮型裝飾，或一串清代項鍊，莫不如此。是從這裡，他體會了「抽象的抒情」。

　　在沈從文的時代，「歷史」被視為一個嚴絲合縫的整體；「革命」猶如天命，如此精心裁製，渾然天成，簡直應了「天衣無縫」那句老話。然而沈從文的研究展現了另一種觀點：只有感

---

[89] 沈從文，《中國古代服飾研究》，第80章，《沈從文全集》，第32冊，頁280-281。

知時間的流逝，歷史才會有意義。時間流逝，當我們看出歷史這
襲華美的織物畢竟時時洩露剪裁、拼接、縫合的痕跡，磨損或疏
忽的破綻，甚至捉襟見肘的縫隙，我們才恍然了解，歷史本身也
就是時間的產物。

　　其次，有鑑於《中國古代服飾研究》處理文物的方式，我們
得以重新思考沈從文後半生的文學追求。如上所述，沈從文在
五、六〇年代幾度企圖拾筆創作，但終未如願。那些年裡，他一
再表達自己的失敗感，不僅出於政治的考量，也出於一種深植內
心的恐懼。[90] 1957年，在一封寫給兄長的信中，他描述他的恐懼
是「由內工作失敗感而形成的一種看不見，摸不著，但是卻存在
的事物，腐蝕著自己的對工作信心和熱情時，卻不易挽救」。[91]
所以當沈從文接下中國古代服飾研究這個計畫，並發現可以抒發
自己的創作熱情時，想必十分感動歡喜。他在《中國古代服飾研
究》的序裡寫道：

> 總的來說，這份工作和個人前半生搞的文學創作方法態度
> 或仍有相通處，……給人印象，總的看來雖具有一個長
> 篇小說的規模，內容卻近似風格不一分章敘事的散文。[92]

沈從文在這裡把《中國古代服飾研究》與小說或散文相提並論，

---

[90] 沈從文，〈覆沈雲麓〉，《沈從文全集》，第20冊，頁196-197。
[91] 同前註，頁197。
[92] 沈從文，〈中國古代服飾研究引言〉，《沈從文全集》，第32冊，頁10。

這讓我們不得不注意這部著作的想像成分，以及文本建構裡的歷史懷抱。在早年生活裡，他已想嘗試混搭文類，例如把詩歌、散文、小說、遊記糅合起來，創造一種包羅萬有、百科全書式的書寫形式。到了晚年，他終透過對中華服飾文化的描寫，得以納入各種不同文類，有如織錦。

沈從文提到書裡的每一章，都出於他偶然接觸的某一物件（或一組物件），從而啟動研究。讓我們仔細思考這一說法。如果每一章都出自他的因緣際會，看見或觸及某一實物，言下之意就是他的研究其實不無偶然因素——或曰機緣。這一偶然因素使他的敘事觀點——以及歷史視角——不再限於起承轉合的因果邏輯，而是呈現隨機而起、觸類旁通的傾向。也正因此，他得以掙脫重重思想邏輯限制，逸出直線意識形態軌道。不論一件袍子、一枚髮釵，或一個化妝盒子，沈從文都能在他所選用的實物上，看到某種引人注目的元素或線索，而這線索正足以引領他進入實物背後的文化，繼而由此邁向更廣闊的歷史和情感脈絡。

這種書寫方式看似隨意，背後隱然有一重要的理念：「即景抒情」。就此，我們不禁想起《湘行散記》的敘述。1933年，沈從文在回湘西的旅途中，以白描方式寫下偶然遇到的人物、事件、風景。離鄉已久的沈從文在觀察與描寫地方風俗時，其實扮演著雙重角色，是異鄉人的重溫昔人舊事，也是原鄉人的嘆息時移事往。他乘船溯流而上，這段航程成為連鎖過去與現在、異鄉與原鄉的重要象徵。沈從文的文字徜徉在個人往事、地方傳奇、文學典故之間；在他筆下，記憶與歷史、幻想與真實交互纏繞，難解難分。隨著書寫的累積，那些隨手記下的速寫形成首尾一貫

的敘事，述說他離鄉的那年月裡，故鄉所經歷的變與不變。

　　《湘行散記》出版三十年後，沈從文再度踏上另一種「還鄉」之旅，那就是《中國古代服飾研究》。這次，他沿著一條歷史的「長河」，走向中國服飾文化那塊廣袤的、從未有人涉足探索的區域。他的主題或許有學術意味，但書寫風格仍然不減抒情作家的本色。換句話說，沈從文關心的不僅是藝術實物本身，還有物件所具有的召喚詩情，不論在情感與喻象意義上皆然。一件工藝品會串聯出存在不同時空的工藝品、設計、情感、思想，甚至幻想。其結果是引譬連類，展現多重向度，激起觀者心中種種層層漣漪。透過物與情的交互作用，沈從文得以參與歷史的脈動，同時又脫離歷史的律令，拒絕朝向有目的、不可逆的目標前進。

　　舉例而言，描寫唐代船夫的衣著時，沈從文參考了白居易的〈鹽商婦〉，也自《新唐書》徵引黃河沿岸縴夫搏命艱苦生活的記載。這些材料讓沈從文思索唐代船戶每日面對的挑戰和種種致命的不幸，比之船上乘客，有如天壤之別。[93]這樣的思維方式或許受其所處時代風氣的影響；階級意識是當時顯學。但熟悉沈從文早期散文與小說的讀者，應會想到截然不同的次文本：沈對唐代船夫生活的描寫，豈不正像是他筆下無數湘西船夫！從《邊城》的老船夫到《長河》裡的老水手，還有《湘西》、《湘行散記》裡的舟子漁人，這些人夜以繼日在水上討生活，甘苦備嘗，彷彿千百年來未曾稍變。

　　透過書寫唐代船夫裝束和生活，沈從文連接古今服飾，與服

93　沈從文，《中國古代服飾研究》，《沈從文全集》，第32冊，頁224。

飾所代表的文化的變與常。他的敘述引導我們進入一個閾域，在其中時間軌道縱橫交錯，「情」——作為一種感覺震動及一種生命境況——成為溝通有無的標記。同樣的，不論是漢代西南地區少數民族舞者的髮型和樂器，或是清代苗族青年穿戴的蠟染服飾與刺繡花紋，都讓我們聯想到沈從文在五、六〇年代寫過有關邊陲服飾器物的文章，應可予以平行解讀。

　　更令人注目的是，沈從文的服飾研究之旅，帶他來到不同時期的楚文化，他文學創作的原鄉。他費了許多心力描述楚地出土的文物，包括各式衣物與梳妝用品。透過仔細考索織物和服飾，觀察織法與剪裁，還有那些衣物如何入殮、碎裂、毀壞的過程，他對衣物的命運也萌生心有戚戚焉之感。再一次，沈從文的研究帶領我們走向《楚辭》的南方詩學：

> 傷太息之愍憐兮，
> 氣於邑而不可止。
> 糾思心以為纕兮，
> 編愁苦以為膺。[94]

古人常把書寫喻為剪裁，不足為奇，但《楚辭》這段引文仍然令人矚目，因其凸顯了鬱結的思緒、華美的服飾與精緻的詩歌間那種複雜的關係。[95]在危疑的歷史情境裡，一種「編織」情緒的詩

---

[94] 屈原，〈九章〉、〈悲回風〉，收在洪興祖，《楚辭補注》，頁260。
[95] 見胡曉明的討論，《詩與文化心靈》（北京：中華書局，2006），頁38。

學油然而生。

最後，我們必須重提沈從文的「抒情考古學」。誠如他的學生汪曾祺所言，沈從文向來「為這些優美的造型、不可思議的色彩、神奇精巧的技藝發出的驚嘆，是對人的驚嘆。他熱愛的不是物，而是人，他對一件工藝品的孩子氣的天真激情，使人感動」。[96]因此，「考古學」不僅意味著沈從文考掘一個已逝文明的物質文化與環境資料，也意味著他研究埋藏在時間廢墟裡的人的情感與種種想像；「抒情」既指沈從文自我反思的詩情，也指他對中國人浮沉在時間之流的情感回應。

雖然如此，沈從文的抒情考古學底下隱藏著一抹悲觀色彩。他寫道：「並不是什麼一切好的都可以不朽和永生。事實上倒是有更多的無比偉大美好的東西，在無情時間中終於毀了，埋葬了，或被人遺忘了。只偶然有極小一部分，因種種偶然條件而保存下來，發生作用。」[97]不論如何，沈從文還是相信即使從殘留的文物當中，我們也可以發現某種「抽象」的情感，足以照亮一個特定的歷史時刻。

有別於傳統考古學家的做法，沈從文把自己比喻為「舊北京收拾破衣爛衫的老乞婆」。[98]與時代脫了節，撿破爛的老乞婆在講究實用與進步的現代社會裡被視為無用之人，只能掙扎求生，從無價值的與被丟棄的事物裡尋找價值。在古代文物中經年累月

---

[96] 汪曾祺，〈沈從文先生在西南聯大〉，《汪曾祺自選集》（桂林：灕江出版社，1987），頁104。

[97] 沈從文，〈抽象的抒情〉，《沈從文全集》，第16冊，頁530。

[98] 沈從文，〈無從馴服的斑馬〉，《沈從文全集》，第27冊，頁380。

的摩挲，沈從文以記錄、保存歷史「微物」為己任；他要留住那些已經消失的夢想、失效的諾言。事實上，沈從文相當自豪自己的慧眼與苦心，他收集看似無用之物，從中淘洗不凡的意義。在1983年的一篇未完成遺作中，他記錄了曾因收購兩件「廢品」而被歷史博物館視為反面教材的往事。歷史的後見之明證實，那兩件文物分別與古代天文學和紡織工藝有重要關聯。[99]

沈從文自命「收拾破衣爛衫的老乞婆」，竟與班雅明觀念中的「拾荒者」不謀而合。面對歷史駭人的殘暴，兩人都試圖召喚「廢墟美學」，從過去的斷井殘垣中找尋救贖未來的契機。但是兩人畢竟有所不同。班雅明的拾荒者行走在一條危險的索道上，「對過去抱著模糊的浪漫想像，對未來則懷著革命的鄉愁」。[100]但沈從文所做的，則是不顧（或因為？）革命「第二天」以後的虛實難分，總在歷史堆裡尋尋覓覓。對他而言，革命後的時代裡，文明的毀壞就算不比革命前來得嚴重，至少也是不相上下。於是，如何將「歷史」從「革命」裡拯救出來，成了他默默耕耘的課題。班雅明渴望的，不論是革命詩學也好，彌賽亞式的天啟也罷，最後都不得其果：1940年，班雅明逃亡途中為納粹所阻，最後自殺。1949年革命成功前夕，沈從文也試圖以自殺了結生命，但是他最後活了下來，並成為新時代裡極有見地的歷史文物學者。

儘管政治環境對沈從文不利，他還是排除萬難，重新肯定抒

---

[99] 同前註，頁381-382。

[100] Ben Highmore, *Everyday Life and Cultural Theory* (New York: Routledge, 2002), p. 65.

情想像的必要。由於種種因素，他〈抽象的抒情〉從未完成。但就著《中國古代服飾研究》這部作品，我們可說沈從文畢竟將「抽象的抒情」計畫付諸實踐。他從各個不同的朝代、地點掏撿出一件件「破爛」，編織拼湊，寫了一部關於中國服飾歷史的故事。而他了解那些衣物的主人，曾經「進駐」那些衣物的肉身，早已與草木同朽，而那些曾經被人穿戴而顯得「生氣蓬勃」的衣物，如今已回歸到物的狀態。那些衣物，不論完整保存或僅剩寸絲片縷的殘餘，不論曾經華麗耀眼或樸素寒酸，在沈從文的檢視之下，全都是人類創造力的呈現，也是時間毀滅力量的見證。

　　就這樣，1949年自殺未遂十三年後，沈從文終於在古代服飾研究的領域裡找到安身立命之處。1962年，他在寫給張兆和的一封信裡談到了天分；他如此寫道：「但『難得』並不等於『有用』，也有可能在一個時期不得其用，即爾毀去亦常事。杜甫時代，白居易時代，曹雪芹時代……總不可免有不曾充分使用生命中長處即因故而完事的人。」[101]告別了文學事業之後，沈從文展開另一新事業。這是一種新的「文學」。只有對「文」、「學」古典意義有所理解的讀者，才能體會沈從文的用心。從這一古典脈絡來理解，「文」這門學問不僅是美文而已，也是一種印記，一種「紋理」，一種「文心」，彰顯於藝術、文化建構，甚至宇宙天道運行之間。因此，透過研究古代服飾的花樣形制、流行風尚、剪裁設計，沈從文重新發現了「文學」的可能性──他從沒有放棄他的天分，他的故事。

---

[101]《沈從文全集》，第21冊，頁131。

不論什麼外緣人事景物，一浸到這顆永遠青春的心上，即蘊蓄了一種詩意，只待機會成形！……只能說是生命的一種總和。包括極小極小性格的形成，和生活經驗的複雜，以及千百種書，萬千種畫，和無數古里八怪不同的人，不易設想的種種生活，以及生活中所接觸的人事，且用了個六十年揉雜成一體。[102]

對沈從文來說，這是一個啟悟的時刻；在這一刻，他超越了五四與毛記文學的狹窄規範，一手打造出屬於他自己的、嶄新的文學形式。回顧沈從文的半生顛簸，和他對古代服飾研究投注的心力，我們從而理解「抒情考古學」的意義。隱約之間，我們聽到陶潛的歌吟：

衣霑不足惜，
但使願無違。[103]

---

[102] 同前註。
[103] 陶淵明，〈歸園田居五首〉，龔斌箋注，《陶淵明集校箋》（臺北：里仁書局，2007），頁88-89。

第三章

夢與蛇

——何其芳，馮至，與「重生的抒情」

「No one can see the kingdom of God without being born again.」

人若不重生，就不能見神的國。[1]

1942年是中國現代歷史上至關重要的一年。對日抗戰已經進入第六年，和平依然遙遙無期。珍珠港事件後，上海淪陷，另一方面戰場延伸到滇緬。那年夏天，河南大旱，隨之而來的饑荒吞噬了數百萬生命。與此同時，中共在解放區繼續蓬勃發展。1942年5月3日到23日期間，毛澤東在延安發表了三次講話，從此確定中共未來數十年文藝政策的基調。

在這國難當頭的時代，沒有作家能置身事外。尤其詩人們更一再思辨自己的志業：到底詩歌所為是感時抒情、表達自我，還是號召民心、團結群體？有關抒情的辯論早在戰爭爆發之初就已經開始，此時更變本加厲。正如第一章已提及的，徐遲、鷗外鷗、胡明樹等人主張「抒情的放逐」，而艾青、胡風及其他詩人則以抒情作為傳揚民族心聲的獨特形式。這場論爭涉及菁英與大眾，創作自主與政治使命，形式實驗與公式主義等一系列問題。然而這些問題意識都被兩極分化，難以觸及實際文學活動的複雜性。更常見的情形是民族大義的號召與個人一廂情願的表達相互糾結，意識形態的使命與自以為是的想像此消彼長，因此使抒情的界線愈加難以確定。

本章集中討論兩位最具才華的中國現代詩人，何其芳（1912-

---

[1] 約翰福音3.3.，《和合本聖經》（國語和合本）。

1977）與馮至（1905-1993）。兩人都於三〇年代嶄露頭角，何其
芳私淑朱光潛與沈從文，1936年以《畫夢錄》奪得《大公報》
文學獎散文類首獎，[2]馮至則在1935年被魯迅譽為「中國最傑出
的抒情詩人」。[3]兩人的生活與創作在戰時都經歷了劇烈變化。
何其芳前往延安，加入中國共產黨；馮至則跟隨學校撤退到大後
方，任教於昆明西南聯大，直到戰爭結束。戰火連天的時代並沒
有妨礙他們詩歌與詩學創作，但風格與主題都與戰前作品大相逕
庭。何其芳的寫作見證了他在延安經歷的新生，馮至則在戰爭與
毀滅的陰影下探索精神重建的可能。

　　兩人戰時作品引起注意的時間點尤其意味深長。1942年5
月，馮至的《十四行集》在廣西桂林出版，在大後方同行間引起
反響。與此同時，何其芳正在延安出席毛澤東的文藝座談會。因
為毛的講話，文風銳變。他於1939到1942年期間所寫的詩作在
1945年結集為《夜歌》出版，見證詩人延安所經歷的考驗與轉
變。

　　1942年的馮至與何其芳無論在詩歌創作或政治選擇上都迥
然有別。然而在抗戰爆發之前，他們其實同屬京派現代詩群，有
著共同的基礎。他們都深陷於一種深不可測的孤獨感，企求以詩

2　《大公報》於1902年在天津創刊，是迄今仍在發行的最古老的中國報紙。三
　　〇年代，《大公報》文學副刊是京派現代文學的發表陣地。1936年，何其芳
　　因為散文詩集《畫夢錄》獲得《大公報》文學獎首獎。當時文學副刊的主編
　　是沈從文。

3　魯迅，《現代中國文學大系小說二集》，趙家璧主編（上海：良友圖書公司，
　　1935），卷5，頁4。

歌來救贖「沒有花，沒有光，沒有愛」[4]的苦悶生活。何其芳在波特萊爾、保羅・瓦雷里、艾略特的作品中尋找靈感，馮至則追求歌德與里爾克的風範。何其芳迷戀晚唐詩的感官美學，馮至則希望效法「詩聖」杜甫。

在抗戰爆發前夕，何其芳與馮至都已經深深感受到存在和創作的困境，並努力尋求突破。戰爭提供他們開始新生、重構理想的機緣。儘管在觀念與形式上各有不同追求，他們都傾向於反思一系列相互勾連的主題：死亡與重生，自我與群體，腐朽與動力。最重要的是，他們都通過創作來探尋脫胎換骨、自我蛻變之道。對何其芳而言，新生的希望繫於共產革命。而對馮至而言，這關係著歌德式的毀滅與變化。在通往精神新生的途徑上，他們都需要克服此前生命經驗中的難關——特別是無所憑依的孤獨感。下文將要詳細討論，何其芳將孤獨病態論化，亟亟從毛澤東的福音找尋救贖；相形之下，馮至將孤獨本體論化，試圖通過里爾克、歌德、雅斯培與齊克果的教誨，參悟共存之道。

耐人尋味的是，儘管此時何其芳與馮至各自探尋的思想與風格大異其趣，但最終卻殊途同歸。1942年後，何其芳全心獻身革命，以至完全停止寫詩，成為紅色幹部。與此同時，馮至則走出書齋，抗議當局，最後也躋身於共產革命。到了1949年初，何其芳與馮至因緣際會的成為奔赴社會主義新中國的同路人。

下文將描述何其芳與馮至邁向毛記天堂的天路歷程，以及

4　馮至，〈《西郊集》後記〉，《馮至全集》，卷2，頁131；何其芳，《詩歌欣賞》，《何其芳全集》，卷4，頁432。

兩人在詩學與政治意義上雙重「重生」的抒情主義。這裡所謂的「重生」雖然有基督神學隱喻，但它首先投射詩人自發的、求新求變的欲望，充滿浪漫派和現代主義的意涵。在中國文學現代化過程中，這種欲求與世紀初興起的革命潮流密切相關。1899年，梁啟超將詩界革命當作重塑中國新民的第一要旨。1907年，魯迅呼喚摩羅詩人「攖人心」的力量，改換中國人的靈魂。五四時期，郭沫若則藉鳳凰涅槃的神話想像古老文明浴火重生的可能。[5] 他們都乞靈於詩歌的魔力，視其為啟動民族重建的工具。[6]

　　但「重生」也讓我們反省現代中國詩學內部的張力：「生」意味著某種新事物的誕生，「重」則暗示重現某種曾經存在過的事物。關鍵所在，是現代性如何是一種既屬於「開始」、又是為了「再開始」而生發的辯證性。也就是說，當現代中國人著手於發起新詩運動時，他們的目的是為了建構一種瞬間爆發的「開始」，它的力量從無中生有，卻又如此強烈，從而創造前所未見的事物。弔詭的是，當他們聲稱自己的計畫「推翻」已經「過時」的事物時，他們必然重申時間變遷的意識。所謂的「開始」因而既指向前無來者的當下此刻，也指向某個失而復得的原初時

5　郭沫若，〈鳳凰涅槃〉，《女神》（北京：人民文學出版社，2002），頁31。

6　何其芳和馮至「重生」的情結可以歸入自二十世紀初普遍存在於中國思想界的「感時憂國」傳統。感時憂國的傳統在公共與個人層面引起復興的渴望。參閱夏志清 C. T. Hsia, "Obsession with China," 關於「失敗」情結所引起的另外一種感時憂國，參閱 Jing Tsu, *Failure, Nationalism, and Literature: The Making of Modern Chinese Identity, 1895-1937* (Stanford: Stanford University Press, 2006)，第1章。

刻——後者奉推陳出新之名，不斷循環出現在歷史無數的「當下此刻」中。擺盪在這兩種「開始」觀念間，現代中文詩歌可以被視作既是新「生」，也是「重」生；前無古人的創造性欲求與脫胎換骨的重複性需要因此糾結在一起。何其芳和馮至雖然只是兩個例子，已足以說明現代作家在尋求突破的欲望和心理學「重複的衝動」之間的互生互動。[7]

　　何其芳和馮至的例子也指向二十世紀中期中國一種文化政治的迷魅。「重生」暗示兩個詩人在面臨天啟般的時刻（或事件）時，陡然而生的啟悟和救贖的渴求。他們如此虔誠地接受詩學與意識形態的洗禮，甚至反諷的上演了基督寶訓：「人若不重生，就不能見神的國。」[8]這讓我們反思毛澤東革命詩學的力量——尤其他1942年的講話——如何征服了兩位詩人。毛的講話往往只

---

[7]　我有關現代性與開始問題的討論，受到以下批評著作的啟發，但不局限於此：Edward Said, *Beginnings: Intention and Method* (New York: Columbia University Press, 1985); Gilles Deleuze, *Repetition and Difference*, trans. Paul Patton (New York: Columbia University Press, 1995).特別是德曼（Paul de Man）。在〈文學史與文學的現代性〉（Literary history and Literary Modernity）一文中，德曼在現代性的乞靈層面，討論了文學和歷史之間模稜兩可的關係。「如果歷史不僅止於純粹的壓迫或者癱瘓，它使現代性獲得延續和新生；但現代性如果不被壓制性的歷史過程吞噬並整合，也就不能確立自己。」*Blindness and Insight* (New York: Oxford University Press, 1971), p. 151.德曼繼續說：「現代性持續的吸引力，脫離文學指向現時的欲望，非常強大，但反過來說，它也折向自身，產生了文學的重複和延續。因此，現代性雖然在根本上從文學中墜落出來，是對歷史的拒絕，但它也成為給予文學以延續性，給予歷史以存在的原則。」p.162。

[8]　約翰福音3: 3。

被視為宣傳教條，但細讀之下，我們發現通過社會主義集體現代性的描述，毛在他的追隨者中喚起無限政治憧憬，猶如引發如醉如痴的詩情。否則的話，他怎能讓何其芳和馮至這樣傑出的詩人為之痴迷？畢竟毛澤東自己也是詩人。[9]

在「講話」中，毛澤東將文化工作者的使命描述為層層相輔相成的律令和自動自發的渴望，在其中紀律與福報、苦行與審美、自我犧牲與自我完成、此生的勞動與來世的烏托邦彼此呼應，形成繁複的結合體。毛的發言既是諄諄善誘的，又是魅惑人心的。從傳統政治功利主義的角度來判斷，他的言詞其實有著驚人的熟悉感，但卻對從者產生嶄新的吸引力——與壓力。這就不得不讓我們嚴肅思考「講話」的修辭術、語境和視野。自梁啟超時代以來中國文學革命論述就在「新生」與「重生」辯證之間纏繞，而毛澤東將這一徵候群發揮到了極致。

然而，如果何其芳和馮至彼時的詩作今天仍然打動我們，箇中原因或許並不是因為他們完成了自我改造，達到毛主義政治要求的主體建構。恰恰相反，正是詩人字裡行間不時出現的裂隙，讓我們理解詩歌本身所具有的抒情政治。這些裂隙提醒我們，詩人的語言總已充滿曲徑通幽的游離性；詩人的本命就是偶開天眼，看見並銘記不可見的事物。曖昧的意象、曲折的語法、過分

9　毛澤東作為詩人的例子中另一層轉折是，他儘管倡導現代革命事業，卻以舊體詩詞為寫作形式。他的「重生」的詩學因此跟他為追隨者所建構的講話綱領及其他政策有所牴牾。這也讓人想到 Martin Puchner 有關馬克思《共產黨宣言》體現的詩與革命的辯證法觀點。參考 *Poetry of the Revolution: Marx, Manifestos, and the Avant-Gardes*, pp. 1-5.

含蓄或張揚的姿態每每暗示他們從天啟的路上岔出，甚至回到他們所不應再欲求的「前世」。追根究柢，所謂的「抒情性」是種意在言外、另有所思的「旁白」（aside），或現實話語的靈光乍現。

　　馮至與何其芳詩歌中的「重生」的抒情可有另一種定義。這涉及詩歌過程中出於音步或情緒的需要，所產生的暫息（ceasura）或頓挫，以此叫停了語意的流動。更有意義的是，這一暫時休止的效果帶來了意義的懸置（aporia），一種意想不到的裂縫，打破了話語或創作的完整性、顛覆了詩人的作品。據此，「重生」期許的不僅是一個嶄新的開始，而且也是「被壓抑的回返」。無論這些詩人以何種方式獲得新生，「重生」的抒情指向他們個人的、特有的個性或徵候的迸發，而這些都無從被線性、敘述規範所「和諧」。

　　隨著世紀中期「重生」的抒情風潮後，無論馮至還是何其芳，或其他經歷類似命運的同行，都未能再寫出可媲美1942年以前作品的新作。為了更細緻的描述何其芳與馮至走向詩學「重生」的曲折道路，我轉向他們詩作中最突出的主題：何其芳的夢，馮至的蛇。夢的變化無形，蛇的迂迴纏繞，都顯示在現代中國作為一個詩人的微妙處境。

　　故事從1938年開始。

何其芳：「我很珍惜著我的夢」[10]

1938年8月14日，何其芳離開成都，前往延安。他不是獨自旅行，同行的還有兩位已經嶄露頭角的作家卞之琳（1910-2000）和沙汀（1904-1992），以及沙汀的夫人。他們於8月底抵達延安。[11]年輕的旅人不顧旅途的勞頓，立即為革命聖地的所見所聞感到歡欣鼓舞。在周揚（1908-1989）的安排下，他們很快見到了毛澤東。「延安有什麼可寫呢？……也有一點點可寫的。」[12]毛同志就這樣自問自答地接見了年輕的訪問者。

對何其芳而言，這是一個魔幻時刻。11月16日，他發表了散文〈我歌唱延安〉，迅速成為解放區膾炙人口的名篇：「自由的空氣。寬大的空氣。快活的空氣。我走進這個城後首先就嗅

---

[10] 何其芳，〈扇上的煙雲〉，《何其芳全集》，卷1，頁73。

[11] 何其芳動身和抵達延安的日期有不同說法。根據張子仲說法，他是1938年8月8日動身的，參閱〈何其芳年譜〉，《武漢師院學報》，第1期，1982年；尹在勤則認為他是1938年8月14日動身的，參閱趙思運，《何其芳人格解碼》（保定：河北大學出版社，2010）中的討論，頁37。王雪偉，《何其芳的延安之路：一個理想主義者的心靈軌跡》（鄭州：河南人民出版社，2008）；王培元，《延安魯藝風雲錄》（桂林：廣西師範大學出版社，2004），第10章；張潔宇，《荒原上的丁香：二十世紀三十年代北平前線詩人詩歌研究》（北京：中國人民大學出版社，2003）；賀仲明，《喑啞的夜鶯：何其芳評傳》（南京：南京師範大學出版社，2004）；（日）宇田禮（Uda Rei）著，解莉莉譯，《沒有聲音的地方就是寂寞：詩人何其芳的一生》（北京：社會科學文獻出版社，2010）。

[12] 何其芳，〈我歌唱延安〉，《何其芳全集》，卷2，頁41。

著，呼吸著而且滿意著這種空氣。」[13]在發表〈我歌唱延安〉後
的第二天，他宣誓加入共產黨。兩天以後，他加入賀龍將軍
（1896-1969）的陝北部隊，從而親身經歷軍旅生活。[14]

　　在戰時進步文化人和知識分子中，遠赴延安朝聖並不是特立
獨行之舉。但鮮有人能夠像何其芳那樣，如此迅速與決絕地經歷
了信仰的轉變。如果我們考慮到他在戰前與左翼沒有淵源，對革
命事業並無準備，他的例子就顯得更為特殊。事實上，何其芳所
賴以崛起的京派現代主義，恰恰是左翼的對立面。然而，何其芳
被延安的氣氛徹底打動，他決心改造自己。幾個月後，當他的朋
友決定重返大後方，何其芳卻選擇留在延安。

　　要想理解何其芳的「天路歷程」，我們需要知道他的早期生
涯——或說是他的「前世」。何其芳是個四川小地主的兒子，成
長過程中早熟而孤獨，文學是他唯一的心靈慰藉。十七歲赴上海
讀高中，在那裡為新月派詩歌所傾倒。1931年何其芳入讀北京
大學，專攻哲學，但他更鍾情的是文學。他不僅熟讀中國古典詩
詞，也廣泛涉獵西方詩作，從雪萊到丁尼生、波特萊爾、馬拉
梅、惠特曼、艾略特，不一而足。與此同時，他熱情地投入創
作。[15]

　　從各方面而言，何其芳此期的詩歌完全符合浪漫派對抒情風
格的定義。他詩歌中的自我是個孤獨、自省的年輕人，永遠渴求

[13]　同前註。

[14]　賀仲明，《喑啞的夜鶯：何其芳評傳》，頁130。

[15]　關於何其芳所受到的西方文學影響，參閱〈夢中道路〉，《何其芳全集》，卷
　　　1，頁186-192。趙思運，《何其芳人格解碼》，頁21-22。

愛情與伴侶。細密繁複的意象，動聽悅耳的音節是他修辭的特徵。杜博妮（Bonnie McDougall）認為，何其芳第一篇發表的詩作〈預言〉中，有著克里斯蒂娜·羅塞蒂（Christina Rossetti）、瓦雷里、歌德和屠格涅夫的影響。[16]詩人熱烈地期待「年輕的神」的到來，最終卻嘆息祂的神祕不可及：

> 呵，你終於如預言中所說的無語而來，
> 無語而去了嗎，年輕的神？[17]

在〈慨嘆〉中，何其芳以雪萊和濟慈的姿態來發問：

> 我是喪失了多少清晨露珠的新鮮？
> 多少夜星空的靜寂滴下綠陰的樹間？
> 春與夏的笑語？花與葉的歡欣？
> 二十年華待唱出的青春的歌聲？[18]

何其芳在大學歲月中逐漸熟悉英美現代主義，於是有意壓低他的浪漫感傷傾向。他的轉變發生在三〇年代初期，適逢瑞恰慈的形式主義詩學與艾略特的作品流傳到北京。[19]在〈古城〉中，古

---

[16] McDougall, *Paths in Dreams,* p. 226.

[17] 何其芳，〈預言〉，《何其芳全集》，卷1，頁5。

[18] 何其芳，〈慨嘆〉，《何其芳全集》，卷1，頁10。

[19] 張潔宇，《荒原上的丁香》，頁70-119。

老的北京變成了艾略特「荒原」[20]的東方客觀對應，一個充滿窒息的孤獨與離奇的異象的荒涼所在：

> 逃呵，逃到更荒涼的城中，
> 黃昏上廢圮的城堞遠望，
> 更加局促於這北方的天地。[21]

何其芳也如京派現代主義者那樣，醉心於李商隱、溫庭筠與李賀的晚唐風格。[22]他迷戀晚唐詩豐饒的意象、豔情的暗示，以及繁複的象徵，並試圖在其中尋找與西方象徵主義與意象派的關聯。[23]在他最富想像力的作品裡，中古的頹靡氛圍與現代主義的異化情懷相互定義，形成極其獨特的風格。如〈休洗紅〉中的一節：

> 寂寞的砧聲散滿寒塘，
> 澄清的古波如被搗而輕顫。
> 我慵慵的手臂欲垂下了。
> 能從這金碧裡拾起什麼呢？[24]

20　參考張潔宇有關1920年代晚期到1930年代初期京派現代主義與「荒原」現象的討論，同前註，頁105-119。

21　何其芳，〈古城〉，《何其芳全集》，卷1，頁45。

22　趙思運，《何其芳人格解碼》，頁2；另參閱張潔宇《荒原上的丁香》，第三章。

23　參閱張潔宇，《荒原上的丁香》，第三章。

24　何其芳〈休洗紅〉，《何其芳全集》，卷1，頁27。參閱奚密對此詩的討論，

　　這一詩節雜糅著聲音、色彩與感覺的意象，讓人聯想到晚唐詩旖旎雕琢的修辭風格，以及西方象徵主義詩歌的感官互涉的通感（synesthesia）。〈休洗紅〉一題並非何其芳獨創，它曾是東晉佚名古詩的標題，也曾為李賀在八世紀晚期所用；在何其芳筆下，則體現了時光流轉回返，古典與現代奇妙的對話。

　　何其芳的詩作充滿了黃昏、幻境、孤旅、夜遇和夢境類的主題。他最受歡迎的早期作品集《預言》（1945）三十首詩中，「夢」字出現多達二十七次。[25]我們無須借助佛洛伊德的理論，亦能辨識何其芳對於欲望與創傷、幻覺與現實之間臨界狀態的迷戀，如夢如幻。當夢出現在暮光的時段裡，何其芳沉迷於他的死亡舞臺。在鬼影幢幢的幻象中，他玩味「暮」與「墓」之間的文字遊戲。[26]在〈古代人底情感〉（1934）中，詩人猶如受到蠱惑，追尋另一個世界。但結果如何？

　　　　彷彿跋涉在荒野
　　　　循磷火的指引前進
　　　　最終是一個古代的墓壙
　　　　我折身歸來
　　　　心裡充滿生底搏動
　　　　但走入我底屋子

Michelle Yeh, *Modern Chinese Poetry: Theory and Practice Since 1917* (New Haven: Yale University Press, 1991), pp. 114-118.

[25]　趙思運，《何其芳人格解碼》，頁9。

[26]　同前註，頁10-11。

四壁剝落

床上躺著我自己的屍首[27]

詩人有如夢遊者一般，走過「荒原」，長途跋涉至盡頭，出現的
竟是自己的家，床上躺著的正是早已死亡的自己。當生命為夢魘
所縈繞，存在總已是一種遺世的形態，死亡無所不在。

　　1934年，何其芳在摯友卞之琳的影響下開始寫作散文詩，
他師法西班牙作家阿佐林（José Martinez Ruiz / Azorín, 1873-
1967）[28]，寫出一系列精緻的素描，或重述古代志怪故事，或描摹
個人幻想，後結集為《畫夢錄》。此作為何其芳贏得《大公報》
文學獎，這是他戰前寫作生涯的頂峰。在代序〈扇上的煙雲〉
裡，何其芳回顧以往的文學成績，坦言「我很珍惜著我的夢。並
且想把它們細細的描畫出來。」[29]後來在另一篇散文〈夢中道路〉
中，他寫道：「我寫詩的經歷便是一條夢中道路，」作為一個在
夢的荒野中的孤獨旅者，「在昨天與明天之間我總是徘徊。」[30]詩
人想要逃離那折磨人的孤獨，藏身在夢境和語詞構建的世界中，
卻酸楚地意識到自己的危機。他的寫作也不過是海市蜃樓一般的

---

[27]　何其芳，〈古代人底情感〉，《何其芳全集》，卷6，頁406。參閱我的相關討
論，見〈歷史，記憶，與大學之道：四則薪傳者的故事〉，《一九四九：傷
痕書寫與國家文學》（香港：三聯書店，2009），頁184-186；另參閱張潔宇
《荒原上的丁香》。

[28]　參閱McDougall的討論，*Paths in Dreams*, pp. 224、229。何其芳〈扇〉，《何
其芳全集》，卷1，頁55。

[29]　何其芳，〈扇上的煙雲〉，《何其芳全集》，卷1，頁73。

[30]　何其芳，〈夢中道路〉，《何其芳全集》，卷1，頁187。

「玩物」。[31]

　　《畫夢錄》中的精彩篇章都處理一種對於某種魔力的迷戀，這種魔力跨越了認知與想像的領域，將事物變成其他。〈丁令威〉講述一個漢朝道士化鶴升天的故事。〈淳于棼〉描寫一個俠客墜入南柯一夢，在瞬息之間歷經世事滄桑。〈白蓮教某〉寫到的奇遇，顯現巫術與歷史難分彼此。這些「故事新編」不是把故事做實，而是揭示講故事本身的虛幻性質。

　　《畫夢錄》的美學，精煉地體現在何其芳於1934年即將開始寫作這些散文時所做的一首詩〈扇〉中：

> 設若少女妝檯間沒有鏡子，
> 成天凝望著懸在壁上的宮扇[32]

這兩行詩在一定意義上囊括了何其芳在這個階段的唯美主義。鏡子或能反映現實世界中的情境，但詩中人物面對的是懸在壁上的宮扇。「扇上的樓閣如水中倒影，」投射回到少女的目光裡，「染著剩粉殘淚如煙雲。」閨中少女與扇上意象的對照之外，竟又生出另一種別樣目光的軌跡：

> 如寒冷的月裡有了生物，
> 每夜凝望這蘋果形的地球，

31　同前註。

32　何其芳，〈扇〉，《何其芳全集》，卷1，頁55。

猜在它的山谷的濃淡陰影下，

居住著的是多麼幸福——— [33]

何其芳對此詩情有獨鍾，在此基礎上寫了〈扇上的煙雲〉，作為《畫夢錄》的代序。這三重互相注視的情境，重現於卞之琳一年後寫作的〈斷章〉（1935）。在循環往復的注視中，後者立即成為經典之作。[34]這兩首詩都冥想主體與欲望客體之間複雜的視覺關係。兩篇作品都突顯出視閾在重重疊疊的對象與感知的「扇影」（或如卞之琳詩中「框架」）之下，投射主體多變的欲望。善於操作拉岡（Lacan）「屏蔽」（screen）論的讀者可在此找到絕佳案例。通過《畫夢錄》，何其芳將「扇」的精緻、迷宮一般的詩學推向了極致。但這本詩集也暴露了他的局限。如他在一首詩中感嘆的那樣，「在畫地自獄裡我感到痛苦。」[35]「我倒是有一點厭棄我自己的精緻。……為什麼我回過頭去看見我獨自摸索的經歷的是這樣一條迷離的道路？」[36]

抗戰爆發後，何其芳加入撤退到後方的流亡潮，於1937年底回到故鄉。此時，由於戰亂流離，也由於他在北大畢業（1935）後的教書經驗，他的創作風格與主題有了顯著改變。在1936、1937年間的作品中，他對社會公義和國難的關切與日俱

[33] 同前註。

[34] 卞之琳，〈斷章〉（1935），《卞之琳文集》（北京：華夏出版社，2000），頁73。

[35] 何其芳，〈歲暮懷人（一）〉，《何其芳全集》，卷1，頁36。

[36] 何其芳，〈夢中道路〉，《何其芳全集》，卷1，頁192。

增。他不再沉浸於畫夢之中，而是尋找一種能夠反映現實變遷的形式。戰爭讓何其芳直面家國危機，加強他改變人生和寫作的決心。1938年初，他在成都創辦了一份雜誌《工作》。在創刊號刊登的〈論工作〉一文中，他悔恨自己以前的脆弱和多愁善感，發誓今後要洗心革面，努力工作。他自問道：「我們現在放不放棄文學工作？……假如不放棄的話，我們應該有一個什麼樣的態度？」[37]

〈論工作〉語氣尖銳，論點咄咄逼人，讀起來近乎何其芳向左轉的宣言。另一件事加速了他的轉變。1938年5月，周作人附逆的消息傳到後方，震撼文學和知識界。何其芳對周作人背叛國家感到憤怒，因為先生不僅是五四運動的領軍人物，而且也是京派現代主義作家的精神領袖。周作人沉靜優雅的趣味，還有對文學自主性的信念，都曾是何其芳亦步亦趨的理想。但周作人竟然變成了漢奸。對年輕的詩人來說，這不僅是政治上的背叛，也標誌他所曾信仰的抒情價值體系的內爆。

就在此時，京派導師朱光潛看出何其芳對周作人的譴責已有過於粗暴之虞。朱光潛與周作人曾有同事之誼，他反對一般對周的武斷批評，也希望對周的動機給予較多的理解。[38]朱光潛的態度卻愈加激怒何其芳；他沒有能體會青年詩人義憤之下的曲折心事。那就是，何其芳之所以對周作人「下水」事件如此耿耿於

---

[37] 何其芳，〈論工作〉，《何其芳全集》，卷2，頁7。

[38] 何其芳，〈論周作人事件〉，《何其芳全集》，卷2，頁19-23。關於何其芳對朱光潛的駁斥，見何其芳，〈關於周作人事件的一封信〉，《何其芳全集》，卷2，頁24-27。

懷，因為他看出了，如果自己仍然追隨周作人身體力行的抒情道路，他有可能犯下與周相同的錯誤。抒情主義成為危險的誘因。因此，何其芳對周作人的譴責，或許投射了他對自己所來之路的檢討，一場假他人之名的自我撻伐。

　　1938年6月，何其芳寫下〈成都，讓我把你搖醒〉。至此，詩人仰慕丁尼生、瓦雷里、艾略特的日子一去不返了。他新的繆思是馬雅可夫斯基和葉賽寧。他的風格變得直接和懇切；意象充滿了迫切感和動感。詩在吶喊中結束：

> 讓我打開你的窗子，你的門，
> 成都，讓我把你搖醒，
> 在這陽光燦爛的早晨。[39]

　　這裡詩人使用窗子和門的意象，取代了他以前最鍾愛的「畫扇」和「鏡子」。同樣驚人的是標題（以及主題句）：「成都，讓我把你搖醒」，其急切的語氣與何其芳早年作品中催眠、夢囈般的風格大相逕庭。他就沉睡與覺醒、幻夢與清明所做的對比，讓我們聯想魯迅著名的「鐵屋子」寓言。魯迅思考的是一個兩難困境：究竟應該讓囚禁在鐵屋子裡的中國人在昏睡中窒息而死，還是把他們「喚醒」，最終卻發現仍然無路可走，以致陷於混亂而同歸於盡。何其芳不再有魯迅的顧慮，他把搖醒成都這個「鐵屋子」裡的每一個人當作道德律令。他也深信喚醒大家將帶來希

---

[39]　何其芳，〈成都，讓我把你搖醒〉，《何其芳全集》，卷1，頁328。

望與秩序，因為就在鐵屋子的「窗外」，延安已經在望。

　　何其芳的夢境雖然沒有魯迅所面對的「幾何」難題，但延安是否讓他就此袪除了一切不該有的夢？1938年入黨之後，何其芳看來意氣風發；每篇新作都投射出一個革命幹部的高潔形象，隨時準備為革命聖地大唱讚歌。「生活是多麼廣闊，／生活是海洋，／凡是有生活的地方就有快樂和寶藏。」「我把我當作一個兵士，／我準備打一輩子的仗。」[40]然而，在他詩歌的字裡行間，似乎隱隱浮動著不安——各種各樣的夢境意象紛至杳來：

> 你呵，你又從夢中醒來，
> 又將睜著眼睛到天亮[41]

> 我最討厭十九世紀的荒唐的夢……
> 我們是科學理論的信徒。[42]

> 而且我彷彿聽見了
> 他（列寧）在一個會議上發出的宏大的聲音：
> 「我們必須夢想！」[43]

---

[40] 何其芳，〈生活是多麼廣闊〉，《何其芳全集》，卷1，頁412-413；何其芳，〈我把我當作一個兵士〉，《何其芳全集》，卷1，頁418。

[41] 何其芳，〈夜歌（一）〉，《何其芳全集》，卷1，頁338。

[42] 何其芳，〈快樂的人們〉，《何其芳全集》，卷1，頁372。

[43] 何其芳，〈夜歌（二）〉，《何其芳全集》，卷1，頁346。

> 我要去睡在那低矮的屋頂下，
>
> 和我那些兄弟們一起做著夢，
>
> 或者一起醒來，唱著各種各樣的歌[44]

做夢，還是不做夢，這是一個問題。何其芳想要從夢中醒來；或者如果必須做夢，他只能做「好」夢。而底線是一個虔誠的共產黨員應該努力工作，夜以繼日地盡忠職守，甚至在夢中也不例外。

何其芳的夢其實還有一層更深切的顧慮。如他的日記和其他文字中所表明，由於白天過度緊張工作，夜晚每每難以入睡。耐人尋味的是，失眠促使他有著迫切寫詩的欲望。因此，何其芳將1939到1942年的作品結集命名為《夜歌》。這本詩集堪稱毛澤東「講話」前，延安詩壇最高成就之一。在其中，詩人坦誠描繪漫長而艱難的自我改造過程。他既記錄了革命行動帶來的興奮，也寫下日常生活的辛苦，甚至沉悶。有些時候他陷入沉思的情緒，回想過往的浪漫歲月，但他立即以正面的觀念修正這些胡思亂想。

對我們而言，這些詩作構思和寫作的時機尤其耐人尋味。舉例來說，〈夜歌〉本身就是個「可疑」的標題。何其芳在〈夜歌（二）〉的開始，引用了《舊約‧雅歌》裡的句子：

> 我的身體睡著，我的心卻醒著。

---

[44] 何其芳，〈多少次啊當我離開了我日常的生活〉，《何其芳全集》，卷1，頁426。

第一個詩節是這樣的：

> 而且我的腦子是一個開著的窗子，
> 而且我的思想；我的眾多的雲，
> 向我紛亂地飄來[45]

根據革命工作倫理，經過一整天漫長的辛苦工作，一個模範戰士應該會在晚上香甜入睡。但何其芳不能入睡！這已然表明他的身體還不能適應新生活的生理與政治節奏。這是過往的都市病徵候──他1934年的詩作〈失眠夜〉就是證據。[46]更糟的是，他不僅沒有進入社會主義的睡眠國度，反而讓他的思想如眾多的雲那樣「紛亂地飄來」！

　　詩人身心失調的問題造成他的詩歌語意的曖昧。它表明無論怎樣努力工作，何其芳仍有著「可疑」的夜生活；他讓「思想」控制了身體。這也讓我們想到在《畫夢錄》裡，「煙雲」婉轉地傳達出浪漫奇想與白日做夢的意思。假如何其芳重新鑄造的肉身仍有一扇「窗」向「雲」打開，這的確意味著他內心猶存著對於過去那頹靡小資生活的嚮往。

　　何其芳為失眠而苦惱，急於找到解決辦法。《夜歌》裡有些作品旨在診斷造成身心問題的根源，其中最直白的是〈解釋自己〉：

---

[45] 何其芳，〈夜歌（二）〉，《何其芳全集》，卷1，頁342。

[46] 何其芳，〈失眠夜〉，《何其芳全集》，卷1，頁51。

> 我把個人的歷史
> 和中國革命的歷史
> 對照起來
> 我的確是非常落後的。

回首「前世」，他意識到：

> 我犯的罪是弱小者容易犯的罪，
> 我孤獨，
> 我怯懦

為了重塑自我，何其芳歡迎公眾的監督：

> 我忽然想在這露天下
> 解釋我自己[47]

最終，何其芳在〈叫喊〉中宣稱，

> 我還要證明
> 我是一個忙碌的
> 一天開幾個會的
> 熱心的事務工作者，

---

[47]　何其芳，〈解釋自己〉，《何其芳全集》，卷1，頁432。

也同時是一個詩人。[48]

　　以此，何其芳彷彿在進行一種社會主義式的「夢的解析」。通過搜尋自己人格的缺陷，檢視成長過程中的不足，以及自我投射復健的希望，何其芳成了他自己的精神分析師。這種強烈的自我表白的衝動，確實反映在延安人們熱衷自我批評的文化氛圍。而這種風氣通過像劉少奇（1898-1969）〈論共產黨員的修養〉（1939）之類著作，獲得理論基礎和方法指導，在毛澤東的「講話」之後更成為黨內工作機制的一部分。然而，何其芳內心仍有一種深切不安縈繞不去，這種不安全感早在他來到延安以前就已經存在，現在更需要藉由一種戲劇性的儀式外化出來。

　　何其芳在有些詩中上演自虐的劇場，在（自取的）痛苦和羞辱中尋求救贖。[49]他極力描寫自己迷失的靈魂在煉獄中煎熬，甚至流露出一絲色情感：

　　　　如同想脫掉我所有的衣服，
　　　　露出我赤裸裸的身體。[50]

48　何其芳，〈叫喊〉，《何其芳全集》，卷1，頁394。

49　何其芳在未完成的小說《棕櫚樹》中寫到半自傳的經驗：「我彷彿在幻想她們走過我身邊時突然把那有高貴的黑色的馬鞭丟到江裡，我立刻跳下水去給她們撿拾起來，又彷彿在幻想她們用那馬鞭抽打我，大聲笑著，我也笑著感到一種肉體上的痛苦的歡快。」趙思運，《何其芳人格解碼》，頁234。

50　何其芳，〈解釋自己〉，《何其芳全集》，卷1，頁430。

修辭上的誇大其詞與繁複累贅，與其說是缺乏想像力，不如說是暗示了一種不可遏止的欲求──未來憧憬總是可望而不可即，只能一而再，再而三的傾訴。詩歌展演了他的欲望劇場。只有透過公開的自責自棄，才能獲得一種暫時的、取代性的救贖感。[51]

　　《夜歌》的標題點出何其芳詩作的曖昧性。既然作於失眠的夜晚，何其芳的思想對這些詩作並不設防；相反的，它們將他拖向潛意識的幽暗通道。何其芳本想通過寫詩來梳理他紛亂的思想，最終卻以語言建構產生了更多不請自來的幻魅。如上所述，即使在他最狂熱的自白詩中，也有著一種恍惚如夢的感覺。

　　《夜歌》因此意外複寫了《畫夢錄》中某些重要時刻，讓我們重新思考上文所討論的夢、鏡、窗這些意象。對於何其芳來說，這三個意象應該投射一種追求思想真理的進程。然而前面的分析已然說明，它們其實構成了一種神祕的循環。讓我們再次重讀〈扇〉中的名句：

　　　　設若少女妝檯間沒有鏡子，

---

[51] 這過度重複的語言表達，或許並不總是用作為重申意識形態真理的宣傳工具。相反，它或許表明一種持續，不斷失敗的努力，想要命名某種難以言傳的酸楚。對於反共和共產作家一樣，國共內戰造成的創傷如此深切，以至於令人難解的是，只有並不成功的重複和誇大其詞才能表達這種創傷感。在這種情況下，過度繁複和誇張的修辭具有道德的面向。它以拒絕給予明確形式的方式，延宕了對於追憶過去的任何結論性行動。與普遍的觀點相反，我因此認為，共產作家和反共作家在敘述中國人民的苦難時，在意識形態過度症狀和精神空虛之間的動搖，使他們的作品造就了中國現代文學最為曖昧的一些時刻。

成天凝望著懸在壁上的宮扇。

我們能夠想像對於身在延安的何其芳同志，那曾經讓他魂繫夢繞的「宮扇」，早已被遠遠丟棄了；取而代之的，也許是窯洞住所牆上懸掛的毛澤東畫像。但沒有改變的依舊是看與被看的循環遊戲，以及何其芳盡其所能卻徒勞無功，永遠變幻莫測、難以捕捉的欲望對象。

　　我進而認為，這種循環的欲望，在何其芳對欲望死亡和復活——重生——的演繹中達到頂點。在〈北中國在燃燒〉中，他宣稱：

　　　　我曾經是一個迷失的人。
　　　　像打破了船的乘客抓住木板，
　　　　我那樣認真地委身於夢想和愛情。
　　　　但夢想和玻璃一樣容易破碎，
　　　　愛情也不能填補人間的缺陷。

他承認：「當我有遠行的時候前一晚上我總是睡不好。」他決意拋棄所有的過往：

　　　　我是命中注定了沒有安寧的人，
　　　　我是命中注定了來唱舊世界的輓歌
　　　　並且來讚頌新世界的誕生的人，
　　　　和著舊世界一起，我將埋葬我自己，

　　　而又快樂地去經歷

　　　我的再一次的痛苦的投生。[52]

　　〈北中國在燃燒〉理應是《夜歌》的高潮，是何其芳當年在
「夢中道路」上行屍走肉般的跋涉後，浴血重生的宣言。但這首
詩從未完成；對於熟悉他早期作品的讀者來說，它帶回來，而不
是驅走了，他的舊夢：

　　　為什麼在這樣的晚上我還做這樣的夢？

　　　為什麼我的夢比我的白天還要沉重？[53]

　　毛澤東發表延安講話之後，何其芳身先士卒，在作家中首先
坦白自己的錯誤，要求改造。[54]在〈改造自己，改造藝術〉中，他
寫道，整風運動開始後，他才意識到「自己原來像那種外國神話
裡的半人半馬的怪物，雖說參加了無產階級的隊伍，還有一半或
一多半是小資產階級。」[55]何其芳的自我檢討在〈朱總司令的話〉
中達到高潮。他奉勸知識分子和作家放下「自尊心理」，從而
認識「客觀真理」，也就是：「投降，就是完全繳械。我們到延
安，在延安工作，還不過是在政治上、組織上從另一階級到這一
階級罷了。我們還要在思想上拋棄那些非無產階級的思想，才是

52　何其芳，〈北中國在燃燒〉斷片（二），《何其芳全集》，卷1，頁479、483。

53　同前註，頁479。

54　趙思運，《何其芳人格解碼》，頁170。

55　何其芳，〈改造自己，改造藝術〉，《何其芳全集》，卷2，頁350。

真正的完全繳械。」[56]同年，何其芳發表了〈兩種不同的道路：略談魯迅和周作人的思想發展上的分歧點〉。這篇文章是針對那些曾經在1938年批判他對周作人態度過激者遲來的反駁。他重申了對周作人的蔑視，並盛讚魯迅，稱其為中國革命的良知，以及毛澤東在1941年開始宣揚的新民主主義的先驅。由於他無條件的奉獻，何其芳贏得了毛和周恩來的信任。

　　1944年和1945年，何其芳兩次作為延安特使被派往重慶，他的任務是宣揚毛的「講話」。[57]他的教條主義傾向及自命不凡的態度，甚至激怒了在重慶的左派老將如胡風和馮雪峰。[58]1949年當他發表《關於現實主義》時，他已經成為毛澤東思想的代言人和黨內強硬派。與此同時，他的創作力卻大為衰退。在1946到1952年期間，他僅僅寫了一首詩，〈我們最偉大的節日〉，讚頌新中國的成立。

　　但是，何其芳真能驅走他的孤獨和夢嗎？他那日益刺耳尖誚的聲音，似乎是對多年前的自己嘆息，「沒有聲音的地方就是寂寞」，一種過度的補償。[59]毛澤東在何其芳的戰鼓聲中察覺到了

---

[56] 何其芳，〈朱總司令的話〉，《何其芳全集》，卷2，頁223-224。

[57] 何其芳分別在1944年4月到1945年1月，和1945年9月到1947年3月期間在重慶。

[58] 趙思運，《何其芳人格解碼》，頁108-109；賀仲明，《喑啞的夜鶯》，頁170-177。

[59] 何其芳，〈河〉，《何其芳全集》，卷1，頁407。可以參考李楊教授的意見。儘管何其芳歷經政治經歷的巨大轉變，但維持內裡詩人氣質的不變。見〈「只有一個何其芳」──「何其芳現象」的一種解讀方式〉(《中國現代文學研究叢刊》，2017年第1期，頁75-97)

可疑的回聲。儘管詩人那樣賣力地證明自己的忠實，毛還是批評何其芳有著「柳樹性」的人格。[60]1952年，何其芳將《夜歌》改題為《夜歌和白天的歌》，希望在新時代給這部戰時作品集加上一個更歡快的調子。[61]然而，新標題除了對比夜歌與白天的歌之外，也暗示著夜與日交替的時刻——黃昏。這正是何其芳曾經在「夢中道路」跋涉的時候：

> 但走入我底屋子
> 四壁剝落
> 床上躺著我自己的屍首

就這樣，何其芳不斷重訪自己的「前世」，在「畫夢」的國度與延安的夢土之間鬼魅一般來回穿梭，生而復死，死而復生，構建了他「重生的抒情」詩歌中最生動、也最令人感喟的部分。

馮至：「我的寂寞是一條蛇」[62]

1938年，馮至大部分的時間都在逃難途中。盧溝橋事變前，馮至在上海教授德國文學。1937年秋天，他隨大學西撤，直到第二年底才抵達目的地雲南昆明。逃難的過程無比艱辛，他

[60] 何其芳，〈毛澤東之歌〉，《何其芳全集》，卷7，頁453。
[61] 何其芳，〈夜歌和白天的歌重印題記〉，《何其芳全集》，卷1，頁527-529。
[62] 馮至，〈蛇〉，《馮至全集》，卷1，頁77。

的妻子在路上幾乎一病不起，即使數年後憶起這段歷程，仍使他低迴不已。馮至一向崇拜杜甫，他自己的流亡生涯讓他理解杜甫在安史之亂（755-763）後的悲愴。滯留江西期間，他寫下一首七絕：

> 攜妻抱女流離日，
> 始信少陵字字真；
> 未解詩中盡血淚，
> 十年佯作太平人。[63]

回首過去，馮至有足夠的理由懷念戰前的歲月。1928年夏天，他在哈爾濱短暫任教之後，返回北京，執教於孔德學院[64]；也加入文學雜誌《駱駝草》的編輯行列，與周作人和廢名共事。第二年，他獲取赴海德堡大學讀書的獎學金；同時，他也戀愛了。馮至在歐洲駐留六年（1930-1935），1936年回到中國。

馮至在詩中提到的太平十年，正是他的創作停滯期。對於這位早在1921年就享譽文壇的詩人來說，十年的停滯確實令人費解。歷史的後見之明告訴我們，馮至這十年是有意為之的暫停，是為了重返文壇的準備。反諷的是，重新點燃馮至創作熱情的竟然是戰爭。

---

[63] 馮至，〈祝《草堂》創刊〉，《馮至全集》，卷4，頁226。

[64] 孔德學院是1917年依照法國思想家孔德（Auguste Comte）的精神創辦的一所實驗學校。馮至也在北京大學擔任助教。這兩個職務都是馮至的好友楊晦（1899-1983）介紹安排的。

　　馮至少年時期開始寫詩。像何其芳一樣,他度過了早熟、憂鬱的青春期,早期作品中的主題多是孤獨、憂鬱、死亡。有批評家認為馮至的風格是由於他童年喪母的創傷,[65]但這一風格毋寧更反映了同代詩人共有的浪漫徵候。馮至與眾不同的是,他並沒有沉湎於感傷,而是顯示了強烈的自省傾向。如他自己所說,「沒有一個詩人的生活不是孤獨的,沒有一個詩人的面前不是寂寞的。」[66]他提醒我們,尼采在沒有朋友、沒有愛人的孤寂中寫作《查拉圖斯特拉如是說》,屈原在放逐中吟誦千古絕調。他相信「人永久是孤獨的,」「朋友,情人,不過是暫時的。只有你的影子是一生不能離開你」。[67]

　　馮至善於探索人類經驗中的幽微、神祕處;他的詩總能傳達一種沉思、內斂的語調。用魯迅的話來說,馮至的詩有著「幽婉」的風格。[68]他最早發表的詩作〈綠衣人〉是一個絕好的例子。

　　　　一個綠衣的郵夫,
　　　　低著頭兒走路;

---

[65] 例如陸耀東,《馮至傳》(北京:十月文藝出版社,2003),第3章;張暉,《中國「詩史」傳統》(北京:生活・讀書・新知三聯書店,2012),頁26-27;Xiaojue Wang, *Modernity with a Cold War Face: Reimaging the Nation in Chinese Literature across the 1949 Divide* (Cambridge, Mass: Asia Center, Harvard University, 2013), chapter 5.

[66] 馮至,〈好花開放在最寂寞的園裡〉,《馮至全集》,卷3,頁170;陸耀東,《馮至傳》,頁58。

[67] 同前註,頁170-172。

[68] 魯迅,〈序〉,《中國新文學大系小說二集》,頁4。

──也有時看看路旁。

他的面貌很平常，

大半安於他的生活，

不帶著一點悲傷。

誰來注意他

日日的來來往往！

但他小小的手中

拿了些夢中人的運命。

當他正在敲這個人的門，

誰又留神或想──

「這個人可怕的時候到了！」[69]

　　馮至十六歲時寫作此詩，已顯露一系列貫穿他創作生涯的主題：日常生活中隱含的危機，沒有交流的交流，人在充滿懸念中等待命運揭曉。雖然馮至還需要很多年來發展他的詩歌哲學，這首小詩已開啟我們的探問：詩人是否就是那個郵夫，勤勉的命運信差？還是收信人，未知信件的讀者？抑或那迴旋在日常生活悲劇上的幽靈聲音？最重要的是，詩的功能是否不外乎在平靜如水的日常裡，讓我們看到「可怕的時刻」？

　　孤獨不僅是一種情緒，也是人的存在狀況。而馮至也認為，孤獨儘管引起神祕感和恐懼，卻也最具有誘惑力。由是他寫了最著名的〈蛇〉（1926）：

---

[69] 馮至，〈綠衣人〉，《馮至全集》，卷1，頁3-4。

我的寂寞是一條蛇，
靜靜地沒有言語。
你萬一夢到它時，
千萬啊，不要悚懼！

它是我忠誠的侶伴，
心裡害著熱烈的鄉思；
它想那茂密的草原——
你頭上的、濃郁的烏絲。

它月影一般輕輕地
從你那兒輕輕走過；
它把你的夢境銜了來
像一只緋紅的花朵。[70]

這裡，孤獨化身為一條蛇，在詩人心靈上徘徊不去。它既溫存，
又可怕，既是「忠實」的，又不可預測，這條蛇滑行爬過詩人的
內心世界，顯現出情投意合及其對立面——形單影隻——那種玄
妙莫名的關係。如同〈綠衣人〉中的郵夫一樣，蛇的意象本用來
表達詩人對愛人的感情，但卻暴露出兩個寂寞的靈魂之間不能持
久的關係。

　　馮至日後回憶說，他是從畢亞茲萊（Audrey Beardsley, 1872-

---

[70] 馮至，〈蛇〉，《馮至全集》，卷1，頁77。

1898）的一幅畫中獲得這個意象的，畫中的蛇仰起身子，口中銜花，立在一個女子面前。[71]他知道「蛇，無論在中國，或是在西方，都不是可愛的生物，在西方牠誘惑夏娃吃了智果，在中國，除了白娘娘，不給人以任何美感。」[72]但馮至仍然痴迷畢亞茲萊畫中的蛇，在他眼中，那條蛇「看不出什麼陰毒險狠，卻覺得秀麗無邪。它那沉默的神情，像是青年人感到的寂寞。」[73]

　　無論他對畫中的蛇感到如何「秀麗無邪」，馮至都不能期待讀者會毫無顧忌地接受那條蛇。事實上，畢亞茲萊的風格屬於歐洲世紀末的頹廢潮流，與青年馮至所擁抱的五四精神看起來相距甚遠。也許為了辯護他對畢亞茲萊的興趣，馮至多年之後指出魯迅是畢亞茲萊藝術風格的愛好者。[74]我們應該記得魯迅在《吶喊》（1923）自序中說過，「這寂寞又一天一天的長大起來，如大毒蛇，纏住了我的靈魂了。」[75]就在馮至寫〈蛇〉的幾個月前，魯迅寫作散文詩〈墓碣文〉，其中「有一遊魂，化為長蛇，口有毒

71　馮至在1925年2月21日致友人楊晦信中說，他的朋友給他畫的肖像「有點像Beardsley」；他在關於〈蛇〉的回憶中，提到畢亞茲萊對他的啟發，參閱馮至，〈在聯邦德國國際交流中心文學藝術獎頒發儀式上的答詞：外來的養分〉，《馮至全集》，卷5，頁197-198；關於五四之後的頹廢思潮，參閱解志熙，《美的偏至：現代中國頹廢唯美主義思潮研究》（上海：上海文藝出版社，1997）。

72　馮至，〈在聯邦德國國際交流中心文學藝術獎頒發儀式上的答詞：外來的養分〉，《馮至全集》，卷5，頁198。

73　同前註。

74　同前註，頁197。關於魯迅及其他現代作家對畢亞茲萊的迷戀，參閱蔡登山，《另眼看作家》（臺北：秀威資訊科技股份有限公司，2007），第5章。

75　魯迅，〈吶喊自序〉，《魯迅全集》，卷1，頁439。

牙。不以嚙人，自嚙其身。」[76]不僅如此，憑著馮至的西方文學功底，他應該知道梅杜莎（Medusa）的神話，詩句中愛人頭上「濃郁的烏絲」，不難讓人聯想怪獸妖女舞動的頭髮是成千的小蛇；他或許也知道莉萊絲（Lilith）的神話，從濟慈到但丁‧羅塞蒂都曾唉嘆這個美人被蛇纏繞的情境。從這樣一系列蛇的形象出發，我們或許能夠從新的角度理解馮至的孤獨。在「幽婉」的外表之下，有著蛇一般的力量，糾結著無邪與頹廢，善良與致命的誘惑。[77]

1927年，馮至從北京大學畢業後，北上哈爾濱擔任中學教員，但這次經歷卻像一場劫難。他在《北遊及其他》的序中說，他所遭遇的哈爾濱是「古怪的」[78]；他的憤恨如此之大，讓他在「雪最大，風最寒的夜裡，獨自立在街頭，覺得自己雖然不曾前進，但也沒有沉淪。」[79]他仍然相信詩，感到自己的心境與杜甫的詩情正好合拍：

　　此身飲罷無歸處，

---

[76] 魯迅，〈墓碣文〉，《魯迅全集》，卷2，頁207。

[77] 馮至在此期間寫過一首敘事詩〈蠶馬〉，其中呈現相似的主題，有關孤獨與浪漫欲望之間錯綜複雜的關係。這首詩取材於六朝志怪，講述一位姑娘承諾嫁給一匹馬，條件是馬必須將其父救回。馬完成了使命，但卻沒有得到應有的報酬，而是遭殺害剝皮。馬皮最後裹住姑娘的身體，變成蠶繭。馮至，〈蠶馬〉，《馮至全集》，卷1，頁104。

[78] 馮至，《北游及其他》序，《馮至全集》，卷1，頁123。

[79] 同前註，頁124。

　　獨立蒼茫自詠詩。[80]

　　他竭力尋找出路平復自己的焦慮，那焦慮淤積在心，無法擺脫。最終，他讓蛇占據了自己的存在：

　　像是灰色的蛇，

　　一動也不動地入了冬蟄。[81]

馮至便這樣結束自己的青年時代，如同一條蛇進入了冬眠期。在接下來的十年間，他很少寫詩，等待著詩情的復甦，如同蛇在等待著送上另一朵「緋紅的花朵。」

　　歌德和里爾克在此時登場。馮至分別在1924年和1925年開始接觸這兩位德語文學巨匠。[82]馮至最初通過二〇年代初期風行一時的《少年維特之煩惱》中文版了解歌德和「狂飆突進」運動的關係；而里爾克的詩歌則是通過他的叔叔，著名美學家馮文潛（1896-1963）的介紹。馮至在閱讀了《旗手克里斯托夫里爾克的愛與死之歌》後，立即在里爾克的聲音裡找到一個與自己

---

[80] 杜甫，〈樂遊園歌〉，見仇兆鰲編，《杜少陵集詳注》，卷2（上海：商務印書館，1933），頁58。

[81] 此詩原來與另外十二首詩一起刊登於《華北日報》文學副刊，1929年6月6日—17日。馮至收集此詩時曾多次修改。見〈尾聲〉，《馮至全集》，卷1，頁175；在這個版本中，詩句是「我像是一條冬天的蟲，／一動不動入了冬蟄」。參閱賀桂梅，《轉折的時代》，頁147。

[82] 陸耀東，《馮至傳》，頁120。

相似的靈魂。他後來寫道:「那時是一種意外的、奇異的得獲。色彩的絢爛,音調的鏗鏘,從頭到尾被一種幽鬱而神祕的情調支配著。」[83]但直到留學海德堡時,馮至才開始完整理解里爾克的詩學;閱讀里爾克讓他明白人性的狀況,確定了不可逃脫的孤獨狀態,只有忍受和工作才能提供唯一度過這種命運的方法。他贊同里爾克的看法,死亡是擁抱這世界上所有存在的未知力量,正因為生命脆弱的性質,人需要學會打開眼界,重新熟悉這世上正在進行的一切。馮至從里爾克那裡學到的最重要一課,是有關美的難以捉摸的本質。馮至在給德國友人鮑爾(Willy Bauer)信中說:「在《杜伊諾哀歌》裡有一句:『因為美只不過是恐怖的開始……』我每次讀到這詩句,心裡都懷著極大的震悚。世界是深沉的,還有許多秘密未曾揭示。美和一切莊嚴的事物只是要求放心大膽地去將其把握和忍受。」[84]

　　留學海德堡期間,馮至也致力於學習德國的其他作家和思想家。他熟知荷德林的作品,他的博士論文則是關於諾瓦理斯(Novalis);他上過雅斯培的課,直接了解後者對於存在主義和信仰的闡釋。[85]他為齊克果的「非此即彼」的哲學觀念所吸引。然而,里爾克仍是馮至學生時代最關鍵的影響者。馮至認為「德國十八世紀中期的浪漫派詩人們……已經演了一番無可

---

[83]　馮至,〈里爾克──為十周年祭日作〉,《馮至全集》,卷4,頁83。陸耀東指出馮至在此文所稱的他最早接觸里爾克詩作的1926年可能有誤,參閱陸耀東,《馮至傳》,頁120。

[84]　馮至,〈致鮑爾〉(1931年12月31日),《馮至全集》,卷12,頁152-153。

[85]　陸耀東,《馮至傳》,頁112-113、121;周棉,《馮至傳》,頁164-165。

奈何的悲劇。他們只有青春，並沒有成年，更不用說白髮的完成
了。……里爾克卻有一種新的意志產生。」[86]儘管馮至這個時期
沒有多少詩作，他卻依照里爾克的榜樣在反省中建立新的詩人
主體性，這個主體忍耐孤獨，卻不怕與廣大世界相聯。馮至在
1936年返回中國之際，翻譯了里爾克《給一個青年詩人的十封
信》；在序文中，他強調了里爾克的教誨，即詩人的力量並非來
自靈感或者情感，而是來自「經驗」和「工作」。[87]馮至的宣稱
標誌著他自己風格的轉折點，也為他戰時創作的抒情話語奠定了
基調。

　　然而，如果沒有歌德的影響，馮至仍無法完成他的詩藝。儘
管他對狂飆突進和隨後的德國浪漫派運動有所保留，馮至卻認為
歌德是一個突破了他自己時代的卓越人物。不像許多同時代人那
樣，馮至從沒有被《少年維特之煩惱》這類歌德早期作品所吸
引；他對大師晚年的傑作情有獨鍾。馮至在給鮑爾的信中指出，
他甚至愛《詩與真》（1811-1833）更甚於愛《浮士德》（1773-
1831）。對他來說，晚年的歌德有著對人類的深刻理解，人生是充
滿活力變化的過程，人能獨立於社會干涉和歷史律令之上。用馮
至的話來說，歌德屬於這樣一代作家，「他們生活在自己的天地

---

[86]　馮至，〈里爾克——為十周年祭日作〉，《馮至全集》，卷4，頁84。

[87]　同前註，頁86。關於詩是取自經驗，而非情感的觀點，來自里爾克的小說
　　　《馬爾特勞利茲布里格隨筆》（*Aufzeichnung des Malte Laurids Brigges*, 1910）。
　　　馮至翻譯了小說的一小部分，刊登於《沉鐘》雜誌（1932）。後來在1994
　　　年，當《給一個青年詩人的十封信》再版時，馮至將翻譯的這一部分小說作
　　　為附錄收入該書。《馮至全集》，卷11，頁311。

裡，為自己而活著，但是他們又都屬於宇宙。」相比之下，「現
代人化為了群體，可是又永遠是孤獨的。」[88]

　　馮至從歌德那裡獲得靈感，用以讓自己對里爾克的觀點變得
更犀利。他鍾情歌德對於生命及其持續轉變的健康、活潑的態
度，讚美它的運動感，以此來給里爾克式的「孤獨和忍耐」注入
活力。他強調歌德關於「摒棄」的觀點，即下定決心摒棄那些看
似讓人喜悅，不可或缺的事物，他認為這觀點正與里爾克抵制庸
常生活與既成觀念的想法互為補充。歌德的學說被馮至概括為
「死與變」（*Stirb und werde*）。他在1934年致鮑爾信中說，「『死
與變』是我至高無上的格言。」[89]馮至特別喜愛歌德〈幸福的渴
望〉（Blessed Yearning）這首詩：

> 什麼時候你還不解
> 這「死與變」的道理，
> 你就只是個憂鬱的過客，
> 在這黑暗的塵世。[90]

---

[88] 馮至，〈致鮑爾〉（1932年7月），《馮至全集》，卷12，頁162。

[89] 馮至，〈致鮑爾〉（1934年底），《馮至全集》，卷12，頁188。馮至最早將這
個觀念翻譯為「死與變」。然而，在德語中，werde意味著vollenden（圓滿，
成長）。馮至在1980年代重新開始歌德研究時意識到他（不自覺）的翻譯錯
誤。參閱王曉玨的討論，*Modernity with a Cold War Face: Reimaging the Nation
in Chinese Literature across the 1949 Divide*，第五章。

[90] Goethe, "Selige Sehnsucht" (Blessed Yearning), *Goethe's Collected Works, 12
volumes*, vol. 1, *Selected Poems*, edited by Christopher Middleton (Cambridge,
Mass: Suhrkamp/Insel Publishers Boston, 1983), p. 207. 中譯文出自楊武能，《歌

Never prompted to that quest:

Die and dare rebirth!

You remain a dreary guest

On our gloomy earth.

與此相應，通過死與重生的循環而實現的蛻變，是保證生命與宇宙活力的關鍵要素。

在這個關口，蛇，那曾經讓青年馮至迷戀而苦惱、隨之引他進入冬眠期的生物，再次浮現。1934年，馮至在給鮑爾的另一封信裡，提到〈幸福的渴望〉，將它形容為「探索和表現靈魂深處的一首最美好的詩。……蛇蛻皮和毛蟲化蝶這兩個古老的象徵是非常生動和富有教益的。」[91]人類需要重獲青春活力，正如蛇蛻皮，或蝴蝶破蛹而出。[92]

馮至於1941年完成二十七首十四行詩，集為《十四行集》，

德文集》(石家莊：河北教育出版社，1999)，卷1，頁262。

[91] 馮至，〈致鮑爾〉(1934年6月)，《馮至全集》，卷12，頁181。

[92] 馮至，〈無眠的夜半〉(1933)，他在1930年代寫的為數很少的詩之一，其中有著秋蟬脫殼的意象。《馮至全集》，卷2，頁156-157。

> 他催我快快地起來
> 從這張整夜無眠的空床；
> 他說，你現在有千山萬水須行！
>
> 我不自主地跟隨他走上征途，
> 永離了這無限的深夜，
> 像秋蟬把牠的皮殼脫開。

蛇的意象在其中重新登場。[93] 在第十三首十四行詩中，馮至向歌德致敬，詩的結尾處出現了蛇蛻皮的意象。

> 好像宇宙在那兒寂寞地運行，
> 但是不曾有一分一秒地停息，
> 隨時隨處都演化出新的生機，
> 不管風風雨雨，或是日朗天晴。
>
> 從沉重的病中換來新的健康，
> 從絕望的愛裡換來新的營養，
> 你知道飛蛾為什麼投向火焰，
>
> 蛇為什麼脫去舊皮才能生長；
> 萬物都在享用你的那句名言，
> 它道破一切生的意義：死和變。[94]

---

[93] 馮至，〈我和十四行詩的因緣〉，《馮至全集》，卷5，頁94。「我漸漸感覺到十四行與一般的抒情詩不同……它的結構大都是有起有落，有張有弛，有期待有回答，有前題有後果，有穿梭般的韻腳，有一定數目的音步，它便於作者把主觀的生活體驗昇華為客觀的理性，而理性裡蘊蓄著深厚的感情。」在形式上，馮至以里爾克《致奧爾弗斯的十四行》為榜樣，也自由地借用了莎士比亞和彼得拉克的十四行詩體。馮至〈《十四行集》序〉，《馮至全集》，卷1，頁214。參考 Dominique Cheung, *Feng Zhi* (Boston: Twayne, 1979), pp. 41-46；馮至，〈我和十四行詩的因緣〉，頁91-98。

[94] 馮至，《十四行集：13歌德》，《馮至全集》，卷1，頁228。

　　儘管1941年正是後方生活艱苦的一年，馮至卻在長久的蟄伏之後突然詩情爆發。馮至的十四行詩突出詩人主體與從細小到宏大事物的互動，向著名的文學家與哲人致敬，並在宇宙無限的對照下思考生與死的自然循環。他唯一沒有直接觸及的主題是戰爭。但戰爭，及其相關的流亡，人倫關係的崩潰，文化毀滅，乃至死亡，卻是他這些詩作誕生的背景。

　　《十四行集》突顯了馮至來自里爾克與歌德的影響。對馮至以及他的讀者而言，當戰爭帶來人類文明的毀滅時，里爾克對忍耐、工作與溝通的召喚顯現出空前的意義。他認為詩人的道德天職是揭示現狀背後的幽暗處境，既要指出人與人之間溝通的圖景，也表達人與大千世界的息息相通。然而馮至無意提倡愛國主義，他所憧憬的社群關係比國族關係更為廣泛，也更具理想主義色彩。在這種關係中，強調的是個人的自立與集體的豐盈、存在的孤獨與萬物之間本質上的聚合。

　　更為重要的是，馮至想像一種復興的景象，一種本體意義上的重構。為此，歌德「死與變」的概念成為至關重要的力量。他在歌德有關蛇蛻皮的比喻中，看到自然界自我更生的能力，以及造就人類文明生生不息的神話詩學力量。為了進一步表達這層意思，馮至將蛻變的意象延伸到一系列的類比中。例如，他在第二首十四行詩中寫道：「什麼能從我們身上脫落，／我們都讓它化做塵埃；」將人類比做「秋日的樹木，一棵棵／把樹葉和些過遲的花朵／都交給秋風，」[95]繼而總結：

---

[95] 例如陸耀東，《馮至傳》，第19章；張暉，《中國「詩史」傳統》，第4章；

> 把殘殼都丟在泥裡土裡；
> 我們把我們安排給那個
> 未來的死亡，像一段歌曲[96]

第三首中，蛻變獲得植物學層面的意義，對有加利樹的形容是「無時不脫你的軀殼」，「凋零裡只看著你生長。」[97]第四首中，馮至讚美鼠麴草（edelweiss）：「但你躲避著一切名稱，／過一個渺小的生活，／不辜負高貴和潔白，／默默地成就你的死生。」[98]隨著十四行詩章的展開，宇宙間一切事物，從太空中的奇蹟，到「小昆蟲」轉瞬即逝的存在，都被編織到死與變充滿活力的循環之中。

　　當中國陷入戰爭，暴力與毀滅之際，馮至《十四行集》的抒情召喚顯得不合時宜。他的詩意在於超越歷史偶然，證成生命在喻象和形上的深邃豐富。它強調萬物變與不變的持續過程中，自我陶冶、蓄勢以待的必要。相應的，詩最偉大的功能是見證、描摹由此而生的轉變。由是，在第一首詩中有這樣的宣告：

> 我們準備著深深地領受
> 那些意想不到的奇蹟，

Cheung, *Feng Zhi*，第3章。

[96]　馮至，〈什麼能從我們身上脫落〉，《馮至全集》，卷1，頁217；Cheung, *Feng Zhi*, p.79.

[97]　馮至，〈有加利樹〉，《馮至全集》，卷1，頁218；Cheung, *Feng Zhi*, p. 79.

[98]　馮至，〈鼠麴草〉，《馮至全集》，卷1，頁219；Cheung, *Feng Zhi*, pp. 79-80.

在漫長的歲月裡忽然有

彗星的出現，狂風乍起。[99]

詩作為幻想的載體，「把住些把不住的事體」，並給「氾濫無形」水樣的事物以形式。[100]然而，即便有這種種對於忍耐、自我陶冶、變與重生的宣告，我們仍不禁在馮至的創作中發現曖昧的意味。王曉玨指出，既然十四行詩的結構是基於結構性的自我反轉，馮至必須要處理形式本身的解構傾向。[101]她進一步追問，馮至是否真能在形式與內容，抑或其對孤獨的沉思與對群體的追求之間，達成協調？因此，馮至所提出的問題如「什麼是我們的實在？／我們從遠方把什麼帶來？／從面前又把什麼帶走？」[102]就並非僅僅是修辭的問句，而是暗示著一種潛藏的不確定性。

我們也需要檢討馮至在構造「死與變」的主題時，是否真能在里爾克和歌德之間找到平衡。正如上文所述，馮至從里爾克那裡了解主體的孤獨真實狀態，而歌德提供的是一種新的能動性，使得蛻變可以發生，重生成為可能。但有批評家注意到，馮至在認同兩位德語大師彼此觀念的「關聯性」時，可能跳躍過大

[99] 馮至，〈我們準備著〉，《馮至全集》，卷1，頁216-217；Cheung, *Feng Zhi,* p. 78.

[100] 馮至，〈從一片泛濫無形的水裡〉，《馮至全集》，卷1，頁242; Cheung, *Feng Zhi,* p. 87.

[101] Xiaojue Wang, "Fashioning Socialist Affinity: Feng Zhi and the Legacy of European Humanism in Modern Chinese Poetry," *Modernity with a Cold Face*, pp. 273-276.

[102] 馮至，〈看這一隊隊的馱馬〉，《馮至全集》，卷1，頁230。

了。張暉指出，馮至迷戀歌德提出的「神祕和諧」景象，刻意在里爾克和歌德之間找到聯繫。但過猶不及，馮至或許已經將里爾克式的存在主義思想與歌德的世界觀混淆起來。[103] 以馮至最嚮往的蛻變觀念為例。歌德的蛻變概念來自他的原型理論，與自我的觀念並置。原型理論根植於浪漫主義，被認為構造了生物的核心，永遠渴求發展。[104] 因此，自我表達必須理解為不僅是靜態的言說，而且是自我的「核心」不斷尋求表達的過程，這樣的過程在「核心加表達」的意義上展開。[105] 這涉及到尋求目的的能動者，以及現代觀念的有機體形成。由此，歌德寫作成長小說（*Bildungsroman*）成為他一生的成就之一。

　　馮至不僅認同歌德的原型，而且同樣信奉里爾克強調個體融入宇宙整體的深奧觀念。對里爾克來說，自我是存在的實體，它的有效性取決於同宇宙中其他事物的持續互動。里爾克的有些話似曾相識，猶如歌德原型說的回響，例如：「『將來』終於是要到的，一個新人在生長，這裡完成一個偶然，在偶然的根處有永恆的規律醒來，一顆富於抵抗的種子就以這個規律闖入那對面迎來的卵球。」[106] 然而更仔細考察後，我們會發現里爾克將個體發展納

---

[103] 張暉，《中國「詩史」傳統》，頁80-81。

[104] 馮至，〈論歌德的回顧，說明，與補充〉，《馮至全集》，卷8，頁6.

[105] Vernon Pratt and Isis Brook, "Goethe's Archetype and the romantic concept of the self," *Studies in History and Philosophy of Science* 27, no. 3 (1996): 351-65.

[106] Rilke, *Letters to A Young Poet*, translated and with a foreword by Stephen Mitchell, (New York: Random House, 1984), p. 39. 里爾克，《致一個青年詩人的十封信》，《馮至全集》，卷11，頁300-301。

入「無所不在的母性」：「超越一切的也許是一個偉大的『母性』作為共同的願望。」[107]歌德式自我演出持續不斷的蛻變過程，而里爾克式的自我則尋求回歸萬物共存的母體裡胚胎的狀態。

批評家如賀桂梅、韓牧、張寬都指出馮至傾向於將德國現代主體觀念中國化，以至於他將里爾克的孤獨等同於儒家的獨善其身，將歌德對世界和宇宙的擁護視為犧牲小我，完成大我。[108]不僅如此，馮至還認為，歌德的思想愈加使他更理解《易傳》的名句：「天行健，君子以自強不息。」[109]這一解讀其實不無疑義：中國君子以自我能動性來順應天的韻律，而歌德式的英雄則是從「原型」中生發的靈魂，向著豐饒的「終極目的」（*telos*）前行。

這個裂隙（aporia）在馮至接下來的寫作中變得更加顯著，即中篇小說《伍子胥》（1943）和歌德研究。《伍子胥》是「故事新編」，取自伍子胥為父報仇的古史記載。[110]馮至在1942年秋

---

[107] 同前註，p. 40. 譯文取自《馮至全集》，卷11，頁301。

[108] 馮至，〈論歌德的回顧，說明，與補充〉，《馮至全集》，卷8，頁6；張寬，〈論馮至詩作的外來影響與民族傳統〉，收入馮姚平，《馮至和他的世界》（石家莊：河北教育出版社，2001），頁86-106，特別參考頁98-99；韓牧，〈馮至詩中的歌德思想〉，收入馮姚平，《馮至和他的世界》，頁143、146；賀桂梅，《轉折的時代》，頁159。這使得馮至《十四行集》對中國名人如杜甫、魯迅和蔡元培的讚美顯得尤其有趣。解志熙，《美的偏至》，頁362。

[109] 李學勤，《周易正義》（北京：北京大學出版社，1999），頁10。參考張暉的討論，《中國「詩史」傳統》，頁115。

[110] 馮至受到里爾克〈旗手里爾克的愛與死之歌〉的啟發，在動筆之前已有十六年在醞釀寫作《伍子胥》。《馮至全集》，卷3，頁426-427。關於伍子胥的記載，參閱司馬遷，《史記卷六十六：伍子胥列傳》（北京：中華書局，1959），頁2171-2183。

天開始寫作這部小說，試圖將他在《十四行集》中發展的思想進一步在歷史語境中發揮。歷史記載中的伍子胥是個孝子，與其兄手足情深，對楚王忠心耿耿。但楚國宮廷內變，伍子胥的父母被留做人質。伍子胥陷入一系列兩難：要麼他奔赴楚國都城救父，但將因此而中計被誅；要麼他出逃異地，伺機再為父報仇。無論冒死救父抑或違抗君命、伺機報仇，都將使他陷入不忠不孝之地。最後，伍子胥的兄長選擇為救父而犧牲，伍子胥則出走異地。他最終輔佐吳王，擊敗楚國，一報父兄之仇。

在馮至的改寫中，伍子胥並不是一個堅定的復仇者，反而如哈姆雷特那樣猶豫不決。小說開頭寫伍子胥已經踏上逃亡的孤旅，內心反覆尋思復仇大業。與哈姆雷特不同的是，他最終決心行動。然而這行動卻不是預先設想的那樣。這行動發生在伍子胥的內心深處：他要成為獨立自主的個人，不計流俗眼光，為其所當為。伍子胥最後出現在吳市，他披髮吹簫，變成一個「畸人」。[111]

作為戰時文學，《伍子胥》本可寫成關於國仇家恨的寓言。但馮至無心逢迎愛國宣傳，他要追問更尖銳的問題：國難之中，個人如何能夠超越道德與社會政治的挑戰，將自己變成真正的主體。因此，復仇成了伍子胥旅途中次要的目的；它的功能無異於一個「拋物線」，其曲線軌跡中有著伍子胥決絕的內心變化。「由停留與隕落結成的連鎖，在停留中有堅持，在隕落中有

---

[111] 賀桂梅，《轉折的時代》，頁179-180。馮至的老朋友李廣田將《十四行集》與何其芳的《畫夢錄》相比。

克服。」[112]伍子胥在旅途中經歷一系列的啟悟，每一次都使他更接近自我轉變。毫無意外的，歌德式「蛻變」又一次發揮關鍵作用：

〔伍子胥〕想像樹林的外邊，山的那邊，會是一個新鮮的自由世界，一旦他若能夠走出樹林，越過高山，就無異於從他的身上脫去了一層沉重的皮。……舊皮已經和身體沒有生命上深切的關聯，但是還套在身上，不能下來；新鮮的嫩皮又隨時都在渴望著和外界的空氣接觸。子胥覺得新皮在生長，在成熟，只是舊皮什麼時候才能完全脫卻呢？[113]

《伍子胥》出版之後，有不同的批評聲音。例如，年輕的詩人和批評家唐湜（1920-2005）認為作品有形而上學的傾向，質疑馮至的人物塑造是否有歷史依據。在唐湜看來，這部小說「沒有重量，只有美的幻象，如另一個詩人的扇上的煙雲。」[114]這裡說的另一位詩人，當然正是何其芳。唐湜對於馮至的批評或許過於苛刻，因為不同於《畫夢錄》沉溺於迷離的幻想，《伍子胥》

---

[112] 馮至，《伍子胥》，《馮至全集》，卷3，頁425。

[113] 馮至，《伍子胥》，《馮至全集》，卷3，頁398。在小說結尾，伍子胥變成一個吹簫人，馮至將伍子胥的新身分稱作畸人，此前一年，他將杜斯妥也夫斯基、齊克果和尼采稱作三個畸人。

[114] 唐湜，〈馮至的伍子胥〉，《新意度集》（北京：生活・讀書・新知三聯書店，1990），頁49。參考賀桂梅的討論，《轉折的時代》，頁179-180。

意在對人類意志和真實存在做出思維的闡釋。但唐湜依然觸及到
馮至思想和作品的曖昧方面，即馮至傾向於將他新近獲得的歌德
式立場進行哲學化處理，將歷史經驗作為思維邏輯展開的舞臺。
在寫作《伍子胥》幾年之後，馮至追隨何其芳的足跡，也轉而支
持共產革命。儘管何、馮轉變的理由各有不同，但唐湜或許無意
中點出兩人之間隱密的契合。他們都理解在歷史狂飆下，抒情主
體產生絕對的存在危機，也都努力重新定義抒情主體存在的理
由。但無論是何其芳的審美幻夢還是馮至的觀念超越，最終都指
向唯一的出路，那就是革命。剩下的問題就是革命如何從他們各
自的抒情計畫中產生。

　　彷彿正是為了回應唐湜這樣的批評家所提出的質疑，馮至
在1946年寫了〈論《浮士德》裡的人造人：略論歌德的自然哲
學〉。《浮士德》第二部裡，浮士德的學生華格納創造了「小人」
（Homunculus），這個小人後來引導浮士德見到希臘諸神。馮至
將這個小人稱作「人造人」，指出這是個虛擬的完美人，但他不
能自我延續生命，只能存在於一個瓶中。在《浮士德》接下來的
情節中，本來產生於火元素的人造人，為了獲得瓶子以外完全的
生命，必須與生命之源的水元素結合。於是，人造人經歷了作為
有機體的重生，投身於波浪中，迎向海神女兒。[115] 馮至品評人造
人為了重生而自我毀滅，暗指中國知識分子曾經隔絕於世的生

---

[115] Goethe, *Faust I & II*, in *Goethe's Collected Works, 12 volumes*, vol. 2, ed. & trans.
Stuart Atkins (Cambridge, Mass: Suhrkamp/Insel Publishers Boston, 1984)，第2
幕，第7830-8487行。

活，必須將自己投入「生命的海洋」[116]。只有這樣全新的新人才會誕生。[117]

　　馮至在戰後的歲月裡愈加捲入政治，他幾經考慮，在國共兩黨的對立之外謀求建立第三種力量，但最終決定投身左翼。[118] 1949年2月3日，他站在北大教員前列，歡迎進城的共產黨軍隊。[119]

---

[116] 馮至，〈論《浮士德》裡的人造人：略論歌德的自然哲學〉，《馮至全集》，卷8，頁46-59。這篇文章根據馮至1944年在昆明的演講寫成。在1941年至1947年之間，馮至寫過五篇論歌德的文章，構成了《論歌德》上卷，出版於1985年。《論歌德》下卷收入馮至1980年以後寫的文章。

[117] 馮至在〈歌德與人的教育〉中以歌德為原型討論新人的形象，《馮至全集》，卷8，頁86。

[118] 馮至與志同道合的友人組成新第三方面，時在1948年3月1日，這場運動很快就變成混亂的政黨政治，最終以失敗收場。周棉，《馮至傳》，頁264。

[119] 周良沛，《馮至評傳》（重慶：重慶出版社，2001），頁487。1948年11月17日，馮至與老朋友沈從文在一次公開場合有過一場對話。沈從文用紅綠燈為比喻，與馮至的對話如下：

沈從文：駕車者須受警察指揮，他能不顧紅綠燈嗎？

馮　至：紅綠燈是好東西，不顧紅綠燈是不對的。

沈從文：如果有人操縱紅綠燈又如何？

馮　至：既要在這路上走，就得看紅綠燈。

沈從文：也許有人以為不要紅綠燈走得更好呢？……文學自然受政治的限
　　　　制。但是否能保留一點批評、修正的權利呢？……一方面有紅綠燈
　　　　的限制，一方面自己還想走路。

馮　至：這確是應該考慮的。日常生活中無不存在取決的問題。只有取捨的
　　　　決定才能使人感到生命的意義。一個作家沒有中心思想，是不能成
　　　　功的。

〈今日文學的方向〉，《大公報：星期文藝》，頁107，1948年11月14日。引

　　中華人民共和國成立前夕，馮至發誓將聽從人民的需要，
「如果需要的是更多的火，就把自己當作一片木屑，投入火裡；
如果需要的是更多的水，就把自己當作極小的一滴，投入水
裡。」[120]他在此未必是對共黨宣傳人云亦云，而是重申了歌德
「人造人」的蛻變方式。他從寂寞的蛇，變為「畸人」，再變為
「人造人」；他準備著成為社會主義新人。

重生，再重生

　　新中國成立後，何其芳和馮至都熱切地投入建設。這無疑
是「史詩」時代。但也有批評家和作家稱之為一個「抒情」時
代。[121]民族復興、家國重整，肇生了新的主體意識。這一主體意

自賀桂梅，《轉折的時代》，頁90-91。兩個作家關心的是創作自由與霸權之
間的矛盾，借用紅綠燈為比喻說明。對於沈從文來說，作家的自主性需要得
到尊重，至少一定程度的尊重，即便事關政治秩序與國家統一。馮至的反應
有些曖昧。他沒有直接回答沈從文的問題，而是把「決定」與「中心思想」
當作國難中的首要問題考慮，因此重新利用了歌德的姿態。他在討論中沒有
清楚表明自己的決心。沈從文則如前一章所述，發生了精神危機，在1949年
春天試圖自殺。參考王曉珏的討論，"Fragments of Modernity: Shen Congwen's
Journey from Asylum to Museum," *Modernity with a Cold War Face: Reimaging
the Nation in Chinese Literature across the 1949 Divide*, chapter 2, pp. 54-107.

[120] 馮至，〈寫於文代會開會前〉，引自陸耀東，《馮至傳》，頁229-230。《馮至
全集》，卷5，頁342。

[121] 謝冕，〈為了一個夢想〉，收入洪子誠主編，《百年中國新詩史略：〈中國新
詩總系〉導言集》（北京：北京大學出版社，2010），頁169-185；洪子誠，
《中國當代文學史》（北京：北京大學出版社，1999），頁74；李楊，《抗爭
宿命之路：社會主義現實主義1942-1976研究》（長春：時代文藝出版社，

識在政治和個人的領域上都充滿渴望與動力，而有了歡喜讚嘆的情懷。正如賀敬之（1924- ）1956年的詩作標題所示，歷經數十年革命，中國人民第一次有了要「放聲歌唱」的衝動。

　　當然，無論「抒情」還是「抒情主體」的觀念都需要重新定義。早在1951年，毛澤東就要求文人和知識分子進行「自我教育，自我改造」，隨即發生新的整風運動。這場運動被通稱為「洗澡」，不啻是意識形態上的洗禮，目的是將舊社會加諸思想上的污跡清洗乾淨。結果一種新的詩學（重新）誕生了。袁水拍（1916-1982）在新政權出版第一部詩歌選集《詩選》序中，這樣定義詩人：「詩人只能是一個革命者，一個共產主義的戰士，一個像毛澤東同志所說的『毫無自私自利之心』的人。」[122]賀敬之將之總結為，詩人必須是集體主義者，必須表現「集體的英雄主義」；提出「『詩學』和『政治學』的統一。詩人和戰士的統一。」[123]

　　何其芳和馮至在新的抒情政治學中扮演了關鍵角色。何其芳甚至與周揚一樣，成為宣講毛澤東文藝政策的喉舌；他最著名（或者說最臭名昭彰的）業績之一，是1955年他對胡風的猛烈攻

　　1993），頁145-254；王光明，〈五六十年代的詩歌，散文，與劇作〉，收入嚴家炎主編，《二十世紀中國文學史》（下），第22章，特別是第4節。

[122]《詩選》收入1953至1956年間的詩作。袁水拍在1956年撰寫序言。引自謝冕，〈為了一個夢想〉，頁174；另參考王光明，〈五六十年代的詩歌，散文，與劇作〉。

[123]賀敬之的言論出自文化大革命後期；引自謝冕，〈為了一個夢想〉，頁174。

擊。[124]馮至則在思想進步的知識分子中脫穎而出,被委以國內外的重任。1952年他的《杜甫傳》出版;他從戰前就開始此作,而此時他筆下的杜甫已經成為唐代的「人民藝術家」,中國無產階級革命的前行者了。[125]更引人側目的是同年他奉獻給毛澤東的頌歌,〈我的感謝〉(1952):

> 你讓祖國的山川
> 變得這樣美麗、清新,
> 你讓人人都恢復了青春,
> 你讓我,一個知識分子,
> 又有了良心。
> ……
> 你是我們再生的父母,
> 你是我們永久的恩人。[126]

馮至鍾愛的蛻變主題並沒有變。但取代歌德式「死與變」的,是詩人轉向毛澤東的復活術。過去種種譬如昨日死,未來種種宛如今日生。《十四行集》寫作十年之後,馮至承蒙社會主義恩寵,獲得又一次重生。

　　同一年,何其芳也再作新詩。他寫了〈回答〉,唯此詩直到

---

[124] 關於何其芳在五〇年代的活動,參考賀仲明,《喑啞的夜鶯》,第9章;趙思運,《何其芳人格解碼》,第4章。

[125] 參考張暉的討論,《中國「詩史」傳統》,第6章。

[126] 馮至,〈我的感謝〉,《馮至全集》,卷2,頁50-52。

兩年後才完成。第一節如下：

> 從什麼地方吹來的奇異的風，
> 吹得我的船帆不停地顫動；
> 我的心就是這樣被鼓動著，
> 它感到甜蜜，又有一些驚恐。[127]

這首詩發表後立即招致批評，並遭禁刊。詩人呼喚「奇異的風」，以渴望但亦遲疑的語調開始，起始的詩行如夢如幻，委婉淒迷，讓人想到何其芳早期作品對生命意義的盼望和徒勞。但接下來的詩行轉向高蹈的、意識形態正確的語調，從而導致整首詩在情緒和結構上的違和。

　　識者或許會認為，何其芳早在1938年就已入黨，對社會主義的堅持自是想當然耳；而馮至作為一位深思型的哲學家詩人，對美麗新世界的無限好景或許有所疑慮。反諷的是，從他們的詩作看來，何其芳並不能痛快擺脫舊我，反倒是馮至對國家和主席毫無保留地宣誓效忠。這並不是說何其芳的革命信仰動搖了，或馮至對毛的崇拜是機會主義表現。恰恰相反，我認為在解放之後，至少在短時間內，馮至和何其芳都相信他們可以用任何抒情方式、語氣來表達自己。不論是崇拜還是疑慮，他們感到「解釋自己」的需要——因為他們相信黨的氣度恢宏，對詩人的各種情愫和觀點都給予包容理解。然而這兩首詩的命運都證明了延安

---

[127] 何其芳，〈回答〉，《何其芳全集》，卷6，頁3-4。

以來「詮釋性的約束」（exegetical bonding）與時俱進：奉黨之名，任何言說（詩歌）的真確性必須由自我和相互檢查、認證的循環來完成。[128]

　　這兩首詩也表現出兩位詩人四〇年代後期以來的變化——或者缺乏變化。何其芳的〈回答〉雖然修辭熱烈，卻讓我們想到詩人「柳樹性」的人格和他對毛澤東在政治上的軟弱和順從。[129]另一方面，馮至實事求是的態度、理所當然的語調，讓我突然理解在他「幽婉」的風格甚至人格下，其實潛藏著難測的韌性和我執。馮至的同情者或要辯解，他的政治狂熱來自當時意識形態的「洗澡」，而且不是唯一的例子。但我以為，與其說馮至的政治狂熱代表他和過去的精神追求一刀兩斷，還不如說是一種激進的總結。何其芳總是憂心忡忡的為他的「原罪」找尋救贖而不可得，但馮至不同，甚至他在〈我的感謝〉這樣謙遜的時刻，也顯示出他決絕的姿態。這或許來自他作為學者擇善固執的自信。果真如此，十年之內，馮至從一個存在主義詩人到社會主義號手的蛻變是如此乾脆徹底，就不免讓人懷疑他是否對里爾克或歌德的理念——決斷，選擇，承擔——真正理解？如果他真正理解里爾克和歌德，他豈能如此輕易地將他們的理念轉嫁到左翼思想上？而這樣的左轉又代表了什麼？他究竟是理解，還是誤解了，毛澤東思想？

---

[128] 此處所指的觀點，參考David Apter與Tony Saich的著作 *Revolutionary Discourse in Mao's Republic* (Cambridge, Mass: Harvard University Press, 1994), p. 263.

[129] 1945年1月毛澤東稱何其芳有著「柳樹性」的人格，暗指他缺乏強烈、堅定的能力來接受挑戰。何其芳，〈毛澤東之歌〉，《何其芳全集》，卷7，頁375。

　　就抒情的政治學而言，有兩項因素需要我們重視。1957年，《詩刊》推出了毛澤東寫作的十八首舊體詩詞，引得舉國歡騰——偉大領袖成了偉大詩人。[130]接下來兩年裡，全國興起新民歌運動，據說無產階級作者自發創作了成千上萬首「紅色歌謠」[131]。新中國詩壇一邊要讚美國家領袖（如帝王一般）的詩才，另一邊要肯定人民狂飆般的創作力，夾在這兩個運動之間，如何其芳和馮至這樣曾經紅極一時的現代主義詩人，已經沒有舞臺。有趣的是，就在此時，兩位詩人的言行又有一次交會。

　　1956年，何其芳又做夢了。他在日記中記載，他在夢中與詩人艾青相遇，還討論了詩歌的本質。他說：「我認為詩的主要特點在於有特別動人的東西，並說他近來作品有些寫得平淡，不如早期的作品動人，他並不以為然，並嘲笑我關於詩的特點之說。談得不愉快。」[132]艾青與何其芳是在1930年代後期通過一場關於《畫夢錄》的辯論而認識；艾青批評何其芳頹廢耽溺，而何其芳亟欲為自己辯護。[133]兩個人最後成了朋友。1956年何其芳與

---

[130] 毛澤東的十八首舊體詩詞刊登於《詩刊》創刊號，該雜誌相應毛澤東「百花齊放」的號召而創辦。參考謝冕，〈為了一個夢想〉，頁178，註3。

[131] 新民歌運動在1958年4月發動，產生了成百上千首據說是人民自發創作的新民歌，最後結集出版《紅旗歌謠》，編者是郭沫若與周揚，時間是1959年9月。參考謝冕，〈為了一個夢想〉，頁182-184；王光明，〈五六十年代的詩歌，散文，與劇作〉，頁42-43。何其芳與馮至都支持新民歌運動。何其芳，〈再談詩歌形式問題〉，《何其芳全集》，卷5，頁139-180；馮至，〈新詩的形式問題〉，《馮至全集》，卷6，頁325-333。

[132] 何其芳日記「1956年9月11日清晨」，《何其芳全集》，卷8，頁453-454。

[133] 何其芳，〈給艾青先生的一封信〉，《何其芳全集》，卷6，頁470；趙思運，

艾青的夢中對話，似乎是延續二十多年前兩人的爭論。但反諷的是，雖然何其芳對艾青的批評十分準確，但這批評也適用於他自己。1956年似乎是何其芳可以「做個好夢」的時候，因為毛澤東在這一年放寬了文藝政策。當時何其芳身居要職，但個性一向謹小慎微。他竟然「敢」夢到艾青這樣桀驁不馴的異議分子，還是非常大膽的。更重要的問題是，革命成功多年之後，為什麼解放前為失眠所苦的何其芳仍然夜不安枕，還繼續做夢？

隨後一年中，毛澤東發動反右運動，艾青毫無意外的成了眾矢之的。馮至批判艾青的聲音最為刺耳暴烈。幾篇文章的題目，如〈駁艾青的〈了解作家，尊重作家〉〉和〈從右派分子竊取的一種武器談起〉，都顯示他的戰鬥性。[134] 我們很難判斷馮至的動機，但他剛在1956年入黨，必然增加了他的使命感，誓將黨的路線徹底實踐。無論如何，艾青此後被流放新疆，在那裡度過將近二十年時間。

1962年，何其芳出版了一本中國詩歌欣賞選本。這是一個特殊的選本，因為入選的詩歌從古到今都充滿政治考量。在現代詩歌部分，何其芳介紹了郭沫若、聞一多和馮至，都是政治正確的一時之選。有趣的是，在馮至眾多詩作中，何其芳挑選了〈蛇〉和〈南方的夜〉（1929）。何其芳認為馮至曾經「用濃重的

《何其芳人格解碼》，頁57。

[134] 馮至，〈論艾青的詩〉，《馮至全集》，卷6，頁289-316；〈駁艾青的〈了解作家，尊重作家〉〉，《文藝報》，1958年2月，轉引自陸耀東，《馮至傳》，頁234-235；〈從右派分子竊取的一種武器談起〉，《人民日報》，1958年11月2日。

色彩和陰影來表達出一種沉鬱的氣氛，使人讀後長久為這種氣氛所縈繞」[135]，而與此形成鮮明對照的，是馮至參加革命後的創作；這些作品「寫得過於平淡，……很難再見到作者早期的詩歌的特色了。」[136]何其芳不加掩飾地總結：「世界上有各種不同的詩人，我們也需要有各種不同的詩人。……然而那些一讀就能夠打進人的心裡去而又禁得起反覆玩味的詩，卻總是既有詩的激情，又有完美的形式。」[137]

　　正如他在1956年與艾青夢中相遇一樣，何其芳對馮至詩作的解讀耐人尋味。〈蛇〉和〈南方的夜〉都涉及社會主義新時代的禁忌：孤獨。兩首詩都投射詩人的頹廢欲望，愛情幻想。何其芳將這兩首詩選入，即便是為了批評，是否也表明他在尋找一個客觀對應物，一抒他自己所難以言傳的塊壘？前文已經討論過〈蛇〉；這裡摘錄〈南方的夜〉的關鍵詩行：

> 總覺得我們不像是熱帶的人，
> 我們的胸中總是秋冬般的平寂。
> 燕子說，南方有一種珍奇的花朵，
> 經過二十年的寂寞才開一次。──
> 這時我胸中忽覺得有一朵花兒隱藏，
> 它要在這靜夜裡火一樣地開放。[138]

---

[135] 何其芳，《詩歌欣賞》，《何其芳全集》，卷4，頁433。

[136] 同前註，頁457。

[137] 何其芳，《詩歌欣賞》，《何其芳全集》，卷4，頁433。

[138] 馮至，〈南方的夜〉，《馮至全集》，卷1，頁203。

當何其芳讓馮至的「蛇」潛入社會主義的夢土，烘托那經過二十年寂寞才開一次的「珍奇的花朵」，他已經不知不覺的跨越時代和意識形態的界線，彷彿在尋找他《畫夢錄》中的抒情幻境。事實上，他在馮至的「前世」裡找到了自己「今生」隱秘的知音。[139]

　　馮至卻對過去沒有多少眷戀。他激烈地摒棄自己在1949年以前的作品，尤其是《十四行集》，同時追隨變化莫測的毛澤東公式，寫下新的詩作。我們不禁要問，在一個政治掛帥、萬馬齊喑的時代，里爾克有關個人理智和決斷的教誨，是否曾讓馮至察覺毛式烏托邦的缺陷？抑或當他在大饑荒的年月寫下如下的詩行時，杜甫詩史的懷抱是否曾擾動他的內心？

> 在我們的國家裡，
> 有一個道理本來很平常：
> 種田的不挨餓，織布的不受凍，
> 人民一年比一年更幸福，更健康.[140]

　　認識馮至的人總不免提到他的大度和謙遜。[141]但一個謙遜的人也可能自覺或不自覺地成為集權力量代言人。馮至曾激烈地批判法西斯主義，認為這一意識形態不惜以個人尊嚴和獨立為代

---

[139] 《昨日之歌》也是馮至在1927年出版的第一本詩集名。

[140] 馮至，〈在我們的國家裡〉，《馮至全集》，卷2，頁312。

[141] 例如徐梵澄，〈秋風懷故人：悼馮至〉，馮姚平，《馮至與他的世界》，頁380-390。

價，宣揚集體主義。[142] 但面對新中國的極權傾向，馮至選擇了緘默。他低調的生活方式與對共產黨路線的百依百順，讓我們想到漢娜・鄂蘭（Hannah Arendt）描述的「平庸的惡」（banality of evil）：巨大的罪行（如納粹大屠殺）可以借普通之手完成，因為他們以接受國家的一切為前提，視之為當然，因此自以為他們所做的一切都平常至極。[143]

　　何其芳和馮至在文革中都經歷艱難的歲月。除了種種羞辱外，他們都被下放到幹校接受改造——或是說經歷另一次「重生」。[144] 然而即便在這些歲月裡，夢與蛇仍分別出現在他們的作品中。何其芳寫於1974年的〈我夢見〉中描繪了兩個夢境。第一個夢中，他參加暴動受重傷，等待有人救援：「在戰場上我沒有戰績，／靠階級兄弟們援助。」更有意味的是，在描述第二個夢境時，他批判了資產階級對於神祕主義和現代主義的嗜好。

---

[142] 馮至，〈教育〉，《馮至全集》，卷4，頁65。

[143] Hannah Arendt, *Eichmann in Jerusalem: A Report on the Banality of Evil* (New York: Penguin, 1994).在這個語境中，唐湜在1943年對馮至的批評，以及將馮至《伍子胥》與何其芳《畫夢錄》相比，產生了一個遲到的、尖刻的意義。我們不由得懷疑馮至「所畫的（紅色）夢想」中啟動的幻象，藉由此使得歌德的蛻變觀念證實了毛澤東的矛盾論與繼續革命論，里爾克的「忍耐與工作」和歌德的「決絕」都被用來使「大躍進」這樣的集體運動中，致命的自我約束得以合理化了。

[144] 何其芳在文化大革命中遭到嚴重迫害；他在1969年下放到河南幹校，1972年才獲自由。參考賀仲明，《喑啞的夜鶯》，第十一章。馮至在1966年6月到1970年7月12日之間始終處於遭到公共羞辱和被抄家的危險之中。1970年7月，他「下放」到河南去接受勞改和再教育，1972年3月13日獲准回到北京。參閱陸耀東，《馮至傳》，頁254-259。

> 最初「為藝術而藝術」，
> 後來走革命的道路，
> 從逃避現實到戰鬥，
> 是舊世界分化的規律。[145]

即使到了晚年，何其芳內心仍為罪惡感纏繞，必須透過自我譴責求得救贖。他最後的作品如〈毛澤東之歌〉，聲嘶力竭的歌頌偉大領袖。但這篇作品在他生前竟未被接受發表。與此同時，他重拾舊體詩，其中最獨特的一首明顯與李商隱〈錦瑟〉應和。[146] 李商隱是晚唐詩人之最，曾讓青年何其芳陶醉不已。何其芳的詩也以〈錦瑟〉為名：

> 錦瑟塵封三十年
> 幾回追憶總淒然
> 蒼梧山上雲依樹
> 青草湖邊月墮煙
> 天宇沉寥無鶴舞
> 霜江寒冷有魚眠
> 何當妙手鼓清曲
> 快雨颶風如怒泉[147]

---

[145] 何其芳，〈我夢見〉，《何其芳全集》，卷6，頁80。

[146] 李商隱、馮浩編注，《玉谿生詩集箋注》（上海：上海古籍出版社，1998），卷2，頁493。

[147] 何其芳，〈錦瑟（二首）〉，《何其芳全集》，卷6，頁164。此作明顯模仿李

從毛式的崇高美學回歸到早年晚唐頹靡風格，何其芳「夢中道路」至此完成循環。回首來時之路，能不有所感慨？

　　馮至晚年作品中，蛇的意象以多種形式復活。1972年，短暫的政治鬆綁讓馮至有感而發：

> 歲月催人晚節重，
> 舊皮脫落覺身輕；
> 常於風雨連綿後，
> 喜見紅霞映夕晴。[148]

這裡，歌德蛇蛻皮的主題重現，用以表達期待和平與秩序的復歸。多年以後，馮至目睹後毛澤東社會出現的頹廢風氣，痛苦叫嚷：「我痛苦。有那麼一條蛇／糾纏著我，賣弄風姿」（〈我痛苦〉，1988）；

> 它吞噬著人間的夢想，
> 吐出來致命的毒汁。
> ⋯⋯
> 它在人們身邊，趕也趕不走，
> 它體態輕柔，面目可怕。[149]

商隱的同題詩。
[148] 馮至，〈喜見〉，《馮至全集》，卷2，頁208。
[149] 馮至，〈我痛苦〉，《馮至全集》，卷2，頁271。

隨即在1989年有了〈蛇年即興〉中清醒的蛇：

> 龍年的熱鬧弄得人頭昏腦漲，
> 蛇年的寂靜讓人頭腦清醒。
> 對祖國，對社會主義，對我們的工作，
> 要學一學白娘子的忠貞；
> 為了讓親愛的亞當、夏娃們，
> 懂得羞恥，辨別善惡，
> 要想一想《創世紀》裡那條蛇
> 立下的功勳。[150]

1989年是蛇年，對馮至來說必有意義：他出生於1905年，生肖屬蛇。

　　由此，通過分別重新呈現夢與蛇的意象，何其芳和馮至在「重生的抒情」的旅途上走到各自的終點。路上崎嶇輾轉，無非說明他們尋覓一種名謂「抒情」詩歌的誘惑與危險。他們有許多選擇：現代主義的真實（authenticity）或是社會主義的真誠（sincerity）；個人欲望或是群體意志；抒情的或史詩的。何其芳孜孜矻矻在重重畫夢中尋覓真實，馮至則終其一生如蛇蛻般持續地改變自我。但他們鍾愛的主題總有不確定性：夢或許並不導向真實，反倒衍生出層層堆疊的迷夢；蛇未必帶來蛻變，而僅顯現（蛇一般）纏繞的纏繞、重複的重複。

---

[150] 馮至，〈蛇年即興〉，《馮至全集》，卷2，頁287。

　　就他們以「重生」為名的抒情主義而言，我們或許要問，他們畢生的追求是否讓「始源的詩學」（poetics of beginning）獲得再次開始的可能，還是僅僅演繹了重生的不可及、不可為。而一路行來，他們的希望與悵惘，他們的夢想與憂疑，或許早在馮至1934年的〈夜（二）〉中，已經可見端倪：

　　　　我夜夜回到我的家裡，
　　　　像是從一條很遠很遠的道路；
　　　　「我今天所走的都是迷途」──
　　　　明天的道路我要從新開始。

　　　　一晚呀，我會回到我的家裡，
　　　　像是從一條很遠很遠的道路；
　　　　「我一生所走的都是迷途」──
　　　　明日的道路我卻再也不能開始。[151]

---

[151] 馮至，〈夜（二）〉，《馮至全集》，卷1，頁324。

第四章

抒情與背叛

——胡蘭成戰爭和戰後的詩學政治

。

　　張愛玲（1920-1995）熱在二十世紀末席捲華語文學世界，這一現象因為張的小說《小團圓》（2009）出土達到又一高潮。《小團圓》是本傳記影射小說，因為事涉敏感，張愛玲在完成後（1976）決定束之高閣。小說中最引人注目的部分當然是女主角盛九莉在抗戰時期與漢奸文人邵之雍間的愛情故事。張的寫法如此露骨，幾乎是有請張迷對號入座。正如筆下的盛九莉之於邵之雍，張愛玲自己在戰時曾和胡蘭成（1906-1981）有過一段情緣，而胡廣被視為漢奸。[1]

　　胡蘭成在張愛玲傳奇當中始終扮演著雙重角色。張迷痛恨胡蘭成，不只因為他背叛了國家，更因為他背叛了張愛玲。胡蘭成結識張愛玲之前，已經有過兩段婚姻外加同居的紀錄。他追逐張愛玲的同時，可能也是張的文友蘇青（1914-1982）的入幕之賓。[2]而與張祕密結婚不久後，他又開始出軌。更有甚者，戰後胡蘭成為躲避國民黨的追捕出亡溫州，寄人籬下，卻與主人家守寡的姨太太發生關係。胡蘭成雖在外大談戀愛，生活上居然還仰仗張愛玲的接濟。如果這樣的故事聽來令人齒冷，這不過是胡蘭成情史的中段。

　　另一方面，胡蘭成無疑是少數最早欣賞張愛玲才華的評論者之一。不論他們的感情有多麼不堪，胡與張在文學的道路上彼此相濡以沫，互有啟發。更重要的是，胡蘭成本人的筆觸精緻典

---

[1]　有關張愛玲與胡蘭成的羅曼史已有許多相關著述，最近的論著參見張桂華，《胡蘭成傳》（臺北：自由文化出版社，2007），第10章。

[2]　黃惲，〈凶終隙末的蘇青與張愛玲〉，《萬象》，第10卷第12期，2008年，頁44-48。張愛玲的《小團圓》也暗示此一事實。

雅，文采懾人，絕對自成一家。[3]張愛玲對於自己的私生活從來諱莫如深。在《小團圓》出版前，我們多半是透過胡蘭成的回憶錄《今生今世》（1959）及其他文章，才能一窺究竟，並拼湊出張愛玲的性格、寫作生涯與愛情經歷。如此，張迷其實陷入了一種充滿矛盾的閱讀循環。我們對張愛玲的迷戀實則來自於我們對胡蘭成（所描述的張愛玲）的迷戀。然而這樣一來，我們對胡蘭成的嫌惡反而更變本加厲。原因無他，是胡造成了張愛玲的痛苦，同時也就延伸成為張迷們的痛苦。

　　《小團圓》的出版更坐實這一詮釋循環的矛盾性，因為張愛玲明白昭告我們她其實是《今生今世》的頭號讀者——兼女主角，她的讀後心得才真是感同身受。而她寫作《小團圓》的動機就是對《今生今世》內容的反駁。然而胡的說法有案在先，連當事人張愛玲也必陷入他所啟動的循環裡，作出遲來的回應。《小團圓》裡愛恨交織的描述只能讓張迷感嘆，胡蘭成對張愛玲的影響竟是死而不能後已。

　　藉著書寫，胡蘭成展現了一種迂迴的愛的詮釋學，讓人想起羅蘭・巴特的《戀人絮語》（*A Lover's Discourse*）當中對於「愛」難以捉摸的、文本性的思考。[4]亦即，我們對張愛玲的愛戀，來自我們與她——其實是她的書寫——之間想像的親密關

---

[3]　胡蘭成文體的研究，如張瑞芬，〈論胡蘭成的《今生今世》與《山河歲月》〉，《文苑》，第22期，1992年，http://paowang.com/cgi-bin/forum/viewpost.cgi?which=qin&id=81235。

[4]　Roland Barthes, *A Lover's Discourse: Fragments,* trans. Richard Howard (New York: Hill and Wang, 1979).

係，也同時來自於我們與她的戀人胡蘭成筆下有關她（以及她的愛情）間妒恨交織的關係。

但如果沒有了胡蘭成，張愛玲「傳奇」恐怕也不會如此傳奇吧？以下我所關注的問題是：在抗戰和戰後的幾年間，胡蘭成如何演出他這令人「必欲惡之而後快」的角色？他如何展現一種「背叛」的詩學與「背叛」的政治學？我所謂「背叛」，並不止於胡蘭成的叛國、毀婚；我更關注的是，胡蘭成如何透過自成一格的「戀人絮語」來解釋他在政治上以及私人生活的不忠，為自己的行止開脫。最不可思議的是，胡蘭成的「絮語」最華麗動人處，油然呈現一種抒情風格。然而一般所謂抒情，不原指的是最能表達個人情感，也最誠中形外的寫作方式？[5]

我們因此面臨如下的弔詭：如果抒情傳達的是一個人最誠摯的情感，它如何可能成為胡蘭成叛國、濫情自圓其說的手段？抑或胡天生反骨，他的行為惟其如此叛逆，才表現了他的真性情？如果胡對個人行止的表述如此情深意切，他到底是發揮了抒情寫作表裡如一的力量，還是透露了抒情寫作潛在的表演性——以及虛構性——的本質？胡蘭成的個案是遮蔽，抑或揭露了傳統中國詩學中詩如其人、人如其詩這一觀念？

終其一生，胡蘭成從未承認任何叛國、不忠的指控，反而振振有詞的訴諸思想的辯證與情愛的真諦。這使問題變得更為複雜。是胡蘭成背叛了抒情美學，抑或是他顯示了一種莫測高深

---

[5] 有關「抒情」在現代中國文學史中的定義和討論，見本書第1章〈「有情」的歷史——抒情傳統與中國文學現代性〉。

的,抒情化了的背叛美學(a lyricism of betrayal)?最後,胡蘭成的抒情美學必須涉及讀者的閱讀倫理問題。循迴在傳記的、意圖的,以及文本的偽託間,讀者必須捫心自問,自己是否也成為胡蘭成所展演的背叛與自我背叛的詭圈之一環?

即使到了今天,胡蘭成在中國文學主流論述裡仍然是聲名狼藉。在大陸他的作品就算問世,也必須經過刪節或附加但書。相對的,胡在七〇年代中期曾短期居留臺灣,因緣際會,啟發了一群年輕作家,其中朱天文(1956-)更承續了胡的香火,並將之發揚光大。然而與張愛玲的風光相比,有關胡蘭成的人生、書寫與文體的研究仍不多見。為了更了解胡的文學事業,本文將聚焦於胡蘭成人生轉折期——亦即戰爭前後時期,與1951年以後胡流亡日本的第一個十年——所寫下的作品,包括兩部長篇散文敘事《山河歲月》(1954)與《今生今世》。我認為就像張愛玲一樣,胡蘭成對於他的時代或我們的時代,都代表了一種重要的現象。他對「情」無條件的禮讚和辯證,恰恰與書寫革命、啟蒙的主流現代文學,形成尖銳對話。而在張愛玲身後日益龐大的投影下,胡的幽靈似乎也相隨而來。這再一次提醒我們面對歷史與記憶,除魅與招魂的工程是如何糾纏不休。

〈給青年〉——不要「吶喊」

1944年,上海《苦竹》雜誌11月號刊登了胡蘭成的文章〈給青年〉。文中寫道:

> 有人可以做錯了事，仍然不是罪惡的，也有人做了好事，
> 而仍然不偉大。[6]

正如標題所示，胡蘭成寫作此文的目的，是為了呼籲中國的青年
不要因為第二次中日戰爭而灰心喪志。胡把抗戰等同於革命；他
建議有為的青年應該捨棄意識形態——不論是民族主義、共產主
義，或泛亞洲主義——的限制，超越現世政治與道德價值判斷，
方才能繼續追求革命：

> 革命……也是人生的完全，它的自身就是目的……我們
> 打仗並不為什麼目的。把戰爭加上一個目的，它就變成忍
> 受的，不是飛揚的了。甘心願意地從事沒有目的的戰爭，
> 這話初聽使我驚訝，但是細想一想，可真是廣大的。[7]

1944年胡蘭成的生活無論於公於私都面臨重大的轉變。前一
年，胡因為批評南京汪精衛（1883-1944）[8]的傀儡政權而下獄，
旋又因日本人的干涉而獲釋。1944年年初返回上海之後，胡蘭

6　胡蘭成，〈給青年〉，收入陳子善編，《亂世文談》（香港：天地圖書有限公
　　司，2007），頁218。

7　同前註。

8　有關汪精衛及其傀儡政權的成敗，見朱子家，《汪偽政權的開場與收場》（香
　　港：春秋，1960）；王克文，《汪精衛，國民黨，南京政權》（臺北：國史
　　館，2001）；錢進、韓文寧，《偽府群奸：汪精衛幕府》（長沙：岳麓書社，
　　2002）。

成認識了張愛玲，兩人迅速陷入愛河。幾個月後，胡蘭成離棄當時的同居人與張愛玲結婚。其時戰爭已經急轉直下，日軍敗相畢露，汪政權上下瀰漫著一股失敗的氣氛。然而在張愛玲的影響下，胡蘭成的文學事業正方興未艾。他不僅寫出一系列優美的散文，從書畫欣賞到人情世故，到《金瓶梅》、魯迅、張愛玲，無所不包；他更插手編輯工作，《苦竹》就是他的傑作。但胡蘭成內心深處必然不甘雌伏。1944年11月，就在《苦竹》刊出〈給青年〉之際，胡蘭成接受了日方指派，到武漢接掌宣傳媒體《大楚報》。同時，汪精衛病死日本。

在〈給青年〉中，胡蘭成力勸他的讀者捨棄對中日戰爭的價值判斷，方能夠看出其所具有的革命的「偉大意義」。對胡而言，革命並不僅意味政治衝突或群眾暴力而已，而是世界劫毀、貞下啟元的契機；透過革命，人性得以重獲清明，世界秩序也從而否極泰來。胡蘭成總結道，唯有將革命看作是人性的自然啟迪，才能夠讓深陷危急存亡之秋的中華文明恢復生機。

胡蘭成認為這樣的革命是出自於「情」的驅動；「情」則是人類直見性命的始原天賦。[9]「情」的本質是混沌與無規則的，不應受紀律與意識形態的束縛；「情」衍生出生命的韻律，自然而然與時同調。「革命者不投降，不做小打算，那是從人生的堅貞的感情裡發出來的。」[10]對胡蘭成來說，「感情不是感覺，也不是

9　胡蘭成，〈中國文明與世界文藝復興〉，《亂世文談》，頁201。「使千萬人起來革命的是人類的大的感情，人生的愛悅。」

10　胡蘭成，〈給青年〉，《亂世文談》，頁220。

脾氣，它是生命自身，如我在一處說的：『這樣的夜，連溪水的潺潺都是有情有義的』。」[11]胡蘭成理解魯迅的革命志業，但他批評這位革命導師如此披肝瀝膽，以致懷有「大的悲哀」，顯得「慘傷，悽厲」。[12]而革命的先決條件是善用「情」的資源，進而召喚出革命的壯闊與優美。

　　1944年深秋，當胡蘭成搭上日本飛機前往武漢時，想必心裡就是懷著這樣「多情」的革命想像？但胡早年的經驗卻和這樣的想像背道而馳。胡蘭成出身於江蘇省嵊縣農村一個小康人家。雖然出生時（1906）家道已經中落，胡仍然得以接受五四後的新式教育。1921年胡蘭成進入杭州一所教會中學就讀，因與校方衝突而被開除。類似的衝突成為胡蘭成日後生命中反覆出現的模式。1926年胡前往北京，在燕京大學擔任文書抄寫員。他開始對馬克思主義產生興趣，最後卻加入國民黨。[13]胡在北京一年一事無成，返鄉後或輾轉任教於中學，或賦閒，如是五年。

　　1932年，胡蘭成得到一個赴廣西教書的機會，讓他離開老家死氣沉沉的日子，在南方度過五年。我們對這個時期的胡蘭成所知有限，但他應在此時首度嘗試文學創作。同時他對政治的關心與日俱增。[14]當時的廣西遠離京、滬政治風暴中心，在地方軍閥的掌控下，反而提供左右各派分子一個意想不到的避風港。胡

11　同前註，頁216。

12　同前註。

13　胡蘭成，《今生今世》（臺北：遠景出版公司，2004），頁133-135；張桂華，《胡蘭成傳》，頁32-35。

14　據說胡蘭成在廣西時曾出版散文選《西江上》，今不復可見。

蘭成重新鑽研馬克思主義，對托洛斯基派理論尤有興趣。[15] 然而廣西的半自治狀態沒能維持多久，1936年蔣介石成功收編地方勢力，胡蘭成很快就因為自己的政治言論惹上麻煩。[16] 這年夏天胡被捕下獄，獲釋後被迫離開廣西。

　　此時胡蘭成已經三十歲了。十年來他四處謀生，一無所成；他結了兩次婚，有了四個孩子。與許多他那一輩的啟蒙知識分子相同，胡蘭成受到五四運動的啟發，曾經滿懷壯志，亟欲打破現狀，重建世界，但最終仍敵不過現實的考驗。1937年，胡蘭成舉家遷往上海，窮困潦倒，甚至眼睜睜看著自己的新生兒因為無錢就醫而死。但如他自謂，「我還有心思看世景」[17]；他還心有未甘，要再冒險闖蕩一番。未幾胡謀得汪精衛底下的《中華日報》主筆一職。是年夏天戰爭爆發，眼見機會來臨，他準備放手一搏。

　　汪精衛政權和蔣介石的國民黨政權的主張相左。汪認為中國無法負荷對日抗戰，和平方為兩國雙贏之道。為此汪精衛需要理論上的支持，而在他的策士群中，汪發現了胡蘭成最能符合他的期待。此時胡蘭成已遷往香港，在同為汪的機關報刊《南華日報》擔任主筆。1938年間，胡蘭成發表了百篇以上的社論與散文，其中〈戰難，和亦不易〉最能從汪精衛立場闡述中國的兩難，因使他見重於汪。[18]

　　1938年12月，汪精衛正式脫離國民黨，成立南京政權。胡

---

[15]　胡蘭成，《今生今世》，頁165-166；張桂華，《胡蘭成傳》，頁70-71。

[16]　張桂華，《胡蘭成傳》，頁72-76。

[17]　胡蘭成，《今生今世》，頁177。

[18]　張桂華，《胡蘭成傳》，第6、7章。

蘭成成為汪精衛政府的宣傳部次長，並兼任汪的機要祕書。胡深
知手中資源有限，因此另謀出頭之計；他自命為汪政權與日本雙
方的諫士，提供建議，也不吝批評。此舉讓胡蘭成一面維持清高
的形象，一面大玩政治籌碼。但這一伎倆有時而窮。1943年，
胡對汪政權的未來公開表示持悲觀態度，[19] 觸怒了汪。接下來的
故事我們便再熟悉不過：胡蘭成失寵於汪精衛，鋃鐺下獄，獲釋
後向日本勢力靠攏。同時胡的私生活亦風波不斷。先是1941年
他另結新歡，與第二任妻子離婚；兩年半之後，又與同居人鬧
翻，和張愛玲結婚。

　　胡蘭成從五四到抗戰所經歷的轉變，和他在〈給青年〉中的
主張似乎大異其趣，很難和「堅貞」拉上關係。由於他在戰時的
政治立場，長久以來胡蘭成一直被貼上「漢奸」的標籤。[20] 然而

---

[19]　胡蘭成，《今生今世》，頁260-279；張桂華，《胡蘭成傳》，第9章。

[20]　有關抗戰時期與日本合作者的討論，見Nicole Huang, *Women, War, Domesticity: Shanghai Literature and Popular Culture of the 1940's* (Leiden: Brill, 2005)，第1章；Norman Smith, *Reissiting Manchuhuo: Chinese Women Writers and the Japanese Occupation* (Vancouver: UBC Press, 2007)，導論及第1章；John Hunter Boyle, *China and Japan at War, 1937-1949: The Politics of Collaboration* (Stanford: Stanford University Press, 1972); Edward Gunn, *Unwelcome Muse: Chinese Litera- ture in Shanghai and Peking, 1937-1945* (New York: Columbia University, 1980); Leo Ching, *Becoming Japanese: Colonial Taiwan and the Politics of Identity Formation* (Berkeley: University of California Press, 2001); Prasenjit Duara, *Sovereignty and Authenticity: Manchukuo and the East Asian Modern* (Lanham, MD: Rowman and Littlefield, 2005); Poshek Fu, *Passivity, Resistance, and Collaboration: Intellectual Choices in Occupied Shanghai, 1937-1945* (Stanford: Stanford University Press, 1993).

這一標籤無法道盡胡的政治動機與結果。近年來學者嘗試從更寬闊的脈絡，亦即「通敵」（collaboration）的角度，來分析漢奸的行為。漢奸與「通敵者」皆暗指當事人嚴重的人格缺陷；漢奸一詞尤深有道德指控意味，比起來，「通敵者」則更著重於政治判斷的後果。巴瑞特（David Barrett）和徐乃力（Larry Shyu）曾經比較法國維琪政府（1940-1944）與中國淪陷區的異同，主張「通敵」與「賣國主義」（collaborationism）二者有所不同。對他們來說，前者指的是一種或自願、或被迫的偷生技巧，後者則著重對占領者作出「堅定的意識形態認同」。[21]巴瑞特和徐乃力認為，中國的淪陷區經驗多見通敵合作的事實，較少明目張膽的賣國行為——雖然通敵與賣國之間存有很大的灰色地帶。據此類推，學者甚至認為在淪陷區內，通敵與抵抗雖分處光譜的兩極，但兩者之間亦有相當曖昧的關係。卜正民（Timothy Brooks）提醒我們，通敵實際上可能是「歷史現場裡，個體與個體之間不得不產生的應對進退」關係。[22]蕭邦齊（Keith Schoppa）研究淪陷區的紹興時發現，「通敵者並不一定就是漢奸，而抗日也不見得就是民族主義的發揮。」[23]此中曖昧的極致，正如瑞思（Werner

---

[21] David Barrett,"Introduction: Occupied China and the Limits of Accommodation," in *Chinese Collaboration with Japan, 1937-1945: The Limits of Accommodation*, eds, David Barrett and Larry N. Shyu (Stanford: Stanford University Press, 2001), pp. 17, 8.

[22] Timothy Brook, *Collaboration: Japanese Agents and Local Elites in Wartime China* (Cambridge, Mass: Harvard University Press, 2005), p. 26; see 4, 7.

[23] Keith Schoppa, "Patterns and Dynamics of Elite Collaboration in Occupied Shaoxing County," in *Chinese Collaboration with Japan, 1937-1945: The Limits of*

Rings）在研究德國占領下的歐洲時所探問：「通敵本身是否也可能是一種抵抗的形式？」[24]

由是，胡蘭成的個案變得更為複雜。不論是在戰時還是戰後的幾十年，胡蘭成始終堅稱自己不是漢奸，而是個救國救民的「時局的弄潮兒」。[25] 識者可以說這不過是所有叛國者自我開脫的陳腔濫調。但胡蘭成個案的重點是，不論是漢奸還是通敵者，他在汪政權裡最多只是個小角色。目前有關南京傀儡政府的論述中就算提及胡蘭成，也多半聊備一格，遑論胡自誇的革命行動。我以為，在實際政治領域中胡的重要性完全不能如其所願，但在操弄文字語言上他卻有驚人的成就。是在文字符號的天地裡，他靈活地遊走於愛國與賣國、通敵與抵抗之間。胡的同輩鮮少有人能及得上他的文筆，彷彿不費吹灰之力就將相悖的道德律令、矛盾的意識形態糅合一起，而且還點染得饒有丰姿。歷史學家未必看得起胡蘭成，因為他的叛國行為甚至還上不了巨奸大惡的排行榜。但我認為胡蘭成的危險性──以及他曖昧的誘惑力──不容小覷。透過生花妙筆的書寫，胡蘭成瓦解了非此即彼的價值與形象，模糊了涇渭分明理念與情懷。他遊走是非內外，敵我不分，如此嫻雅機巧，以致形成一種「藝術」──文字的叛／變術。在背叛的政治學之外，胡蘭成發展出背叛的詩學。

Accommodation, p. 178.

[24] Werner Rings, *Life with the Enemy: Collaboration and Resistance in Hitler's Europe, 1939-1945*, trans. J. Maxwell Brownjohn (London: Weidenfield and Nicolson, 1979), p. 11.

[25] 胡蘭成，《今生今世》，頁127。

　　此處我所著眼的不是胡蘭成的政論，而是他的散文，一種
理論上最能表現個人趣味與隨想的文類。胡蘭成的散文集中出
現於1942至1945年之間，此時他和汪精衛政權漸行漸遠，而與
張愛玲譜出戀曲。他的文章皆發表於親日的雜誌，如《天地》、
《人間》、《苦竹》等；內容則包括作家點評（例如張愛玲、周
作人、蘇青）、小說文論（如《金瓶梅》、《紅樓夢》）、生活速
寫、禮教文化批判等。其中有關中國社會與文明的反思，如上述
的〈給青年〉，最值得我們重視。

　　試看〈文明的傳統〉一文。胡蘭成將東、西方文明作對比，
認為前者是在人類心性與萬事萬物互相照映下旖旎展開，而後者
則有賴物質主義與理性的演繹推理。胡蘭成感嘆數十年來西方霸
權排山倒海而來，使中國喪失了精神資源。相對的，他發現日本
文明可以作為借鏡，因為日本能夠周旋於西方的文化與政治霸權
之間，仍然維持一種「單純、廣大、悠久的感情」。[26] 胡蘭成於
是提醒他的讀者萬勿昧於中日戰爭的表象，因為這不是中國與日
本之間的爭戰，而是東方與西方文明的對決。

　　胡蘭成文章所透露的反西方思維其實延續了晚清以來中國
知識守成主義的特徵。胡自承曾受到梁漱溟（1893-1988）的啟
發，而眾所周知，梁的東西方文明比較研究曾在1920年代產生
廣大影響。[27] 值得注意的是，梁漱溟也是現代新儒家運動的先

---

[26] 胡蘭成，〈文明的傳統〉，《亂世文談》，頁180。

[27] 有關梁漱溟，參見如Alitto Guy, *The Last Confucian: Liang Shu-ming and the Chi- nese Dilemma of Modernity* (Berkeley: University of California Press, 1986).

驅，而胡蘭成日後將與新儒家有不少對話。另一方面，我們也必須正視〈文明的傳統〉這樣的文章所流露的大東亞主義，幾乎是胡抗戰初期的政論的散文版。胡蘭成於此的動機顯得十分曖昧，因為對抗西方威脅、保存中國傳統是一回事，利用日本侵略者的力量來保存中國傳統又是另一回事。畢竟新儒家最強調的就是對正朔與正統的信仰。然而胡蘭成既非忠誠的新儒家信徒，也非簡單的大東亞主義者。擺盪在中華文化本質論與日中親善合作論間，他的思維方式遠比我們想像的更為迂迴。

　　胡蘭成心目中的東方世界充滿安穩清亮、行止有禮的氛圍；人神共處其中，「生活的空氣柔和而明亮，有單純的喜悅。」[28]胡所謂「神」或「神意」，指的並不是西方宗教意味上的神，而「只是東方人那種千年萬代的感情，在人生的大安穩裡有一種約制的美。」[29]但胡蘭成進一步提醒我們，他的理想並不只耽於田園詩式的恬靜之美或「人生的大安穩」，而是希望能夠從這種安穩中「時時迸出的大冒險」。[30]在抒情美學與生命力學（dynamism）的相互激盪之下，「這種生命力的放恣，幾乎是沒有目的的。」[31]五四以後流行的柏格森生命主義（Bergsonism）在胡蘭成這裡也找到出口。回顧近代亞洲歷史，胡蘭成認為日本的明治維新與中國的辛亥革命正是這樣的「大冒險」，而他希望第二次中日戰爭能夠再現同樣的「生命力」，以此振興華夏文明。

28　胡蘭成，〈文明的傳統〉，《亂世文談》，頁179。
29　同前註，頁184。
30　同前註。
31　同前註，頁183。

胡蘭成必須再過十年才能讓自己的思考更加明確清晰，對此下文將有繼續討論。但胡戰爭時期的書寫已經顯現他的兩項特徵。一，他將所有現實事物抒情化的傾向；二，他對中華文化復興所投注的末世論願景，而這一願景恰可由革命的大破與大立來體現。胡的這兩個特徵看似互相矛盾，卻形成辯證關係。理想中，當莽莽乾坤被劫毀一淨，自有一股清新氣象油然興起，詩意因而產生。這樣的說法雖然不符合新儒家的救世精神，卻和中國傳統其他思想資源，如老子的無政府主義以及《易經》的生生剝復之道，有所印證。

然而當千百萬中國人遭到侵略者的迫害、屠殺，四處流亡之際，胡蘭成對東方文明的抒情禮讚無疑顯得格外突兀，遑論它與日本軍國主義的大東亞主義暗通款曲。胡蘭成的書寫全面「抒情化」了政治，字裡行間的已經帶有法西斯主義色彩，不禁使我們想起同代的西方文人如艾略特、海德格、龐德，以及德曼等與納粹的唱和。[32] 但我們不必就此將胡蘭成看作是法西斯美學的中國代言人；這不符合他高傲的心性和思想淵源。更有意義的問題是他如何在現代中國文學文化的脈絡中，醞釀自己的叛逆的詩學和政治學。

我認為胡蘭成的詩學與他的五四情結息息相關。胡蘭成不只一次提到，五四時期迸發的那種「生命力」曾經創造漢唐盛

[32] 有關艾略特、龐德以及德曼的法西斯思想，見Paul Morrison, *The Poetics of Fascism: Ezra Pound, T. S. Eliot, Paul de Man* (Oxford: Oxford University Press, 1996).

世的偉大文明。他認為，五四精神的展現不在「啟蒙」，而是在「情」。只有「情」才能感動成千上萬的人獻身革命，改變世界。為了闡述他的觀點，胡蘭成甚至在兩篇不同的文章──〈中國文明與世界文藝復興〉（1945）與〈文藝復興提示〉（1945）──裡寫下相同的段落，他認為：

> 蔡元培為了梁漱溟的一篇哲學論文，就請他去當北大教授，青年為了專聽一個教授的課，路遠迢迢的轉了學又轉學，心愛一個人的文章，對這個也說，對那個也說，像孩子心愛他的玩具，睡裡夢裡都惦記著，一早醒來就在被窩裡找著它。就是做工的人，種田的人，做生意的人，也有一種氣象，那個時代，是街道、工廠與田畈都明亮的，晴天也明亮，落雨天也明亮，落雨是落的白雨。所以梁啟超胡適他們能夠引起運動，孫文陳獨秀他們，還能引起北伐。[33]

就像偉大的「情」自滿溢的感性泉源汩汩流出，革命也只能在不由自主的情況下到達「未有名目」的高度。在這裡我們可以看到日後胡氏獨門風格的先兆。他強調明亮、單純、廣闊與嬰兒般自然的形象，將日常生活與民間文化交錯於史詩視界中，在其中人與神如響斯應，渾然天成。胡蘭成認為這是一個明亮的詩的世

---

[33] 胡蘭成，〈中國文明與世界文藝復興〉，《亂世文談》，頁186。

界[34]：啟悟先於啟蒙，直覺的靈光一現凌駕知識的孜孜追求——歷史與詩情至此合而為一。

　　胡蘭成不憚其煩地指出五四運動最終走上岔路，才產生西化浪潮。後果是滋生出兩種政治機器：國民黨與共產黨。這兩種意識形態皆受限於理性、紀律與一致性，不僅戕害中國青年感覺的能力，更讓革命變成僵化的義務。第二次中日戰爭爆發的前夕，中國的現代性追尋已經陷入空前僵局，非採取激烈的手段不足以力挽狂瀾。胡蘭成回望中國文明，希冀從傳統獲取新生的力量。他這滿懷鄉愁的姿態也許沒有什麼特別，特別的是他相信中國文藝復興必須仰仗日本的文化與軍事侵略。他以為「這人類的光榮將歸於漢民族，而最能懂得這個的，將是大和民族」。[35]

　　此番言論自然將胡蘭成的通敵立場表露無疑，但也可能指向更複雜的意義。我認為，胡蘭成的言論代表了五四之後一種相當特別的思想形式，其激進（或虛妄）處與未必亞於檯面上的左派右派。我們甚至可將其看作是夏志清先生所謂中國文人與知識分子「情迷中國」（Obsession with China；或譯為「感時憂國」）的另類例證。[36]當絕大部分中國文人與知識分子抱著愛之深責之切的心情，以激烈反傳統方式表達他們對國家民族的認同時，胡蘭成反其道而行，宣稱他對中國傳統的感情如此濃烈，甚至超過了現代民族／國家主義的界限。他指出，現代民族或國家主義的概

---

[34] 同前註，頁205。

[35] 同前註，頁207。

[36] C. T. Hsia, "Obsession with China," appendix, *A History of Modern Chinese Fiction* (New Haven: Yale University Press, 1971).

念其實源自西方，因此那些口口聲聲「愛國」的分子，愛的其實是西方定義下的「國」，而華夏文明博大精深，又那裡可以用這般舶來的、狹窄的「國」來定義？胡蘭成不認為自己是漢奸；他提醒我們早在他之前「大亞洲主義」已經是中國政治論述的重鎮，倡導者不是別人，正是現代中國的開國之父孫中山。比起他來，五四以後的那些全盤西化派難道不更有裡通外國的嫌疑？他的傾向日本、主張借鑑大和文明——中華文明的海外真傳——來抵禦西方，才真正顯出他對中國的一往情深；他才是真正的愛國者。

即使如此，胡蘭成的努力畢竟事與願違，不得不讓我們懷疑他的歷史經驗是否「背叛」了他所希冀達成的一切。我們應當記得胡蘭成屬於五四影響下成長的第一代，他經歷了幾乎所有五四新青年的冒險歷程：從鄉村到城市、從舊學到新知、從浪漫的渴望到意識形態信仰。但正如前述，他在命運的每個交叉口都遭遇困頓與失望。從1920至1937年，胡蘭成汲汲闖出自己的天下，卻一事無成。如果胡心目中的五四就他戰時散文所描寫的那樣，是個純任自然、光彩明亮的世界，那麼他自身徒勞的經驗恰恰成為其反證。他愈對五四自由解放的「空氣」頻頻禮讚，愈似乎洩漏潛藏他心中的不安和遺憾。

當胡蘭成將第二次中日戰爭與五四運動相提並論時，他也許是試著給自己、也給失敗的五四「中國文藝復興」第二次機會。他認為，既然親英美的國民黨和親蘇聯的共產黨都不能帶給中國光明的前途，難道和日本打交道就不能看作是另一個選項？又有何賣國通敵之嫌？但胡的立論至少有兩個盲點。假使「明亮」清

潔如五四的運動都帶來「欲潔何曾潔」的後果，胡又如何證明第二次中日戰爭可以完成五四所未完成的任務？他豈能對戰爭已經造成的巨大創傷視若無睹？更重要的是，就算和日本合作只是達到復興中國文明的一種權宜之計，他也不能忽視國際政治中的權謀一面（Machiavellian tactic）：就是日本也可能利用這樣的合作來徹底摧毀中國文明。他的大亞洲主義就算是秉承孫中山的學說，也未免顯得一廂情願。

1945年夏天，種種徵兆都指向日本即將戰敗，中日合作論搖搖欲墜。但胡蘭成個人的聖戰卻在語言的領域裡全面挺進。彷彿是要彌補現實政治的失敗，胡的散文愈發激昂多情，筆下的高調也愈發層出不窮。面對迫在眉睫的潰敗，他堅稱自己已從歷史的短視與意識形態教條當中「跳脫」出來。畢竟，真正的革命──和真正的情──不就是能對當下體制與時間的反抗？革命和背叛是一體的兩面。「情」的表達從不應該受到一時一刻成敗的限制，自我的超越永不止息。

當五四以及延續五四精神的中日戰爭不再能證成他的視野時，胡蘭成必須為他的革命大計另覓源頭。於是他輕輕地跨越五四的門檻，將他的「革命」與「情」重新安置在現代以前的廣大世界中：「人不是生於一個時代的，而是生於一切時代之中。」[37]或正如他所說：「革命……也是人生的完全，它的自身就是目的……我們打仗並不為什麼目的。」藉由如此迂迴的修辭，胡蘭成也許將他的信仰「格」到了一個更高的層次，也許只是為了

---

[37] 胡蘭成，〈中國文明與世界文藝復興〉，《亂世文談》，頁205。

可見的戰敗後果預作開脫。但我們更可能低估了胡的野心。就在1945年8月日本投降之際，胡蘭成想要結合殘餘的親日勢力以及日軍的激進分子策畫一場兵變，以對抗中國與日本。這場兵變短短幾日告終，胡蘭成的「革命」終究不過是一場笑話。然而如此一舉更彰顯了胡的症候群：在慷慨的叛逆與烏托邦的革命激情間，在以空作多的機會主義與因勢隨緣、妙得天機的「機論」間，[38] 他輾轉游移，讓任何對他的評斷都變得難以窺得全貌。

回到胡蘭成的〈給青年〉。他告訴他的理想青年讀者，他們代表了中國的希望，因為他們擁有感覺的「餘裕」，因而能夠改變世界。胡蘭成未能說出的是他自己青年時代的經歷；憑著一身反骨和自命的慧根，他對家庭、戀愛、意識形態以及國家民族投入許多，但未見餘裕，反而虧空累累。從年輕的時候開始，胡蘭成就嚮往變化，但是這個世界卻無法如他所願地改變。在政治上，他不但背叛了代表中國的國民黨政權，也背叛了他親自協助成立的傀儡政府。在私生活裡，他永遠被新的欲望對象所誘惑。

但對胡而言，談背叛，太沉重，他毋寧另有想法。胡蘭成一向自負，卻承認很受一位四〇年代的評者所感動：「這個時代辜負了胡蘭成，胡蘭成也辜負了這個時代。」[39] 如果背叛是政治和倫理價值的違背與逆反，辜負則帶有感情期許的落差與遺憾。但

38　我們應該特別注意胡蘭成日後提出的「機」的概念，即時機、偶然與變易。胡蘭成認為「佛教以劫毀為無常，基督教更說是世界末日，唯中國之莊子知成毀為一體之機。」見胡蘭成，〈機論〉，《革命要詩與學問》（臺北：遠流出版公司，1991），頁225-286。亦見〈黃老篇〉。

39　胡蘭成，〈給青年〉，頁222。

不論誰背叛還是辜負了誰，都隱含一種認知的錯位，行動的誤差。也許正是懷著這樣模稜兩可的心情，1944年深秋胡蘭成寫下〈給青年〉。當他在文章裡呼籲青年把握他們時代時，胡蘭成應該明白其實他自己已經錯過了他的時代與時機，已經踏上後半生歷程的不歸路。

「興」的詩學與政治

1945年8月15日日本投降，兩個星期後胡蘭成逃離武漢。1946年年底，他在浙江溫州找到棲身之所，結識當地舊學耆宿劉景晨（1881-1961），並在劉的幫助下謀得教職。胡蘭成也透過通信引起梁漱溟的注意。在劉景晨與梁漱溟的影響之下，胡蘭成的學問開始成形，著手著述通盤研究中國歷史的《山河歲月》一書。新中國成立後，胡曾試圖爭取毛澤東的好感，但很快明白共產政權對他毫無同情。[40] 1950年夏天他逃往香港，三個月後抵達日本，並在日本度過餘生。

《山河歲月》完成於1954年，是胡蘭成流亡後的第一部著作。這本書在許多層面上透露了胡從戰後到1949年國共分裂期間的思想與經歷上的轉變。他重新拾起戰時雜文中已經觸及的問題，探討語言、文化與民族認同之間的有機關係；他並且以更詳盡的歷史書寫方式來闡述自己的思想。然而《山河歲月》雖然號稱是對中國歷史自始迄今的總論，但胡蘭成並未依傳統方式寫

---

[40] 張桂華，《胡蘭成傳》，頁254-257。

作，而著重兩個時期：遠古到漢代，以及晚清至共產中國的成立。

　　胡蘭成視新石器時代文明為世界文明的起源，並迅速轉換成數學的抽象描述：文明從零開始到有，正如數字從○到一。西方與印度的文明是從一至三之間演進的（如一元論、二元對立、三位一體），而中國文明則能夠將三以上的數字加以概念化。他發現中國文明是演繹的，非中國文明則是歸納的，兩者形成對比。但這些說法都比不上他以顏色來觀察文明的差異更引人注目：

> 〔中國、印度與日本都是金色的，〕金色是顏色而亦是光。埃及的則是藍灰色，陽光世界因奴隸社會而變成藍灰色的天。……而希臘的白色則只是光，白色亦可是顏色，而希臘的白色是無色。後世西洋便總是採用埃及的一點灰，希臘的一點白，……此即維多利亞女王時代的英國。德國與美國皆是銅灰色，但美國還更近希臘，美國且有點奶油色。[41]

對胡蘭成而言，中國文明史上最重要的因素有二，一為井田制度，一為「興」的概念。如果井田制度代表的是胡所嚮往的政治與社會藍圖，那麼「興」則是井田制度的觀念化審美化；兩者都不能自外於詩意想像。眾所周知，井田制度相傳是上古的土地政策，將一塊田地像「井」字那樣分成九塊，周圍八塊由各家

---

[41] 胡蘭成，《山河歲月》（臺北：三三書坊，1990），頁50。

耕作，中間一塊則由八家同耕，收成歸公。[42] 理論上，這種制度同時滿足了民權與君權，個體與群體的規劃。胡蘭成在《山河歲月》中再三詳述井田制度，認為不僅為農業經濟措施，更是政教、宗族，以及最重要的，審美想像的象徵依歸。井田制度理應發生在《詩經》時代，那個時候的人們「爰居爰處，爰笑爰語。」[43] 如果井田能夠完美實踐，那麼政治就是不啻是一種詩學。

　　胡蘭成對井田制度的描繪也許不乏對封建制度的懷想，但亦有其現代的、激進的根源。胡年輕的時候相當著迷於無政府主義者克魯泡特金（Peter Kropotkin, 1842-1921）的名作《田野、工廠、作坊》（*Fields, Factories and Workshops*）。[44] 這本書反對中央集權以及工業化，主張地方的、自給自足的社會。在目前所見胡蘭成最早的一篇寫作〈中國鄉黨沿革制度考〉（1929）裡，即可見克魯泡特金的影響。在這篇文章中，胡蘭成以為中國不像西方，並未完整經過從奴隸制度到工業化那樣的歷程，因此中國人對於君主統治與階級鬥爭的殘酷性並沒有深刻的體認。數千年以來，中國人在農村生活的庇蔭下得以延續宗族血脈與文化傳承。對中國人來說，現代的「國家，也無非是社會病態的象徵，使城市和鄉黨發達不完全中的臨時產品，我們要講人類真正的幸福，

---

[42] 對胡蘭成來說，井田制度可以追溯到中國歷史的起源，當時中國人已經能夠藉著將一塊田地區分成九塊、中間獻給王、周圍八塊由個別家族擁有，來形成政治——社會關係。見胡蘭成，《山河歲月》，頁94。

[43] 同前註，頁15。

[44] 劉錚，〈讀胡蘭成《中國鄉黨制度沿革考》〉，原發表於《萬象》，第9期2004年8月；http://www.douban.com/group/topic/2483245/。

必須離棄這些過於高大的機關，來從社會的下層做起。」[45]

　　《山河歲月》中所描寫的井田制度可以看作是1920年代胡蘭成政治社會理想的延伸。值得注意的是，彼時胡還未認真接觸日本帝國主義。胡蘭成反覆指出，井田制度在古代能夠成功，因為它實現了中國政治想像中最美好的一面。只要君主利益——如井田中央由各家共同耕種的部分——獲得照顧，民間社會基本可以不受干擾，自給自足。即使改朝換代，井田形式也不致受到影響。在這一烏托邦最高的境界裡，君權與其說是代表一家一姓的政治實體，不如說是一個位置；位置上的統治者也許此上彼下，但民間社會總可以自行其是。

　　由此我們可以更加理解胡蘭成戰時書寫的理念淵源。他的東亞地理政治觀似乎反映了井田制度裡民間與權力中心的和諧關係，而他對大東亞主義的理解就像是國際版的井田制度！[46]在他的政治理念中，既然國家的概念無足輕重，那麼中國的「中國性」自然也就有不同的解釋方式。胡蘭成也許會這麼認為，依從井田制度所提供的象徵秩序，中國是東亞文明的中心，與周圍國家形成互信互惠的關係。至於日本在東亞所展現的霸權統治，胡蘭成則以為不過是提供一個管道，讓中國可以由此重返黃金時代——正如《漢書》所言的「禮失求諸野」。[47]胡蘭成所迴避的問

---

[45] 胡蘭成，〈中國鄉黨制度沿革考〉。

[46] 胡蘭成，《山河歲月》，頁87。「井田從敦睦九族推廣到平章百姓，又推到協和萬邦，如此便作成『邦內甸伏，邦外侯服，侯衛賓服，夷蠻要服，戎狄荒服』的天下世界。」

[47] 《漢書‧藝文志》，卷30。

題是，井田制度打一開始可能就是一個烏托邦，但帝國主義與殖民主義的力量卻是真刀真槍地威脅中國的國家完整與領土主權。在胡蘭成的現代版井田想像裡，位於中央的不是聖王，而是外國的侵略者，或是其傀儡政府。

　　胡蘭成對歷史的抒情詮釋中最重要的關鍵是「興」。「興」是中國文學文化傳統中的一個概念，泛指情感的興起、創興、振興或興奮。這個詞一說是來自上古祭典中神人交會所生的活動或情緒，幾經延伸，在《論語》及《周禮》中則成為文學創作的動機之一。[48] 漢代以來出現種種對「興」的詮釋，從神意、教化，到倫理形式、政治威權，[49] 不一而足。即使五四之後，「興」仍然繼續吸引知識分子的目光。周作人與宗白華認為興是中國古典詩歌重要的喻象動機，梁宗岱發現興與法國象徵主義的「通感」相仿。聞一多則認為興不過是一種言語的偽裝，用以躲避政治禁忌。另一方面，陳世驤以為興是初民上舉歡舞的自然形式。[50] 胡蘭成的詩學應視為這個傳統的一部分。

　　胡蘭成首先從《詩經》尋出「興」的定義。他說，興對詩來說功能「是引子，但不是序幕」，與正文之間並非因果關係，「與本事似有關似無關」。由此，胡蘭成給予「興」形上學的意義：

48　胡蘭成，《山河歲月》，頁97。

49　同前註，頁102。

50　有關「興」的現代詮釋較完整的研究，見本書第一章〈有情的歷史〉。

> 興像數學的○忽然生出了一，沒有因為，它只是這樣的，
> 這即是因為，所以是喜氣的⋯⋯西洋沒有興，從物來的
> 只是刺激，從神來的又是靈感。興則非常清潔，是物的風
> 姿盈盈，光彩欲流。原來物意亦即是人意。[51]

興是一種源起或創作的力量，但絕非神意或人意使然，而是在身體與符號、自然與形象交會之處產生。胡蘭成認為興必須與賦──《詩經》的另一種創作方法或類別──相輔相成。賦以井井有條的方式表達世界的物象，而興則是事物的自然呈現。如此，賦代表了禮的精神，興則透過自然與和諧延續了樂的精神。胡提醒我們禮與樂正是中國文明的基礎。

　　這裡我們關注的焦點是胡蘭成如何將興比附於歷史與政治。透過興的創造性、純任自然的感召力量，《山河歲月》挑戰傳統史學敘事的線性時間觀以及目的論。胡蘭成呼籲建立「新史學」，將過去看作是現在、反之亦可將現在看作是過去。當過去與未來混成為一體之後，「新史學是寫古時的事亦只如寫的現在，寫的自己，因為人生是生於一個時代而同時亦生於許多個時代」而「良史又忘其為史」。[52]他對於史學的顛覆在批評章學誠（1738-1801）「六經皆史」的名言時達到高峰。章學誠以拆解六經的經典地位、還以歷史本色而顯得離經叛道，胡蘭成則更進一

---

[51] 胡蘭成，《山河歲月》，頁102。
[52] 同前註，頁78、79。

步宣稱「中國真如章實齋說的六經皆史，而亦皆是詩。」[53]

問題是：當胡蘭成立意將中國的歷史復返到原初形式，亦即詩的時刻，他是意在召喚出返祖的歷史（arch-history），還是超越歷史的歷史（a-history）？孔子曾謂「詩亡而後春秋作」，意即詩才是文明的精魄所在，時間的完滿呈現；由詩所象徵的文明、時間陷落後，才有史的出現。在此胡蘭成視詩如史的姿態顯得既激進又保守。激進的是他認為歷史不過是情感「起興」的紀錄，語言只能表現歷史／情感豐富、流動的意義於萬一；保守的是他又頻頻回望、遙想文字與世事合而為一的「黃金時代」。不僅如此，他一方面將現代一總涵攝在時間的巨流裡，形成古今同在的當下永恆，但另一方面卻又將自身所在的歷史位置「包括在外」。如是推衍，《山河歲月》所留下的歷史無他，僅有一種轉瞬即逝的情緒，胡蘭成所謂的「情」。

胡蘭成對歷史的想像鮮活，每每讓讀者驚豔。對他來說，中國文明在世界歷史的初期時便已綻放得搖曳生姿，像是開出牆外的繁花，而中國歷史的興衰絕續則不妨看作是青年男女此起彼落的民歌傳情。由於井田制度的施行，周代的政治可就是一場田園羅曼史，而多事的戰國時代則像是《紅樓夢》裡賈寶玉和眾家姑娘興興轟轟地作小生日。魯迅以及五四的知識分子儘管批評中國東西，也只是如同年輕女孩子以為自己的相貌生得不好，生氣到家裡人的身上。[54]總括來說，胡眼中的中國歷史活脫是一場不散

---

[53] 同前註，頁74。
[54] 同前註，頁126。

的筵席，充滿青春活力與節慶氣氛。

　　正統歷史以統治階級與社會菁英是尚，與此相對，胡蘭成認為民間社會才是發動「興」的主力。市井百姓讓每個歷史時刻活了起來，他們的生命力表現在歌謠民俗，以及種種地方節慶中。但是民間社會的日常生活並不總是平和安穩。「興」也同時是刺激歷史轉向、民心思變的力量。因而有了民間起兵。胡蘭成強調民間節慶與民間起兵並不互相衝突，反而彼此涵攝。如前所述，《山河歲月》演義中國史並不循序漸進，漢代之後，立即跳躍至晚清。就一般史觀而言，擱置兩者之間的一千八百年顯然不可思議。但胡蘭成還是有自圓其說的餘地：只要民間社會維持一以貫之的活力，不受政治動盪影響，那麼饒是千百年的改朝換代，歷史其實是「沒有什麼事」發生的；據此而論，漢代以後到清代中期也就乏善可陳。總的來說，胡認為中國歷史的發展可謂得天獨厚，形成一種連綿不斷的「喜氣」，因能遇「驚險」如「驚豔」，化「劫」為「節」。

　　將鄉土文化、民間起兵、即興創造等元素安頓後，胡蘭成以「興」詮釋歷史的努力只缺臨門一腳。胡認為鴉片戰爭後，由於西方文明入侵，中國面臨了空前危機；當務之急唯有重新召喚「興」，而「興」的現代版本就是革命。「惟中國的革命是興。」[55] 革命就這樣自然而然的發生，既是氣勢如虹的軍事行動，也是歡欣鼓舞的佳節時光。革命創造了「好天氣、好情

---

[55] 胡蘭成，《中國的禮樂風景》（臺北：遠流出版公司，1991），頁157。

懷」，能夠讓青年男女在「日月山川」之間行走。[56]據此，中國
現代史從太平天國到辛亥革命、五四運動、北伐、抗戰，以迄共
產黨解放，代表了革命的不同階段。

　　而中華文明能夠「千劫如花」，開出一輪又一輪的盛世。[57]
《山河歲月》裡的抗戰因而是喜氣洋洋的時刻，因為中國人不約
而同由此作出全新出發的打算、意料之外的冒險。革命的能量釋
放出來，國仇家難變成國恩家慶，反而能夠再造中國新生。胡蘭
成將彼時中國人的大逃難看作是集體大郊遊，難民們唱著山歌小
調行走於山川之間，往往竟能一遊終其一生也沒有機會造訪的地
方。同時，即使在日本占領區內，地方文化仍然蓬勃發展。胡蘭
成認為，正因為中國民間是如此生機盎然，中國人在戰爭的劫毀
之中仍然能夠悠然度日。最重要的是，中國人具有「未有名目」
的大志，能夠超越現世的種種困難。他寫道：

> 其實抗戰的戰術戰略便真是禮樂……彼時淪陷區的中國
> 人與日本人照樣往來，明明是仇敵，亦恩仇之外還有人與
> 人的相見……中國人卻是可以為善可以無方。而戰區與
> 大後方的人亦不剋定日子要勝利，悲壯的話只管說，但說

---

56 「好天氣，好風景」以及「日月山川」是胡蘭成書中最常使用的詞句。

57 胡蘭成，《山河歲月》，頁192。「中華民族並且還有心情開別人和自己的玩
笑，把驚險的場面也作成了是驚豔，千劫如花，開出太平軍起義，辛亥革
命，五四運動與北伐抗戰及解放。」見黃錦樹，〈抒情傳統與現代性：傳統
之發明，或創造性的轉化〉，《中外文學》，第34卷第2期，2005年7月，頁
178-182。

> 的人亦明知自己是假的。中國人是勝敗也不認真，和戰也
> 不認真……中國人的勝敗之界，和戰之界，便亦好到像
> 是這樣……最最真的東西反會好像是假的，因為它乃是
> 這樣的。[58]

胡蘭成結合了「興」與民間社會的節慶及革命衝動，讓我們想起巴赫汀（Mikhail Bakhtin, 1895-1975）的「嘉年華」理論。[59] 1920年代巴赫汀身處另一種霸權——史達林政權——之下，他的政治主張和胡蘭成南轅北轍。然而，當他們在想像民間社會抗衡宗教或政治體制所產生的那種生猛有力的能量時，兩者卻有相似之處。巴赫汀在中世紀的嘉年華中找到理想範例；嘉年華顛覆權力中心，以怪誕風格戰勝了禮教約束，並以狂放的集體的笑聲創造一種不分彼此的社會共同體。胡蘭成則將節慶以及地方的慶典活動——特別是民間戲曲——視作挑戰僵化現狀的動力。在他的觀察裡，抗戰最終變得無比歡喜，因為「抗戰時期的好天氣好情懷，還見於淪陷區與大後方的到處歌舞，在淪陷區是忽然流行起越劇，在大後方是復興了中原的迎神賽會扮臺閣，而且傳來了西北高原的土風舞與民謠。」這些都指向「中華民族將有大事的行動美。」[60] 革命的節慶氣息在共產黨解放時達到最高點，因為「〔解放軍〕與中國歷朝民間起兵的傳統相接，它原來

[58]　胡蘭成，《山河歲月》，頁239-240。

[59]　Mikhail Bakhtin, *Rabelais and His World,* trans., H. lowolsky (Cambridge, Mass: MIT Press, 1968).

[60]　胡蘭成，《山河歲月》，頁243。

不靠主義，而是民間的大志蕩蕩莫能名，遂夾遍地的秧歌舞而來了。」[61]

評論家已經指出巴赫汀的嘉年華會理論中的矛盾之處。狂歡看來固然百無禁忌，卻其實是在政教機構所圈定的時間和空間範疇之下行事，何曾完全擺脫權力的監視？此外嘉年華訴諸過猶不及（excess）的衝動，每每對現實作出以暴易暴的反擊。比起巴赫汀理論中那種酒神衝動（Dionysian urge），胡蘭成的中國式嘉年華乍看溫和得多，實則未必盡然。巴赫汀主張頹敗與重生的有機循環，身體法則和抽象法則的對抗，以及一個眾聲喧譁的場域。[62]胡蘭成顛倒了這個模式。在他的中國節慶想像裡，時間歸零，無所謂循環；身體是嫵媚的而不是變形的；喜興的歡唱取代了此起彼落的嘈雜，形成慶典裡獨大的聲音。然而，就《山河歲月》所介紹的例子所見，胡蘭成的節慶總暗含著兵氣，亦即暴力因素。別的不說，胡蘭成認為他的節慶不是背離正統，而是回返正統——聖王之道。而在王道「真正」中興之前，軍事鎮壓往往是必要的手段。

胡蘭成賦予民間節慶以一種有形的力量，卻從未過問政治活動最終如何含括這股力量。革命可以是節慶最圓滿地完成，也可以是最凶險的實踐。就在這裡，胡蘭成對「興」的政治化透露了一種非屬道德（amoral）的內蘊。這幾乎暗通老子的無政府主義，認為世道蒼蒼，萬物與芻狗共相存歿，悟道和無道也就互

---

[61]　同前註，頁253。

[62]　王德威，《被壓抑的現代性：晚清小說新論》（臺北：麥田出版，2004）。

為始終。[63]在一片和諧清明的表象之下，胡蘭成的節慶帶有血腥的味道。沒有人比他的前妻張愛玲更敏銳地感受出其人理論的缺失。張愛玲的第一本英文小說《秧歌》（1954）與胡蘭成的《山河歲月》同年發表，在她的小說中，共產黨革命並不如胡蘭成所想像的，是一場社會主義嘉年華的歌舞「起興」，反而從頭開始就是場「死亡之舞」（danse macabre）。[64]

詩與欺騙

　　從井田制度到「興」的思辨，胡蘭成對中國歷史的詮釋如前所述，代表了晚清至五四激進論述的一種變奏。雖然胡蘭成欲強將自己的史觀比附孫中山或毛澤東的救國大計，他的「山河」與「歲月」所構築的政治願景實際上更類似康有為（1858-1927）的大同世界（《大同書》，1935）、譚嗣同（1865-1898）仁的世界（《仁學》，1897），甚或張競生（1888-1970）的性烏托邦（《美的社會組織法》，1925）。這些作品引人入勝之處並不在於其現實政治中實踐的可行性，而是在其情感的渲染力。相較於前人，胡蘭成更擅長於將這種渲染力量付諸華美的抒情文字，但這也是

---

[63] 胡蘭成，《今生今世》，頁647。我們應該特別注意胡蘭成所謂「機」的概念，即時機、偶然與變易。胡蘭成認為「佛教以劫毀為無常，基督教更說是世界末日，唯中國之莊子知成毀為一體之機。」見〈機論〉，《革命要詩與學問》，頁225-286。亦見〈黃老篇〉。

[64] 王德威，《歷史與怪獸》（臺北：麥田出版，2011年二版），第5章〈三個飢餓的女人〉。

胡蘭成備受爭議之處。

　　胡蘭成的理論之所以曖昧，也許來自於他那輩知識分子所感受的「歷史的不安」，同時也來自他的語言以及語言所表述的世界之間的巨大差異。就在他力讚中華文明的抒情好景的同時，南京大屠殺受難者仍然屍骨未寒。對他來說，戰爭也許是一場天地不仁的遊戲，必須超越，但千百萬中國人卻仍得為此賠上身家性命，又如之何？傳統烏托邦書寫往往著墨現實世界與理想世界間的辯證關係，但胡蘭成的烏托邦書寫卻刻意抹消其間的差距。他切切要在血淚斑斑的土地上指認出一座桃花源，難怪討來撻伐之聲。他一心嚮往民間社會歡天喜地的興發革命，卻似乎對個別生命歷經的創傷──包括他自己的創傷──視若無物。

　　胡蘭成史觀所引發的爭議性可以放在更寬廣的格局中思考。我以為《山河歲月》這樣的作品為三〇及四〇年代世界文壇詩學與政治的辯證，提供了獨特的中國案例。歐洲自第一次世界大戰至二次大戰戰後的數十年間經無數災禍與苦難，這使一批原本最有思辨能力的知識分子也必須想像一種劇烈的手段，找尋救贖。他們渴望將社會從不仁不義的政權與暴力循環解放出來，如此殷切，甚至上綱為一種天啟式願景。他們想在歷史無可逃避的進程裡創造「稍息」（caesura）的片刻。從神學的召喚到詩學的覺醒，從革命到戰爭，他們尋尋覓覓，務求達到一個理想出路的突破點（breakthrough of perfectibility）。[65]

---

[65]　Anson Rabinbach, *In the Shadow of Catastrophe: German Intellectuals Between Apoca- lypse and Enlightenment* (Berkeley: University of California Press, 1997), p. 6.

海德格的「詩學轉向」（poetic turn）以及他在二次大戰期間與納粹的關係，就是最為人所熟知的公案。海德格以為西方哲學最初源自真正的「開放的存有」（openness to Being），但為時甚短，之後千百年的思想譜系逐漸遺忘了這原初的開放性。西方形上學逐步演變成虛無主義正是此一傾向的明證。海德格以為詩的力量可以恢復那原初的開放性，詩的語言能夠揭露破碎的世界的真相，廓清科技形成的「框限」（framing），再啟發神聖的高度。這樣簡略的說明當然無從觸及海德格詩學的精妙之處，卻足以與他在二次世界大戰期間的政治立場作出對比。當海德格承諾你我皆「詩意的棲居在這片大地之上」時，他卻毫不猶豫地為納粹的宣傳背書。他力倡一種可以超越「大地」（the earth）的束縛，「開啟」被遮蔽的存在的語言時，千百萬人正以最不詩意的方式遭到屠殺。

海德格在二次大戰戰後的〈人本主義書簡〉（Letter on Humanism, 1946-1947）最是值得注意。在此文中，海德格區分了人類的本質與真實的本質。「唯有思想影響存有，而非『行動或實踐』。」[66]他重申自己的詩學主張，欲將語言由人本主義的「文法規則」──即形上學、主體性、理性──中解放出來，以回歸「存有」。海德格帶著歉意指出，由於深受尼采式的意志論影響，他在戰爭期間曾冀望從國家社會主義和納粹運動裡尋求政治實踐的力量。但他很快將自己的行為放在西方知識史的脈絡裡，歸因為希臘時期以來歐洲文明一路蒙受障蔽而衰敗的後

---

[66]　同前註，頁99。

果。換句話說，他認為自己的政治選擇，以及隨之而來的納粹之興起，都不過是西方人本主義悠久傳統所造成的惡果之一，是自回復「存有」的任務中「歧出」。按照海德格的邏輯，在「存有」的領域中，並沒有所謂道德或自覺。正如拉賓巴赫（Anson Rabinbach）批評道，這是「存有致人類的公文書，宣告它的作者免於所有責任。」[67]

胡蘭成也是在1946年開始草擬《山河歲月》。即使胡蘭成與海德格在認識論本源上有著巨大差異，兩人仍然在同樣的歷史時刻裡進行自我辯護。正如海德格的〈人本主義書簡〉，胡蘭成的《山河歲月》也技巧地宣告自己戰爭時期的行止無罪，而且毫無悔意。海德格致力重啟西方文明的初始（arché）——即希臘文明的上古時期，而胡蘭成則要帶領他的讀者回到周朝的黃金年代。海德格嘲諷戰勝者對戰敗者的「憤怒的仇恨」，而胡蘭成質疑國民黨政權自毀長城，有何立場迫害像他這樣為了復興中國文明才苦心孤詣的通敵者。

特別值得注意的是，雖然二者毫無相互影響可言，海德格對詩的呼喚不可思議地回應著胡蘭成的「興」。胡蘭成對「興」的描述還見以下段落：

> 興並非只在音樂，文章有興，此即是音樂的了，做事有興，此即是音樂的了，寧是音樂在於寓物之興……大自然的意志之動為興，大自然的意志賦予萬物，故萬物亦皆

---

[67] 同前註，頁116。

> 可有興。詩人言山川有嘉氣，望氣者言東南有王氣，此即
> 是興……興自於天，是生發的，向著未知的，隨息之舒
> 展之波而生出調來。[68]

胡蘭成和海德格都期望藉一種詩的言語（poetic interpellation），從無中喚起有，投射一點靈光，引領世界脫離無明的窘境。如此，胡蘭成與海德格皆傾向於類似現象學的內鑠（immanence）或本質的覺醒，他們對構成其美學理論基礎的殘暴本質卻避而不談。海德格以為「行動」與「存有」兩者的畛域不能混淆，胡蘭成則強調「興」的未知性。當歷史變成形上思考的對象之際，人類的慘痛傷亡不過是「存有」的失落或「大道」不興時一個無可避免的小插曲。

同樣值得注意的是美國學者保羅・德曼。德曼是舉世聞名的解構主義學者，去世四年後卻被揭發在二次大戰期間曾在比利時報刊上連續撰文為法西斯主義捧場。在近兩百篇文章當中，他同情納粹立場，聲援反猶太主義。德曼的個案震驚學界，不只因為他至死隱瞞了過去的行徑，更因為他日後的理論與他四〇年代的政治信仰有著詭譎的連帶關係。不論是前期接近現象學的方法論，或之後的解構主義學說，德曼始終對語言傳遞真實／真理的價值與歷史再現的可能性表示懷疑。正如他著名的書名所暗示，在認知行為與其文本再現過程中，總同時具有「不見與洞見」（blindness and insight）。德曼批評西方人文思維活動中的種種盲

---

[68] 胡蘭成，《中國的禮樂風景》，頁129。

點（aporia），且又以毒攻毒地嫻熟操作之，藉以暴露西方浪漫主義以降的主體性迷思、真理籲求，和生命的有機論。

德曼也強調語言之間的互涉性與重複性，因此質疑現代性與歷史之間的關係。藉由抒情，德曼認為文學現代性試圖追求時間與歷史之外的行動的自發性。然而，這樣的嘗試卻總是得在時間與歷史的洪流之中發生。[69]對他來說，詩的歷史本質並非「安穩的根植在一個更大的歷史及文化脈絡中、並在其中所發揮所能，而是獨立實際歷史事件之外、自成一種本體論意義上的時間性，這是高度抽象的。」[70]因此在〈文學史與文學現代性〉（Literary History and Literary Modernity）一文中，德曼總結道，由於文學具有同時存於「現下」和「歷史」的兩相悖反的特質，因此文學文本中的寓言與真實、不見與洞見間並沒有明確的區別。這麼一來，文學當中真實與謬誤的關係無法再現，因為二者同時存在，沒有一方能夠勝過另一方。[71]

正如德曼的為文聲援納粹，胡蘭成在四〇年代初期也曾撰寫為數頗多的文章支持中日合作。他們甚至同樣主張不抵抗主義，希冀政治現實能夠轉變成某種「真正的」政治理想，如德曼的國家社會主義，以及胡蘭成的泛亞洲主義。[72]但在戰後，他們對戰

---

[69] Paul de Man, "Lyric and Modernity," *Blindness and Insight* (Oxford: Oxford University Press, 1971), pp. 166-186; "Literary History and Literary Modernity," pp. 142-165.

[70] 同前註。

[71] 同前註，頁164-165。

[72] 見Christopher Norris, *Paul de Man: Deconstruction and the Critique of Aesthetic*

爭時期的經驗卻採取完全不同的態度。德曼在美國的學術界找到
避風港，試圖完全「遺忘」他的過去，而胡蘭成卻大聲為他的行
為和主張作解釋。引人深思的是，面對他們作為通敵者的過去，
德曼與胡蘭成不約而同的重新思考語言以及語言形式的結晶──
詩──的功能。德曼以抒情文類為例，強調文本相對主義以意義
的無限延宕；相反的，胡蘭成則主張詩的召喚才是真相大白的唯
一途徑。

　　必須一再強調的是，德曼與胡蘭成的學思傳統各有所宗，
其結論也大相逕庭。我所關注的是他們如何利用語言的隱喻力
量──不論是胡蘭成的神祕化（mythify），或是德曼的去神祕化
（demythify）──來折衝，甚或抵消，歷史經驗與道德價值。如
果德曼所謂「文學當中真實與謬誤的關係無法再現」和胡蘭成所
謂「最最真的東西反會好像是假的」，聽來有近似之處，那是因
為二者皆欲從語言滑動的特質中，尋求一種破解邏輯與真理的辯
論形式。歷史能夠被德曼解構成「寓言」（allegory），也能夠被
胡蘭成超越成為詩學的「興」。因此，德曼和胡蘭成對於歷史暴
行的解釋有相似之處，也就不足為奇了。對德曼而言：

> 歷史知識的基礎並不是建立在經驗的事實，而是書寫的文
> 本，即使這些文本以戰爭或革命的方式出現。[73]

Ide ology (New York: Routledge, 1988)，第7章。

[73] Paul de Man, "Literary History and Literary Modernity," pp. 164-165. 見Dieter Freundlieb, "Paul de Man's Postwar Criticism: fte Pre-Deconstructionist Phase," *Neophilologus*, 81 (1997): 165-186.

對胡蘭成而言：

> 甚至毛澤東一幫共產黨殺人已達千萬以上，我亦不眨眼，
> 原來不殺無辜是人道，多殺無辜是天道，我不能比毛澤東
> 仁慈。[74]

德曼的寓言文本中心論與胡蘭成的天道說分別承襲尼采哲學的虛
無主義以及黃老的無政府思想，但在訴諸語言和倫理的曖昧性
時，他們有了對話可能。然而二者的言論也不能免於自身所滋生
的盲點。德曼解構真實，訴諸符號遊戲，但他徹底的懷疑主義其
實暗含了對徹底符號主義的（理想）寄託；[75]胡蘭成希望將歷史
無條件抒情化，但他的抒情主義畢竟無法抹除自我反諷的痕跡。
德曼和胡蘭成都召喚詩歌以超越或逃避歷史的殘酷現實，但我們
同樣可說，也正是詩歌成為他們所不願面對的歷史的最終見證。

情之「誠」，情之「正」，情之「變」

《今生今世》是胡蘭成流亡生涯中的第二本書，毫無疑問的
是他文學事業的傑作。這本書以現代中國的劇烈變化為背景，刻
畫胡蘭成的人生起伏，其中有關他家鄉生活的描寫，親切細膩，

---

[74] 胡蘭成，《今生今世》，頁628。見黃錦樹，〈胡蘭成與新儒家──債務關係、
護法招魂與禮樂革命新舊案〉，《文與魂與體：論現代中國性》（臺北：麥田出
版，2006），頁155-185。

[75] 見Dieter Freundlieb的討論。

讀來猶如感人的鄉土風俗誌。但《今生今世》之所以受到矚目，卻是因為胡寫出他與張愛玲的那段情緣，從初識到決裂無不盡詳。然而《今生今世》並不僅寫了胡蘭成與張愛玲的愛情故事而已，還描繪了胡在1959年之前與至少其他七位女性（不論結婚與否）的戀史。胡蘭成如此有滋有味的談他自己和他的女人們，當然讓張迷們憤慨不已，就算一般傳統愛情觀念的信徒，恐怕也難以消受。

胡蘭成初識張愛玲之名是由於1943年讀了她的短篇小說〈封鎖〉。這篇小說發生在淪陷區上海一輛電車上。一個厭倦婚姻生活的男子與一個渴望愛情的文靜女教師之間，因為空襲陷在一輛停擺的電車裡，因而有了一段電光石火的戀愛故事。當封鎖解除、電車重新啟動後，這段「意外」的戀情也隨之煙消雲散。某種程度上來說，胡蘭成與張愛玲的關係竟儼然是這篇小說的翻版。當他們墜入情網時，胡蘭成正身陷政治風暴，而張愛玲則初享走紅的滋味。雖然他們之間有著年齡、背景與經歷的差異，歷史的偶然仍然使他們結合了。

胡蘭成對自己的聰明才智與桀驁的個性從來自豪不已，但當他與張愛玲初次見面時，卻感到「張愛玲的頂天立地，世界都要起六種震動。」[76]看在情場老手胡蘭成的眼裡，張愛玲真是奇特；她既天真無知又世故犬儒，既笨拙又聰慧，在在吸引了胡的目光。胡蘭成感到他們相會時既有著情意的流動，也有著智識上的比鬥。「我向來與人也不比，也不鬥，如今見了張愛玲卻要比

---

[76] 胡蘭成，《今生今世》，頁273-274。

鬥起來。但我使盡武器，還不及她的只是素手。」[77]胡蘭成發現
張愛玲的個性中有一種「新」，那是超越道德判斷的。都說張愛
玲是個自私的人，但她那種自私是因為對世事保持平等無親、冷
漠淡然的態度。她也是個理性的人，讓她看待所有的事物都洞若
觀火。因為張愛玲的點撥，胡蘭成才發現他早期寫作的限制；他
必須「解散」他的論辯式風格，方能達到抒情美學的極致。[78]如
果沒有張愛玲在思考及修辭上的提點，胡蘭成不可能寫成行雲流
水般的《山河歲月》和《今生今世》。

　　1944年5月張愛玲和胡蘭成祕密結婚，張的朋友炎櫻是唯一
的見證。在婚書上胡蘭成寫道：「願使歲月靜好，現世安穩。」[79]
但是他們的婚姻生活裡，歲月既不靜好，現世也不安穩。如前所
述，婚後不久，胡蘭成就已經在武漢與一名十七歲的小護士周訓
德大談戀愛。更有甚者，戰後為了躲避國民黨的追捕，他藏匿溫
州，卻竟然與寄身的主人家孀居的姨太太范秀美陷入情網。此時
張愛玲仍然給予胡蘭成經濟支援，甚至到溫州幫他安頓生活，殊
不知良人已經另結新歡。1947年張愛玲和胡蘭成終於分手，她
說：「我倘使不得不離開你，以不致尋短見，亦不能再愛別人，
我將只是萎謝了。」[80]

---

[77] 同前註，頁275。

[78] 同前註，頁278。「我給愛玲看我的論文，她卻說這樣體系嚴密，不如解散的
　　好，我亦果然把來解散了，驅使萬物如軍隊，原來不如讓萬物解甲歸田，一
　　路有言笑。」

[79] 同前註，頁286。

[80] 同前註，頁431。

　　我們不能忘記在張愛玲、周訓德與范秀美外，胡蘭成的生命裡還有不少其他女人。他的第一任妻子唐玉鳳的婚姻以唐病歿而告終，在廣西他與教師全慧文結婚，在南京時期則與舞女應英娣同居。最近的資料顯示，胡與張愛玲交往時，可能與張的文友蘇青有染；張愛玲《小團圓》裡也間接證實此事。流亡日本初期，他和房東太太一枝來往三年。1954年他與佘愛珍結婚，佘是當年上海黑幫分子、漢奸吳四寶的遺孀。

　　胡蘭成的情史如此豐富，讓他的《今生今世》成為對張迷的一項挑戰。胡蘭成把自己塑成張愛玲的頭號知音，不憚辭費的歌之頌之，幾近神化。另一方面，胡蘭成又忠實地描述他對張愛玲的不忠，似乎也明白自己的行徑大有可議之處。他怎麼能夠對張愛玲作出如此動人的愛情承諾，同時卻拒絕承諾張愛玲是他唯一的所愛？如果他真對張愛玲情有獨鍾，那麼他又怎麼能夠對那麼多來自不同背景、階級以及年齡的女性一視同仁？如果他真要以情聖自居，又何必揭露自己最不堪的時刻？歷來論者的看法見仁見智。胡的《今生今世》因此可以是一部坦白從寬的懺悔錄，一部沾沾自喜的情史大觀，甚至在胡迷眼中，還可以是一部藉肉身說法的證道書。[81]

　　本文要強調的是，透過他的告解，胡蘭成得以演繹他對「情」的看法。藉著「情」的理論，胡將他一段段情史編織成為完整的論述，並回應輿論對他的批判。尤其值得注意的是，胡蘭

81　有一精采例子是薛仁明先生的論著《天地之始：胡蘭成的道與藝》（臺北：如果出版，2009）。

成以此為中國現代主體性打造了一個特殊形象——就是他所謂的
「蕩子」。

　　在《今生今世》裡，胡蘭成自比為蕩子：「我不但對於故鄉
是蕩子，對於歲月亦是蕩子。」[82]蕩子求新求變、不安於室，在
社會的邊緣遊走，但總有懷著「未有名目的大志」。蕩子不畏權
勢，不從流俗，在愛情上總是熱情洋溢，但由於他對世界仍有
「未有名目的大志」，他的心思不能定在某個人的身上，因此常
被誤作負心之人。蕩子是善變的，注定要迷惑、對抗，以及背叛
他的世界。

　　胡蘭成描述了蕩子的系譜，並且將他的父親當作一個典型。
據說他的父親年輕時即將家產揮霍殆盡。雖然大家當他是遊手好
閒之徒，胡蘭成卻以為他父親實則充滿了冒險精神，「我父親與
民國世界即是這樣的相悅。」[83]胡以為各朝各代的開國之君都是
蕩子，漢高祖劉邦（266-175B.C.）更是最佳範例。他甚至覺得
連《古詩十九首》也都是蕩子男女的創作，展現了「人世的貞
親」。[84]胡蘭成以為「自古江山如美人，她亦只嫁與蕩子。」[85]

　　胡蘭成藉著蕩子的形象來闡明他的愛情觀與政治觀，並由此
投射出中國現代主體性的一種類型——這是迄今學者仍少有關注
的議題。蕩子和五四新青年擁有相同的叛逆精神，但依然不乏舊
世界才有的那套風流招數。胡蘭成的無行也許讓我們想起魯迅所

---

[82]　胡蘭成，《今生今世》，頁21。

[83]　同前註，頁53。

[84]　同前註，頁57。

[85]　同前註，頁53。

謂民國時期的「才子加流氓」,但與傳統上的才子或流氓相比,
他卻更有一股頂天立地的豪氣。在戰爭期間,胡蘭成利用了這樣
蕩子的形象來應對日本人。當時投靠日本的文人為了開脫自己的
立場,要不是自居為隱士(如周作人),要不就託身為遺民(如
文載道及《古今》雜誌同仁)。[86]胡蘭成卻反其道而行,採取一
種恃才傲物、不居一格的姿態和未來豪賭;這個姿態既讓他獲得
不少,也讓他失去許多。

蕩子的核心價值在於感受和表現「情」的能力。胡蘭成少有
西方浪漫主義的訓練,他的「情」的理論主要建立在中國的文化
資源上,從《詩經》到民間智慧,從晚明情教到《紅樓夢》,都
有涉及。他也從佛家滅情與道家絕情的思想中找到靈感。但直到
寫作生涯的後期,胡才發展出完整的「情」的理論。從情的滿溢
(excess)到情的匱絕,從情的滋養到情的否想,胡蘭成在「情」
的眾多選項中迂迴搖擺,也因此,他體現了一代中國文人面對世
變種種情感回應的形式。

我們可以從三個方面檢視胡蘭成的「情」的論述。首先,胡
蘭成將「情」看作是「興」的感性表現,因此他強調情的自然流
露,特別是在愛情當中。《山河歲月》中的八位女性即使有不同
的階級、性情與教育背景,胡都覺得她們有說不盡的好。胡與第
一任妻子唐玉鳳雖然是經媒妁之言而結合,但她擁有的傳統婦

---

[86] Susan Daruvala, *Zhou Zuoren and an Alternative Chinese Response to Modernity* (Cambridge, Mass: Harvard East Asia Center, 2000),特別是第5章;Poshek Fu, *Passivity, Resistance, and Collaboration: Intellectual Choices in Occupied Shanghai, 1937-1945* (Stanford: Stanford University Press, 1993),第3章。

德讓胡感念不已。他的最後一任妻子佘愛珍則是個再世故不過的「白相人嫂嫂」，兩人卻恪盡夫妻之道。胡蘭成在逃難的路上和掩護他的范秀美發生關係，但對胡來說這不是姦情，而是出自於兩情相悅的結合，因此顯得「自然平正」。[87]同樣的，他和日本房東妻子的偷情雖以分手收場，但卻讓他學會欣賞對方的端正與禮敬。即使逃亡到香港後，胡蘭成仍和當年武漢的小護士保持聯絡，而他南京時期的同居人與他在日本重逢時，他待她如姊妹。[88]

　　胡蘭成解釋他的「情」時旁徵博引，妙筆生花，卻意外的帶有消費邏輯（logic of expenditure）的色彩。他認為他對一個女人的愛情並不因愛上別的女人而減損；相反的，移情和別戀只能更證明他「兼愛」的能量。換句話說，情感的本金只有因為多角投資才能愈益增值。胡宣稱張愛玲在他的心目中占有最重要的位置，但他也不得不承認，他無法說服張愛玲明白他對她的愛，正是因為他對其他女人的愛，才變得更加濃郁深厚。他形容張愛玲是從不在乎婚姻形式的奇女子，甚至將兩人的關係看作是金童玉女、天作之合。[89]「她是陌上遊春賞花，亦不落情緣的一個人。」[90]因此，當張愛玲要胡蘭成在她與別的女人之間作選擇時，胡蘭成感到灰心了；他原以為憑著他倆的仙緣，張應該最了解自己的真情。

---

[87] 胡蘭成，《今生今世》，頁412。

[88] 同前註，頁613。

[89] 同前註，頁286。

[90] 同前註，頁279、280。

　　這讓我們思考胡蘭成浪漫人格的另一面，就是他可能是個「沒有」真情的人。胡蘭成自承從小他就有個習慣，當情感愈是濃烈時，他愈要抽離。當他的第一任妻子病危之際，他到義母家籌借醫藥費，最後卻在義母家住了好幾天。胡蘭成視張愛玲為他「親極無愛」的知心，[91]自以為能夠和她分享他的豔遇。他甚至暗示，是張愛玲對於人性弱點的透視，才教導了他誠心誠意的自私（earnestly selfish）之必要。在胡蘭成的眼裡，兩人相知如親，可以超越人間的情愛而「直見性命」。[92]

　　但是這是胡蘭成自己的獨門發現麼？我們想起《紅樓夢》中著名的「情不情」之說。李惠儀在她精闢的研究中曾指出三種詮釋可能。「情不情」指的可能是美學層次上，主體與客體合一時感情的移情投射；也可能是「情到深處情轉薄」──愛得太深，反而無從形之於外；也可能是「對於愛情形上意義的執著，如此奧妙以至不分彼此，既獨有所鍾又澤被眾芳。」[93]

　　然而「情」的論述始終隱含著一種暗流，就是「反諷」（irony）。這是因為情所在的世界已經是一個主與客、名與實、有情與無情發生裂變的世界。「補天」既已無術，又怎麼能夠談情的圓融無損，一以貫之？李惠儀認為，為了抗拒人間不圓滿所滋生的反諷裂隙，《紅樓夢》的人物與讀者只有對情採取「激進的天真態度」（radical innocence），和「言有盡、情無窮的假設」

---

[91]　同前註，頁448。

[92]　同前註，頁298。

[93]　Wai-yee Li, *Enchantment and Disenchantment: Love and Illusion in Chinese Literature* (Princeton: Princeton University Press, 1993), pp. 207-208.

（presumed inexpressiveness）。[94]如此，情才能有了意義。

　　這似乎是胡蘭成在《今生今世》中所欲表達的策略了。只是既然自命為蕩子，胡蘭成就不可能是《紅樓夢》裡的賈寶玉，四〇年代的中國也不可能是大觀園。不論他的告解有多麼令人著迷，胡蘭成的抒情美學總是招來表裡不一的譏諷；他的一往情深每多被認為是惺惺作態。也就是說，他的語言並不能「直見性命」，反而繁衍成為修辭的奇觀——反諷由此而起。胡蘭成可以怪罪凡夫俗子的慧根太淺，不足以進入他情即不情的世界，然而還有什麼比胡蘭成和張愛玲——胡蘭成心目中的九天玄女——最後決裂的場面更令人心碎、也更反諷的？張責問胡不能遵守婚帖上的誓言，不給她現世的「安穩」，[95]胡則怪罪張無法了解他表面背叛，實則至誠的愛情。而有關這場決裂的始終仍然出自胡蘭成的夫子自道，他的自以為錯的懺悔和自以為是的告白形成一層又一層的文字障。他的抒情和他的（自我）反諷如影隨形。

　　這帶我們到第二個重點，亦即蕩子的情必須在雄奇壯闊的氛圍中養成。在胡蘭成的世界裡，「江山」正是發揚這樣的情的所在。胡蘭成說道：「我為什麼要念念於政治呢？因為我是天涯蕩子，不事家人生產作業……天這樣的生了我。因為當前真是個大時代。」[96]然而，令胡蘭成失望的是，他的大作為最後被說成是漢奸勾當，戰後只能四處逃亡。回顧在戰爭時期的行止，他只

94　同前註，頁208。

95　胡蘭成，《今生今世》，頁431。

96　同前註，頁651。

好自嘆對中國的深情太過奧妙,無法為凡人所理解。

　　當汪精衛發表聲明主張與日本合作,展開和平運動的時候,胡蘭成人在香港。他記得那天他上山長思,「單是那天的天氣晴和,胸中雜念都盡,對於世事的是非成敗有一種清潔的態度,下山來我就答應參加了。」[97]他自謂是發起和平運動的第十一人,不過,他與此政治運動的關係是:

> 我與和平運動是一身來,去時亦一身去,大難過去歸了本位,仍是青梗峰下一塊頑石,汪政府在南京建都五年,像一部金陵十二釵的冊子,到此只有碑上的字跡歷歷分明,當年的多少實事虛華,真心假意,好像與我已沒有關係,卻是這些字跡已還給人間,還給天地了。[98]

胡蘭成巧妙地將自己政治上的決定置於《紅樓夢》的神話脈絡裡,將一個歷史混沌的時刻轉成為抒情啟悟的契機:他與日本合作以復興中華文明的作法,正有如頑石/寶玉紅塵歷劫,以遂補天之志。他們都是至情的化身,來去乾淨,一朝「大難過去歸了本位」。前文已經提及,胡蘭成宣稱只有真正的有情之人,才能擔負革命的任務。而在「情不情」的辯證之下,他指出正是因為他對中國,乃至日本的情是無條件的,也就不能用狹隘的愛國主義或任何意識形態來框限。

97　同前註,頁180。
98　同前註。

　　然而當歷史「現實」伴隨著凡夫俗子的苦難切入時，胡蘭成的理論未免顯得空洞。正如前文所述，他將國家危亡的浩劫看作充滿民間喜氣的佳節，或讚美中國人在逃難中的天氣、好情懷，注定冒犯多數讀者。胡蘭成再度提出辯解。他在不同文章裡告訴讀者必須學會如何因應情，才能超越情。他是這麼說的：「其後我做了時局的弄潮兒，遇到大驚險大困難，每每憂傷憔悴亦像這樣有一半是假的，會得對自己的感情遊戲，纔不致掩臉沉沒。」[99]

　　這才是蕩子本色。胡的本意應該不是自誇偽善，他毋寧希望指出生逢亂世，人必須善自調節情的用和無用，才不為眼前浮泛的價值判斷所累──這幾乎是種道家的態度了。假作真時真亦假，胡蘭成視人生如遊戲，點出了他的抒情理論離不開虛構層次。這虛構在他而言原是一種機鋒，但一旦落入俗套，也極可能成為反諷（國王的新衣？）在政治上，由此形成的虛虛實實如何判斷，正是他與日本合作這場「遊戲」的關鍵所在。

　　最後，胡蘭成試圖在他在愛情及政治意義上的「情」添加思想面向。黃錦樹精采的研究指出，胡蘭成的學術思想根源至少包括了新儒家明心見性的那套學說、《易經》的通感哲學[100]、佛家的啟悟與天啟，以及《老子》「無」的本體論等等。[101]胡蘭成晚年且向日本物理學家湯川秀樹及數學家岡潔問學，除此，我們甚

---

[99]　同前註，頁127。

[100]　黃錦樹，〈國與魂與體〉，頁165-185；胡蘭成，《今生今世》，頁575。

[101]　胡蘭成，《今生今世》，頁647。

至還可以再加上無政府主義以及共產主義中的托洛斯基派思想，胡的學思根源無疑是夠駁雜了。胡強調他的生命歷程就是無止盡的格物——亦即新儒家的重要概念，但和他的儒家前輩格事物之理不同的是，胡蘭成格的對象是女人。

胡蘭成和張愛玲的初次會面是人所熟知的故事。他驚於她的特質，只覺得天地都要震動。矛盾的是，這樣的經驗卻刺激他去「格」更多女人。就拿他與張愛玲、范秀美與周訓德的四角戀愛作例子，胡蘭成強調他們的關係不應該被簡化成易卜生式的社會病理，或者美化為禪宗式的色即是空。他說：「中國人的男歡女悅，夫妻恩愛，則可以是盡心正命。孟子說……『知其性，則知天矣』。」[102]事實上，胡蘭成甚至貶低西方的「愛」，而寧可講「親」，因為有親人的意思；他又將「知」當作是「興」的表現。「情有遷異，緣有盡時，而相知則可如新。」[103]他把《桃花扇》（1699）裡的男女主角當作是他的典範，因為「一旦醒悟了，可以永絕情緣。兩人單是個好。」[104]在他精心設計的「情」的說辭裡，唯一欠缺的是倫理層次上的相互體恤。至少張愛玲就沒有從胡蘭成的「知」得到什麼好處，他們兩人之間的「親」卻傷害了她一輩子。

在胡蘭成的思想資源中，最引人注目的是他與現代新儒家巨擘唐君毅（1909-1978）的交遊。1950年秋天胡蘭成剛從上海逃

---

[102] 胡蘭成，《今生今世》，頁421。
[103] 同前註，頁446、556。
[104] 同前註，頁556。

到香港，便結識了唐君毅，當時唐正為新儒家的海外最後據點
——香港的新亞書院——心力交瘁之際。從他們的書信看來，唐
君毅應該相當熟悉胡蘭成的作品，特別是《山河歲月》。[105]唐君
毅的思想博大精深，要以心靈修養以及頓悟最為關鍵；他堅信人
具有自我反省的能力，認為「物質的身體，對人之心靈生命，乃
為一束縛，物質乃一生命心靈以外之存在，而生命心靈既入於物
質，則恆求超拔，以還於自身。」[106]胡蘭成和唐君毅一樣相信心
的內鑠能力，以及語言在心和超越存在間的中介功能。不同的
是，唐君毅雖然相信直觀式啟悟，卻再三強調如此的啟悟靠的是
自我不斷修養與反省；胡蘭成對自我修養的歷程則少有著墨，反
而強調靈犀一點的通感和隨機而來的妙悟。

胡蘭成與唐君毅在有關「情」的詮釋時顯現出更大不同。唐
君毅認為「情」是人性情感中的珍貴特質，可助人走向至善之
境；胡蘭成則主張「情」的功能是引導人們遠離善的誘惑。唐君
毅有感共產黨接收大陸，儒家聖王之道不興，特別將情和「歷史
的悲情」作連鎖。在形上學的層次上，唐君毅其實是了解天道無
情的：

---

[105] 胡蘭成在1950年9月開始與唐君毅交遊。他們在那時開始通信，並且持續到
　　1974年年底。目前保存下來的書信有胡蘭成致唐君毅八十七封、唐君毅致胡
　　蘭成十九封，提供我們許多寶貴的資源以了解胡蘭成與新儒家之間的關係。
　　根據兩人之間的通訊，胡蘭成應該還寫過信給新儒家的其他大家，如錢穆、
　　牟宗三與徐復觀，但是這些學者顯然並不像唐君毅那般回應胡蘭成。

[106] 唐君毅，《生命存在與心靈境界：生命存在之三向與心靈九境》（下）（臺北：
　　臺灣學生書局，1986），頁470-471。有關唐君毅哲學思想，參見黃克劍，《百
　　年新儒林：當代儒學八大家論略》（北京：中國青年出版社，2000），頁184。

> 天心好生，同時即好殺⋯⋯先是宇宙永遠是一自殺其所
> 生的過程。所以現實世界，永遠在本質上永遠令人感起可
> 悲的宇宙。[107]

即便如是，唐恪遵儒家知其不可為而為之的精神，務求克己復禮
歸仁。與唐恰恰相反，胡蘭成將歷史的驚險都看作驚豔；即使面
對天地不仁也無所動情，無所不動情——正如他對抗戰浩劫以及
共產革命的暴行的態度。因為只有跨過當下現實的牽掛，情才能
顯現其超越價值。

　　唐君毅和胡蘭成之間的論辯是儒家「君子」與「蕩子」之間
的對話。胡蘭成也希望建立儒家仁與禮的烏托邦，但仁與禮不過
是體現生命更高境界的依托，隨時可以超拔，因此也難怪他毋需
多費氣力，就能夠轉向佛家的棄絕世事與道家的自然無為。然而
真正的問題在於胡蘭成的思緒迴旋在種種理路中，有如旋轉門般
的此進彼出，令人目不暇給。追根究柢，他所援引的任何一種思
維資源和他所念茲在茲的「情」是否能夠相互證成，其實不無可
疑之處。延伸胡蘭成所偏愛的《紅樓夢》寓言，他的情也許千絲
萬縷，但最後留下來的真只有大荒中的有石歷歷，而且可能只是
炫人耳目的文字大觀。

　　在五〇年代，胡蘭成也曾試圖接近唐君毅的同儕、現代新儒
家的另一位重鎮——徐復觀（1903-1982）先生。不過徐復觀並

---

[107] 唐君毅，《道德自我之建立》，《唐君毅全集・第1卷》（臺北：臺灣學生書
　　　局，1991），頁99。

不領情,並且警告唐君毅要小心這位流亡海外的蕩子。除了學術
史以外,徐復觀對於文學的熱愛與美學典範的堅持也是為人熟知
的。他對「情」亦有深入的思考:

> 人的感情,是在修養的昇華中而能得其正,在自身向下沉
> 潛中而易得其真。得其正的感情,是社會的哀樂向個人之
> 心的集約化。得其真的感情,是個人在某一剎那間,因外
> 部打擊而向內沉潛的人生的真實化。在其真實化的一剎那
> 間,性情之真,也即是性情之正。[108]

徐復觀對「情之正」的觀察來自於儒家傳統的訓練。正如論者指
出,徐對「情之真」的肯定則是來自於道家思想,因為情需導向
其開放、天然的根源。[109] 對徐復觀及其他新儒家的學者來說,情
之正與情之真之間的關係充滿張力,如何在二者之間取得平衡則
成為現代新儒家學者的重要課題。

　　胡蘭成的學說則進一步加劇了情之正與情之真之間的張力。
雖然他總是被看作是個偽君子甚或是個騙子,但他的案例確展現
了中國現代男性情感主體(modern male affective subjectivity)建
立過程中,種種可為或不可為,或可愛或不可愛的條件。在唐君
毅和徐復觀等人試圖尋求情之正與情之真之間的和諧的同時,我

---

[108] 徐復觀,〈傳統文學思想中詩的個性與社會性問題〉,《中國文學論集》(臺
北:臺灣學生書局,1981),頁346。

[109] 胡曉明,〈重建中國文學的思想世界如何可能?〉,《詩與文化心靈》(北
京:中華書局,2006),頁347。

認為胡蘭成另闢蹊徑，反而加深了二者之間無盡的辯證關係。這
一辯證關係呈現的結果，我稱之為情之「變」。

「變」在傳統倫理與詩學中其來有自，但多是被視為一個潛
在的負面元素；所謂的「正」、「變」之聲甚至被用來衡量一個
時代的政治風習。「變」除了指變異、異常之外，亦可指變易、
善變，機變，以及變逆。如此，我們可以說像《今生今世》這樣
一本蕩子書的出現，就是一種世變的徵候。我們必須承認在古典
中國文學中，還沒有一部回憶錄能夠像《今生今世》一樣，如
此明目張膽地運用「嬗變」與「善變」的主題來烘托一個時代
的「感覺結構」（structure of feeling）。[110] 但換個角度看，這個以
「變」為宗的感覺結構不正是常人所謂的「現代性」的要義？我
想起了波特萊爾的老話：「現代性就是過渡、短暫、偶然。」[111]
我的結論是，不論張迷對他有多少負面印象，胡蘭成其人其文其
情如此奇詭華麗，變化多端，十足是表彰中國的「現代」精神
（zeitgeist）最不可思議的指標之一。

胡蘭成的抒情美學還有最後的轉折。整部《今生今世》中，
胡蘭成一直自比《紅樓夢》中的賈寶玉。但至少有三次他也把自

---

[110] 我引用了雷蒙・威廉斯（Raymond Williams）的觀念。見 *Marxism and Literature*
(Oxford: Oxford University Press, 1977), p. 131.李海燕曾經引用此理論作為
討論現代中國文學愛情論述的起點，見 Haiyan Lee, *Revolution of the Heart:
The Genealogy of Love in China, 1900-1950* (Stanford: Stanford University Press,
2007), Introduction.

[111] 波德萊爾，〈現代生活的畫家〉，《波德萊爾美學論文選》（北京：人民文學
出版社，1987），頁485。

己比作《西遊記》中的孫悟空。[112]胡蘭成也許犯了佛洛伊德式的口誤，但此舉卻點出潛藏在他個性裡孫猴子般的本性——叛逆且善變。胡蘭成一心一意要做賈寶玉，卻出落成孫行者。這也許是我們這位現代中國蕩子的情感冒險中，最意外的插曲。

尾聲

胡蘭成在六〇年代繼續他的寫作事業，並且贏得日本右派分子的好感。然而他顯然以自己的學問沒有中國知音而感到遺憾。1974年他終於得到一個機會。那年秋天，臺灣中國文化學院邀請他來臺授課，內容包括中國古典小說、日本文學、禪宗思想，以及「華學、科學與哲學」。但不久他的抗戰漢奸身分即被揭發，《山河歲月》才剛出版即被禁，旋即他遭到文化學院解聘。1976年，他被迫離開校園。

這個事件卻有出人意表的轉圜。臺灣的重要作家朱西甯（1927-1998）適時對胡伸出援手，朱原來是個張迷，最後卻完全轉向胡蘭成的學說。他對胡蘭成奉若上賓，協助他開班授課，而胡自己大約也沒有料到短期內他就能吸引一群青年學生隨侍左右。1976年末當胡離臺時，三三文學集團已具雛形，逕以胡蘭成的學說為依歸。此後二十年間，三三培育出多位臺灣重要作家。在胡蘭成的影響下，他們將政治美學化、讚頌青春與情感，

---

[112] 胡蘭成，《今生今世》，頁197、260、461。

儼然要以此實踐胡當年的理想。[113]

於是胡蘭成在他的暮年，在臺灣，竟成為許多文藝青年的精神導師。這些青年懷有「未有名目的大志」，對「革命」躍躍欲試，力求想像寶島版的山河歲月。他們彷彿正是胡蘭成1944年散文〈給青年〉所要召喚的對象──只是他們遲到了三十年。這真是場歷史的還魂好戲：經過多年徒勞無功的奮鬥，胡蘭成終於找到了支持他的青年知音。在他的追隨者當中，朱西甯的長女朱天文被胡蘭成比作張愛玲；朱天文也不負所望，日後成為當代華語文學中最重要的作家之一。胡蘭成與張愛玲對話的餘響總在她的作品中縈繞不去。

胡蘭成的臺灣經驗是否坐實了他的格言──化「驚險」為「驚豔」？還是他最後與三三集團的那段日子，不過是年紀老大的彼得·潘（Peter Pan）的一場遊戲一場夢？三三集團的宏願是完成未竟的中國革命，恢復禮崩樂壞的華夏文明，但他們真正的成就僅在於寫出兼有張腔胡調的小說與散文。當他們的政治抱負只能成就文學表演時，很反諷的，他們重演多年前胡蘭成的大志與困境。他們其中有些人模仿胡的風格唯妙唯肖，不同的是，他們並沒有學到老師的「蕩子精神」。換句話說，他們都太中規中矩，只能承襲胡蘭成的抒情美學，而不是他的抒情化的背叛美學（lyricism of betrayal）。

---

[113] 見張瑞芬的討論，《胡蘭成，朱天文，與三三：當代臺灣文學論集》（臺北：秀威資訊科技股份有限公司，2007），頁1-84。亦見黃錦樹，〈世俗的救贖──論張派作家胡蘭成的超越之路〉，《文與魂與體》，頁129-154。

　　1981年一個夏日午後，胡蘭成在日本死於心臟病。雖然他有滿腔的才華和野心，但人們記住的卻是他曾經背叛自己的國家，以及二十世紀中國第一才女。四〇年代那位評者對胡蘭成的批評四十年後仍然餘音裊裊：「這個時代辜負了胡蘭成，胡蘭成也辜負了這個時代。」

第二部分

第五章

史詩時代的抒情聲音

——江文也的音樂與詩歌

　　1936年夏天，旅居日本的臺灣作曲家兼詩人江文也（1910-1983）首次踏上了北京（當時為北平，下同）和上海的旅途。[1]這年稍早江文也的管弦樂曲《臺灣舞曲》在柏林奧林匹克音樂比賽中獲獎。江文也已經是日本音樂界的明日之星，這項榮譽使他的地位更加穩固。然而江文也卻沒有親自到歐洲領獎，而是選擇了訪問中國。

　　和江文也一起訪問北京和上海的是亞歷山大・齊爾品（Alexander Tcherepnin, 1899-1977），一位熱切崇尚東方音樂的俄國作曲家。為了推動具有地域風格的現代音樂，齊爾品在1934年訪問了日本，並且很快發現了江文也。[2]當時江文也已經廁身日本的歌劇演唱界，也是頗為看好的現代派作曲家。因為齊爾品的影響，江決心改弦更張，將自己的熱情傾注到具有民族色彩的創作。儘管他來自殖民地臺灣，並在日本成長和發展，江文也選擇了中國作為他文化認同的對象。

---

[1]　江文也，漢語拼音為Jiang Wenye。江在1938年前後採用了Chiang Wen-yeah作為其姓名的正式拼音。江文也原名江文彬，1932年之後他開始使用日語發音的姓名「江文也」，拼音為Bunya Koh。這個拼音使用至1936至1937年之間，如見收入《齊爾品選輯》的作品上之姓名。根據齊爾品的建議，在1938年前後江將姓名拼音改為較近漢語拼音的Chiang Wen-yeah。為了一致性，本文採用Jiang Wenye而非Chiang Wen-yeah之拼音。有關江文也的姓名與拼音法，見吳玲宜，〈江文也生平與作品〉，收入臺北縣立文化中心編，《江文也紀念研討會論文集》（臺北：臺北縣立文化中心，1992），頁155。

[2]　更多有關亞歷山大・齊爾品在中國及日本的資料，見Chang Chi-jen, *Alexander Tcherepnin: His Influence on Modern Chinese Music*, ed. D. dissertation, Columbia University Teachers College (1983).

　　對江文也來說，1936年的這次旅行是美夢成真。正如他描寫所乘坐的火車進入北京時的興奮：「我清楚地感覺到心臟鼓動的鳴聲，我的全身有如市街的喧擾般沸騰地要滿溢出來。……我好似與戀人相會般，因殷切地盼望而心焦，魂魄也到極點。」[3] 在北京的所見所聞無不讓這位年輕作曲家震撼不已，以至於感到被古城的莊嚴「壓得扁扁的」。即使旅行一年之後，北京乃至中國的魅力仍然讓他魂牽夢縈：

　　　　很微妙的滲透進來什麼
　　　　發生了什麼事了
　　　　我將全神貫注於耳朵上
　　　　靜謐的
　　　　著實靜謐的
　　　　朝聖的歌聲
　　　　靜謐的
　　　　傳送著東方悠遠傳統的歲暮[4]

---

[3]　江文也著，劉麟玉譯：〈從北平到上海〉，《聯合報》副刊，1995年7月29日。

[4]　自1937年7月起，江文也開始在《音樂新潮》雜誌上發表一系列文章。此段引用自該系列最後一篇〈歲暮的一刻〉，中譯參見劉麟玉，〈日本戰時體制下的江文也之初探：以1937-45年間江文也音樂作品與時局關係為中心〉，江文也先生逝世二十週年紀念學術研討會宣讀論文（臺北：中央研究院臺灣史研究所籌備處主辦，2003年10月24日），頁2。

1938年，江文也接受了北京師範學院的教職，遷居北京，卻可能沒有料到他以後的事業生命將與這座城市共相始終。

　　江文也與中國的邂逅或許給我們留下一個極其浪漫的印象，一個海外遊子回歸原鄉的佳話。然而只要仔細回顧江文也的歷程，我們就會理解其中更有許多曲折。他的前衛、跨國姿態總也不能擺脫殖民地臺灣之子的陰影；他所醉心的西方現代主義必須經由日本的中介才能有所得；而讓他生死相許的中國情懷其實來自一位俄國導師的啟發。早在日本的那些年月裡，江文也已經在不同文化和地緣政治的板塊間來回遊走。他代表了一代臺灣藝術家如何努力調整自己的身分，回應從殖民主義到帝國主義，從民族主義到國際都會主義（cosmopolitanism）等各種挑戰。但這只是江文也歷險的前奏而已。

　　當江文也1938年抵達北京時，中國已經陷入抗日戰爭的漩渦中。江文也的藝術生涯卻在淪陷的北京蓬勃發展，並在四〇年代初達到高潮。他試圖以交響樂《孔廟大晟樂章》（1939）和中日文的詩歌重新定義中國音樂和文字的精髓——儒家禮樂精神。他的音樂和詩歌融合了過去與現在，在「想像的鄉愁」（imaginary nostalgia）形式下，他進行著大膽創新。

　　然而江文也的實驗是在一個戰亂和革命的年代裡進行的。他對中國的抒情召喚顯然與鏗鏘「吶喊」的主流聲音格格不入。而他的殖民身分也不能讓他免於日本帝國主義的影響。無論如何，他注定要為自己的理想付出巨大代價。從四〇年代中期開始，江文也的生活就陷於一次又一次的指摘和羞辱，被當成殖民地走狗、漢奸、右派、反革命等等，終至於他和他的作品湮沒無聞。

　　已故的捷克漢學家雅羅斯拉夫‧普實克在觀察現代中國的文
化和歷史進程時，曾以「抒情性」相對於「史詩性」──或個人
的詩意表達相對於集體的政治呼嘯──來界定。[5]江文也一生見
證了普實克對中國現代性這兩種聲音母題的觀察；它顯示了現代
中國對「新聲」的追求如何總落入或緘默、或爭辯、或陰鬱、
或狂熱的循環。本文將討論江文也在他生涯的轉折點上，如何
對「聲音」的現代性作出選擇，以及所必須承受的美學與政治後
果。準此，本文以江文也的音樂作品、詩作和理論文章為例證，
探問以下的議題：他的現代感性如何凸現了殖民性、民族性與國
際都會性的混淆特質；他在戰爭時代對儒家音樂和樂論的鑽研如
何為中國文化本體論與日本大東亞主義間，帶來了不可思議的對
話；以及更重要的，歷史的機遇如何激發也局限了江文也的抒情
視野。由於他的作品和生命種種此消彼長的變奏，江文也譜寫出
中國現代性最不可測的一則樂章。

從「殖民的國際都會主義」到「想像的鄉愁」

　　現代中國對「新聲」的追尋可以追溯到鴉片戰爭前夕。當
時諸如龔自珍（1792-1841）這樣的文人曾哀嘆他的時代喑啞不
明，因此企求黃鐘大呂，喚醒國魂：

5　Jaroslav Průšek, "Subjectivism and Individualism in Modern Chinese Literature," in
　　The Lyrical and Epic, ed. Leo Ou-fan Lee (Bloomington: Indiana University Press,
　　1980), pp. 1-28.

九州生氣恃風雷

萬馬齊喑究可哀[6]

龔自珍呼籲一種「天地為之鐘鼓」聲音，藉以發聾振聵。他喚起的「聲音母題」將在中國二十世紀的作家中引起種種回響，從章太炎把革命力量視為「雷霆之聲」，[7]到魯迅希望以「真的惡聲」的「吶喊」[8]來喚醒中國人民，無不如此。這個聲音代表一個時代自新強國的集體怒吼，但令人省思的是，這個聲音賴以形成的理論和技術不也同時是對西洋甚至東洋腔調的呼應？

　　二十世紀之交有識之士對音樂現代性的推動與文學改良運動其實相互唱和。1903年，匪石（1884-1959）撰寫〈中國音樂改良說〉，嚴厲批評傳統音樂文化的封建內容和孔教窠臼。為了重塑中國國民性，匪石呼籲按照西方模式來進行音樂改革。[9]中國音樂現代化的努力於1904年首見端倪，李叔同（1880-1942）和沈心工（1870-1947）引入了學堂樂歌作為音樂教育的一種形式。[10]接下來的數十年中，中國音樂的教育、作曲、表演和欣賞

6　龔自珍，〈己亥雜詩〉第125首。

7　引自郭延禮，《中國近代文學發展史》（濟南：山東教育出版社，1990），第1冊，頁45。

8　魯迅，〈音樂？〉，收入《集外集》，見《魯迅全集》（北京：人民文學出版社，1981）。魯迅於1924年寫作此文，以回應徐志摩對現代音樂的批評。

9　匪石，〈中國音樂改良說〉，收入張靜蔚編，《中國近代音樂史料匯編：1840-1919》（北京：人民音樂出版社，1998），頁186-193。該文原出《浙江潮》1903年6月。

10　有關現代中國音樂的興起之研究，見夏灩洲，《中國近代音樂史簡編》（上

都經歷了巨變。西方的影響關係至大：幾乎所有的重要人物，比如蕭友梅（1884-1940）、王光祈（1891-1936）、趙元任（1892-1982）、賀綠汀（1903-1999）、黃自（1904-1938）、冼星海（1905-1945）、丁善德（1911-1995）和馬思聰（1912-1987）等，或在歐美接受音樂訓練，或在中國私淑西方曲派和大師。[11]比如，蕭友梅和王光祈在德國受的教育，馬思聰在巴黎學習小提琴和作曲，黃自則從美國歐柏林學院和耶魯大學的音樂專業畢業。

　　儘管這些音樂家的專長和興趣各不相同，他們共有的特徵是對十八和十九世紀歐洲音樂的承襲；他們所運用的技巧諸如大小調、等音音階、和聲等技法在在反映對西方規範的堅持。在觀念上，他們關注五四的國家主義籲求，努力創作最能代表民族精神的音樂。與其他藝術領域裡的同行一樣，這些音樂家必須處理一種悖論，即他們的對民族主義和民族形式的追求其實來自於對國際政治風潮的先期認知，而另一方面，他們的創作無論對中國聽眾如何新鮮，仍不脫西方樂曲的熟腔熟調。他們最喜愛的曲式包括現實主義和晚期浪漫派，而民族樂派則因其內蘊的民族主義理想和地方色彩，尤其具有獨特的吸引力。到了三〇年代，有鑑於

　　海：上海音樂出版社，2004）；亦見陳建華、陳潔編著，《民國音樂史年譜》（上海：上海音樂出版社，2005）、張靜蔚編，《中國近代音樂史料匯編：1840-1919》（北京：人民音樂出版社，2004）。有關西方音樂引介至中國的考察，見陶亞兵，《明清間的中西音樂交流》（北京：東方出版社，2001）。

[11] 例如馬思聰與冼星海留學法國，黃自留美，王光祁留德。關於現代中國音樂家對西方音樂的接受及其所受音樂教育的概要，見蘇夏，〈江文也與中國大陸的作曲界〉，收入臺北縣立文化中心編，《江文也紀念研討會論文集》，頁23-30。

國難當頭，多數音樂家愈來愈在意從作品中表現他們的抱負，每每譜出了具有強烈感時憂國氣息的旋律。[12]

　　是在這樣的背景下，江文也出現在三〇年代後期中國的樂壇就更令人矚目。江文也1910年出生於殖民地臺灣，1917年被送到中國廈門，就讀於一所有日本背景的學校。1923年江移居日本，隨後進入一所職業學校修習電機工程。但這位臺灣年輕人卻對音樂情有獨鍾，將大部分業餘時間都花在聲樂課上。江文也在樂壇最初以歌唱起家；1932到1936年曾在日本全國音樂比賽中獲得四個獎項。1933年，藤原義江歌劇團給了他一個男中音的職位，在普契尼的《波西米亞人》和《托斯卡》等劇中擔任配角。同時他開始追隨早期日本現代音樂的領軍人物山田耕筰（1886-1965）學習作曲。山田傾心德國浪漫派從華格納到史特勞斯的音樂，也是日本新交響樂團的指揮。[13]

　　日本從明治中期開始接受歐洲音樂，[14]到了三〇年代初已形成相當規模的音樂界，吸收從古典樂派到現代派的不同音樂風格。年輕的日本作曲家並不拘泥於一種模式，而是追逐多樣的風

---

[12] 蘇夏，〈江文也與中國大陸的作曲界〉，頁31-36；夏灩洲，《中國近代音樂史簡編》，第4至5章。

[13] 有關從明治後期至江文也崛起的時代的日本音樂界之概要，見林瑛琪，〈夾縫中的文化人：日治時期江文也及其時代研究〉（臺南：國立成功大學歷史系博士論文，2005），第4章。

[14] 有關西方音樂在日本的興起，見Eta Harich-Schnerider, *A History of Japanese Music* (London: Oxford University Press, 1973), pp. 446-544；以及 "Japan"，收入Stanley Sadie, ed. *The New Grove Dictionary and Musicians*, 6th ed. (London: Macmillan, 1980), pp. 549-555.

格。儘管他們未必從中找到創新的途徑，他們兼容並蓄，將各種時期、風格的歐洲音樂並置於共時的框架內，不啻是將其「空間化」了——這是他們歐洲的原創者所始料未及的結果，也是異地／易地的現代性表徵。

比如山田耕筰在一〇年代創作的音樂就顯現出「莫札特、貝多芬、舒伯特、孟德爾頌、布拉姆斯和德弗乍克」的影響，而在另一個年頭他又顯出「理查・史特勞斯、德布西，甚至斯克利亞賓」的影響。[15] 與此同時，日本作曲家也努力創造一種民族風格，江文也的老師山田正是這種努力的主導人之一。他對西方和日本風格的融合（包括具有民歌旋律的聲樂和器樂作品）獲得了廣泛矚目。[16] 不過這種民族主義的探求也必須因應如下的兩難：儘管作曲家念念要在現代國際舞臺上發揮本土身分的特質，他所仰賴的民族主義觀念和作曲技法卻仍然來自西方模式。換言之，「民族主義」不一定意味著我們就可以追本溯源，重現某個文明、國家傳統的精髓，它不妨也是一種創造，來自於本土和國際間對話或齟齬的結果。[17] 對本土的嚮往總已預設了與非本土遭遇，預設了辨別人我的意圖。

---

[15] Mandara no Hana, Yamada Kōsaku, introduction to *Sympony in F major, "Triumph and Peace"* (Tokyo: Naxos, 2003), p. 13.

[16] John Vinton, ed., "Japan," *Dictionary of Contemporary Music* (New York: E. P. Dutton, 1971), p. 365; Kuo Tzong-kai, *Chiang Wen-yeh: The Style of His Selected Piano Works and A Study of Music Modernization in Japan and China*, D.M.A. thesis (Ohio: Ohio State University, 1987), pp. 41-42.

[17] Homi Bhabha, "Introduction: narrating the nation," in *Nation and Narration*, ed. Homi K. Bhabha (New York: Routledge and Keegan Paul, 1990), pp. 1-7.

　　江文也的早期生涯正是這樣一種遭遇的戲劇化。正如他許多同行一樣，江文也沉浸在大正時期的歐化氛圍裡。但是隨著西學知識愈來愈成熟，他意識到並非所有外來的東西都可以貼上「現代」標籤。他對古典和浪漫派大師的興趣逐漸降低，轉而開始迷戀曲風前衛的史特拉汶斯基、德布西、普羅科菲耶夫（Sergey Prokofiev）、馬利皮埃羅（Gian Francesco Melipiero），特別是巴托克（Bela Bartok）。因此江文也發現山田的風格已經過時，也就不令人驚訝。他渴望追逐更反傳統的東西，結識了像箕作秋吉（1895-1971）、清瀨保二（1900-1981）和松平賴則（1907-1981）這些作曲家，並加入了「新興作曲家聯盟」。這個聯盟成員反對皇家音樂學院的傳統主義者，也批判爵士及流行音樂者，他們的先鋒姿態不問可知。

　　江文也主要的靈感來源是巴托克，這說明了他對現代主義和民族主樂派的同等重視。這位匈牙利作曲家對民間音樂的創造性詮釋，以及對十九世紀浪漫派和現實主義模式的勇敢叛離，啟發了臺灣來的江文也尋找「自己的」音樂的動機。雖然江文也的作品避免了巴托克較大膽的不協和曲式，他所運用的打擊樂節奏說明了兩人都深受民間舞蹈和音樂的影響。[18]具體的例子像是《臺灣山地同胞歌》（1936）。另一方面，江文也在這一時期的作

---

[18]　有關江文也對於西方現代派的接受，評論者已從不同角度切入討論，如張己任，《江文也：荊棘中的孤挺花》（臺北：時報文化出版企業股份有限公司，2002），頁62-66；Kuo Tzong-kai, *Chiang Wen-yeh*, pp. 140. 有關巴托克對江文也的影響，見高城重射著，江小韻譯，〈我所了解的江文也〉，《中央音樂學院學報》第3期，2000年，頁62。

品，比如《盆踊主題交響組曲》（1935），顯示他對東方音節體系的巧妙運用，尤其是以半音音程為特徵的日本「陰旋」音階體系。

這個時期江文也作品的特點是不斷改變旋律的方向，彷彿沒有耐心遵循全音的主旋律。正如樂評者所觀察到的，他的旋律線的跳躍可能源自他對五聲音階的廣泛運用；因此，甚至一次音級轉換也會遭遇全音音階中的跳脫。但這些跳脫也可能與江文也使用現代派技法有關，意在打斷音級轉換的旋律運動。[19] 為了平衡這種實驗，江文也運用反向的曲線，把無法預料的音域改變成可預見的主導和調性終點。

至此，江文也所經歷的似乎是典型的東亞現代主義者對西方前輩的回應。他和趣味相投的同行們一方面承認歐洲音樂的強大影響，另一方面卻渴望創造一種本土的聲音與之對應。他們嘗試將遲到的現代性（belated modernity）轉換成另類的（alternative）以及異地／易地（alter-native）的本土現代性。

但由於身分使然，江文也的挑戰顯得更為複雜：他來自臺灣，而臺灣自1895年起已成為日本殖民地。江出生的時候（1910），臺灣已經逐漸納入日本的政治、文化和經濟體系。儘管歧視性的種族政策無所不在，日本殖民政權對臺灣的現代化倒的確作出貢獻；而在割讓之前，臺灣曾是中國落後的地區之一。因此對於大部分臺灣人來說，「成為日本人」是一件難以取捨的

---

[19]　Kuo Tzong-kai, *Chiang Wen-yeh*, p. 88.

事,是擺盪在殖民現代性和民族認同之間的弔詭。[20]江文也也未能脫離這個弔詭。儘管他十幾歲時就移居到日本,殖民的幽靈始終長相左右,以至於直到許多年後,他將作品如何出色卻從未在日本獲首獎的原因,歸結於他的臺灣背景。[21]

我們所關注的是,江文也以殖民地之子的身分,如何折衝在他音樂事業中的兩極——即現代主義和民族主義——之間。如果殖民主義的力量不僅在於殖民者對殖民地所施行的政治和經濟壟斷,也在於無所不在的文化統攝,那麼現代日本作曲家的全盤西化其實意味著歐陸霸權已經滲入東瀛,而日本的現代性也已經不自覺顯露其殖民性的一面。有鑑於此,像江文也這樣來自殖民地臺灣的作曲者,不就是雙重遠離那歐洲音樂的殿堂,必須以轉嫁再轉嫁的方式來把握大師的技巧?問題不止於此。我們要問:既然民族主義有助現代日本作曲家重新界定他們創作裡的國族身分,一個來自殖民地臺灣的同行是否也有資格闡釋「真正」的日本音樂?另一方面,假如民族主義未必是內鑠道統的自然流露,

---

[20] 見 Leo Ching 書中精闢的分析,*Becoming Japanese: Colonial Taiwan and the Politics of Identity Formation* (Berkeley: University of California Press, 2001);亦見 Ping-hui Liao and David Der-wei Wang, eds., *Taiwan under Japanese Colonial Rule: History, Memory, Culture* (New York: Columbia University Press, 2006).

[21] 江文也顯然已意識到自己的殖民身分,影響了他在日本及戰爭期中國的職業生涯。1945年論及所任教的系裡的學院政治有利於一位日本同事時,他說:「我這個身為殖民地的臺灣人,是時時受日本人歧視:就是成名以後,參加了四次日本全國音樂作曲比賽時,我的作品總是列入二等獎,一等獎都是日本作家。」吳韻真,〈先夫江文也〉,收入臺北縣立文化中心編,《江文也紀念研討會論文集》,頁142-143。

而也可能是一種（由歐洲輸入的）現代意識形態，得以通過政教機制來培養，那麼像江文也這樣從小日化的藝術家不同樣有資格代表日本、從事「日本的」音樂創作？由此推論，江文也七歲離開臺灣，直到三〇年代中期才短期回鄉，除了血緣種族關係，在什麼意義上他還稱得上是臺灣的「當然」代表？日本的殖民政權如何將江文也其人其作收編到日本地方色彩（local color）的論述，而不是臺灣區域主義（regionalism）的話語中？

　　這些問題也許可以從江文也1934年的管弦樂作品《來自南方島嶼的交響素描》中獲得解釋。這首作品包含了四個樂章：〈牧歌風前奏曲〉、〈白鷺的幻想〉、〈聽一個高山族所說的話〉和〈城內之夜〉。在這些作品中，〈白鷺的幻想〉和〈城內之夜〉在第三屆日本音樂比賽中獲獎。在〈城內之夜〉的基礎上，江文也完成了《臺灣舞曲》（作品第一號），這首作品獲得了柏林奧林匹克音樂獎。[22]《來自南方島嶼的交響素描》充滿晚期浪漫派風格，並用日本民歌樂曲中的旋律作為點綴，顯示江文也的老師山田耕筰的影響。但還有別的：一方面那種神祕和催眠色彩油然而生德布西般的印象派感受，而同時，它的節拍和節奏轉換，還有使用附加和裝飾音製造變奏的方式，更顯示了巴托克的風格。〈聽一個高山族所說的話〉是一首以不規則的節奏遙擬臺灣土著原始生命力的作品，特別帶有巴托克打擊樂樂章和普羅科菲耶夫機械、快速的自由曲風（toccata）的印記。

---

[22] Kuo Tzong-kai, *Chiang Wen-yeh*, p. 18.

　　需要注意的是，這五首作品是1934年江文也成年後首次回臺旅行時所構想的，當時他離開臺灣已經有十七年。那次旅行中江文也與其他幾位旅日臺籍音樂家一起巡迴表演，並且獲得熱情歡迎。[23] 使他印象最深的卻是臺灣島上寧靜的生活和美麗的景色。正如他所說的：

> 水田真是翠綠。在靜寂中，從透明的空氣中，只有若干白鷺鷥飛了下來。於是，我站在父親的額頭般的大地、母親的瞳孔般的黑土上。……我靜靜地闔上眼……人性與美麗的自然，以及這個地方的生命，使我投入冥想中。

> 我感覺有一組詩、一群音在體內開始流動。說不定古代亞細亞深邃的智慧在我的靈魂中甦醒。這樣的觀念逐漸進展，最後形成一個龐大的塊狀物，在我的內心浮動，以此，使我狂亂異常。[24]

江文也描寫他看到臺灣田園風光時的興奮之情，彷彿經歷了某種神聖的狂喜。回鄉之旅可能讓江文也詩興勃發，但我們好奇的是，這種鄉情的湧動是否也可能是主體的一廂情願，一種放縱自我想像的藉口？當他的音樂和詩歌將他的身體昇華為對故土，以

---

[23] 有關江文也的臺灣之行，見周婉窈，〈想像的民族風——試論江文也文字作品中的臺灣與中國〉，《臺大歷史學報》，35期，2005年6月，頁137-142。

[24] 江文也，〈「白鷺的幻想」的產生〉，《音樂世界》第6卷第11期，1934年6月，頁110。根據周婉窈中譯，頁137，略作修改。

至於亞洲的崇高激情，江文也展示了一種近乎獨白的浪漫情懷。

我們也不能忽視江文也音樂和文學作品中的異鄉——異國情調——母題。不論他對臺灣的感情有多麼深厚，江文也其實少小離鄉，與這座島嶼暌違久矣。也正因此，他那種狂熱的鄉愁每每洩露了他對故鄉的陌生。下面這首詩就顯出江文也賦予臺灣極不同的意象：

> 在那裡我看到了華麗至極的殿堂
> 看到了極其莊嚴的樓閣
> 看到了圍繞於深邃叢林中的演舞場和祖廟
> 但是　它們宣告這一切都結束了
> 它們皆化作精靈融入微妙的空間裡
> 就如幻想消逝一般渴望集神與人子之寵愛於一身的它們
> 啊——！在那裡我看到了退潮的沙洲上留下的兩、三點泡沫的景象。[25]

江文也的這首詩寫於1934年訪臺之後，也出現在《臺灣舞曲》的唱片介紹中。與前面散文那種田園意象相比較，這首詩裡的臺灣是個頹敗的宮殿樓閣、舞場祖廟的所在。然而「一切都結束了」。緬懷臺灣轉瞬即逝的輝煌，江文也企圖用音符重建過去。

---

[25] 8月11日至19日在臺灣巡迴表演之後，江文也回到日本寫下這首詩，題於管弦樂曲《臺灣舞曲》總譜扉頁上。譯文引自周婉窈，頁138。

　　一個藝術家的鄉愁可能來自遠離故土，也可能來自他覺得他已經失去與土地靈犀相通的那點感應。通過江文也的詩歌和音樂，臺灣顯示兩種不同視野：一是頹敗的荒原，一是詩意的夢土。前者喚起對歷史輝煌的感慨讚嘆，後者則引發素樸的牧歌吟唱。但我們可以輕易指出，臺灣從來不以「華麗至極的殿堂與極其莊嚴的樓閣、演舞場和祖廟」知名於世，江文也一定是為了他自身的懷鄉想像而營造了一個異域景觀。倘如是，我們也應當探問，是否江文也筆下的白鷺意象、土著文化的采風，還有「南島」風情色彩，也未必是純然的鄉土寫真，而不乏奉故鄉臺灣之名所敷衍、誇張的異域情調？

　　我在別處曾提出，鄉愁往往可能和異域風情一同出現，因為二者都依賴於「錯置」（displacement）的原則。在神話學和心理學的意義上，錯置意味一種敘事機制，企圖重新定位、掌握去而不返或難以言傳的事物。但錯置的敘事或心態也同時反證了那號稱「本源」的事物可望而不可即的失落感。[26]江文也的文字和音樂則顯示他的異域風情和鄉愁相互糾纏，更有其歷史因素。三〇年代初期，臺灣作為魅惑的、神祕的「南方」，已經普遍成為日本作家和藝術家熱愛的主題，比如佐藤春夫（1892-1964）的浪漫小說，石川欽一郎（1871-1945）的繪畫，以及伊能嘉矩（1867-1925）的民族誌等，都可以得見。[27]臺灣的異域誘惑可能

---

[26] 王德威，《茅盾，老舍，沈從文：寫實主義與現代中國小說》（臺北：麥田出版，2009），第6、7章。

[27] 有關日本殖民的「南方」的文學、語言及文化再現之詳細論述，見Faye Yuan Kleeman, *Under an Imperial Sun: Japanese Colonial Literature of Taiwan and the South*

來自日本從二十世紀初就開始流行的「異國情調」觀。日文中的「異國」最初是在十七世紀前半葉，當日本切斷與中國和荷蘭東印度公司之外的所有貿易關係時，和更具有貶義的「南蠻」一詞一起引入的。而「情調」一詞，則是明治時代的發明，是詩人木下杢太郎（1885-1945）用來指稱他的詩作所試圖捕捉的那種異域的情態。正如詩人批評家野田宇太郎（1909-1984）提醒我們的，日文的「異國情調」一詞直到1907年左右才通用開來。[28]儘管「異國情調」代表二十世紀初文化人對異國和新奇事物的詩意呈現，它恰恰在日俄戰爭（1904-1905）爆發後開始流行，卻不禁令我們思考它的政治含義。尤其是當「異國情調」運用到令人拜倒而又永遠等著被占有的臺灣——她不是一塊清純的處女地就是一座頹廢的溫柔鄉——這個詞就帶出歐洲帝國主義定義下的「異國情調」的回音了。[29]

　　當江文也在1934年創作他的詩歌和音樂時，他將異國／異域情調的因素植入他的鄉愁裡，並由此召喚出一種強烈的情緒張力。江文也認同他與臺灣的族裔關聯，不過他更深炙於日本與歐洲的文化教育中；他只能通過非鄉土的音符和語言來表達他的鄉愁。同時，有鑑於大正時期日本的異國情調話語，我們也不得不

(Honolulu: University of Hawai'i Press, 2003)，特別是第一章論「南方系譜學」。

[28]　野田宇太郎，〈異国情調の文芸運動〉http://www.japanpen.or.jp/e-bungeikan/study/pdf/nodautaro.pdf (03/30/06)。我要感謝蔡建鑫對此提供建議；見"Obsession with Taiwan: Nishikawa Mitsuru and Sinophone Articulations,"未刊稿，pp. 5-9.

[29]　關於異國情調與殖民欲望的討論，例如Chris Bongie, *Exotic Memories: Literature, Colonialism, and the Fin de Siècle* (Stanford: Stanford University Press, 1991).

思考江文也的鄉愁是否也出自某種把自己異國情調化的衝動,或者說,是否他將自己的臺灣背景戲劇化,以便一面與他的日本同行區隔開來,一面也迎合日本聽眾對這個剛納入帝國版圖的島嶼的好奇。搖擺在「異化的局內人」(alienated insider)和「知情的局外人」(informed outsider)之間,江文也在音樂和詩歌中營造出「想像的鄉愁」效果。我已在他處討論過「想像的鄉愁」可以視為現代性的一種特徵,顯示主體因為時空文化的裂變所產生的「無家可歸」的情境。我強調鄉愁的「想像」性,因為鄉愁與其說是來自原鄉的失落的後果,不如說原鄉的「總已經」失落構成了一種「缺席前提」(absent cause),促成了回憶和期待、書寫和重寫的循環演出;這既是原初激情的迸發,又是由多重歷史因素決定的傳統。[30]在近代日本殖民地政治與國際都會文化交會點上,江文也的音樂和詩歌提供了這種「想像的鄉愁」最生動的例證。

我們現在來到江文也中國之行的最後動力:亞歷山大・齊爾品——一位在三〇年代遊歷東亞、尋求純粹的東方之聲的俄國作曲家——登場。亞歷山大・齊爾品1899年生於聖彼得堡一個具有深厚音樂傳統的家庭,從小就接受鋼琴訓練。他的父親尼古拉・齊爾品(Nicolay Tcherepnin, 1882-1971)是作曲家和指揮家,也是著名的音樂教育家,曾經鼓勵他的學生普羅科菲耶夫實驗新的音樂技巧。俄國革命爆發後,尼古拉・齊爾品舉家移居巴

---

[30] 我對於「想像的鄉愁」概念的討論,首見於我的沈從文研究。見*Fictional Realism in 20th Century Chinese Fiction*, pp. 252-253.

黎，在那裡亞歷山大開始探索新的作曲方法。他決心重新定位俄國音樂的民族性，發展出「歐亞主義」的理論，並對中東和亞洲地區的地方旋律愈來愈感興趣。1934年春天，亞歷山大‧齊爾品開始了他計畫中的東方之旅。他打算先訪問中國，然後赴日本、菲律賓、新加坡、埃及和巴勒斯坦。但實際的行程卻十分不同。他在上海的第一場鋼琴音樂會上，齊爾品遇到了他的老友，當時在上海國立音樂專科學校任教的扎哈洛夫（Boris Zakaroff）；通過扎哈洛夫他進入了中國的精英圈子，並且學習古國的音樂和文化。他被自己的發現所震撼了。除了鄰近的日本，他於是取消其他的行程。

齊爾品在中國住了三年（1934-1937）。在此期間，他在上海國立音樂專科學校和其他院校擔任教職，推動和創作他的歐亞主義風格的音樂；他並且愛上了一位才華橫溢的中國鋼琴家，有情人終成眷屬。[31]他還結識了文學大師魯迅，魯迅曾答應合作一部改編自《紅樓夢》的歌劇腳本，但1936年大師過世，這個計畫未能如願完成。[32]齊爾品崇尚中國文化傳統，處處見賢思齊。他的中文名字「齊爾品」是他中國義父齊如山（1875-1962）取

---

[31]　Li Ming Tcherepnin，即李獻敏，出生於廣東的一個基督教家庭，家裡具有豐富的西方音樂背景。李獻敏就讀於蕭友梅創立的上海音樂學院；1934年當她正要前往比利時深造鋼琴之前認識了齊爾品。他們於1937年結婚。見張己任，〈記齊爾品夫人李獻敏女士〉，《全音音樂文摘》，第69期，1984年，頁142-146。

[32]　根據作曲家賀綠汀所回憶齊爾品與魯迅合作的嘗試。引自Chang Chi-jen, *Alexander Tcherepnin*, pp. 51-55. 有關齊爾品在中國的活動更多的說明，見Kuo Tzong-kai, *Chiang Wen-yeh*, p. 73；林瑛琪，〈夾縫中的文化人〉，頁110-127。

的。齊如山不是等閒之輩，他是著名的中國戲曲理論家、劇作家，也是京劇大師梅蘭芳（1894-1961）最親密的顧問。

　　齊爾品在中國任教期間卻未必事事如意。當時幾乎所有作曲家都深信西方古典派和浪漫派的影響，齊爾品對此不以為然。他相信中國作曲家不應當模仿韓德爾或貝多芬，而應當從現代派創新實驗的地方開始：「對中國來說，德布西、史特拉汶斯基……可以被視作經典──（一次大戰）戰後的現代音樂創作便足以完成中國學生的音樂教育。」[33]齊爾品的理由是中國和「產生了舒曼、蕭邦和舒伯特的文化」沒有任何共同之處，因此沒有必要去重複西方古典傳統之路，以抵達現代的階段。

　　「如果你要在漢口建立第一座發電廠，你一定會建立一座最先進的，而不是像你四十年前在美國建立的第一座發電廠那樣。」那麼「在音樂裡我們應該從我們能夠使用共同語言的地方開始──這就是二十世紀。」[34]不過齊爾品又追加了一點，就是只有當民族風格充分發揮時，中國音樂的現代化任務才算大功告成。齊爾品認為，五聲音階是中國本土音樂構成中的基本調性元素，因此五聲音階基礎上的作曲才能強調中國音樂的民族性。他甚至聲稱：「現代音樂因為使用五聲音階，其實更接近東方的調性，也是最為自然的作曲方式。」[35]

---

[33] 齊爾品致 Walter Koons 的信，引自 Chang Chi-jen, *Alexander Tcherepnin*, p. 71.

[34] 同前註。

[35] "Russian Pianist Plays Works of Nativist Composers," *Japan Times and Mail*, October 6, 1936. 引用自 Chang Chi-jen, p. 73.

　　當時中國現代音樂界以黃自和蕭友梅這些人物馬首是瞻，齊爾品的理論當然引人側目。對他們來說，這位俄國作曲家對現代派和民族派音樂的大力提倡，似乎是將格格不入的東西放在一起。但齊爾品和他的中國同行之間的對話（或缺乏對話）使我們重新思考廣義的中國現代主義的狀況。齊爾品對中國作曲家全盤西化的做法深感不妥，認為他們沒有意識到西化過程中產生的問題，從東施效顰到時代錯亂不一而足。對齊來說，現代化最有效的途徑是參與最新的西方潮流，同時以民族風格來重新打造。但齊爾品的批評者提出一個觀點，即齊在批判歐洲傳統時其實已經站在一個優越的地位上，因為他本人畢竟「是歐洲人」[36]，擁有他認為不適合中國人的那些音樂知識。甚至他的提倡具有中國特色的五聲音階也不無東方主義的味道。正如一位批評者指出的，「齊爾品先生忘了，在著手進行《五聲音階研究》時，他擁有巴赫與其他音樂家作為背景，並擁有他們的技巧。」[37]

　　這樣的語境也許可以解釋為什麼江文也的出現對齊爾品來說如此關鍵。他們1935年初在日本相遇——當時齊爾品第二次訪問日本，兩人一見如故。江文也溫文爾雅的氣質和實驗性作品成為齊爾品歐亞主義論的完美範例，甚至直到數十年後，他還對他的妻子說，江文也是他認識的中國音樂家中最富天才的。[38]不過，齊爾品對江文也來說也許更為意義重大。除了他們對現代派

---

[36] Zhao Meibo (Chao Mei-po), "The Trend of Modern Chinese Music," *Tien-hsia Monthly*, IV (1937), p. 283; 引用自 Chang Chi-jen, p. 80.

[37] 同前註。

[38] Chang Chi-jen, *Alexander Tcherepnin*, p. 132.

音樂的共同愛好，齊爾品還是一個因為政治原因而卸除了國族紐帶的藝術家，他以世界為家，是一個願意擁抱新鮮和異國事物的國際都會主義者。更重要的是，這樣一種世故的姿態使他能更珍惜，而不是捨棄，他自己的文化遺產。這可以從他對斯拉夫和歐亞風格音樂的提倡中顯示出來。對於同樣是失去了本土之根的江文也來說，齊爾品的經歷可能不僅是一種藝術的靈感，而且更是一種文化的盟契。儘管二人從未有正式師生關係，江文也在往後一生的事業中將齊爾品視為他的精神導師——甚至可以說是精神的父親。[39] 因此，由齊爾品邀請江文也訪問中國，並在北京和上海接待他，也就順理成章了。

　　齊爾品和江文也的友情令人重新思考現代國族想像的建構問題。迄今為止，臺灣和中國的學者們大多在江文也究竟是臺灣人還是中國人的問題上爭論不已，似乎國族身分可以回答他音樂探索上的所有問題。我們往往忽視了這樣一件事實：這位臺灣人是應一位俄國大師之請來到中國，並鼓勵他將古老文明的「記憶」重譜到音符中去；而二人創作時心懷的並非僅是臺灣、或中國、或日本，而是世界的舞臺。他們的氣派宏大，念念在於如何找到一種富有地域色彩的特徵，而同時又能保持現代跨國的視野。儘管如此，我們必須承認在齊爾品國際主義的大纛下，他還是無法完全擺脫東方主義的羈絆。他堅持現代的中國的音樂只能以五聲

---

[39] 見齊爾品夫人李獻敏致郭宗愷信，1987年6月2日。信中寫道，「他們不只建立了師生關係，而且對彼此非常尊敬與喜愛。齊爾品先生暱稱江文也為『Pien』，而江文也則自稱『Apina』。齊爾品先生視江文也如子。」引用自 Kuo Tzong-kai, p. 68.

音階來創作，這就暴露了一種對外在標記的迷戀。再者，他培養江文也（以及其他幾位中國作曲家，比如賀綠汀）成為模範中國作曲家的方式，不無皮格馬利翁神話（Pygmalion myth）中國版變奏的痕跡。

在江文也的方面，在日本和歐洲贏得了臺灣詮釋者的名聲之後，他對探索原鄉臺灣的原鄉——中國——躍躍欲試。然而，如果臺灣已經為江文也的鄉愁和異國情調提供了一處夢土，中國豈非更像是一種欲望所在，讓他興發在鄉愁名義下的異域幻想，或異域名義下的鄉愁幻想？江文也的例子體現了東方人一樣也會有的東方主義，因此充滿反諷意味。這不僅是說他就著他西方導師的優越地位回看中國，也是說他演繹了一種現代主義的知識範型：將自己與自己熟悉或不熟悉的文化歷史都拉開距離，以一種類似東方主義者的觀點欣賞、批判過去。

結果是一種欲望與音符深具魅力的混成。看看江文也1935和1936年間（也就是跨越他首次中國之行前後的時期）創作的鋼琴協奏曲《十六首斷章小品》（作品第八號），可以思過半矣。這十六首中，第一首〈青葉若葉〉是一首普羅科菲耶夫式進行曲風格的「托卡塔」，而第三首寫於赴華前夕，頗受日本搖籃曲的啟發。第十二、十六和第十一、十四、十五首分別寫於北京和上海。這五首清楚地反映了江文也試圖記錄他在中國街頭聽到的新的音效；中國樂器二胡和琵琶的的引用製造出節日般的歡慶調子。與此相對照的是第二首。這首曲子採用與荀白克（Arnold Schonberg）及其追隨者相似的、在三〇年代日本被視為極端前衛的無調性曲式，傳遞了某種冥想的情緒。最後一首，也就是第

十六首,如樂評家已經注意到的,顯示出穆索爾斯基(Modest Mussorgsky)《圖畫展覽會》的影響。[40]

《十六首斷章小品》展示了江文也多才多藝的一面。他處理從日本搖籃曲到荀白克無調性實驗,從中國節慶音樂到歐洲印象派樂曲等不同曲風材料,顯得遊刃有餘。但作為一個整體,這組樂曲並不呈現一個有機的序列,而是不同時間、不同情境、不同主題和不同情緒的零碎集合。這些曲子或許看似被安置在一種熟悉的形式範圍內,但它們隨機的互相參照和輾轉起伏的情緒其實並不穩定,以致在任何時候都有使音律秩序以及它的語境基礎潰散的可能。這反映了在齊爾品對他的影響與日俱增的時候,江文也藝術感性中的那種不確定性也一觸即發。

齊爾品對江文也的轉變持歡迎態度,他幫助這部作品的發表,還時常演奏其中的片段。但對於江文也而言,《十六首斷章小品》只是他與中國的第一次接觸;在此之外還有更多的中國值得他探尋。齊爾品的聲音在這裡迴旋不去:中國作曲家不應把時間都花在模仿歐洲音樂上,「他們應當嘗試運用現代記譜法和為具有國際特色的樂器來闡釋中國民族音樂。」[41]對江文也來說,要認同齊爾品的勸告,首先就得認同自己的中國身分。一位流亡的俄國作曲家與他來自日本的臺灣弟子已經做好準備,創造一種他們相信最能代表「中國」的新音樂。

---

[40] Motohide Katayama, *Jiang Wen-ye Piano Works in Japan* 專輯介紹,J. Y. Song 演奏(New York:Pro-Piano, 2001), p. 4.

[41] Chang , p. 141.

孔樂的政治

　　1938年3月，江文也接受了北京師範學院的教職。這個決定改變了他的命運，讓他從此永久居留中國。江文也決定離開日本的原因有不同說法，[42]但齊爾品賦予他的中國想像無疑是主要動力。從1938年到戰爭結束之前，這樣一種中國想像將江文也的事業帶到頂峰。他創作了至少六首管弦樂作品，四首鋼琴奏鳴曲，一百五十多首獨唱和鋼琴伴奏的藝術歌曲，五部音樂劇（兩部未完成），兩部電影的主題音樂，還有三本詩集。幾乎所有這些作品都集中在「詩化中國」這樣的主題上，我們從幾項作品的標題就可以看出端倪：《故都素描》、《孔廟大晟樂章》、《香妃》、《春江花月夜》等。尤其值得注意的是，江文也為李白和杜甫等詩詞譜曲，並至少在三場音樂會上演唱或演奏這些作品。

　　但我們不能忽略的是，這正值中日戰爭期間，北京早已在傀儡政權的控制下。當數以百萬的中國人遭到屠殺、囚禁、流亡的命運時，江文也的藝術生涯卻扶搖直上，這不免使人質問，他的北京之夢到底是怎樣的夢境，是中國的，還是日本的，抑或都不是。江文也在戰時的地位當然與他的身分有關。作為來自日本的臺灣人，他被當作海外的日本僑民對待，因此得以過著相對舒適的生活。他與頗有才華的中國學生吳韻真結了婚，同時又與他的

42　齊爾品的影響顯然是主因。根據臺灣作曲家郭芝苑的說法，江文也移居中國是因為他與白光談起戀愛。郭芝苑於四〇年代初期在日本與江文也相識，而白光則是戰爭期中國炙手可熱的歌手與電影明星。見郭芝苑，〈江文也的回想〉，收入臺北縣立文化中心編，《江文也紀念研討會論文集》，頁91。

日本妻子江信子保持來往。[43]他應邀為漢奸組織「新民會」譜寫主題歌，但他並沒有加入新民會。與此同時，江文也以無比的熱情譜寫具有鮮明中國特色音樂。

於是，江文也戰時最重要的作品《孔廟大晟樂章》在1939年問世。無論從什麼角度來看，這首管弦樂作品不但代表江文也藝術生涯的巔峰，也代表中國現代音樂史的突破。它捨棄了西方管弦樂傳統，探索古典中國音樂的底蘊，並且處處叩問儒家樂論的意涵──儘管這些嘗試都與三〇、四〇年代的中國音樂主流相去甚遠。這也是江文也對齊爾品呼籲具有民族風格的現代音樂的最終回應。江文也的靈感據稱來自參加每年一度的北京孔廟祭典。他深為祭典的莊嚴肅穆以及典禮歌舞的雅正雍容所感動，以致想要創作一首樂曲來呈現儒家哲學最深刻的層面。畢竟，還有什麼比儒家的禮樂之道能更真切的表現中華文明的本質呢？

《孔廟大晟樂章》由六個樂章組成，分別呈現傳統祭禮中的六個步驟。第一樂章為〈迎神〉（昭和之章，如柔板的行板），呈現出禮儀的莊嚴肅穆氣氛。在弦樂和打擊樂中，一支佛教吟誦般的旋律始於第七小節，並且貫穿在此後的音樂中，以變奏的形式一再出現。相應於吟誦的旋律，第二主題在三十一節時出現，

---

[43] 吳韻真原名吳蕊真。1939年吳韻真在北京女子師範學院向江文也學習聲樂，而她則教江文也中國古詩。他們很快陷入情網，江文也將她的名字改為「韻真」。江文也的兩位妻子都知道對方的存在；在1939與1943年之間，江文也每個暑假都回到日本與江信子及他們的孩子共度夏天。1944年之後江文也再也沒有任何機會重返日本。兩位夫人直至1992年，在臺北中央研究院舉辦的江文也紀念研討會上才第一次見面。

那是一個聖詠般的和弦，讚頌聖哲孔子。在銅管和木管樂器中，五十七小節引入了第三主題，述說禮儀隊伍的行進。三個主題互相交匯，形成迎接神靈過程中的節奏和諧。接下來的三個樂章題為〈初獻〉、〈亞獻〉和〈終獻〉，是全曲的核心部分。〈初獻〉（雝和之章，寧靜的慢板）以一種寧靜的節奏推進，強調了禮儀中悲歌性的「文舞」；〈亞獻〉（熙和之章，神祕的廣板）顯得更有動感，模擬「武舞」的節拍；〈終獻〉（淵和之章，憂鬱的、寧靜的行板）以「人舞」為高潮，十分雄壯，在曲調上有沉思的風格，將整個祭典帶入結尾。第五樂章〈徹饌〉（昌和之章，舒緩的行板），呈現出對甫畢之祭典的從容欣賞。樂曲結束於〈送神〉（德和之章，近似舒緩的柔板），著重於鋼琴和銅管樂的整齊合奏，接著是回到樂曲開始的莊嚴氣氛。[44]

　　江文也1938年前的作品特點是節奏活潑，色彩豐富明晰。跳躍的旋律，清晰的音樂肌理，大膽的和弦，強烈的調性，無不令人印象深刻。《孔廟大晟樂章》則形成強烈對比：在聲音處理上這是一首極簡主義的作品，在情緒上高度內斂，幾乎到了單調的程度。但這樣的效果是經過精心設想的。正如古語所言，「大樂必易，大禮必簡」。[45]為了恢復儒教禮樂的原初形式，江文也

---

[44] 見蘇夏的分析，〈江文也部分樂隊音樂簡介〉，江文也先生逝世二十週年紀念學術研討會宣讀論文，頁4-6。

[45] 典出《禮記·樂記·卷三十七》，1815年阮元刻本《禮記注疏》，中央研究院漢籍電子資料庫：http://www.sinica.edu.tw/~tdbproj/handy1/。見徐復觀的討論，〈由音樂探索孔子藝術的精神〉，《中國藝術精神》（臺北：臺灣學生書局，1973），頁24。

幾乎是以考古學者的姿態深入研究文獻，爬梳古譜。甚至因此寫出一部論著，《上代支那正樂考——孔子音樂論》（1942）。[46]在江文也的議論之後我們不難聽到齊爾品的聲音：「中國本土音樂的特徵是五聲和弦。……其音調由同樣旋律的連續不斷變奏組成，而此旋律永遠前進變化著」、「當曲子將要終了之際，……這旋律溶入了新的韻律中。」[47]正如江文也所自豪宣稱的：「全曲都使用五聲音階，但我絕不會給聽眾感覺單純或倦怠。」[48]

但真正耐人尋味的是，《孔廟大晟樂章》也許古意盎然，卻不折不扣體現了現代派精神。江文也以最簡約的方式處理孔樂五聲和弦時，其實有意無意的應和了現代主義的曲風——尤其是阿諾德・荀白克的無調性實踐。[49]樂評家們已經指出江文也與這位奧地利作曲家的近似之處。[50]兩人都感嘆他們所處時代的「聽力退化」，兩人都賦予自己的作曲策略一種宏觀願景。荀白克運用無調性的結構和色彩豐富的和弦來解構歐洲現代社會的市井

---

[46] 江文也著，陳光輝譯，〈孔子音樂論〉，收入張己任編，《江文也文字作品集》（臺北：臺北縣立文化中心，1992）。

[47] 引用自 Chang Chi-jen, *Alexander Tcherepnin*, p. 56.

[48] 江文也對郭芝苑的問題的回答，見郭芝苑，〈江文也的回想〉，收入臺北縣立文化中心編，《江文也紀念研討會論文集》，頁90。

[49] 郭宗愷注意到江文也對於荀白克與其他前衛音樂家的接受，見郭宗愷，〈江文也早期鋼琴作品音樂風格之源起與蛻變〉，收入梁茂春、江小韻主編，《論江文也：江文也紀念研討會論文集》（北京：中央音樂學院學報社，2000），頁192。

[50] Kuo Tzong-kai, p. 45.

噪音，[51]而江文也則實驗儒家禮樂的格式，以期尋回中國（和日本）現實裡不可復得的聖潔音律。比起荀白克及其追隨者，江文也的實驗尤多一層曲折。他不僅需要理解歐洲前衛音樂的精神與技法，還必須用之以恢復已經失傳的儒家雅樂——而一般以為雅樂是最不前衛的。換言之，如果荀白克希望以無調性來引起聽眾「前所未聞」的震撼，江文也的新意則是來自重建「古已有之」的傳統——雖然這個傳統早已失傳，或甚至可能從未存在過。當評論家們指責江文也「遠離時代要求，……他在中國傳統音樂的廢墟中流連忘返，基本上失去了批判力」，[52]他們可能忽視了一點：在他發現「中國傳統音樂的廢墟」之前，江文也首先是一個西方現代派的學生。他的問題恐怕在於他的步伐走得太快，不僅他的中國同行難以理解，即便以同時的西方標準來看也過於激進。結果是，他復興中國古樂的嘗試被輕易地看作是對過去的盲目崇拜。

　　我認為江文也將《孔廟大晟樂章》寫成一首同時具有古典神韻和前衛精神的樂章，恰恰觸及中國現代主義音樂最複雜的層面。江有意藉《孔廟大晟樂章》重現中國雅樂的神髓，顯示他

51　見 Theodor Adorno, *Philosophy of Modern Music*, translated by Anne G. Mitchell and Wesley V. Blomster (New York: The Seabury Press, 1973), pp. 15-60; Adorno, *On the Fetish-Character in Music and the Regression of Listening in The Essential Frank- furt School Reader*, edited by Andrew Arato and Eike Gebhardt (New York: The Continuum Publishing Company, 1982), p. 298.

52　梁茂春，〈江文也的鋼琴作品〉，收入臺北縣立文化中心編，《江文也紀念研討會論文集》，頁115。

追古溯源的本體論式的願望（ontological desire）。另一方面，江也敏銳地意識到孔子心目中的雅樂早已不再，無論投注多少心力，他也只能拼湊各個時代的點滴資料，並運用現代技法來重新創造。在這個過程中，他讓我們想起了中國古典文學與學術的寓知新於溫故的傳統，也就是宇文所安所稱的「復古的改良」（reactionary reform）傳統。這個傳統認為過去比現在或將來更有創意。但「復古」的努力卻未必完全是對過去的還原，反而可能是一種由現在投射出的想像性重建，甚至一種託古改制。[53]

　　我要指出江文也的音樂的意義要遠大於「復古的改良」。除了在廈門有限的幾年外，江文也對中國古典文化接觸不多；他有關中國音樂和歷史的知識大多是通過日本渠道獲得的。因此當他奮力復興古代雅樂時，他不可能像那些和傳統相濡以沫的中國文人一樣，啟動一種「復古的改良」（或批判）；他缺乏那樣的根底。對江文也這樣（具有日本和歐洲文化）雙重殖民身分的藝術家而言，儒家傳統從來不是他所固有、或他可以視為當然的東西。因此，通過禮樂來召喚孔子的精神是一次穿越時空的冒險。但如果不從事這項冒險，他又如何重建被剝奪的身分，恢復被割裂的傳統？這是一個離散境況下的藝術家所必須面臨的考驗。《孔廟大晟樂章》並非只是「復古的改良」，而是一項文化想像

---

[53] 趙建章，《桐城派文學思想研究》（北京：北京圖書館出版社，2003），頁172-173。早期「復古的改良」的例子，見Stephen Owen, *The Poetry of Meng Chiao and Han Yu* (New Haven: Yale University Press, 1975), p. 9. 又見Theodore Huters的討論，"From Writing to Literature: The Development of Late Qing Theories of Prose," *Harvard Journal of Asiatic Study* (1987), p. 93.

的重塑，一項為了「現在」而發明「過去」的大膽嘗試。[54]

　　我們現在可以轉到江文也對儒家音樂理想形式的論述上。在《孔廟大晟樂章》（1940）唱片的序言裡，江文也描述了他希望譜寫一種能夠反映「法悅境」的音樂：

> 沒有歡樂，沒有悲傷，只有像東方「法悅境」似的音樂。換句話說，這音樂好像不知在何處，也許是在宇宙的某一角落，蘊含著一股氣體。這氣體突然間凝結成了音樂，不久，又化為一道光，於是在以太中消失了。[55]

「法悅」一詞，如同較常用的「法喜」，出自佛教《華嚴經》，意指信眾在聆聽佛祖教誨後的頓悟和歡喜之情。[56]江文也認為，儒家音樂是種不需依賴感官興奮的藝術形式；儒家音樂以最簡潔的形式碰觸心靈最深處，喚起無限寧靜和充盈。

　　在「法悅」的基礎上，江文也撰寫了《上代支那正樂考──

54　Haun Sassey對中國傳統音樂詮釋學的質疑，也很可以作為參考。見"'Ritual Separates, Music Unites': Why Music Hermeneutics Matters," in Olga Lomova, ed., *Recarving the Dragon: Understanding Chinese Poetry* (Prague: Charles University, 2003), pp. 9-25.

55　江文也著，江小韻釋譯，〈孔廟的音樂──大成樂章〉，收入劉靖之主編，《江文也研討會論文集》〔民族音樂研究第三輯〕（香港：香港大學亞洲研究中心、香港民族音樂學會，1992），頁301。

56　有關「法悅」更為詳細的研究，見佛光大辭典編修委員會，《佛光大辭典》卷4（高雄：佛光出版社，1995），頁3379。舊譯華嚴經卷2（大九‧四〇三中），「佛音能起歡悅心，普令眾生得法喜。」

孔子音樂論》一書，以儒家觀點來分析古代中國音樂及其理念淵
源。江文也開宗明義點出古代中國音樂與國家間的緊密關係：中
國的「樂永恆的與國家並存」。[57]他認為政治是音樂創作和生產
中所固有的元素，但這裡的政治應理解為儒家的聖王之治，而不
是爾虞我詐的權力運作。[58]江文也指出「樂」和「禮」形成了古
代理想政體的兩大支柱。「禮」規範了禮節法則，而「樂」則促
進人類和宇宙的和諧律動，形成渾然一體。他引用《禮記‧樂
記》說，「樂者，天地之和也；禮者，天地之序也。和，故萬物
皆化；序，故群物皆別。」[59]如此，在天地人文秩序伸衍的過程
中，「樂」在「禮」之先。

　　在《上代支那正樂考》中，江文也花了很大力氣勾勒孔子
之前的中國音樂譜系。他首先對各種中國音樂的神話起源說提
出懷疑（比如伏羲作為音樂的創始者）。相反的，他以為中國
音樂可能起源於「與孔子差不多在同一時代」[60]——以畢達哥拉
斯（Pythagoras，約580-約500B.C.）為代表的希臘傳統。他根據
《禮記》和其他史料描述音樂在古代如何作為溝通天人之際的韻
律。當樂與禮並用時，便成為文明的重要元素。隨著各種樂器的

---

[57] 江文也，〈孔子音樂論〉，收入張己任編，《江文也文字作品集》，頁19。

[58] 「孔子也許把政治視同藝術一樣，是一種極為清澄的東西。」江文也，〈孔子音樂論〉，收入張己任編，《江文也文字作品集》，頁148。

[59] 同前註，頁21。原文見《禮記‧樂記‧卷37》，1815年阮元刻本《禮記注疏》，中央研究院漢籍電子資料庫：http：//www.sinica.edu.tw/~tdbproj/handy1/。

[60] 同前註，頁37。

發明，音樂逐步成為精緻形式，並呼應統治者的需要。在江文也看來，周代初期，禮、樂達到成熟的階段，二者共同構成和諧的政教秩序。到了孔子時代，理想的樂卻已湮沒不彰，唯獨禮仍虛有其表。等而下之的是，在昏君儒主的治下，樂甚至淪為敗壞風氣、挑逗下流品味的工具。

於是當孔子開始重新制禮作樂時，他意不僅在恢復文化社會秩序，而是更期望建立一種涵泳天地人生的有機關係，一如古代聖王的音樂。

江文也一再提醒讀者：孔子才德兼備，但他首先是位天才音樂家，也是位有批判意識的音樂學家。孔子生於禮崩樂壞的亂世，而他卻矢志恢復禮樂，視為重建政治秩序的第一步。江文也引用《論語》和其他史料，描繪孔子不僅教導音樂，更生活在音樂中，以及他如何將自己的藝術、倫理和政治視野聯繫到音樂上。樂的最高表現就是體現儒家的核心價值——仁。

在江文也的論述下，一個具有個人和政治意味的潛文本呼之欲出：江文也將自己的困境和期許投射到作為音樂家的孔子身上。尤其是在此書的第三部分，江在每段對孔子音樂事業的描寫後，插入了一系列題外話，陳述他自己的思想和評論，由此展開他和孔子之間的一場對話。比如對《論語》中那段著名的故事，「子在齊聞韶，三月不知肉味。曰不圖為樂之至於斯也」，[61]江文也評論道，「現在的世界已經是從講求速度，進而講求超速度的

---

[61] 《論語‧述而》，見1815年阮元刻本《論語注疏》，中央研究院漢籍電子資料庫：http：//www.sinica.edu.tw/~tdbproj/handy1/。

時代，若三個月也忘記肉體的享樂，而埋頭音樂中的話，從一般
社會的人們的眼睛來觀察時，或許都會覺得音樂家都是多麼無聊
而遲鈍的人。」[62]隨後他斷言，「速度毫不留情的帶走我們原本應
該訓練成的艱苦忍耐之精神」，並且

> 目前由於收音機或電唱機的發達和普及，幾乎所有的音樂
> 家們都以此為目標。……因此，「他們的音樂」與其說是
> 為完成自己，不如說是帶有為宣傳自己的傾向。亦即為引
> 人注意或誇飾自己的存在為其目的。……以容易受別人
> 注目的新奇的或古怪的東西，而成為音樂家或作曲家。
> 這種奇怪的傾向情形……不僅最近二、三十年來的「日
> 本」音樂界如此，而且看遍全世界的音樂界亦可了解。某
> 某派，某某運動……是讓人眼花撩亂。……然而拙劣的
> 作品不管捲起多大的風暴，它充其量也只是拙劣的作品而
> 已。只有強烈體現人類意識的作品，終有一天，它還是會
> 呼喚起人類的意識的。[63]

兩千多年前孔子哀嘆禮樂文化的衰頹，江文也則批判了自己時代
裡音樂的商業化，包括對速度的盲目追求，機械重複生產，和媒
體工業等我們熟悉的現象。他認為救贖之道在於培養「人」的自

---

[62]　江文也，〈孔子音樂論〉，收入張己任編，《江文也文字作品集》，頁93。
[63]　同前註，頁100。譯文參考楊儒賓譯本，經過修訂。見江文也著，楊儒賓譯，
　　　《孔子的樂論》（臺北：喜瑪拉雅研究發展基金會，2003）。

覺，也就是回到儒家「仁」的精神。

　　如果江文也對機械時代藝術作品複製性的批評聽來似曾相識，那可能是因為我們這個時代對班雅明的論述，尤其是他的〈機械複製時代的藝術品〉（1936）一文的不斷表揚。[64]江文也不太可能聽說過班雅明，但他卻以一種幾乎是班雅明式的修辭，將現代文化工業與衰退中的傳統藝術的「光暈」（aura）相對比。他對「法悅」那種涅槃狀態的召喚甚至令我們想起班雅明對彌賽亞天啟時刻的嚮往。江文也可能會說，「好」的音樂應當超越庸俗消費的陷阱，跨越時空，以恢復儒家「仁」的充實飽滿，或「法悅」境。然而我們必須要問：他對時代的不滿，難道不是來自現代主義的批判力量和創作靈感？換句話說，難道他不是和班雅明一樣，對現代懷有一種愛恨交織的態度──把所處的時代既看作是已逝時光的憂鬱殘骸，又是未來天啟降臨的希望指標？當然，江文也和班雅明之間存在著巨大的差別，因此更有意義的比較應當是區分二人的現代主義情境。我們因此可以探問，德國社會裡的猶太人班雅明，與日本社會裡的臺灣人江文也，是如何各自處身在離散曖昧的環境裡，同時追尋一種和他們社會生活經驗頗有不同的信仰？如果說班雅明的批判底下其實懷有對「光暈」的神祕渴望，我們又如何定義江文也前衛姿態裡的「法悅」精神根源？

---

[64] Walter Benjamin, "The Work of Art in the Age of Mechanical Reproduction," in *Illuminations*, Hannah Arendt ed., trans. Harry Zohn (New York: Random House, 1988), pp. 217-252.

　　回到江文也的著名聲明：他的音樂既不表達歡喜，也不表達憂傷，像空氣一樣，無所在，也無所不在，並以此傳遞一種神聖超拔的境界。儘管如此產生的「法悅」被江文也稱為中國音樂最要緊的關鍵，晚近已有研究發現，這個概念可能含有異國源頭，因此不全是儒家的正宗法乳。如林瑛琪就指出，江文也的「法悅」應該承襲自他的老師山田耕筰。早在1922年山田就已經用這個詞彙來描述聆聽俄國作曲家亞歷山大·斯克利亞賓（Alexander Scriabin）的音樂時所獲得的感受。斯克利亞賓的音樂力圖傳達冥想超越的經驗；他的交響曲，諸如《神聖詩篇》和《狂喜之詩》，都意在激起跨越生死的神祕感受，「某一瞬間的只感覺到喜悅。」[65]他的《狂喜之詩》被介紹到日本時就被譯為《法悅之詩》（法悅の詩）。當時山田應邀為北原白秋（1885-1942）等人的現代詩譜曲，他發現華格納式將音樂和文字相互配合的曲式已經不符合所需。山田「首次聽到斯克利亞賓的作品，感動的流下眼淚，由他的作品的啟示」，山田「立志以音樂的靈境與法悅境為目標」。[66]

　　通過山田耕筰，江文也將一個俄國作曲家的神祕韻律轉化為儒家音樂的至善之音。如他所說，這樣的音樂好像「一種輕颺的氣體，它輕飄飄、軟綿綿地揚升上天，它傳達了地上的願望與祈禱。反過來說，祭祀者通過樂音，體受了某種靈感，此時，漸漸

---

[65] 山田耕筰，〈音樂之法悅境〉，《山田耕筰著作全集》，第1冊（東京：岩波書店，平成13），頁117-118；引用自林瑛琪，頁52。
[66] 同前註。

醞釀出某種氣氛，彷彿天上與地下之間，可以融成一片。」[67]這讓我們再度理解江文也與他同時代的聲音和思想是如何錯綜交會。他理想中的音樂與其說來自他對孔子的心領神會，不如說一樣來自他與日本和歐洲大師像山田、斯克利亞賓和齊爾品的交響對話。他所闡述的「法悅」因此不僅僅喚起儒家的仁愛之音，而是回應著現代主義瓦解現實的呼籲。

　　最後，我們必須考察江文也儒家音樂裡的政治意涵。四〇年代初期，絕大多數中國作曲家都力圖以音樂支持抗戰。看看諸如鄭志聲（1904-1942）的《滿江紅》、冼星海的《滿洲囚徒進行曲》、賀綠汀的《墾春泥》等作品的標題，我們不難想像它們的愛國主義調門。江文也的音樂走向幾乎是背道而馳。除了《孔廟大晟樂章》之外，他還創作了另一些交響樂作品，比如《為世紀神話的頌歌》（1942）、《一宇同光》（1943），以及音樂劇樂譜《香妃》（1942）等。前者歌頌宇宙的和平與和諧，而後者則是有關清帝乾隆的維族妃子香妃的傳奇。這些作品都意在推動種族和諧和東亞團結，正應和了方興未艾的「大東亞共榮圈」話語。

　　作為一種意識形態，「大東亞」的構想可以追溯到佐藤信淵（1769-1850）。他提議日本政府在南中國海無人居住的島嶼上從事墾殖，最終將軍事力量擴展到東南亞。到了三〇年代，視日本為「亞洲人的亞洲」的領袖這樣的觀念已在軍界和帝國主義者間蔓延開來。1940年，日本外相松岡洋右宣布日本的角色是幫助

---

[67] 江文也，〈孔子音樂論〉，收入張己任編，《江文也文字作品集》，頁52。本譯文引自楊儒賓譯，《孔子的樂論》，頁40-41。

亞洲國家從帝國主義桎梏下解放，以形成一個新的政治共同體。不過這樣的「解放」卻帶來了日本的侵略，而日本在這些地區的殘暴統治甚至比西方殖民者有過之而無不及。[68]

中國是現代日本帝國主義話語中最重要的主題之一。儘管福澤諭吉（1835-1901）在1885年提出的「脫亞入歐」論顯示日本民族主義者決心放棄以中國為中心的世界觀——包括它的政治和儒家意識形態——以擁抱歐洲式的現代國家體制，[69]中國的誘惑，哪怕只是因為它的經濟和文化潛力，卻從未減弱，而是經歷了創造性的轉化。撇開軍事介入和殖民統治不談，明治晚期和大正年間的知識和文藝界興起了一股「中國熱」。中國或被當作是個今非昔比的文明，可以由日本取代，或成為日本帝國主義視野下的浪漫對象，必得之而後快。傅高義（Joshua Fogel）曾指出，從幕府末期到1945年，日本有關中國行旅的書籍多達五百種，這一熱潮在大正初年達到頂峰。[70]

回到江文也的儒家音樂和樂論。儒學是日本知識界數百年來的主要源頭之一，時至現代依然享有崇高的地位。令人矚目的

---

[68] 有關「大東亞」作為一種知識論述、政治運動，以及軍事活動詳盡的研究，見王屏，《近代日本的亞細亞主義》（北京：商務印書館，2004），特別是第5至12章。

[69] 福澤諭吉的亞洲觀是，亞洲可視為文化上同質的儒家空間。他的目標是將日本改造成為一個民族國家，以脫離儒家傳統。透過「脫亞」以及在亞洲之內複製文明／野蠻、西方／東方的二元對立，日本得以實現作為一個民族國家的自覺。

[70] Joshua Fogel, *The Literature of Travel in the Japanese Rediscovery of China* (Stanford: Stanford University Press, 1995).

是，為了回應民族主義的興起，明治中晚期的儒學研究開始有了微妙轉變。上焉者提供學界一個觀念平臺，啟動東西方思想的比較研究；下焉者則通過重新詮釋諸如「王道」這樣的概念，賦予軍國主義者向外擴張侵略的藉口。服部宇之吉（1867-1939）創立的「孔子教」就是這樣的例子。[71]

　　江文也意識到當代儒家話語中不同的聲音。他企圖藉著音樂展現他心目中的儒家聖王氣象：一個無所不在的，超越了所有權力層次的「政治」制度。但彼時「王道」運動山雨欲來，江那裡能夠獨善其身？至少他無法擺脫這樣的事實：《孔廟大晟樂章》是在戰爭期間所作，在東京首演；[72]《上代支那正樂考》的撰寫和出版也以日本讀者為對象。還有兩條線索值得我們關注。儒教詮釋者久志卓真論述中國音樂和孔子、荀子等哲人的文字經常發表在《音樂新潮》雜誌，而江文也是這份雜誌的經常撰稿人，兩人有些文章甚至發表在同一期上。[73]另一方面，江文也從其他日本漢學家那裡獲益良多，比如橋本增吉（1880-1956）論古代中國的著作，就是江文也《上代支那正樂考》唯一引述的參考材料。橋本的名聲來自他對中華文明起源的極度懷疑；江文也認為

---

[71]　見劉岳兵對於日本軍國主義的興起與儒家傳統的討論，《日本近代儒學研究》（北京：商務印書館，2003），第2章，特別是頁107-116。又見陳瑋芬，《近代日本漢學的關鍵詞研究：儒學及相關概念的嬗變》（臺北：國立臺灣大學出版中心，2005），第6章。

[72]　見張己任，〈江文也〉年表，《江文也：荊棘中的孤挺花》，頁141。

[73]　見林瑛琪精闢的研究，頁44-49。

中國音樂起源於希臘的觀點就很有可能是得自橋本的啟發。[74]

　　無論他如何自外於戰爭，江文也很難撇清他的樂論中的政治含義。他對禮樂的頌揚總似乎有著「王道」的回音，而他大中至正的樂章又恰巧與「共存共榮」的主旋律如響斯應。1940年江文也三十歲，《孔廟大晟樂章》在東京首演，江文也親自指揮，並由電臺全國轉播。當年夏天，東京交響樂團演奏的錄音製品出版。同年日本宣布「大東亞共榮圈」，並展開日本開國二千六百年的紀念活動。江文也以大型舞劇《日本三部曲》的《東亞之歌》和《第一交響曲：日本》共襄盛舉。先前提到的《一宇同光》作於1943年，明顯受到「共榮圈」的口號「八紘一宇」的影響。

　　這再次令我們想起江文也《上代支那正樂考》卷首所言：中國的「樂永恆的與國家並存」。這句話不可思議的成為江文也自己在戰爭期間音樂活動的註釋。儘管他扯入「共榮圈」外圍活動，江文也對日本軍國主義既無興趣，也不介入。他渴望一種超越人間煙火的音樂，也幾乎在一段歷史縫隙中達到目標。然而他精心炮製的雅樂畢竟得屈從時代的喧囂與騷動。「法悅」之聲還沒傳頌開來，就已經有了帝國主義鏜鏜戰鼓的干擾。

---

[74] 江文也呼應了同代卓越的漢學家如白鳥庫吉（1865-1942）、內藤湖南（1866-1934）共同的觀點。這批學者並不尊崇中國史學的真實性與連貫性，而是質疑中國文明的源頭，並且主張在更為廣泛的、比較的亞洲史脈絡下研究中國史。見林瑛琪，〈夾縫中的文化人：日治時期江文也及其時代研究〉，頁70-75。特別是橋本增吉的《東洋古代史》，是江文也對於中國上古史的討論唯一的參考資料來源。

　　江文也的兩難凸現了帝國主義政治與藝術創造之間的糾纏關係。搖擺在「大東亞」指令和個人主義視野的兩極間，他追求儒家禮樂之聲的動機不論如何單純，卻開啟了聆聽的多重可能性。他的音樂錯置了古今中西時代資源，但也因此解構了單向的、進步的現代性聲音迷思，同時代表現代主義對粗鄙的機械複製與商業潮流的批判。對於某些聽者來說，他的音樂也許是一個國際都會主義者通過西方媒介，為中國音樂遺產所作的創造性詮釋，對另一些聽眾來說，這也許是一個被殖民者徘徊想像的鄉愁和異域情調間，找尋逃避的姿態。更曖昧的是，江文也的音樂同時顯示帝國主義宣傳機器的無孔不入，又顯示一個特立獨行者充滿個人色彩的反抗；既是一種共謀，又不乏超越這種共謀的可能。

　　也因此，江文也的故事不妨是一則「欲潔何曾潔」的現代儒家音樂寓言。他的音樂與政治或許重複了兩千年前孔子所面臨的窘境。如果孔子曾努力重建禮樂以俟聖王，卻終於徒勞無功，兩千年後的江文能夠通過召喚孔子的幽靈，實現孔子的夢想麼？禮已崩，樂已壞，那盛世的清音究竟失落何方？日本戰敗後，江文也決定留居北京。他相信戰爭的結果可以證實他的中國身分。或許正因為懷抱那終極儒家的禮樂之志，聖王之思，江文也把《孔廟大晟樂章》呈送給中國政府的領袖蔣介石。然而他非但沒有獲得榮耀，反而以漢奸罪名被捕下獄。[75]

---

[75] 這部作品由李宗仁（1891-1969）轉呈給蔣介石；李是戰爭期最重要的軍事領袖之一。李宗仁時任北平行轅主任，正以此身分代表政府接受江文也的音樂作品。吳玲宜，〈江文也生平與作品〉，收入臺北縣立文化中心編，《江文也紀念研討會論文集》，頁164。

史詩時代的抒情聲音

　　早在他的音樂生涯開始前，江文也就顯示了他的詩才。在他一生中，詩歌和音樂的對話持續凸顯出他追尋聲音和語言之間的理想關係。江文也的文學興趣可能受益於他的高中老師島崎藤村（1872-1943）。島崎藤村是日本最重要的浪漫主義詩人之一，也是引領江文也進入抒情詩境的啟蒙者。[76] 江文也同樣顯示出對歐洲思想與藝術中現代主義潮流的熱情，從尼采哲學到波特萊爾、馬拉美和瓦雷里的詩歌，以及馬蒂斯（Henri Matisse）、魯奧（Georges Rouault）和夏卡爾（Marc Chagall）的繪畫。[77] 江文也1934年的臺灣之行啟發了一個如夢如幻的境界，在其中聲音、色彩和其他感官元素神祕的互相回響應和，形成象徵主義的「通感」現象（synaesthesia）。這樣的視景在1938年他移居北京後更得以發揮。四〇年代初，在蓬勃的音樂生涯之外，江文也成為一個多產的詩人。

　　戰時的江文也寫了三本詩集，《北京銘》（1942）、《大同石佛頌》（1942）和《賦天壇》（1944）。前兩本是日文作品，完成後在日本出版，而《賦天壇》則是江文也首次嘗試的中文詩作，直到1992年才在臺灣首次問世。這三部作品都見證江文也為他

---

[76] 許常惠，〈有關江文也研究的幾點看法〉，收入劉靖之主編，《江文也研討會論文集》〔民族音樂研究第三輯〕（香港：香港大學亞洲研究中心、香港民族音樂學會，1992），頁206。

[77] 郭芝苑，〈江文也的回想〉，收入臺北縣立文化中心編，《江文也紀念研討會論文集》，頁89。

的中國經驗，他的儒家美學冥思，所貫注的深情。細讀之下，我
們也可以發現三部作品之間的微妙對話。《北京銘》將北京的文
物和古蹟、街景和聲色、壯麗的啟示和閃鑠的頓悟，林林總總，
融為萬花筒般的大觀。相反的，《大同石佛頌》是首敘事長詩，
藉著山西大同的石佛雕像，穿越時空界限，讚頌、沉思美的想
像。中文詩集《賦天壇》則將我們帶到北京的天壇——江文也心
目中音樂與建築、時間與空間、凡人與神聖的完美呈現。這些詩
篇的基礎都圍繞兩組意象：一方面是光、芳香、空氣、聲音，另
一方面是土地、岩石、礦物以及它們的藝術對應。

　　《北京銘》由四部分構成，每一部分包含二十五首短詩。連
同序詩和尾聲，這些詩構成了一個組合，描寫北京的建築、季節
變化、節慶、生活形態和禮儀。詩集以序詩開始：

> 壹百個石碑
> 壹百個銅鼎
> 將刻入於這些的
> 我　刻入此軀體[78]

石碑和銅鼎是儀式性的建構，見證了已逝文明的莊嚴華麗。與此
相對，詩人呈上自己的身體來銘刻古城中個人的心路歷程。於是
他喚起了紀念與印象間，礦物質的永恆鎔鑄與肉身吉光片羽的體
會間的辯證。這兩組意象的關鍵點在於「銘」。在此「銘」既是

---

[78] 江文也著，廖興彰譯，〈北京銘〉，收入《江文也文字作品集》，頁153。

語言符號的紀錄，也是歷史的印記與藝術的創造。[79]對江文也來說，詩是一種「銘」，但它的效果不是刻在具體物件上，而是通過身體感性和聲音效果的組成來展示。

江文也認為這樣的感受只能發生在北京。這個古城簡直成為感官刺激的巨大儲藏所，督促著詩人寫下任何視像或聲音的震撼。從皇宮到胡同，從隨意的街談巷議到光彩變幻的日照，北京的一切都觸動著江文也，將他擲於一系列情緒和靈感中，彷彿經歷古典詩學所謂的「興」的經驗。於是，當穿過城門，進入紫禁城的時候，江文也沉思道：

> 往神祕不可思議的玄關
> 彷彿在某一個白天來過的門
> 使我在眼前看到Zarathustra的關卡
> 啊龐然大物的回歸點就在此地[80]

紫禁城洋溢著「人面獅像金字塔」[81]的神祕主義，祈年殿給他的印象是「天與地／把人結合在那些光的大庭院」，[82]在天壇，「人

---

[79] 見蔡建鑫對於「銘」在中文及日文脈絡中意義的分析，"On Jiang Wenye: Cinema, Poetry, and Historical Representation,"未刊稿，頁15。「在詩集的起首與結尾的呼應裡，我們看到了『銘』（日文為メイ）具備了『命』（日文亦為メイ）的種種意涵，如命運、命名、命令、宣布、生命，以及召喚，而正在這個脈絡中兩兩相得益彰。」

[80] 江文也著，廖興彰譯，〈北京銘〉，收入《江文也文字作品集》，頁179。

[81] 同前註。

[82] 同前註，頁181。

化成氣體飛上天空」。[83]北京的一切令這位音樂家目眩神迷。漫步北海公園時,他發現:

> 發光的草
> 發光的蟋蟀
> 發光的無限寂靜中
> 發光的天　我彷彿聽見它深深耳語的午後[84]

蜿蜒的小巷覆蓋著「黃土粉和日光／在這裡竊竊私語的樂趣」;昆明湖「沉溺在光中」;甚至蒙古來的沙塵暴「把光染成金黃轟轟的／在流動之中旋轉」[85]

> 於是　我閉上眼睛
> 如果不閉眼我會活不下去
> 但　這樣正好
> 盲人喲　此處的美　更加灼傷了我[86]

識者可能要問:江文也詩中的「光」來自哪裡?這光的意象指向不同的源頭:可能來自古城的輝煌,或是詩人心靈的眼睛,或是「法悅」的啟示。但在某些時候,江文也的光蘊含著某種威脅,

---

[83] 同前註。
[84] 同前註,頁180。
[85] 同前註,頁159。
[86] 同前註,頁154-155。

不施予慰藉的溫暖，反以其熾亮和高熱灼傷詩人的眼睛──甚至使他目盲。這令我們思索江文也作品中光的政治：他的光是否也可能來日本「帝國太陽」穿刺的力量？那無所不在的光銘刻了江文也位置，並且讓他得以銘刻光耀之城的北京。當然，無論是在佛教還是柏拉圖的意義上，光也可以指一種世界的幻覺，一種知識的變化形態。[87]在北京的閃鑠光亮裡，江文也似乎抓到了他自己的視景，這個視景同時由啟明和幻覺，由洞見和盲點所決定。

　　儘管江文也如此傾倒於北京文化，他的詩作並未受惠於中國古典詩詞意象。他短小的詩行或許帶有俳句的影響，但這位臺灣詩人的根基卻是法國象徵主義。他每一首詩都圍繞著一個中心象徵、意念或形象建立起來，他使用的音樂性修辭和自由體詩行（vers libre）尤其令人想起瓦雷里和馬拉美的作品，而此二人也的確備受江文也推崇。[88]江文也的北京聲光變幻，感官游移，由此帶出令人驚喜的修辭和意象的「通感對應」。他是如此心醉於古城的勝景，以致

---

[87] 見蔡建鑫有關江文也光的象徵的識閾性之討論，"On Jiang Wenye," pp. 17-19：「語源學上，雄渾、昇華與識閾共同源自於拉丁語字根limen，意指門檻。雄渾與昇華字面上意謂著跨越門檻的事物與現象。如果閾限的門檻強調中間性的心理，那麼雄渾與昇華則導向對於啟發與啟蒙的習得，一種能夠自由穿越識閾空間而無形窒的能力。」有關佛教對於光、知識與幻覺的關聯的討論，見 Xiaofei Tian, "Illusion and Illumination: A New Poetics of Seeing in Liang Dynasty Court Literature." *Harvard Journal of Asiatic Studies* 65.1 (June, 2005): pp. 7-56.

[88] 江文也特別著迷於瓦雷里的詩。見〈作曲餘燼〉，收入《江文也文字作品集》，頁317。

我卻忘了
從何處來
要往何處去
被問東京如何時　我迷惑[89]

在《大同石佛頌》裡，江文也把他的注意力轉向山西北部洞窟中的石雕。江文也1941年造訪了這些石窟，當時他是應東寶株式會社的邀約，為一部有關中國歷史遺蹟的紀錄片譜寫配樂。壯觀的石刻使他深深感動。他又一次在光、空氣和聲音的主題上揮灑幻想，頌揚佛像的神聖寧靜和擁懷一切的慈悲。不過，如果說《北京銘》展示了一組電光石火般的啟悟，《大同石佛頌》則描寫了一系列漫長的沉思。《北京銘》裡迅速變幻的風土印象現在不復得見。江文也幾乎以一種宗教吟誦的風格，反思那些歷經自然滄桑，逐漸風化凋零的石刻意義何在。沉重的雕像沒有鎖住詩人的知性與情感，反而使他的想像破石而出，穿越不同時空和文明。因此，犍陀羅（Gandhara）風格的藝術形式，蘇格拉底的思想，聖方濟（St. Francis of Assisi, 1182-1226）的基督教信仰，尼采的超人哲學，達文奇和米開朗基羅的藝術作品和貝多芬的音樂都被納入，與佛陀光芒四射的力量和詩人廣袤的願景相互輝映。

江文也對「法悅」的詩意表達在《賦天壇》中達到了頂峰，這是他在戰爭結束前唯一一部中文的著作。北京的天壇建於1420年，是明清皇帝祭天——他們權威的源頭——的地方。

天壇的歷史氛圍雖然感動江文也，不過使他更震撼的是天壇的空間形式。天壇設計簡單，卻饒富季節迴轉、干支運行與神祕數字的象徵意義。天壇由兩圈護牆圍繞，外牆北端形成一個較高的半圓，代表天；南端形成一個較矮的長方，代表地。由於圍牆成凹形，如果有人站在平臺的中央發出聲音，可以聽到自己的回聲。並且，圍繞著皇穹宇的是「回音壁」，它可以把人聲從牆的這一端傳到那一端。換言之，天壇建成了一個露天音樂箱，具有處處可感的身歷聲音響功能。我們可以想像過去在這裡舉行儀式時，各類樂器不僅互相共鳴，而且與周圍的建築以及自然環境交響，所營造多重金聲玉振的聲音儼然可以上達天聽。

由於天壇音傳天地、聲動八方，它成為江文也的理想聖殿，由此抵達樂的最高境界。他迷戀於天壇的數學上的精確和象徵體系的複雜，於是問道：

是根據何種的數字
而有了如此偉大的設計！
數學是為要喚起驚異　像魔術似的
純真　是他原有詩想的外衣　所以
數學也奏著樂　它也像藝術著　像
魔術似的愉樂的由來　也就是在這裡
可是我們的數學　並不是方程式
也不是定義　這裡有瞑想　這裡有

祈願　也就是天底清靜的表示[90]

我們還記得，在《上代支那正樂考》中，江文也把音樂理解為一種用旋律來相應於數學抽象的東西，而詩則是音樂的文字延伸。他現在發現，天壇是一個完美的範例，展示出音樂的建築性，而他致力在詩中建立一個文本的架構，好投射這三度空間莊嚴和諧的感覺。

一化億千
這天
站在莽莽荒草裡
有蝴蝶一隻
縹縹地
翩翩著那純白底羽翅
於是
光搖醒了光
光呼應了光
附近一帶
喚起了強烈的反照
燦爛灼爍
我陷入了如鱗如苔似的幻覺[91]

---

[90] 江文也，《賦天壇》，《江文也文字作品集》，頁265-266。
[91] 同前註，頁267-268。

這些詩行既有俳句般的機智，又有象徵主義的隱喻。在白蝴蝶撲飛的羽翅上，光芒應和，花朵亮閃。天壇的寬廣與靜穆融入感官與觀念的通感呼應之中，直到一切都被吸納入世界的光芒中。

《賦天壇》最後一部分裡，江文也將「中」與「和」描寫成和諧的最高形式，似乎愈來愈帶有冥思的風格。對於江文也來說，「中」意味著「不要變化的變化……隱藏無限的可能於其中的……形態單純忍耐著永劫的變幻。」[92]在「中」與「和」之後，接下來的是深層意義上的「敬」。音樂——還有它的文字延伸，詩——被視為聲音的自然流露，是「和」與「敬」的體現與徵象。

江文也構想現代音樂與詩歌的方式引導我們思考一個更廣的課題，即抒情想像與中國現代性的關聯。一般以為二十世紀中國文學的典範不外革命與啟蒙，這一典範的聲音標記可以魯迅的「吶喊」為代表。相形之下，抒情話語要麼被貶為與時代的「歷史意識」無關，要麼被看作現實主義律令以外的小道。這是一種誤解。無論作為一種文類特徵、一種美學觀照、一種生活風格，甚至一種政治立場，抒情都應當被視為中國文人和知識分子面對現實、建構另類現代視野的重要資源。

捷克漢學家普實克將現代中國文學的發展描寫為兩種力量的牽扯：抒情的與史詩的。所謂抒情，指的是個人主體性的發現和解放的欲望；所謂史詩，指的是集體主體的訴求和團結革命的意志。據此，抒情與史詩並非一般文類的標籤而已，而可延伸為話

92　同前註，頁303。

語模式、情感功能，以及最重要的，社會政治想像。對普實克而言，這兩種模式的辯證形成一代中國人定義、實踐現代性的動力，而現代中國史記錄了個別主體的發現到集體主體的肯定，從「抒情」到「史詩」的歷程。[93]

　　普實克這個「從抒情到史詩」的法則其實暗含一個（偽）科學的假設和一個政治時間表，兩者都與他的意識形態息息相關。[94]不過，普實克的盲點卻不必遮蔽他對中國文學現代化的洞見。我們的關懷在於他對現代中國文學抒情性的論點。普實克承認現代中國的「抒情」充滿西方（和日本）浪漫主義與個人主義的特徵，但他對中國古典詩學和情性的傳承一樣念茲在茲。他認為，無論現代中國文人如何放肆反傳統姿態，他們畢竟從古典文學中，尤其是古典詩詞和詩學話語中，繼承一種書寫風格，以及塑造現代主體性的特別姿態。[95]

　　藉著普實克的觀察我們要指出，「抒情」與「史詩」既不必為西方文類學所限，也不必落入進化論似的時間表，而可以看作中國傳統「詩緣情」與「詩言志」的對話進入現代情境後，所衍生的激進詮釋。特別值得注意的是，「抒情」與「史詩」毋須成

---

[93] Jroslav Průšek, "Subjectivism and Individualism in Modern Chinese Literature," pp. 1-28; "History and Epic in China and the West," *Chinese History and Literature* (Prague: Academia, 1970).

[94] 關於夏志清與普實克對文學評論本質以及現代中國文學史論爭的論戰。見 *The Lyrical and the Epic* 附錄。

[95] Jaroslav Průšek, "Subjectivism and Individualism in Modern Chinese Literature," pp. 1-28.

為互相排斥的概念：在集體呼嘯和革命吶喊的間隙裡，款款柔情
可以應聲而出（比如瞿秋白的散文，或最極端的，毛澤東的部分
詩作），而當一位作家對「時代的號召」充耳不聞，堅持個人的
詩情表達，未嘗不就是一種政治宣示（比如沈從文的作品）。在
創作領域裡，我們可以發現各種「將中國抒情化」的實驗，即使
在革命文學最興旺的時候也不絕如縷。這些例子至少包括：朱光
潛和宗白華對六朝美學的重新關注，[96] 卞之琳和何其芳遙擬晚唐
頹靡風格的詩歌試驗，[97] 周作人對晚明文人文化的欣賞，[98] 梁宗岱
在象徵主義和古典中國「興」的觀念的影響下對「純詩」的提
倡，[99] 沈從文對《楚辭》世界的嚮往，胡蘭成對《詩經》田園景
象和儒家詩學的政治闡釋。[100] 最重要的是，現代中國抒情寫作能
夠成其大者，無不也是精心操作語言、並用以呈現內心和世界圖
景的好手。當現實主義者把語言視為反映現實、批判歷史的透明
工具，抒情作家們藉著精緻的文字形式，接引象徵體系。他們因
此能在亦步亦趨的模擬／現實主義以外，開出無限可能。通過聲
音和語言的精心建構，抒情主義賦予歷史混沌一個（想像的）形

---

[96] 我指的是朱光潛的著作如《詩論》與宗白華的著作如〈論《世說新語》和晉
人的美〉。更多討論見錢念孫，《朱光潛：出世的精神與入世的事業》；胡繼
華，《宗白華：文化幽懷與審美象徵》，頁214-232。

[97] 見張潔宇，《荒原上的丁香：20世紀三〇年代「前線詩人：詩歌研究」》，第
3章。

[98] 如David Pollard的研究，A *Chinese Look at Literature: The Literature Values of Chou Tso-jen in Relation to the Tradition.*

[99] 陳太勝，《象徵主義與中國現代詩學》，第4章。

[100] 見黃錦樹的討論，於《文與魂與體：論現代中國性》，第4、5章。

式，並從人間偶然中勘出美學和倫理的秩序——由是肯定了人文
精神的基本要義。[101]

　　江文也的音樂、詩歌和樂論應當被視為三、四〇年代中國抒
情話語的一部分。誠然，江文也的中文作品當時並未出版，他與
同輩中國作家也鮮少接觸，但這樣的事實並不妨礙文學史家憑著
後見之明來設想江對這個抒情話語的貢獻。事實上，正因為他曖
昧的國族身分和對中國現代文化界遲到的參與，江文也對中國音
樂和詩歌的推動——特別是儒家詩學和樂論——反而提供我們一
個獨特角度，將中國現代文學作「陌生化」的處理。他的例子凸
顯了在一個號召「史詩」的時代裡，任何「抒情中國」的想像所
必須承擔的變數和風險。

　　作為一個音樂家，江文也比他的文學同行更能理解音樂和詩
歌之間的密切關聯。孔子的名言「興於詩，立於禮，成於樂」[102]
或許可以為江文也的思想——詩是音樂的延伸，是中和之聲的文
字擬態——提供一個基礎。在他對音樂傳統的鑽研過程裡，江文
也可能也汲取了其他相關的理論資源，最著名的應是由老子的
「大音希聲」觀和莊子的「天籟」說為代表的超驗傳統。儒家音
樂代表的人文傳統肯定音樂與社會／宇宙秩序之間的對應，而超

---

[101] 因此陳世驤的觀察認為中國文學傳統是一種抒情的傳統。陳世驤，〈中國的
　　抒情傳統〉，《陳世驤文存》（臺北：志文出版社，1972），頁31-38。又見高
　　友工，〈中國文化史中的抒情傳統〉，《中國美典與文學研究》（臺北：國立
　　臺灣大學出版中心，2004）。

[102] 典出《論語·泰伯》，1815年阮元刻本《論語注疏》，中央研究院漢籍電子資
　　料庫：http://www.sinica.edu.tw/~tdbproj/handy1/。

驗傳統則將音樂看作是人類和非人類世界的純粹的音響共振。[103]
如果說前者強調音樂的倫理學，後者更傾向於音樂的形式美學。

　　我以為江文也對中國現代音樂和詩歌的貢獻之一即在於他穿
梭這些傳統間，並通過自己的音樂實驗來調和異同。的確，江是
個儒家「詩教」的追隨者，但他卻對社會道德和音樂表達間的模
擬關係持保留態度，甚而尋找一種能夠彰顯韻律無始無終的純粹
形式。在這方面，他可以稱之為嵇康著名的「聲無哀樂論」——
音樂是自然的純粹形式，既不從屬於情感的影響也不從屬於社會
政治形態[104]——的現代回應者。

　　不論如何，江文也兼容並蓄的傾向在他處理「和」的概念時
表露無遺。在儒家人文傳統中，「和」意指一組宇宙生民形成的
聲音鎖鏈，由「仁」的發皇串聯在一起。然而在超驗傳統中，
「和」指的則是生命或非生命世界聲音的互相應和和吸納；「和」
的終極效應與倫理秩序沒有對應，而呈現一種無關價值，「超越
悲喜」的狀態。這就印證了江文也所謂的「法悅」。當江文也將
「仁」、「和」與「法悅」合為一談時，他同時在測試藝術創造的
有為與無為、極限或無限。

　　在三、四〇年代的中國，江文也並非唯一通過古典傳統提倡
音樂與抒情現代性的聲音。至少像宗白華（1897-1986）和沈從

---

[103] 如徐復觀精闢的討論，見〈由音樂探索孔子的藝術精神〉、〈中國藝術精神主
　　體之呈現：莊子的再發現〉，收入《中國藝術精神》（臺北：臺灣學生書局，
　　1973），第1、2章。

[104] 如張蕙慧的討論，《嵇康音樂美學思想探究》（臺北：文津出版社有限公司，
　　1997），第2至4章。

文就曾各自從音樂角度，為中國知識和文學現代性提出看法。宗白華1921到1925年在德國期間接受了康德傳統的美學訓練，之後他也受到《易傳》傳統的影響，於是展開對現代文明的比較研究。宗認為西方文明預設了抽象心智的系統結構，而相對的，中華文明則更傾向宇宙運行和人生經驗的匯流。中華文明的觀念框架是「數」與「象」的對位；「數」是指「理」（邏格斯）的形構；而「象」是指世界的譬喻化展現，這一展現充滿生生不息的能量，開出「理」的無窮變化形式。[105]宗白華相信中國文化的淵源在於一種「氣韻」的表達，因和六朝美學相互呼應。與西方那種包含在數學抽象中的形上體系相對，中國的「數」與「象」的世界在音樂中獲得了最佳展示。音樂的節奏和律動是對心靈與自然，時間與空間之間的無盡對話的一種肯定。「用心靈的俯仰的眼睛來看空間萬象，我們的詩和畫中所表現的空間意識，……是『俯仰自得』的節奏化的音樂化了的中國人的宇宙感。」「我們的宇宙是時間率領著空間，因而成就了節奏化、音樂化了的『時空合一體』。」[106]宗白華的結論是，「孔子形上學為『意義哲學』，音樂性的哲學」。[107]

---

[105] 宗白華，〈形上學（中西哲學之比較）〉，《宗白華全集》（合肥：安徽教育出版社，1994），第1卷，頁591-621。

[106] 宗白華，〈中國詩畫中所表現的空間意識〉，《宗白華全集》，第2卷，頁426、440。

[107] 宗白華，〈形上學（中西哲學之比較）〉，頁601，註3。「序秩理數把握現象界，中和之音直探其意味情趣與價值！」（宗白華：〈形上學（中西哲學之比較）〉，頁644）。宗白華的發現無疑代表了當時的文化本質主義。值得注意的是，他關注的問題是中國現代文人如何透過中國的音樂、繪畫與文學

　　沈從文是溝通現代中國音樂與抒情文學最重要的人物。沈把中國歷史看作是「有情」與「事功」之間的持續對話。儘管「有情」的歷史是二者中較為薄弱的一端，沈從文卻從中——尤其是從痛苦、荒涼和孤獨中——發現一項關鍵的「抒情」因素，得以使某個時刻和人物成為後之來者揮之不去的記憶。司馬遷的《史記》起於「事功」的記載，終於「有情」的抒發，就是這樣一個範例。[108]在文學領域內，沈從文曾多次指出他的初戀是詩，但是詩歌創作的情感強度過高，他不得不退而求其次以敘事小說作為瓜代。[109]通過寫作，他希望發揮小說家對講述的故事與故事的講述間差異的自覺，更希望捕捉詩人填補符號與聲腔間罅隙的努力。這樣的努力有助於揭開隱藏在世間的「神性」。還有，沈從文承認，表達世界的神性，「文字不如繪畫，繪畫不如數學，數學似乎又不如音樂。」[110]音樂來自「由幻想而來的形式流動不居的美」，[111]是音樂形式「將生命從得失哀樂中拉開上升。上升到一個超越利害、是非、愛怨境界中，惟與某種造形所賦『意象』

傳統建構現代感性，而不是讚揚傳統觀念。因此，他所懷抱的並不是對於過去的鄉愁，而是為現代中國人追尋國際都會主義式的「生命韻律」與「未來遠景」。見章啟群的討論，《百年中國美學史略》（北京：北京大學出版社，2005），第4章。李澤厚，〈導論〉，《美學三書》。

[108] 沈從文致妻子家書（1952），收入《沈從文全集》第19卷，頁318-319。

[109] 因此，在1941年沈從文宣稱：「一切藝術都容許作者注入一種詩的抒情，短篇小說也不例外。」沈從文，〈短篇小說〉，《沈從文文集》，第12卷（香港：三聯書店，1982-1984），頁126。又見沈從文的論文〈抽象的抒情〉。

[110] 沈從文，〈燭虛〉，《沈從文全集》，第12卷，頁25。

[111] 同前註。

同在並存。一切靜寂只有一組聲音在動，表現生命純粹。」[112]

　　在江文也、宗白華和沈從文之間，我們發現了十分有趣的對話。對他們而言，「現實」無法呈現自身；它是被呈現的。通過抒情的模式描述中國現實，他們不僅質疑了現實主義的優越地位，也同時重劃了抒情傳統的界限。在融會修辭／聲音形式和主題內容的時候，他們試圖模塑人類情感無限複雜的向度，以因應任何道德／政治秩序的內在矛盾。抒情話語使他們將語言與聲音的創造性與人類知覺的自由性置於優先地位。他們對詩歌與音樂表現的強調，肯定了作家和藝術家「形」諸世界的選擇。究其極，他們的文本／世界觀消融了散文與詩的區別，以及詩與音樂的區別。他們確認了所有語言在根本上「形聲」的——也就是說，音樂的——特徵。

　　但正如以上所提出的，這種抒情性難以在一個要求史詩的時代存活。當愛國主義和革命精神占據主導地位時，對於「生命節奏」、「神性」或「法悅」的沉思注定顯得無關緊要。於是沈從文嘆息道：「音樂在過去雖能使無分量無體積的心智或靈魂受浣濯後，轉成明瑩光潔，在當前實在毫無意義。」[113]由於江文也的國族身分不明和他對歷史危機的超然姿態，他的抒情主義更具有雙重脆弱性。我們只要回顧戰爭期間一輩抒情創作者的選擇和命運，便可了解江文也的音樂和詩中那種唐吉訶德式的性質。沈從文和宗白華都避難於大後方，他們的抒情信念未嘗動搖，而家國

---

[112] 沈從文，〈潛淵（第二節）〉，《沈從文全集》，第12卷，頁88。
[113] 同前註。

的命運使他們更認真地思索抒情寫作下的倫理承擔。相反的,何
其芳在四〇年代初搖身一變,成為毛式意識形態的號手。[114]同樣
令人震撼的是周作人的選擇。周曾在他的散文中嘗試建立一個現
代文人的自為世界,他對個人主義和地方性的堅持使他與主流民
族主義格格不入。而或許竟是為了這個原因,戰爭爆發後,周作
人投靠傀儡政權,成了叛國者。[115]

　　比起他的中國同行,江文也憑著一本日本護照而免於戰爭直
接波及。但他不可能不明白無論是在中國還是日本,那都是一個
禮崩樂壞的時代。當他推動音樂的力量培養「仁」和「敬」時,
他豈能祓除話語後面的虛無主義幽靈?當他倡導聖哲的「樂教」
時,他不僅使我們想起儒家思想是如何被日本侵略者用為宣傳
品,也更想起即使在中國歷史上,儒家思想不也是被不同的朝代
用為支撐政權合法性的手段?在肅穆的鐘鼓之聲後,紛紛擾擾的
歷史擦撞出無盡雜音。

　　明白了江文也的抒情方案和現代中國史詩話語的關聯後,我

---

[114] 何其芳因他的詩集《預言》(1933)及《畫夢錄》而聲名大噪。《預言》受
到歐洲現代主義想像、晚唐頹廢美學啟發;《畫夢錄》則收入散文,將個人
幻想、神話故典,以及現代主義感性交織在一系列精微的詩意表達上。這些
作品使他能夠透過感官的但精練的古典脈絡,來表達他對現代中國青年的荒
涼存在的觀點,因此表達了一種在當下的倀人的過去之美,或者反之亦然。
但當戰爭爆發後,何其芳到了延安,短短幾年內他便成為毛式革命詩學的激
烈代言人。有關何其芳戲劇性的轉變,如賀仲明,《喑啞的夜鶯:何其芳評
傳》,第7章。

[115] 有關周作人叛國案,見Susan Daruvala, *Zhou Zuoren and an Alternative of Chi-
nese Modernity* (Cambridge, Mass: Harvard East Asian Monographs, 2000).

們轉向《賦天壇》中的三個場景，觀察江如何藉著抒情記憶，或記憶抒情，來思索、描寫當下。「抒情」與「史詩」之間的張力由此歷歷可見。在第一章的第九節，江文也讚美天壇肅靜雍雅的氛圍：

> 青雲一片
> 徐徐而徐徐
> 遊行著穹蒼
> 「暮春者春服既成……浴乎沂
> 風乎舞雩詠而歸」

引文出自《論語·先進》的段落，一般認為是所有儒家文本中最富於詩意的場景。在這個段落裡，孔子請他的四個弟子談論他們的志向。前三者的意願或是富國強兵，或是講信修睦，或是恪遵禮儀，唯有曾皙作了以下陳述，贏得了孔子的歡心：

> 莫春者，春服既成；冠者五六人，童子六七人，浴乎沂，風乎舞雩，詠而歸。[116]

儒家烏托邦的最高形式並不在於經國、教化和禮儀，而在於樂於春遊，舞於春風，頌讚青春和音樂的啟示性力量。任何政教的施

---

[116]《論語·先進》，見1815年阮元刻本《論語注疏》，中央研究院漢籍電子資料庫：http://www.sinica.edu.tw/~tdbproj/handy1/。

為都比不上「仁」由內而外的勃發，而禮的形式自然而然的融化到音樂之中。[117]

　　然而在頌讚春天清新蓬勃的氣象時，江文也有意無意的簡化了「仁」與「政」的關係。[118]他的引文可以用為殖民時代虛無美學的新解。在儒家的語境中，孔子所認可的抒情視野與仁政互為前提與結果，而「仁」也正是江文也論述儒家音樂的切入點。我們要問，在江文也所處時代中，如果日本占領下的天壇無法與曾皙所說的舞雩相提並論，江文也又怎能期望譜出一種春天般的音樂，帶來「仁」、「和」與「敬」？

　　江文也在另一段落裡再度觸及了抒情因素，彷彿陳述他的願望：

> 憧憬著這幅風景的賢人啊！在此靜極底
> 天壇境內　藏華於其中　而深深地洋溢著
> 寂寥底石丘上
> 是否你也想來　像那流去的水似的　像
> 那鳴囀著小鳥　沐浴著這豐饒底光
> 線　深吸著這新鮮的空氣
> 是否你也想來　在那淡紫的古柏下邊合唱

---

[117] 此部分目前已有許多依儒家的抒情主義、樂與仁的觀點的討論。如徐復觀，頁12-19。

[118] 見柯小剛，〈春天的心志──對《論語‧侍坐章》的一個現象學闡發〉，http://www.frchina.net/data/detail.php?id=2850。

「南風之薰兮

可以解吾民之慍兮」[119]

通過他對《南風歌》——相傳中國最古老的民歌之一——的追懷，江文也甚至試圖超越孔子的時代，上溯到遠古純淨素樸的民間歌謠，以回應當代的危機。「南風」也可以作字面上的延伸解釋，指涉江文也本人作為南方來的歌者或樂師。然而，不論他的歌是來自亙古的南方還是殖民地的南方，江文也的音樂可曾舒緩「吾民之慍兮」？

也因此，《賦天壇》的第一章第五節就更令人深思：

大氣像金粉！

我漫步著如絨柔的草群

忽然

我也不知道的為什麼

這裡是沒有一個人影

也沒有經過心中的一個物形

啊！

「前不見古人

後不見來者」

這句古銘忽然

我也不知道的為什麼

---

[119] 江文也，《賦天壇》，《江文也作品集》，頁284。

　　　往嘴裡流出來的是像經

　　　可是

　　　起不了愴然而淚下底感情[120]

我在此所引的第八、九和第十五行出自唐朝詩人陳子昂（661-
702）著名的〈登幽州臺歌〉。當江文也引用這首詩時，想到的可
能只是陳子昂對天地悠悠，人生如寄的嘆息。但如果細讀這首詩
潛在的歷史文本，我們會驚覺它為江文也的時代作了生動的註
解。幽州臺坐落在北京郊區，又曾稱為黃金臺，為戰國時代燕昭
王所建，以招募天下英雄，為國雪恥。到了唐代，幽州臺已成廢
墟。陳子昂此詩作於696年，當時契丹入侵，陳請纓禦寇，但他
非但未被接納，反遭貶黜。[121]站在已廢棄的幽州臺上，陳子昂哀
嘆他的一片忠心無從託付，獨立蒼茫，他只能陷入對人生永恆更
深沉的感傷。

　　將近一千五百年後，江文也獨自遊蕩於占領期中的天壇。昔
日帝國祭典的聖地現在成為古蹟，徜徉其中，江文也想到了陳子
昂對天地無限的感慨。但他不可能想到如何保衛華夏，抵禦外
侮，更何況民族大義？那位唐代的詩人為幽州臺的斷瓦殘垣低迴
不已，臺灣來的音樂家則對天壇建築的壯美佩服得五體投地。江
文也沒有愴然而涕下，但他所懷有的時代的困惑，一樣百難排

---

[120] 同前，頁269。

[121] 有關陳子昂創作此詩的背景，見：http://hk.knowledge.yahoo.com/question/?qid
=7006101501595。(02/22/09)

解。這首詩以下列詩行接續：

> 這裡的時間是絢爛地像一個結晶
> 這裡大空間無疑地是真空似的極星
> 於是
> 大時代的掙扎在那裡
> 大民族的苦惱是什麼
> 黃河的流水啊！
> 黃帝的子孩啊！
> 唉！依然
> 還是
> 「前不見古人
> 後不見來者」[122]

江文也第一次引用「前不見古人／後不見來者」時，意在對時間的永恆意義作出形上冥想。但在第二次引用「前不見古人／後不見來者」前，他插入了對中國時局的觀察。對陳子昂詩句的重複徵引導出非常微妙的對話關係。江似乎呈現了一種反諷：儘管天壇讓他想見或置身於一個聲音和意象的和諧中，這個和諧是封閉在藝術「真空」中的，像「結晶」一樣閃鑠。而從四〇年代中國的時代背景上來看，孤伶伶的天壇美則美矣，卻是個魅幻的所在，襯托出一個藝術家無從參與歷史的尷尬立場。「前不見古人

---

[122] 江文也，《賦天壇》，頁270。

／後不見來者」在重複這句詩時，江文也對他先前的形上定論有了猶豫。也許他畢竟了解莽莽天地中陳子昂托身無處的感慨，無論兩者的語境有多麼不同。通過唐代詩人的落寞吟詠，江文也得以回顧自身的命運：一個與時空脫節的詩人音樂家。如此，他進入了中國千百年來徘徊廢墟荒冢、感時傷逝的詩人序列中，唱和著生命的浮游和歷史的荒涼。沒有更好的例子能夠顯露江文也的個人心境和歷史情懷，或喚出史詩時代裡悵惘的抒情聲音。

尾聲

江文也在戰後選擇留居中國。臺灣光復後，他成為合法的中國公民。他不曾擔心他部分作品的親日色彩，因為他相信音樂與政治無關。當他將《孔廟大晟樂章》呈送給蔣介石政府，以致自暴「漢奸」身分而銀鐺下獄，我們只能為他的天真而嘆息。江文也在獄中待了十個月，獲釋後失去工作，一文不名。1947年，雷永明神父（Father Gabriel Maria Allegra, 1907-1976）發現江的才華，邀他為教會譜寫具有中國風格的聖詩曲。《聖詠作曲集》第一冊出版時，江文也在序言寫道，早在高中時代他就讀過《聖經‧詩篇》；他將《聖經‧詩篇》、但丁（Dante Alighieri）的《神曲》和瓦雷里的詩放在一起欣賞，從未想過要用音樂來表現它們。但中國的旋律給了他新的靈感。他嘗試用古曲為讚美詩的經文譜出新聲，竟發現它們十分匹配：

　　普通教會的音樂，大半是以詩詞來說明旋律，今天我所設

計的，是以旋律來說明詩詞。要音樂來純化語言的內容，在高一層的階段上，使這旋律超過一切言語上的障礙，超越國界，而直接滲入到人類心中去。我相信中國正樂（正統雅樂）本來是有這種向心力的。[123]

的確，江文也念茲在茲的並非是寫出一闋純粹的宗教音樂，而更是要傳遞聲音的宗教性——也就是形式的「法悅」。歸根結柢，這是一種現代主義式的「大樂與天地同和」，也是對自我和現世羈絆的超越。

　　江文也哪裡會料到，宗教讚美詩的實驗竟是他事業最後一次突破。1949年共產黨占領大陸，成立人民共和國。江文也當時有選擇去香港、羅馬或臺灣的機會，但他留了下來，因為他深愛北京。1950年，他被分配到天津，在新成立的中央音樂學院教授作曲，此後七年，他創作了一系列鋼琴和交響樂作品。這是現代中國一個史詩的時代，所有藝術家都被組織起來，歌頌新朝。江文也不得不重新界定他「與天地同和」的音樂：只有「人民」的音樂才能改天換地，並產生史無前例的聖詠。

　　即便如此，江文也仍然創作出像《汨羅沉流》這樣的交響樂作品。這首作品是紀念屈原逝世二千二百三十週年而作。江文也

---

[123] 江文也，〈寫於《聖詠作曲集》第一卷完成之後〉，《江文也文字作品集》，頁309。有關江文也創作中國風格聖樂的更多訊息，參見蘇明村，〈江文也的宗教音樂初探〉，《論江文也》，頁331-348；蒲方，〈江文也音樂的宗教風格〉，《論江文也》，頁349-358；蔡詩亞，〈江文也及其宗教聖樂作品介紹〉，《論江文也》，頁358-400。

回到早期的浪漫特徵，對詩人的憂鬱和自沉作出印象主義詮釋。在標準的管弦樂配器之外，江文也突出木管與打擊樂，顯出巴托克和普羅科菲耶夫，還有中國宗教音樂影響。

隨之而來的是災難的年代。1957年，江文也被打成右派，因為他對黨提出批評，也因為他戰爭時期的漢奸行為。他的臺灣身分再次受到懷疑，因為他喜歡「講臺灣的事」。[124] 他失去了工作，更糟的是他有一千份以上的手稿被沒收，從此遺失。然而江文也堅持作曲不輟。1966年文化大革命爆發，江文也和其他知識分子與藝術家一樣，經受了一次又一次的批鬥，從公開的羞辱到監禁，被迫認罪，自我批判，下放幹校勞動，無一倖免。1973年，當他經過四年勞動改造回到北京時，江文也已是個痼疾纏身，虛弱不堪的老人。

1978年初，被打成右派的二十一年後，江文也的名譽獲得恢復。他再度開始作曲，曲目是《阿里山之聲》，一首關於他故鄉臺灣風景地標的管弦樂。同年5月他因中風而癱瘓，此後五年纏綿病榻。江文也逝於1983年10月24日；《阿里山之聲》始終未能完成。

江文也一生都在尋找一種聲音。理想上，這聲音既能融合阿里山上的原始旋律和孔廟祭典的莊嚴雅樂，也能融合臺灣的鄉土

---

[124] 謝里法，〈斷層下的老藤：我所找到的江文也〉，收入《江文也的生平與作品》（Irvine, CA：臺灣出版社，1984），頁103-128。有關江文也在五〇年代至逝世間的生活詳細的介紹，見吳韻真，〈先夫江文也〉，收入《江文也紀念研討會論文集》，頁147-153；Kuo Tzong-kai, *Chiang Wen-yeh*，頁25-31；張己任，《江文也：荊棘中的孤挺花》，頁47-58。

幻想和國際都會的前衛風格。江文也以音樂形式追尋心中的文化願景，表現出強烈的古典意義上的抒情傾向。他最大的抱負是重新創造儒家抒情性，從而調和、澄明他自己的激進想像。然而在一個史詩時代裡創作抒情樂章，江文也的挑戰不僅是在亂世中他必須自得其「樂」，也必須讓他的音樂跟上時代的「節拍」。在事業的高峰時，他出入戰爭的鬼哭神嚎，卻竟然譜出似乎不帶人間煙火和砲火曲調；在事業的低潮時，他被勒令啞口和噤聲——這是對音樂人最殘酷的懲罰了。

在《阿里山之聲》突然中斷之處，我們必須重新思考普實克的對中國聲音現代性的看法。或許，現代中國文學和藝術最特出之處不是從「抒情」邁向「史詩」的進展——這樣的時間表到了上個世紀末似乎已然失效；而是儘管史詩的呼喚撼天動地，抒情的聲音卻仍然不絕於耳。因此我們對史詩時代的抒情聲音的考察，就是對中國音樂和文學現代性中看似脆弱、卻最具思辨力量的那個部分的考察。

抒情與史詩之間的對話也意味著島嶼與大陸之間的對話。1934年，江文也憑著對臺灣的禮讚《白鷺的幻想》一舉成名。四十五年後，他的事業在《阿里山之聲》的創作中戛然而止。當中國的夢土和儒家的禮樂漸行漸遠，往日美麗島上的聲音——殖民地的創傷、山川田園、原住民的浪漫傳奇——重又回到了作曲家的耳中。但江文也的臺灣之夢不和他的中國之夢一樣，也充滿了想像的鄉愁和異國的情調麼？

在他最後的歲月裡，江文也信筆寫下了一些詩歌，用的卻是日文。最後一首這樣寫著：

島的記憶	島の記憶を
日夜撫摩	朝夕撫で磨く
無論好壞	善くても くても
島，謝謝。[125]	島よ！ありがとう！

　　如此，江文也概括了他一生的悲喜劇：透過聲音，一個殖民之子在異鄉裡呼喚原鄉；透過音樂與詩，一位現代主義者在史詩的洪流中打造了自己的抒情之島。

---

[125] 轉引自吳韻真，〈先夫江文也〉。呂淳鈺翻譯修訂。

第六章

斯芬克士之謎

——林風眠與現代中國繪畫的寫實與抒情

我像斯芬克士，坐在沙漠裡，偉大的時代一個一個過去
了，我依然不動。[1]

——林風眠

畫家和詩人
有共同的眼睛
通過靈魂的窗子
向世界尋求意境

色彩寫的詩
光和色的交錯
他的每一幅畫
給我們以誘人的歡欣
……
新的花，新的鳥
新的構思，新的造型
大理花的豔紅，向日葵的粉黃
潔白的荷花，繡球花的素淨
……
線條中有節奏

---

[1]　引自木心，〈雙重悲悼〉，《溫莎墓園日記》（新北：印刻文學出版社，2012），
頁297。

色彩中有音韻[2]

1979年，二十世紀中國最重要的詩人之一艾青以一首〈彩色的詩〉描寫了他對林風眠畫作的印象。那一年，林風眠正好八十歲。此前兩年，他從上海移居香港。同時恢復文革期間被迫停筆多年的創作。這期間他相當忙碌，為舉辦兩場展覽，奔波於上海與巴黎，展出他從早年到當時的代表作品。上海人民美術出版社為林風眠出版了包括六十二幅彩色圖頁的畫集。據信艾青的詩就是因欣賞了這本畫集而作。

這首詩有其來由，艾青曾是林風眠的學生。五十年前在杭州西湖藝術學院攻讀美術專業時，艾青在林院長的鼓勵下，於1929年赴巴黎習畫。雖然他決定成為一名詩人，但終身對美術懷抱極大熱情。1979年也是艾青生命的轉折點：在流寓新疆將近二十年後，他獲得平反，回到北京。[3]從書信來往間，艾青理解林風眠1949年以來所經歷的顛簸。[4]但卻是透過林風眠的繪畫，艾青才真正明白他的精神導師是如何度過艱難時光：

也有堤柳的嫩綠
也有秋日的橙紅

---

[2]　艾青，《艾青詩全編》（下）（北京：人民文學出版社，2003），頁1300-1302。

[3]　艾青1957年被劃為右派，開除黨籍。1958年在王震將軍的協調下到北大荒。1959年復在王震安排下，前往新疆，1960年落戶石河子。四人幫粉碎後，於1977年獲得平反，離開新疆返回北京。

[4]　艾青，《艾青詩全編》（中），頁1303。

也有荒涼的野渡
也有拉網的漁人

對蘆葦有難解的感情
從鷺鷥和蘆葦求得和諧
迎風疾飛的秋鶩
以低壓的雲加強悲鬱的氣氛[5]

⋯⋯
繪畫領域中的抒情詩人
抱著最堅定的信心
離開了自由創作
談不上藝術生命[6]

艾青的詩點出林風眠的藝術特色：筆墨酣暢充滿感染力，色調鮮活卻帶有憂鬱元素，人文關懷和抽象形式持續交匯，中國傳統與現代西方影響不懈對話。用艾青的話來說，林風眠是一個「繪畫領域中的抒情詩人」，致力於「凌亂中求統一；參錯中求平衡」[7]。

　　如果要林風眠以一個詞來描述他的藝術哲學，那應該會是

5　同前註，頁1301。

6　同前註，頁1303。

7　同前註，頁1302、1303。

「抒情」。早在1926年，林風眠就提出了「抒情」的概念，他認為「抒情」是使中國藝術現代化的關鍵詞。當時，他剛從旅居了六年的歐洲回國。一方面熱切介紹當代歐洲潮流，遍及晚期印象派到表現主義再到野獸派，另一方面思考著中國藝術家的未來將何去何從。對他而言，抒情的召喚力建構了中國美學的核心；從「寫意」繪畫、詩歌到戲劇都含有抒情要素。有鑑於西方影響勢不可遏，林風眠主張中國的抒情傳統應當進行創造性的轉換。糅合中西傳統，發揮個人與現代主義的視野，始終是林風眠藝術生涯中的追求。

　　然而在當時的歷史語境下，林風眠對「色彩的詩」的追求並不總是受到歡迎。他首要挑戰的是來自寫實主義的召喚，那是二十世紀中國最有勢力的文學和藝術表現形式。在此，我們將寫實主義理解為一種以摹擬的方式忠實反映世界的主張，這種藝術技巧在十九世紀歐洲畫家與作家那裡達到高峰，同時也跨海而來，成為探尋中國現代性「真實／真理」的霸權性指令。[8]在這一方面，林風眠最初的對手是徐悲鴻（1895-1953）──現代中國寫實主義繪畫最具影響力的畫家。

　　林風眠從1920年代後期到新中國成立這段時期，究竟如何參與中國繪畫現代化的進程，以及如何與徐悲鴻及其從者的寫實主義運動對話？有關林徐二人風格和意識形態的對立，美術

---

[8]　關於中國文學寫實主義／現實主義的概觀，可參見王德威，《茅盾，老舍，沈從文：寫實主義與現代中國小說》（臺北：麥田出版，2009）。

史家已有廣泛討論。[9]以下將聚焦於他們（及追隨者）之間的理論交鋒，並思考其與文學界類似辯論的關聯。其次，本章探討第二次中日戰爭期間林風眠所進行的抒情探索。可想而知，在抗戰大纛下，以抒情為名的創作必難以見容於主流，而林的堅持正顯示其人的特立獨行。如下所論，林風眠的追求不論多麼個性化，卻對歷史危機下的中國現代主義帶來極大衝擊。它指向現實主義對「現實」的文本、視覺改造與由此產生的政治能動力（或其匱乏）間的辯證關係。因此，在新世紀回顧林風眠與徐悲鴻之間的論爭及其結果，有助於我們重新見證現代中國藝術界多彩多姿的視野。

從現實中拯救抒情

　　林風眠來自一個具有藝術工匠傳統的家庭：祖父是石匠藝人，父親是傳統風格的職業畫家。年輕的林風眠卻著迷於西方美術。1920年，他遠赴法國學習繪畫，先後在第戎國家高等藝術學院楊西施（Ovid Yencesse, 1869-1947）工作室及國立高等美術學院柯蒙（Fernand Cormon, 1845-1924）工作室接受扎實的雕塑及油畫訓練。[10]他對當時的潮流十分敏銳，特別是印象主義、後

9　比如，黃丹麾、劉曉陶，《徐悲鴻與林風眠》（瀋陽：遼寧美術出版社，2002）。

10　有關林風眠的生活和工作的資料，可參見郎紹君，《中國名畫家全集9：林風眠》（臺北：藝術家出版社，2004）；香港藝術館編，《世紀先驅：林風眠藝術展》（香港，香港藝術館，2007）；《林風眠的世界》（臺北：民生報發行中

印象主義、表現主義和野獸派。1924年，林風眠與幾個同學一起創立霍普斯學會（Phoebus Society），參與各種展覽，推廣現代主義風格。[11] 他這時期的繪畫顯示出晚期浪漫主義的傾向和對新形式的嚮往。[12] 林風眠喜歡從文學中獲取靈感。比如他的〈令人讚賞的春天失去了她的香味〉靈感據說來自波特萊爾的詩歌意象；〈悲嘆命運的鳥〉（見本書433頁）令人想起拉封丹的寓言〈受傷的鳥〉。同時，林風眠已經在探索融合西方和中國繪畫的各種途徑。在現代的影響之外，他的作品也顯示出重新擷取中國寫意繪畫那種虛無縹緲風格的強烈興趣。[13]

　　林風眠於1926年回到中國。當他乘坐的遠洋輪經過新加坡時，他在甲板上巧遇了一個新乘客——徐悲鴻。[14] 從今天回看，兩位藝術家同船歸國充滿了寓言式巧合。和林風眠一樣，徐悲鴻來自一個有藝術背景的家庭，父親是一位畫家。1919年，徐悲鴻前往法國和德國學習繪畫，受訓於法國國立高等美術學院——

心，2000）。

[11] 郎紹君，《中國名畫家全集9：林風眠》，頁20。

[12] 林風眠在巴黎的同學林文錚的描述，引自郎紹君，〈卓越的現代性追求——林風眠的繪畫探索〉，收入香港藝術館編，《世紀先驅：林風眠藝術展》，頁10。

[13] 郎紹君，〈卓越的現代性追求——林風眠的繪畫探索〉，頁10。

[14] 林風眠和徐悲鴻第一次是如何及何時見面，時有爭論。徐悲鴻1925年夏離開法國回中國途中，為籌資繼續留學，聽從友人建議停留新加坡，應當地商人之邀繪製畫像。包立民在研究中指出，1926年1月，徐悲鴻搭乘一艘從馬賽出發，經新加坡到上海的郵輪。在船上結識了（和蔡元培一道）歸國的林風眠。見包立民，〈徐林首次會面考異〉，收入陳菊秋編，《林風眠研究文集》（臺北：閣林國際圖書有限公司，2000），第2冊，頁189-197。

數年後林風眠也來到這習畫殿堂。徐悲鴻在校期間受到由普呂東（Pierre-Paul Prud'hon）到德拉克洛瓦（Eugène Delacroix），從林布蘭（Rembrandt van Rijn）到他導師達仰—布弗萊（Pascal Dagnan-Bouveret）的寫實主義傳統的強烈吸引。事實上，早在留學海外之前，徐悲鴻就已倡導中國繪畫的改革，以便更好地捕捉現實。[15]他在法國和德國的經驗更強化了這一信念，繪畫寫實主義成為他畢生志業。

　　林風眠與徐悲鴻同船共渡的旅程卻只是一次巧遇。在以後的歲月裡，他們各奔前程，也都出任美術教育界的重要職位。[16]儘管都致力於中國美術現代化，他們在藝術哲學和繪畫風格上的差異卻日漸擴大。徐悲鴻鼓吹寫實主義，儼然眾望所歸，日後的幾十年裡他的社會政治聲譽持續上漲。他多次主張：「美術應該忠於現實，因離開現實則言之無物。」[17]以及「藝術之出發點，首

---

[15] 關於徐悲鴻早年的活動，參見徐伯陽、金山，《徐悲鴻年譜1895-1953》（臺北：藝術家出版社，1991）；廖靜文，《徐悲鴻一生：我的回憶》（北京：中國青年出版社，1982）；卓聖格，《徐悲鴻研究》（臺北：臺北市立美術館，1989），第3、4章；陳傳席，《中國繪畫理論史》（臺北：東大圖書股份有限公司，1997），頁378。

[16] 林風眠1926年最初回國時，被聘為北京新創的藝術院院長。1927年他執掌杭州國立藝術院，在他十年之任期中，林風眠讓學校成為現代主義的搖籃。他的弟子中後來成為傑出現代藝術家的有趙無極、黃永玉、席德進、李可染和朱德群等。

[17] 徐伯陽、金山編，《徐悲鴻年譜1895-1953》，頁226。相關論述可參考徐悲鴻，〈中國畫改良之方法〉，收入徐伯陽、金山編，《徐悲鴻藝術文集》（上）（臺北：藝術家出版社，1987），頁41。

在精密觀察一切物象，求得其正，此其首要也。」[18]他相信中國繪畫曾在「師法自然」的傳統上一度頗有斬獲。但這一傳統由於理論的遲滯和技巧的保守，在明代開始衰頹。像晚明主張「師心」、「在意」的董其昌（1555-1636），和清初主張擬古的「四王」（王翬、王時敏、王原祁和王鑑），都被認為是畫風衰頹的始作俑者。為了更新中國繪畫，徐悲鴻提出現代藝術家必須重新獲得描繪現實的能力。為達這一目的，他提倡寫生和素描——西方繪畫訓練的基礎——為一切其他技巧的先決條件。[19]與此相應，藝術的最高境界是「唯妙唯肖」[20]。

徐悲鴻的探尋代表中國視覺知識體系的範式轉移。徐認為，當中國在現代性的門口摸索時，中國畫家首先必須「看見」現實，從而以一種與過去不同的嶄新方式描繪新的視覺與認知體驗。弔詭的是，徐悲鴻表示唐宋時期的畫家們已能夠放眼世界。然而自此之後，這種看見的能力逐漸衰退。明清的畫家們不再面

---

[18] 徐悲鴻，〈文金揚《中學美術教材及教學法》序〉，收入徐伯陽、金山編，《徐悲鴻藝術文集》（下），頁539。

[19] 見卓聖格在《徐悲鴻研究》中的討論，頁78。

[20] 徐悲鴻，〈中國畫改良之方法〉，收入徐伯陽、金山編，《徐悲鴻藝術文集》（上），頁41。當徐悲鴻和他的追隨者倡導以宋之前的模式革新中國繪畫時，他們心目中所追求的是古代畫家對世界的精確觀察，和將藝術與日常生活相互連接的強健能量。然而他們所提議的卻是基於一個認識論前提，即十九世紀西方寫實主義。結果是他們僅傾向宋以前繪畫中的感官所及的寫實風格。他們的觀點導向極端簡化主義。形神之辯，以及寫生與圖像重現之論述，到宋代已有豐富論述。儘管明清畫家與徐悲鴻所強調的「真實」世界頗有疏離，六朝到唐宋以來的傳統畢竟形成若斷若續的脈絡，不宜一概而論。

對自然,僅能遵循他們的「心眼」,從而發展出一種「不自然」的視域,將風景與心境等同起來,也將創造與摹仿等同起來。[21] 為了重整過去的寫實主義視域,徐悲鴻鼓勵同代畫家們更新他們的視野和技巧,生動地描繪當下的即時經驗,由是遵從十九世紀西方的學院派寫實主義成為首要之務。

在徐悲鴻的理論背後有一個雙重命題:重獲中國繪畫之道的源頭,並且把握最新也是最巔峰的西方繪畫寫實主義。徐悲鴻的理想是使這兩個命題——其一可歸結於唐宋的藝術模式,其二則取自西方寫實主義——產生互相交匯的效果,創造出一種雙重視野來呈現中國的現實。但徐悲鴻很快將理論轉變成一種教條,強調想像閾域與物質視景之間,藝術形式與生活經驗之間,以及觀察者與被觀察事物之間的無縫接軌。[22] 徐悲鴻倡導以感性的、摹擬的方法來體現中國現實的苦心令人敬重,彷彿中國的起死回生,端在此一舉。儘管如此,以一個在巴黎和其他歐洲地區生活了七年的畫家而言,徐對學院派寫實主義如此五體投地,卻無視當時畢卡索和馬蒂斯所開闢的新天地,仍然讓我們有種走錯了時代的詭異。而他對印象派和現代派繪畫的敵意更加表明了一種對西方模式的曖昧反應。用蘇利文(Michael Sullivan)的話來說,當徐悲鴻1919年來到西方後,他就「對於1880年之後的歐洲繪

---

21 同前註。

22 有關西方視覺性範式的轉換,可參見例如Jonathan Crary, *Techniques of the Observer: On Vision and Modernity in the Nineteenth Century* (Cambridge, Mass: MIT Press, 1992).

畫閉上眼睛，此後再也沒睜開過」。[23]

　　在批判傳統中國繪畫的正統性方面，林風眠和徐悲鴻其實共享同一平臺。然而，他們對於解決問題的路徑有著很大的分歧。徐悲鴻臣服於「摹擬的律令」（order of mimesis）[24]，林風眠則強調多變的情意媒介，用以展示現實多層次的形式。林風眠將這種情意媒介稱為「抒情」。在這一方面，林風眠得到早期現代中國教育家和美學家蔡元培（1848-1940）的眷顧。[25] 林呼應蔡元培以美育為宗教的號召，宣示藝術能夠重建中國人心靈，因為藝術最能陶冶性情，培養最精緻的情感。[26]

　　林風眠比較了中西藝術，得出的結論是「中國藝術之所長，適在抒情」。[27] 他進一步指出，這種抒情的傾向在其他體裁比如文學、戲劇和音樂中十分顯見：「詩歌方面抒情的多而詠史詩絕少。戲劇方面發達得很遲，且其表現方法多含著寫意的動作。音樂方面，長於獨奏，種種皆傾向於抒情一方面的表現。」[28] 林風眠的觀點乍看似乎只是民初有識之士抵禦西潮，試圖恢復中國文

[23]　Michal Sullivan, *Art and Artist of Twentieth-Century China* (Berkeley: University of California Press, 1996), p. 72.

[24]　「摹擬的律令」的術語來自Christopher Prendergast, *The Order of Mimesis* (Cambridge: Cambridge University Press, 1986).

[25]　林風眠能夠去法國，主要得自蔡元培的資助。

[26]　林風眠，〈致全國藝術界書〉（1927），收入朱樸編，《現代美術家畫論、作品、生平：林風眠》（上海：學林出版社，1988），頁16-19。

[27]　林風眠，〈東西藝術之前途〉（1926），收入朱樸編，《現代美術家畫論、作品、生平：林風眠》，頁9。

[28]　同前註。

明「本質」的嘗試。[29]但林並不是一個保守主義者。他認為「抒情」只有通過一種激進的跨文化洗禮，才能復興中國藝術本色。再者，「抒情」除了以晶瑩的形態表達私人情感，也必須獲得具體的歷史感性的充實，這一歷史感性根植於群體共同經驗：

> 藝術是情緒衝動之表現，但表現之方法，需要相當的形式，形式之演進是關乎經驗及自身，增長與不增長，可能與不可能諸問題。……在表現方法上，積成一種歷史的觀念，為群體之演進，個體之經驗絕不隨個體而消滅的。[30]

因此，抒情藝術並不興起於一個神祕的源頭（如文化本質論者所堅持的那樣），也不來自一種自然的衝動（如浪漫主義者所相信的那樣）。它是一種藝術表現形式，既有個人情緒的引發，同時也受惠於群體感性的推動。換句話說，抒情主義強調一種形式的構造，既生發也回應個人面對歷史所產生的情感動力。

在一個以寫實主義為馬首是瞻的時代，林風眠有關抒情的宣言必然引起攻擊。其實林風眠強調他與多數同行意見一致，認為西方寫實主義應當被引進，以矯正當今中國藝術的缺陷。在巴黎習畫期間，林風眠深得自然主義——摹擬式寫實主義的極致——

---

[29] 最著名的例子可能是梁漱溟的《東西文化及其哲學》，1921年出版。
[30] 林風眠，〈東西藝術之前途〉，收入朱樸編，《現代美術家畫論、作品、生平：林風眠》，頁5。

的良好訓練。但他對徐悲鴻及其從者獨尊十九世紀後期學院派寫實主義的傾向，有所保留。在他日後的回憶中，林風眠描述了他的導師楊西施提醒他西方和中國傳統中的「寫實主義」都有多重來源，並且敦促他創造自己的寫實方式。[31] 畢竟，西方寫實主義傳統從來不是一個單一的運動，而更是在不斷變化中融各種發現和技法為一爐。徐悲鴻最喜愛的寫實主義者如普呂東、德拉克洛瓦和林布蘭之所以為人所知，恰恰由於他們各自貢獻了與眾不同的觀察和描繪現實的方式。

林風眠還必須面對另外兩項挑戰。首先，他如何證明在摹擬寫實主義外，他能夠運用其他形式來生動地呈現世界，而同時又保留寫實主義者所自豪的「栩栩如生」的三昧？其次，既然他主張抒情是中國藝術現代化的關鍵，他如何面對中國傳統抒情主義的核心——寫意美學？而在現代寫實畫家眼中，寫意早已成為陳腐的公式。

對於第一個挑戰，林風眠認為「寫實」不應僅為強調唯妙唯肖的摹擬論所局限，而應視為彰顯、感／動生命的法門（affective protocol），包含種種風格與策略。徐悲鴻堅持摹擬的即刻性和知覺的相似性，從而將世界與其再現之間的關係本體化了。而林風眠則更傾心形式的構成，實驗「似真」（verisimilar）的效果。他一生為色彩、線條和感官形象所著迷，認為這些才是藝術家對世界最真切的回應。促成藝術家、藝術品及觀眾情意的

---

31 林風眠，〈回憶與懷念〉，收入朱樸編，《現代美術家畫論、作品、生平：林風眠》，頁107-108。

流通的不是「現實」的複製，而是現實的「效果」。它不僅投射畫家、觀眾對他者的知覺狀態，更能促成情意的穿流交會。歸根究柢，繪畫不代表（represent）什麼，而是透過對現實的再形塑（re-form），創造主客體交融的場域，從而改造了（reform）現實。林風眠的美學充滿強烈的倫理關懷，他將現代畫家定義為這樣一種人：

> 一、繪畫上單純化的描寫，應以自然現象為基礎。單純的意義，並不是繪畫中所流行的抽象的寫意畫──文人隨意幾筆技巧的戲墨──可以代表，是向複雜的自然物象中，尋求他顯現的性格、質量和綜合的色彩的表現。由細碎的現象中，歸納到整體的觀念中的意思。
> 二、對於繪畫的原料、技巧、方法應有絕對的改進，俾不再因束縛或限制自由描寫的傾向。
> 三、繪畫上基本的訓練，應採取自然界為對象，繩以科學的方法，使物象正確的重現，以為創造之基礎。[32]

對於第二項挑戰，林風眠試圖運用他得自西方的知識和技巧，將傳統獨立的寫意與寫實──表現與紀實──置於一種新的、比較的視野裡。儘管他也批判傳統寫意畫由於公式化或玩票

---

[32] 此文原題為〈重新估定中國繪畫底價值〉，發表於《亞波羅》第7期，1936年編輯出版《藝術叢論》，改為此題。參見林風眠，〈中國繪畫新論〉，收入朱樸編，《現代美術家畫論、作品、生平：林風眠》，頁72。

化造成的危機，林風眠不像徐悲鴻那樣，將這種畫法批評得一無是處。他將寫意看作是中國繪畫與現代西方繪畫之間可能的連接，而不是全盤否定它。

這也是林風眠和徐悲鴻的寫實主義觀念相互對立之處。和徐悲鴻不同，林風眠對刻意求工的摹擬技巧沒有太多信念，也因此少了焦慮。他相信藝術家的目標不是把現實畫成它「本來」的樣子，而應當是從生活的浮光掠影中，抽取出可暗示生命現實潛能的東西。為了這個目的，他轉向寫意的抒情，因為它能從幻化無形的生命萃取有形的啟示，對不可捉摸的真實做出「庶幾近之」的參照。

但林風眠也注意到，寫意風格在繪畫史中有其不足，那就是對時間律動的觀照。這一不足恰恰是現代性的關鍵。古典中國畫家並非對時間無感，但他們「只傾向於時間變化的某一部分，而並沒有表現時間變化整體的描寫的方法。……西洋的風景畫，自19世紀以來，經自然派的洗刷，印象派的創造，明了色彩光線的關係之後，在風景畫中，時間變化的微妙之處，皆能一一表現，而且注意到空氣的顫動和自然界中之音樂性的描寫了」。[33]林風眠認為，復興中國之道，必須將時間最微妙的剎那與變化重新引入，而他的範本得自西方現代。

林風眠對傳統國畫有如下嚴厲的批評：「中國之所謂國畫，在過去的若干年代中，最大的毛病，便是忘記了時間，忘記了自然。」

---

[33]　同前註。

> 何以說是忘記了時間呢？中國的國畫，十分之八九，可以
> 說是對於傳統的保守，對於古人的模仿，對於前人的抄
> 襲；王維創出了墨筆山水，於是中國畫的山水差不多都是
> 墨筆的；清代四王無意中創立了一派，於是中國畫家就有
> 很多的人自命為四王嫡派；最近是石濤八大時髦起來，於
> 是中國畫家就彼也石濤，此也八大起來！[34]

　　林風眠所謂時間的意識，指的既是畫家對生命時間在當下此
刻的體會，也是促使畫家反思其與傳統互動的那一種歷史感。所
謂自然的意識，指的既是畫家面對世界、感時「觀物」的能量，
也是賦予畫家求新求變的「造物」動力。

　　林風眠將明末清初兩位遺民畫家——石濤和八大山人——和
清初四王做對比，提出發人深省的觀察。四王將文人畫傳統發揮
到極致，但也因此將創造性的元素排斥在外。與之相反，石濤和
八大山人的作品中展示了一種「罅裂」的藝術：以書畫風格的裂
變見證天崩地裂的「亡明」世界。在他們的畫作中，古怪的構
形、特異的題旨和蒼涼的色調，無不令觀者想像他們歷史意義上
的精神創傷，和形式意義上的桀驁不馴。然而正如林風眠所見，
即使石濤和八大山人的畫風到了清末民初，也已變成某種文人的
「趣味」，陳陳相因，和四王一樣了無新意。據此，林風眠看出
現代中國畫家不能理解前輩的歷史意識，也因之無法呈現自身的

---

[34] 林風眠，〈我們所希望的國畫前途〉，收入朱樸編，《現代美術家畫論、作
　　 品、生平：林風眠》，頁82。

時代感受。

　　通過石濤和八大山人，林風眠企圖重新理解寫意繪畫所內蘊的現實與時間的弔詭。他注意到，寫意源自畫家與引發其藝術衝動之瞬間的即興互動；寫意同時承載著靈光乍現的隨機感，以及歷史悠然其中的超越感。石濤和八大山人之所以偉大，正因為他們掌握了這樣的時間雙重性，以此銘刻了個人的興亡情懷。在這個意義上，他們是那些元代遺民畫家——寫意美學的先驅——的創造性詮釋者。林風眠認為中國繪畫傳統的當務之急是復興寫意的創造性動力和歷史意識，這一風格他名之為「抒情」。他並且認為現代情境裡的抒情，靈感不僅來自傳統，也得益於西方。正如石濤和八大山人並不重複元代寫意畫的先驅，現代中國畫家也無須照著石濤和八大山人依樣畫葫蘆。

　　為了更進一步說明徐悲鴻和林風眠對中國繪畫現代化的新思考，我們不妨看看他們早年的作品。1928年，徐悲鴻開始創作一幅巨型的油畫，題為〈田橫五百壯士〉（見本書433頁），這幅作品直到1930年才得以完成。當時由於他認為受到「形式主義」逆流的壓制，徐似乎有意以這幅畫來展示他心目中寫實主義的意義。這幅畫所本是齊王田橫（?-202 B.C.E.）的歷史記載。田橫起兵反秦，而當劉邦推翻秦朝建立漢朝時，他堅拒臣服劉邦，並自殺以明志。這幅畫聚焦在田橫臨死前告別五百壯士的那一刻，之後這五百壯士亦隨其自盡。[35]

---

[35] 漢·司馬遷，〈田儋列傳〉，《史記》（北京：中華書局，1959），第8冊，頁2643-2649。

　　徐悲鴻的畫幅擠滿了幾乎真人大小的人體，在技法和氛圍上的確貌似歐洲風格的寫實主義，但卻「講述」了一個中國英雄如何忠誠和正義的故事。這幅畫通常被譽為民國畫家將西方繪畫「民族化」最具雄心的嘗試之一，也預示日後許多畫家──無論左翼還是右翼──心儀的那種史詩風格。這幅畫的缺陷已有不少評論論及，從僵化的構圖到感傷的主題、時代意識的顛倒等不一而足。[36]然而論及它所涉及的現代中國藝術寫實主義的爭議，毋庸置疑，徐悲鴻的畫的確顯示了，他在寫真形象和戲劇氛圍上，與古典中國畫風大相逕庭的技巧成就。但我們必須探問，在表面的摹擬之外，徐悲鴻的「寫實」目的何在？

　　〈田橫五百壯士〉的背後有強烈的敘事性欲望：「呈現」便是「講述」。徐悲鴻肯定不僅僅想描繪兩千年前的歷史一刻，那個「現實」只有被帶入1920年代末的歷史語境，才凸顯其意義。面臨中國當下危機，徐悲鴻顯然希望召喚久已喪失的忠義美德。因此他的畫不是歷史不證自明的呈現，而是一種喻旨（figure）的再現，它的意義必須由已有知識準備的觀眾來解析。當畫家的喻旨為觀畫者「讀出」，徐悲鴻的寫實主義於是成為一種寓言。

　　在徐悲鴻開始創作〈田橫五百壯士〉的一年前，林風眠創作了〈人道〉（1927）（見本書434頁）。在這幅畫中，人物形象呈

---

[36] 可參見 Michal Sullivan, *Art and Artist of Twentieth-Century China,* p. 70；李渝，〈從俄國到中國：中國現代繪畫裡的民族主義和先進風格〉，《雄獅美術》，第137期，1982年7月，頁59-60。

現出各異而又非自然的姿態；他們的身體或如行屍般呆滯，或如蟲豸般狂野的伸展。和徐悲鴻一樣，林風眠無疑試圖反映當下民族危機和民生苦難，但他的表現方式是超現實的。他用粗線條的暗色筆觸描繪出詭異、噩夢般的氛圍，其中所有人體都彷彿被一種未知的力量所扭曲。

1929年，林風眠接著創作了一幅主題類似的畫作，〈人類的痛苦〉（見本書434頁）。在這幅畫裡，他描繪了更為眾多的人物，所有人都似乎忍受著某種無可名狀的痛苦。用他自己的話來說，他試圖「從正、背、站、坐、俯、仰、欹、側各個角度，表現出各種內心強烈痛苦的情狀。色彩以灰黑為主，有的女人體用了綠色」。[37] 一種死亡的情緒遍布於畫布上，裸體的人物們彷彿隨時都將被身後的巨大黑暗所吞噬。

林風眠多年以後透露，〈人道〉和〈人類的痛苦〉的靈感都來自1927年第一次中國共產黨革命所帶來的亂局。〈人類的痛苦〉特別是紀念他在法國時的友人熊君瑞；熊是共黨分子，1927年革命失敗後被國民黨殺害。[38] 對林風眠而言，歷史是重要的；但他不願在畫作裡留下任何可以指證或解讀的線索。不像徐悲鴻的〈田橫五百壯士〉刻意訴說故事，林的畫作並未指涉烈士的犧牲或革命的風險。然而通過人物形象、線條和色彩，〈人類的痛苦〉激發觀畫者的恐懼不安，進而深思其意義。據說蔣介石在

---

[37] 鄭朝，〈林風眠早期的繪畫藝術〉，收入鄭朝、金尚義編，《林風眠論》（浙江：浙江美術學院出版社，1990），頁101。

[38] 李樹聲，〈訪問林風眠的筆記〉，收入陳菊秋編，《林風眠研究文集》，第1冊，頁217。

1931年看到這幅畫時也不禁皺眉，而國民黨的首要文化人物戴季陶（1891-1949）則認為它「在人的心靈方面殺人放火，引人到十八層地獄，是十分可怕的。」[39]

更具意味的是，林風眠當時已將抒情主義作為他的藝術目標。面對北伐後的滿目瘡痍，林風眠探索如何介入現實的方式，但發現方興未艾的寫實主義無法滿足他的需要。他想要從「畫家的」位置召喚或刺激出一種對時代環境的感受；他相信視覺媒介本身就能產生感動的能量，而非一定要依賴現實材料的指涉。

林風眠的作品同樣也傳達一種寓言，否則蔣介石和戴季陶不會為之如此氣惱。但林從來沒有停留在畫作摹擬相似性和逼真效果上。他意在構造一個光影色彩的閾域，讓繪畫的感受與繪畫的效應產生互動。歷史現實可以由繪畫**形式**來投射，但不是摹擬的寫實。林畫作裡痛苦的人物、扭曲的形貌，以及陰沉而對比強烈的色調在在讓我們想到印象主義和表現主義。他同時也將中國的寫意美學推向一個新的方向：他的畫風絕非寧靜和田園式的。對他而言，抒情始終具有批判性，是「批判的抒情」。[40]

但這個時期林風眠的抒情風格仍然是節制的，像是面對寫實主義謹慎的變奏。他仍然計較創作與世界二者間對應或對立的效果。然而從1930年代中期開始，林走上新的方向，畫風不再與現實作刻意的辯證。他的繪畫不再涉獵與現實存有因果關係的題

---

[39] 呂澎，《二十世紀中國藝術史》（北京：北京大學出版社，2006），頁303。〈關於林風眠的二三事〉，「林風眠百歲紀念畫展」，2000年7月14日至8月28日，臺北。http://issue.udn.com/CULTURE/FONEMAN/foneman3-2a.thm。

[40] 參見王德威，《被壓抑的現代性：晚清小說新論》第6章的討論。

材，而將興趣轉移到靜物、山水和花鳥這些傳統的「抒情」題材。到了抗戰爆發時期，他更堅決跳脫「為生活（或革命，或抗戰）而藝術」的主流風潮。林風眠的轉變也許是因為——或是無視——國家危機而起，唯其變化如此急遽，自然引發疑問。他的抒情性轉向是一種自我耽溺，一種朝向傳統文人趣味的逃逸？還是面對抗戰文藝的另類抗衡策略？與此同時，徐悲鴻愈來愈投入戰時藝術，他的寫實主義繪畫在國內外都獲得了巨大回響。

　　如要更好地釐清林風眠、徐悲鴻在三、四〇年代的轉變，我們需要先迂迴地考察一次有關中國藝術現代化的論爭。這一論爭發生在1929年，當事人是徐悲鴻和徐志摩（1897-1931）。林風眠並未直接參與，然而他的畫風、理論，甚至他的所屬機構，都成為這次論爭的觸發點。

徐悲鴻與徐志摩：「惑」與「我也惑」

　　1929年4月，徐悲鴻發表了一篇題為〈惑〉的文章。在文章中，徐悲鴻將當月開幕的第一屆全國美展描述為中國文化界前所未有的大事。[41]但徐悲鴻寫道，同樣值得稱頌的，是「無塞尚（Cézanne）、馬蒂斯（Matisse）、薄奈爾（Bonnard）等無恥之作」。[42]徐悲鴻一方面認可法國產生了像安格爾、德拉克洛瓦、

---

[41] 有關第一屆全國美展的詳細描述，見呂澎，《二十世紀中國藝術史》，第11章。

[42] 徐悲鴻，〈惑〉，收入徐伯陽、金山編，《徐悲鴻藝術文集》（上），頁131。此文刊登於1929年4月22日《美展》第5期。

柯羅和米葉這樣的大師，一方面堅持認為藝術已經遭到了新近畫家們的污染，「馬奈（Manet）之庸，勒奴幻（Renoir）之俗，塞尚（Cézanne）之浮，馬蒂斯之劣」。[43]對徐悲鴻而言，他們之所以獲得大眾青睞，不是因為他們有才華，而是因為恰好藝術捐客們為他們下注。徐悲鴻充滿義憤的宣告，如果中國革命政府受到蠱惑而為這些畫家的作品大肆揮霍，「為民脂民膏計，未見得就好過賣來路貨之嗎啡、海洛因」。他將以披髮入山來表示抗議。[44]

　　徐悲鴻的文章引發了議論紛紛，包括徐志摩的回應──〈我也惑〉。徐志摩開篇首先讚美徐悲鴻的熱情和真誠，稱頌他是視真理高於一切的人。但徐指出，在藝術的領域，真實與虛假的分界線無法以簡單易見的道德原則來畫出。徐悲鴻對塞尚和馬蒂斯的抹黑使他想起羅斯金指責惠斯勒是說謊者，或托爾斯泰否定莎士比亞和貝多芬，只因為他們「不真誠」。徐悲鴻猶如一個托爾斯泰道德論的實踐者，不能欣賞藝術創造的自律性。因而徐志摩嘆道：「我也惑！」[45]

　　在很多方面這次論爭可以視為民國藝文界對現代藝術的期許和惶惑的心情縮影，這已由二徐文章標題裡的「惑」字標明。在

---

[43] 同前註，頁132。

[44] 同前註，頁133。有關徐悲鴻對於中國現代派藝術圈的詳細說明，見Xiaobing Tang (唐小兵), *Origins of the Chinese Avant-Garde: The Modern Woodcut Movement* (Berkeley: University of California Press. 2008)，第3章，特別是頁89-98。

[45] 徐志摩，〈我也惑〉，《雄獅美術》，第78期，1977年，頁124-129。此文原發表於《美展》第5、6期，上部與徐悲鴻文章同一期。

他們有所「惑」的核心，存在著如下問題：如中國繪畫如何經由西方源泉予以更新，本土形式如何和全球潮流進行協商，現代性如何藉由各種形式彰顯意圖與風格的「真確性」，以及藝術如何銘刻民族危機的可能。最重要的是，論爭的底線是如何定義現代中國寫實主義。

在〈我也惑〉一文中，徐志摩贊成徐悲鴻的觀點，認為現代中國畫家不應「盲從」時尚。他們二人都明白，如果中國現代藝術僅僅是西方新潮的模仿，那就沒有任何談論的價值。然而，徐志摩懷疑他的畫家朋友可能混淆了目的和手段：誠然，中國藝術的現代化不必以晚近西方創作為範本，但也並非任何關注新事物的人都必然是盲目的。對徐志摩而言，「文化的一個意義是意識的擴大與深湛，『盲』不是進化的道上的路碑。」[46]他暗示徐悲鴻偏執於十九世紀歐洲寫實主義，而忽視了藝術史的流變，因此並不比「盲從」時尚的那些人目光更為清晰。

儘管徐志摩以詩人著稱，他對當代歐洲藝術並不陌生。他不僅熟悉從後印象派到達達主義和立體主義的潮流，還在介紹晚近的大師方面扮演了重要角色。他是第一個系統地將塞尚——遭徐悲鴻批判的畫家——的作品介紹到中國的人。對徐志摩來說，「但在藝術品評上，真與偽的界限，雖則是最關重要，卻不是單憑經驗也不是純恃直覺所能完全剖析的」；「你我在藝術裡正如你我在人事裡兢兢然尋求的，還不是一些新鮮的精神的流露，一

---

[46]　同前註，頁126。

些高貴的生命的晶華？」[47]在為塞尚辯護時，徐志摩提出，即使他的作品不具備偉大的價值，塞尚對繪畫的畢生投入和他不妥協的動力仍然值得尊敬。

　　二徐之間的論爭不僅啟迪了中國現代寫實主義的理論向度，也指明了寫實主義話語的生產體制與意識形態語境。徐悲鴻之寫〈惑〉，主要是為了批判第一屆全國美展的規劃。這是國民政府1927年政權鞏固後一次主要的文化事件。[48]這次展覽在風格上中西兼容並蓄，體裁上則是繪畫、雕塑、建築、設計、攝影都網羅在內，意在成為新政體下，一場藝術家同盟的公開展示。但這也意味各種不同的流派、趣味和機構的互相妥協。在籌備階段，政府委託了七位著名藝術家和文人組成一個諮詢委員會，徐悲鴻和徐志摩都是委員會的成員。[49]林風眠也在委員會之列。但徐悲鴻被任命五天之後就請辭，理由是在北平另有行政工作，難以分身。[50]隨後，他對展覽敵意愈加明顯，甚至拒絕自己的畫作參展。在美展開幕前夕，他聲稱這次展覽遭到「形式主義者」的控制。

---

[47]　同前註，頁124、127。

[48]　呂澎，《二十世紀中國藝術史》，頁204。

[49]　七位委員是徐悲鴻、林風眠、劉海粟、徐志摩、李毅士、王一亭、江小鶼。見呂澎，《二十世紀中國藝術史》，頁203。有關徐志摩對美展的態度，見Xiaobing Tang (唐小兵), *Origins of the Chinese Avant-Garde: The Modern Woodcut Movement*，第1、3章，特別是頁89-98。

[50]　徐伯陽、金山，《徐悲鴻年譜1895-1953》，頁57。有關提倡現代中國美術的爭議，見Xiaobing Tang (唐小兵), *Origins of the Chinese Avant-Garde: The Modern Woodcut Movement*，頁30-38。

林風眠，〈命運悲嘆的鳥〉（1925），
巴黎國際現代裝飾藝術展，中國國展

徐悲鴻，〈田橫五百壯士〉（1928-1930），
廖靜文女士授權

林風眠，〈人道〉（1927），馮葉女士授權

林風眠，〈人類的痛苦〉（1929），馮葉女士授權

林風眠，〈風景〉（1938），馮葉女士授權

林風眠，〈江舟〉（1940s），馮葉女士授權

林風眠，〈裸女〉（1934），馮葉女士授權

徐悲鴻，〈愚公移山〉（1940），廖靜文女士授權

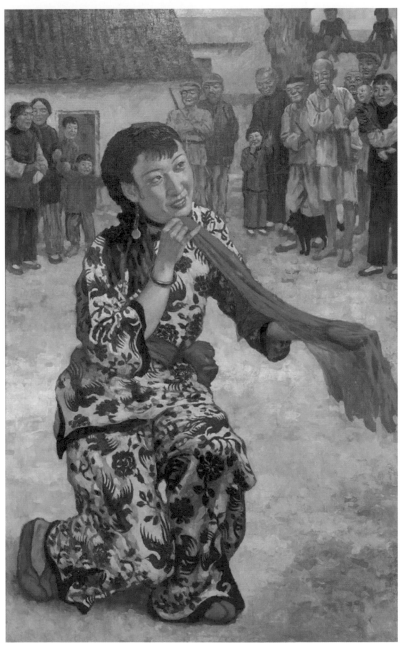

徐悲鴻，〈放下你的鞭子〉（1939），廖靜文女士授權

徐悲鴻，〈霸王別姬〉（1931），廖靜文女士授權

林風眠，〈霸王別姬〉（1959），馮葉女士授權

林風眠，〈蘆花飛雁〉（1980s），馮葉女士授權

上：林風眠，〈赤壁〉（1980s），馮葉女士授權
中：林風眠，〈噩夢之二〉（1989），馮葉女士授權
下：林風眠，〈痛苦〉（1989），馮葉女士授權

從他與徐志摩的論爭來判斷，徐悲鴻之所以杯葛美展，原因是他自己的藝術追求——寫實主義——沒有獲得委員會的其他成員，特別是劉海粟（1896-1994）和林風眠——當時最著名的兩位「形式主義者」——足夠的重視。劉海粟富於活力，向來自視為現代中國繪畫和美術教育的先驅者，這種姿態讓同樣有雄心的徐悲鴻頗為不快。劉海粟少年時期便對西方繪畫產生興趣，十六歲時在上海創辦了一所小型美術學校（1912），後來成為上海美術學院，二十幾歲時油畫已經頗有名氣。劉海粟先後在日本和歐洲接受訓練，風格令人聯想起梵谷，然而直到1929年他才第一次見到梵谷的真跡。[51]

與劉海粟和徐悲鴻相比，林風眠似乎是溫和得多。不過，他並不對自己的信仰保持緘默。在1926年提出抒情主義之後，1927年他又發表了一份給中國藝術家的宣言，宣告「我們也應把中國的文藝復興中的主位，拿給藝術坐！」[52]兩年後，在題為〈中國繪畫新論〉的長文中，林風眠鼓勵藝術家尋求融匯中西技法的途徑，同時培養自己的表達和自由。這些論述必未曾得到徐悲鴻的認同，因為徐視規範高於自發性，更重要的是，他視「摹

---

[51] 二人之間的競爭可以追溯到1920年代初，而第一次的攤牌發生在1927年，當時徐悲鴻從劉海粟那裡贏得了北京大學藝術學院院長的職位。有關劉海粟與徐悲鴻之間競爭的詳細描述，見 Michal Sullivan, *Art and Artist of Twentieth-Century China*，頁73。兩人在1932年關於中國藝術領導權的爭論極為激烈。見徐伯陽、金山，《徐悲鴻年譜 1895-1953》，頁86-88。

[52] 林風眠，〈致全國藝術界書〉，收入朱樸編，《現代美術家畫論、作品、生平：林風眠》，頁27。

仿大自然」高於「形式」實驗。讓徐悲鴻更不快的應是林風眠對塞尚和馬蒂斯的讚揚。對林來說，塞尚對感覺材料和時間變幻的詮釋可以幫助我們解放僵化的中國寫意傳統，而馬蒂斯對現實經驗的重組勇敢地挑戰了摹擬主義。我們還記得，塞尚和馬蒂斯是徐悲鴻在〈惑〉一文中主要的攻擊對象。

儘管以上描述十分簡略，我們可以看出徐悲鴻和劉海粟、林風眠還有徐志摩之間的基本差別。劉海粟和林風眠對新的實驗性運動抱持樂觀的態度，而徐悲鴻則堅持學院派寫實主義為唯一使命。但當他指責劉海粟和林風眠為形式主義者時，其實暴露了自己的矛盾，因為他就是寫實主義「形式」——如對寫生和素描技法的講究——最為嚴格的實踐者。所以論爭的癥結其實不在於形式主義本身——徐悲鴻實際上是嚴格的形式主義者，而在於**什麼樣**的形式是寫實技巧中被允許的，甚至被視為絕對的。

持平而論，徐悲鴻推動寫實主義、重建中國藝術傳承的努力，充分顯示他力挽狂瀾的使命感。他對中國繪畫現代性的堅持不容小覷。然而徐悲鴻的努力也滋生內在的弔詭：因為他既強調現實與時俱變的必然，卻同時又重新將其本質化，捕捉不變的真實。在徐悲鴻的支持下，中國繪畫的寫實主義將原被視為天經地義的典律歷史化了，但又戰戰兢兢的規範了一種替代品，暴露他對新本體論的渴求。尤有甚者，當徐以道德尺度來判斷一個畫家的作品，宣告中國畫家必須表達他們「真切的」內在泉源，他有意無意地向他先前批判的傳統教條靠攏。他對西方學院寫實主義無條件的堅持可能甚至重新建立（而未必超越）古典中國文學藝術中的載道主義。

　　對此，我們或許可從徐悲鴻在1929年全國美展爭議聲中所創作的〈田橫五百壯士〉，引出另一層的寓意：徐悲鴻是否可與田橫相比，誓言無條件地獻身於他的信仰？徐悲鴻是否透過田橫來暗示他的追隨者須明確對他的藝術表示忠誠？畢竟徐的畫原意在召喚一種亙古的忠義精神。同樣引人注目的是，這幅畫暗示了一種生死與共的關係，彷彿畫家與那些受其寫實主義感召的從者間也該有的盟契。而我們知道，畫中那五百位田橫的追隨者最終自盡以明志。換句話說，寫實主義哪裡僅是關於藝術風格而已？寫實是關於「真實」的無上律令，甚至生死之間的抉擇。它從來不能被簡化為僅僅是玩弄「形式」。

　　二徐的論爭終結於李毅士（1886-1942）的一篇文章〈我不「惑」〉。李毅士是徐悲鴻的追隨者，也是全國美展委員會的成員，他撰文明確支持徐悲鴻。李毅士提出：「塞尚、馬蒂斯的作品，我研究了廿多年的洋畫，實在還有點不懂。假若說：我的兒子要學他們的畫風，我簡直要把他重重地打一頓，禁止他學他們。」[53]當有關「惑」的論爭畫上句點的時候，寫實主義不僅已成為徐悲鴻及其追隨者的律令，而且是「監督與刑罰」式的操演。

　　二徐之間的論爭必須看作是更大話語範圍內的一部分，其影響穿越了現代中國文學、藝術和文化政治。在徐悲鴻之前，寫實主義已經常被知識分子引用，作為改革中國的關鍵。晚清中國最

---

[53] 李毅士，〈與王少陵談藝術〉，收入王震編，《徐悲鴻論藝》（上海：上海書畫出版社，2010），頁96。

重要的政治人物之一康有為（1858-1927）就是一例。百日維新
（1898）失敗後，康有為流亡日本，隨後有數次歐美之旅。1904
年當他踏上義大利的國土時，康有為據說被文藝復興時期繪畫
的生動畫面所震撼，並且嘆息道：「彼則求真，我求不真；以此
相反，而我遂退化。」[54]需要注意的是，康有為所用的漢字「真」
的含義意指「真理宣示」、「真實效果」和「真誠」。他的結論
是中國繪畫必須進行改革。在1917年發表的一篇文章裡，他認
為中國繪畫的衰落是因為受到佛教禪宗、明清心學和寫意畫論的
影響。他希望復興心目中曾在六朝和唐代盛行過的寫實技法。
「非取神即可棄形，更非寫意可忘形也。遍覽百國作畫皆同。故
今歐美之畫與六朝唐宋之法同。」[55]

　　康有為於1916年結識徐悲鴻，後來邀請年輕的畫家入住家
中，為他和家人畫像。在徐悲鴻赴法前，康有為扮演了精神導
師的角色，為徐的事業甚至戀愛起了支持的作用。[56]難怪徐悲鴻
在許多方面沿用了康有為的思想。1918年徐提出具有爭議性的
〈中國畫改良之方法〉，在其中他將中國繪畫的弱點歸結為觀念

---

[54] 康有為，《歐洲十一國遊記》（北京：社會科學文獻出版社，2007），頁89。

[55] 同前註。當康有為、徐悲鴻和魯迅指摘元代文人畫脫離歷史意識時，他們忽
略了文人畫興起的一個原因正是朝代的危機。在蒙古人統治下，元代畫家轉
向內心，以逃避政治和社會動盪。他們的繪畫帶來了前所未有的自我表現的
欲望，但這也提醒了我們，這些畫家失去了他們的文化和政治身分。因此，
他們的簡約主義筆觸表達了（圖像和意識形態意義上）強烈的失落感。

[56] 我指的是徐悲鴻與蔣碧薇的戀情，當時蔣碧薇已與別人訂婚。在康有為的許
可下，二人利用康有為的住所作為約會場所。見徐伯陽、金山，《徐悲鴻年
譜1895-1953》，頁13-14。

的保守，技巧的低劣，還有最重要的，吝於接觸自然和現實的惰性。[57]

徐悲鴻並不孤單。次年，呂澂（1896-1989）論〈美術革命〉的信件發表在《新青年》。呂澂以義大利詩人馬利內蒂（Filippo Marinetti, 1876-1944）通過自己的雜誌成功推廣未來主義為範例，激勵中國新青年進行「美術革命」，「闡明歐美美術之變遷，與夫現在各新派之真相，使恆人知美術界大勢之所趨向」。[58]呂澂的信引發了五四運動最激進的領袖人物之一陳獨秀的回應，寫下極具爭議性的〈美術革命〉：

> 若想把中國畫改良，首先要革王畫的命。因為改良中國
> 畫，斷不能不採用洋畫寫實的精神。……人家說王石谷
> 的畫是中國畫的集大成，我說王石谷的畫是倪黃文沈一派
> 中國惡畫的總結束。……像這樣的畫學正宗，像這樣社
> 會上盲目崇拜的偶像，若不打倒，實是輸入寫實主義，改
> 良中國畫的最大障礙。[59]

---

[57] 但徐悲鴻可能忽略了這一點：作為一個保守陣營中的改革者，康有為擁有的改革理念是基於對古代模式的懷舊式召喚；對他而言，現代性的道路，反諷式地展開於向古代的回歸。換句話說，康有為對唐宋藝術的推舉可能不那麼是真正現代革新的衝動，而更多的是一種「後退式」烏托邦嚮往的藉口，一個「回到未來」的步驟。康有為和徐悲鴻的改革理論中隱含著一種不同時代和觀念軌道的混淆。

[58] 呂澂，〈美術革命〉，《新青年》第6卷第1號，1919年1月，頁85。

[59] 陳獨秀，〈美術革命〉（陳獨秀答），《新青年》第6卷第1號，1919年1月，頁86。

陳獨秀或許有資格批評中國古典繪畫，因為他父親陳衍庶
（1851-1913）是一位國畫家和書法家，陳獨秀本人也深受薰陶。
不過陳獨秀成為一個反叛家族傳承的革命者。陳對中國繪畫的批
判語多誇張，當然意在喚醒大眾，但我們不能低估這種修辭的戰
鬥力。它代表一種新的藝術政治，宣告傳統必須被徹底掃除，讓
位給現代藝術，而美術革命必須被視為是國族革命的一部分。最
重要的，這種新的藝術形式應當使中國人經驗新的感知過程，並
與樸素的日常經驗相互作用。它預示了中國現代美術左翼理論的
興起。[60]

魯迅登場。魯迅對美術一向饒有興趣，在寫作生涯中對中國
繪畫的前途持續保持關心。魯迅排斥宋代以來的古典中國畫，肯
定漢代和唐代的藝術，他主張借助西方範本來革新中國美術，這
些都呼應了當時大多數藝術改革者的意見。和他的文學趣味類
似，魯迅的立場很難被定性為（嚴格意義上的）寫實主義。他
感興趣的主題跨度甚大，從比爾茲利（Aubrey Beardsley）的世
紀末插畫到俄國流浪者畫派，從漢代石刻到美國畫家勃拉特來
（Luther. D. Bradley）有關熱門主題的諷刺畫。當然，隨著魯迅涉
入政治，他對藝術社會功能的關注與日俱增。他晚年致力推廣歐
洲和蘇聯進步藝術家的木刻，[61]革命現實主義成為他的奮鬥目標。

---

[60] 瞿秋白（1899-1935），另一位左翼革命領袖，恰好也來自文人─畫家的家
　　庭，但最終背離了傳統藝術。瞿秋白的父親瞿世瑋一度在晚清擔任小官，但
　　後來被迫鬻畫為生。陳傳席，《中國繪畫理論史》，頁374-375。

[61] 見劉再復，《魯迅美學思想論稿》（北京：中國社會科學出版社，1981），頁
　　129-155。

　　魯迅基於個人的興趣支持徐悲鴻。他批判塞尚將現實變成「彩色印象」，立體主義和未來主義則是受到了「形式主義」的束縛。[62] 1934年，他出面為徐悲鴻辯護，因為媒體指責徐悲鴻的作品與俄國「象徵主義」的畫風有瓜葛。對魯迅而言，那不是「象徵主義」，而是「寫實主義『引成欣欣向榮之概』」，而徐悲鴻則是這個寫實主義在中國的先鋒。[63] 當年歲末，當媒體都忙於報導京劇名角梅蘭芳在莫斯科的演出時（見第七章），魯迅籲請大家多關注徐悲鴻在蘇聯的巡迴展。

　　同時，魯迅與徐志摩針鋒相對。在魯迅眼裡，徐志摩及其朋黨屬於英美學院派文人；他們的國際化舉止，普世人道主義，和對藝術自律的追求，無不與中國現實脫節。[64] 徐志摩所領導的「新月派」被等同於去政治化的美學形式主義。徐志摩並非沒有意識到魯迅及其追隨者的態度。在〈我也惑〉一文中，他暗示比起象徵主義和達達主義，「革命主義」未嘗不也是一種文學和藝術的時尚。徐志摩對藝術與革命的批評容或有可議之處，但他對藝術變革的理解則比魯迅開闊得多。「從安格爾的典雅作風到柯

---

[62] 同前註，頁140-145。

[63] 魯迅，〈誰在沒落？〉，《魯迅全集》（北京：人民文學出版社，2005），第5冊，頁515。

[64] 這樣的態度與魯迅大相逕庭，更不用說徐志摩堅定地站在反對蘇聯和左翼革命的立場上。兩人最初在1924年有過齟齬，當時徐志摩把波特萊爾的《惡之花》介紹給中國讀者。魯迅的回應是嘲笑徐志摩對法國神祕主義有幼稚的迷戀，此後幾年他也以各種理由多次攻擊徐志摩。1928年，徐志摩和他的朋友們創辦了《新月》雜誌，呼喚重建形式與趣味規範的文學；兩人之間的裂隙至此已無法彌合。

羅的飄逸,從德拉克洛瓦的壯麗到塞尚的『土氣』再到凡·高的癲狂」,法國繪畫的風格轉換所反映的無非是「因緣於人性好變動喜新異」。徐志摩認為,這樣的不倦探索具有更深刻的「革命性的創作」意義。毫不意外的,徐志摩的立場只令他的左翼同行更為不悅。[65]

與此同時,魯迅發現自己陷入「新寫實主義」的爭議。他和茅盾(1896-1981)——現代中國現實主義與自然主義的重要作家和批評家——同遭進步左翼同志如郭沫若和錢杏邨(1900-1977)的攻擊。這些激進評者認為,當「新寫實主義」已來到眼前,魯迅與茅盾們卻仍汲汲於(十九世紀歐洲)現實主義,無視時代的改變,已經是落伍者。「新寫實主義」強調無產階級立場,社會科學方法,階級鬥爭,革命解放事業。它的目標是推動革命,而非僅僅暴露(無非即將逝去的)現實。[66]

至此寫實主義變成一滑溜溜的問題,莫衷一是,甚至像魯迅這樣的領軍人物都難逃批判。這些激進分子的指控必然加深了魯迅面對時代變遷的急迫感。他一直勤讀(日譯)蘇聯文學批評,包括托洛斯基和沃倫斯基(Aleksandr Voronsky)等作品。在與批評者的論戰中,魯迅愈來愈傾向藝術的階級特性,以及無產階

---

[65] 徐志摩,〈我也惑〉,《雄獅美術》,第78期,1977年,頁125。

[66] 有關魯迅和左翼現實主義的討論,見 Wang-chi Wong, *Politics and Literature in Shanghai: The Chinese League of Left-Wing Writers, 1930-1936* (Manchester: Manchester University Press, 1991), p. 19;曠新年,《1928:革命文學》(濟南:山東教育出版社,1998),頁128-142。

級文學聯合陣線的必要。換言之，他和他的反對者雖有意見及策略上的差異，實際立場卻是五十步與百步之遙。魯迅的理論源頭之一是日本馬克思主義者藏原惟人（1902-1991），就倡導新寫實主義，也恰恰是錢杏邨及其同僚所支持的典律。到了1928年底，魯迅的注意力已轉向正統馬克思主義理論家，如普列漢諾夫和盧納察爾斯基。他已經準備好踏上革命旅程。

「我像斯芬克士」：林風眠

〈惑〉的事件表明了徐悲鴻及其追隨者共有的憂慮。他們擔心中國繪畫就像其他文化機制一樣，在國際現代性的競爭中步入後塵。他們認為寫實主義是唯一能治癒中國藝術痼疾的靈丹，彷彿有了「寫實」，就可以通透萬物，洞察真理。徐悲鴻和他一代文化人與知識分子對寫實／現實的渴求當然帶有時代精神的印記，以及歷史不得不然的因素。他們對傳統中國愛恨交織的批判，還有以西方為馬首是瞻的熱切，讓我們想起夏志清批評中國現代文學時所謂「感時憂國」的概念。[67]

也因此，林風眠倡導繪畫的抒情主義有其特殊意義。如上所述，與徐悲鴻相同，林風眠也認為中國畫家必須從現實主義經驗中汲取靈感。但他並不以十九世紀的學院派為圭臬，而是主張通

---

[67] C. T. Hsia, "Obsession with China," in appendix, *A History of Chinese Fiction* (New Haven, Conn: Yale University Press, 1971).

過二十世紀的歐洲以及中國的記憶、想像和虛構重組現實。對林風眠而言，任何材料都必須經過重整，提升出新形式組合，而所謂寫實只是多種選擇中的一項。這種形式組合是自然事物的性格、質量、色彩的結晶[68]。的確，徐悲鴻和他的支持者以西方摹擬技巧、精細酣暢的筆觸取代了明清繪畫的虛無縹緲。然而從林風眠的視角來看，在彼時現代中國的語境內，**任何**西方繪畫技巧，無論寫實主義還是其他主義，都可能為傳統帶來大衝擊。徐悲鴻和他的同行者獨沽一味，彷彿凡戴克（Anthony Van Dyck）和委拉士開茲（Diego Velzsquez）應該是中國畫家一樣。

早在1930年代林風眠就有意識地開始了他的抒情畫作。他畫的不是油畫，而是彩墨畫，以期調和中西畫風。他也嘗試各類題材、構圖和材料。他的實驗包括用中國的毛筆和宣紙繪製非中國風格的作品[69]，展示「塊面與線弦的二重唱」[70]；引進西方的色彩配置來豐富傳統中國的母題；以中國意境重新詮釋印象派和野獸派的畫家，特別是塞尚和馬蒂斯。

林風眠這一時期僅存有限的作品中，最極端的例子可能是〈習作〉（1934），代表了他最初的立體主義實驗。這幅畫多角的

---

[68] 林風眠，〈中國繪畫新論〉，收入朱樸編，《現代美術家畫論、作品、生平：林風眠》，頁72。

[69] 郎紹君，〈卓越的現代性追求：林風眠的繪畫探索〉，《世紀先驅：林風眠藝術展》，頁11。

[70] 「林風眠採用塊面塑造奠定畫面的建築性，但他揚棄了塊面的僵硬性，融入水墨與宣紙接觸的渾厚感，因之他的塊面沒有死板的輪廓，而是以流暢的線之造型來與之配合、補充，組成塊面與線弦的二重唱或協奏。」見吳冠中，〈屍骨已焚說宗師〉，《茶》（北京：中國青年出版社，2013），頁67。

造形和簡潔的風格化線條，交織成形與塊的多重組合。正如克拉克（David Clarke）指出的，「從垂直方向對物體的替換……提供了多重視角，有如畢卡索和布拉克以立體主義形象打破從文藝復興以來主導歐洲繪畫的單一視域空間」。[71] 在此之上，林風眠對寫意美學作出創造性轉化，以不同的視角、調性和構圖來琢磨，而不是摹擬，筆下題材。因此林採取像鶴、梅花等傳統母題，創作了一系列畫作。他的方法是自省的（如果不是反諷的）。如他刻意凸顯傳統，並在空間構置和形象塑造上，予以扭轉，以召喚出轉化的潛力。

　　現實如果是個謎，吸引著、迷惑著藝術家，那麼我們可以看出徐悲鴻和林風眠不同的抉擇。徐悲鴻試圖面對現實，驅除從中產生的「惑」。他的答案就是寫實主義繪畫。林風眠則正相反。他似乎選擇置身謎中，無從，也不急於，賦予解答，而是藉線條、色彩、構圖來揣摩現實的無窮神祕。林風眠顯然認為，藝術之於人生的力量不在於提供一清二楚的答案，而在於提出通往解答的多重線索。

　　抗戰爆發時，林風眠任國立藝術院院長。1938年春，他帶領二百多名師生遷往內地。依據教育部的指示，國立藝術院與國立北平藝術專科學校合併成立中國美術學院。林風眠被任命為新學院的院長，但他數月後不得不因種種行政原因辭職。往後一

---

[71] David Clarke, "Exile from Tradition: Chinese and Western Traits in the Art of Lin Fengmian," in *Colours of East and West: Paintings by Lin Fengmian* (Hong Kong: The University of Art Gallery-The University of Hong Kong), http://www.linfengmian.net/

年他奔波於上海和香港之間，以鬻畫維持家計，同時計畫到大後方。

1939年，林風眠經由越南隻身抵達陪都重慶。由於失去了學院身分，他只能另謀新職，擔任國民政府軍事委員會所屬政治部的宣傳美術設計。他收入低微，住在嘉陵江邊一個倉庫旁的小屋裡，生活極其簡樸。他幾乎將所有時間都花在繪畫上，直到戰爭結束。

在重慶的日子裡，林風眠創作了幾百幅畫作，主題多樣，但就是與抗戰宣傳無關。此時，他與主流畫壇的關係已經斷絕，幾乎沒有任何社交，更不要說作品展。然而因為刻意與世隔絕，林風眠比以前更勇於實驗自己的抒情風格。在一個全民浴血抗戰的時代，林風眠的繪畫嘗試顯然不合時宜。正如同隱身山林、撰寫十四行詩的馮至（見第三章），他企圖超越「感時憂國」的局限，發展獨特的視野。

林風眠的繪畫觀首先是以「景框」現實的形式來展開。評論家注意到林風眠從1940年代開始，就愈來愈偏好「方形構圖」。這並不是隨機的選擇，而是經過了深思熟慮。林風眠自稱受到宋代繪畫啟發，但對其中形式與現實的對話有了更深入探討。對林風眠而言，方形意味著「向四方等量擴展，以求最完整、最充實的內涵」。方形促使作家經營視覺的優先性，透過造型構圖追索形象和觀念的豐富性，而不限於敘事性。他刻意經營視角的聚焦、近景的特寫，和距離的扁平感。最重要的是，林風眠畫作多見曲線圓轉流動的題材，以此與平行、垂直、對角的畫幅形成互補。就這樣林風眠有意無意將古典「天圓地方」的觀念帶入現代

繪畫。[72]

　　與他1920年代晚期的油畫（比如〈人道〉和〈人類的痛苦〉，見本書434頁）相比，林風眠戰時的繪畫顯示他從具體可感的現實題材中抽離出來。他以一種裝飾性的樣態描繪花、靜物、風景和家常物件，或極為風格化的女性。這些繪畫帶有某種寧靜的、室內居家意味，投射了畫家的烏托邦想像。但細看之下，我們可以感覺到他簡潔的線條、形象和色彩之下有種不安的元素。儘管他的題材極其平常，卻與置身其中的日常環境看來格格不入。無論畫作表面如何鮮豔生動，一種孤絕和沉思感總是瀰漫其間。林擅長的二維視角和風格化的呈現更增強了這種疏離感。在他安逸純淨的畫風下，存在著層層憂鬱和神祕。

　　戰爭中的主流繪畫追求撕心裂肺的主題，全景大觀的視角，以及敘事的潛能。與之相比，林風眠堪稱特立獨行。對他來說，與其說繪畫反映一個具體的痛苦或不義的瞬間，不如說呈現一種形式的光譜，投射歷史危機中種種感覺的回應。通過畫筆，他想像如何為這些感覺材料重新賦予形式，從而為他的時代打造新的視野。他探索的不是現實的意義，而是為現實「取景」的方式，將戰時經驗「框入」一種知性的形式。

　　以林風眠的〈風景〉（1938）為例（見本書435頁）。崎嶇的山巒變形為一連串粗獷而聳動的墨色線條，它的「運動」微妙地配合著畫幅底部河水的激流。這幅畫代表了林風眠作品一個新的題材，靈感應是來自他已熟悉的四川山水。蒼莽的山嶺渺無人

[72]　參見吳冠中，〈屍骨已焚說宗師〉，《茶》，頁68。

煙，似乎失去與文明的聯結。扭曲的山形，洶湧的江流，兩相接
觸，張力一觸即發。儘管這幅畫作未必「寫實」地描摹抗戰題
旨，觀者不難感受到濃墨重筆下的憂鬱。這幅畫也許讓我們想
到詩聖杜甫（712-770）的名句，「國破山河在」[73]。林風眠似乎有
意在畫紙上思考國「破」之後山河混沌的形象。我更要指出，
林風眠的筆觸與傳統山水畫形成尖銳對話，似乎在質疑山水畫
「山」、「水」這兩項最基本的美學和觀念要素。他筆鋒所至，撼
動的不單是國族的山水景觀，也是國族的山水畫傳統。

　　在〈江舟〉（約四〇年代，見本書435頁）中，我們看見江
上的一葉扁舟，背景是莽莽群山，而不見舟子。任性揮灑的黝黑
筆觸暗示了馬蒂斯和遺民畫家石濤的融合。像〈風景〉一樣，這
幅畫也在精緻的方形構圖與沉重的風景之間保持了巧妙平衡。在
傳統的寫意畫裡，一葉扁舟是常見的母題，意味著田園的恬淡或
者隱士的孤絕。然而，林風眠在荒山洪流之際所安置的扁舟卻又
雜糅了西方表現主義的元素，引人深思。這幅畫一方面遙向宋明
遺民美學致敬，一方面與現代主體孤絕的存在焦慮對應。中國繪
畫中已近陳腔濫調的母題由此獲得了新的呈現方式，促使觀者從
他原有的視覺知識系統──不管是遺民繪畫傳統還是現代派傳統
──脫離出來。

　　林風眠在戰時也創作了大量女性人體的畫作，彷彿意在挑戰
男性的國族想像。他的女性人體通常是以古典裝扮或裸體呈現，

---

[73] 唐・杜甫，〈春望〉，見清・仇兆鰲注，《杜詩詳注》（北京：中華書局，
　　1979年10月），卷4，頁320。

但並沒有古典或情色的聯想，這些女性只是姿態優美的「人體」（figure），或figure一詞的字面意義，「喻象」。林風眠承認他受到宋代瓷器上女性人體的啟發；她們的純淨、透明、優雅使他能夠以一種簡單的形式捕捉女性的動人的誘惑。[74]然而另一方面，他的人體形象也帶有很強的莫迪里亞尼（Amedeo Modigliani）的印記。

如果說上述林風眠的風景畫傳達了一種蒼涼原始的情調，消解「風景」暗含的人文建構，他的女性人物體現了他視覺辯證法的另外一面。她們滑動的線條，柔軟的體態和誘惑的魅力在在激發起性別化的人性，充滿家庭空間和親密關係的聯想。但在戰時語境裡，這些女性人體既暗示了畫家的性別烏托邦主義，也暗示了他對歷史現狀的憂鬱觀察。女體溫柔而愜意的樣態彷彿與世界無爭，相對戰亂的酷烈，導向一種「異端」（uncanny）的效果——一種對於熟悉的事物的陌生化感受，一種怪誕不安的情懷。

儘管林風眠在戰時幾乎沒沒無聞，他卻有個出人意表的仰慕者，那就是張愛玲（1920-1995）。遠在上海的張愛玲注意到林風眠繪畫中的那種「異端」的效果。在一篇題為〈忘不了的畫〉的文章中，張愛玲寫道：

> 中國的洋畫家，過去我只喜歡一個林風眠。他那些寶藍衫子的安南緬甸人像，是有著極圓熟的圖案美的。比較回味

---

[74] 相關論述可參考翁祖亮，〈林風眠先生的人物畫〉，收入陳菊秋編，《林風眠研究文集》，第2冊，頁224-227。

> 深長的卻是一張著色不多的，在中國的一個小城，土牆下
> 站著個黑衣女子，背後跟著鴇婦。因為大部分用的是淡
> 墨，雖沒下雨而像是下雨，在寒雨中更覺得人的溫暖。女
> 人不時髦，面目也不清楚，但是對於普通男子，單只覺得
> 這女人是有可能性的，對她就有點特殊的感情……林風
> 眠這張畫是從普通男子的觀點去看妓女的，如同鴛鴦蝴蝶
> 派的小說，感傷之中不缺少斯文扭捏的小趣味，可是並無
> 惡意，普通女人對於娼妓的觀感則比較複雜，除了恨與看
> 不起，還又有羨慕著，尤其是上等婦女，有其太多的閒空
> 與太少的男子，因之往往幻想妓女的生活為浪漫的。[75]

　　張愛玲此文寫於1944年的上海淪陷區；當時林風眠已在重
慶住了五年。張愛玲描寫的畫作可能是林風眠1939年旅居上海
時，基於前一年的跋涉經驗所成的畫作。文中所提及黑衣的女性
形象，或許來自林風眠在中國西南部少數民族地區的邂逅。無論
如何，我們從像張愛玲這樣一個敏銳的觀者眼中，更加理解林風
眠女性畫像後的隱秘情意。正如張愛玲所言，畫作似乎描繪一場
偶然的邂逅，畫中女子在淒迷的背景裡顯得既疏離又誘人。張愛
玲或許過度解讀了這幅畫，但她指出了林風眠努力想傳遞的感
覺：在晦暗而又感傷的生命裡，一種相濡以沫的機遇，一種好自
為之的期望。張愛玲由此觸及了林風眠幽微的性別倫理，而這在
戰時的藝術與政治危機狀態中幾乎難以想像。

---

[75]　張愛玲，〈忘不了的畫〉，《流言》（臺北：皇冠文化，1992），頁171。

　　與林風眠韜光養晦的狀態相對，徐悲鴻此時已成為畫壇英雄人物。徐悲鴻早年從未傾向任何政治陣營，但在國難當頭的時刻，他重新思考繪畫的政治。早在1935年，他就宣布「藝術家即是革命家。救國不論用什麼方式，如果能提高文化、改造社會，就是充實國力了」。[76]對他來說，建立革命藝術的關鍵是寫實主義。1943年，他寫道：「寫實主義，足以治療空洞浮乏之病，⋯⋯此風格再延長二十年，則新藝術基礎乃固。」[77]

　　徐悲鴻實踐的寫實主義值得我們再仔細觀察。就拿他的〈愚公移山〉（見本書436頁）來看，這幅畫完成於1940年，是他最著名的作品之一。作品的題材取自一則古代的寓言：愚公認為只要他和子孫年復一年的努力，終能成功移走門前的大山。通過這幅畫，徐悲鴻顯然試圖號召戰時萬眾一心，化不可能為可能的精神。與早期油畫〈田橫〉相比，〈愚公移山〉意味著徐悲鴻更有意糅入中國傳統元素，如繪畫材料、筆法以及橫幅卷軸式的構圖等。但這幅畫的視覺「語言」仍然是根植於西方寫實主義。據說徐悲鴻的人物造型取自漢唐壁畫，但正如李渝所觀察的，他們更像是印歐人種。甚至有證據表明其中部分人物形象取自徐在印度大吉嶺旅居時的印度模特素描。[78]評論家們也注意到作品的風格、歷史背景，甚至人物的容貌和衣著的錯位。蘇立文

---

[76] 徐悲鴻，〈與王少陵談藝術〉，收入王震編，《徐悲鴻論藝》，頁96。

[77] 徐悲鴻，〈新藝術運動之回顧與前瞻〉，收入徐伯陽、金山編，《徐悲鴻藝術文集》，頁433。

[78] 李渝，〈從俄國到中國：中國現代繪畫裡的民族主義和先進風格〉，《雄獅美術》，第137期，1982年，頁59-60。

（Michael Sullivan）甚至說，這幅畫展示出一種「雜燴」的「奇異結果」，是為「現代中國出現的最令人不悅的作品之一」[79]。蘇立文那種老派的第一世界藝術史偏見當然不足為訓；我們可以為徐辯護——他的畫作兼容並蓄，其實呈現一種非常時期的「國族寓言」。即便如此，徐所提倡的寫實主義也不再是（如他所願的）一個不言自明的藝術形式，而是一個動機和效果有待爭辯的話題。

　　徐悲鴻的寫實主義甚至提供他更多靈感，將當下現時經驗引入畫作中。1939年，他在新加坡結識了著名女演員王瑩（1913-1974），為她的才華和愛國情懷所吸引，乃以王為模特，畫出〈放下你的鞭子〉（見本書437頁）。此畫靈感來自戰時中國一齣流行的街頭劇，描寫九一八事變後，一對東北流亡到關內的父女在街頭賣藝的遭遇。經過種種誤會與淚水，他們在劇終與觀眾高呼全民抗日。此畫畫幅如真人大小，畫裡的王瑩正在表演逃難女孩一角，這個女孩又在為觀眾表演。這幅畫色彩豐富，結構講究，饒有徐悲鴻的標誌風格。它在各個層面都觸及徐的寫實特徵：即時性新聞事件與筆墨（粉墨）的演繹，感時憂國的情懷和文人即興的風雅，栩栩如生的摹擬和微言大義的寓言，熔為一爐。也因此，這幅畫一直為評者津津樂道，譽為徐悲鴻代表作之一。

　　最後，我們必須思考徐悲鴻繪畫事業的微妙反諷。儘管徐悲鴻致力學院派寫實主義，他也一直以傳統寫意畫馳名，而寫意是他曾大力批判的風格。在西方訓練之前，徐悲鴻已經是個技法

---

[79] Michal Sullivan, *Art and Artist of Twentieth-Century China*, p. 50.

嫻熟的國畫家。即使成為油畫大師後，他也未忘情傳統繪畫，並與當時最著名的國畫家如黃賓虹（1865-1955）、潘天壽（1898-1971）和齊白石（1864-1957）等往還。其中齊白石尤以兼擅寫意和寫實風格知名。齊曾有言：「作畫妙在似與不似之間，太似為媚俗，不似為欺世。」[80]齊白石「似與不似」的說法與徐悲鴻定義的寫實主義顯有矛盾。但徐戰時在國內外畫展中最受歡迎的就是他的寫意畫。他特別善於（也自豪於）即興畫馬。聊聊數筆，就能表現出動物的姿態和動感，而理想上，他感時憂國的豪情也流露其中。徐悲鴻這些畫信筆揮就，渾然天成，自然體現了他的才華，還有他正宗的「抒情風采」。但它們也容易變成一種技藝的操演。所謂熟能生巧，表面即興的表演下卻是高度程式化的筆墨遊戲。這顯示徐悲鴻的寫實志業與他文人畫的抒情情懷並行不悖，並不像他公開聲稱的那樣非此即彼。

　　行文至此，我要再次申明：我無意以徐悲鴻某些作品來貶抑他的藝術創作和貢獻。我也無意誇大林風眠的成就。我認為，在「描繪中國」的理念和技法上，徐悲鴻和林風眠都讓我們嚴肅思考該如何界定個人才華和群體想像，民族繪畫和國際美學範式的分野。徐悲鴻會堅持：既然現代中國繪畫的特徵是「感時憂國」，一個好畫家應對中國現實關懷深切，同時又能照顧藝術法則和普遍趣味。徐悲鴻的繪畫事業毀譽參半。但即使是失敗，他也在中國現代藝術辯證中扮演關鍵角色。與徐相反，林風眠儘管

80　齊白石，〈與胡佩衡等人論畫〉，收入周積寅、史金城編，《近現代中國畫大師談藝錄》（吉林：吉林美術出版社，1998），頁111-112。

才氣縱橫，卻沒有機會在盛年真正發揮他的信念；他對現代中國繪畫的影響直到晚年才獲得認可。他選擇一條徐悲鴻和他的追隨者所拒絕的道路，也是現代中國繪畫一個未被充分探索的選項。

隨著新中國的建立，摹擬寫實主義發展成一項美學律令，一種體制權威，甚至是一套意識形態機器。1949年，徐悲鴻被任命為中央美術學院院長，這標誌以上中國寫實主義三個面向的合流。然而徐悲鴻不久就發現，新的「摹擬規則」比起解放以前更是變本加厲；黨所規定的「現實」愈來愈難以圓滿再現。他晚期的一幅主要作品畫的是毛澤東被幸福的崇拜者們所簇擁（1950）。這幅畫受到了批評，理由是知識分子而不是無產階級占據了「人民」的主要畫面。[81] 徐悲鴻的健康本已不佳，這一打擊不啻雪上加霜。與此同時，據說徐悲鴻曾讓中央美術學院門口掛上一條橫幅，「缺乏藝術性的藝術品，無論政治上怎樣進步，也是沒有生命力量的」。[82] 徐此舉戲劇性展現他一生追求寫實主義的悲喜劇。

1950年代之後林風眠的境遇更為低落。但也正因為政治不夠正確，他反而得到意外的自由全心創作。林風眠為他的選擇付出了代價：他的妻子和女兒1956年移居巴西，此後二十年間他在微薄的條件下獨居創作。1950和1960年代初，林風眠戰時的實驗畫作——風景、花卉和靜物、女體——開花結果。

---

[81] 根據徐悲鴻兒子徐伯陽的報告；引自卓聖格，《徐悲鴻研究》，頁29。
[82] 華天雪，〈徐悲鴻的一九四九〉，http://www.yxxbh.com/ThemeInfo.asp?ThemeID=596。

　　1950年代以來，林風眠最受矚目的新題材首推中國戲曲。
他努力捕捉傳統戲劇中絢麗的服裝、象徵化的臉譜、風格化的姿
態，和傳統的故事帶給他的感受，但風格上他又雜糅立體主義和
中國民間剪紙藝術如皮影戲等元素。[83]他的人物造型線條奇特多
變，任由意願排列組合。結果成就了一種對世界的重新演繹──
既熟悉又疏離。這的確是藝術的戲劇化。

　　只要比較林風眠的〈霸王別姬〉（1959）和徐悲鴻1931年的
同名之作（見本書438頁），我們更可體會林風眠在毛時代持續
實驗的勇氣。霸王別姬的故事在中國戲曲中風行已久。楚漢相
爭，項羽兵敗，四面楚歌，虞姬自刎而死。徐悲鴻對這則故事的
詮釋是重現項羽和虞姬訣別時最具張力的場景，也就是二人對
視的最後一刻。作為觀畫者，我們見證項羽和虞姬曾經的豪情壯
志，以及命運巨輪下大勢已去的悲涼。徐悲鴻成功地捕捉了死亡
席捲兩人前的危機氛圍，因此將寫實主義的再現性力量推到戲劇
化頂端。林風眠的〈霸王別姬〉恰恰相反。在他筆下，人物和氛
圍被切割成極為風格化的線條和角度，在在體現立體主義的特
徵。具體的人和物化為簡約而富於變化的色塊，創造出多重視
角，令人想起畢卡索和布拉克為打破視域空間而帶入的立體主義
意象；同時也強烈地暗示了中國皮影戲和偶戲中的風格化形象。

　　如果徐悲鴻試圖重新呈現項羽和虞姬生死訣別的「原初場
景」，林風眠的畫作則通過歷史記載、通俗故事、戲曲演出、民

83　郎紹君，〈創造新的審美結構──林風眠對繪畫形式語言的探索〉，收入《走
　　近林風眠》（臺北：閣林國際圖書公司，2000），頁103。

間藝術和繪畫的重重媒介，把觀者的注意力引向了場景的重新結／解構。在林的畫作中，兩位人物，或表演者的形象幾乎占據了整個畫面，而他們的服飾色彩，紅色、橙色、黃色和白色構成豐富的脈動。林風眠感興趣的似乎不是再現「歷史」，而是對歷史的「再現」本身。無論如何，並置徐林同一題材的畫作，並進一步理解兩人的對話，可以發現：徐悲鴻的寫實效應由強烈的感官情緒支撐，死生大限彷彿一觸即發，而林風眠的抽象詮釋則試圖展演並思考其中的歷史意識與形式。

　　此時，林風眠也致力於孤雁、鷺鷥、貓頭鷹等主題。他的興趣始於1930年代中期。日後他回憶自己曾從漢代磚刻和其他早期中國工藝品上獲取靈感。[84]在實踐上，他大膽地重新詮釋八大山人和其他明末清初隱士畫家所熟悉的主題，也帶有明顯的西方表現主義印記。在這些畫作中，常有一隻孤獨的鳥棲息在樹枝上，向著觀者的視線範圍之外的地方凝神注視——一種空洞的凝視，或穿透的凝視，朝向只有空虛沒有其他的「真實」。更著名的主題就大雁和蘆葦。在這些畫裡，無邊而陰沉的天空預示暴風雨或者夜幕即將降臨。在天際，孤獨的或成群的大雁，迎著傾倒的蘆葦逆風飛行（見本書439頁）。一方面是靜靜蔓延，隨時都可能吞噬萬物的烏雲，另一方面是幽幽展翅的大雁飛過不斷後退的天際——我們無法不被這兩者之間的對照所觸動。這些繪畫出現的歷史語境也讓我們思考一種寓言化的解讀；林風眠已經悄悄畫出了自己的薛西弗斯神話。

---

[84]　同前註，頁83。

但即使是林風眠自甘寂寞，文化大革命期間也難逃迫害。在文革最暴烈的時候，為了避免抄家整肅，他銷毀了自己數以千計的畫作，扔進下水道沖走——對一位藝術家來說，再沒有比這更為痛苦的煎熬。[85]而他仍然因為「歷史」問題被羈押了四年半。在獄中最黑暗的時刻，林風眠寫了如下詩行：

> 一夜西風，
> 鐵窗寒透，
> 沉沉夢裡鐘聲，
> 訴不盡人間冤苦。
> 鐵鎖銀鐺，
> 幢幢鬼影，
> 瘦骨成堆，
> 問蒼天所謂何來？[86]

1977年，林風眠被允許離開中國大陸前往香港，他的創造力在八〇年代奇蹟般地獲得了新生。香港的環境似乎有種新的生機，使他能夠全力表達自己的情感，如此他的繪畫變得比以往更有表現力。這個時期的作品特色是形式粗獷，筆調灑脫，色彩大膽而細節簡略。一方面，花鳥的色彩和布局更加沉著，另一方面，山水與現實的距離更加遙遠。有人注意到，平距的視角遭到

---

[85]　馮葉，〈夢裡鐘聲念義父〉，收入《林風眠的世界》。

[86]　同前註，頁17。

了捨棄，甚至方形格局也讓位於大尺幅的橫向構圖，[87]可以到五英尺寬。

在〈赤壁〉中（見本書440頁），林風眠再度透過戲曲表演的稜鏡來反思歷史事件。和他五〇年代有類似母題的畫作不同，這幅新作完全擺脫任何情節或人物指涉；矯捷的線條、舞動的色彩，以及多變的幾何圖形將第三世紀的戰爭作了奇妙的詮釋。這體現了他對一個史詩主題的圖像化思考。

尾聲

回顧自己半生的動盪起伏，林風眠曾說：「我像斯芬克士，坐在沙漠裡，偉大的時代一個一個過去了，我依然不動。」[88]希臘神話相傳獅身人面的斯芬克士坐在庇比斯城附近的懸崖上，向每個過路人發出謎語：「早晨四隻腳走路，正午兩隻腳走路，晚間三隻腳走路。腳最多的時候，正是速度和力量最弱的時候。」路人如果猜不出謎語，斯芬克士就將他們吃掉。最後伊底帕斯猜出謎底——人。斯芬克士羞怒自盡。

藉此，林風眠是把自己比作那希臘神話裡的怪物和牠殘酷的謎題，還是把自己比作那埃及沙漠裡著名的斯芬克士雕像？或二者皆是？無論如何，通過斯芬克士掌握人生謎題（的藝術），林

---

[87] 郎紹君，〈創造新的審美結構——林風眠對繪畫形式語言的探索〉，收入《走近林風眠》，頁85-87。

[88] 木心，〈雙重悲悼〉，《溫莎墓園日記》，頁297。

風眠觸及了人對生命神祕向度的探索，以及藝術作為一種謎語的微妙關係。作為一個斯芬克士般的角色，林風眠——還有他的繪畫——對觀者而言，注定是難以捉摸的。或用徐悲鴻的話來說，是「令人困惑的」。

　　本章以一位畫家和一位詩人的對話開始；將以一位畫家和一位小說家的對話作為結束。1947年，當時林風眠的繪畫在進步的同儕藝術家中間變得愈來愈跟不上時代，一位筆名無名氏（原名卜寧，1917-2002）的年輕作家卻被畫家的風格和藝術視野作吸引，甚至將林風眠和他的藝術哲學寫進了小說。從四〇年代後期直到六〇年代，無名氏寫出兩百萬字，七卷本的巨作《無名書》。其中第三卷《金色的蛇夜》開卷就是對一幅現代畫的巴洛克式描述。「赤花花女體、一枝枝的，紅罌粟花似地搖顫著升起來。手掌朝天，裸臂高舉，圓圓搭成一座座印度大金獅子法輪，或者，模擬蝴蝶翅膀，在兩側輕輕飄撲。」在裸女們周圍的是原始部落舞者表演的死亡之舞。「不管這些舞姿是古典、現代、野蠻，不管它們是素雕地底恐龍的原始冷靜，現代都會的癲癇狂，以及原始人的獸趣，不管線條色彩是黑硃砂的黑，蛇莓子的紅，或藍高嶺石的藍，它們的野趣只有一個：燦爛出一派沙漠狂渴，創造一片荒淫的瀑流，重顯古代酒池肉林的豔景。」[89]

　　《無名書》中的這幅畫是由一位名叫藺素子的藝術家所創

---

[89] 卜寧（無名氏），《金色的蛇夜》（臺北：九歌出版社有限公司，1999），頁14。見 Carlos Rojas（羅鵬），《裸觀：關於中國現代性的反思》（臺北：麥田出版，2015），第4章中對無名氏和視覺性的簡要討論。

作。當被問到這幅畫的標題時，藺素子回答說：「〈末日〉。」藺素子的學生馬爾提靜靜地站在一邊，補充道：「這幅畫其實不叫『末日』，……應該叫『我們的時代』！」藺素子便說明這幅畫有一個較早的版本，靈感來自不同的藝術視野。「這幅畫太寫實了，主題表現得不夠強，我捨棄了。」[90]

　　無名氏1947年結識了林風眠和他的弟子趙無極（1921-2013），隨即因共同的藝術品味成為密友。藺素子顯然是根據林風眠的形象塑造的，而馬爾提則與趙無極有幾分相似。無名氏本人甚至有兩段短暫的羅曼史，一次與林風眠的女兒林蒂娜，還有一次是與趙無極的妹妹趙無華。[91]林風眠對無名氏的影響不僅體現在這位小說家不斷以他和他的繪畫為創作原型；還在於他的小說理論可說完全呼應了林風眠的美學。《無名書》描繪了一個名叫印蒂的年輕人歷經民族災難和個人考驗，尋找啟悟的過程。小說敘事不足之處，圖像取而代之。對無名氏來說，「藺素子是印蒂藝術層面上的化身。」[92]《無名書》堪稱為二十世紀中國以敘事形式探索圖像想像力的最重要的作品；它最引人入勝之處在於描繪文本和視覺媒介之間的交相輝映。無名氏寫道：

---

[90]　卜寧（無名氏），《金色的蛇夜》，頁15-17。

[91]　見趙江濱、汪應果，《無名氏傳奇》（上海：上海文藝出版社，1998），頁170。

[92]　見Carlos Rojas（羅鵬）的 *Flowers in the Mirror: Vision, Gender, and Reflections on Chinese Modernity*，哥倫比亞大學博士論文（2000），頁270。亦可見 Carlos Rojas 在《裸觀：關於中國現代性的反思》中的討論，頁129-140。

鏡花水月不是生命真花真月，但仍似花似月。似物不是原
物，「似」不是「真」，但只不是真的真，仍有似的真。
在眼球壁膜與屈折體中，鏡花仍有花形，水月也有月形，
前者有色，後者有光。假如這不是真色真光——原色原
光，則真花真月又何嘗有真色真光？[93]

以這樣的藝術觀、人生觀和寫作觀，無名氏和他的文學人物
注定不會受到社會主義中國的歡迎。和林風眠一樣，他在五〇年
代被打入冷宮，此後三十年內沒沒無聞，應驗他筆名「無名氏」
的字面含義。如同林風眠一樣，八〇年代無名氏在海外再度崛
起，成為社會主義現實主義席捲中國之前「最後一批現代派」傳
奇式倖存者。一直到九〇年代，無名氏仍然珍藏著林風眠的畫
作，也持續思考林風眠的藝術觀。他稱林為引發了中國現代藝術
的關鍵人物。[94] 的確，當新一代的中國作家和畫家努力破解現實
與現實主義的千古之謎時，他們都必須以探究林風眠的繪畫及畫
論為起點——他就是中國的斯芬克士。

---

[93]　無名氏，《開花在星雲以外》（香港：新聞天地社，1993），頁437-438。

[94]　無名氏1996年6月28日給我的信。

第七章

《小城之春》‧《生死恨》

——費穆、梅蘭芳與中國電影詩學

　　在中國現代化初期，京劇與電影曾經同是廣受觀眾喜愛的表演藝術。這兩門藝術的歷史背景，美學呈現方式，視覺技術等幾無共通之處，但早在中國電影萌芽時期，二者之間已經有了互補的端倪。1905年，中國首部電影《定軍山》即由當紅京劇名伶譚鑫培（1847-1917）擔綱演出。[1]往後數十載，電影界不僅直接將京劇搬上銀幕，也大量吸收京劇元素作為改編的靈感[2]。彼時電影正逐漸成為現代化的大眾娛樂，電影所帶來的科技新鮮感以及其保存、再現舞臺藝術的能力，也讓京劇演員趨之若鶩。對於梨園伶人而言，電影不只提供一種新奇的視覺技術，刺激不同表演形式，更可以生動地記錄他們的演出，化剎那為永恆。[3]相對的，京劇也啟迪了不少中國電影人；從場景到表演程式，從故事到劇場效果，影響歷歷可見。

　　1930年代，田漢、茅盾等人致力了解京劇與電影藝術的概念框架，觀眾反應，以及技術效果。因應當時輿論界將京劇扶為「國劇」的風潮[4]，這些影人文人也思索如下的議題，像電影如何

[1]　中國電影崛起與京劇的關係，詳見程季華編，《中國電影發展史》（北京：中國電影出版社，1963），第1卷第1章。亦可參見鍾大豐，〈中國電影的歷史及其根源：再論影戲〉，《電影藝術》，1994年第2期，1994年，頁29-35、9-14。

[2]　高小健，《中國戲曲電影史》（北京：文化藝術出版社，2005）。

[3]　電影及其製作給民初觀眾帶來的絕妙感受，請見Zhen Zhang, *An Amorous History of the Silver Screen: Shanghai Cinema, 1896-1937* (Chicago: University of Chicago Press, 2005), chapters 1-3.

[4]　酈蘇元，《中國現代電影理論史》（北京：文化藝術出版社，2005），頁162-178。在眾多鼓吹京劇為「國劇」者中，齊如山是最重要的一個腳色。參見齊如

有助於京劇現代化？還有作為新興娛樂的電影如何得以成為「民族電影」[5]？

　　費穆（1906-1951）是當時電影界的後起之秀。無論理論或實踐，他的才華少有人能出其右。費穆青年時期便對電影一往情深，1933年如願成為一名導演。但因從小出入梨園，他沒有放棄對京劇的熱愛。1937年，費穆已執導六部電影，終於一嘗夙願，將京劇《斬經堂》搬上銀幕。往後十年，他又陸續拍攝四部京劇電影[6]。費穆非常清楚電影是一種獨特的視覺藝術，他不能也不願將京劇原封不動地搬上銀幕。他寄望從京劇內裡挖掘足以豐厚中國電影「民族特質」的元素，也嘗試在銀幕上表現自己美學品味的可能。這項工作的理想性不問可知，費穆的成就也仍有待更細膩的研究。本文礙於篇幅，不能深入討論。本文所致力了解的是，費穆對電影與京劇的耕耘如何造就他與梅蘭芳（1894-1961）合作？，兩人共同努力獲致何種結果，意義為何？。

　　梅蘭芳是中國二十世紀最勇於創新也最受歡迎的京劇名

山，《齊如山回憶錄》第7、8章（瀋陽：遼寧教育出版社，2005）。亦可參見笛斯岱（Joshua Goldstein）精確的分析，Joshua Goldstein, *Drama Kings: Players and Publics in the Re-creation of Peking Opera, 1870-1937* (Berkeley: University of California Press, 2007).

5　馬君讓對左派在三〇年代推動國劇有詳盡討論。參見馬君讓，〈民族主義所塑造的現代中國電影〉，《二十一世紀雙月刊》，第15期，1993年，頁112-119。

6　費穆拍的四部京劇電影為《前臺與後臺》（1939）、《古中國之歌》（1941）、《小放牛》（1948）及《生死恨》（1948）。參見陳墨，《流鶯春夢：費穆電影論稿》第15-18章（北京：中國電影出版社，2000），頁217-291。

角。1948年春，梅蘭芳和費穆首度合作，拍攝中國第一部彩色電影《生死恨》。同時，費穆還另外導演了一部電影——《小城之春》。日後《小城之春》被許多評者公認為二十世紀中國最佳電影。[7]這兩部電影雖不屬於同一製作，但幾乎在同一時間拍攝。這一事實並非偶然。如果我們將這兩部電影並置討論，可以發現費穆深受梅蘭芳的啟發。兩人在合作拍攝《生死恨》的過程中，彼此相互揣摩切磋，由此開創出一套拍攝中國電影的嶄新路數。尤其費穆更積極展現電影的「中國特色」（cinematic "Chineseness"），成績出人意表。費穆的成就主要來自他對電影與眾不同的詮釋。他認為電影不僅僅是視覺幻魅的藝術，更是詩意的表現。梅蘭芳向來也視京劇是抒情意境的展演，而非僅是絢麗的劇場效果。在這一點，梅蘭芳與費穆互有靈犀，而費穆想必早已有所感覺。

　　《生死恨》與《小城之春》兩部電影編導的時間點，透露出費穆電影美學的政治意義。1948年春《小城之春》拍攝時，國共戰爭已經爆發，中國危機日益加深。但《小城之春》和《生死恨》並未迎合甚囂塵上的政治口號，或芸芸大眾的情感訴求。兩

---

[7]　1983年香港重新發現《小城之春》，並且重拍了一次。在《電影雙周刊》的特輯中，該部電影被評為中國十大傑出電影的首位，後來又由香港影評人和學者推為中國電影創紀元（1905-2005）最精采的電影。參見陳輝揚，《夢影集：中國電影印象》（臺北：允晨文化，1990），頁126。亦可參見：http://movie.kingnet.com.tw/media_news/index.html?act=movie_news&r=1110868977；李焯桃：〈宜乎中國，超乎傳統〉，轉引自黃愛玲編，《詩人導演：費穆》（香港：香港電影評論協會，1998），頁294。

《生死恨》與《小城之春》（1948）海報

片推出後市場反應冷淡，影評更譏為落伍頹廢。[8]然而費穆是否
真對時局毫無所感？費穆從沒有機會說明自己的立場。1951年
他因心臟病猝死，而他的電影很快就被遺忘。直到三十多年後，
我們才逐漸理解他的電影如何利用詩意的視覺技術，捕捉瞬息萬
變的歷史危機，而他如何因為走在時代的太前端，反而為時代所
忽視。

---

[8]　請參見程季華，《中國電影發展史》，第2卷，頁270-271。

尋找中國電影的「空氣」

　　「詩人導演」是費穆的稱號，因為他的作品偏好象徵手法，慣以哲學角度思考電影作為現代視覺媒介的主體性[9]，對電影形式的探索孜孜不倦。費穆的首部電影《城市之夜》（1933）曝露上海現實，讓種種生活切片相互交織，賦予這座都市一種宏觀視野。他使用新的蒙太奇手法，但不用以凸顯劇中腳色或主題的衝突，反而強調印象派式的浮世光影（tableau vivant）。他淡化了「戲劇性」，轉而強調映像召喚出來的情緒。《城市之夜》後，費穆又拍了《人生》（1934）和《香雪海》（1934），至此他的走向明確了起來。《人生》敘述一位婦女不幸的一生，但費穆並不沉溺於女主角的悲慘世界，反而思索生命所承載的意義，並反覆推敲電影該如何呈現這一命題。為達此一目的，他降低角色背景的訊息性，並將畫面之間穿插的字幕減至最少程度[10]。他希望凸顯影像本身對觀眾的視覺感觸。《香雪海》則處理一位女子在時局和家庭因素下，兩度出家又兩度還俗的傳奇。費穆使用旁白和倒敘兩種技巧，前者依循特定角色的立場主導情節進行，後者則扭轉時間順序，先行預告故事結尾。費穆的目的在於弱化電影情節的懸疑感，轉而經營命運和宗教的神祕氛圍。他用如夢如幻的影像表現命運的變化莫測，以及宗教啟悟的不著痕跡。可惜觀眾看得一頭霧水，費穆白費了功夫。《香雪海》上映後被迫臨時下

---

[9]　見黃愛玲編，《詩人導演：費穆》。

[10]　此處討論他精細的舞臺調度和拍攝角度。引自陳墨，《流鶯春夢》，頁27。

片，重新剪輯後才得以再度放映。[11]

　　費穆成為導演之前曾擔任侯曜的助理。侯曜是早期中國電影史上的著名導演，他的《影戲劇本作法》（1925）首開中國電影理論先河。侯認為電影是一種戲劇，並稱之為「影戲」；他注意到，拜現代科技之賜，電影比一般戲劇更能強而有力地傳達寫實主義。[12]侯並指出一部電影劇本的成功關鍵在於兩種因素：衝突和結構。他贊同法國評論家布倫帝爾（Ferdinand Brunetière）的見解：「沒有衝突，就沒有戲劇」（no struggle, no drama），認為以這種結構為基礎，把危機、對立或挫折等衝突的元素納入其中，才能交織成有意義的劇本[13]。除此，他還認為電影跟戲劇一樣，都負有倫理使命。因此，無論劇中的衝突或戲劇本身的結構都不僅只是技術工作，而更具深層意義。

　　費穆在執導前三部電影時，已經顯現他與侯曜及其他同期導演的不同之處。侯曜追求衝突，費穆要求平淡；侯曜堅持結構，費穆則消解結構。費穆的文章〈倒敘法與懸想作用〉（1934）很能表達他的企圖心：

　　　　戲劇既可以從文學部門中分化出來，由附庸而蔚為大國；
　　　　那末電影藝術也應該早些離開戲劇的形式，而自成一家
　　　　數。……所以在《香雪海》中，我曾極力避免「戲劇性

---

[11]　陳墨，《流鶯春夢》，頁25-31。

[12]　學者Zhen Zhang也有類似觀點，請見Zhen Zhang, *An Amorous History of the Silver Screen,* chapter 3, pp. 89-117.

[13]　同註4，頁104-105。

之點」的形成，而專向平淡一路下功夫。……這在戲劇
的原理方面說，誠然是一種損失，但在一個新的電影的觀
念之下，我們正不妨無視於此種損失。[14]

當侯曜與同代導演仍把電影視為一般人熟悉的戲劇處理時，費
穆已經試著將其置入一個嶄新的視覺與認知系統中了。費穆在
〈略談「空氣」〉（1934）一文中非常明白地表示自己的立場。他
以自己的三部電影為例，主張導演應當擅長創造「空氣」，藉此
「電影要抓住觀眾，必須使觀眾與劇中人的環境同化」[15]。「空氣」
這東西雖說摸不著，但卻是使電影「活起來」的關鍵因子。費穆
認為這個「空氣」可用四種方式創造：

其一，由於攝影機本身的性能而獲得；二，由於攝影的目
的物本身而獲得；三，由於旁敲側擊的方式而獲得；四，
由於音響而獲得。[16]

費穆對當時大部分導演推崇的電影反映論（cinematic
reflectionism）頗有微詞。他明白攝影機拜科技所賜，能夠比肉
眼更鉅細靡遺的呈現事物，也帶來比現場戲劇表演更為生動逼真
的效果。費穆雖然信賴電影反映現實的強大能力，但他更堅信電

影能夠在不同的層次上「創造」真實——也因此必須仰賴「空氣」。他指出要生成各式各樣的「空氣」，就要「把機械的技巧與被攝物聯合起來」[17]，那個「被攝物」可以是自然生成之物，也可以是人工製品。

　　就像現實裡的「空氣」是我們賴以生存的必要元素，但卻「看不見」，摸不着，電影裡「空氣」一樣只能暗指，無法明示。正因如此，導演就更須要有謹慎而細心的攝影、製作來啟動，甚至調動，「空氣」。費穆的這篇文章似乎自相矛盾，因為他強調用看得見的技巧去追求看不見的氣氛。「空氣」一方面只可意會，不可言傳，一方面又是有根有據，熟能生巧。他似乎認為光學功能與視覺本體可以交相為用，產生「情」「影」交融的效果。費穆指出這樣的悖論不僅存在於視覺領域，也存在於其他感官領域，因此宣稱「我也曾在可能範圍內利用聲片的技巧，以默片的〔聲音〕技巧表現了一些〔空氣〕。」[18]

　　儘管如此，費穆、侯曜和大多電影先輩對電影仍有共同的觀點。他們都相信電影承載著倫理任務，因為電影以其精準的視像，可以穿透現實、喚起觀眾共鳴。另一方面，儘管費穆大聲倡導電影作為傳媒的獨立位置，他又承認電影和戲劇畢竟互通聲氣。他於〈雜寫〉一文中寫道：

---

[17]　同註15。

[18]　同註15，頁28。亦可參見陳山，〈第三種電影：費穆電影思維的疏離邏輯〉，《當代電影》，1997年第5期，1997年，頁43。

> 崑劇和皮簧劇是中國最成熟的古典的舞臺藝術。但，在
> 中國初有電影的時候，和電影最近，作品比較能真實地
> 反映著現實人生的戲劇，卻屬於新興幼稚型的文明白話
> 新戲……承襲了文明新戲的「藝術」而出現。這與其說
> 是中國電影中了文明戲的毒，無寧說是受了文明戲的培
> 植……Moviegoers 一字從 Theatregoers 而來，中國電影和
> 它的觀眾是從文明戲劇場而來。[19]

這一評論似乎和先前引文有所衝突，因為前面費穆才提到電影的
特殊性，在此他又談到文明戲的影響。但我認為正因為這兩項論
點不同，費穆在調和其間矛盾性時，展開了他電影詩意美學最精
采的一面。

　　文明戲（或新劇）興起於現代之初，儘管大受歡迎，但也遭
到衛道之士的側目。文明戲表演方式誇張，劇情聳動，舞臺效果
極盡嘩眾取寵之能事，凡此都代表中國戲劇轉型的徵兆。文明戲
熱鬧滾滾，極盡視聽之娛，完全與費穆的「空氣」論大異其趣。
但費穆卻被文明戲「寫實」的訴求所吸引。[20]對他而言，文明戲
的碰觸時下熱門話題，致力舞臺逼真效果，全新的視聽體驗帶給
觀眾極大震撼[21]。相形之下，當時電影內容輕浮如無物，競以怪
力亂神為能事，反倒顯得等而下之。對費穆而言，除演義悲歡

---

[19] 費穆，〈雜寫〉（1935），收入黃愛玲編，《詩人導演：費穆》，頁29。

[20] 同前註，頁29。

[21] 請見Li Hsiao-t'i, *Opera, Society, and Politics: Chinese Intellectual and Popular Culture*, Ph.D. dissertation, Harvard University, 1996, chapter 3.

離合、可驚可嘆之事外，還透露另一層次的「真實感」。那就是
文明戲在中國現代性萌芽之始，勇於揭露「道德幽微性」（moral
occult）的底線。換句話說，世變之際，一切價值混沌不明，文
明戲卻能在灰色地帶游走不已，[22] 辯證社會倫理難題，以及大眾
「感覺結構」的曖昧性。在表面的涕淚之餘，文明戲逼視生命情
何以堪的深淵。

　　費穆電影追求神龍見首不見尾的「空氣」，而新劇呼喚的是
「道德幽微性」。徘徊兩者之間，他勢必得想出方法，糅合其間
不協調之處。也正因於兩者之間的齟齬，費穆改革中國視覺藝術
和倫理的企圖心愈發引人注目。

　　費穆的努力在他後續幾部電影中一覽無遺。以《天倫》
（1934）一片為例，電影演義一個浪子回頭，重振門風，父慈子
孝的故事。電影雖然迎合當時的「新生活運動」，卻也顯露出五
四之後，費穆重新解釋儒家傳統的嘗試。也因為這部電影，費穆
「摩登聖人」的綽號不脛而走[23]。值得注意的是，儘管題材再正統
不過，全片舒緩有致的電影敘事、牧歌般的影像設計，使得原先
的意圖有了意外轉化。想當然爾的說教並沒有掌控銀幕，取而代
之的是一種對人間境況自然的（甚至自然主義式的）直視：生命
之流中悲歡和善惡此起彼落，緩緩發生消逝。《天倫》成為對人
生之所以為人生的沉思。

---

[22] 這裡，我借用彼得‧布魯克（Peter Brooks）的術語。請見 *The Melodramatic
Imagination: Balzac, Henry James, Melodrama, and the Mode of Excess* (New
Haven: Yale University Press, 1995), chapter 1.

[23] 陳墨，《流鶯春夢》，第9章，頁112-124。

　　費穆電影如此獨樹一格，難免有論者抨擊他對國家大事無動於衷。故而他下一部電影《狼山喋血記》（1936，也是他的首部有聲電影）直接挑戰「抗日」主題，以杜眾口。電影描述一個山村飽受狼群騷擾，最後村人同心協力，驅除狼患，愛國意旨不言自明。然而仔細觀賞《狼山喋血記》，我們發覺片中的場景，從荒山深夜狼嚎到村民戰慄恐怖，勞而無功的追捕到冷酷不仁的天地，費穆對「空氣」元素的操作可謂絲絲入扣。他的鏡頭調動極具匠心，從全景到特寫無不有深意。當他將鏡頭拉遠時，村人變得微不足道，幾至無可辨視；拉近時，又誇大了人性幾近詭譎荒謬的面貌。人與命運或自然的抗爭充滿兇險，也充滿徒勞。費穆在〈《狼山喋血記》本事〉中，已將電影的詩意描寫得淋漓盡致：

　　　　山之崖，水之崖，森森之林木，淡月，微風，在萬籟俱靜之中，傳來幾聲狼嗥。
　　　　一種恐怖，一種威脅，籠罩着寂寂的村莊。
　　　　羊群觳觫着。村裡的人家都把門窗關得緊緊地。
　　　　遠遠地，一個高大的黑影，擎槍，攜犬，兀立在山崗上。[24]

　　《聯華交響曲》是八位導演合作的集錦電影，其中從費穆導演的第二段《春閨斷夢》（1937）可以看到他這一時間的實驗成

24　費穆，〈《狼山喋血記》本事〉，收入黃愛玲編，《詩人導演：費穆》，頁43。

果[25]。《春閨斷夢》長度約十八分鐘，由三個場景組成。景一：二位年輕女子在床上輾轉反側，對照出戰場二個士兵，一個吹著軍號，另一個則凝視著一片象徵中國的秋海棠。景二：一個邪惡的男子轉弄地球儀，看著一葉秋海棠，突然一聲獰笑，把葉子扔進火裡。景三：那兩名女子困在一間陰森的大廳，眼看那個邪惡男子圖謀不軌，她們奮起反擊。與此同時，戰場上的士兵贏得一場戰役。

撇開愛國主題不談，這部電影讓我們一窺費穆當時的電影美學有多麼前衛。一說德國導演羅伯特‧威恩（Robert Wiene）的電影《卡里加利博士的小屋》（*The Cabinet of Dr. Caligari, 1920*）讓費穆特別著迷[26]。在《春閨斷夢》中，我們可以看到費穆模仿羅伯特‧威恩式的技法，包括大量使用扭曲、歪斜的空間設計，高反差明暗的燈光，刁鑽靈活的拍攝角度，以及風格化的演出等，都是德國表現主義電影的特徵。即便如此，《春閨斷夢》很難不使人聯想到唐朝詩人陳陶（812?-885?）名句：「可憐無定河邊骨，猶是春閨夢裡人。」在這裡，現代主義電影美學和別具性別意識的歷史反思相互激盪，呈現極具個性化的戰爭場景。

1937年費穆在電影實驗達到顛峰之際，也同時思考著電影美學的民族特質。這一年他拍了一部京劇電影《斬經堂》，由三〇年代中國當紅老生周信芳（1895-1975，別稱麒麟童）主演。《斬經堂》講述西漢末年王莽篡位，將軍吳漢殺妻反莽的故事。

---

[25] 陳墨，《流鶯春夢》，第11章，頁144-155。

[26] 陳墨，《流鶯春夢》，頁149。

吳漢與王莽之女共結連理，卻不知王莽其實是殺父仇人。反莽軍興，吳母告知兒子殺父之仇，並力促他手刃愛妻。吳妻禮佛，侍夫至誠。在劇情最高潮處，吳妻自戕以成全吳漢。

《斬經堂》帶給我們的啟示有兩點。其一，即便他熱愛京劇，費穆一直以來都堅持電影應有獨立地位，所以他的京劇電影力求不對京劇照本宣科，成為舞臺翻版。《斬經堂》這齣戲強調夫妻、母子、君臣的兩難，個人意志與忠孝節義的衝突，舞臺張力十足，更不用說周信芳極具渲染力的「海派」演技。問題是，如果費穆堅信他的電影應該避免過分誇張的劇情，那麼他何以選擇這樣一齣充滿家庭暴力的戲碼來傳達他的抒情美學？他能否以現代風格來詮釋傳統戲劇目？

其二，費穆之所以拍攝《斬經堂》，主因之一應是響應當時的民族主義風潮[27]。《狼山喋血記》與《春閨斷夢》走的也是愛國路線，但風格卻是受到西方表現主義的啟發。費穆或許曾自問：如果他打算推動真正的「中國」電影文化，把「國劇」拍成電影，豈不是順理成章的表達「民族特色」？他偏好「空氣論」，但傳統戲劇教忠教孝，充滿表演程式。因此他的任務不僅是要妥善協調這兩者的差異，還得處理更棘手的問題，那就是——具有中國特色的「空氣」到底是什麼？

以《斬經堂》為例。全劇述說忠孝仁義的掙扎，加上古色古香的服裝、布景與道具，很容易就可以演繹「中國」元素。但是除了這些，費穆顯然認為京劇還有其他特色有待呈現。對他而

---

[27] 陳墨，《流鶯春夢》，第10章，尤見頁129-132。

言，京劇由程式化動作和精準的劇場傳統組合而成。京劇演的
「動人」之處，不在於演員或觀眾設身處地的移情作用，而在於
臺上臺下同時參與的一種「距離」的審美觀照。換句話說，觀眾
的反應與其說是出自恐懼和悲憫而生的「淨化」作用，不如說是
順著程式化表演，對人生悲歡做出了然於心的體會。

　　費穆早期曾在文明戲展示的寫實元素和自己所追求的「空
氣」之間掙扎，他於〈中國舊劇的電影化問題〉一文中指出中國
戲劇的表現技巧：「完全包括在程式化的歌舞範疇之中，演員也
絕非『現實』之人。觀眾必須在一片迷離狀態內，認識舊劇在藝
術上的『昇華』作用，而求得其真實與趣味。」[28]。他寫道：

> 中國劇的生、旦、淨、丑之動作裝扮皆非現實之人。客觀
> 的說，可以說像是傀儡，像鬼怪；主觀些，可以說像是古
> 人，像畫中人；然而最終的目的，仍是要求觀眾認識他們
> 是真的人，是現實的人，而在假人假戲中獲得真實之感
> 覺。這種境界，十分微妙，必須演員的藝術與觀眾的心理
> 互相融會，共鳴，才能了解。[29]

　　就此，我們可以更清楚地理解費穆同時涉足電影和京劇的目
的。如上所述，他把電影當作一種媒介，在視覺與光學、寫實和

---

[28] 費穆，〈中國舊劇的電影化問題〉，收入黃愛玲編，《詩人導演：費穆》，頁
82。
[29] 同前註。

虛幻交集之處，發揮迷人效應。電影不僅僅傳達逼真而立即的影像，還能藉「空氣」召喚詩意，形成另一種真實。經過一系列現代風格試驗後，費穆在京劇中找到一套可以與他的理論相輔相成的符碼。換句話說，他認為京劇提供了電影「空氣」和新劇「道德幽微性」之間的橋梁。這是一項相當大膽的體會，他卻從中抽取屬於自己的答案。因此當他準備製作京劇電影的時候，他無意僅把中國戲劇原汁原味的搬上銀幕，而更有其他目的：他希望凸顯中國戲劇自成一格的表演符碼，來表達西方表演體系以外的模擬技術和意境。他也盼望京劇可以提供電影豐沛的文化資源，好讓電影能捕捉「中國」民族性。

　　儘管費穆在戲劇理論上下足工夫，但拍攝《斬經堂》時仍遇到許多事與願違的障礙。為了跨越京劇的形式主義和電影的寫實主義的藩籬，他與周信芳多次研議。有趣的是，他們到後來互換立場，周信芳建議多利用寫實技巧，而費穆反倒傾向京劇的抽象主義。結局則是互相妥協。為了營造劇場氣氛，費穆多半時候將鏡頭放在中距或遠距，盡量不干擾演員的動作表演。但對不熟悉京劇的觀眾而言，這只不過是原封不動地把舞臺搬上銀幕。除此，內外景的切換，風格化作表與擬真表演的協調、甚至道具與布景都有格格不入之虞。電影和京劇的接觸顯得異常突兀。事後費穆誠實檢討，認為自己還沒有抓住製作「中國」京劇片的訣竅，而他的瓶頸不在於技術，而在藝術。[30] 費穆追求的「藝術技巧」，日後跟京劇當紅角色梅蘭芳後相識後，才有所成就。

30　同前註，頁83。

《生死恨》——當費穆遇到梅蘭芳

　　1947年冬，費穆拜訪梅蘭芳，並邀請他合作拍攝中國首部彩色京劇電影。1930年底費梅兩人初識於香港，其時他們的事業同遇挑戰。抗日戰爭爆發後，費穆跟隨「莫談國事」的潮流，拍起古裝電影，但骨子裡不從眾的精神卻依然可見。他先後執導了敘述孔子生平的《孔夫子》（1940）[31]，和擷自三齣京劇的《古中國之歌》（1941）[32]。以題材而言，兩部片子都有些不合時宜，卻都表現出費穆極力尋求人文願景的一貫信念。接下來四年，費穆基於種種原因而停拍電影，轉以執導話劇為業。

　　1938年，梅蘭芳攜家帶團到香港演出後，便因避難滯留島上。往後三年，他不斷婉拒日方的邀演。珍珠港事件爆發，他被迫回到上海，日方趁機強力要求他配合演出，於是梅蘭芳在1942年初蓄起短鬚以明志。梅此舉震驚戲迷[33]，顯然他刻意以男性性徵告別昔日所扮的女性角色，戲劇化地「演出」他的愛國情操。1945年8月日方戰敗投降，梅蘭芳剃鬚復出，又成為全國盛事。梅蘭芳重登舞臺的藝術指導不是別人，正是費穆。

　　費梅第一部彩色電影劇本選定京劇《生死恨》。《生死恨》改編自明初陶宗儀（1329-1412?）《輟耕錄》的一段故事，1936年首演。故事發生於北宋末年（1129），女真滅北宋，女子韓玉

---

[31] 黃愛玲編，《費穆電影孔夫子》（香港：香港電影資料館，2010）。

[32] 註28所列之〈中國舊劇的電影化問題〉是為配合《古中國之歌》上映撰寫。

[33] 許姬傳等，《中國四大名旦》（河北：河北人民出版社，1990），頁105。亦可參見梅紹武編，《一代宗師梅蘭芳》（北京：北京出版社，1997），頁216。

娘淪落敵營為奴，後被迫婚配另一漢奴程鵬舉。新婚之夜，玉娘勸丈夫南逃，程鵬舉疑其有詐，上報主人，玉娘受到重刑。程鵬舉因此得知玉娘一片赤誠，決心投宋，日後立下汗馬功勞，成為襄陽太守。程鵬舉日夜思念玉娘，多年查訪，終於尋獲妻子。但玉娘久經風霜，油盡燈枯，竟在團圓時刻一命嗚呼。

　　梅蘭芳在抗戰前夕演出《生死恨》，顯然有敷演國仇家恨，抵禦外侮的用心。抗戰之後，費穆和梅蘭芳都覺得儘管時過境遷，瀰漫社會的動蕩氣氛並不亞於戰前；國共內戰甚至使《生死恨》的民族大義有了另一層寓意。《生死恨》以悲劇收場，顯然與傳統大團圓結局並不相合，但對費梅而言，這不啻更顯現亂世男女的宿命。

　　梅蘭芳對電影製片並不陌生，早在1920年他就拍了平生第一部影片；1947年前他已經累積八部作品[34]。1930年，他赴美拍攝首部有聲電影，結識不少美國知名演員，像是卓別林（Charlie Chaplin）、范朋克（Douglas Fairbanks）和瑪麗‧畢克馥（Mary Pickford）[35]。1935年訪俄，他不但與大導演謝爾蓋‧愛森斯坦（Sergei Eisenstein）見面，還受邀拍攝京劇《虹霓關》一場戲[36]。從

---

[34] 梅蘭芳一生共拍了十四部京劇電影，參見李伶伶，《梅蘭芳的藝術與情感》（臺北：知兵堂出版社，2008），頁198-212。

[35] 梅蘭芳，《移步不換形》（天津：百花文藝出版社，2008），頁226-252。關於梅蘭芳出訪美國，請見Joshua Goldstein, *Drama Kings: Players and Publicsin the Recreation of Peking Opera 1870-1937* (Berkeley: University of California Press, 2007)．特別是第8章。

[36] 梅蘭芳，《移步不換形》，頁191-215。

梅蘭芳傳記寫作我們得知，他對電影的運鏡技巧和美學要求十分理解；尤其電影製作的「片段化」（fragmentation）使他對時間、情緒以及肢體動作的排列組合都有新的體會，因為這與舞臺演出一氣呵成的要求完全相反。梅蘭芳早年拍默片時，就曾試著測量動作節奏和表情的時間，好藉此在銀幕上展現京劇演唱的「視覺」效果。[37]有聲電影出現後，他更有參與的意願，以期使自己的聲音和影像能藉著影音的攝製永遠保留，並且無遠弗屆地傳播。

梅蘭芳時時刻都在演藝上追求精進，擔綱演出中國「首部彩色電影」的計畫自然深深吸引了他。除此，梅願意投入《生死恨》拍攝還有其他原因。戰爭、年紀及歷史不可測的因素使他體悟到生命的脆弱，因此亟欲在自己聲音和表演巔峰狀態時好好保存下來。

京劇從以聽覺是尚的藝術轉為視覺饗宴，梅蘭芳可謂是重要推手。雖然他的唱功出神入化，他對舞臺演出的貢獻一樣值得大書特書。他大膽致力舞臺視覺改革，對化妝和服裝下足功夫，更琢磨動作、演技、場景、燈光、舞臺指導，甚至劇場設計。一般大眾對梅蘭芳的狂熱來自他男扮女裝的魅力，但我們不曾忘記，民國以前的男扮女裝卻被衛道之士視為攪亂男女界線，有傷風化；年輕的乾旦出入聲色場合，甚至被視為狎邪的表徵[38]。梅蘭芳

[37] 同前註，頁100。

[38] 參見王德威，《被壓抑的現代性：晚清小說新論》第2章，頁85-161。關於男伴女相的模糊性別身分，亦可參見Isabelle Duchesne, "The Chinese Opera Star: Roles and Identity," in *Boundaries in China*, ed., Jonathan Hay (London: Reaction Books, 1994), pp. 217-240; Min Tian, "Male Dan: The Paradox of Sex, Acting, and

的成就在於他不但精於男扮女裝的技巧，更將其從性別與道德的曖昧位置提升至一門精緻藝術，達到他的良師益友齊如山所謂的「無聲不歌，無動不舞」[39]。梅蘭芳的最高境界是將自己表演裡魅惑的能量升華為一種抒情的美感——因而體現「情」的極致。[40]

　　梅蘭芳的崛起，正值「觀看」（spectatorship）和劇場式「大觀」（spectacle）主導現代主體感官經驗之時。因此，梅蘭芳之為「現象」不僅指涉現代視覺技術的勃興，也饒富社會感覺結構的改變[41]。魯迅就特別對這種現象感到吃驚。他對一個理應過時的女扮男裝的把戲，居然可以和現代視覺技術並存，甚至還能合而為一，深深不以為然。魯迅十分不解何以梅蘭芳不男不女（或又男又女）的形象可以「永遠掛在照相館的玻璃窗裡，國民的心中」。[42]的確，梅的形象不只照映在人們的心目裡，甚至因為機械式的複製品（相片，電影）而有了永垂不朽的可能。

　　除此，梅蘭芳在公私領域角色的轉換自如，讓他摩登的身影在臺下傾倒更多觀眾。戈史丹（Joshua Goldstein）指出，除了舞

Perception of Female Impersonation in Traditional Chinese Theater," *Asian Theater Journal* 17.1 (2000): 78-97.

[39] 齊如山，《齊如山回憶錄》，頁101；Joshua Goldstein, *Drama Kings*, chapter 4。

[40] 王安祈，〈京劇梅派藝術中梅蘭芳主體意識之體現〉，收入王璦玲編，《明清文學與思想中之主體意識與社會》，（臺北：中央研究院中國文哲研究所，2004），頁750-762。

[41] Laikwan Pang, *The Distorting Mirror: Visual Modernity in China* (Honolulu: University of Hawai'i Press, 2007), chapters 1, 4.

[42] 魯迅，〈論照相之類〉，收入《墳》，《魯迅全集》第1卷（北京：人民文學出版社，1981），頁187。

臺上風華絕代的扮相外，梅在大眾媒體前也是一個傑出的「演員」；他是英俊的異性戀男子，愛國的公民，更是多情的情人、丈夫，慈愛的父親，種種形象都讓他大受歡迎。梅蘭芳在不同性別與多種社會角色之間變換，遊刃有餘，代表中國古老的扮裝藝術有了巨大變化，也讓他不期然地成為喚起中國同胞「情感共同體」（community of feeling）的要角。[43]

三〇年代裡，當中國如何被「表現」（represent），或由誰來「代表」（represent），成為眾說紛紜的話題時，梅蘭芳的名氣跟著水漲船高。上文提過，京劇在當時已被奉為「國劇」，而梅蘭芳也成為代表國劇的不二人選。他在二〇年代曾二次訪日，但一直到三〇年代訪美（1930）和蘇聯（1935）後，他才真正成為國際級的人物。梅蘭芳作為文化大使的形象，某些有識之士其實不以為然，其中魯迅可為代表。在〈略論梅蘭芳及其他〉（1934）一文中，魯迅嘲笑梅的周遊列國與其說是搏得國際美名，不如說是挽救他在國內下降的聲勢。[44]魯迅尤其氣憤的是，像梅蘭芳這樣男扮女裝的中年伶人，如何可以「代表」中國到蘇聯——無產階級的天堂——表演，還稱自己的藝術是「純是象徵派的」。[45]

魯迅在1934年以前早已左轉，奉社會主義、現實主義為圭臬。對他還有其他同路人而言，象徵主義言不及意，無非裝模做樣，掩藏社會現實問題，逃避解決之道。然而梅蘭芳的「純是象

---

[43] Joshua Goldstein, *Drama Kings*, pp. 139-140, 160-161.

[44] 魯迅，〈略論梅蘭芳及其他〉，《魯迅全集》第5卷，頁579-584。

[45] 這是梅蘭芳在1934年9月8日發表的見解，魯迅〈論梅蘭芳及其他〉，《魯迅全集》第5卷，頁583。

徵派」卻讓一票蘇聯革新派人士大為傾倒，這讓魯迅有了是可忍，孰不可忍之怒了。除了愛森斯坦，梅蘭芳在莫斯科還見到了斯坦尼斯拉夫斯基（Nicolai Stanislavski）和布萊希特（Bertolt Brecht）二位西方戲劇巨擘。斯氏體系強調演員要設身處地去了解某一劇背後的動機，並透過精確地分析，從而完全「掌控」演出的角色。布萊希特對這樣的再現手法（representationism）持有疑問，他要求的是「疏離效果」（alienation effect），強調演員和觀眾都必須「批判的」參與劇場生產過程，[46]而非沉迷在虛擬真實的幻象中。斯、布兩人的劇場手法雖然不同，卻都從梅蘭芳身上得到啟示。梅蘭芳的表演既逼真卻又風格化（stylization），啟發了斯坦尼斯夫斯基，促使他把自己的寫實論點梳理得更加流暢。另一方面，梅的距離美學也激發了布萊希特的「史詩劇場」（epic theater）美學的發想。[47]

　　「象徵主義」畢竟不能貼切地形容梅蘭芳的表演體系。評者嘗稱梅的藝術為「抒情」體系，正因為他細緻的作派流露出典雅

---

[46] 梅蘭芳，〈回憶斯坦尼斯拉夫斯基和聶米洛維奇‧丹欽科〉，《梅蘭芳全集》第3卷（石家莊：河北教育出版社，2000），頁374-375。陳世雄，《三角對話：斯坦尼，布萊西特，與中國戲劇》（廈門：廈門大學出版社，2003）。亦可參見蔡登山，《梅蘭芳與孟小冬》（新北：印刻文學出版社，2008），第2章，頁237-252。

[47] 已有許多學者討論布萊希特是否吸收了中國戲劇，有關其「史詩劇場」和中國戲劇的研究，請見Min Tian, "Alienation Effect for Whom? Brecht's (Mis) interpretation of the Classical Chinese Theater," *Asian Theater Journal* 14.2 (Fall 1997): 200-222; Carol Martin, "Brecht, Feminism, and Chinese Theater," *The Drama Review* 43.4 (1999): 77-85.

的詩意。我們甚至可以說，斯坦尼斯夫斯基和布萊希特各據西方模擬（mimesis）表演的兩個極端，前者強調渾然天成，後者強調疏離批判，梅蘭芳則形成了第三種可能。梅主張劇場既非刻意模仿人生，也非疏離人生，而是「參與」人生的過程。因此，他的表演旨在讓角色、演員、觀眾三者互動，讓生活經驗和角色扮演之間保有多重關係。他讓寫實主義和風格化互通有無，以期理性和感性建立起交流管道[48]。在他表演聲腔及動作的極致處，梅蘭芳照亮了生命的詩意核心。

總而言之，梅蘭芳「現象」並不是指他在國際上有多少曝光率而已，而是透過他的舞臺形象，他表演出中國的「能見度」（visibility）。德勒茲（Gilles Deleuze）說過：「能見（visibilities）並非看到實物的動作，也不是眼睛所見的訊息」，而是「一種由光形成的光影，讓物體僅能以火光或閃光方式存在。」[49]饒有意義的是，梅蘭芳訪美、日、蘇等國都免不了參與電影拍攝，二〇與三〇年代，電影儼然在眾多的藝術表現形式中脫穎而出，不只提供了先進的視覺技術，精準地保存藝術家的身影，同時更是一種製造「光環」（luminosity）的有力工具，讓藝術家散發耀眼的魅力。就梅蘭芳而言，那就是他表演——也代表——了「中國」的時刻。順著魯迅的觀察，如果說梅蘭芳先是經由相片擄獲現代觀眾的心，那麼他的電影就更上一層樓，將現場

---

[48] 參見葉秀山，《古中國的歌：葉秀山論京劇》（北京：中國人民大學出版社，2007），頁389-400、261-342。

[49] Gilles Deleuze, *Foucault*, trans. Sean Hand (Minneapolis: University of Minnesota Press, 1988), p. 52.

演出、電影膠卷、民族意識和扮裝技巧合而為一。

　　當費穆試著將梅蘭芳的藝術融入電影時，卻遭遇前所未有的困難；他依舊得面對京劇與電影的基本差異。他希望從京劇表演中尋求靈感，也將眼光投向國畫等其他媒介。一般而言，彩色電影最吸引人的地方，莫過於它可為觀眾帶來視覺震撼，但費穆對此卻有不同的見解。他認為「不強調色彩，色彩更美……如果強調了某一種色彩，情緒更美」[50]。他要求演員只上淡妝，場景和道具的顏色也盡量低調。他強調打光，以烘托某些段落的情緒「特色」[51]。

　　更重要的是，費穆必須和梅蘭芳緊密配合，好把大師在鏡頭前的演出作最適切的安置。梅蘭芳回憶在正式開拍前，費穆先試拍了一段傳統形式的舞臺表演，沒有任何場景，道具也只有傳統的一桌二椅。結果很讓梅蘭芳失望，直說這段片子冗長乏味，與舞臺演出相去十萬八千里。費穆下了個結論，認為是鏡頭把立體的舞臺表演「弄平」了，變成了「影戲」，失去雕塑般的視覺效果。若要用鏡頭生動地呈現梅蘭芳的演出，不只需要重新思考他的表演技巧，更得考驗導演的運鏡技巧。

　　最好的例子是《生死恨》的高潮〈夜訴〉和〈夢幻〉兩場。在〈夜訴〉中，玉娘流落他鄉，寅夜紡紗，憶起自己的不幸。她雖思念丈夫與雙親，但更痛恨金人的統治。整個段落沒有什麼動

---

[50] 費穆，〈《生死恨》特刊序言〉，收入黃愛玲編，《詩人導演：費穆》，頁104。

[51] 比如，在著名的〈夜訴〉一幕為藍色調，而相對的夢中重逢一幕為紅色調。

作，只有玉娘一人獨坐吟唱，從思念到自傷，卻演得情緒飽滿，
蕩氣迴腸。

> 耳邊廂又聽得初更鼓響，
> 思想起當年事好不悲涼。
> 想當初擄金邦身為廝養，
> 與程郎成婚配苦命的鴛鴦。
> 我也曾勸郎君高飛遠揚，
> 有誰知一旦間改變心腸。
> 到如今害得我異鄉飄蕩，
> 只落得對孤燈獨守空房。
> 我雖是女兒家頗有才量，
> 全不把兒女情掛在心旁。
> 但願得我邦家兵臨邊障，
> 要把那眾番賊，一刀一個，斬盡殺絕，
> 到此時方稱了心腸。
> 恨只恨負心郎把我遺忘，
> 全不念我夫妻患難情長。
> 到如今看破了紅塵萬丈，
> 留下這清白體還我爹娘。[52]

52　摘自《魏海敏古典劇場：大師經典‧極致綻放DVD》（臺北：太古國際，
2011）。

這場戲玉娘從頭至尾坐著，唱足二十分鐘，期間穿插一些紡紗動作。她抒情詠嘆，將思緒發揮到極致，時間之流似乎因此擱置。這樣的演出在場面上似乎毫無動靜可言，其實顧盼之際，需要更細緻的動作，才能讓靜態的身體姿勢引出動態的內心波濤。玉娘雖然獨訴心事，可是她的唱作卻彷彿將自己置於客觀角度，就好像是同時唱給自己和別人聽似的。她的唱段不僅提醒我們她自身的不幸，也照映歷史上命運相似的女人共同的遭遇。

費穆並不認為〈夜訴〉適合搬上大銀幕，因為這一唱段實在是太長了，對講究動感的電影畫面，顯得冗長乏味。為了重新設計場景，費穆訂了一臺貨真價實的大型紡織機，取代原來的道具紡織機，並要求梅蘭芳設法與它互動。這對梅蘭芳是個極大的挑戰：一來紡織機實在是龐然大物，很有可能會遮住一旁演唱的他；但最大的問題還是，紡織機嚴重干擾原來充滿風格化和象徵的表演形式。紡織機處處提醒梅蘭芳和觀眾，那「笨重的真實」的的確確存於舞臺，佔據了一個表演位置，而這個空間通常是留給抽象的表演動作。

學者每每對〈夜訴〉的拍攝語帶保留，[53] 我卻認為這是費穆改造京劇「再現」手法的重要關鍵。這紡織機不僅是真實的物品，更是費穆「震撼」觀眾的工具，讓他們在驚訝之餘，重新看待傳統戲曲。更重要的是，費、梅兩人不是和一部「機器」表

---

[53] 參考鄭培凱於〈戲曲與電影的糾葛：梅蘭芳與費穆的《生死恨》〉一文註30中的說法，見彭小妍編，《文藝理論與通俗文化》（下）（臺北：中央研究院中國文哲研究所籌備處，1999），頁570。

梅蘭芳在真實紡織機後表演

梅蘭芳在道具紡織機前表演

演,而是兩部:梅蘭芳除了要面對一臺真實的紡織機外,還得面對攝影機如影隨形的鏡頭。雖然這兩機器功能各異,但都是以抓住「現實」的名義置入的。梅蘭芳必須大幅度修改動作,好配合紡織機和攝影機。

然而如前所述,費穆並非一味相信電影製作非得百分之百的寫實。他一定曾納悶過:像京劇這種高度風格化的劇種,要如何透過電影鏡頭表現「真實效果」?我的看法是,費穆攪亂了梅蘭芳與傳統道具互動時產生的和諧美,藉著一臺大型紡織機,他在電影中引入了新的「空氣」。這「空氣」並不製造仿真的幻覺而已,而是提醒我們戲曲和電影展現的極大反差,從而體會不同「真實」呈現方式之間的縫隙。

梅蘭芳的貢獻同樣不容小覷。作為一位認真的表演藝術家,他不眠不休,只為了琢磨鏡頭前配合新紡織機的作工,而成果也令人眼睛為之一亮。在電影中,梅蘭芳不像在戲臺上那般坐著唱完〈夜訴〉,而是在紡織機周圍表現各式身段,或倚機,或揮塵,或紡紗,有時停頓,有時思索;與此同時,他演唱那有名的唱段。他並不把紡織機當作舞臺的客體,而是讓紡織機成為演出的有機部分,亦即讓紡織機引發他的感情和動作。歸根結底,紡織是古代婦女勞動生產的象徵[54]。這樣一個龐然巨物出現在舞臺自然讓觀眾聯想到玉娘的壓力和勞苦,但隨著她紡紗身段和唱

---

[54] 請見Francesca Bray, *Technology and Gender: Fabrics of Power in Late Imperial China* (Berkeley: University of California Press, 1997), chapters 4-5, pp. 183, pp. 183-236.

腔，我們逐漸看到（也感受到）新的層次。玉娘漂泊異鄉，年復一年的等待，無有盡時。為了撐過漫漫歲月，也為了生計，她必須織下去。在沉重單調的機杼聲中，她機械的重複紡織動作，彷彿希臘神話中的西西弗斯（Sisyphus），無止無休的推動巨石。

玉娘又像荷馬史詩《奧德賽》（Odyssey）中等待遠征丈夫歸來的潘妮洛碧（Penelope）般，憑著紡織延宕外在變數，成全自己的深情和貞潔。費穆所裝置的大型紡織機因此有了更深的意義：它讓梅蘭芳演出了中國抒情美學的核心主題──從「感物」到「感悟」。從辭源來看，「抒情」的「抒」與「杼」（意為紡織機）互訓。換句話說，梅蘭芳與紡織機的互動彰顯了中國抒情「抒」與「杼」的二元傳統，解開了千絲萬縷的情緒，同時又將之編織成千迴百轉的樣貌。

就在梅蘭芳與紡織機做戲同時，費穆也用鏡頭呈現整體演出的「空氣」。這場戲裡，他先讓鏡頭橫掃室內布景，然後聚焦於玉娘和紡織機之間的互動。除了少數幾個仰角鏡頭，他多是用水平鏡頭捕捉梅蘭芳的姿態動作，而且讓鏡頭移動速度與梅蘭芳唱念的韻律若合符節。鏡頭極少接近梅蘭芳，但是卻緊隨著他的移動而移動，甚至繞到紡織機背面，讓觀眾可以用近三百六十度的視野觀看梅蘭芳。這種手法所帶給觀眾的視覺體驗，是一般觀看舞臺京劇時無法感受到的。

費穆不單讓他的鏡頭展現了靈敏拍攝技巧，更刻意介紹新的感知體系。當鏡頭跟隨梅蘭芳掃過布景時，至少兩次拍到另一臺小的紡織機，那是傳統舞臺上常可看到的仿真小型道具。費穆向來對場景和道具安排甚為仔細，這一真一假紡織機的同時存在，

絕非巧合。對梅蘭芳的戲迷而言,那臺道具紡織機並非一項多餘的東西,反而是連瑣梅蘭芳電影和舞臺表演的信物,是電影解構舞臺後,仍為觀眾保留的舞臺記憶。總之,這兩臺紡織機各自體現對「真實」作出不同的解讀,相互提醒現實的局限,卻又互相支援藝術再現現實的能量。

韓玉娘紡紗過程中,困倦打盹,是〈夜訴〉的高潮所在。她做了一個夢,在夢中,她棲身的鄙陋所在成了富麗大宅,身上寒酸的衣裳也化為華美服飾,她正興高采烈地等著與丈夫重逢。費穆運用了一連串的溶鏡(dissolve)手法,不著痕跡地把真實與幻境相互融入,這是舞臺演出所無法企及的。他用了紅色色調裝飾節慶氣氛,恰與紡紗時的藍色調形成對比。更使人驚歎的是,他讓鏡頭或前或後平移,使觀眾赫然發現玉娘的陋室實際上是攝影棚的一部分。鏡頭的開展、溶鏡的使用莫不在提醒大家,電影中的一切,無論生死和真假,無非都在攝影機的魔力下緊緊相連。就這樣,費穆的攝影手法彰顯了他詩意的觀照:人生悲歡生死不過就是亦虛亦實,如電如影。

《小城之春》──與《生死恨》對話

《生死恨》在1947年底開始籌備,因為經費和設備考量,直到來年夏天才得以開拍。1948年春天,費穆仍苦思《生死恨》的拍攝難題。空窗期間,他看到年輕編劇人李天濟的劇本《小城之春》,發生興趣。《小城之春》是齣小品,製作很快上路,但費穆和電影公司的打算卻不一樣:公司考慮成本和製作時間的經

濟效益，費穆則想到劇本小巧精緻，饒有古典詩意。接下來的故事則廣為人知。費穆接下案子，大膽起用二線演員，三個月內便殺青。日後《小城之春》成為中國影史的里程碑，甚至被公認是中國電影百年最佳影片[55]。

　　有關《小城之春》的討論所在多有，也不乏精闢見解，唯獨一項鮮少被觸及，那就是費穆的電影如何烘托出他念茲在茲的詩意。在《小城之春》拍攝前，費穆曾發表〈國產片的出路問題〉一文，指出當時電影製片所面臨的三項挑戰：（一）設備短缺，也缺乏訓練有素的演員；（二）為了政治宣傳或迫於強權，常常重「內容」而輕「形式」；（三）寫實主義與浪漫主義的衝突。在這三項挑戰之中，他特別擔心最後一項。他指出，有良知的中國導演從來不追隨好萊塢，因為好萊塢只拍討好觀眾的片子。中國導演反而「正視現實」，因此作品「在風格上，我們〔中國導演〕是頗為接近歐洲大陸的。手法是主觀的」[56]。費穆認同這些導演的努力，但也感嘆他們在表現現實，展現自我主體意識時，卻往往放任感覺，缺乏節制，以致讓浪漫主義與寫實主義的表現流於粗糙，「在一部影片的完整風格裡面，不折不扣地起了絕不相容的衝突。」[57]費穆所擔憂的可以歸納成一個問題：在資源缺乏的情況下，中國導演如果不願耽於濫情或公式化製作，那麼應該

---

[55] 然而，《小城之春》一直到八〇年代才受到重視。電影從四十年後期衰微，一直到八〇年代初才復甦，這遲來的「康復」只證明了一件事情，那就是中國電影美學與政治路線的紛亂。

[56] 費穆，〈國產片的出路問題〉，收入黃愛玲編，《詩人導演：費穆》，頁94。

[57] 同前註，頁95。

如何在電影中展示主體性？又如何讓主體性流露民族色彩？《小城之春》不僅呈現了費穆所掛心的議題，也同時給了答案。

　　《小城之春》故事發生在抗戰結束後一年（1946），電影則是在共產黨取得政權前一年（1948）開拍。費穆的歷史意圖非常明顯。他似乎問道，如果電影是最能精準呈現現實的媒介，那麼在多大程度上可以反映一個時代的情懷？1947年中國電影市場有三部叫座的電影上演，《遙遠的愛》、《八千里路雲和月》和《一江春水向東流》。三部電影都處理抗戰的生離死別，也都以通俗劇形式包裝──也就是費穆稱之為「浪漫主義加寫實主義」公式。三部電影都點出了時代政治和倫理議題：忠與孝、國與家、愛情與婚姻等等。在戰後滿目瘡痍的廢墟中，這些傳統議題挑動了觀眾心弦。透過高潮迭起的情節與歇斯底里的戲劇張力，觀眾「涕淚飄零」，[58] 也因此直面現實亂流之下的「道德幽微性」難題。[59]

　　面對這股潮流，《小城之春》展開了一場意味深長的對話。電影女主角周玉紋與丈夫戴禮言過著平淡寡味的日子。戴禮言長年臥病，玉紋每日在殘破的城牆上漫步排遣寂寞。某日，禮言的摯交，同時也是玉紋的初戀情人章志忱來訪，讓玉紋重燃情愫。這一三角關係很快發展到三方都無法忍受的地步。志忱希望玉紋和他遠走高飛，玉紋陷入兩難。這樣的情節其實通俗得可以，費

---

[58]　我在此借用劉紹銘在形容中國現代文學之情感導向時常用的術語。

[59]　Peter Brooks, *The Melodramatic Imagination: Balzac, Henry James, Melodrama, and the Mode of Excess* (New Haven: Yale University Press, 1995), chapter 1, pp.1-23.

穆大可拍成賺人熱淚的電影，但果真如此，他和前面提到的「浪漫加寫實」的導演就沒什麼兩樣[60]。根據劇本稍早的兩版本，我們得知玉紋和禮言可以像鴛鴦蝴蝶派的主角一樣含恨死去，或志忱可以「化悲憤為力量」，投身革命[61]。

然而，費穆卻將這樣一個通俗而且幾近濫情故事重新編碼；不論在個人或社會層次上，他都讓劇中人物的微妙心理變化表達得絲絲入扣，而使全片飽含詩意。電影劇終，好像什麼事都沒有發生：玉紋經過一番掙扎後，決定留下。我們最後看到玉紋和禮言並肩佇立於城牆上，望著志忱離去。

《小城之春》上演後，左派影評者抨擊此片自甘頹廢、情感曖昧；[62]在內戰風起雲湧的時代，玉紋、禮言和志忱困於三角關係，視政治如無物，無非反映中產知識分子的通病。另一方面也有論者聲援費穆，認為影片的成功正因為費穆生動傳達了瀰漫中國社會的憂鬱氛圍——一切都在解體，沒什麼東西可以留住。然而不論孰是孰非，雙方都不能提供更深入的見解，告訴我們世變之際，費穆如何安頓個人和家國的「情」，如何詮釋歷史危機，更不提要如何喚出「空氣」，以打造「民族電影」了[63]。

---

[60] 事實上，《小城之春》的故事和鴛鴦蝴蝶派經典《玉梨魂》有點相像。

[61] 參見陳墨，《流鶯春夢》，頁366-367。該電影與鴛鴦蝴蝶派小說的關係，請見陳弘石編，《中國電影：描述與闡釋》（北京：中國電影出版社，2002），頁38。

[62] 請見程季華，《中國電影發展史》，第2章，頁268-272。

[63] 更多關於《小城之春》討論，參見李少白，〈中國現代電影的前驅：論費穆和小城之春的歷史意義〉，《電影藝術》，1996年第5期，頁34-7842；應雄，〈小城之春與東方電影〉，《電影藝術》，1993年第1、2期，頁11-18、

費穆聲稱《小城之春》拍攝，沒有什麼技巧可言。但仔細觀察下我們發現並非如此。費穆在一篇著名文章談到了拍攝《小城之春》的主題和方法：

> 我為了傳達古老中國的灰色情緒，用「長鏡頭」和「慢動作」構造我的戲（無技巧的），做了一個狂妄而大膽的嘗試。結果片子是過分的沉悶了⋯⋯作者的主張是：關於此一題材，不願叫喊，不願硬指出路。我同意了他；但我發現在製作上遠不如叫喊出來或指出一個出路來得容易有力⋯⋯有一事可以自己解嘲的是：我沒敢賣弄技巧。[64]

在此，費穆清楚傳達了他的電影所著重的兩大因素：長鏡頭和慢動作。一如評論家屢屢提及，《小城之春》由長鏡頭主宰，因而有效地放慢時間，這與當時主流電影喜好的蒙太奇大相逕庭。著名的場景包括玉紋、丈夫、志忱首次重逢；三人和禮言小妹戴秀的互動；四人泛舟出遊；志忱和玉紋在城牆上相見等；特別是戴秀生日晚宴上，志忱和玉紋之間的曖昧漸為禮言察覺。

46-52；羅藝軍，〈費穆新論〉，《當代電影》，1997年第5期，頁4-15。陳墨，〈費穆電影論〉，《當代電影》，1997年第5期，頁26-40。陳山，〈第三種電影——費穆電影思維的疏離邏輯〉，《當代電影》，1997年第5期，頁41-47；陳山，〈永遠的小城之春〉，《北京電影學院學報》，2002年第1期，頁50-58；亦可參見 Susan Daruvala, "The Aesthetics and Moral Politics of Fei Mu's *Spring in a Small Town*," *Journal of Chinese Cinema* 1.3 (2007): 169-185.

[64] 費穆，〈導演、劇作者——寫給楊紀〉，收入黃愛玲編，《詩人導演：費穆》，頁99-100。

《小城之春》中的夜晚團聚幕

　　費穆雖然大量使用長鏡頭，拍出的場景卻未淪於冗長單調，反而見出許多細膩且巧妙的技法，衍生多重情感。他巧為運用道具（志忱的房間與書房放了分別由玉紋和戴秀贈送的蘭花和盆栽，兩相對比）、貼身物品（玉紋的繡樣、志忱的聽診器，甚至禮言的藥）、燈光（月光、燭光、燈泡、書房光線）和背景（頹圮的城牆、錯綜複雜的房屋格局、荒廢的園子），烘托豐富的電影語言。當然場景設計也同等重要。例如夜晚團聚那一幕，四位角色的位置安排、眼神的互動和身體的動作，都在在凸顯了暗藏的緊張感。

　　費穆的長鏡頭也少不了溶鏡手法。與切換手法相比，溶鏡在轉換畫面或場景時更為平順，也更有韻律。在同個場景中，溶

鏡暗示了劇中人物和隱含觀眾（implied viewers）心中的視角變
化。用李焯桃的話來說：「溶鏡……有餘韻不斷之感……長鏡
頭配以溶鏡的結構……傾向於把戲劇的矛盾衝突集中在同一空
間之內展開」。[65] 舉例而言，玉紋某日相約志忱於城牆上，告知
禮言欲將戴秀許配予他。費穆連用了三次溶鏡，每個鏡頭都用同
一背景，捕捉的姿勢卻個個相異，以此襯出時間的推移，同時模
擬對話中那種延滯的不確定感所帶來的壓力。當最終玉紋向志忱
表明對丈夫的責任，下個鏡頭即切換至她奔離城牆的畫面，這個
鏡頭消解了前面如夢似幻的溶鏡效果。

　　許多人認為，費穆的長鏡頭拍攝法似在回應同時代的法國導
演安德烈・巴贊（André Bazin, 1918-1958）[66]。巴贊批評蒙太奇的
人工拼貼，對其時空概念不以為然。他提倡完全的影像寫實，
透過鏡頭帶出流動的真實本體（ontological state）。費穆與巴贊
所見略同，他認為電影能夠拍出世界的「真實面」。但「真實」
由什麼組成，費穆其實另有想法。巴贊的寫實呼應他對柏格森
（Henri Bergson Bergson）主義的迷戀，聚焦時間的流動以及主體
在時間流動中的生命顯影[67]。相較於此，費穆並不強調電影中生

---

[65] 李焯桃，〈宜乎中國，超乎傳統〉，收入黃愛玲編，《詩人導演：費穆》，頁
　　288-289。

[66] 丁亞平，《影像中國：1945-1949》（北京：文化藝術出版社，1998），頁374-
　　376。關於巴贊電影美學的概論，請見Ian Aitken, *European Film Theory and
　　Cinema: A Critical Introduction* (Bloomington: Indiana University Press, 2001),
　　chapter 7, particularly pp. 179-93.

[67] Ian Aitken, *European Film Theory and Cinema,* pp. 179, 182, 187.

命存在的潛力（existential potential），而是著重虛實交錯，還有鏡頭以內和以外的世界的轉換。他更著眼於如何運用鏡頭捕捉人面對外在刺激時，所隱含的多層情感；他思考如何藉電影所設置的美學和倫理觀點，縫綴生活的片段，為變動的浮生暫時找到安頓的意義。

費穆運用長鏡頭的方式讓我們想起中國傳統的視覺美學。林年同曾指出，中國電影「以蒙太奇美學做基礎，以單鏡頭美學做表現手段」[68]。費穆認為，雖然蒙太奇因能激起視覺和情緒直接反應而廣受電影人喜愛，但只有長鏡頭才最能表達複雜的中國電影觀。長鏡頭不僅能製造出劇情綿延不絕的氛圍，讓美感油然而生，更因此和中國視覺美學的傳統——尤其是繪畫——互通聲氣。費穆對中國傳統繪畫頗有心得，他寫道：

> 國畫是那種有意境的繪畫，是靈光乍現，意在言外，意在象中。國畫從來不是模仿現實，但其所傳達的卻是無比地真實。國畫把主觀融入客體，一股冥冥中的力量在這裡創造了多層次的變化。淡然幾筆，而雲霧瀰漫，而風景蟲魚花鳥躍然紙上。仿真永遠不會是國畫憂心的議題，這就是中國繪畫。[69]

---

[68] 林年同，〈中國電影的藝術形式與美學思想〉，《中國電影美學》（臺北：允晨文化，1991），頁27。

[69] 費穆，〈中國舊劇的電影化問題〉，收入黃愛玲編，《詩人導演：費穆》，頁82。

　　論者已經注意中國早期電影偏好鏡頭「橫向拍攝」，有如中國繪畫的長卷。《小城之春》更是登峰造極的例子。當一幅卷軸開展之際，視角一點接連一點呈現，彷彿綿延不絕，觀畫者（或觀影者）展開和收攏卷軸之際，視角連續延伸變換，也將圖像不斷組合成新的景觀。[70]與通觀全景（panoramic）視角技法不同，「橫向拍攝」讓風景轉換成一連串源源不絕的片段，讓視角的衍變不斷帶來新意。這一技法鼓勵觀眾將此起彼落的場景相互連結。如此時間與空間不斷重新配置，與「定點觀點主義」（perspectivism）所支撐的電影美學形成極大對比。[71]

　　以《小城之春》的生日宴為例，全景帶入一連串的角色互動：丈夫與妻子、妻子與情人、妻子與小姑、主人與僕人。幾杯黃湯下肚之後，平常十分謹守的倫理、愛情、階級秩序開始鬆動。此場景固然號稱一鏡到底，[72]但倘若事先沒排演妥當，費穆就無法把諸多動作精準地安插在時序之中。費穆讓他的鏡頭中不斷移動，就好像鏡頭自己對劇中人與人之間，或者內心所發生的諸多事情深感好奇。[73]不僅如此，為了堆砌張力，費穆將鏡頭

---

[70] 參見林年同，〈中國電影的空間意識〉，《中國電影美學》（臺北：允晨文化，1991），頁86-87。

[71] 用林年同的話來說，電影大量依賴「平遠」角度，平遠為重要的國畫空間表現技巧，表現出廣闊遼遠的現實空間。不過，由蒙太奇、溶鏡等技巧構成的內部動態效果，絕不比這種「平遠」所產生的淡然沖平遜色。

[72] 陳墨，《流鶯春夢》，頁395。

[73] 靜止不動的長鏡頭可以說是現今歐洲藝術電影的標準技術（臺灣新浪潮和賈樟柯也善用此技巧），但是德國的重要表現派導演穆瑙（Murnau）和斯坦伯格（von Sternberg）常混用長鏡頭與推移鏡頭。溝口健二（Mizoguchi）也常

加以剪輯，以求彰顯視點轉換當中的關鍵時刻。這種做法帶來長鏡頭內蘊的蒙太奇效果。狹仄的空間，昏暗的燈光，喧鬧的酒令中，人物之間複雜關係一一開展在觀眾眼前，達到衝突頂點。

費穆電影中與長鏡頭同樣重要的是慢動作。然而這裡所謂的慢動作並不是真的把影片運轉速度放慢；《小城之春》裡沒有任何慢速影像。費穆所追求的只是一種特別的演技，還有操作場景的方式，使人產生動作遲滯、情緒延長的印象。費穆解釋道，他這麼做是為了把這群落後於時代、進退不知所措的人推到銀幕前面。就此而言，他和契訶夫（Anton Chekhov）以靜謐美學是尚的劇作頗有相通之處。

但費穆有沒有可能藉慢動作把玩更激進的思維？如果費穆用長鏡頭開發中國現實的空間觀，他儼然用慢動作來重新思考時間在電影中的意義。慢動作的手法提供了一種特殊度量時間、觀察歷史的方式。在戰爭與革命的時代裡，一切有如電光石火般的發生和隕滅，中國人的生活和行動也正經歷刻不容緩的大變化。費穆反其道而行，以慢動作——同時也是風格化的動作——探討生命不同的步調，以及潛藏於其中的人我關係。如此，他藉電影重新布置了主體與世界，距離與速度的關係。而當電影敘事放慢到幾乎停頓下來的程度，慢動作有把時間「空間化」的傾向，促使觀眾注意到同步的空間裡，有許多層次的「真實」同時存在。

常用複雜的鏡頭動作與長鏡頭搭配。由此推論，三〇年代到五〇年代長鏡頭的大量使用雖非主流，但也並非全然另類。

　　費穆的慢動作技法可能得益於話劇導演的經驗[74]。1941至1945年間,他在上海至少執導了十三齣話劇。他的作品偏好古典題材、風格化表演,以及朦朧詩意[75]。當時史尼坦夫斯基的寫實主義已逐漸為中國戲劇界所接受,費穆的風格不免被人視為落伍[76],他卻不以為忤。他心裡明白,自己在追求一種反主流的空間和時間美學。而這樣的美學極致,以梅蘭芳為代表。

　　梅蘭芳是影響費穆後期最深遠的人。四〇年代以來,費穆愈來愈熟悉梅蘭芳的藝術。費穆認為梅蘭芳表演的魅力在於他能自由地在模擬表演和自我抽離之間轉換,這讓人生與戲劇時分時合,疾徐有致。在費穆眼中,梅是最能體現京劇抽象主義的演員:「在舞臺上你認為它是這樣,就是這樣。你認為它是那樣,就是那樣。具體的東西並不一定存在。存在的東西也可以隨想像的變幻而變幻。」[77]梅蘭芳既不被角色左右,也不會刻意製造政治性的「疏離效果」。表演就是一種自成一格的事件,一如其他變動中的事物一樣,觸發自我、他者、此刻存在、歷史長河之間的關係。在意識形態狂飆的年代裡,中國作家、影人奉現實、革命之名,一味快速「入戲」而難以自拔,費穆的美學看似與世無

---

[74] 陳墨,《流鶯春夢》第19、20章,頁292-348。

[75] 有此一說,費穆並沒有給演員任何腳本,他僅傳達自己想要製造的戲劇效果,要求大家詮釋自己的角色。他非常注意音樂、布景和燈光。把寫實劇場的「四面牆」給拆了,好增加默劇和風格化動作的效果。他還要演員學習京劇唱腔和作派。見陳墨,《流鶯春夢》,頁340-342。

[76] 孫企英,〈費穆的舞臺藝術〉,收入黃愛玲編,《詩人導演:費穆》,頁185。

[77] 同前註,頁188。

涉，其實有相當冷冽警醒的一面。

《小城之春》裡飾玉紋的韋偉回想當年拍攝此片時，費穆要她收斂情緒，並推薦梅蘭芳為最佳典範[78]。他希望韋偉不僅演出玉紋這個人物，揣摩她的意識與行為，更要進一步詮釋甚至批判像玉紋這類女性。換言之，韋偉不僅僅只是「化身」為角色而已，更與所演出的角色互動並產生影響力；其結果便是「模擬」演出和「風格化」演出之間的不斷磨合。如影片中韋偉許多演出片段，像是城頭凝望、夜訪志忱、擺弄絲巾等，都明顯地帶有京劇旦角的印記，而這些旦角技巧正是因梅蘭芳的詮釋而臻至完美的。透過梅蘭芳舞臺上極自然，卻也極風格化的演出，費穆找到新的方式出入寫實劇場，甚至現實時間。

最後我們必須提醒自己，《小城之春》是在《生死恨》拍攝空檔時製作的，因此其美學基礎、表演風格，甚至潛藏的意識形態都與《生死恨》產生微妙對話關係。在《生死恨》中，韓玉娘、程鵬舉同在番邦為奴，被迫成親，兩人雖然鮮有浪漫情愛，但故國之思使他們志同道合。即使歷經多年的別離與苦難，他們相互信任，矢志不移。但造化弄人，他們重逢的一刻也是永訣的一刻。無情的歷史，坎坷的命運，帶來綿綿不絕的「生死恨」。

費穆在將京劇《生死恨》改編成電影時，必曾考慮這齣抗戰前夕登場的愛國大戲對戰後的觀眾是否仍有意義。此時《小城之春》的出現，恰恰提供一個耐人尋味的反例。電影中，玉紋和志忱在戰前已經墜入情網，然而當志忱要求玉紋同往後方時，玉紋

---

[78]　請見陳輝揚採訪韋偉，收入陳輝揚，《夢影集：中國電影印象》，頁124。

卻選擇留下，最後嫁給禮言。八年後的重逢，為他們帶來的是誓言破碎，時移事往，一切不堪回首的「恨」。

《小城之春》、《生死恨》兩部電影都探討了世變之下，愛情與道德之間的矛盾，也都以女性人物作為思考矛盾、界定底線的抽樣。玉娘節烈忠貞，無怨無悔，玉紋則徘徊愛情婚姻，兩難取捨；玉娘堅此百忍，最後抱憾以終，玉紋則輾轉猶豫，妥協於現狀。兩者表達情感的關鍵詞都在於「恨」。在此「恨」之意義可有兩端，一方面是椎心刺骨的怨恨，一方面是悔不當初的憾恨。梅蘭芳和費穆都巧妙運用了「恨」作為詮釋演出的起點。《生死恨》傳達國破家亡，人力難以回天的痛苦；《小城之春》則專注人事遷延，此恨綿綿的愁悵。兩者也都對大歷史的暴力和偶然性，有著深刻省思。

誠然，《小城之春》和《生死恨》各有各的歷史訴求，不必混為一談。但費穆幾乎同時導演兩部電影，自然讓兩者互為表裡，照映出中國歷史和現實的正反兩面的取捨——就如底片和負片一般相輔相成。我認為唯有將《小城之春》和《生死恨》並置，我們才能看出費穆複雜而深刻的歷史情懷。放大歷史視野，我們了解抗戰不過是中國漫長而動蕩的歷史中最近的一樁戰爭；而個人意志、社會壓抑、命運撥弄如此盤根錯節，千百年來始終如一。或有論者認為《小城之春》裡玉紋屈服於現狀，不足為訓，但費穆卻暗示玉紋的情感糾結千迴百轉，又何嘗容易？只有明白了《生死恨》中韓玉娘的剛強和犧牲，才能陡然看出玉紋為什麼有所為，有所不為。

我們很容易把韓玉娘視為中國女性節烈的典範，而對周玉紋

的感情出軌與妥協不以為然。但玉紋的出爾反爾、以及最後看似回歸禮教，和八百年以前玉娘的堅此百忍，長恨以終，其實一樣見證了戰爭帶來的痛苦和女性處境的艱難，何來高下之分？但正因為玉娘與玉紋面對世變各自所做出的不同決定，我們得以思考歷史在其中所扮演的角色。從《生死恨》到《小城之春》，從韓玉娘到周玉紋，「時代」變了，新的感覺結構也隨之崛起 ——「現代」已經悄然進入我們的視野。

中國電影詩學初探：「空氣」與「牆」

　　上述討論引領我們叩問一個文學話題：作為「詩人導演」，費穆如何將中國傳統詩歌帶入他的電影？他又如何召喚出中國詩學想像中「電影性」的可能？《小城之春》的主軸，從頹圮的城牆，年復一年的春季，倏忽萬變的人間關係，都很難不讓論者想到杜甫描寫安祿山之亂名作〈春望〉：

　　　國破山河在，
　　　城春草木深，
　　　感時花濺淚，
　　　恨別鳥驚心。
　　　烽火連三月，
　　　家書抵萬金，
　　　白頭搔更短，
　　　渾欲不勝簪。

　　即便如此，費穆在籌拍《小城之春》時，靈感的源頭卻不是杜甫，而是蘇軾。編劇李天濟回憶他和費穆首次討論劇本時，費穆就提出蘇軾的〈蝶戀花〉作為提示：

> 花褪殘紅青杏小，
> 燕子來時，
> 綠水人家繞。
> 枝上柳綿吹又少，
> 天涯何處無芳草！
>
> 牆裡秋千牆外道。
> 牆外行人，
> 牆裡佳人笑。
> 笑漸不聞聲漸悄，
> 多情卻被無情惱。

　　這闋詞以花褪殘紅為始，一派晚春景象。那季節變化裡所夾帶的一絲愁緒，卻因為飛燕和綠水人家而展生機。畫面轉至枝上柳絮，已被風吹散不少，又一幅傷春景象，但蘇軾筆鋒一轉，點到那無垠而茂盛的青草，芳茵青翠，似乎在永恆的時空中欣欣向榮。下半闋詞從一段才子佳人浪漫遭遇開始。兩人一個牆裡，一個牆外，似有意，若無情。當牆內笑聲漸遠，剩牆外詩人悵然若失，只能嘲笑自己自作多情，無端被那「無情」所惱。

　　費穆和李天濟都認為〈蝶戀花〉最能為《小城之春》定調。

春天，在電影中同時象徵希望和悵惘，同時象徵四季循環的必然與徒然。隨著春天歸來的不只是盎然興起的情懷，也是揮之不去的愁緒。電影中的戀人曾經互許終身，但時間及戰火猶如一道無形的牆，阻礙了人間美事。當有情人再度相見，春夢已了，一切無非枉然。

在蘇軾之前，詞普遍被認為風格陰柔、題材不外風花雪月，因此地位遠不如詩──中國文學的正宗。的確，詞的寫作充滿逢場作戲的趣味，因為詞牌聲律皆有定格，主題也多半不脫閨怨離愁，易於操作，卻難有新意。然而蘇軾卻翻轉了詞的命運。他才氣縱橫，不僅打破格律限制，並且注入個人風格；他發揮詩人的精神，成功將詞推入更高境界。

蘇軾早年以詩享名，1070年後被貶放逐後，才逐漸涉入詞的領域。論者指出，蘇軾之所以在此時變換文類，可能出於謹慎的政治考量。即使如此，蘇軾因緣際會，成功的改革了此一文類。他在詞中發現了更為自由，更為幽微的管道，發憤抒情。以〈蝶戀花〉為例，蘇軾在詞裡投入詩人的真情和寄託，同時仍保留詞的戲劇性[79]。〈蝶戀花〉不儘述說（自作）多情之苦，更對生命中種種的無奈低回不已。

藉由《小城之春》，費穆期望吹皺中國電影一池春水，他的用心其實不亞於蘇軾對詞所做的興革。以戰後主流電影眼光來

---

[79] 同前註，頁280-294。Ronald Egan, *Word, Image, and Deed in the Life of Su Shi* (Cambridge, Mass: Harvard-Yenching Institute Monograph Series, Asia Center, 1994), p. 326.

看《小城之春》，我們容易以為這部電影講的就是一段微不足道
的男女情事，與國仇家恨毫無關聯。的確，這部電影既無史詩主
題，對歷史革命似乎也無動於衷。然而費穆處理的方式讓我們無
法不思索他面對歷史紛擾時，種種矛盾情懷。《小城之春》的主
題像「枝上柳絮」一樣輕微，但費穆卻希望借此重新衡量個人與
家國情懷的比重：他要定義史詩時代的抒情聲音。

　　蘇軾以詩詞意象跳脫歷史束縛，費穆運用的則是鏡像。以
《小城之春》片頭為例，一開始鏡頭掃過春日頹圮的城牆，有位女
子出神地望向牆外。這令人想起杜甫的〈春望〉。杜甫的詩歌以
小搏大，「把視野從國家拉到小城，進而拉到家，再到他自己斑
白脫落的頭髮。一連串轉喻的變換，從大到小，由遠至近，最終
以詩人肉身衰老影射家國的危亡」[80]。蘇軾把這系列轉喻帶到一個視
覺更為豐富的境界。〈蝶戀花〉的視線跨越了春景，帶到思春的
女子，又跳接到過去與現在、人間與自然景象的蒙太奇畫面，以
及牆內牆外才子佳人交錯的影像等等，都極具視覺效果。

　　「牆」是《小城之春》的主題，出現在片頭的城牆一開始就
投射了全片意象。之後志忱穿過禮言家那道年久失修的牆，以及
院落中交錯分隔的牆，都與破落的城牆暗暗呼應。牆不只是實體
的建築，區分政治、社會、與家庭的畛域；牆更是象徵的屏障，
隔離內與外，親密與疏離，已知與未知，過去與未來。

　　《小城之春》開場，與凝重沉穩的城牆相對的，是全片最著

---

[80]　Jie Li, "Home and Nation Amid the Rubbles: Fei Mu's *Spring in a Small Town* and
Jia Zhangke's *Still Life*," *Modern Chinese Literature and Culture* 21.2 (2009): 88.

《小城之春》開場

名的畫外音。當鏡頭徐徐沿厚重城牆移動，有個聲音傳來。那聲音如夢如幻，彷彿是女主角在片中的心聲，又彷彿是女主角在片外的自白。那聲音既遠且近，迴盪四周，忽而回憶、忽而投射、忽而解釋、忽而失語、忽而自說自話、忽而與想像中人對話。這聲音如此魅幻，就像是另一時間，另一世界來的──就其極，那是一種詩的聲音，穿透心扉，打通時間之牆的聲音。

　　由於《小城之春》開場夢境一般的連續鏡頭與若隱若現的畫外音，使全片的「時間」軸線一開始就引人注目。片頭的敘述並不是平鋪直敘的展開，而是時而停頓，時而相連，造成詩歌「頓呼」（apostrophe）若斷若續的效果。影片始於玉紋佇立牆頭，凝

望遠方，此時切入志忱急步離開的片段——按照時間順序，這段原應出現在片尾的。但畫外聲音聽來似乎已然預知這一結局，是以打亂了敘述的層次。換句話說，電影結局早已嵌在片頭裡，因此電影發生的一切都可以說是玉紋自身意識的回溯，投射，甚至幻想。這使整部電影的寫實架構一開始就顯得可疑，也促使觀眾反省電影的非敘事本質。早在導演《小城之春》十五年前，費穆曾嘗試在《香雪海》裡添加旁白和倒敘，卻沒有成功。十五年後，他在《小城之春》裡做了更大的嘗試，拍出了一部詩意盎然的電影。

　　費穆電影的影像與畫外音盤根錯節的關係可以用兩種概念詮釋：或是帕索里尼（Pier Paolo Pasolini）的「詩的電影」（cinema of poetry）[81]，或是德勒茲（Gilles Deleuze）的「水晶影像」（crystal image）。前者呈現主體意識的原始且無形的層面，後者意為時間和主體的重新調整[82]。帕索里尼反對電影散文敘事

---

[81] 關於帕索里尼對「電影與詩歌」的概念，請參見Pier Paolo Pasolini, *Heretical Empiricism*, ed. Louise K. Barnett, trans. Ben Lawton and Louise K. Barnett (Bloomington: Indiana University Press, 1988). 陳山曾經提到費穆的電影語言和帕索里尼的「詩的電影」之間的雷同之處。他特別指出費穆畫外音的使用，很難不讓人聯想到帕索里尼的自由間接敘事法。參見陳山，〈第三種電影——費穆電影思維的疏離邏輯〉，《當代電影》，頁45。另請參閱德勒茲關於自由間接敘事法在電影上的應用：*Cinema 1: The Movement-Image*, trans. Hugh Tomlinson and Barbara Habberjam (Minneapolis: University of Minnesota Press, 1986), pp. 72-76.

[82] Gilles Deleuze, *Cinema 2: The Time Image*, trans. Hugh Tomlinson and Robert Galeta (Minneapolis: University of Minnesota Press, 1989), pp. 2-9. 水晶影像把時間視為雙面鏡，把現在切分為二個方向，「一個奔向未來，一個墜入過

化，他以為電影之所以看來真實，是源自本身的「催眠妙法」
（hypnotic nostrum），即是不具文法，不具語態的純影象識閾的
呈現。在表象之下，電影投射了主體意識的原始力和色欲本能。
帕索里尼在超語言、超視覺層面上發現了引人入勝的東西，那就
是勾起人類在詩中感受到的狂喜特質：即夢幻般的，生意盎然
的層面[83]。另一方面，德勒茲認為，西方電影中的時空關係在二
次大戰後有劇烈的變化，亦即從「動作影像」到「水晶影像」。
「動作影像」由連續動作形成起承轉合的組成；「水晶影像」則
將視覺影像和實際影像融合成一片。水晶影像把時間化成今昔的
雙向流動，將記憶以壓縮和扭曲的形式呈現[84]。

去。時間包含了這種分裂面向。我們在水晶裡忠看到的就是這種時間」（頁
81）。大衛・羅都威（David Rodowick）形容時間映像記錄回憶，也處理記
憶。它像一枚梭子關璇影像輾轉在真實與視覺之中，或是記錄，或是處理記
憶，混淆心理以及物理時間，有時能也能在空間和時間鏡頭層層交疊之間凸
顯出來。參見 David Rodowick, *Gilles Deleuze's Time Machine* (Durham: Duke
University Press, 1997), pp. 79-117.

[83] 請參見 Sam Rohdie, *The Passion of Pier Paolo Pasolini* (Bloomington: Indiana
University Press, 1995), pp. 51-55；另參見德勒茲的討論：*Cinema 1*, pp. 72-76.

[84] 請參見 Gilles Deleuze, *Cinema 2, The Time Image*, p. 7。從電影新寫實主義來
看，以德勒茲本身的例子而言，他認為「雖然新寫實主義萌芽之時影像與聲
音尚不能同步，然其定義卻是建立在純視聽情境之上的。這項成就或許跟印
象畫派在繪畫技巧上成功掌握了視覺空間技巧一樣重要。電影儼然成了先
知，不再是代言人了」（頁2）。「至於主觀與客觀的分別，慢慢也變得不再那
麼重要，在極大的程度上，視覺情境取代了動態動作。事實上，我們到了模
糊不確定的地方，不再知道何者為真，何者為假，什麼是外在，什麼又是內
在。會變成這樣並不是因為自身糊塗了，弄不清楚狀況，而是我們不須知道
真假，甚至問都不必問」。

　　毫無疑問地，帕索里尼和德勒茲（以及稍早談及的巴贊）都有助我們了解費穆電影美學。但費穆或許更希望與中國有關的審美論述對話。畢竟費穆與同儕最想達成的目標無他：將中國古典詩歌的多層視覺元素帶入新的媒體形式——電影。這一意圖使費穆對電影的詮釋——從「空氣」、「長鏡頭」到「慢動作」——莫不帶有中國古典詩學的痕跡。

　　上文介紹過林年同對於費穆電影美學與中國繪畫理論的研究。以下不妨談談王國維的詩論所可能帶來的啟發。王國維之所以值得討論，不僅在於他是嘗試結合中西美學的先驅，更因為在二十世紀新舊之交，他首先覺察抒情詩學的視覺要素。這一視覺要素正表現在他所提倡的「境界」說上。

　　王國維長期觀察中國詩歌的情與景，提出了「隔」／「不隔」的論點。他用宋詞作為基點，把「隔」／「不隔」與「造作」／「自發」的情緒效果相提並論[85]。「隔」，乃有我之境，以我觀物，所以物便有了我之色彩。而「不隔」，為無我之境，以物觀物，所以沒有我，所以超越時空[86]。王國維此論為境界之論的核心，可謂總結古代重要詩論家關於景、界、詩交融的論述，諸如南朝劉勰談的「隱秀」，唐劉禹錫強調的「境界生於象外」，唐司空

[85] 葉嘉瑩，《王國維及其文學批評》（香港：中華書局，1980），頁255。Wang Keping, "Wang Guowei's Aesthetic Thought in Perspective," in Chung-ying Cheng and Nicholas Bunnin, eds., *Contemporary Chinese Philosophy* (Oxford: Blackwell, 2002), pp. 37-56。

[86] 王國維著，陳鴻翔編，《人間詞話》（南京：江蘇古籍出版社，2002），頁115。

圖主張的「象外之象，景外之景」，或者明末清初王夫之所說的「情景交融」[87]。

王國維的詩論為古典詩學現代新解之濫觴。雖然他的詩論出現之時，中國電影方才萌芽，因此談不上直接的影響關係。但我認為他的論述重新審視古典詩之餘，也預示了現代視覺範式的即將到來。讓我們用「不隔」與「境界」回頭看蘇軾〈蝶戀花〉以及杜甫〈春望〉，兩作均提到物質世界中一牆之「隔」的牆。從「象」的層次而論，〈蝶戀花〉的牆暗指情禮之隔，〈春望〉的牆則屬政治和文化之隔（雖然在詩中這道堡壘顯然已在天災人禍中傾塌）。然而，這一詩一詞的迷人之處在於，縱然詩人以牆的意象喚起了人生中種種不可跨越的隔閡，卻又都點出超越這一隔閡的可能。他們覓尋能跨出生命之隔的「境界」——不論從個人到歷史，從物質到心理 —— 以期傳達那無法傳達的一切[88]。因此，〈蝶戀花〉裡的詩人從自身一瞬間的浪漫悸動，推向對人生如寄的反省，再從自然的景象尋求生命的昇華。〈春望〉的詩人則從國破家亡的悲愴和人生如寄的憂患，帶出對生命境界更深刻的喟嘆，也蘊含了歷史興衰和自然輪迴的啟悟。

---

[87] 參見張少康，《古典文藝美學論稿》（臺北：淑馨出版社，1989），頁21-44、485-502。

[88] 用王國維的術語來說，詩的景象讓他們超越了「隔」與「不隔」的界線。王國維用宋詞為例，說明有為和無為的情感表現效果，個人沉溺於情緒，或者過於文飾，因而導致了「隔」。「不隔」是因為詩人感於天機，物我兩忘，因此無他我之界。生命中的挫折困頓導致淒然感，這悵然使得詩人寫出不隔的作品，王國維曾說過：「吾愛文章以血淚書」。

　　王國維推崇蘇軾詞為「不隔」之典範[89]。費穆深受蘇詞的啟
發，可謂深得其中三昧。就此我們借力使力，不妨推論費穆如何
在處理人間之「隔」的情狀同時，試圖探索「不隔」的境界。我
認為，為了達到這一目標，他乞靈於一種新媒介──電影。他至
少採用了三種方法克服「隔」：就主題層面而言，他面對陳舊濫
情的電影類型如家庭倫理片，爬梳出細膩的情感向度，化腐朽為
神奇。其次就論述層面而言，他挑戰當時風行的寫實或浪漫主
義，致力重省民族電影的抒情元素。最後從技術面而言，他跨越
文類和時間性，在詩與電影之間、在古典與現代之間，找出相互
激盪的可能。

　　王國維其生也早，不可能想到他的美學理論有朝一日也可以
在電影研究中發揮作用。但正因為他的理論強調「不隔」之美，
因此可以鼓勵我們跨過障礙，找尋越界可能。職是之故，我們要
說費穆心有靈犀，有意無意的呼應王國維理論。他跨過電影與詩
之間的牆，心景與實景之間的牆，無有阻隔，因此在銀幕上產生
意想不到的成果。

　　蘇軾和杜甫之外，梅蘭芳的聲音表現亦成為費穆處理影像詩
學的後盾。京劇演員往往一亮相便自報家門，並解釋出場的動作
目的。雖然這只是個傳統，由經驗老到的梅蘭芳演來，便有了距
離的美感，有了抒情韻味。以《生死恨》〈夜訴〉一場為例。舞
臺空無他人，玉娘理應完全沉浸於自己的思緒，可是她在臺上的
念白和演唱如泣如訴，因而產生奇妙的效果，彷彿吟唱第三者一

---

[89]　王國維著，陳鴻翔編，《人間詞話》，第40則。

生苦難，時而自省，時而向臺下──或更廣闊的天地──傾訴。
換句話說，風格化的演出形式使得玉娘在自訴衷腸時，也產生疏
離，似乎在同時訴說那個叫「自己」的自己而已。玉娘夜訴投射
出多重時間向度和情感回應，而玉紋的畫外音何嘗不是如此？她
讓觀眾和她自己（劇中角色或是演員）一起回顧或是前瞻，記憶
或是想像她的處境。

　　這引領我們回想費穆畢生追尋的「空氣」。我以為，如果
《小城之春》的「牆」標示了風景與心景之隔，那麼「空氣」便
是鑽過牆的縫隙（甚至是電影中的頹圮之牆）最終最重要的媒
介。「空氣」如能自由穿越障礙，即是「不隔」。我在此重申
「空氣」對費穆而言是一種看似簡單、實則精心場景設計，以及
由此發端的「自然」氛圍。此外，「空氣」二字也遙指中國詩歌
的一些基本信念：「空」在佛教裡含有空性之意，而「氣」是使
人類和宇宙充滿能動的活潑之力。是故費穆提議將「空氣」作為
電影要素，實際上是暗示他嚮往製作出看似不費吹灰之力，同時
又生氣煥發的電影。「空氣」運用之妙，顯然靠的不止是匠心，
也是慧心。

　　至此我們大致可以了解，何以即使費穆在實驗了長鏡頭、慢
動作，溶鏡、畫外音等技巧之後，依然堅持《小城之春》這部電
影展現出來的是「無技巧」。費穆似乎在回應王國維的觀點，他
認為所有的藝術技巧都該像「空氣」一樣，「空氣」是「不隔」
的最要緊因素。所以說，畫外音乍聽之下雖然突兀且神祕，但它
不僅抓住了女主角在戰後情感廢墟的心聲，更激發歷史長河中此
起彼落的回音，包括蘇軾〈蝶戀花〉、杜甫〈春望〉和梅蘭芳的

詠嘆調。前此林年同所論費穆「隔而不絕」的電影美學，的確有
其見地。[90]「隔」指涉費穆承認人生境界種種內在外在的不得已。
「不絕」則體現了他對這些不得已現象的理解，以及透過藝術媒
介所做的救贖與超越。

　　費穆曾指出，作為一種媒體，電影之所以能捕捉「現代」感
覺，不僅是因為其視覺上教人驚艷，也不僅是這一媒體可以如
實呈現真實（甚至對某些人而言是真理）。在現代這個歷史關口
上，電影以獨特的聲光色電將人與世界關係的變幻，表現得淋漓
盡致。費穆認為，電影要變成「中國」的，就必須參與中國藝術
古今演變之列，諸如杜甫和蘇軾的詩詞、王國維的詞話、梅蘭芳
的戲曲，讓它成為歷來展現「文心」的最新承繼者。電影應該像
詩一樣，都能夠表現出「人類意識面對世間、詮釋世界、回應大
千宇宙等等於歷史中獨特而真實的經驗。」[91]「文」若為符號、紋
理、藝術記號，「文學」便是記錄人類克服己身與世界之「隔」
的形式。用宇文所安的話來說：

> 如果「文（學）」是以往有待彰顯的形式的圓滿呈現，如
> 果「文（字）」不是（「再現」真理真實的）符號，而是
> （「彰顯」真理真實的）結構系統，那麼兩者就無所謂孰
> 優孰劣。每一層次的「文」，世界之文也好，詩文之文也

---

[90]　林年同，《中國電影美學》，頁46。基於「隔而不絕」，林年同讓世人關注
　　　「游」這個賦予中國電影美學的特色的元素。

[91]　Stephen Owen, *Traditional Chinese Poetry and Poetics: The Omen of the World*
　　　(Madison: University of Wisconsin Press, 1985), p. 21.

> 罷，都只是作為相互聯動關係的一部分，自我證成。而詩
> 作為「文」的終極外相顯現，乃是一種圓滿的階段。[92]

在這個意義上，費穆可稱得上詩人導演，而其電影生涯可為
「文」之傳承，或者不斷彰顯中國文學的求索。

尾聲

本文以費穆的《生死恨》與《小城之春》為例，論述他的電
影美學與中國抒情傳統的關聯。文中指出三個方向。第一，費穆
認為中國電影並非孤立於現代的媒體，而可以視為千古「文心」
不斷彰顯的一種新形式；第二，為了用電影來描摹現代主體性，
他叩問中國抒情藝術傳統，像是梅蘭芳的戲曲，中國古典詩詞，
乃至中國古典繪畫理論，由此生成觸類旁通的美學。第三，他自
成體系，獨樹一格，並以此抵抗主流電影的模擬現實主義。我認
為這是費穆對形塑中國「民族電影」的三大貢獻。雖然基於種種
原因，費穆的美學直到二十世紀末期才受到重視，但無礙他的大
師位置。

最後，我們不能不談談歷來評者爭議最多的《小城之春》結
尾，這和費穆的抒情美學息息相關。在最後一幕，玉紋似乎下了
決心與丈夫重修舊好，她與禮言並肩佇立牆頭，望著志忱逐漸遠
去。對照電影中三人糾結的情感關係，這幾乎是令人失望的反高

---

[92] 同前註。

潮。對此評論家各有詮釋。最常見的是援引「發乎情，止乎禮」的說法，因此玉紋成了知情守禮的婦德典範。

學者周蕾（Rey Chow）在研究中國電影的感情表徵時，曾注意到一種「委屈求全的傾向，尤其在被壓迫者和無助者身上特別明顯」[93]。她稱這種「逆來順受」的基調為「感傷的」。她認為中國的人際往來根植於一種想像的「家庭關係性」。當現代性以極具侵略性的方式強加在中國社會時，導致深藏於家庭關係中那種「委屈求全」的元素更為強烈。周蕾認為費穆的《小城之春》正是一部凸顯這樣特徵的傑作[94]。

在此我卻想提出不同的讀法。我以為《小城之春》所以感人，並非因為強化了「委屈求全」的家庭性基調。我以為費穆開拍此片時，或許看出故事多愁善感的成分，但他卻賦予了感傷傾向一種不同面相。他找到了抒情性。費穆當然明白橫亙在他面前那堵大「牆」：時代氛圍和以及中國電影主流的要求。但他並不像其他導演那般，要不奔向革命號召，要不委身濫情公式；他相信「抒情」代表另外一種電影美學選項。

在《小城之春》裡，玉紋毅然回到婚姻，放棄所愛，貌似平靜地接受未來（可能）不幸福的生活。可是要是玉紋最終和志忱私奔，或是自殺（李天濟原作結尾），這部電影豈非更媚俗，更不能令人滿意？玉紋是否和現實妥協在此並不是真正問題。更要

---

[93] Rey Chow, *Sentimental Fabulations: Contemporary Chinese Films* (New York: Columbia University Press, 2007), p. 18.

[94] 同前註。

緊的是，在片尾她超越了那堵封建、革命、或濫情之牆，而且表現了詩意般的大度。換言之，與其說玉紋對自己的困境委曲求全，不如說是抱持一種盡在不言之中的清堅決絕，比起同時期銀幕上女性角色大為不同。面對錯綜複雜的情緒和想像，玉紋有能力理出頭緒，作出決定——不論我們是否同意她的決定。

我認為玉紋不是孔子「發乎情，止乎禮」的信徒，而是上演了一齣最為矛盾的抒情大戲：「情不情」——這在曹雪芹的《紅樓夢》中有最精緻的描述[95]。這情與不情的感情辯證其實來自玉紋對情近乎偏執的投入，而最終她卻以自我否定的方式完成她的執著。所謂情到深處情轉薄，玉紋的「情不情」與宗教無關，也與自我犧牲的逆來順受無關。她的決定讓我們着迷，因為她在兩種情感表現——一是情的綻放，一是情的自省——看到緊張的接觸點。《小城之春》最後一幕就像一首抒情詩，讓迥異的感情選項和生命願景同時存在，形成一種令人難以一窺究竟的懸念。玉紋能夠做出這樣的決定，因為明白世界上所有的答案都不能一了百了，都只是姑且存在。她彷彿刻意在遺憾中證成自身對情的理解，讓此愛，或此恨，成為綿綿無盡的生命過程。一切盡其在我。如果她真的有「逆來順受」的勇氣，那也說明她是為了自己，而非他人。

---

[95] 此名言來自著名的《紅樓夢》一書。請參見李惠儀精闢的闡釋，她提出「情不情」的三種可能解釋：Wai-yee Li, *Enchantment and Disenchantment: Love and Illusion in Chinese Literature* (Princeton: Princeton University Press, 1993), pp. 207-208.

電影，對費穆而言不僅只是「承載」寫實主義，或者「展現」情感；它更創造了詩意抒情的覺醒。正如上文所論，《小城之春》的結局其實早已以祕而不宣的方式，鑲嵌在片頭一連串鏡頭裡。費穆和當代絕大多數導演格格不入，但他知道自己並不孤單。杜詩和蘇詞啟發了他。他企圖藉由電影拍出詩人捕捉人間吉光片羽的感悟。梅蘭芳的戲曲讓他學到如何用一種「若即若離」方式呈現現實。對他而言，那便是在歷史惘惘的威脅下，真正的「中國」電影主體和詩心所在。

於是在1948年春天，我們見證了一場中國電影和京劇不可思議的遭遇，也見證詩意和映像的相互輝映。不過銀幕之外的光景可就一點都不抒情了。《小城之春》的拍攝尚稱順利，但《生死恨》卻帶給費穆極大困擾。6月底，電影開拍時即狀況不斷。問題接踵而至，例如彩色電影需打光充足，拍攝期間必得佐以足夠的發電機，然而發電機噪音卻干擾了錄音效果。費穆也萬萬沒料到梅蘭芳的戲服在強光下的反光，導致戲服必須重新訂做。電影初次試片，費、梅二人都對畫面顏色的不穩定十分失望。原來囿於經費，攝影師以克難方式在自家浴缸沖洗底片，為持平水溫涼度，只能以冰塊降溫。時值盛夏，冰塊融化快速，水溫於是高低變化，底片色彩因之忽深忽淺。

然而前述瑣事遠不及後製的麻煩。根據梅蘭芳回憶，因為預算不足，製片未能使用一搬拍攝三十五釐米電影的柯達彩色底片，轉用安斯哥（Ansco）彩色底片。安斯哥彩色底片通常用於十六釐米影片，翻拍成三十五釐米時，顏色往往失真。更甚者，

拍攝期間電力的不穩，以致聲音和影像無法同步。顏色問題無解，音像分離只能以土法煉鋼的方式修正。費穆在暗房中一格一格重新剪輯，好讓聲音與影像疊合[96]。

　　《生死恨》終於問世，然而因色調品質不佳，加上內戰急轉直下，「中國首部彩色電影」並沒有引起太多反響。那時《小城之春》已經在若干城市上映，影評多半不佳。費穆和梅蘭芳如此勞心費時，結果卻大失所望。新中國時代來臨，兩部電影也很快被時代遺忘。直到數十年後，兩片重新出土，我們才得以理解，1948那年春天，兩位藝術家曾為中國電影所做的實驗，以及所投注的款款深情。

---

[96] 梅蘭芳，〈第一部彩色戲曲片《生死恨》的拍攝〉，收入黃愛玲編，《詩人導演：費穆》，頁213-236。

第八章

國家不幸書家幸

——臺靜農的書法與文學

　　「人生實難，大道多歧。」這是文學史家、小說家、詩人、書法家臺靜農（1903-1990）晚年特別鍾愛的警句，每每於他的談話、寫作與書法中所引用。[1]這句話乍看之下平鋪直敘，其實典故重重。

　　「人生實難」語出《左傳》，[2]因陶潛的引用而廣為人知。陶潛〈自祭文〉中以「人生實難」一語道盡世事險阻的感慨。[3]建安七子之一的王粲（177-217）亦有詩句「人生實難，願其弗與」，哀嘆人生無常，但求不違所願。[4]

　　另一方面，「大道多歧」則來自《列子》中的一則寓言，謂某鄉里走失一羊，因為歧路眾多，追捕者意見不一，終無所獲。楊朱（生卒年不詳）因有感而發：「大道以多歧亡羊。」[5]臺靜農或許還得自阮籍的啟發。曹魏時期，竹林七賢之一的阮籍好駕牛車隨性出遊，每遇絕路，輒慟哭一場，方調頭改道折返。[6]

---

[1]　臺靜農早在四〇年代時便開始引用此警句。見舒蕪的文章〈憶臺靜農先生〉，收入許禮平編，《臺靜農詩集》（香港：翰墨軒出版有限公司，2001），附錄，頁27。

[2]　左丘明，《春秋左傳正義・成公二年》（臺北：臺灣古籍出版社，2001），頁810。

[3]　陶潛，〈自祭文〉。見龔斌校箋，《陶淵明集校箋》（上海：上海古籍出版社，2004），頁462-468。

[4]　王粲，〈贈蔡子篤詩〉：「人生實難，願其弗與。」見俞紹初編註，《建安七子集》（北京：中華書局，1989），頁78。

[5]　楊伯峻，《列子集釋・說符》（北京：中華書局，1985），頁266。

[6]　《晉書》，〈本傳・卷49〉：「時率意獨駕，不由徑路，車跡所窮，輒慟哭而反。」（北京：中華書局），頁900。臺靜農為知名魏晉文學專家。見臺靜農，〈嵇阮論〉，《臺靜農論文集》（合肥：安徽教育出版社，2002），頁108-

　　回首一生的顛沛周折，臺靜農引用「人生實難，大道多歧」
這句話，自然有深沉的寄託。臺靜農生於安徽，青年時期深受五
四運動洗禮，關心國家，熱愛文學，並視之為革命啟蒙的利器。
1925年臺靜農結識魯迅，隨後參與左翼活動，1930年北方左聯
成立，他是發起人之一。[7]也因為與左派的關係，他曾飽受國民
黨政府懷疑，1928至1934年間曾經三次被捕入獄。[8]抗戰時期臺
靜農避難四川，巧遇五四先驅、中國共產黨創始人之一陳獨秀，
成為忘年交。[9]1946年，臺在國立臺灣大學覓得一份教職，原本
以為是短期居留，未料1949年國共內戰爆發，讓他有家難歸。
在臺灣，臺靜農度過了他的後半生，他鄉最後成了故鄉。

　　國民黨退守臺灣初期一片風聲鶴唳，我們不難想像像臺靜農
這樣的知識分子心境如何。也許因此，他對經歷過亂世的陶潛和
阮籍特別覺得感同身受；歷史人物的遭遇為他當下的困境提供了
慰藉。細讀臺靜農所鍾愛的警句，我們更驚覺來自背後的一股死

　　120。亦見臺靜農之《中國文學史》，卷1（臺北：國立臺灣大學出版中心，
　　　　2004），頁77-84。

[7]　許禮平，〈臺公靜農先生行狀〉，收入氏編，《臺靜農詩集》。亦見 Wenyue
　　　Lin（林文月）, "Through Upheaval and Bloodshed: A Short Biography of Professor
　　　Tai Jingnong," *Chinese Literature: Essays, Articles,Reviews* 28 (2006): 215. 有關
　　　臺靜農先生生平以及學術藝文成就最翔實的資料為羅聯添教授所編輯之《臺
　　　靜農先生學術藝文編年考釋》（臺北：臺灣學生書局有限公司，2009）。臺靜
　　　農參與左聯，頁175。

[8]　見臺靜農摯友李霽野的回憶，〈從童顏到鶴髮〉，收入陳子善編，《回憶臺靜
　　　農》（上海：上海教育出版社，1995），頁6。

[9]　見臺靜農，〈酒旗風暖少年狂：憶陳獨秀先生〉，收入陳子善編，《回憶臺靜
　　　農》，附錄，頁343-349。

亡暗示。

　　陶潛〈自祭文〉中，「人生實難」一句緊接的是「死如之何」；《列子》中「大道以多歧亡羊」之後的頓悟是「學者以多方喪生」。[10] 但喪亂是臺靜農那一輩知識分子和文人的共同命運。而臺靜農之所以與眾不同，我以為與他的人生中期的一次轉向息息相關。二〇年代臺靜農踏入文壇，原以寫實主義小說聞名，抗戰期間他開始寄情書法，竟因此欲罷不能。不過他在書法方面的創造力要到定居臺灣後才真正迸發，並在晚年達到高潮。從文學到書法，臺靜農展現了一種獨特的「書寫」政治學與美學。他早年追索人生表層下的真相，務求呈現文字的「深度」；饒有意味的是，他晚年則寄情於筆墨線條，彷彿更專注於文字的「表面」功夫。

　　臺靜農的轉變當然與他在1949年國共分裂前後的遭遇密不可分。但更引人深思的理由或許是，經過多年家國亂離，讓他對藝術的實踐能量與呈現歷史的方式有了不同看法。識者一般認為臺靜農從文學轉向書法，不外乎訴諸一個傳統的，也因此較為安全的自處之道。我的看法恰恰相反。從書法這一古老的藝術中，臺靜農其實施展出他不能苟安的詩情和難以紓解的政治塊壘。書法舉重若輕，卻包藏多少驚心動魄的抑揚頓挫；當文學寫作陷入百無出路的困境時，「白紙上的黑字」反而成為奮力一搏、絕處求生的姿態。

---

[10]　楊伯峻，《列子集釋・說符》，頁266。

就像「人生實難，大道多歧」（圖一）這幅橫軸所要表明的，人生憂患之深，甚至死而不能後已。[11]但臺靜農寫來磅礴遒勁，有如書寫者本人正竭力與這八個字的「意義」相抗衡。當讀者／觀者來回於文字的筆畫和文字的意義時，自然感到一種張力湧現出來。臺靜農這幅字帶有強烈的自我悼亡意味，筆鋒凝重，卻又流露奔放的創造力，哪怕稍縱即逝，也絕不善罷甘休。在死亡的陰霾下，臺似乎有意透過書法沉思生命的意義。而透過書法，我們也更理解臺靜農為何對魏晉的阮籍與陶潛如此鍾情。這兩位名士之所以值得追懷，不是因為他們經歷了多少生死困頓，而是因為他們面對橫逆時所表現出的一種抒情特質，一種卓爾不群的風格與生命形式。

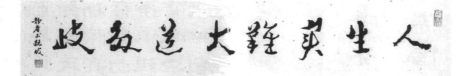

圖一　臺靜農作品：人生實難大道多歧橫軸。（臺益公提供）

史亡而後詩作

臺靜農最初以詩起家。1922 年初，他在上海《民國日報》發表新詩〈寶刀〉。詩是這麼開始的：

11　行書「人生實難大道多歧」，收入許禮平編，《臺靜農：法書集》(一)（香港：翰墨軒出版有限公司，2001），頁46-47。

> 流盡了少年的熱血，
> 殲盡了人間的惡魔，
> 熱血流盡了，
> 惡魔的種子生長了，
> 惡魔殲盡了，
> 血紅的鮮花開放了！
> ……
> 我小小的寶刀是我生命的情人
> 他是我祖先留下的，
> 因為惡魔也是我祖先的仇人！[12]

這首詩裡五四革命熱情清晰可見。臺靜農亟欲與「人間的惡魔」
決一死戰，即使血流殆盡，也在所不惜。青春與死亡的意象疊
合，突出了壯懷激烈的情緒；捨身為國，只為開出「血紅的鮮
花」。

　　此時的臺靜農還只是個在漢口的中學生，卻已經參與了一連
串以「五四」為名的活動。1922年底，臺移居北京，成了北大
學生，不久即參與「明天社」——五四時期三大現代文學組織之
一——的創立。[13] 1925年，臺靜農結識魯迅，迅速成亦師亦友的
知交。他們連同幾位友人[14]組織了未名社，譯介外國文學，特別

12　許禮平編，《臺靜農詩集》，頁72-78。
13　同前註，頁64。
14　同前註，頁66。其餘四名成員為李霽野、韋素園、韋叢蕪、曹靖華。

是蘇維埃文學。與此同時，他也編輯了文學史上第一本魯迅作品的批評論文集《關於魯迅及其作》。1930年秋，臺靜農和一群友人共同提倡創立「北方左聯」，次年年初「北方左聯」成立，臺順理成章地擔任常任委員之一。魯迅在1932年因為得到臺的庇護才能回到北京小駐，發表了著名的「五場談話」，並參與兩場地下論壇，而未遭到當局的刁難。[15]臺靜農與魯迅的深厚情誼也可以從兩人的書信往來，以及臺靜農關於魯迅的演講與寫作中一見端倪。[16]

這個階段臺靜農的創作無疑深受魯迅影響。在〈請你〉（1926）一詩中，臺靜農如此寫道：

　　請你不要吝惜

　　寶刀和毒藥的施與；

　　我不願再說歡欣

　　因為我的歡欣都交付在這虛空裡

　　請你不要記憶

　　酸辛和淒楚的過去；

---

[15] 同前註。

[16] 《魯迅全集》收入二人書信共四十二封（北京：人民文學出版社，1981）。2005年版的魯迅全集，魯迅寫給臺靜農的書信只有四十封。年限從1927至1936。值得注意的是，臺靜農在二、三〇年代的交往並不限制在嚴格定義的左派。他與一般開明知識分子如魏建功、張目寒、莊嚴等的友誼都延續成為畢生的知交。如果不是得到胡適的信任，他不可能在1937年冒險到南京述職。見本文尾聲部分的討論。

　　我不願再有將來

　　因為我的將來依然如同我的過去！[17]

這首詩與魯迅的散文詩集《野草》（1927）幾乎同時寫成，有著如出一轍的曖昧聲音與矛盾邏輯。如同魯迅，臺靜農想在虛空中找尋喜悅，視未來為過去的苦悶復歸。詩人並不承諾與對方（你）有任何對話的可能，一連四次的否定（「不要」和「不願」）更突出了溝通的徒然。但另一方面詩人以「請」字來反襯他的拒絕，又帶出以退為進，難分難捨的意思。更令人矚目的是，前述1922年〈寶刀〉詩中曾經出現的「寶刀」又再次出鞘。但這次不為了殺敵，而是為了自己的死亡。希望與絕望的弔詭辯證啟動，善意與敵意、自我與他人、致命的喜悅與至盼的死亡輾轉來回。

　　但臺靜農的才氣更顯示於小說創作上。他的第一篇小說〈受傷的鳥〉寫一段胎死腹中的愛情，充滿少年維特式的感傷氣氛。「受傷的鳥」這個意象所透露的有翅難飛的挫敗感，將以不同面貌在臺靜農作品中一再出現。臺靜農的寫作風格在師從魯迅之後有明顯的轉變。1928至1930年間，他發表了兩本短篇小說集，《地之子》與《建塔者》。《地之子》描繪安土重遷的中國農民深陷苦難與惰性的循環，無法自拔；《建塔者》則彰顯了革命青年如何建立起高塔般的使命，捨身蹈火在所不惜。合而觀之，兩作指出當時小說寫作的兩種趨勢：鄉土寫實主義與革命浪漫主義。

---

[17] 許禮平編，《臺靜農詩集》，頁82。

穿梭在「地」與「塔」之間，臺靜農寫出二〇年代末中國小說一批最精采的作品。他精練的修辭、矛盾抑鬱的風格，乃至對寫作作為一種社會「行動」的思考，在在令我們想起魯迅。〈天二哥〉裡，一個不能有所作為的鄉巴佬正是阿Q的翻版，只能依靠「精神勝利法」面對恃強欺弱的惡人。〈棄嬰〉中，敘事者在知道一個棄嬰因為他沒有及時伸出援手而死之後，飽受良心譴責，[18] 顯然脫胎自魯迅〈故鄉〉和〈祝福〉中那些進退兩難的敘事者。類似的例子也出現在〈為彼祝福〉。一個漂泊四處、身無長物的老雜役，走到人生末路，卻在基督教會找到意想不到的安慰。魯迅在他所編撰的《中國新文學大系》中收入了四篇臺靜農的小說，超過了其他任何作家個人作品的收入篇數。[19]

---

[18] 這個題目極可能受到王粲的啟發。我要感謝國立臺灣大學鄭毓瑜教授的提醒。王粲，〈七哀詩三之一〉。見俞紹初編註，《建安七子集》，頁84：「西京亂無象，豺虎方遘患。復棄中國去，遠身適荊蠻。親戚對我悲，朋友相追攀。出門無所見，白骨蔽平原。路有飢婦人，抱子棄草間。顧聞號泣聲，揮涕獨不還。未知身死處，何能兩相完？驅馬棄之去，不忍聽此言。南登霸陵岸，回首望長安。悟彼下泉人，喟然傷心肝。」

[19] 魯迅在導言中如此稱讚臺靜農的小說：「要在他的作品裡吸取『偉大的歡欣』，誠然是不容易的，但他卻貢獻了文藝；而且在爭寫著戀愛的悲歡，都會的明暗的那時候，能將鄉間的生死，泥土的氣息，移在紙上的，也沒有更多，更勤於這作者的了。」詳《中國新文學大系・小說二集》，第4集（上海：上海文藝出版社，2003），頁16。讀者很容易地可以察覺「涕淚飄零」的公式之外，臺靜農採用了一個脫離的、不顯眼的立場來陳述農人們是如何被剝離了人性，不是成了「蚯蚓們」就是成了「人彘」；而女人們則成了受害者，如微微「燭焰」或熒熒「新墳」。同時，與魯迅的作品同出一轍，這些故事思考了如下的道德難題：且不論揭發譴責，寫作如何真能確切地回應筆下農人們的需求嗎？安敏成（Marston Anderson）有對形式的道德性的討

更值得注意的是，在不同的小說裡，臺靜農也對魯迅的風格作出獨到詮釋。〈紅燈〉中，一個孤苦伶仃的寡婦得知她的獨生子在搶劫未遂後，已然被逮捕處決。這位母親連簡陋的喪禮都負擔不起，悲傷之餘，她找著一張兒子遺留下來的紅紙，然後紮了個「美麗的小小的紅燈」，「她歡欣的痛楚的心好像驚異她竟完成了這種至大的工作。」[20]中元節當晚，她按照地方習俗放了紅色河燈，安撫亡靈，恍惚中她見到兒子「得了超渡，穿了大褂，很美麗的，被紅燈引著，慢慢地隨著紅燈遠了」。[21]〈拜堂〉裡，一位守寡的農婦和小叔子偷情有了身孕，只得草草成親。為了避人耳目，他們選擇深夜行禮，只找了兩位街坊女眷到場見證。這對新人的喜事是夠慘澹的了；當新娘按照習俗，向前夫的亡靈磕頭時，不禁悲從中來，掉下眼淚。一旁的老婆子喃喃說道：「總得圖個吉利，將來還要過活的。」[22]

儘管窮途末路，臺靜農筆下的人物對宗教儀式和地方習俗的力量還是深信不疑。這當然可以看作是中國農民的頑固與執拗，但臺靜農所要著墨的與其說是他們的迷信，不如說是他們面對困境的想像力。生命充滿了如此痛苦，活下去原來是沒有什麼意義的。臺靜農的人物在絕境裡卻憑他們微薄的信念尋找出路；他們從最平凡的事物裡創造奇蹟，哪怕多麼微不足道。在這個

論。見氏著，《現實主義的限制：革命時代的中國小說》（南京：江蘇人民出版社，2011），第2章。

[20]　臺靜農，《地之子，建塔者》（北京：人民文學出版社，1984），頁26。

[21]　同前註，頁27。

[22]　同前註，頁72。

層次上，他們的行動已經接近古典定義裡，從無中生有的詩意
（poesis）。上述的角色都被排除在社會禮教成規之外。然而他們
透過一盞小小的紅燈，或一場寒涼的婚禮，化腐朽為神奇。她們
體現的是一種聊以生存的策略，更是一種窮則變，變則通的智
慧。當那位悼亡的母親流放紅燈時，當那對困窘不堪的新人子夜
成婚時，他們向現實宣告自己慘澹的勝利。

　　魯迅的人物總是陷在進退兩難的絕境裡，難以脫身，[23] 相形
之下，臺靜農似乎更願意為他的「地之子」們找出一線生機。就
此臺靜農並不耽於天真的人道主義，也不作出反諷式的同情姿
態。他其實提出了相當獨特的看法，認為社會底層人物不必永遠
只作為啟蒙作家控訴「禮教吃人」的樣板；不論多麼卑微無知，
他們一樣擁有追求夢想、實踐自身思考邏輯的能力。追根究柢，
書寫無須反映種種革命或反革命的決定論；書寫要見證的是人之
所以為人的渴求與創造力。也正因如此，樂蘅軍教授才指出臺靜
農的故事帶有「悲心」；他承認人世的不圓滿，但包容眾生。[24]

　　然而，「悲心」很快就為「憤心」所取代。[25] 臺靜農的《建
塔者》描寫一批革命青年在黑暗的時代裡，如何飽受冷血的迫害
及自我抑鬱的折磨。在同名短篇〈建塔者〉裡，一位年輕的女革
命者與同志們一邊邁向刑場，一邊吟唱：「我們的血凝結成的鮮

---

[23] 〈在酒樓上〉是魯迅屈就地方習俗的少數例外。儘管如此，他的敘事立場還是
極其貼近地方。

[24] 樂蘅軍，〈悲心與憤心〉，收入林文月編，《臺靜農先生紀念文集》（臺北：
洪範書店有限公司，1991），頁225-246。

[25] 同前註。

紅血塊，便是我們的塔的基礎。」[26]〈死室的彗星〉中，被折磨得死去活來的革命青年盼望慷慨赴義，以求解脫。這些故事結構零散，聲調若斷若續，彷彿要講述的真相總是難以說清；敘事者就像是個劫後餘生者，從死亡的淵藪帶回那一言難盡的訊息。臺靜農在小說集的後記裡喟嘆：「本書所寫的人物，多半是這些時代的先知們。然而我的筆深覺貧乏，我未曾觸著那艱難地往各個得上十字架的靈魂深處，我的心苦痛著。其實一個徘徊於墳墓荒墟而帶著感傷的作者，有什麼力量以文筆來渲染這時代的光呢？」[27]因此，他只能以書寫召喚「春夜的幽靈」——這也是他的一篇小說的標題——而他自己的敘事也只能化為一縷幽靈的悲嘆了。

　　從《地之子》到《建塔者》，從「悲心」到「憤心」，臺靜農的轉變間接映照出1928至1930年間中國政治與文化情況的險惡。臺靜農的轉變更與一連串的私人遭遇有關。1928年初，未名社因為出版托洛斯基（Leon Trotsky, 1879-1940）的《文學與革命》被北京當局強迫關閉。幾個月後，臺靜農和另外兩名托洛斯基作品的譯者，韋叢蕪（1905-1978）與李霽野（1904-1997），分別遭到逮捕，罪名是散布左翼思想。臺靜農入獄五十天，其中有一段時間他的案情「頗為嚴重」。[28]我們有理由推測，臺靜農有關革命青年的故事與他自身鋃鐺入獄的經驗息息相關；

---

[26] 臺靜農，《地之子，建塔者》，頁121。

[27] 同前註，頁203。

[28] 臺靜農於1928年4月7日遭到逮捕。見 Wenyue Lin, "Through Upheaval and Bloodshed,"，頁216。臺靜農，〈憶常維鈞與北大歌謠研究會〉，收入陳子善編，《回憶臺靜農》，頁353。許禮平編，《臺靜農詩集》，頁69- 71。

《建塔者》敘事風格如此陰暗，可能因為他自己就曾經與死亡的威脅擦身而過。

　　然而，1928年的牢獄之災僅僅是臺靜農往後政治試煉的序幕。1932年末，臺再次因持有革命宣傳資料與炸彈的嫌疑而被捕。[29] 儘管兩項指控最後都不成立，他已經因此失去在輔仁大學的教職。一年半以後（1934年7月），臺靜農第三次入獄，罪名大同小異，指控他和共產黨的關係密切。[30] 1935年出獄之後，臺靜農發現他在北京已無立足之地，以後兩年他只能在福建、山東各地尋覓教職餬口。這三次牢獄之災在臺靜農心裡烙下沉痛的印記；雖然他日後絕口不提，這些經驗卻已成為他文學、書畫作品中隱祕晦澀的核心。

　　臺靜農的革命角色並沒有普羅米修士（Prometheus）般的英雄主義（如魯迅小說〈藥〉裡捨身為人的烈士）；也沒有「革命加戀愛」小說中那樣唯我獨尊的煽情表現（如蔣光慈〔1901-1931〕的《野祭》）。他的角色太早就消磨盡了滿腔熱血，如同「彗星」般一閃而逝；飄盪在渾渾噩噩的現實中，他們有如「幽靈」般的無所憑依。如果「建塔者」的形象是有所擔待，魄力十

---

[29] 參見李霽野，〈從童顏到鶴髮〉。Wenyue Lin, "Through Upheaval and Bloodshed,"，頁216。臺靜農於1932年10月12日遭到逮捕，原因為持有「新式炸彈」以及「共匪宣傳」。後來發現所謂的「新式炸彈」是臺靜農朋友留下製造化妝品的設備，所謂的「共匪宣傳」則是未名社出版的書籍。

[30] 臺靜農於1934年7月26日與范文瀾（1893-1969）同遭逮捕，並被移送到南京軍警司令部。他要等到六個月之後才因蔡元培、許壽裳和沈兼士等人協助才得到釋放。見Wenyue Lin, "Through Upheaval and Bloodshed,"，頁216。

足，那麼「彗星」和「幽靈」則顯示了那擔待的徒然，魄力的虛妄。同理，如果「建塔者」帶有提升「地之子」的千鈞之力，那麼「彗星」和「幽靈」則指向一個華麗的墮落，直達死亡的「無物之陣」。

但儘管身繫「死室」，臺靜農依舊企圖打造出一個想像的空間，逃離令人窒息的困境。這樣一個想像的逃逸不見於他的小說，而存在於詩作之中。且看臺靜農寫於牢內的〈獄中見落花〉（1929）：

> 我悄悄地將花瓣拾起，
> 虔誠地向天空拋去；
> 於是我叮嚀地祈求：
> 「請飛到伊的窗前，
> 報道有人幽寂！」
> 花瓣淒然落地，
> 好像不願重行飛去；
> 於是我又低聲痴問：
> 「是否從伊處飛來，
> 伊孤獨地在窗前哭泣？」[31]

死寂沉重的牢房相對於輕盈飄蕩的落花，幽閉的恐懼相對於逃逸的想像，獄內的詩人相對於獄外被思念的故人，這首詩便在這樣

---

[31] 許禮平編，《臺靜農詩集》，頁83-84。

的對照中開展。全詩的重心是飄落的花瓣，既暗示了愛情與希望，又暗示了愛情的徒然，希望的否定。詩人拾花拋向天空許願，希望花瓣將他的愛意帶出牢獄之外，但最終所見卻是「花瓣淒然落地／好像不願重行飛去」。

　　花瓣即使拋向天空、又再次落地的意象提醒我們作為詩人與革命者，臺靜農豈不正在思索他自己薛西弗思式（Sisyphean）的命運？臺靜農似乎在問：政治與浪漫激情一旦有了殘缺，還能夠開花結果麼？這讓我們回到1924年臺靜農最初寫作的意象：「受傷的鳥」。我們記得〈受傷的鳥〉是這麼結尾的：「我是負傷的鳥，帶著箭，帶著痛，帶著血腥。能夠讓我向渺茫的天空，無力地飛去嗎？」[32] 受傷的鳥也好，不能建塔的人也好，抑或是落花也好，臺靜農的詩歌主體似乎總是為伊卡拉斯式（Íkaros）——希臘神話中藉著蠟製翅膀飛向天空的少年，因為太靠近太陽以致蠟翅融解而殞落——的命運所攫獲，他高飛的期望注定要以墜落結束。

　　識者或要進一步指出，落花飄揚和下降所呈的拋物線其實已經為詩人帶來一點希望，甚至讓詩人的獨白轉化成一種想像的對話。正如〈紅燈〉中紮燈祭子，重新點燃希望的老婦一樣，臺靜農透過詩人與落花的相遇「創造了」一個讓感情迴旋的通路。詩歌意象的暗示力量也開啟了一扇「窗」，擺脫了身體和語言的牢籠，迎向窗外的世界。更有甚者，吟誦「落花」是中國古典詩詞最為常見的主題之一，藉此臺靜農應和了千古以來從王維（701-

---

[32]　臺靜農，《地之子，建塔者》，頁116。

761）到李白，從杜甫到李煜（937-978）的詩人們吟詠愛戀與頹唐、寂寞與懷念的聲音。[33]是在這樣的回音裡，臺靜農證明了革命文學中一個引人深思的面向：激烈反傳統的衝動可以透過傳統的情緒來傳達，政治的抱負同時可以激發一個敏感的抒情的心。

　　1937年夏天第二次中日戰爭爆發，臺靜農和千百萬難民撤退到大後方。他在四川江津落腳，先在國立編譯館擔任主編，隨後受聘至白沙女子師範學院執教。他這些年的生活充滿波折，從牢獄之災、自我放逐，到戰亂期間痛失愛子、流亡四川，顯然折損了他的政治抱負。[34]但他內心深處必定還有一股強勁的熱情，蓄勢待發。

　　1938年秋，臺靜農巧遇同在江津避難的陳獨秀。[35]兩人的相遇與二〇年代臺靜農結識魯迅有異曲同工之妙，對臺以後的人生

---

[33] 「落花」當然是古典詩詞中一個常見的題目。另，「窗」也指向一個重要的詩題類聚。臺靜農的文學素養深厚，他不可能不知落花的豐富象徵意義：從劉希夷「洛陽女兒惜顏色，坐見落花常嘆息」的時間流逝，到王維「興闌啼鳥換，坐久落花多」的沉思孤獨；從李白「落花踏盡遊何處，笑入胡姬酒肆中」的青年華麗冒險，到杜甫「正是江南好風景，落花時節又逢君」的懷舊追憶；從李商隱「高閣客竟去，小園花亂飛」以及晏殊「無可奈何花落去，似曾相識燕歸來」的浪漫姿態、纏綿期盼，到李煜「落花流水春去也，天上人間」的人世無常的末日覺醒。見楊春俏，〈流水落花春去也──中國古典文學中的落花意象〉，http:// www.yuwenonline.com/Article/ gdwx/ shige/200603/3813.html（02/22/09）。

[34] 1939年臺靜農四子夭折，時為臺避難四川白沙第二年。羅聯添，《臺靜農先生學術藝文編年考釋》，頁276。

[35] 臺靜農，〈酒旗風暖少年狂──憶陳獨秀先生〉；許禮平編，《臺靜農詩集》，頁74。陳獨秀與臺靜農之往來信件超過三百封，都有妥善保存。臺靜農將這些書信帶到臺灣，在白色恐怖時期還小心保藏。

也有深遠影響。陳獨秀是五四運動和左翼革命的先驅，也是中共黨史早年最重要的人物之一。但他最後被貼上「托派」標籤，驅逐出黨，旋即進了國民黨的監獄。當臺靜農認識陳獨秀之時，陳才剛剛出獄，窮途潦倒。兩人很快在彼此身上找到默契：他們都曾經是革命理想的忠實信徒，都曾是「建塔者」。然而時不我予，他們從革命的高塔摔下，成了亂世中「受傷的鳥」，流落在西南邊陲的小城，幽幽地相濡以沫。

　　是在這個時候，臺靜農的文學風格又有了一次改變。他發表一系列以抗日為題的散文與小說，感時憂國之情躍然紙上。[36]與此同時，他也寫下了一部中篇〈亡明講史〉。這部小說從未出版，[37]小說翔實的記錄明末王朝傾覆之際的種種事件，從李自成（1606-1645）攻陷北京、明朝重臣大舉投降，到崇禎皇帝（1611-1644）自縊，叛軍及清兵在各地燒殺擄掠，南京福王（弘光帝，1607-1646）朝廷內鬥傾軋，地方抗清前仆後繼，一直到名將如史可法（1602-1645）等為國捐軀，乃至南明朝廷的覆亡。小說以清兵攻陷南京，俘虜弘光皇帝，大明基業煙消雲散作為結束。

　　在對日抗戰如火如荼的時刻，臺靜農寫出一部滿清滅明的小說，難免不讓有心人對號入座，看成是部諷刺國民政府的末世寓

---

[36] 這些作品可見陳子善、秦賢次編，《我與老舍與酒：臺靜農文集》（臺北：聯經出版公司，1992）。

[37] 這份手稿由國立臺灣大學總圖書館妥善保存。我要感謝中央研究院中國文哲研究所廖肇亨博士提供手稿影印本。亦請參見廖肇亨之論文〈臺靜農先生的明清文化史觀〉。文章的精簡版，請見〈從「爛熟傷雅」到「格調生新」──臺靜農看晚明文化〉，《故宮文物月刊》，第279期，2006年6月，頁102-111。

言。臺靜農本人未必否認這樣的讀法。1944年是甲申國變三百
週年（1644-1944），像郭沫若〈甲申三百年祭〉之類的看法頗
不乏附會者；臺靜農在甲申前兩年就寫出《亡明講史》，即使無
意為風氣先，也的確流露出一種極其悲觀的心態。[38]國難當前，
國民黨政權卻依然貪腐無能，有識之士怎能不憂心忡忡？除此，
《亡明講史》在敘事風格上也十分耐人尋味，因為讀來「不像」
一般我們所熟悉的歷史小說。改朝換代、國破家亡原來是再沉重
不過的題材，臺靜農卻採用了輕浮滑稽方式來敘述。他的敘事者
彷彿立意將明朝滅亡寫成一齣鬧劇。當皇帝與侵略者、弄臣與敵
匪都成了跳梁小丑時，起義也好、戰爭也好，甚至屠殺也好，都
不過是充滿血腥的笑話。當歷史自身成為一個非理性的混沌時，
像史可法等少數的正派角色最多也只能充當荒謬的英雄罷了。

　　如果臺靜農早期作品證明了他的「悲心」或「憤心」，《亡
明講史》就透露出他橫眉冷言、笑罵一切的犬儒姿態。臺靜農的
悲心與憤心來自於他仍然視歷史為有意義的時間過程，包含不同
的道德選項，有待我們作出情感與政治的取捨。他的犬儒姿態則
顯示他看穿了一切人性愚昧，進而質疑任何改變現狀的可能。如
此，他筆下的史觀就不賦予任何一個時代本體上的優越性；當下
看來就像是過去的重複，反之亦然。我們閱讀史可法的孤軍奮鬥
或揚州十日的屠城死難，所感受的「生命中不可承受之輕」竟不

---

[38] 見廖肇亨，〈希望・絕望・虛妄──試論臺靜農《亡明講史》與郭沫若〈甲
申三百年祭〉的人物圖像與文化詮釋〉，《明代研究》，第11期，2008年12
月，頁95-118。

亞於弘光皇帝的昏聵荒淫，以致賠上了明朝最後一絲命脈。在這
些情節裡，臺靜農輕佻戲謔的風格在在讓我們想起魯迅的《故
事新編》。[39]兩位作家都刻意錯置時序，隨性出入古今，以此他
們顛覆了歷史的理性邏輯，同時質疑大敘事中「詩學正義」的可
能。其極致處，他們憤世嫉俗的訕笑引發了一股虛無主義式的衝
動，幾乎瓦解任何對真理的堅持。

　　《亡明講史》是在抗戰最膠著的時期完成的，具體時間不會
晚於1942年，因為陳獨秀在同年5月過世之前，已經先睹為快。
陳在此前一封給臺靜農的信中曾鼓勵臺「修改時望極力使成為歷
史而非小說，蓋歷史小說如《列國》、《三國》，雖流傳極廣，
究歷史及小說兩無價值也」。[40]陳獨秀的評論或許讓臺靜農決定
將他的小說束之高閣，但更重要的是，他的評論凸現兩人對歷史
不同的理解方法。在陳獨秀看來，歷史理當帶有人類參與意義建
構──尤其是國家民族建構──的神聖力量；然而對臺靜農而
言，正因歷史已經失去了這種承載、建構意義的力量，小說，特
別是與《故事新編》一脈相承的小說，才得以取而代之，展現歷

---

[39] 見安敏成有關魯迅《故事新編》的討論。Marston Anderson, "Lu Xun's Facetious
Muse: fte Creative Imperative in Modern Chinese Fiction"（〈魯迅的虛妄繆斯〉），
收入魏愛蓮（Ellen Widmer）與王德威（David Der-wei Wang）合編, *From May
Fourth to June Fourth: Fiction and Film in Twentieth- century China*（《從五四到六
四：二十世紀中國之小說與電影》〔Cambridge, Mass: Harvard University Press,
1992〕）。

[40] 陳獨秀於1940年10月14日與臺靜農書信，臺靜農先生遺稿及珍藏書札編輯
小組編，《臺靜農先生珍藏書札》（臺北：中央研究院中國文哲研究所籌備
處，1996），頁64。

史的「不可再現」性（unrepresentability）。換言之，寫作《亡明講史》的臺靜農對當代將國家命運等同於歷史的敘述方法已經感到幻滅。[41] 他在小說中找到一種否定辯證的力量，「講史」不講出國家興亡的宏大悲壯，而講出國家命運的混沌散亂，歷來如是。[42]

《亡明講史》僅僅是臺靜農戰時文學創作光譜的一端，在光譜的另一端我們看到臺靜農對舊體詩歌的投入。現代中國文學作家從魯迅、郁達夫，到郭沫若，儘管以反傳統的姿態出現文壇，其實都是寫作舊體詩的能手。現代文人與舊體詩詞的關係是個嚴肅題目，值得另有文章深究。在此我所關注的是，臺靜農如何在撰寫《亡明講史》的同時，仍孜孜從事舊體詩的創作。

臺的舊體詩技法得自年少時的私塾教育，字裡行間盡是亂世中一個抑鬱心靈的告白，與《亡明講史》裡那樣冷嘲熱諷的調子完全不同。以〈夜起〉為例：

---

[41] 見杜贊奇（Prasenjit Duara），《從民族國家拯救歷史：民族主義話語與中國現代史研究》（南京：江蘇人民出版社，2008），第1章。

[42] 如果陳獨秀晚幾年辭世，他會同意郭沫若（1892-1978）於1944年寫成的〈甲申三百年祭〉理念與修辭的框架。在文章裡，郭沫若分析了明亡的原因，他認為與天時、地利、人物等各種因素有關，特別是文人在當時達到動盪高點的憂患歷史感，以及孔教的倫常義務，兩者之間的張力。郭沫若在反思影響深遠的1644年之時，跟臺靜農一樣，選擇了一個更為傳統，甚至可以說是孔教的，對歷史果報循環不爽的看法。我們知道郭沫若的文章後來支持共產革命的經典，而臺靜農的中篇則消失匿跡。由此看來，即便是在反國民黨的聯合陣線之上，臺靜農的立場還是不受歡迎。

> 大圜如夢自沉沉，冥漠難摧夜起心。
> 起向荒原唱山鬼，驟驚一鳥出寒林。[43]

頭兩句呈現了一個天地洪荒、淒清有如夢魅的情境，也是詩人內心世界的投影。夜不成眠的詩人起身朗讀屈原《九歌》的〈山鬼〉，聲聲悲切，彷彿與兩千年前《楚辭》裡背叛和失落的回聲相互應和。詩人的悲嘆劃破了夜晚的寧靜，寒林中一隻孤鳥受了驚擾，突然撲簌翅膀飛了出來。這首詩充滿一種悽惶不安的感受，而以驚鳥的振翅竄出戛然而止。為何這林鳥如此惴惴不安、難以棲息？它難不成就是早年臺靜農筆下那隻「受傷的鳥」？而我們記得魏晉阮籍的《詠懷詩》裡就充滿了孤鳥的意象。[44]

臺靜農此時的舊體詩均收入《白沙草》，其中最動人的作品無不和他在江津的生活有關。〈典衣〉與〈夜行〉裡寫典當衣服好換取食物；〈泥途〉記敘他每天行走的泥濘道路；〈丙寅中秋〉講的是中秋佳節的慘澹感觸；〈記秋夢盦貴陽〉裡則懷念失聯已久的故人。[45]不論題材為何，詩人總在沉思生命的起落無常，滿懷老大無成、事與願違的感慨：

---

[43] 許禮平編，《臺靜農詩集》，頁11。

[44] 論阮籍詩中鳥的意象的文字所在多有。見如劉慧珠，〈阮籍「詠懷詩」的隱喻世界－以「鳥」的意象映射為例〉，《東海中文學報》，第16期，2004年，頁105-142。

[45] 同前註，頁10、14、6、7。丙寅中秋之詩，已知日期誤植。正確繫年，應為戊寅年，也就是1938年。同前註，頁6-7。

問天不語騷難賦，對酒空憐鬢有絲。

一片寒山成獨往，堂堂歌哭寄南枝。[46]

時代的困頓促使詩人發出「天問」，思考生命存在的意義，同時初識自己的老之將至。也因此，詩人轉向寒山與梅花，企圖從自然景致中尋求慰藉。細讀之後，我們發覺這兩組自然意象另有文化意涵：

「寒山」的典故可能來自王維的《輞川》詩歌，[47]也可以指涉唐代詩僧寒山（約691-793）；而「南枝」不僅有「越鳥巢南枝」的典故，也讓我們聯想到元代隱逸畫家王冕（1310-1359）疏密有致的梅花水墨，像〈南枝早春圖〉。參透生命的虛空之後，詩人轉向自然，但這自然可以是山川花木，也可以是符號化的心境投射，而詩或畫每每是傳達這樣心境的重要媒介。

相對於他寫作白話詩時期的浪漫情懷，寫作舊體詩的臺靜農或許顯得保守消極。但從另一角度來看，臺靜農的舊體詩未嘗沒有一種激進的意圖。臺靜農早期的鄉土小說和白話詩歌體現了夏志清先生所謂現代中國文學的「感時憂國」的特徵。[48]「感時憂國」將現代性等同民族國家建構，喚起從文學革命到革命文學、再到國家文學的連串運動。臺靜農的例子卻告訴我們，他曾

---

[46] 臺靜農，〈移家黑石山上梅花方盛〉，收入許禮平編，《臺靜農詩集》，頁12。

[47] 見王維〈輞川閒居贈裴秀才迪〉：「寒山轉蒼翠，秋水日潺湲。倚杖柴門外，臨風聽暮蟬。渡頭餘落日，墟里上孤煙。復值接輿醉，狂歌五柳前。」

[48] C.T. Hsia, "Obsession with China: The Moral Burden of Modern Chinese Literature," appendix 1 of *A History of Modern Chinese Fiction*, pp. 533-554.

經「吶喊」過，也曾經「徬徨」過，但到了抗戰前夕，新文學的範式顯然已無法表達他所感的時，或他所憂的國。無論政治抱負上或個人情性上，他都面臨著此路不通的困境。《亡明講史》那樣輕佻嘲諷的口吻，已經清楚標示他的危機。在混沌的歷史環境中，「現代文學」程式化的形式和內容已經難以為繼，甚至淪為口號宣傳。眼前無路想回頭，臺靜農有意識的透過古典詩歌另闢蹊徑，探尋一個可以紓解他的鬱憤與憂患的管道。他的舊體詩因此是經由他現代文學的歷練之後而產生，其曲折婉轉處，自然不是「感時憂國」一語可以道盡。

　　換言之，臺靜農是以回歸傳統作為批判、理解現實的方法；他的懷舊姿態與其說是故步自封，不如說是另類的「溫故知新」，形成一種處理現代性的迂迴嘗試。當代中國戰亂頻仍，文化傳承分崩離析，個人的何去何從成為絕大挑戰。舊體詩以其精緻的形式與豐富的典故提供臺靜農一個意義泉源，讓他得以從歷史來觀照現實，兼亦安頓自身的立場。或有人認為臺靜農因此背離了他早期的革命信念。但我們可以指出，舊體詩其實將他從國家主義與革命至上的決定論中「解放」出來，引領他進入一個更寬廣的記憶閫域中。在那裡，朝代更迭、英雄起沒，種種孤臣孽子、國仇家恨的紀錄見證著千百年來個人和群體的艱難抉擇。舊體詩的繁複指涉構成一個巨大、多重的時間網絡，不僅瓦解了現代時間單向線性的軌跡，也促使臺靜農重新思考他自己的生存面向。面對古今多少的憧憬和虛惘，他豈能無動於衷？寫於1946年初的〈去住〉提供了一個最佳範例：

> 去住難為計，棲遑何所求。
> 獲麟傷大道，屠狗喜封侯。[49]
> 月落千山墨，商飆四野秋。
> 天雲看舒卷，長劍照雙眸。[50]

這首詩是對時代（time），也是對時機（timing）的抒情沉思。抗戰勝利沒有帶給詩人喜悅，他依然坐困四川，對未來無所適從。這樣的困境不乏歷史經驗的返照。亂世讓任何價值判斷都可疑起來；時機不對，「獲麟」的吉兆成了大道不行的惡兆，粗鄙無文的屠狗之輩反倒坐享榮華富貴。詩人捫心自問：究竟他是已經錯失了良機，還是他仍然可以在時代交會點上，力挽狂瀾？詩

---

[49] 許禮平編，《臺靜農詩集》，頁16-17。「獲麟」指倘若獲得神獸的時機不對，吉兆便是凶兆：「十四年，春，西狩於大野，叔孫氏之車子鉏商獲麟，以為不祥，以賜虞人。仲尼觀之，曰：『麟也。』然後取之。」見《春秋左傳正義・哀公十四年》，頁1930-1931。又見孔丘，《孔子家語・辯物》：「叔孫氏之車士曰子鉏商，採薪於大野，獲麟焉，折其前左足，載以歸，叔孫以為不祥，棄之於郭外。使人告孔子曰：『有麇而角者，何也？』孔子往觀之，曰：『麟也。胡為來哉？』反袂拭面，涕泣沾襟。叔孫聞之，然後取之。子貢問曰：『夫子何泣爾？』孔子曰：『麟之至，為明王也，出非其時而見害，吾是以傷焉。』」見陳士珂編，《孔子家語疏證・辯物》（臺北：臺灣商務印書館，1971），頁115-16。西漢初期將軍樊噲（？-189），在加入推擁劉邦為漢王之前，以屠狗為生。見〈樊酈滕灌列傳・第三十五〉，《史記》（北京：中華書局，2000），頁2053-2068。

[50] 劉義慶著、楊勇編註，《世說新語校箋・容止》（北京：中華書局，2007），頁555：「裴令公有儁容姿，一旦有疾至困，惠帝使王夷甫往看。裴方向壁臥，聞王使至，強回視之。王出，語人曰：『雙眸閃閃若巖下電，精神挺動，體中故小惡。』」

人的困境既是當下的考驗，也是人生永恆無解的難題。月落千山，秋風颯颯，唯有詩人壯心不已，還回味當年意氣風發的時刻。他的沉思也充滿佛家弦外之音。詩名〈去住〉呼應了《楞嚴經》的教訓：所有的世俗牽絆都是幻象，只有參透「去」和「住」的流變，才能鬆動人世枷鎖。[51]

　　臺靜農嘗試從各種牽絆中解放自己，尋求安身立命的所在。如是輾轉，他必然要面臨一個更棘手的挑戰：他如何面對文學的牽絆？畢竟文學是他最初用來呈現、思考他與時代關係的形式。1922年以來，臺靜農曾經試驗多種形式來表達他的歷史關懷；戰爭期中的舊體詩作尤其是他跳脫膚淺的新文學和國族論述的嘗試。但如同〈去住〉一詩所示，作為一個歷史主體，戰後的臺靜農進退兩難，他的迷惘如此沉重，甚至詩歌的抒情聲音都難以窮盡。問題是，倘若精微如詩歌者都暴露了自身的局限，那麼還有什麼其他形式可以用來表達歷史「惘惘的威脅」呢？

國家不幸書家幸

　　抗日戰爭中期，臺靜農開始了一項新的藝術創作形式——書法。雖然他日後解釋這僅是戰時聊以消遣的筆墨遊戲，但書法卻無疑是臺靜農創作生涯的轉捩點。1946年移居臺灣後，臺靜農

---

[51]　賴永海、楊維中譯註，《新譯楞嚴經‧卷9》（臺北：三民書局股份有限公司，2003），頁357：「若魘咎歇，其心離身，返觀其面，去住自由，無復留礙。」又見〔唐〕般剌蜜帝譯，《大佛頂如來密因修證了義諸菩薩萬行首楞嚴經》，《大正新脩大藏經》，第19冊，No.945，頁148。

繼續書法習作。到了六〇年代初，他已經是公認的書法名家，他早期的文學成果反而為人所淡忘了。

臺靜農在國家危亡之際為何廁身書法？晚年他如此回答：

> 抗戰軍興，避地入蜀，居江津白沙鎮，獨無聊賴……顧時方顛沛，未之能學。戰後來臺北，教學讀書之餘，每感鬱結，意不能靜，惟弄豪墨以自派遣。[52]

由此看來，書法轉移了臺靜農戰時生活的鬱悶不安，也成為他臺灣歲月的一大寄託。然而這樣的回答太過謙虛。臺靜農曾經是個反傳統主義者，他重新發現書法，當然不僅止於「以自派遣」而已。我認為如同舊體詩，書法歷久彌新的魅力提供了臺靜農一種意外方式，讓他得以介入歷史，並反省「現代」的意義。

臺靜農的書法引領我們思考「書寫」在政治學以及圖像學（graphics）上的意義。兩者都與現代中國的如何被「呈現」息息相關。我們記得五四新文化運動的主要訴求之一是文學改革，而語言改革又是文學改革的中心議題。對改革派來說，文言文已經過時，他們提倡白話，視其為鮮活而民主的溝通工具。這樣的語言改造有兩個目標：其一，在語法、語意上力求透明無誤的呈現現實；其二，在言說上確保順暢無礙的溝通對話。這一改造在物質方面又因為新式印刷技術和西洋書寫工具的引進而增強。語言改革的最終目的，指向一套更新中文思考方式的教育政策，一種

---

[52] 臺靜農，〈序〉，《靜農書藝集》（臺北：華正書局，1985）。

藉語言重現現實的模擬信念，以及一則以強國強種為前提的真理宣言。

然而早在新式書寫系統開始之際，有心的作家和文人已經質疑其霸權式的命題。1918年，魯迅在〈狂人日記〉裡就寫出文言和白話間既分裂又糾纏的關係，他甚至認為文言或白話在各自的系統內，已經矛盾重重。終其寫作生涯，魯迅從未停止懷疑語言和書寫二者間是否真能溝通無礙。魯迅的曖昧姿態甚至延伸到中文書寫的物質和技術層面。我們可以問：魯迅的狂人在控訴禮教吃人時，用的是什麼筆？是毛筆的還是自來水筆？我們想到的是，魯迅其實偏好用傳統的毛筆寫出他諸多的反傳統作品。這當然和他從小養成的書寫習慣有關，[53] 魯迅所留下的絕大多數手稿都是以毛筆寫成。

魯迅的例子讓我們反思語言和文字之間，文字的銘記性和文字的工具性之間的無窮的辯證關係。

傳統評論家讚美書法為「心畫」，[54] 謂其透視了書寫者的本心與世界相互映照的形象。也因此，書法被視為「文」的一種，所謂「麗天之象，理地之形」的天人互動的表徵。[55] 這樣的看法

---

[53] 北京魯迅博物館前任館長王得后先生指出，魯迅寫作時幾乎不曾使用過現代書寫產品如鋼筆等。魯迅絕大多數的手稿都保存下來，幾乎都是毛筆書寫。例見《魯迅手稿集》（香港：文學研究社，1966）。

[54] 揚雄：「言，心聲也；書，心畫也。」見朱榮哲編註，《新編法言・問神》（臺北：臺灣古籍出版社，2000），頁172。

[55] 例見，高友工先生的討論，〈中國文化史中的抒情傳統〉，《中國美典與文學研究論集》（臺北：國立臺灣大學出版中心，2004），頁137-151。以唐草書為例，高先生認為書法構成了抒情傳統各種呈現連鎖的一個重要部分，並視其

強烈暗示了中文書寫的象形淵源，雖然中文文字含有更為複雜精密的系統。[56]另一方面，作為一種藝術，書法往往脫離不了摹擬、臨寫與謄抄的傳統。書法者置碑帖於一旁，仿其字形書寫的「臨」；或以紙覆蓋碑帖之上，依原作真跡描畫的「摹」，長久以來被視為書法創作的基礎。[57]換言之，書法的「靈韻」未必來自憑空創造，而可以是擬仿前賢，熟能生巧的結果。因此，從碑帖拓搨到「雙鉤廓填」等摹寫形式在書法中占有重要地位。書法巧妙地將書寫的方法轉化成自身的目的，進而構成一種藝術，這一藝術凸現了中文書寫系統中的矛盾性：文字符號顯現了書寫與事物間一種會意（ideographic）甚至象形（pictographic）的透明關係；但文字符號也同時是古老銘記傳統的一環，總已包含迂迴重疊的媒介性，總已經充滿晦澀和歧義。[58]

為中國美感的一個精髓典型。亦見艾朗諾（Ronald Egan）的討論，"Nature and Higher Ideals in Texts on Calligraphy, Music, and Painting," in *Chinese Aesthetics: The Ordering of Literature, the Arts, and the Universe in the Six Dynasties*, ed. Zong-qi Cai (蔡宗齊) (Honolulu: University of Hawai'i Press, 2004), pp. 277-309.

[56] 熊秉明，《中國書法理論體系》（臺北：雄獅美術出版社，1997），第1章。「象形」長久以來被視為中國文字系統裡主要的構造形式之一。事實上，中國文字的圖畫特質與表意特質總是難分難解。然而這兩個面向在傳統的理論建構上被具備表明內心與數理的能力。

[57] Robert E. Harrist Jr., "Replication and Deception in Calligraphy of the Six Dynasties Period," in *Chinese Aesthetics*, ed., Zong-qi Cai, p. 47.

[58] 參見Haun Saussy（蘇源熙）的精闢分析。"The Prestige of Writing: 文, Letter, Picture, Image, Ideogrpahy," in *Great Walls of Discourse: And Other Adventures in Cultural China* (Cambridge, Mass: Harvard University Asia Center: Distributed by Harvard University Press, 2001), pp. 35-74. 蘇源熙強而有力地指出，如同西方的語言學論述，中國對文字的觀念也同樣受制於一個邏各斯中心主義，同時在

　　五四時期的語言革命雖然以反傳統為前提，卻恰恰延續而非消解古典書寫內蘊的矛盾性。魯迅是意識並體現這一矛盾的少數文人之一。他除了以毛筆寫下許多革命文章外，更對傳統書寫的陰暗面著迷不已。我指的是魯迅對蒐集、解讀漢魏時期的碑文拓片不遺餘力。[59] 那是一個聲響闃寂、字跡漫漶不可辨認的世界，然而魯迅樂此不疲。在一個機械複製技術日益發達的時代裡，魯迅致力遠古碑耒銘器的圖文研究似乎顯得不合時宜，然而透過拼湊、辨識千百湮沒斷裂的拓片揭印，魯迅似乎在玩味「過去」之所以為過去，正是因為其意義的渺茫散亂，失而不可復得。是在這一層次上，魯迅反思漫長的時間歷程裡，書寫與時俱增的隱諱性和不確定性。藉此他批判文字語言——不論新舊——的透明性迷思，也對當代啟蒙運動家們強不知以為知、沾沾自喜的歷史觀提出質疑。[60]

　　臺靜農小魯迅二十歲，屬於五四運動後成長的第一個世代。如同上述，他的小說和新詩證明他很可以成為呼應新文學論述的好手。但曾幾何時，臺靜農看出這新文學——以及其書寫、言說

表意論述的背後有一種純粹呈現「書寫」的欲望。

[59] 例見楊永德、楊寧，〈魯迅與碑拓〉，《魯迅最後十二年與美術》（北京：文化藝術出版社，2007），頁209-211。魯迅在1912年開始收集碑拓，當時他服務於位在北京的教育部。他對碑拓的熱忱持續到一〇年代末至二〇年代初。他編著了三本個人收藏的墓碑與石刻拓文的專輯。直到1935年末至36年初，透過包括臺靜農等友人的協助，魯迅依舊盡心收集漢代碑拓文章。

[60] 有關五四前後人物藉復古以辯證維新的思路和作為，見木山英雄的精采討論，〈「文學復古」與「文學革命」〉，趙京華編譯，《文學復古與文學革命：木山英雄中國現代文學思想論集》（北京：北京大學出版社，2004），頁209-238。

形式——已經顯現自身的限制：在解放思想的大纛下，它同時加諸作者和讀者更多意識形態的鐐銬；在高聲「吶喊」之際，它也隨時壓抑非我同道的聲音。當臺靜農轉向舊體詩時，他已經開始思考他曾經參與建立的新文學的得失。然而要等到他轉向書法，並遊走在書法的圖像與文本的界線時，他才真正找到一個媒介，既能表達他對現實的抗拒，也涵容他自己的創傷經驗。魯迅對古代碑拓銘文的專注可能是臺靜農師法的對象；二〇年代臺就曾經參與圓臺印社，藉治印摩挲古代文字形貌。[61] 兩人的差距在於魯迅僅滿足於蒐集、詮釋古典文物上的印記，臺靜農卻更進一步要揮灑出他自己的筆墨空間。

臺靜農書法作品還有另一層銘刻「離散」（inscription of diaspora）的面向值得我們注意。[62] 臺自謂在四川避難時因為排遣鬱悶而寄情書法，這讓我們再次思考藝術創作與歷史憂患之間的聯繫。我們應該記得，雖然書法的源頭可以追溯到遠古，[63] 但要

---

[61] 盧廷清，《沉鬱，勁拔，臺靜農》（臺北：雄獅美術出版社，2001），頁31。臺靜農，〈記「文物維護會」與「圓臺印社」〉，《龍坡雜文》（臺北：洪範書店有限公司，1988），頁111-120。

[62] 我使用最為廣義的「離散」定義，包括了任何人群、族群被強迫或誘導遠離家園，亦即這些人的經驗與接踵而來的文化發展。有關「中國離散」的討論，見Rey Chow（周 蕾），*Writing Diaspora: Tactics of Intervention in Contem-porary Cultural Studies* (Bloomington: Indiana University Press, 1993)；Shumei Shi（史書美），*Visuality and Identity: Sinophone Articulations across the Pacific* (Berkeley: University of California Press, 2007). 史書美的專書與我的討論息息相關。她探究了視覺性的政治與美學，及其如何呈現全球文化生產裡的中國性。

[63] 有關中國書法的興起與發展，見李蕭錕，《中國書法之旅》（臺北：雄獅美術出版社，2003）。有關古代中國書法起源與書法在東漢時期作為一種藝術類

到第四世紀五胡亂華、北方文人氏族大舉南遷時，才正式成為藝術的一種類型。[64] 儘管紙和筆早在東漢時期已經出現，碑器銘文以及木簡竹簡仍然是書寫技術的主流。是透過南渡的文人之手，書法才進化到我們今天所認知的形態，成為一種以筆墨紙硯所創生的藝術。書法寫作在魏晉時期開始蔚為風氣，「書聖」王羲之（303-361）等大師立下的典範流傳至今。而王羲之對自己家族的喪亂經驗念茲在茲，所謂下筆常有「逸民之懷」。[65] 北方書法的傳統以碑簡為主，厚重樸拙，作者多半佚名；相對於此，南方的傳統則以紙帛為主，凸現個人流麗的風格和抒情韻味。「北碑」與「南帖」的對比，於焉形成。

「南帖」的傳統其實有高度脆弱性，這一方面是因為書寫材質輕巧，容易敗壞，另一方面則是因為書寫的狀況因時因地制宜，充滿隨機因素。王羲之沒有任何一幅真跡留存下來；他的典範力量純粹來自後人的碑拓與臨摹。但是書法這種若斷若續的存在特質也正是其迷人之處。作為一種藝術，書法的獨創性竟與複寫與模擬相輔相成。更重要的，當書寫的形式，而非內容，隨著時間遞嬗而逐漸成為聚焦所在，書法的美學意義方才愈益浮現出來。

臺靜農早年雖然抱持反傳統姿態，卻對歷史離散的痕跡一往

型而興起的討論，見第1至10章。

[64] Robert E. Harrist Jr., "Replication and Deception in Calligraphy of the Six Dynasties Period," p. 33.亦見蔣勳有關四世紀「南渡」之後中國書法的形成的深刻分析。蔣勳，〈書法是生命的完成——談臺靜農先生的書法美學〉，《名家翰墨》，第11期，1990年12月，頁63。

[65] 引自臺靜農，〈有關西山逸士二三事〉，《龍坡雜文》，頁107。

情深。早年他曾參與兩項文物維護活動：1924年他回到安徽家鄉蒐集民間歌謠，1928年軍閥從北平撤退後，他參加了北平文物維護會，致力保存古文物。[66]日本侵華讓臺靜農深自體認中國文化正處於危急存亡的關頭。此時他開始執起毛筆研習書法，就算是排遣無聊，也不免有更深沉的寄託。現實已經敗壞如此，唯有在筆墨與線條裡他才能賦予其形式及意義。換句話說，經由銘記文明所遺留的「痕跡」──而且真是一筆一畫的痕跡──書法成為記憶歷史的方法。

戰爭期中人世動亂、文化蕩然，臺靜農卻彷彿要藉書法一遂他個人的職志：他要在大崩壞來臨前，回歸中國文化的根本──它的書寫系統。但有鑑於書法先天脆弱的物質條件及其內在的美學矛盾，我們不禁要問：臺靜農的追尋難道沒有一種唐吉訶德式的荒謬氣息？尤其1946年移居臺灣後，他的心路歷程更是耐人尋味。在他作為書法家──傳統文化的保存者──的名氣與日俱增的同時，臺靜農不會不明白一項苦澀的事實：時移事往，他愈是精心操演中國字體的千變萬化，愈寫出了歸鄉之路的遙遙無期。書法究竟是提供了中國文化的精髓記號，還是只能權充歷史潰散後的剩筆殘跡？

臺靜農的書藝基礎來自幼年父親的指導。他最初臨摹的範本包含了華山碑、鄧石如（1743-1805）的隸書、顏真卿（709-785）的楷書和行書等。這樣的訓練代表了中國書法傳統的兩個面

66 秦賢次，〈臺靜農先生的文學書藝歷程〉，收入林文月編，《臺靜農先生紀念文集》，頁7。

向。一方面華山碑剛勁厚重，樹立了「碑體」的典範，而清代中葉鄧石如則以其堅如金石的隸書復興了此一傳承。另一方面，顏真卿長久以來被尊稱為「帖體」改革的大家，化初唐以來的瘦弱嫵媚為中唐以降的平穩雄健。顏真卿融合篆書和楷書的技巧，筆勢沉鬱深厚，深得碑未銘刻的旨趣，對臺靜農的風格影響深遠。

　　五四時期臺靜農曾認為書法是「玩物喪志」，[67]卻並未刻意放棄，畢竟對他的世代來說使用毛筆已經是習慣成自然的書寫方式。二〇、三〇年代臺靜農的風格不時流露出魯迅的影響，線條鬆緩，但還是留心整體結構。（圖二）當臺靜農在四川重新開始書藝時，他先以王鐸（1593-1652）為模範。王鐸是晚明書法復興的先鋒，以不畏創新、筆力雄奇而為世所稱道。臺靜農在北大的老師沈尹默（1883-1971）本人也是一位書法名家，卻認為王鐸的風格「爛熟傷雅」，[68]鼓勵臺臨摹他人。沈尹默的評論或許有失公允。長久以來評論家盛讚王鐸的筆力大氣磅礴，恰恰與沈的意見相反。[69]論者已指出沈尹默的負面評價或與王鐸在明亡之際變節降清有關。[70]也就是說，王鐸的書法因為其人的不能忠於一朝而遭到另眼相看；書法的「字體特質」成為書法者本身的「人格特質」的反映。沈尹默並不是第一個討論書法「風骨」的人。

67　Chih-tsing Hsia, "Obsession with China," pp. 533-554.

68　廖肇亨，〈從「爛熟傷雅」到「格調生新」〉，《故宮文物月刊》，第279期2006年6月，頁102。

69　Qiansheng Bai（白謙慎），*Fu Shan's World: The Transformation of Chinese Calligra- phy in the Seventeenth Century* (Cambridge, Mass: Harvard University Asia Center, 2003), p. 65.

70　例見盧廷清，《沉鬱，勁拔，臺靜農》，頁49。

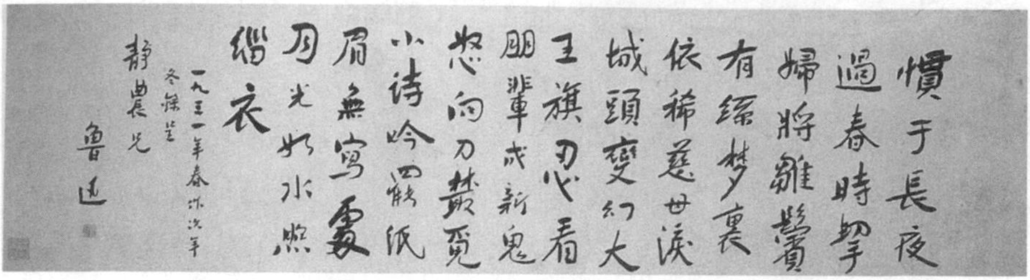

圖二（上圖）魯迅 1931 年作品。

（下圖）臺靜農 1932 至 1935 年間的作品，
書風頗類魯迅。（臺益公提供）

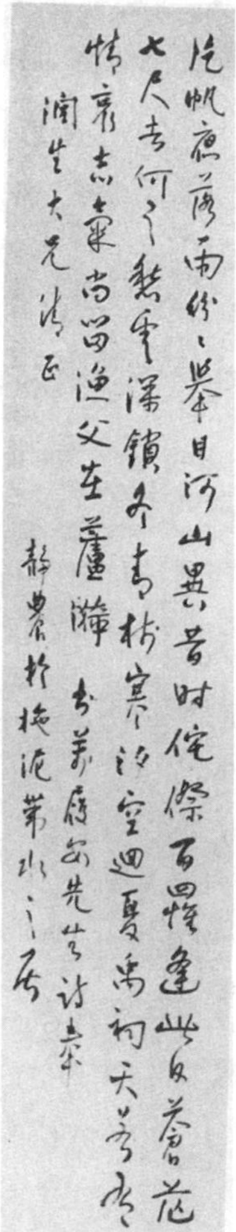

臺靜農在抗戰時期結識的陳獨秀也曾經批評沈尹默的書法「其俗在骨」、「字外無字」。[71]

當此之際，臺靜農經友人建議轉向倪元璐（1593-1644）的書法。[72]倪元璐與王鐸曾經共仕崇禎，兩人也都是一新晚明書法風格的名家。倪元璐和王鐸以及其他的書法家如黃道周（1585-1646）都回應了當時文界領袖董其昌（1555-1636）的呼籲，重「生」棄「熟」，貴「新」輕「爛」。[73]王鐸的風格大膽奔放，相形之下，倪元璐則字距緊俏，筆力嚴謹。他的行書落筆迴鋒欹側凌厲，彷彿亟欲脫離常規結構，但收筆之際卻又力道控制得宜，前呼後應。因為起落停頓時間拉長，倪元璐筆墨層次分明，一方面渲染飽滿，一方面含蓄收斂，枯、潤之間對比強烈，形成戲劇性的張力。（圖三）

倪元璐與王鐸同為東林黨人。東林黨在崇禎時期捲土重來，政治影響力自然有助於倪、黃等的書藝地位。但兩人有一點不同：王鐸明亡降清，倪元璐則在李自成攻陷北京之後自縊身亡。據說倪元璐臨死之前提筆在案頭緩緩寫下：「南都尚可為。死，吾分也。勿紵棺，以志吾痛。」[74]

臺靜農在1942年夏天初遇倪元璐書法，[75]與他完成小說《亡明講史》約略同時。我們不難想像，在寫了太多昏君亂臣賊子的

---

[71] 同前註。

[72] 由胡小石（1888-1962）協助。同前註，頁54、58。

[73] 有關晚明書法的流派趨勢，見Qiansheng Bai，第1章。

[74] 倪會鼎，《倪元璐年譜》（北京：中華書局，1994），頁72。

[75] 盧廷清，《沉鬱，勁拔，臺靜農》，頁54。

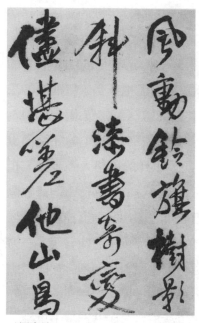

王鐸書法

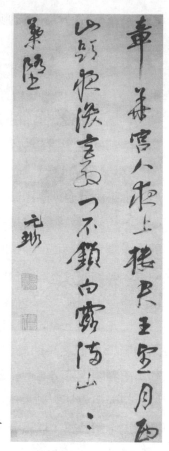

圖三 〔明〕倪元璐章華宮人
夜上樓詩軸。

荒唐行徑後,臺靜農必然對倪元璐的忠烈心有戚戚焉。我們更可
以推測,臺有意藉倪元璐的書法見證其人政治風骨與藝術格調的
關聯。當然,我們可以說這樣的看法不無作者生平的聯想與意念
先行的謬誤(biographical and intentional fallacy)。正如王鐸的書
法沒有必要因為其降清而顯得「不忠」,倪元璐的書法當然也無
須反映他的氣節。話雖如此,書法家的風格與性格之間的相互影

響也不是「謬誤」一詞可以概括。既然書法的創造力有很大的層面來自臨摹參照，它自然促使書寫者進入意圖（intention）和中介（mediation）你來我往的辯證層次：文字的呈現就是真實與想像相互指涉的呈現。這樣的連鎖關係一旦啟動，書法便開始產生「圖像象徵」（iconology）的循環力量。[76]也就是說，書法家的風格與性格的交錯肇因多重元素，任何書法研究都需要出入語義（semantic）與符號（semiotic）之間，才能融會貫通。

我認為臺靜農透過倪元璐的生平和書法，得以思考兩項抗戰期間的歷史命題：遺民意識以及「南渡」論述。遺民意識泛指因為改朝換代所帶來的失落和傷痛，以及對恢復政治和文化正統的渴求；[77]「南渡」則觸及歷代漢族因為政治動盪而導致的南向遷徙，以及復興傳統文明的努力。[78]如果遺民意識凸顯了孤臣孽子面對歷史斷裂，有意的錯置時間順序，以求回到過去，那麼「南渡」則強調空間的位移和遷徙所帶來的憂患與艱辛。在寫作的層面上，兩者都為一種延宕詩學（poetics of belatedness）、創傷經驗，乃至回歸原鄉的欲望所標誌。

「遺民」意識和「南渡」論述，在抗戰時期因為著名文人陳寅恪和馮友蘭（1895-1990）等的題記而廣為人知。陳寅恪嘆息兵馬倥傯，造成千百萬中國人離鄉背井。北望中原，歸鄉無望，

---

[76] 我借用W. J. T. Mitchell的概念，見其著 *Iconology: Image, Text, Ideology* (Chicago: University of Chicago Press, 1986).

[77] 見廖肇亨的討論。

[78] 南渡泛指任何人民或族群被迫遷離他們的家鄉，同時也指分散世界各地，及相繼而來的文化傳播與發展。

他因此寫下：

> 南渡自應思往事，北歸端恐待來生。[79]

馮友蘭則以較為樂觀的眼光來看待抗戰時期的大遷徙，稱之為「第四次南渡」。馮友蘭認為中國歷史的前三次南渡分別是第四世紀的晉室南渡、十三世紀的南宋偏安，與十七世紀的南明起義。這四次南渡都是因為異族──胡人、女真、滿人、日本人──侵略中國而發生，每一次侵略都將中華文明逼向一個存亡危機；政治正統、文化與知識命脈，乃至情感的真摯性都備受考驗。[80]馮友蘭宣稱抗戰引發的第四次南渡將以北歸作結；貞下啟元，剝極必返，中國必能復興。

　　由此看來，臺靜農寫的《亡明講史》和他所私淑的倪元璐書法正代表了遺民意識和南渡論述所構成的辯證的兩端。《亡明講史》對中國文化、政治的未來充滿鄙視絕望，而倪元璐的書法則確認遺民忠烈意識的久而彌堅。而在臺靜農自己的書法中，我們看到遺民意識和南渡論述間更複雜的互動。臺此期的一幅書法橫軸可以作為例證。這一橫軸上有1937年臺靜農所書魯迅的詩句，以及1946年附加的後記。（圖四）

---

[79] 陳寅恪，〈蒙自南湖〉，《詩集：附唐篔詩存》（北京：生活・讀書・新知三聯書店，2001），頁24。

[80] 馮友蘭，〈國立西南聯合大學紀念碑碑文〉（1946年5月4日），收入北京大學等編，《國立西南聯合大學史料・總覽卷》（昆明：雲南教育出版社，1998），頁283-284。

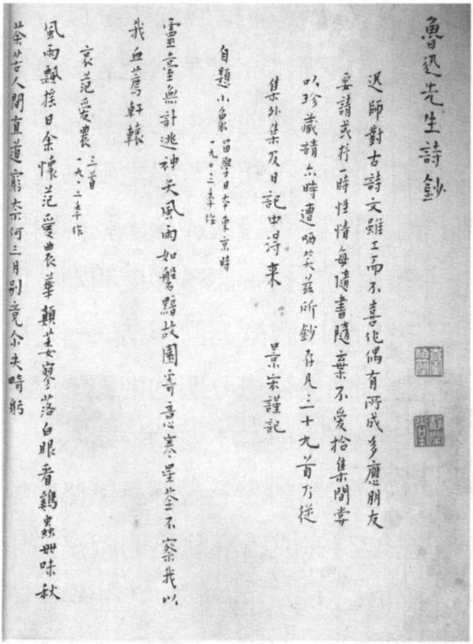

魯迅先生詩鈔

迅師對古詩文雖工而不喜作偶有所成多應朋友
要請一時性情每遇書稿輒棄去不愛拾集閒妄
以珍藏諸友時遺嗜笑莊所鈔存凡二十九首方從
集外集友人日記中得來

　景宋謹記

自題小象　留學日本東京時　一九◯三年作

靈臺無計逃神矢　風雨如磐暗故園　寄意寒星荃不察　我以我血薦軒轅

哀范愛農　三首　一九一二年作

風雨飄搖日　余懷范愛農　華顛萎寥落　白眼看雞蟲　世味秋
海草國門碧　多年老異鄉　狐狸方去穴　桃偶盡登場　故里寒雲惡　何時別竟爾失時艱

圖四　（上圖）1937年臺靜農所書魯迅的詩句。（臺益公提供）

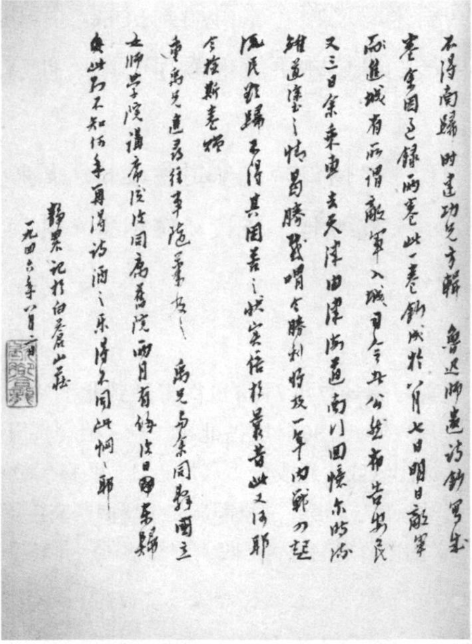

（下圖）1946年臺靜農附加的後記。（臺益公提供）

　　1937年夏天，日軍攻陷北平。臺靜農在離城前夕，以行書
謄錄了魯迅全部舊體詩三十九首。這幅橫軸充滿象徵意義，臺儼
然要以書法向一年前逝世的魯迅，還有改變他一生的古都北平，
作出告別。臺的字體間距適宜，疏朗合度，頗有魯迅之風。但九
年之後，他所寫的後記則有顯著不同：墨色層次凝練、乾濕對比
強烈，所有字體都向左欹側，筆畫縱向拉長、起落力度明顯，因
而出落得稜角分明，「撇」和「捺」皆以微微上鉤作結——這些
都是倪元璐有名的風格。除此，整幅字從筆畫分明的楷書過渡到
較急促的行書，暗示書寫者在運筆過程中愈益不安的情緒。

　　如果我們考慮這幅書法寫成的時機和內容，臺靜農風格的轉
變就更令人深思。臺在1937年8月7日完成謄寫魯迅的詩稿，如
他在1946年的後記指出，這是日軍占領北平的前夕。[81]北平淪陷
三天後，臺靜農逃離故都，開始流亡，從此再也沒有機會回去。
回首來時之路，臺靜農對抗戰八年的離散不勝唏噓，然而戰爭結
束後的亂象才更讓他觸目心驚。他這麼寫道：

　　　　回憶爾時流離道塗之情，曷勝感喟。今勝利將及一年，內
　　　　戰四起，流民欲歸不得，其困苦之狀實倍於曩昔，此又何
　　　　耶？[82]

---

[81]　臺靜農1937年7月4日從青島到北平，暫住友人魏建功北平寓所。日軍在
　　　1937年7月30日攻占北平（見〈始經喪亂〉，《龍坡雜文》，頁142）。臺在
　　　後記云此一卷成於「八月七日，明日，敵軍進城」。此一書稿1946年贈予舒
　　　蕪。見羅聯添，《臺靜農先生學術藝文編年考釋》，頁393。
[82]　〈楷書魯迅詩卷〉，收入許禮平編，《臺靜農：法書集》（1），頁4、9。亦見

這篇後記展示一個苦澀的弔詭：抗戰勝利只讓中國國運每下愈況，九年以前北平淪陷敵手其實只預示戰後更加悽慘的未來。透過他書法風格的轉變，臺靜農讓魯迅和倪元璐有了交集。如果魯迅抑鬱的身影和末世意象滲透在臺靜農1937年的字裡行間，那麼在1946年的後記裡，不論就歷史或是圖像的意義而言，倪元璐已經取而代之。倪元璐的風格——用筆提按分明、筆勢剛烈凝重——啟發了臺靜農，將國仇家恨具象化，同時也為此前謄寫的魯迅詩作又添加了一層陰暗的色調。

更有甚者，在臺靜農對倪元璐書法的摹寫背後，揮之不去的是倪在北京城破自殺殉國的史實。倪元璐的自死反襯出臺靜農在歷經北京城又一次浩劫時的不死。如果倪元璐的自殺是捨生取義的血性之舉，臺靜農的出走則開啟一場艱難的、悠悠不盡的悼亡儀式。如果臺靜農在1937年北京淪陷前夕謄錄魯迅的詩作是追悼大師亡靈的書寫，那麼1946年的後記則是書寫之後的書寫，追悼之後的追悼。透過倪元璐，臺靜農對魯迅書法和詩歌的意義作出重新——也是重複的，遲來的——銘記。世變每下愈況，亡國的威脅變本加厲，恐怕當年的魯迅也無從預料。歷史難道就這樣的玉石俱焚？悼亡衝動如幽靈一般穿梭在臺靜農的筆墨之間，將隱藏在臺靜農遺民意識裡的「置之死地」（posteriority）的政治與美學發揮得淋漓盡致。

1946年秋臺靜農移居臺灣，任教國立臺灣大學。他原先計畫僅在臺灣作短暫停留，因此稱居所為「歇腳盦」。然而在這個

羅聯添，《臺靜農先生學術藝文編年考釋》，頁393。

極度不安的時代裡，甚至「歇腳」也談何容易？1948年2月18日，國立臺灣大學中國文學系系主任——也是魯迅與臺靜農二人的好友——許壽裳（1883-1948）被發現陳屍家中，從此成為一樁懸案。[83] 接替許壽裳的下一任系主任喬大壯（1892-1948）上任不久即回到上海，同年夏天在蘇州自沉身亡。[84] 當時國共內戰已經蔓延整個中國，海陸交通極其不便。1949年夏天國民政府撤退來臺，隨即宣告戒嚴，臺靜農迫得與他在大陸原本並不熱衷的政權同舟一命。

　　喬大壯自沉之後，臺靜農受命接掌臺大中文系，開啟了他以後二十年的傳奇生涯。[85] 他決意專心教學，但既有紅色案底，他又怎能自外於嚴峻的政治狀況？何況五〇年代的白色恐怖？是在這個時候，臺靜農再次移情書法。倪元璐依舊是他心儀的典範，但他也開始探索其他不同的風格，尤其是漢魏石刻的隸書和篆書。「石門頌」一類的篆書剛健優雅，[86] 筆畫結構卻沖淡無奇，是臺靜農用心所在。（圖五）如果倪元璐的書法曾讓臺靜農一抒自己的憂患和抑鬱，「石門頌」則為他帶來一種古樸簡潔的姿態和渾然天成的妙趣。臺靜農早年曾經參與「圓臺印社」，涉獵金

83　臺靜農，〈記波外翁〉，《龍坡雜文》，頁91-101。

84　同前註。

85　有關臺靜農學生及友人回憶他的教學生涯，以及擔任國立臺灣大學中國文學系系主任時的事蹟，見林文月編，《臺靜農先生紀念文集》。

86　石門位於陝西省襃城鎮古襃斜道南方，漢代初建，北魏永平二年時，為紀念修建隧道的先人而重建。漢與魏之後，名家的銘刻皆得到妥善保存，通稱石門石刻。見李蕭錕，《中國書法之旅》，頁84。

石學，又曾助魯迅蒐集碑
銘拓片，至此有了用武之
地。

　　無獨有偶，臺靜農最
早在臺灣出版的文章之一
〈論寫經生〉（1950），研
究的是中古佛經謄抄人的
身分和工作。[87]臺靜農指
出這些寫經生也是知識的
保存者與傳遞者，但他們
的社會地位模糊不清，而
且多半名不見經傳。臺的
這篇文章很可以引出一種
寓言式解讀。他似乎暗
示，他自己對書法的專注

圖五　石門頌

與那些中古的抄經人並無二致：他們同樣夜以繼日的謄寫珍貴的
文字，甚至摒除了自我的身分與思想。如此，臺靜農採取了一個
相當低的姿態看待自己的書法，不以創作者自命，而甘居為一個
古文字的傳抄、銘刻者。[88]

　　然而我們只要仔細觀察，即可發現臺靜農的姿態暗含了一個

---

[87]　臺靜農，〈論寫經生〉，《臺靜農論文集》，頁362-366。

[88]　評者指出一直到最後幾年，臺靜農都帶著一種對他自己書法作品極為忽視的
　　態度。他隨意贈送（或有學生或友人索取）多幅個人書法作品。範例請見張
　　大春，〈儘管拿去〉，收入林文月編，《臺靜農先生紀念文集》，頁199-202。

更為深沉的意志。就形式主義角度來說，臺的書法「展露」了中國文字的圖像構成，讓我們對文字的表象視「而且」見。而經由線條的起伏、字體的結構、墨色的濃淡，臺何嘗不在將他的白紙黑字重行編碼，投注個人的深情實意？我認為，藉著不同風格的書法銘寫，臺靜農創造了一個書法的隱／現政治學（palimpsest politics），一種密碼圖譜（encryptography），[89] 遮蔽，同時又彰顯，書寫與謄錄的無盡周折。

在臺灣，臺靜農的書法底蘊是他飽經喪亂的心境，其複雜處遠超過抗戰時他所演繹的遺民或南渡論述。臺灣地處中國邊陲，比傳統「南渡」路線的南方終點還要向南；四〇年代末期的臺灣雖已光復，語言和文化上卻還殘留日本影響，對剛到臺灣的大陸人來說，不啻是個荒原。倘若臺靜農不是偶然接受臺大的教職，我們懷疑他是否會追隨一個他從未真正效忠過的政權，離鄉背井，渡海來臺。

如果「南渡」是種關於「離散」的政治學與「失落」的詩學，臺靜農的例子就讓我們思索其下的雙重涵義。倪元璐的遺言猶在耳邊：「南都尚可為。」問題是，當共產黨從北而南一統中國，進而聲稱恢復正統後，退守臺灣的國民黨還能期許「第五次南渡」麼？在臺北的「南都」果真可為麼？撇開文化以及政治的荒涼情境不論，臺靜農身為「北方人」，對海島氣候的燠熱潮濕

---

[89] 請見白安卓（Andrea Bachner）博士論文裡深具洞見的分析，"Paradoxical Corpographies: Towards an Ethics of Inscription", Ph. D. Diss., Cambridge, Mass: Harvard University, 2007.特別是論文第四章，"Sa(l)vage Inscriptions" 中，她對馬華作家張貴興與黃錦樹的討論，頁296-425。

已經寢食難安，以致「有時煩躁，不能自已」。[90]

　　在這樣的狀況下，書法從三方面見證了臺靜農心中「憂鬱的熱帶」（tristes tropiques）。書法在美學上是臺靜農對「北方」大陸的鄉愁圖像；政治上是他曖昧的遺民意識表徵；心理上是他用以排遣南方憂鬱的手段。然而這三個面向還是無法完全解釋臺靜農書法所透露的力度。我認為臺靜農書法最深刻的層次是，他理解書法不僅僅表達他的困境，更進一步，是他的困境證實了書法作為一種藝術形式總已暗藏的玄機：書法就是一種有關流離遷徙的藝術，一個圖景（topos）與道統（logos）此消彼長的藝術。

　　在中國藝術中，書法常與音樂與舞蹈相提並論；書法藉筆勢的運作和紙墨的渲染所產生的節奏韻律，讓我們想起「氣韻生動」這樣的審美觀念。[91]準此，論者強調書法筆意的抑揚頓挫與書法家的心態行止彼此呼應，筆墨的體現也才能臻至完美。[92]但我們往往忽略除了作為一種「生機盎然」（becoming）的表現外，書法也同時是一種關乎時間——生命——解散、形體消融的藝術。書法家揮灑筆墨，點染毫毛，在有限的時間流程裡揭示創造力的浮游聚散。隨著筆尖轉折揚抑，墨色渲染漫漶，字體隨機

---

[90]　臺靜農，〈序〉，《龍坡雜文》，頁1。

[91]　有關晚近對書法與音樂關係的討論，請見楊照，〈聆聽書法中的音樂〉，《中國時報・人間副刊》，2007年10月13日。有關書法和音樂相互呼應，近年來的最佳範例為編舞家林懷民的作品《行草》。顧名思義，此一作品有來自書法行草的啟發，於2001年12月由雲門首演。雲門舞集紀事：http://www.cloudgate.org.tw/cg/about/index.php?about=history.（02/22/09）。

[92]　範例請見何炳武、尚建飛的討論，〈書法與音樂〉，《西北大學學報》（哲學社會科學版），第33卷第2期，2003年3月，頁130-133。

形成。書法的形式雖然有所本，構成卻充滿偶然和機緣；在筆墨最酣暢的時分，書寫者儼然逸出生命常態，進入一種忘其所以的狂喜或失落。[93]然而書法家一次性的、不可逆的「表演」，在在提醒我們生命與藝術的交會，不論得或失，都是稍縱即「逝」的經驗。換句話說，每一筆都是起手無回的冒險，每一畫都是患得患失的嘗試，其中恆常與無常、生成與失落，難分難捨，持續糾纏。書法所投射的時間感不只是一種生命形成的力量，也是一種生命瓦解的力量。

我們欣賞臺靜農書法的氣韻生動，不能或忘它的陰暗面。臺靜農承襲了魯迅與倪元璐書法裡悼亡和自輓的徵候，比大多數同輩都更深刻明白書法是關乎活力與解放的藝術，也是關乎痛苦與死亡的藝術。書法的形式比所書寫出來的內容更傳達文字意義不可失，卻也不可恃的弔詭。書法提供文字的圖像與語義一個所在，演義出矛盾與重複、失落與救贖。我們不難想像，1946年以後的臺靜農流寓臺灣，在一個傳統「南渡」界線以南的海島上是如何的抑鬱難解，又如何從筆墨找到寄託：他書藝的代價是半生的顛沛困頓。他筆下的點與線不僅標記字形和意義，更指向歷史不可知的深處，生命的黑暗之心。試看他的草書橫披「江山此夜寒」。這幅字選錄了唐代詩人王勃（650-676）的名句「寂寞離亭掩，江山此夜寒」下聯，充滿一股蕭索的氣氛。臺卻以行草

---

[93] 我的分析得益於Dannis J. Schimdt對語言與音樂的討論。請見 *Lyrical and Ethical Subject: Essays on the Periphery of the Word, Freedom, and History* (Albany: State University of New York Press, 2005), pp. 61-76.

書寫，陡然讓「江山」和「寒夜」生動起來。「山」和「夜」的
飛白尤見氣勢。字幅上的「江山」與「此夜」成平行走勢，江山
的悠遠和此夜的短暫形成強烈對比。但不論久暫，都為第三行兀
自跳出，而且字體拉長的「寒」字所統攝──果然寒意逼人。即
使落款的「靜者戲墨」也充滿對比張力；「靜者」凝練，而「戲
墨」則幾乎有了狂草趣味。書法家是在水墨之間一任自己的寂寞
有了片刻解放。（圖六）

圖六　臺靜農作品：江山此夜寒草書橫披。（臺益公提供）

　　重新回到臺靜農到臺灣後所致力融合的兩種書法範例：倪元
璐所代表的「帖」學傳統與「石門頌」所代表的「碑」學傳統。
倪元璐是南方人，他的風格雖然強勁執拗，但他的字在審美與材
質上仍反映出「帖」的抒情特徵。相對而言，「碑」來自北方，
大多見於漢代甚至漢代以前的石碑銘刻。從倪元璐轉向石門頌，
臺靜農將「碑」的莊嚴穩重帶進他原本以「帖」為準的書法裡。
除了美學品味上的轉變外，我們可以揣測他也許另有歷史情懷
的投射？從時間和地理來說，「北碑」的傳統早於「南帖」的傳

統。因此，回歸「碑」的傳統，便呼應了一種對古典源頭——或書寫正統——的追尋，而這也正是逆反「南渡」，北向回歸。

更為重要的是，臺靜農日後糅合倪元璐與「石門頌」的風格，暗示他有意重新思考「時間」為何物的意義，以及傷逝悼亡的方法。倪元璐最為人所稱道的是他的行書。以此他充分展現了書寫時心情的轉折以及墨色的變化；他的字裡時間的元素呼之欲出，給予觀者或時不我予、或與時俱變的感受。另一方面，「石門頌」在塵封多個世紀後重被發掘，殘缺的碑銘、模糊的字跡提醒我們地久天長，時間消磨了一切。倪元璐的書法美學的極致由歷史災難和個體生命的殞落所淬鍊，也因此，倪的死節成了字裡行間的潛文本。相反的，我們對「石門頌」的作者從來一無所知，而且經過千百年風雨浸蝕，碑文幾乎模糊不可辨識。兩種書法以不同方式見證時間的力量或摧枯拉朽，或水滴石穿，任何歷史建構終究難以倖免。

我們現在可以回到本文開始所引的書法橫軸：「人生實難，大道多歧。」如同上述，這是臺靜農晚年鍾愛的警句，有多種解讀方式。「人生實難」帶有一種懷疑主義的底色，暗示死亡都不能帶來救贖；「大道多歧」則嘆息世路分歧，尋「道」之人難免要付出身家性命的代價。回顧他從北到南的人生旅程，從革命青年、小說家、白話詩人、舊體詩人、學者、教育家、藝術家、左翼分子、遺民，甚至「後遺民」，[94]臺靜農有充分理由思索他所曾

94　王德威，〈後遺民寫作〉，《後遺民寫作》（臺北：麥田出版，2007），頁23-70。

選擇的道路，以及未嘗選擇的道路。我們再次想到阮籍駕牛車出遊，每遇前方無路，車不能行，慟哭折返的故事。我認為臺靜農晚年是透過書法來重新體會這則故事的深意。他紙上的字跡指向過往來時的路，也指向尚待探勘的路。隨著筆鋒轉折，墨色流動，種種歧路、末路、絕路不斷的試探書法家生命的底線，也不斷誘引他一再的書寫，重複的書寫，好找尋出路──薛西弗思的命運也不過如此？「人生實難，大道多歧。」書寫到死而後已，書寫到絕處逢生。但話說回來，這一切原來不過是場墨戲，是場預知死亡紀事的演義麼？佛洛依德失而復得、死而再生的Fort-Da遊戲寓言，在臺靜農的書法裡找到不可思議的對應。

　　當我們對這張橫幅的目光從臺靜農寫了什麼，移到他怎麼寫的層次，我們更能理解書法如何默默呼應他的離散意識。橫軸以行書寫成，清楚地展現倪元璐字體的風格：每一個字的結構都微微偏右上斜，「實」字的平鉤與「人」字的捺，還有「道」、「歧」等字都強勁壯健，以上揚筆勢完結，好像書寫者有意牽制理應向下的筆鋒。「大」和「多」二字筆墨飽滿，恰巧對應二字的字義。「人」字的右半邊的偏長的筆畫與「實」字的左撇帶有特別頓挫的效果，看得出書寫者添加了筆力，也間接暗示他對「人」生「實」難的深切反省。

　　再者，臺靜農師法「石門頌」所發展的「碑」體，為八個大字的圖像呈現加上一層雄沉的底蘊。臺運筆力道厚實，營造出一種有稜有角的雕鑿效果，不像毛筆書寫，反而更貼近銘文石刻。他的文字構造也比典型的倪元璐體更為方正，特別是「難」、「多」、「歧」三個字的中心部位被賦予較大空間，因此帶來始料

未及的舒緩效應。

　　論者已指出，臺靜農成熟時期的書法乍看之下沉重凝練，結構森嚴，但當他厚實的線條每每導出纖柔的轉折，或奔放的筆力突然以壓抑的回鋒收尾，一種淒迷陰柔的氛圍因此而生。[95]我們所討論的橫軸便是一個好的範例。書法家從頭到尾試圖在倪元璐及「石門頌」的範本間維持巧妙的平衡，讓即興的靈敏與戒慎的莊重相輔相成。臺靜農尋尋覓覓，似乎要為他長此的抑鬱還有不足為外人道也的執著找到一種安頓力量；但另一方面，他似乎對任何奉崇高之名的安頓力量——主義、政權、或塔、或碑——總覺得惴惴不安。深藏他內心的叛逆精神和個人主義必須要有逃逸的出口。凝重與幻魅：穿梭在兩種風格之間，臺靜農體現了他早期文學創作中的母題。誠如「死室的彗星」，他在筆墨中追尋一種動力，好掙脫有限的拘束空間；誠如「春夜的幽靈」，他的銘寫總不能也不願擺脫歷史廢墟中徘徊不去的幽靈。

尾聲

　　1988年10月，臺靜農出版散文集《龍坡雜文》，追憶故舊、評點文藝，也回顧三〇年代以來的個人經驗。此書勾勒了臺跌宕起伏的一生，寫來卻是行雲流水，平淡而內斂，論抒情風格

---

[95] 範例請見江兆申，〈龍坡書法〉，收入林文月編，《臺靜農先生紀念文集》，頁89-100。特別是龔鵬程的討論，〈里仁之哀〉，收入林文月編，《臺靜農先生紀念文集》，頁196。

的極致，莫過於此。各篇文章中最扣人心弦的是〈始經喪亂〉。
這篇文章回顧臺靜農1937年夏天一場艱難的跋涉。當時盧溝橋
事變剛剛爆發，臺靜農人在北京，急於到安徽和家人團聚。然而
臺的友人魏建功（1901-1980）要他先轉道南京，向胡適（1891-
1962）報告淪陷後北京大學的未來。經過重重險阻，臺靜農總算
抵達南京，暫住友人家中。此時國民政府正在空襲警報中匆忙撤
退，市面一片愁雲慘霧；一天炸彈從天而降，正好落在臺靜農友
人的房子裡，臺僥倖逃過一劫。這段經歷在臺的回憶裡卻是波瀾
不驚，甚至帶有一絲自我調侃的幽默。此無他，歷史已經過了半
個世紀，憑著後見之明，臺靜農淡淡地告訴我們，「這不過是我
身經喪亂的開始。」[96]

　　透過「喪亂」，臺靜農呼應著文學史上無數的聲音，杜甫描
述安史之亂後的逃難經歷：「自經喪亂少睡眠，長夜沾濕何由
徹？」就是一例。[97]臺靜農或許還聯想到謝靈運（385-433）的
怨嘆：「中原昔喪亂，喪亂豈解已。」[98]但他更可能認同〈哀江南
賦序〉中庾信（513-581）的自哀：「信年始二毛，即逢喪亂，
藐是流離，至於暮齒。」[99]庾信是南北朝時期梁朝（502-557）最

---

[96]　臺靜農，〈始經喪亂〉，《龍坡雜文》，頁148。

[97]　杜甫，〈茅屋為秋風所破歌〉。仇兆鰲詳註，《杜詩詳注》（北京：中華書
　　　局，1985），頁832。

[98]　謝靈運，〈述祖德二首並序〉。顧紹柏校註，《謝靈運集校注》（臺北：里仁
　　　書局，2004），頁154。

[99]　更多有關庾信的討論，見臺靜農，《中國文學史》，卷1，頁265-268；Kang-i
　　　Sun (孫　康　宜), *Six Dynasties Poetry* (Princeton: Princeton University Press,
　　　1986)，第5章，特別是頁178-183。「哀江南」的主題來自《楚辭》，見宋玉

有才氣的詩人之一，西元554年出使北方鮮卑所建的西魏（535-557），卻被留置直到老死。在他生命最後的二十七年裡，庾信有家難歸，一方面隔江遠望南方的家國屢經內亂外患，終於覆滅；一方面自己也身陷北方朝代從西魏、北齊到北周的反覆更迭。儘管北方的生活優渥無虞，庾信暮年對江南的思念愈發不能自已。〈哀江南賦〉傳達了庾信最最強烈的失落與鄉愁。

　　然而庾信南向的望鄉姿態充滿反諷。庾信的家族原來是北方望族，在西晉（265-316）亡於匈奴時南遷──是為「第一次南渡」後落籍南方的北人。多少年後，他鄉已經成為己鄉，庾信的一代早已自居為南人。庾信的「哀江南」於是洩漏了情感與記憶深層的不確定性：鄉愁未必是根深柢固的地緣情感，隨著時間流逝，人身的遷徙，鄉愁的坐標也可以隨時空的改變而改變。

　　謝靈運、庾信，以及杜甫的詩作之外，我要說臺靜農的「喪亂」意象更召喚出一則和書法有關的公案，就是書聖王羲之書作中最傳奇的〈喪亂帖〉。王羲之寫下此帖的動機在於哀悼家族在北方的祖墳的毀壞。王羲之的祖輩在西晉朝廷官居高位，其墳塋甚至屬於皇室陵寢的一部分。西晉滅亡後，皇室公卿巨族南下，建立新朝，是為東晉，他們的祖墳卻永遠留在北方。到了第四世紀中期，晉室北方的陵墓在人為與自然雙重破壞下頹圮崩毀，王家的祖墳包括在內。王羲之得知後悲痛不已，寫下他的感傷：

《招魂》：「目極千里兮傷春心，魂兮歸來哀江南。」洪興祖補註，《楚辭補注》，頁215。

> 喪亂之極，先墓再離荼毒。追惟酷甚，號慕摧絕，痛貫心
> 肝……哀毒益深，奈何奈何。臨紙感哽，不知何言。[100]

長久以來，王羲之書法以典雅流麗享譽於世，他的字「融合了與
生俱來的神韻和悉心經營的匠心」。[101] 但〈喪亂帖〉是個特例。
如同汪躍進所指出，這封信開始於情感的強自收斂，筆尖每每在
收尾之際猛力勒回，但是接下來的字體顯示「壓抑自此為悲憤焦
慮所取代，激動情緒的釋放反映在筆畫的肆意開闊上」。書帖的
最後，王羲之已不能維持行書姿態，愈寫愈草，連綿纏繞，彷彿
不如此無以發洩他的痛苦與悵惘。[102]（圖七）

　　更引人入勝的是〈喪亂帖〉在中國失傳已久，近代以前甚至
沒有任何一本書法目錄提到這幅字的存在。一般相信這幅字是以
拓帖的形式在八世紀或更早流到日本，而遲至1892年才為書畫
家楊守敬（1839-1915）發現並傳回中國。[103] 換言之，〈喪亂帖〉
有超過一千年的時間淪落──喪亂──在海外。

---

[100] 見汪躍進的討論，Eugene Wang, "The Taming of the Shrew: Wang Hsi-chih (303-361) and Calligraphic Gentrification in the Seventh Century," in *Character and Context in Chinese Calligraphy*, eds., Cary Y. Liu, Dora C. Y. Ching, and Judith G. Smith (Princeton: The Art Museum, Princeton Univeristy, 1999), p. 134.

[101] 同前註，頁133。

[102] 同前註，頁136。

[103] 作品為楊守敬在日本發現。楊為晚清外交官以及著名書法家。楊本人也臨摹此作，收入他的《臨蘇園帖》。然而作品要到1934年以後才有初次印刷出版。見〈《喪亂帖》回國省親專家考證唐傳入日本〉，網址：http:// www. sh.xinhuanet.com/2005-02/02/content_3675428.htm.(02/22/09）。

圖七（上圖）王羲之〈喪亂帖〉。（下圖）臺靜農所書〈哀江南賦〉。
（臺益公提供）

　　有關〈喪亂帖〉的真偽歷來屢有爭議。我所關注的是不論真偽，〈喪亂帖〉是個「現代」的發現，同時它的出現也顛覆了王羲之千百年來的經典印象。一般書論多半讚賞王羲之的字清朗俊逸，也視此為中國書法的典範。然而〈喪亂帖〉提醒我們王羲之的時代其實充滿動盪，他的書法再高華潔美，也難以不留下喪亂的痕跡。北方文明的崩潰，亂世裡家族的離散，書法的南渡，〈喪亂帖〉千餘年的流落海外，乃至書帖出現後對傳統書法正宗的挑戰，無不說明作為一種溝通形式，書寫所必須承擔的種種歷史的偶然因素和物質的脆弱性，古代如是，現代也如是。

　　臺靜農當然熟知王羲之筆鋒內外的喪亂經驗。他甚至將王羲之的遺民情懷和民國第一舊王孫畫家溥心畬（1896-1963）相提並論。[104]〈始經喪亂〉的標題喚起了三重意義。第一，王羲之懷著至痛的心情寫出〈喪亂帖〉，為的是遙念先祖，臺靜農則回憶自己半世紀以前的一場流亡，而且帶著反諷的後見之明：「始經」喪亂後，更多的苦難才要接踵而來。第二，王羲之的〈喪亂帖〉以文字和書法表達出一種空前絕後的哀慟，臺靜農的〈始經喪亂〉卻暗示所謂的「始經」其實已經是一個重複，重複千百年來中國人無休止的困阨、遷徙、悼亡、遺忘，和回歸。也許我們去古已遠，甚至連喪亂也不能引起如昔的震驚了，一種徒然的感喟默默展開。第三，儘管「喪亂」二字是古典詩文常見的意象，

---

[104] 臺靜農，〈有關西山逸士二三事〉，《龍坡雜文》，頁107。「『吾為逸民之懷久矣，足下何以方復及此？似夢中語耶』？羲之此語雖不知對何人所說，然可體會的是羲之的喪亂意識，若參知晉書之傳中與殷浩書，更覺得此語之沉重，然則心畬與羲之有同感耶？」

對書法家臺靜農而言，引用「喪亂」作為文章標題，應有弦外之音。弔詭的是，臺以散文形式平鋪直敘自己的戰時經驗，既沒有提到王羲之，也沒有提到傳奇的〈喪亂帖〉。臺似乎有意藉用「喪亂」的多重指涉來說明自己書法事業的寓言意義。對不知者而言，「始經喪亂」指的不外是臺靜農生命中期的大轉折；對知之者而言，「始經〈喪亂〉」正意味著經此轉折，他正式進入了書法世界。但沒有了生命的歷練，又怎麼體驗書法？臺靜農的例子由此證明書寫和人生，文字和符號，意義和形式互為表裡，構成了書法無窮盡的演繹體系。

於是，從唐代的顏真卿到明代的倪元璐，從「華山碑」到「石門頌」，臺靜農最後終於來到王羲之──書法家中的書法家。多少世紀以來，這位書法鼻祖的傑作只能透過臨摹拓印代代相傳；而再造王羲之傳奇的〈喪亂帖〉也依然只是真跡下落不明的複製品。臺靜農晚年透過「喪亂」召喚王羲之和王書寫的情境，似乎理解書法之道無他，就是關於創傷與失落、銘刻與傳抄；就是在人生無盡的喪亂裡，以白紙黑字「寫出」一個抒情的空間。如此臺靜農教導我們書法不唯消遣而已，而能啟動表意文字（ideography）與編碼文字（encryptography），本體的渴望與存在的追尋，歷史的回歸與歷史的離散的對話。國家不幸「書家」幸，這大約是書法對中國現代性最奇特的見證了。

尾聲

批判的抒情

　　「抒情」話語在二十世紀中期中國所呈現的文藝形式和歷史意義究竟是什麼？本書透過一系列知識分子、文化人和藝術家在戰爭、革命或離散中的遭遇，描述一個非常時代裡詩與史的關係。這個時代吶喊團結、頌讚集體，但我們也聽到無數異議聲音此起彼落，引發政治、倫理，甚至審美的辯證。他們在群己之間作出抉擇，或激昂，或執拗，或低迴，無不動人心魄。這些極富挑戰性的聲音為當代中國乃至世界政治增添了一抹詩意，我以「史詩時代的抒情」稱之。

　　本書中的個案研究包括沈從文的文學和考古學，馮至和何其芳的詩歌，胡蘭成的散文，林風眠的繪畫，江文也的音樂，梅蘭芳的戲劇，費穆的電影，臺靜農的書法，陳世驤、普實克的文學批評等。這些學者、文化人的經驗恰足以說明在歷史動盪中，中國抒情話語反而生機蓬勃、眾聲喧譁。然而他們也見證了其中的凶險和隨之而來的惡果，包括永遠的沉默。一般論述往往將抒情和感傷自戀、耽美浪漫聯繫在一起。與此相反，我把抒情視為觸

摸現代中國歷史危機和「感覺結構」的重要基石。阿多諾說：「奧許維茲大屠殺後，詩不再可能。」但早在十七世紀黃宗羲已提出「史亡而後詩作」。

除了西方的浪漫主義和革命詩學，這些中國文人和藝術家們從傳統中國抒情論述汲取了大量資源，但這一點卻常為當今批評家所忽視。如本書詞源學考證所示，古典的「情」有情感、情實等多重涵義，而「抒情」既是感性的表達也是觀念的思索，既回應歷史情境也指向行為尺度。由此推衍，「抒情」可以是一種文學和藝術類型，一種情懷，也可以是一種表徵體系、知識系統，甚至可以是一種由情感、歷史驅動的意識形態。在「情」與「抒情」話語的交織下，本書處理作家、知識分子和藝術家如何表述家國與個人。由此滋生的理論思辨，譬如「興」與「怨」、「情感」與「物象」、「政治」與「魅惑」，都與我們的時代息息相關。

抒情話語促使我重思中國現代性理論範式。諸如本書探討「啟蒙」與「革命」兩大基調的得失；我認為，知識啟蒙無論如何訴諸理性，需要想像力驅動；革命如果沒有撼人心弦的感召，無以讓千萬人生死相與。更重要的是，抒情話語提供一種獨特平臺，展演離亂浮生的複雜選項：唯我還是奉獻，真情（authenticity）還是實意（sincerity）、救贖還是背叛、沉默還是犧牲……。究其極，抒情話語必須自我質疑在這一時代存在或消失的因由。

我認為「史詩時代的抒情」是世紀中期全球抒情話語的重要部分。在那個時代，以海德格、班雅明、阿多諾、布魯克斯、普

實克，以及德曼為首的批評家們把抒情看做是理解歷史、鑄就新
世界的方法。他們的論述各有精妙之處，而本書論及的中國批評
家們則自東亞語境提供了特殊視角，延伸了我們關於美學、倫
理，和政治的認識。

　　這些案例研究引發了一個亟需思考的問題：如果抒情話語曾
為二十世紀中期的中國藝術家和知識分子所發揮，用以對抗時代
危機，它和二十一世紀的當代又有什麼關係？抒情是否能被用來
投射，甚至干預，我們當下的生存狀態？

　　九〇年代末以來，後社會主義中國經歷了思想「大躍進」，
不同陣營的知識分子汲汲為新中國的未來提供了各類診斷和藥
方。新左派批判「去政治化的政治」，[1]渴求一場新的革命到來；
新自由主義的信徒鼓吹市民社會和啟蒙圖景；政治儒家們則主
張返古開新，嚮往「通三世」、「大一統」。[2]儘管這些知識分子
汲取了不同資源，基本論述仍囿於二十世紀初「啟蒙」與「革
命」的範式中。他們的訴求或許有助於完成中國現代性的未
竟事業，但並沒有開啟新的理論空間。他們仍然渴求一種宏大
的、史詩性的解決方案。然而在我們的時代，革命已經無法擺脫
「內爆」（implosion）或「內轉」（involution）[3]，而啟蒙在「祛魅」

---

[1]　汪暉的 Hui Wang, *The End of the Revolution: China and the Limits of Modernity*
　　(London: Verso, 2009)，就是一例。

[2]　請參考許紀霖，《啟蒙如何起死回生：現代中國知識分子的思想困境》（北
　　京：北京大學出版社，2011）。

[3]　在紀爾茲（Clifford Geertz）的人類學論述中，「內轉」（involution）指的是一
　　種社會或是文化的僵局，這種僵局無法通過變革來突破，而成為內裡力量的

（disenchantment）之後，面臨再「招魂」（re-enchantment）的挑
戰。這類「史詩」式思維模式與其說是解決二十世紀中國危機的
方案，不如說也是一種殘留的病根。「抒情」從來不是強勢的思
維模式。在我們的時代裡，抒情話語有沒有機會翻身，印證其魅
力？

　　2017年7月13日，諾貝爾和平獎得主，中國現代文學學者
劉曉波（1955-2017）病逝，直至過世前他未獲自由。劉曉波崛
起於1980年代末，正屬於新啟蒙一代。天安門事件後他的批判
立場轉趨激烈，因此屢次入獄。其實劉所嚮往的是體制內的軟革
命，但在一個「不准革命」的社會，他的命運早已注定。在可見
的未來，劉曉波的政治言行勢必持續引起不同詮釋或壓制，但他
在獄中為妻子寫下的詩歌卻見證一位理想主義者的情志：

巡迴。杜贊奇把這個概念運用到他對現代中國早期國家和鄉村權力機構變革
的研究中。根據杜贊奇的觀察，「內轉狀態」（state of involution）一般由國家
結構和民間結構的同時壯大而產生。由於「國家機構無法有效地吸收新的社
會力量，只能通過複製、衍生來承襲舊有國家—社會關係。它依靠民間權力
結構維持穩定，但卻無法有效控制後者。其結果是權力結構的失敗、增長，
和分崩離析。」我在不同層面上使用這個詞彙。如果「革命」（revolution）意
味著以激進的手段克服既成範式，「內轉」（involution）指的是一種因為膨脹
內爆從而摧毀自身的傾向。詳細的分析請見 Prasenjit Duara, *Culture, Power, and
State: Rural North China, 1900-1942* (Stanford: Stanford University Press, 1991), p.
74, 和 Clifford Geertz, *Agricultural Involution: The Processes of Ecological Change
in Indonesia* (Berkeley: University of California Press, 1963). 我在《被壓抑的現代
性：晚清小說新論》一書的導論裡也詳細討論了該問題。

親愛的

你整日遊走於墳墓間

與風中的亡靈

默默相對

很深的注視

使彼此的血凝固

這些徹底的失敗者

沒有留下名字和歷史

……

夢的尖頂上

又長出龜貝竹的嫩葉

它的自殺總不成功

而你這個

迷戀失敗者的女人

自己卻從不失敗

因為從屍體的微笑中

你知道了

那永遠不會失敗的

只有死亡……[4]

這是抒情的時刻，也是批判抒情的時刻。愛情與政治、生命與死

---

[4]　劉曉波，〈你‧亡靈‧失敗者——給我的妻〉，http://www.liu-xiaobo.org/blog/
archives/18368。

亡、希望與絕望相生相剋，所滋生的悖反邏輯既溫柔又強悍，令人低迴不已。

我們的世紀如此「和諧」，劉曉波的生與死甚至透露著不合時宜的氣息。然而我們願意相信，大說家們左右橫飛的口沫有時而盡，多少年後，我們記得的是一位「徹底的失敗者」，他「沒有留下名字和歷史」，但留下了這樣的詩句：

> 夢的尖頂上
> 又長出龜貝竹的嫩葉
> 它的自殺總不成功

如胡風描寫魯迅為「第一義的詩人」，是這樣的詩人，不僅僅以文辭，而是以情志，以生命，形成一種感召人心的力量，一種典型。歷史上多少「史詩」時代呼嘯而過，但千百年來那詩人行吟江畔的歌哭縈繞不去：

> 路漫漫其修遠兮，
> 吾將上下而求索。[5]

「康德式兩難」與中國式回應

史碧華克（Gayatri Chakravorty Spivak）在《全球化時代的

---

[5]　屈原著，郭沫若譯，《離騷九歌》(北京：人民文學出版社，1987年)，頁31。

美學教育》一書中認為，人文學科必須重拾美學教育以應對全球
化的挑戰。對史碧華克而言，美學教育關乎判斷力、同情心和公
共性。因為通過美學訓練，我們可以「感知」人類生存的諸多
困境。[6]史碧華克關於公眾文化和教育方法的觀點來自德國浪漫
主義藝術觀，她認為這種觀念適足以啟發後革命時代的大眾，
從而推進道德啟蒙。[7]她最初的靈感源自被她稱為「康德式兩
難」的思維：康德將哲學思維區分為先驗的演繹（transcendental
deduction），和預期的錯誤（intended mistake）兩種。[8]兩者形
成倫理學和美學的二律悖反。史碧華克隨後討論席勒（Friedrich
Schiller）如何調和康德所提出的美學和倫理學張力。席勒在藝
術中找到了「遊戲」的概念：正是通過這種遊戲，人類才成為感
性和邏輯道德相輔相成的綜合體：「當兩股相反的驅力內在於人
性之時，它們都失去了各自的強迫性和必然性，從而誕生了自
由。」[9]

　　史碧華克對康德和席勒論點的批評同時觸發她對當下全球困
境的反思：曾經廣受支持的左翼資源日益枯竭，而種種不平等現
象仍在延續。她批評席勒對康德式二律悖反作了唯心主義解讀：

---

[6]　Gayatri Chakravorty Spivak, *An Aesthetic Education in the Era of Globalization* (Cambridge, Mass: Harvard University Press, 2012), pp. 1-34.

[7]　Shahidha Bari, "A Reminder of Pedagogy's Power to Reach Beyond the Logic of Capital Enthuses," *Times Higher Education*, April 5, 2012, http://www.timeshighereducation.co.uk/story.asp?storycode=419513.

[8]　Spivak, *An Aesthetic Education*, pp. 12-15.

[9]　同前註，頁19。

這種解讀「把哲學的欲望（desire）轉為實現（fulfillment）。」[10]
她轉而從華茲華斯、馬克思、葛蘭西、德希達、德曼，和社會科
學家葛列格里・貝特森（Gregory Bateson）等處取經，重新解讀
康德式兩難。對於貝特森來說，訓練人類想像力的關鍵在於「無
止境的相互反思……從一種解決方式再到另一種解決方式，總
會從下一個解決方式看到優於前者之處」，[11]基於貝特森和其他批
判家的論述，史碧華克把她的美學教育描述為「想像力的遊戲」
（imagination play）：一種想像的行為，通過不斷叩問康德式二
律悖反來質詢「抽象」和「具體」，普世的單一性和民主的多元
性。[12]在結尾，史碧華克認為「把信仰置換為想像力可以激發最
富活力的閱讀。」[13]

　　史碧華克在新世紀重申美學教育的舉動引來了許多批評。
在此之前，她以女性主義、解構主義、馬克思後殖民主義，和
性別批評著稱。在目睹全球後資本主義轉向後，史碧華克在美
學中找到著力點，認為探究「生存情境的感性能量」才是人文
學科的新方向。史碧華克的論點雖然有待商榷，但她坦白地指
出了當代知識分子的困境：如何面對思與行、個人與集體，以
及詩學與政治的兩難選擇。除此之外，瑪莎・努斯鮑姆（Martha
Nussbaum）、羅蒂（Richard Rorty）和巴特勒（Judith Butler）等
當代學者也都不約而同，探討文學和美學應當如何塑造公共議題

---

[10]　同前註，頁19。
[11]　同前註，頁5。
[12]　同前註，頁4。
[13]　同前註，頁10。

中的理性和行為。[14]

　　當我們把史碧華克的美學教育置於當代中國語境中，可以產生何種想像力？又如何面對當下中國的「兩難」？美學作為專業學門，二十世紀初才出現於中國學界，成為全球知識生產和流通的一環。[15]然而，美學進入中國語境後，便與不同譜系的思想或理論發生碰撞：如王國維從叔本華和康德的視角解讀《紅樓夢》，蔡元培受席勒啟發提倡美學教育，宗白華融合黑格爾和《易經》鑄就「氣韻生動」說，[16]胡風借鑑盧卡奇以及蘇聯批評家盧那察爾斯基定義革命詩學。[17]這些知識分子和文化人不僅使美學成為現代中國人文學術要項，也上溯至古典，發明了中國自己的「美學傳統」。

　　教條派馬克思主義者急於指出美學學科背後的社會和意識形態動機。彼得‧布通（Peter Button）從小說的寫實主義出發，將中國美學看作是歐洲資本主義帶來的全球審美意識形態的一

[14] 諸如Martha Nussbaum的 *Poetic Justice: The Literary Imagination and Public Life* (Boston: Beacon Press, 1995); 還有Richard Rorty的 *Contingency, Irony, and Solidarity* (Cambridge: Cambridge University Press, 1989);以 及 Judith Butler的 *Bodies That Matter: On the Discursive Limits of "Sex"* (New York: Routledge, 1995). Nussbaum 以其對文學在公共事務中發揮的情感力量的深入研究著稱。關於對近來政治理論的文學轉向，參見Simon Stow的 *Republic of Readers? The Literary Turn in Political Thought and Analysis* (Albany: State University of New York Press, 2007).

[15] 參見彭鋒，《引進與變異：西方美學在中國》（北京：首都師範大學出版社，2006）。

[16] 湯雍華，《宗白華與「中國美學」的困境》（北京：北京大學出版社，2010）。

[17] 王麗麗，《在文藝與意識形態之間：胡風研究》（北京：中國人民大學出版社，2003）。

部分。[18] 布通的觀察值得正視,然而他的觀點過於簡單,反而暴露了自己的「全球化」心態:他的批評脫胎於幾套標準西方理論,[19] 但他對現代中國美學的多樣形態和其背後的古典淵源卻一無所知。他鼓吹蔡儀的《新美學》———一套以唯物決定論著稱的審美論述,譽之為經典,無非透露了一種社會主義式的東方主義(socialist Orientalism)遐想。

如果史碧華克呼籲學界重新思考當代美學與美育有其道理,那麼中國應該如何回應?我們期待一個多元的回應,至少不是重新「平反」蔡儀。基於此,我認為本書所探討的「抒情」話語或可是一種回應方式,而二十世紀中期的抒情論述恰恰是個可能的起點。必須重申的是:此處並非將中國的抒情論述視為中國美學的唯一或全部,也不把它當做解決所有中國問題的普遍(全球性?)方案。正如引言所論,中國抒情話語可以為我們的思考提供一個批判性的界面。自現代中國美學誕生伊始,抒情話語即遭

---

[18] Peter Button, *Configurations of the Real in Chinese Literary and Aesthetic Modernity* (Amsterdam: Brill, 2009).

[19] Peter Button 的分析主要基於 Jean-Luc Nancy 和 Philippe Lacoue-Labarthe 的著作 *The Literary Absolute: The Theory of Literature in German Romanticism* (Albany: State University of New York Press, 1988). 請參見 Thomas Moran 2011 在 MCLC Resource Center 發表的書評,http://mclc.osu.edu/rc/pubs/reviews/moran.htm。如果資本主義霸權無所不在,Button 並未解釋何以他自身能夠獲得一個免於審美意識形態侵襲的超越歷史的原點。此外,早期現代中國文藝思想未必與審美意識形態緊密相連。Button 還忽視了中國古典文藝思潮在塑造現代中國美學話語中的重要作用。即使是蔡儀的美學理論也非全盤受到社會主義審美意識形態的影響。

遇各種思潮——從革命到啟蒙、從主體到主權——的衝擊，不斷
對話，以迄當代，因此形成的譜系，值得我們正視。

　　據此，我將介紹當代以抒情論述及中西美學研究見知的兩位
學者李澤厚和高友工，作為本書的開放式結束。兩人均於七〇年
代末八〇年代初，開始「情」或「抒情」的研究。李澤厚在1956
年與朱光潛、蔡儀進行的美學大辯論中嶄露頭角。這場辯論圍繞
著「什麼構成美」的根本問題展開。[20]朱光潛曾是三〇年代美學
巨擘；他企圖通過調和美的感知與社會性來修正此前偏向唯心的
觀點，但他始終沒有放棄個人主體的能動性。[21]與此相反，蔡儀
強調外在的、客觀的美的類型學，一種可以通過模仿而實現的馬
克思主義實踐論。李澤厚既反對朱光潛的主觀主義也反對蔡儀的
唯物主義。他認為美在人與自然交互實踐的「積澱」下逐漸成
型，從而彰顯歷史直線演進過程中人類勞動與智慧的成果。[22]

---

[20] 關於這場美學大辯論，主要相關文章如下：朱光潛，〈我的文藝思想的反動
　　性〉；黃藥眠，〈論食利者的美學〉，參見文藝報編輯部編，《美學問題討論
　　集》（北京：作家出版社，1957），頁1-35、69-135。蔡儀，〈評「論食利者
　　的美學」〉；朱光潛，〈美學怎樣才能既是唯物的又是辯證的〉；李澤厚，〈美
　　的客觀性和社會性〉，參見文藝報編輯部編，《美學問題討論集》第2集，
　　頁1-45。對於該討論的批判性研究，參見章啟群，《百年中國美學史略》（北
　　京：北京大學出版社，2005），以及Woei-lien Chong, "Combining Marx with
　　Kant: The Philosophical Anthropology of Li Zehou," *Philosophy East and West* 49,
　　no. 2 (1999): 120-135.

[21] 參見錢念孫，《朱光潛：出世的精神與入世的事業》（北京：文津出版社，
　　2005），第9章〈美學大辯論〉。

[22] 有關「積澱說」討論，參見彭鋒，《引進與變異》，第8章〈從實踐美學到美
　　學實踐〉。

　　李澤厚的美學養成得益於康德和馬克思主義傳統。他讚揚康德對人類自主性與判斷力的追求，也肯定馬克思關於歷史唯物主義的重視。[23]他致力於融合這兩股思想資源，一方面以感性的變革過程替代康德的先驗論，一方面以人類自由意志和想像力修正馬克思的客觀唯物主義。結果成為李澤厚所謂的「歷史人類學」。李澤厚強調「實踐理性」而非理性，「人化的自然」而非自然，「主體實存性」（subjecticality）而非主體性（subjectivity）。[24]

　　八〇年代，李澤厚因重新評估康德，發掘人道主義的馬克思主義，重思中國文明的美學維度而享有盛譽。文革浩劫後的「文化熱」大大增加了他的影響力。在歷史的關鍵點，李澤厚提出培育「新感性」的必要。[25]然而直到九〇年代「情本體」一說提

---

[23] Chong, "Combining Marx with Kant," pp.120-149; Jane Cauvel, "The Transformative Power of Art: Li Zehou's Aesthetic Theory," *Philosophy East and West* 49, no. 2 (1999): 150-171. 劉再復，《李澤厚美學概論》（北京：生活・讀書・新知三聯書店，2010）。關於李澤厚的哲學構成，Chong如此評論：「對於李澤厚來說，馬克思致力於分析人類群體使用『工具』來進行經濟生產的能力。同時，康德的學說給予了李分析人類本質精神和理念層面——知識獲取、倫理和美學——的哲學框架。」"Combining Marx with Kant," p. 121.

[24] Li Zehou, "Subjectivity and 'Subjecticality': A Response," *Philosophy East and West* 49, no. 2 (1999): 174-183.

[25] 李澤厚，《美學四講》，《美學三書》（合肥：安徽文藝出版社，1999），頁531-535。另參見《乙卯五說》（北京：中國電影出版社，1999），頁160-162。李澤厚宣稱其學術的終極目的在於情感：「人生的意義在於情感。包括人與上帝的關係，最後還是一種情感的問題，不是認識的關係。」「我從工具本體講起，到情感本體告終。」〈與梁燕城的對談〉，《世紀新夢》（合肥：安徽文藝出版社，1998），頁243、247。

出，「新感性」的理論和歷史內涵才得以彰顯。[26]李澤厚的「本體」既非神學本體論也非啟蒙本體論，他指的是把「情」付諸實踐和概念化的生活經驗。早在1955年他就發表了〈關於中國古代抒情詩中的人民性問題〉。多年後他回到了「情」的文學和哲學源頭，視其為一種感情、境遇，或是具有生成性質的物質。[27]無論其表達形式是感性的還是抽象的，「情」始終根植於人生經驗。對於李來說，中國和西方思想譜系均強調理性，從而忽視了「情」的重要性。他認為「情」可以為當代中國人文學科提供豐富的靈感和思想資源。

當然李澤厚並非唯一在新中國提出「情」的論者。除了沈從文早在五、六〇年代思考「有情」的歷史與「抽象的抒情」外，王元化（1920-2008）於文革後以龔自珍為例，力倡「情是根本」：「總的來說，情就是反封建束縛要求個性解放的『自我』。」[28]王早年即加入共產黨，但在五〇年代中期因受胡風案牽連而頗受打壓。他卻在長期壓抑狀態下，細讀黑格爾，並藉此重新詮釋《文心雕龍》，終成大家。八〇年代王以倡導「新啟蒙」

---

[26] 李澤厚，《實用理性與樂感文化》（北京：生活・讀書・新知三聯書店，2005），頁55-115。對情本體的闡釋，可參見劉再復的《李澤厚美學概論》，頁53-59。

[27] 除了孔孟學說之外，李澤厚對於「道始於情」和「禮生於情」的觀點十分著迷。詳見第一章分析，以及李澤厚，《實用理性與樂感文化》，頁55-56；劉再復，《李澤厚美學概論》，頁58。

[28] 王元化，〈龔自珍思想筆談〉，《文學沉思錄》（上海：上海文藝出版社，1983），頁192、194。有關王元化的思想轉折，參見王麗麗，《王元化評傳》（合肥：黃山書社，2016）。

知名，其實他在文革後立刻呼籲「情本位」，才是石破天驚之舉。

　　李澤厚認為儒家思想為「情」提供了一個精緻的理路和框架：「孔子致力於培育人類情感……他把情看作是人類生活和人性的基礎、內容，和起源。」「情」有助於調和倫理關係和社會政治網絡，從而產生愉悅的美感。「情」的最終體現是「仁」——一種澄明圓滿的人性狀態。李澤厚用「度」的觀念來充實「情」的學說。與超驗理性相反，「度」是一種實踐理性，對不斷變化的現實做「合情合理」的裁量。[29]「度」總是包含了來自經驗的想像力和判斷力。李澤厚把「度」看成是中庸的實踐，認為度必須通過美學教育來培養。[30]如此他將康德美學，馬克思實踐理論，與儒家的中庸態度熔為一爐。

　　1986年李澤厚提出「啟蒙」與「救亡」為中國現代性的兩大主題，引起熱烈回響。對於曾經深受此一論述啟發的讀者而言，李的轉向「情」和「度」是一種倒退。畢竟誰不希望以一種大刀闊斧的「史詩」方式，迅速解決中國問題？李澤厚對「情本體」的關注看似與主流漸行漸遠，卻是他浸淫政治和歷史多年的反思。從二十世紀五〇年代以青年馬克思學者的身分與朱光潛和蔡儀激辯美學開始，他走過了漫長的道路。親歷文革和天安門事件後，他意識到新中國的未來不能僅僅依靠「啟蒙」或是「革命」的迴光返照。他希望通過「情本體」找到一種感性形式，激

---

[29]　李澤厚，《實用理性與樂感文化》，頁3-54。
[30]　同前註。另參見Chong, "Combing Marx with Kant," p. 124. 李澤厚和史碧華克對於美育的看法有相似之處，也有不同之處。

活中國現實，進而重塑公民主體性。

　　李的批評者們可能嘲笑他關於「情」的倫理學和美學和當下的中國現實格格不入。但他的理論正是來自中國民間生態，是針對穿衣吃飯的「有感」而發，當然有實踐的迫切性。新左派和新自由主義的信徒批判中國後社會主義狀況，每每居高臨下，大言夸夸，相比之下，李澤厚從生活常情出發，反而更加動人。

　　高友工早年曾使用分析語言學和形式主義批評研究抒情話語。他與語言學家梅祖麟於1968年共同發表了〈杜甫的秋思：一個語言學批評案例〉。他們從詞彙語法結構、音韻模式的張力、內在意象的複雜性來探討杜甫名作中的語義歧義。文章一開始就宣稱其方法是借鑑於「燕卜遜（William Empson）和瑞恰慈（I. A. Richards）的語言學批評」。[31]高和梅畢十年之功發表了兩篇唐詩的分析，分析範式從燕卜遜的形式主義拓展到雅各遜（Roman Jacobson）的結構主義。[32]與此同時，高友工開始鑽研抒情論述，從詩歌迅速擴展到其他。他宣稱，「抒情美學是中國文學傳統的

---

[31] Tzu-lin Mei and Yu-kung Kao, "Tu Fu's 'Autumn Meditations': An Exercise in Linguistic Criticism," *Harvard Journal of Asiatic Studies* 28 (1968): 44. 文中提及了 Empson的 *Seven Types of Ambiguity* (1930)和 *The Structure of Complex Words* (1951)；Richards的 *Practical Criticism* (1929) 和 *The Philosophy of Rhetoric* (1936)。第一個註腳中也提及 Northrop Frye的影響。

[32] 這兩篇文章是 "Syntax, Diction, and Imagery in T'ang Poetry" 和 "Meaning, Metaphor, and Allusion in T'ang Poetry"，分別於1971年、1978年發表在 *Harvard Journal of Asiatic Studies*。在第二篇文章中他們對 Roman Jacobson 表達了敬意。陳國球在〈從律詩美典到中國文化史的抒情傳統：高友工「抒情美典論」初探〉中分析了高友工的理論和生涯，參見《政大中文學報》第10期，2008年12月，頁53-90。

精髓」，[33] 並從司馬遷的史學、莊子的哲學，以及曹雪芹和吳敬梓的小說中得到印證。1985年高友工提出中國「抒情美典」說，以律詩為極致，[34] 也延伸到音樂、戲劇、書法、畫作藝術形式。他最引人思辨的觀點是「抒情」涵攝了中國的認識論。[35]

　　高友工的「抒情美典」令我們想起陳世驤的「抒情傳統」。兩人都受到瑞恰慈的影響，並且共享朱光潛的主觀美學。然而比起陳世驤，高友工顯得更加野心勃勃：他不僅把抒情視野拓展到中國文明各方面，並且發展了一套綜合性的範式。高友工認為，中國的「抒情美典」與柏拉圖式「真理/再現」不同，是源自心與世界的律動。最能體現這一點的是律詩。作為極致完滿的抒情形式，律詩集內省與外鑠的經驗於一體，並以向心和離心的符號體系來呈現經驗的形式。這導致了「內化」（internalization）和「象意」（symbolization）之間的相互作用。[36]

　　高友工的分析乍看系出形式主義：他試圖描述甚至預設抒情話語的機制。但他也注意到抒情與「自我」和「當下」的闡發息

---

[33] Yu-kung Kao, "Lyric Vision in Chinese Narrative Tradition: A Reading of Hong-lou Meng and Ju-Lin Wai-Shih," in Andrew Plaks, ed., *Chinese Narrative: Critical and Theoretical Essays*(Princeton: Princeton University Press, 1977), p. 232.

[34] Yu-kung Kao, "The Aesthetics of Regulated Verse," in Shuen-fu Lin and Stephen Owen, eds., *The Vitality of Lyric Voice: Shih Poetry from the Late Han to the T'ang* (Princeton: Princeton University Press, 1986), pp. 332-384.

[35] Yu-kung Kao, "Chinese Lyric Aesthetics," in Alfred Murck and Wen C. Fang, eds., *Words and Images: Chinese Poetry, Calligraphy, and Painting* (New York: The Metropolitan Museum of Art, 1991), pp. 47-90.

[36] Yu-kung Kao, "Chinese Lyric Aesthetics," p. 55。高友工強調他的分析特別注重詩人的創作過程，頁48-49。參見高友工，《中國美典與文學研究論集》。

息相關，而這一關係瞬息流變，難以受制於形式主義。更根本的
關懷在於：如何以語言學或其他模式接近稍縱即逝的個人瞬間，
如何用抒情來承載歷史與自然的流變，構築自為的主體。當高
表示「抒情能夠觸及無意識的隱秘層面，給予人啟蒙和完滿之
感」，他同時為自己的形式主義分析賦予現象學色彩。[37]

　　我們不難發現高友工和李澤厚詩學的分歧。李澤厚關注人
類感性的積澱以及美學形式背後的工具性和勞動力，而高友工則
強調主體與世界彼此作用所顯現的靈光。至於抒情的表徵，李澤
厚注重生產條件的多元決定，而高友工則強調有情主體的厚積薄
發。李澤厚將「情」看做是跨主體性的鏈接，高友工則視「抒情」
為個性化的內鑠。李澤厚對康德、馬克思和儒家思想的借鑑體現
了後社會主義時代的折衷主義，[38]而高友工形式主義化的闡釋法則
蘊含了為歷史「加上括弧」（意味暫時擱置）的現象學傾向。

　　儘管兩者在理論和方法上有所不同，李澤厚與高友工都對抒
情話語情有獨鍾，並以此想像中國未來。他們延續二十世紀中期
中國知識分子的抒情圖景：李澤厚可是普實克的理想對話者，在
中國社會主義史詩式的實踐中注入抒情要素；高友工則為陳世驤
的「抒情傳統」另闢蹊徑，並且增添理論色彩。如同二十世紀中

---

[37] Yu-kung Kao, "Chinese Lyric Aesthetics," p. 53.

[38] Gu Xin（顧昕）認為李澤厚的三股理論資源最後被黑格爾式的主體性觀點
所替代。參見 "Subjectivity, Modernity, and Chinese Hegelian Marxism: A Study
of Li Zehou's Philosophical Ideas from a Comparative Perspective," *Philosophy
East and West* 46, no. 2 (1996): 205-245；以及李澤厚的回覆，"Subjectivity and
'Subjecticality': A Response," *Philosophy East and West* 49, no. 2 (1999): 174-183.

期的前行者，他們再一次證明抒情論述不是孤立現象，而是中國不斷探索群與己、個人與社會性實踐的一部分。

朝向史詩時代的批判抒情主義

結束本書，我們回顧各章人物，探問他們生命故事的最後一頁，帶給當代什麼啟發。首先是沈從文。沈從文於1988年5月10日離世，留下遺願：

> 照我思索，可理解「我」
> 照我思索，可認識「人」[39]

這些詩行源自沈從文的〈抽象的抒情〉，簡單數語，卻透露沈氏抒情的詩學與政治學。「照」既有跟隨、模仿的含義，也浸潤著佛學意義上的觀照、啟明之意。[40]「我」可以指沈從文，也可以泛指第一人稱的主體位置。因此，「我」的主體性作為一個管道，既啟動自我身分的認知，也導向自我與他我的交互關係。

更發人深省的是「思索」[41]。「思」可以追溯到共產革命勝利

---

[39] 沈從文，〈抽象的抒情〉，《沈從文全集》（太原：北岳文藝出版社，2009），第16冊，頁527。

[40] 關於中國西元六世紀時對「照」的佛學闡釋以及意象，參見田曉菲極富啟發的論述，田曉菲，《烽火與流星：蕭梁王朝的文學與文化》（北京：中華書局，2010），第5章。由此，再一次印證沈從文受到中國古典美學的影響。

[41] 「思索」源於《荀子・勸學》：「故誦數以貫之，思索以通之。」

前夕，沈從文的艱難抉擇；1948年他即已感受到革命即將帶來的天翻地覆，因而寫道：「用筆方式，二十年三十年統統由一個『思』字出發，此時卻必須用『信』字起步。」[42]沈從文自謂深受楚文化影響，總在千絲萬縷的思緒中起伏。他渴望中國的新與變，但卻很難死心塌地的信仰任何主義。

從觀念史的角度來看，「思」涵蓋了廣泛的心理活動，從思念到思想，從情思到心思。[43]沈從文所謂的「思」不僅限於理念辯證，更是文思，是神思——想像力的噴薄。劉勰《文心雕龍》有言：

> 神思之謂也。文之思也，其神遠矣。故寂然凝慮，思接千載；悄焉動容，視通萬里；吟咏之間，吐納珠玉之聲；眉睫之前，卷舒風雲之色；其思理之致乎！[44]

如果沈從文的「思」讓他「思接千載」，「視通萬里」，無所羈絆，他在社會主義政權下感覺格格不入，也就不難理解了。

「思」還是「信」？思可以導向信；信未必排除思。思難信易，還是信難思易？沈徘徊於兩難的抉擇中，發為文章。〈抽象

---

[42] 沈從文，〈致吉六〉，《沈從文全集》，第18冊，頁519；沈從文，〈一個人的自白〉，《沈從文全集》，第27冊，頁8-9；另參見他在1949年與兒子們的爭論，〈政治無所不在〉，《沈從文全集》，第27冊，頁39。

[43] 《說文解字》曰：「思，容也。」許慎撰、段玉裁注，《說文解字》（上海：上海書店，1992），頁501。《尚書洪範》：「思曰容，言心之所慮。不包也。」參見屈萬里，《尚書今注今譯》（臺北：臺灣商務印書館，2009），頁119。

[44] 劉勰，〈神思〉，《文心雕龍》（上海：新文化書社，1933），頁204。

的抒情〉見證了當代中國知識分子與政治、政權之間的艱辛關
係。讓我們重思沈從文的呼籲：所有知識分子和文人的意見不過
是一種抒情話語，他們的所言所行不過是「即景抒情」。他甚至
認為思考與文字不過是毫無威脅的白日夢。

　　沈從文以一種自嘲的語氣看待自己和同儕的立場和傾向，但
是仔細咀嚼，我們赫然發現其中富含激進的寓意。如果所有的
知識分子文人思維、話語、論述都被定義為「抒情」，那麼「抒
情」在政治和情感方面所爆發出的能量，哪裡是一般人所能想
像？也因此，「即景抒情」表達了個人感悟與歷史寄託的交匯。
如果藝術可以形塑現實，審美想像何嘗不能干預政治？漢娜・鄂
蘭晚年重新思考康德《判斷力之批判》，認為政治判斷力必須涵
容也呈現審美判斷維度，正可以作為對照。[45]

　　沈從文的難題也是本書中所有人物——不論立場——的共同
考驗。林風眠1977年離開中國大陸，來到香港。直到1990年去
世前，他的創作堪稱活躍。天安門事件爆發，血淋淋的鎮壓喚醒
他六十年前的噩夢。畫家以九十高齡創作了一系列題為「噩夢」
的組畫（見本書440頁）。畫中絕望和痛苦的人物和屍體，是對
六四的無聲抗議。

　　林風眠另一幅名為〈痛苦〉的畫與他1929年所繪〈人類的

---

[45] 鄂蘭專書未成即逝。Hannah Arendt, *Life of the Mind*, unfinished at her death, Ed.
Mary McCarthy, 2 vols. (New York: Harcourt Brace Jovanovich, 1978). 見 Jerome
Kohn, "Evil and Plurality: Hannah Arendt's Way to 'The Life of the Mind, I." in
Hannah Arendt. Twenty Years Later, ed. Larry May and Jerome Kohn (Cambridge,
Mass: MIT Press, 1997), pp.147-179.

痛苦〉極為相似。〈人類的痛苦〉受到1927年國民黨清黨大屠殺的啟發。如果說〈人類的痛苦〉依然遵循歐洲表現主義的技法，1989年創作的〈痛苦〉（見本書440頁）則遠遠超越這種範式。傳統表現主義筆觸融合了中國民間藝術和京劇象徵風格，將觀眾帶入了一個無言以對的情景：陰鬱而糾結，破碎而醜陋，重重黑暗力量彷彿一觸即發。在藝術生命的最後一刻，林風眠再度證明他的「抒情」始終植根於「危機狀態」。

馮至在八〇年代復出，主要專注修訂早期作品。天安門事件後，馮至寫出最後一首詩〈自傳〉，以此回顧一生的動盪和不斷的蛻變：

三十年代我否定過我二十年代的詩歌，
五十年代我否定過我四十年代的創作，
六十年代、七十年代把過去的一切都說成錯。
八十年代又悔恨否定的事物怎麼那麼多，
於是又否定了過去的那些否定。
我這一生都像是在「否定」裡生活，
縱使否定的否定裡也有肯定。
到底應該肯定什麼，否定什麼？
進入了九十年代，要有些清醒，
才明白，人生最難得到的是「自知之明」。[46]

46　馮至，〈自傳〉，《馮至全集》（石家莊：河北教育出版社，1999），第2卷，頁291。 同 時 見Wang Xiaojue在 *Modernity with a Cold War Face* (Cambridge, Mass: East Asia Center, Harvard University, 2013)，第5章中的討論。

馮至勾勒出一幅終其一生都在自我否定的自畫像。這既可視為他對歌德「蛻變」論的反思，也是對自己立場多變的告白。無論如何，詩人以誠懇的語氣為自己譜寫一曲輓歌。最後幾行「到底應該肯定什麼，否定什麼？／人生最難得到的是『自知之明』」，與沈從文的反思交相輝映，不由令人想起兩人在解放前夕的辯論，從此分道揚鑣。馮至一生的多變無以苛責，唯從中我們理解一代知識分子和文人為「思」與「信」所付出的代價，何其沉重。

臺靜農在人生最後的歲月所關注的應該是「割捨」，而非「否定」。他最後一首詩作於逝世前一年（1988）：

> 老去空餘渡海心，
> 蹉跎一世更何云？
> 無窮天地無窮感，
> 坐對斜陽看浮雲。[47]

1990年臺靜農〈老去〉。
（臺益公提供）

---

[47] 徐禮平編注，〈老去〉，《臺靜農詩集》（香港：翰墨軒出版有限公司，2001），頁70。

此時此刻臺靜農已旅居臺灣四十年有餘。年復一年，他曾渴望跨海歸鄉之旅。1987年臺灣政府解嚴，兩岸終於開放，但臺靜農已垂垂老矣，終未能如願。馮至最後歲月沉浸於「自知之明」的辯證中，臺靜農則興起「無窮天地無窮感」。由大陸到臺灣，經歷多少人生曲折，從詩人、革命者、小說家、教育家、書法家的角色轉換，臺靜農最終以詩歌作為自己的安魂曲。

　　胡蘭成在二十世紀末「魂兮歸來」，半因1995年張愛玲逝世，半因他個人文字和人格魅力。從九〇年代起，胡蘭成的著作以及傳記紛紛重出，堪稱為一種「現象」。在眾多胡氏信徒中，朱天文脫穎而出。她的小說《荒人手記》鋪寫一個臺北「同志」的懺情故事。朱以精湛的筆調，重塑了她的精神導師有關「興」與「抒情」的敘事。以異性戀女作家敘寫男同志的情天欲海，朱的「敘事／性」倒錯以及（偽）知識論如此華麗，在在呈現世紀末風景。

　　然而朱天文聲稱她的巴洛克風格只是表象，她更有意發揮胡蘭成詩學較不為人知的部分，即「蕩子」論及其超越。[48]朱天文遊走於放縱與反諷、頹廢與救贖間，自認重鑄了「蘭師遺教」。然而朱如此效忠乃師，以至未見胡蘭成抒情論述中最核心，也最詭譎的一面──背叛的抒情。

　　費穆1951年逝世於香港。在毛澤東時代，他的名字和作品很快被掃進歷史塵埃。《小城之春》直到八〇年代才重新出土，自此被公認為中國電影史上最優秀的作品之一。巫鴻研究中國藝

---

[48]　朱天文，〈花憶前身〉，《花憶前身》（臺北：麥田出版，1996），頁3-49。

術和視覺文化的廢墟美學，以《小城之春》為二十世紀中期的最佳範例。[49]新世紀伊始，中國著名第五代導演田壯壯（b.1952）重拍《小城之春》。田此舉無疑是向費穆表達敬意，然而兩作卻有顯著區別。田版沒有原作最令人著迷的畫外音，同時也將原作蒙太奇片段理順為直線敘事。尤其讓觀眾不解的是，田還原了費穆所刻意壓低的感傷元素。

但田壯壯或許別有用心。他必定從開始就明白，重拍費穆經典無疑是一場吃力不討好的挑戰。他甘冒被比較而失敗的風險，與其說是自不量力，不如說是凸顯後之來者「雖不能至，心嚮往之」的無悔──甚至是一種自甘求敗的心情。如此，田壯壯反而更動人的傳達他對費穆原作的迷戀。無論影評褒貶，田版投射了一種後設的（meta-cinematic）鄉愁氛圍。費穆《小城之春》原作是關於抗戰之後，時移事往、覆水難收的情殤故事──「我們回不去了」。然而田版投射的，更是立足新世紀的導演對四〇年代末「情殤」的情殤。電影有意無意的暗示：從前社會主義時代到後社會主義時代，從革命到告別革命，從情痴到情殤，一切如電如影。春夢了無痕：重拍《小城之春》於是成為傷逝招魂的儀式。

如果說費穆的《小城之春》表述了二十世紀中期的情感和道德危機，那麼田壯壯在千禧年的翻拍則蘊含了後革命時代的寓

---

[49]　Wu Hung, *A Story of Ruins: Presence and Absence in Chinese Art and Visual Culture* (London: Reaktion Books, 2012), chapter 3.

言。[50]這方面賈樟柯（b.1970）走的更遠。正如李潔所言，賈樟柯的《三峽好人》（2006）悄無聲息地凝視著後社會主義時期，大規模拆遷工程所造成文明建構的崩毀，人際關係的破碎。這給費穆的廢墟美學帶來了意外的曲折；「國破山河在」因而有了新解。[51]

　　江文也的命運與費穆何其相似。四〇年代末以後他不見蹤影，直到八〇年代才被一批臺灣旅美歷史和音樂學者重新發掘，從此被奉為一個象徵臺灣命運的圖騰。九〇年代的臺灣經歷了一系列國族身分認同的辯論，而江文也的形象也陷入殖民與後殖民、統與獨、世界主義與本土主義之爭。只有臺灣導演侯孝賢敏銳的掌握江文也音樂和詩歌中的抒情主義——它的華麗和憂鬱，它的歷史悲愴和想像的鄉愁。侯的電影《珈琲時光》靈感即得自江文也傳奇。電影敘述一個在臺日本女子因失戀返回東京、重新生活的故事。《珈琲時光》不是自傳電影，侯孝賢以江文也的生平作為投射臺灣和日本命運糾纏的隱喻。然而電影表面平靜如水，唯有江文也音樂縈繞全片，如夢如訴，以旋律、記憶貫串過去與現在。

　　讓我們再回到沈從文。1995年，沈從文的妻子張兆和為新編的沈從文書信集寫下了一段後記。書信集收入沈氏四〇年代至

---

[50] 參見Shelly Kraicer在 *Film Review* 中的評論 "China Now"。他把這部電影看做是對毛澤東革命的含蓄批判，http://www.chinanowmag.com/filmreview.htm.

[51] Jie Li, "Home and Nation Amid the Rubble: Fei Mu's *Spring in a Small Town* and Jia Zhangke's *Still Life*," *Modern Chinese Literature and Culture* (Fall 2009): pp.89-125.

六〇年代通信文字，為沈從文在大轉折時代的心路歷程提供新的線索。張兆和寫道：「我不理解他，不完全理解他。……為什麼在他有生之年，不能發掘他，理解他，從各方面去幫助他，反而有那麼多的矛盾得不到解決！悔之晚矣。」[52]

誠如張兆和所言，在崇尚社會主義的史詩時代，沈從文的抒情話語完全被忽略了。然而在新世紀裡，他能否有機會得到注意？中國近年的各式話語，從「天下」到「大同」，從「通三統」到「王霸」、「中國夢」，[53]無不渴求中華民族史詩式的重新崛起。當此之際，抒情話語是否能有面對這些思潮的新契機？

回首半世紀之前，沈從文有關「抽象的抒情」的論述，我們可以指出這些宏大敘事如能打動人心，必須訴諸內核中的抒情召喚（和諧、大同、夢……）。這種抒情召喚提醒我們，愈是堅實的集體敘事，愈是包含了一個柔軟的、「心心相印」的魅惑。這樣的抒情既能點燃普遍性的追求，也能回應個體的夢囈——這是一刀雙刃的抒情政治。

但一個真正理解「抽象的抒情」的讀者能夠調動其批判力，擺脫宏大敘事的蠱惑，啟動「神思」。「神思」釋放出史碧華克所強調的審美想像力，拒絕宏大敘事下只此一家的局限，在「抽

---

[52] 張兆和，〈從文家書後記〉，《從文家書：1930-1966》（臺北：臺灣商務印書館，1998），頁367。

[53] 趙汀陽，《天下體系：世界制度哲學導論》（北京：中國人民大學出版社，2011）；甘陽，《通三統》（北京：生活・讀書・新知三聯書店，2007）。甘陽所謂「三統」為儒家，毛主義，和鄧小平理論；閻學通，徐進，《王霸天下思想及啟迪》（北京：世界知識出版社，2009）。

象」與「具體」，「普世的單一性」與「民主的多元性」之間不斷反覆辯證，相互定義。依循沈從文的理路，一旦我們注意政治行動，或思考中的抒情維度，從而在想像的領域顛覆信仰，我們可以「思接千載」，「視通萬里」。是在這個層次上，我們更可以施展李澤厚所謂的「度」——那就是在「思」與「信」、「願景」與「宿命」之間納入歷史考量，觀其「情」，審其勢，明其理。換句話說，文學研究者的挑戰不再只是頌讚（又一個）史詩時代，而是在規畫「史詩時代的抒情」維度。

「史詩時代的抒情」具有雙向張力，或曰二律悖反之處，在於強調所有「事功的歷史」背後，還有「有情的歷史」。「有情的歷史」與「事功的歷史」相互作用，但更多時候前者僅存於後者陰影下。然而，正是這「有情的歷史」才能夠記錄、推敲、反思，和想像「事功」，從而促進我們對於「興」與「怨」、「情」與「物」、「詩」與「史」的認識。是這樣的歷史展示了中國人文領域的眾聲喧譁，啟發「思接千載」、「視通萬里」的主體，而不為一時一地的政治、信仰所屈所惑。這樣的歷史我們稱之為詩，為文學。

一千五百年過去，劉勰的文字依然鏗鏘有力：

物色盡而情有餘者，曉會通也。[54]

---

[54] 劉勰，〈物色〉，《文心雕龍》，頁300。「古來辭人，異代接武，莫不參伍以相變，因革以為功，物色盡而情有餘者，曉會通也。」

參考書目

英文參考書目

Adorno, Theodor W. *Negative Dialectics.* Trans. E. B. Ashton. New York: The Seabury Press, 1973.

——. *Philosophy of Modern Music.* Trans. Anne G. Mitchell and Wesley V. Blomster. New York: *The Seabury Press*, 1973.

——. *Minima Moralia: Reflections from Damaged Life.* Trans. E. F. N. Jephcott. London: New Left Books, 1974.

——. "On the Fetish-Character in Music and the Regression of Listening." In *The Essential Frankfurt School Reader,* eds. Andrew Arato and Eike Gebhardt. New York: Continuum, 1982.

——. *Notes to Literature.* Ed. Rolf Tidemann. Trans. Shierry Weber Nicholsen. New York: Columbia University Press, 1991.

Aitken, Ian. *European Film Theory and Cinema: A Critical Introduction.* Bloomington: Indiana University Press, 2001.

Alitto, Guy. *The Last Confucian: Liang Shu-ming and the Chinese Dilemma of Modernity.* Berkeley: University of California Press, 1986.

Anderson, Marston. *The Limits of Realism: Chinese Fiction in the Revolutionary Period.* Berkeley: University of California Press, 1990.

——. "Lu Xun's Facetious Muse." In *From May Fourth to June Fourth: Film and Fiction in Twentieth-Century China,* eds. Ellen Widmer and David Der-wei Wang. Cambridge, Mass: Harvard University Press, 1992.

Apter, David, and Tony Saich. *Revolutionary Discourse in Mao's Republic.* Cambridge, Mass: Harvard University Press, 1994.

Arendt, Hannah. *On Revolution*. London: Penguin, 1965.

——. *Eichmann in Jerusalem: A Report on the Banality of Evil*. New York: Penguin, 1994.

Bachner, Andrea. "Paradoxical Corpographies: Towards an Ethics of Inscription," Ph.D. diss., Harvard University, 2007.

Bai, Qiansheng. *Fu Shan's World: The Transformation of Chinese Calligraphy in the Seventeenth Century*. Cambridge, Mass: Harvard University Asia Center, 2003.

Bakhtin, Mikhail. *Rabelais and His World*. Trans. Helene Iswolsky. Cambridge, Mass: MIT Press, 1968.

Bari, Shahidha. "A Reminder of Pedagogy's Power to Reach Beyond the Logic of Capital Enthuses," *Times Higher Education*, April 5, 2012. http://www. timeshighereducation .co.uk/story.asp?storycode=419513.

Barrett, David. "Introduction: Occupied China and the Limits of Accommodation," In *Chinese Collaboration with Japan, 1937-1945: The Limits of Accommodation*, eds. David Barrett and Larry N. Shyu. Stanford: Stanford University Press, 2001.

Barthes, Roland. *A Lover's Discourse: Fragments*. Trans. Richard Howard. New York: Hill and Wang, 1979.

——. *Camera Lucida: Reflections on Photography*. Trans. Richard Howard. New York: Hill and Wang, 1981.

Bell, Daniel. *The Cultural Contradiciton of Capitalism*. New York: Basic Books, 1978.

Benjamin, Walter. *Illuminations*. Trans. Harry Zohn. New York: Schocken, 1969.

——. *Selected Writings, vol. 4: 1938-1940*. Eds. Howard Eiland and Michael W. Jennings. Cambridge, Mass: Harvard University Press, 2006.

Bhabha, Homi K. "Introduction: Narrating the Nation," In *Nation and Narration,* ed. Homi K. Bhabha. New York: Routledge and Kegan Paul, 1990.

Birch, Cyril, ed. *Studies in Chinese Literary Genres*. Berkeley: University of California Press, 1974.

Blevins, Jacob, ed. *Dialogism and Lyric Self-fashioning: Bakhtin and the Voices of a Genre*. Selinsgrove, Pa.: Susquehanna University Press, 2008.

Bongie, Chris. *Exotic Memories: Literature, Colonialism, and the Fin de Siecle*. Stanford: Stanford University Press, 1991.

Bourke, Richard. *Romantic Discourse and Political Modernity*. New York: St. Martin's Press, 1993.

Boyle, John Hunter. *China and Japan at War, 1937-1945: The Politics of Collaboration*.

Stanford: Stanford University Press, 1972.

Bray, Francesca. *Technology and Gender: Fabrics of Power in Late Imperial China.* Berkeley: University of California Press, 1997.

Brewster, Scott. *Lyric.* London: Routledge, 2009.

Brook, Timothy. *Collaboration: Japanese Agents and Local Elites in Wartime China.* Cambridge, Mass: Harvard University Press, 2005.

Brooks, Cleanth. *The Well-wrought Urn: Studies in the Structure of Poetry.* New York: Mariner Books, 1956.

Brooks, Peter. *The Melodramatic Imagination: Balzac, Henry James, Melodrama, and the Mode of Excess.* New Haven: Yale University Press, 1995.

Butler, Judith. *Bodies That Matter: On the Discursive Limits of "Sex!"* New York: Routledge, 1995.

Butler, Marilyn. *Romantics, Rebels and Reactionaries.* Oxford: Oxford University Press, 1981.

Button, Peter. *Configurations of the Real in Chinese Literary and Aesthetic Modernity.* Leiden: Brill, 2009.

Cai, Zongqi. "The Rethinking of Emotion: The Transformation of Traditional Literary Criticism in the Late Qing Era," *Monumenta Serica* 45 (1997): 63-100.

Cauvel, Jane. "The Transformative Power of Art: Li Zehou's Aesthetic Theory," *Philosophy East and West* 49, no. 2 (1999): 150-171.

Chan, K.K. Leonard. "The Conception of Chinese Lyricism: Průšek's Reading of Chinese Literary Tradition," In *Paths Toward Modernity: Conference to Mark the Centenary of Jaroslav Průšek,* ed. Olga Lomova. Prague: The Karolinum Press, 2008, pp. 19-32.

——. "The Conception of 'Lyrical Tradition' and Chinese Literary Studies: Chen Shih-hsiang on Chinese Literature," Paper presented at the International Conference on Chinese Literary Thought in Multiple Perspectives, Beijing, September 2010.

Chan, Wing-tsit, trans. and comp. *A Source Book in Chinese Philosophy.* Princeton: Princeton University Press, 1963.

Chen, Shih-hsiang. *Literature as Light Against Darkness.* Peiping [Beijing]: National Peking University Press, 1948.

——. "In Search of the Beginning of Chinese Literary Criticism," *University of California Publications in Semitic Philology, Semitic and Oriental Studies Presented to William Popper* 11 (1951): 45-63.

——. Introduction. *Essay on Literature Written by the Third-Century Chinese Poet Lu Chi*. Trans. Chen Shin-hsiang. Portland, Maine: The Anthoensen Press, 1953.

——. "To Circumvent 'The Design of Eightfold Array'," *Tsing-hua Journal of Chinese Studies* 7, no. 1 (1968): 26-51.

——. "The *Shih-ching:* Its Generic Significance in Chinese Literary History and Poetics," *Bulletin of the Institute of History and Philology, Academia Sinica,* 39, no. 1 (1969): 371-413.

——. "On Chinese Lyrical Tradition," Opening address, AAS Meeting, Panel on Comparative Literature. Tamkang College of Arts and Sciences, Taipei, July 18-24, 1971. Special issue of *Tamkang Review* 2.2-3.1(October 1971-April 1972): 17-24.

——. "The Genesis of Poetic Time: The Greatness of Ch'ui Yuan, Studied with a New Critical Approach," *Tsing-hua Journal of Chinese Studies* 10, no. 1 (1973): 1-43.

Chang, Chi-jen. *Alexander Tcherepnin: His Influence on Modern Chinese Music*. Ed. D. diss., Columbia University Teachers College, 1983.

Chang, Eileen. *Written on Water*. Trans. Andrew Jones. New York: Columbia University Press, 2005.

Cheng, Eileen. *Literary Remains: Death, Trauma, and Lu Xun's Refusal to Mourn*. Honolulu: University of Hawai'i Press, 2013.

Cheung, Dominique. *Feng Zhi*. Boston: Twayne, 1979.

Ching, Leo. *Becoming Japanese: Colonial Taiwan and the Politics of Identity Formation*. Berkeley: University of California Press, 2001.

Chong, Wei-lien. "Combining Marx with Kant: The Philosophical Anthropology of Li Zehou," *Philosophy East and West* 49, no. 2 (1999): 120-149.

Chow, Rey. *Women and Chinese Modernity*. Durham: Duke University Press, 1990.

——. *Primitive Passions: Visuality, Sexuality, Ethnography, and Contemporary Chinese Cinema*. New York: Columbia University Press, 1995.

——. *Sentimental Fabulations: Contemporary Chinese Films*. New York: Columbia University Press, 2008.

Clarke, David. "Exile from Tradition: Chinese and Western Traits in the Art of Lin Feng-mian." In *Colours of East and West: Paintings by Lin Fengmian*. Hong Kong: The University Art Gallery—The University of Hong Kong. http://www. linfengmian.net/.

Confucius. *The Analects*. Trans. D. C. Lau. Hong Kong: The Chinese University Press, 1992.

Crary, Jonathan. *Techniques of the Observer: On Vision and Modernity in the Nineteenth Century.* Cambridge, Mass: MIT Press, 1992.

Daruvala, Susan. *Zhou Zuoren and an Alternative Chinese Response to Modernity.* Cambridge, Mass: Harvard University Asia Center, 2000.

——. "The Aesthetics and Moral Politics of Fei Mu's *Spring in a Small Town,*" *Journal of Chinese Cinema* 1, no. 3 (2007): 169-185.

Davies, Gloria. *Worrying About China: The Language of Chinese Critical Inquiry.* Cambridge, Mass: Harvard University Press, 2009.

De Man, Paul. *Blindness and Insight: Essays in the Rhetoric of Contemporary Criticism.* New York: Oxford University Press, 1971.

Deleuze, Gilles. *Cinema 1: The Movement-Image.* Trans. Hugh Tomlinson and Barbara Hab-berjam. Minneapolis: University of Minnesota Press, 1986.

——. *Cinema 2: The Time Image.* Trans. Hugh Tomlinson and Robert Galeta. Minneapolis: University of Minnesota Press, 1989.

——. *Repetition and Difference.* Trans. Paul Patton. New York: Columbia University Press, 1995.

Denton, Kirk, ed. *Modern Chinese Literary Thought: Writings on Literature, 1893-1945.* Stanford: Stanford University Press, 1996.

——. *The Problematic of Self in Modern Chinese Literature: Hu Feng and Lu Ling.* Stanford: Stanford University Press, 1998.

Derrida, Jacques. *The Post Card: From Socrates to Freud and Beyond.* Trans. Alan Bass. Chicago: University of Chicago Press, 1987.

Doleželovä-Velingerovä, Milena, ed. *Jaroslav Průšek, 1906-2006: Remembered by Friends.* Prague: Dharma Gaia, 2006.

Du, Fu. *The Selected Poems of Du Fu.* Trans. Burton Watson. New York: Columbia University Press, 2002.

Duara, Prasenjit. *Rescuing History from the Nation: Questioning Narratives of Modern China.* Chicago: University of Chicago Press, 1995.

——. *Sovereignty and Authenticity: Manchukuo and the East Asian Modern.* Lanham, Md.: Rowman and Littlefield, 2005.

DuBois, Thomas A. *Lyric, Meaning, and Audience in the Oral Tradition of Northern Europe.* Notre Dame, Ind.: University of Notre Dame Press, 2006.

Duchesne, Isabelle. "The Chinese Opera Star: Roles and Identity," In *Boundaries in China,* ed. Jonathan Hay. London: Reaction Books, pp. 1994, 217-240.

Egan, Ronald. *Word, Image, and Deed in the Life of Su Shi.* Cambridge, Mass: Harvard Yenching Institute Monograph Series, Asia Center, 1994.

——. "The Controversy Over Music and 'Sadness' and Changing Conceptions of the Qin in Middle Period China," *Harvard Journal of Asiatic Studies* 57, no. 1 (1997): 5-66.

——. "Nature and Higher Ideals in Texts on Calligraphy, Music, and Painting," In *Chinese Aesthetics: The Ordering of Literature, the Arts, and the Universe in the Six Dynasties,* ed. Zongqi Cai. Honolulu: University of Hawai'i Press, 2004, pp. 277-309.

Eliot, T. S. *The Sacred Wood.* Mineola, N.Y.: Courier Dover, 1997.

Elvin, Mark. "Tales of *Shen* and *Xin:* Body-Person and Heart-Mind During the Last 150 Years in China," In *Self as Body in Asian Theory and Practice,* eds. S Thomas P. Kasulis, Roger T. Aimes, and Wimal Dissanayake. Albany: State University of New York Press, 1993, pp. 213-243.

Fogel, Joshua. *The Literature of Travel in the Japanese Rediscovery of China.* Stanford: Stanford University Press, 1995.

Freundlieb, Dieter. "Paul de Man's Postwar Criticism: The Pre-Deconstructionist Phase." *Neophilologus* 81, no. 2 (1997): 165-186.

Frye, Northrop. *Anatomy of Criticism.* New York: Antheneum, 1968.

Fu, Poshek. *Passivity, Resistance, and Collaboration: Intellectual Choices in Occupied Shanghai, 1937-1945.* Stanford: Stanford University Press, 1993.

Gay, Peter. *The Enlightenment: An Interpretation.* New York: Norton, 1977.

Goethe, Johann Wolfgang von. *Goethe's Collected Works, 12 vols.* Vol. 1, *Selected Poems.* Ed. Christopher Middleton. Cambridge, Mass: Suhrkamp/Insel Publishers Boston, 1983.

——. *Goethe's Collected Works, 12 vols.* Vol. 2. Ed. and trans. Stuart Atkins. Cambridge, Mass: Suhrkamp/Insel Publishers Boston, 1984.

Goldstein, Joshua. Drama Kings: Players and Publics in the Recreation of Peking Opera,1870-1937. Berkeley: University of California Press, 2007.

Graham, A. C. *Studies in Chinese Philosophy and Philosophical Literature.* Albany: State University of New York Press, 1986.

Gu, Xin. "Subjectivity, Modernity, and Chinese Hegelian Marxism: A Study of Li Zehou's Philosophical Ideas from a Comparative Perspective," *Philosophy East and West* 46, no. 2 (1996): 205-245.

Gunn, Edward. *Unwelcome Muse: Chinese Literature in Shanghai and Peking, 1937-1945.* New York: Columbia University Press, 1980.

Hansen, Chad. "*Qing* (Emotion) in Pre-Buddhist Chinese Thought," In *Emotions in Asian Thought: A Dialogue in Comparative Philosophy,* eds. Joel Marks and Roger T. Ames. Albany: State University of New York Press, 1995, pp. 181-211.

Hansen, Miriam. *Cinema and Experience: Siegfried Kracauer, Walter Benjamin, and Theodor W. Adorno.* Berkeley: University of California Press, 2012.

Harich-Schnerider, Eta. *A History of Japanese Music.* London: Oxford University Press, 1973.

———. "Japan," In *The New Grove Dictionary of Music and Musicians,* 6th ed., ed. Stanley Sadie. London: Macmillan, 1980, pp. 549-555.

Harrist, Robert E. Jr. "Replication and Deception in Calligraphy of the Six Dynasties Period," In *Chinese Aesthetics: The Ordering of Literature, the Arts, and the Universe in the Six Dynasties,* ed. Zongqi Cai. Honolulu: University of Hawai'i Press, 2004.

Highmore, Ben. *Everyday Life and Cultural Theory.* New York: Routledge, 2002.

Ho Ch 'i-fang (He Qifang). *Paths in Dreams: Selected Prose and Poetry of Ho Ch^i-fang.* Trans. and ed. Bonnie S. McDougall. St. Lucia: University of Queensland Press, 1976.

Hobsbawn, Eric, and Terence Ranger. *The Invention of Tradition.* Cambridge: Cambridge University Press, 1983.

Hockx, Michel. *Questions of Style: Literary Journals and Literary Societies in Modern China, 1911-1937.* Leiden: Brill, 2003.

Horkheimer, Max, and Theodor Adorno. *Dialectic of Enlightenment.* Stanford: Stanford University Press, 2002.

Hosek, Chaviva, and Patricia Parker, eds. *Lyric Poetry: Beyond New Criticism.* Ithaca: Cornell University Press, 1985.

Hsia, C. T. *A History of Modern Chinese Fiction.* New Haven: Yale University Press, 1971.

———. "Yan Fu and Liang Ch'i-ch'ao as Advocates of New Fiction," In *Chinese Approaches to Literature from Confucius to Liang Ch'i-ch'ao,* ed. Adele Austin Rickett. Princeton: Princeton University Press, 1978, pp. 222-257.

Huang, Chun-chieh. "Dr. Sun Yat-sen's Pan-Asianism Revisited: Its Historical Context and Contemporary Relevance." *Journal of Cultural Interaction in East Asia* 3

(2012): 69-74.

Huang, Martin W. *Desire and Fictional Narrative in Late Imperial China.* Cambridge, Mass: Harvard University Asia Center, 2001.

Huang, Nicole. *Women, War, Domesticity: Shanghai Literature and Popular Culture of the 1940s.* Leiden: Brill, 2005.

Huters, Theodore. "From Writing to Literature: The Development of Late Qing Theories of Prose," *Harvard Journal of Asiatic Study* 47, no. 1 (1987): 51-96.

Janowitz, Anne. *Lyric and Labour in the Romantic Tradition.* New York: Cambridge University Press, 1998.

"Japan," In *Dictionary of Contemporary Music,* ed. John Vinton. New York: E. P. Dutton, 1971, p. 365.

Jeffreys, Mark, ed. *New Definitions of Lyric: Theory, Technology, and Culture.* New York: Garland Publishing, 1998.

Jost, Walter. *Studies in Ordinary Language Criticism.* Charlottesville: University of Virginia Press, 2004.

Kao, Yu-kung. "Lyric Vision in Chinese Narrative Tradition: A Reading of Hong-lou Meng and Ju-Lin Wai-Shih," In *Chinese Narrative: Critical and Theoretical Essays,* ed. Andrew Plaks. Princeton: Princeton University Press, 1977.

——. "The Aesthetics of Regulated Verse," In *The Vitality of Lyric Voice: Shih Poetry from the Late Han to the T'ang,* eds. Shuen-fu Lin and Stephen Owen. Princeton: Princeton University Press, 1986, pp. 332-384.

——. "Chinese Lyric Aesthetics," In *Words and Images: Chinese Poetry, Calligraphy, and Painting,* eds. Alfred Murck and Wen C. Fang. New York: The Metropolitan Museum of Art, 1991, pp. 47-90.

Kao, Yu-kung, and Tsu-lin Mei. "Syntax, Diction, and Imagery in T'ang Poetry," *Harvard Journal of Asiatic Studies* 31 (1971): 49-136.

——. "Meaning, Metaphor, and Allusion in T'ang Poetry," *Harvard Journal of Asiatic Studies* 38, no. 2 (1978): 281-356.

Katayama, Motohide. Introduction. CD *Jiang Wen-ye Piano Works in Japan,* performed by J. Y. Song. New York: Pro-Piano, 2001.

Kinkley, Jeffrey. *The Odyssey of Shen Congwen.* Stanford: Stanford University Press, 1987.

Kleeman, Faye Yuan. *Under an Imperial Sun: Japanese Colonial Literature of Taiwan and the South.* Honolulu: University of Hawai'i Press, 2003.

Knoblock, John, trans. *Xunzi: A Translation and Study of the Complete Works.* Stanford: Stanford University Press, 1994.

Kraicer, Shelly. "Film Review," Rev. of *Springtime in a Small Town,* by Tian Zhuangzhuang. *China Now.* http://www.chinanowmag.com/filmreview.htm.

Kuo, Tzong-kai (郭宗愷). "Jiang Wenye: The Style of His Selected Piano Works and a Study of Music Modernization in Japan and China." D.M.A. thesis, The Ohio State University, 1987.

Lacoue-Labarthe, Philippe. *Heidegger and the Politics of Poetry.* Trans. Jeff Fort. Champaign: University of Illinois Press, 2007.

Landau, Julie. *Beyond Spring: Tz'u Poems of the Sung Dynasty.* New York: Columbia University Press, 1994.

Lau, D. C., trans. *Mencius.* New York: Penguin, 1970.

Lean, Eugenia. *Public Passions: The Trial of Shi Jianqiao and the Rise of Popular Sympathy in Republican China.* Berkeley: University of California Press, 2007.

Lee, Haiyan. *Revolution of the Heart: A Genealogy of Love in China, 1900-1950.* Stanford: Stanford University Press, 2006.

Lee, Leo Ou-fan. *The Romantic Generation of Modern Chinese Writers.* Cambridge, Mass: Harvard University Press, 1973.

Legge, James. *Li Chi: Book of Rites.* New Hyde Park, N.Y.: University Books, 1967.

Lentricchia, Frank. *After the New Criticism.* Chicago: University of Chicago Press, 1980.

Li, Hsiao-t'i. "Opera, Society, and Politics: Chinese Intellectual and Popular Culture," Ph. D. diss., Harvard University, 1996.

Li, Jie. "Home and Nation Amid the Rubble: Fei Mu's *Spring in a Small Town* and Jia Zhangke's *Still Life.*" *Modern Chinese Literature and Culture* (Fall 2009): 89-125.

Li, Wai-yee. *Enchantment and Disenchantment: Love and Illusion in Chinese Literature.* Princeton: Princeton University Press, 1993.

Li, Zehou. "Subjectivity and 'Subjectality' : A Response," *Philosophy East and West* 49, no. 2 (1999): 174-183.

Liao, Ping-hui, and David Der-wei Wang, eds. *Taiwan Under Japanese Colonial Rule: History, Memory, Culture.* New York: Columbia University Press, 2006.

Lin, Wenyue (林文月). "Through Upheaval and Bloodshed: A Short Biography of Professor Tai Jingnong," *Chinese Literature: Essays, Articles, Reviews* 28 (2006):

213-225.

Lin, Yu-sheng. *Crisis of Chinese Consciousness: Radical Traditionalism in the May Fourth Era.* Madison: University of Wisconsin Press, 1978.

Lindley, David. "Lyric," In *Encyclopedia of Literature and Criticism,* eds. Martin Coyle, Peter Garside, et al. London: Routledge, 1990, pp. 188-198.

Liu, E. *The Travels of Lao Can.* Trans. Harold Shadick. New York: Columbia University Press, 1959.

Liu, James. *The Art of Chinese Poetry.* Chicago: University of Chicago Press, 1962.

——. *Chinese Theories of Literature.* Chicago: University of Chicago Press, 1975.

Liu, Wu-chi, and Irving Yu-cheng Lo, eds. *Sunflower Splendor: Three Thousand Years of Chinese Poetry.* New York: Anchor Books, 1975.

Lu Xun. *Wild Grass.* Trans. Gladys and Xianyi Yang. Beijing: Foreign Language Press, 1974.

Lukács, Georg. *The Theory of the Novel.* Trans. Anna Bostock. Cambridge, Mass: MIT Press, 1972.

——. *Soul and Form.* Trans. Anna Bostock. Cambridge, Mass: MIT Press, 1974.

MacFarquhar, Roderick. *The Hundred Flowers.* Paris: The Congress for Cultural Freedom, 1960.

Martin, Carol. "Brecht, Feminism, and Chinese Theater," *The Drama Review* 43, no. 4 (1999): 77-85.

Marx, Karl. *The Eighteenth Brumaire of Louis Bonaparte.* New York: International Publishers, 1994.

McDougall, Bonnie. "The View from the Leaning Tower: Zhu Guangqian on Aesthetics and Society in the Nineteen-twenties and Thirties," In *Modern Chinese Literature and Its Social Context,* ed. Goran Malmqvist. Nobel Symposium, No. 32. Stockholm: Nobel House, 1975.

Mei, Tsu-lin, and Yu-kung Kao. "Tu Fu's 'Autumn Meditations': An Exercise in Linguistic Criticism," *Harvard Journal of Asiatic Studies* 28 (1968): 44-80.

Meisner, Maurice. *Mao's China and After: A History of the People's Republic.* New York: Macmillan, 1986.

Miles, David. "Portrait of the Marxist as a Young Hegelian: Lukacs' Theory of the Novel," *PMLA* 94, no. 1 (Jan. 1979): 22-35.

Miller, James. "The Pathos of Novelty: Hannah Arendt's Image of Freedom in the Modern World," In *Hannah Arendt: The Recovery of the Public World,* ed.

Melvyn Hill. New York: St. Martin's Press, 1979, pp. 177-208.

Miller, Paul Allen. *Lyric Texts and Lyric Consciousness: The Birth of a Genre from Archaic Greece to Augustan Rome.* London: Routledge, 1994.

Minford, John and Lau, Joseph S. M., trans. *Classical Chinese Literature: An Anthology of Translations.* Hong Kong: Chinese University of Hong Kong, 2000.

Mitchell, W. J. T. *Iconology: Image, Text, Ideology.* Chicago: University of Chicago Press, 1986.

Moran, Thomas. Review of *Configurations of the Real in Chinese Literary and Aesthetic Modernity,* by Peter Button. *MCLC* Resource Center. http://mclc.osu. edu/rc/pubs /reviews/moran.htm.

Morrison, Paul. *The Poetics of Fascism: Ezra Pound, T. S. Eliot, Paul de Man.* Oxford: Oxford University Press, 1996.

Munro, Donald, ed. *Individualism and Holism: Studies in Confucian and Taoist Values.* Ann Arbor: Center for Chinese Studies, University of Michigan, 1985.

Murthy, Viren. *The Political Philosophy of Zhang Taiyan: The Resistance of Consciousness.* Leiden: Brill, 2011.

Nancy, Jean-Luc. *Being Singular Plural.* Trans. Robert Richardson and Anne O' Byrne. Stanford: Stanford University Press, 2000.

——, and Philippe Lacoue-Labarthe. *The Literary Absolute: The Theory of Literature in German Romanticism.* Albany: State University of New York Press, 1988.

Newman, Steve. *Ballad Collection, Lyric, and the Canon: The Call of the Popular from the Restoration to the New Criticism.* Philadelphia: University of Pennsylvania Press, 2007.

Noland, Carrie. *Poetry at Stake: Lyric Aesthetics and the Challenge of Technology.* Princeton: Princeton University Press, 1999.

Norris, Christopher. *Paul de Man: Deconstruction and the Critique of Aesthetic Ideology.* New York: Routledge, 1988.

Nussbaum, Martha. *Poetic Justice: The Literary Imagination and Public Life.* Boston: Beacon Press, 1995.

Osborne, Peter. *The Politics of Time: Modernity and Avant-Garde.* London: Verso, 1995.

Owen, Stephen. *The Poetry of Meng Chiao and Han Yu.* New Haven: Yale University Press, 1975.

——. *Traditional Chinese Poetry and Poetics: Omen of the World.* Madison:

University of Wisconsin Press, 1985.

———. *Remembrances: The Experience of the Past in Classical Chinese Literature.* Cambridge, Mass: Harvard University Press, 1986.

———."The Self's Perfect Mirror: Poetry as Autobiography," In *The Vitality of the Lyrical Voice: Shih Poetry from the Late Han to the T'ang,* eds. Shuen-fu Lin and Stephen Owen. Princeton: Princeton University Press, 1986, 71-102.

———, ed. *Readings in Chinese Literary Thought.* Cambridge, Mass: Council on East Asian Studies, Harvard University, 1992.

———, ed. *An Anthology of Classical Chinese Literature.* New York: Norton, 1997.

Palát, Augustin. "Jaroslav Průšek Sexagenarian," *Archív Oirentální* 34 (1966): 481-493.

Pang, Laikwan. *The Distorting Mirror: Visual Modernity in China.* Honolulu: University of Hawai'i Press, 2007.

Pasolini, Pier Paolo. *Heretical Empiricism.* Ed. Louise K. Barnett. Trans. Ben Lawton and Louise K. Barnett. Bloomington: Indiana University Press, 1988.

Patey, Douglas Lane. "'Aesthetics' and the Rise of Lyric in the Eighteenth Century," *Studies in English Literature 1500-1900* 33, no. 3 (1993): 587-608.

Pickowicz, Paul. *Marxist Literary Thought in China: The Influence of Ch'u Ch'iu-pai.* Berkeley: University of California Press, 1981.

Pratt, Vernon, and Isis Brook. "Goethe's Archetype and the Romantic Concept of the Self," *Studies in History and Philosophy of Science* 27, no. 3 (1996): 351-365.

Prickett, Stephen. *England and the French Revolution.* London: Macmillan Education, 1989.

Průšek, Jaroslav. "The Realist and Lyric Elements in the Chinese Medieval Story." *Archív Orientální* 32 (1964).

———. "Outlines of Chinese Literature." *New Orient* 5 (1966).

———. *Chinese History and Literature: Collection of Studies.* Dordrecht, Holland: D. Reidel, 1970.

———. *The Lyrical and the Epic: Studies of Modern Chinese Literature.* Ed. Leo Ou-fan Lee. Bloomington: Indiana University Press, 1981.

———. *My Sister China.* Trans. Ivan Vomacka. Boston: Cheng & Tsui, 2002.

Pollock, Sheldon. Introduction. *Literary Cultures in History, Reconstructions from South Asia,* ed. Sheldon Pollock. Berkeley: University of California Press, 2003, 1-38.

Prendergast, Christopher. *The Order of Mimesis*. Cambridge: Cambridge University Press, 1986.

Puchner, Martin. *Poetry of the Revolution: Marx, Manifestos, and the Avant-gardes*. Princeton: Princeton University Press, 2006.

Qu, Yuan, et al. *The Songs of the South: An Anthology of Ancient Chinese Poems by Qu Yuan and Other Poets*. Trans. David Hawkes. New York: Penguin, 1985.

Rabinbach, Anson. *In the Shadow of Catastrophe: German Intellectuals Between Apocalypse and Enlightenment*. Berkeley: University of California Press, 1997.

Richter, Matthias L. "How Manuscripts Reflect the Process of Text Accretion: The Case of *Xing zi ming chu* (性自命出) and Xing qing lun (性情論)," Paper presented at Columbia University, Early China Seminar, New York, February 14, 2011.

Rilke, Rainer Maria. *Letters to a Young Poet*. Trans. and with a foreword by Stephen Mitchell. New York: Random House, 1984.

Rings, Werner. *Life with the Enemy: Collaboration and Resistance in Hitler's Europe, 1939-1945*. Trans. J. Maxwell Brownjohn. London: Weidenfeld and Nicolson, 1979.

Rodowick, David. *Gilles Deleuze's Time Machine*. Durham: Duke University Press, 1997.

Rohdie, Sam. *The Passion of Pier Paolo Pasolini*. Bloomington: Indiana University Press, 1995.

Rojas, Carlos. "Flowers in the Mirror: Vision, Gender, and Reflections on Chinese Modernity," Ph. D. diss., Columbia University, 2000.

——. *The Naked Gaze: Reflections on Chinese Modernity*. Cambridge, Mass: Harvard University Asia Center, 2008.

Rorty, Richard. *Contingency, Irony, and Solidarity*. Cambridge: Cambridge University Press, 1989.

Said, Edward. *Beginnings: Intention and Method*. New York: Columbia University Press, 1985.

Saussy, Haun. *Great Walls of Discourse and Other Adventures in Cultural China*. Cambridge, Mass: Harvard University Asia Center, 2001.

Schmidt, Dennis J. *Lyrical and Ethical Subjects: Essays on the Periphery of the Word, Freedom, and History*. Albany: State University of New York Press, 2005.

Schoppa, Keith. "Patterns and Dynamics of Elite Collaboration in Occupied Shaoxing County," *Chinese Collaboration with Japan, 1937-1945: The Limits of Accommodation.* Ed. David Barrett and Larry N. Shyu. Stanford: Stanford University Press, 2001.

Skerratt, Brian. "Form and Transformation in Modern Chinese Poetry and Poetics," Ph. D. diss., Harvard University, 2013.

Smith, Norman. *Resisting Manchukuo: Chinese Women Writers and the Japanese Occupation.* Vancouver: UBC Press, 2007.

Spivak, Gayatri Chakravorty. *An Aesthetic Education in the Era of Globalization.* Cambridge, Mass: Harvard University Press, 2012.

Stow, Simon. *Republic of Readers? The Literary Turn in Political Thought and Analysis.* Albany: State University of New York Press, 2007.

Sullivan, Michael. *Chinese Art in the Twentieth Century.* Berkeley: University of California Press, 1959.

———. *Art and Artists of Twentieth-Century China.* Berkeley: University of California Press, 1996.

Sun Yat-sen. "Pan-Asianism," Kobe Women's College before the Kobe Chamber of Commerce. November 28, 1924. http://www.asianintegration.com/Publications / Articles/0thers/PanAsianism%20by%20Sun%20Yat-Sen.html.

Symons, Arthur. *The Symbolist Movement in Literature.* New York: Dutton, 1919.

Tai, Jingnong. *Tai Jingnong: Paintings.* Ed. Xu Liping. Hong Kong: Han Mo Xuan Publishing Co., 2001.

Tang, Xiaobing. *Origins of the Chinese Avant-Garde: The Modern Woodcut Movement.* Berkeley: University of California Press, 2008.

Tansman, Alan. *The Aesthetics of Japanese Fascism.* Berkeley: University of California Press, 2009.

Taylor, Charles. *Sources of the Self: The Making of Modern Identity.* Cambridge: Harvard University, 1989.

"Temple of Heaven," http://en.wikipedia.org/wiki/Temple_of_Heaven.

Tihanov, Galin. "Why Did Modern Literary Theory Originate in Central and Eastern Europe?" *Common Knowledge* 10, no. 1 (2004): 61-68.

Tian, Min. "Alienation Effect for Whom? Brecht's (Mis)interpretation of the Classical Chinese Theater," *Asian Theater Journal* 14, no. 2 (1997): 200-222.

———. "Male Dan: The Paradox of Sex, Acting, and Perception of Female Impersonation in Traditional Chinese Theater," *Asian Theater Journal* 17, no. 1 (2000): 78-97.

Tian, Xiaofei. "Illusion and Illumination: A New Poetics of Seeing in Liang Dynasty

Court Literature," *Harvard Journal of Asiatic Studies* 65, no.1 (2005): 7-56.

——. *Beacon Fire and the Shooting Star: The Literary Culture of the Liang (502-557).* Cambridge, Mass: Harvard East Asian monograph series, 2007.

Trotsky, Leon. *Literature and Revolution.* Ed. William Keach. Trans. Rose Stunsky Chicago: Haymarket, 2005.

Tsai, Chien-hsin. "Obsession with Taiwan: Nishikawa Mitsuru and Sinophone Articulations," Unpublished paper.

——. "On Jiang Wenye: Cinema, Poetry, and Historical Representation," Unpublished paper.

Tsu, Jing. *Failure, Nationalism, and Literature: The Making of Modern Chinese Identity, 1895-1937.* Stanford: Stanford University Press, 2005.

Tu, Wei-ming. "Profound Learning, Personal Knowledge, and Poetic Vision," *In The Vitality of the Lyric Voice: Shih Poetry from the Late Han to the T'ang.* Ed. Lin Shuen-fu and Stephen Owen. Princeton: Princeton University Press, 1986.

Vattimo, Gianni. *The End of Modernity.* Trans. Jon R. Snyder. Baltimore: Johns Hopkins University Press, 1988.

Wang, Ban. *The Sublime Figure of History: Aesthetics and Politics in Twentieth-Century China.* Stanford: Stanford University Press, 1997.

Wang, David Der-wei. *Fictional Realism in Twentieth-Century China: Mao Dun, Lao She, Shen Congwen.* New York: Columbia University Press, 1992.

—— *Fin-de-siècle Splendor: Repressed Modernities of Late Qing Fiction, 1849-1911.* Stanford: Stanford University Press, 1997.

——. *The Monster That Is History: History, Violence, and Fictional Writing in Twentieth-Century China.* Berkeley: University of California Press, 2004.

——, and Shang Wei, eds. *Dynastic Crisis and Cultural Innovation: From the Late Ming to the Late Qing and Beyond.* Cambridge, Mass: Harvard East Asian Monographs, 2005.

Wang, Eugene. "The Taming of the Shrew: Wang Hsi-chih (303-361) and Calligraphic Gentrification in the Seventh Century," In *Character and Context in Chinese Calligraphy,* eds. Cary Y. Liu, C. Y. Ching, and Judith Smith. Princeton: The Art Museum, Princeton University, 1999.

Wang, Keping. "Wang Guowei's Aesthetic Thought in Perspective," In *Contemporary Chinese Philosophy,* ed. Chung-ying Cheng and Nicholas Bunnin. Oxford: Blackwell, 2002, 37-56.

Wang, Xiaojue. *Modernity with a Cold War Face: Reimaging the Nation in Chinese Literature across the 1949 Divide.* Cambridge, Mass: East Asia Center, Harvard University, 2013.

Widmer, Ellen. "Qu Qiubai and Russian Literature," In *Modern Chinese Literature in the May Fourth Era,* ed. Merle Goldman. Cambridge, Mass: Harvard University Press, 1985.

Williams, Raymond. *Marxism and Literature.* Oxford: Oxford University Press, 1977.

Wind, Edgar. *Art and Anarchy.* Evanston, Ill.: Northwestern University Press, 1985.

Wong, Siu-kit. "Ch'ing in Chinese Literary Criticism," Ph. D. diss., Oxford University, 1969.

Wong, Wang-chi. *Politics and Literature in Shanghai: The Chinese League of Left-Wing Writers, 1930-1936.* Manchester: Manchester University Press, 1991.

Yeh, Michelle. *Modern Chinese Poetry: Theory and Practice Since 1917.* New Haven: Yale University Press, 1991.

Yim, Lawrence C. H. *The Poet-Historian Qian Qianyi.* New York: Routledge, 2009.

Yip, Wai-lim. *Diffusion of Distances: Dialogue Between Chinese and Western Poetics.* Berkeley: University of California Press, 1993.

Yu, Anthony. *Rereading the Stone: Desire and the Making of Fiction in Dream of the Red Chamber.* Princeton: Princeton University Press, 1997.

Yu, Pauline. *The Reading of Imagery in the Chinese Poetic Tradition.* Princeton: Princeton University Press, 1987.

Zanasi, Margherita. *Saving the Nation: Economic Modernity in Republican China.* Chicago: University of Chicago Press, 2006.

Zhang, Chunchou, and Edwin Vaughan. *Mao Zedong as Poet and Revolutionary Leader: Social and Historical Perspectives.* New York: Lexington Books, 2002.

Zhang, Zhen. *An Amorous History of the Silver Screen: Shanghai Cinema, 1896-1937.* Chicago: University of Chicago Press, 2005.

Zhao, Meibo (Chao Mei-po) (趙梅伯). "The Trend of Modern Chinese Music," Tien-hsia *Monthly* IV (1937): 283.

中文參考書目

丁亞平，《影像中國：1945-1949》，北京：文化藝術出版社，1998年。

卜寧（無名氏），《金色的蛇夜》，臺北：九歌出版社有限公司，1999年。

卜寧（無名氏），《開花在星雲以外》，香港：新聞天地社，1993年。

山田耕筰，《山田耕筰著作全集》，第1冊，東京：岩波書店，平成13年。

中共中央文獻研究室編，《毛澤東詩詞集》，北京：中央文獻出版社，1996年

中國作家學會編，《詩選：1953.9-1955.12》，北京：人民文學出版社，1956年。

仇兆鰲編，《杜少陵集詳注》卷2，上海：商務印書館，1933年。

卞之琳，《卞之琳文集》，北京：華夏出版社，2000年。

文藝報編輯部編，《美學問題討論集》，北京：作家出版社，1957年。

方紅梅，《梁啟超趣味論研究》，北京：人民出版，2005年。

木心，《溫莎墓園日記》，新北：印刻文學出版社，2012年。

木山英雄著，趙京華編譯，《文學復古與文學革命：木山英雄中國現代文學思想論集》，北京：北京大學出版社，2004年。

毛夫國，《現代文學史上的「晚明文學思潮」論爭》，北京：文化藝術出版社，2011年。

毛澤東著，中共中央文獻研究室編，《毛澤東詩詞集》，北京：中央文獻出版社，1996年

王元化，《文學沉思錄》，上海：上海文藝出版社，1983年。

王月清、暴慶剛、管國興編，《中國哲學關鍵詞》，南京：南京大學出版社，2011年。

王汎森，《思想是生活的一種方式：中國近代思想史的再思考》，臺北：聯經出版公司，2017。

王先謙，《荀子集解》，臺北：世界書局，1974年。

王守雪，《人心與文學：徐復觀文學思想研究》，鄭州：鄭州大學出版社，2005年。

王佐良，《穆旦詩集》，北京：中國文聯出版社，1947年。

王克文，《汪精衛，國民黨，南京政權》，臺北：國史館，2001年。

王屏，《近代日本的亞細亞主義》，北京：商務印書館，2004年。

王國維，《王國維文集》，北京：中國文史出版社，1997年。

王國維著，陳鴻翔編，《人間詞話》，南京：江蘇古籍出版社，2002年。

王培元，《延安魯藝風雲錄》，桂林：廣西師範大學出版社，2004年。

王雪偉，《何其芳的延安之路：一個理想主義者的心靈軌跡》，鄭州：河南人民
　　出版社，2008年。

王震編，《徐悲鴻論藝》，上海：上海書畫出版社，2010年。

王斑著，孟祥春譯，《歷史的崇高形象：二十世紀中國的美學與政治》，上海：
　　上海三聯書店，2008年。

王德威，《一九四九：傷痕書寫與國家文學》，香港：三聯書店，2009年。

王德威，《後遺民寫作》，臺北：麥田出版，2007年。

王德威，《茅盾，老舍，沈從文：寫實主義與現代中國小說》，臺北：麥田出
　　版，2009年。

王德威，《現代抒情傳統四論》，臺北：國立臺灣大學出版中心，2001年。

王德威，《被壓抑的現代性：晚清小說新論》，臺北：麥田出版，2004年。

王德威，《歷史與怪獸》，臺北：麥田出版，2011年二版。

王德威編，《中國現代小說的史與學》，臺北：聯經出版公司，2012年

王璦玲編，《明清文學與思想中之主體意識與社會》，臺北：中央研究院中國文
　　哲研究所，2004年。

王麗麗，《王元化評傳》，合肥：黃山書社，2016年。

王麗麗，《在文藝與意識形態之間：胡風研究》，北京：中國人民大學出版社，
　　2003年。

北京大學等編，《國立西南聯合大學史料·總覽卷》，昆明：雲南教育出版社，
　　1998年。

司馬遷，《史記》，北京：中華書局，1959年。

左丘明著，晉杜預注，唐孔穎達疏，《春秋左傳正義》，臺北：臺灣古籍出版
　　社，2001年。

甘陽，《通三統》，北京：生活·讀書·新知三聯書店，2007年。

田曉菲，《烽火與流星：蕭梁王朝的文學與文化》，北京：中華書局，2010年。

石守謙，《移動的桃花源：東亞世界中的山水畫》，臺北：允晨文化，2012年。

宇田禮（UdaRei）著，解莉莉譯，《沒有聲音的地方就是寂寞：詩人何其芳的一
　　生》，北京：社會科學文獻出版社，2010年。

安敏成著，姜濤譯，《現實主義的限制：革命時代的中國小說》，南京：江蘇人
　　民出版社，2011年。

朱子家，《汪偽政權的開場與收場》，香港：春秋，1960年。

朱天文，《花憶前身》，臺北：麥田出版，1996年。

朱光潛，《朱光潛全集》第8卷，合肥：安徽教育出版社，1993年。

朱光潛，《詩論》，北京：生活·讀書·新知三聯書店，1984年。

朱自清，《朱自清全集》第6卷，南京：江蘇教育出版社，1996年。

朱榮哲編註，《新編法言‧問神》，臺北：臺灣古籍出版社，2000年。

朱熹著，黎靖德編，《朱子語類》卷5，北京：中華書局，1989年。

朱樸編，《現代美術家畫論、作品、生平：林風眠》，上海：學林出版社，1988年。

朱謙之，《朱謙之文集》第3卷，福州：福州教育出版社，2002年。

江文也著，張己任編，《江文也文字作品集》，臺北：臺北縣立文化中心，1992年。

江文也著，楊儒賓譯，《孔子的樂論》，臺北：喜瑪拉雅研究發展基金會，2003年。

艾青，《艾青詩全編》（中），北京：人民文學出版社，2003年。

艾青，《艾青詩全編》（下），北京：人民文學出版社，2003年。

艾青，《艾青詩選》，北京：人民文學出版社，1984年。

艾青，《詩論》，北京：復旦大學出版社，2005年。

何其芳，《何其芳全集》，石家莊：河北人民出版社，2000年

吳世勇，《沈從文年譜》，天津：天津人民出版社，2006年。

吳冠中，《茶》，北京：中國青年出版社，2013年。

呂正惠，《抒情傳統與政治現實》，臺北：大安出版社，1989年。

呂澎，《二十世紀中國藝術史》，北京：北京大學出版社，2006年。

李伶伶，《梅蘭芳的藝術與情感》，臺北：知兵堂出版社，2008年。

李長之，《魯迅批判》，北京：北京出版社，2003年。

李商隱，馮浩編注，《玉谿生詩集箋注》，上海：上海古籍出版社，1998年。

李珥平，《中國古代抒情理論的文化闡釋》，北京：北京大學出版社，2005年。

李楊，《抗爭宿命之路：社會主義與現實主義（1942-1976）研究》，長春：時代文藝出版社，1993年。

李揚，《沈從文的最後四十年》，北京：中國文史出版社，2005年。

李歐梵著，王宏志等譯，《中國現代作家的浪漫一代》，北京：新星出版社，2005年。

李學勤，《周易正義》，北京：北京大學出版社，1999年。

李樺、金儒杰，《中國現代版畫家創作與經驗論叢》，澳門：神州圖書公司，1976年。

李澤厚，《乙卯五說》，北京：中國電影出版社，1999年。

李澤厚，《人類學歷史本體論》，天津：天津社會科學出版社，2008年。

李澤厚，《中國現代思想史論》，北京：東風出版社，1987年。

李澤厚，《世紀新夢》，合肥：安徽文藝出版社，1998年。

李澤厚，《美學三書》，合肥：安徽文藝出版社，1999年。

李澤厚，《實用理性與樂感文化》，北京：生活·讀書·新知三聯書店，2008年。

李蕭錕，《中國書法之旅》，臺北：雄獅美術出版社，2003年。

杜贊奇著，王憲明譯，《從民族國家拯救歷史：民族主義話語與中國現代史研究》，南京：江蘇人民出版社，2008年。

汪曾祺，《汪曾祺自選集》，桂林：灕江出版社，1987年。

沈從文，《沈從文文集》，香港：三聯書店，1983年。

沈從文，《沈從文全集》，太原：北岳文藝出版社，2009年。

卓聖格，《徐悲鴻研究》，臺北：臺北市立美術館，1989年。

周良沛，《馮至評傳》，重慶：重慶出版社，2001。

周揚，《新詩歌的發展問題》第1卷，北京：作家出版社，1959年。

周棉，《馮至傳》，蘇州：江蘇文藝出版社，1993年。

周積寅、史金城，《近現代中國畫大師談藝錄》，吉林：吉林美術出版社，1998年。

周蕾，《婦女與中國現代性：東西方之間閱讀記》，臺北：麥田出版公司，1997年。

宗白華，《宗白華全集》，合肥：安徽教育出版社，1994年。

宗白華，《美學與意境》，上海：上海人民出版社，1981年。

屈原著，郭沫若譯，《離騷九歌》，北京：人民文學出版社，1987年。

屈萬里，《尚書今注今譯》，臺北：臺灣商務印書館，2009年。

林文月編，《臺靜農先生紀念文集》，臺北：洪範書店有限公司，1991年。

林年同，《中國電影美學》，臺北，允晨文化，1991年。

林風眠著，馮葉編，《林風眠的世界》，臺北：民生報發行中心，2000年。

林毓生著，穆善培譯，《中國意識的危機：「五四」時期激烈的反傳統主義》，貴陽：貴州人民出版社，1986年。

林瑛琪，〈夾縫中的文化人：日治時期江文也及其時代研究〉，臺南：國立成功大學歷史系博士論文，2005年。

俞紹初編註，《建安七子集》，北京：中華書局，1989年。

姜亮夫，《楚辭通故》，濟南：齊魯書社，1985年。

柯慶明，《中國文學的美感》，臺北：麥田出版，2000年。

柯慶明，《現代中國文學批評述論》，臺北：大安出版社，2005年。

柯慶明、蕭馳編，《中國抒情傳統的再發現：一個現代學術思潮的論文選集》，臺北：國立臺灣大學出版中心，2009年。

洪子誠，《中國當代文學史》，北京：北京大學出版社，1999年。

洪子誠主編，《百年中國新詩史略》，北京：北京大學出版社，2010年。

洪興祖撰，《楚辭補注》，臺北：中華書局，1983年。

胡風，《胡風全集》，武漢：湖北人民出版社，1999年。

胡曉明，《詩與文化心靈》，北京：中華書局，2006年。

胡蘭成，《山河歲月》，臺北：三三書坊，1990年。

胡蘭成，《中國的禮樂風景》，臺北：遠流出版公司，1991年。

胡蘭成，《今生今世》，臺北：遠景出版公司，2004年。

胡蘭成，《革命要詩與學問》，臺北：遠流出版公司，1991年。

胡蘭成著，陳子善編，《亂世文談》，香港：天地圖書有限公司，2007年。

范夢，《中國現代版畫史》，北京：中國青年出版社，1996年。

郎紹君，《中國名畫家全集9：林風眠》，臺北：藝術家出版社，2004年。

香港藝術館編，《世紀先驅：林風眠藝術展》，香港：香港藝術館，2007年。

倪會鼎，《倪元璐年譜》，北京：中華書局，1994年。

凌宇，《從邊城走向世界》，長沙：岳麓書社，2006年。

唐君毅，《生命存在與心靈境界：生命存在之三向與心靈九境》（下），臺北：臺灣學生書局，1986年。

唐君毅，《唐君毅全集》第1卷，臺北：臺灣學生書局，1991年。

唐湜，《九葉詩人：中國新詩的中興》，上海：上海教育出版社，2003年。

唐湜，《新意度集》，北京：生活・讀書・新知三聯書店，1989年。

夏中義，《朱光潛美學十辯》，北京：商務印書館，2012年。

夏之放，《論塊壘：文學理論元問題研究》，北京：人民文學出版社，2007年。

夏曉虹，《閱讀梁啟超》，北京：生活・讀書・新知三聯書店，2005年。

夏灩洲，《中國近代音樂史簡編》，上海：上海音樂出版社，2004年。

孫希旦撰，《禮記集解》，北京：中華書局，1989年。

徐子方，《千載孤憤：中國悲怨文學的生命透視》，南京：江蘇教育出版社，2001年。

徐伯陽、金山，《徐悲鴻年譜1895-1953》，臺北：藝術家出版社，1991年。

徐伯陽、金山編，《徐悲鴻藝術文集》，臺北：藝術家出版社，1987年。

徐復觀，《中國文學論集》，臺北：臺灣學生書局，1981年。

徐復觀，《中國藝術精神》，臺北：臺灣學生書局，1973年。

徐進，《王霸天下思想及啟迪》，北京：世界知識出版社，2009年。

班固撰，（唐）顏師古注，《漢書》，北京：中華書局，1997年。

秦賢次編，《雲遊：徐志摩懷念集》，臺北：蘭亭書店，1986年。

荊門市博物館，《郭店楚墓竹簡》，北京：北京文物出版社，1998年。

袁可嘉，《論新詩現代化》，北京：生活・讀書・新知三聯書店，1988年。

郜元寶，《魯迅六講》，北京：北京大學出版社，2007年。

馬永波，《九葉詩派與西方現代主義》，上海：東方出版中心，2010年。

高小健，《中國戲曲電影史》，北京：文化藝術出版社，2005年。

高友工，《中國美典與文學研究》，臺北：國立臺灣大學出版中心，2004年。

康有為，《歐洲十一國遊記》，北京：社會科學文獻出版社，2007年。

張己任，《江文也：荊棘中的孤挺花》，臺北：時報文化出版企業股份有限公司，2002年。

張少康，《古典文藝美學論稿》，臺北：淑馨出版社，1989年。

張少康集釋，《文賦集釋》，上海：上海古籍出版社，1984年。

張世英，《中西文化與自我》，北京：人民出版社，2011年。

張兆和、沈從文，《從文家書：1930-1966》，臺北：臺灣商務印書館，1998年。

張旭春，《政治的審美化與審美的政治化：現代性視野中的中英浪漫主義思潮》，北京：人民出版社，2004年。

張松建，《抒情主義與中國現代詩學》，北京：北京大學出版社，2012年。

張松建，《現代詩的再出發：中國四十年代現代主義詩潮新探》，北京：北京大學出版社，2009年。

張桂華，《胡蘭成傳》，臺北：自由文化出版社，2007年。

張淑香，《抒情傳統的省思與探索》，臺北：大安出版社，1992年。

張愛玲，《流言》，臺北：皇冠文化，1992年

張新穎，《沈從文的後半生：1949-1988》，桂林：廣西師範大學出版社，2014年。

張新穎編，《一江柔情流不盡：復旦師生論沈從文》，合肥：安徽教育出版社，2008年。

張暉，《中國「詩史」傳統》，北京：生活・讀書・新知三聯書店，2012年。

張瑞芬，《胡蘭成，朱天文，與三三：當代臺灣文學論集》，臺北：秀威資訊科技股份有限公司，2007年。

張潔宇，《荒原上的丁香：20世紀30年代北平「前線詩人」詩歌研究》，北京：中國人民大學出版社，2003年。

張蕙慧，《嵇康音樂美學思想探究》，臺北：文津出版社，1997年。

張靜蔚編，《中國近代音樂史料匯編：1840-1919》，北京：人民音樂出版社，
　　1998年。

梁宗岱，《詩與真》，北京：中央編譯出版社，2006年。

梁茂春、江小韻主編，《論江文也：江文也紀念研討會論文集》，（北京：中央
　　音樂學院學報社，2000年。

梁啟超，《梁啟超全集》，北京：北京出版社，1999年。

梁啟超，《飲冰室合集》，第8卷，北京：中華書局，1989年。

梁從誡編，《林徽音文集》，臺北：遠見天下文化出版股份有限公司，2000年。

梁實秋，《浪漫的與古典的》，北京：人民文學出版社，1983年。

梅紹武編,：《一代宗師梅蘭芳》，北京：北京出版社，1997年。

梅蘭芳，《梅蘭芳全集》第3卷，石家莊：河北教育出版社，2000年。

梅蘭芳，《移步不換形》，天津：百花文藝出版社，2008年。

章啟群，《百年中國美學史略》，北京：北京大學出版社，2005年。

許紀霖，《啟蒙如何起死回生：現代中國知識分子的思想困境》，北京：北京大
　　學出版社，2011年。

許紀霖、宋宏編，《現代中國思想的核心觀念》，上海：上海人民出版社，2011
　　年。

許姬傳等，《中國四大名旦》，河北：河北人民出版社，1990年。

許慎，《說文解字》，北京：中華書局，1992年。

許禮平編，《臺靜農：法書集》(1)，香港：翰墨軒出版有限公司，2001年。

許禮平編，《臺靜農詩集》，香港：翰墨軒出版有限公司，2001年。

郭延禮，《中國近代文學發展史》第1冊，濟南：山東教育出版社，1990年。

郭沫若，《女神》，北京：人民文學出版社，2002年。

郭沫若，《郭沫若全集》，北京：人民文學出版社，1990年。

陳士珂編，《孔子家語疏證‧辯物》，臺北：臺灣商務印書館，1971年。

陳子善編，《回憶臺靜農》，上海：上海教育出版社，1995年。

陳子善、秦賢次編，《我與老舍與酒：臺靜農文集》，臺北：聯經出版公司，
　　1992年。

陳太勝，《象徵主義與中國現代詩學》，北京：北京大學出版社，2005年。

陳世雄：《三角對話：斯坦尼，布萊西特，與中國戲劇》，廈門：廈門大學出版
　　社，2003年。

陳世驤，《陳世驤文存》，臺北：志文出版社，1972年。

陳平原，《中國現代學術之建立：以章太炎、胡適之為中心》，北京：北京大學
　　出版社，1998年。

陳弘石編，《中國電影：描述與闡釋》，北京：中國電影出版社，2002年。

陳伯海，《中國詩學之現代觀》，上海：上海古籍出版社，2006年。

陳明顯，《新中國四十年》，北京：中國工人出版社，1989年。

陳建華、陳潔編著，《民國音樂史年譜》，上海：上海音樂出版社，2005年。

陳國球、王德威編，《抒情之現代性》，北京：生活‧讀書‧新知三聯書店，2014年。

陳寅恪，《清華九十年美文選》，北京：清華大學出版社，2001年。

陳寅恪，《詩集：附唐篔詩存》，北京：生活‧讀書‧新知三聯書店，2001年。

陳菊秋編，《林風眠研究文集》，臺北：閣林國際圖書有限公司，2000年。

陳傳席，《中國繪畫理論史》，臺北：東大圖書股份有限公司，1997年。

陳瑋芬，《近代日本漢學的關鍵詞研究：儒學及相關概念的嬗變》，臺北：國立臺灣大學出版中心，2005年。

陳墨，《流鶯春夢：費穆電影論稿》，北京：中國電影出版社，2000年。

陳廣宏，《文學史的文化敘事：中國文學演變論集》，上海：復旦大學出版社，2012年。

陳輝揚，《夢影集：中國電影印象》，臺北：允晨文化，1990年。

陳獨秀，《獨秀文存選》，貴陽：貴州教育出版社，2005年。

陶亞兵，《明清間的中西音樂交流》，北京：東方出版社，2001年。

陸耀東，《馮至傳》，北京：十月文藝出版社，2003年。

彭小妍編，《文藝理論與通俗文化》（下），臺北：中央研究院中國文哲研究所，1999年。

彭鋒，《引進與變異：西方美學在中國》，北京：首都師範大學出版社，2006年。

彭鋒，《詩可以興：古代宗教，倫理，哲學，與藝術的美學闡釋》，合肥：安徽教育出版社，2003年。

彭曉勇，《沈從文與讀書》，臺北：婦女與生活社，2001年。

湯雍華，《宗白華與「中國美學」的困境》，北京：北京大學出版社，2010年。

無名氏，《開花在星雲以外》，香港：新聞天地社，1993年。

程季華編，《中國電影發展史》，北京：中國電影出版社，1963年。

賀仲明，《喑啞的夜鶯：何其芳評傳》，南京：南京師範大學出版社，2004年。

馮至，《馮至全集》，石家莊：河北教育出版社，1999年。

馮姚平，《馮至和他的世界》，石家莊：河北教育出版社，2001年。

馮葉策畫，《走近林風眠》，臺北：閣林國際圖書公司，2000年。

黃丹麾、劉曉陶，《徐悲鴻與林風眠》，瀋陽：遼寧美術出版社，2002年。

黃永玉，《太陽下的風景》，天津：百花文藝出版社，1984年。

黃永玉，《吳世茫論壇》，北京：生活‧讀書‧新知三聯書店，1998年。

黃永玉，《黃永玉木刻集》，北京：人民美術出版社，1958年。

黃克劍：《百年新儒林：當代儒學八大家論略》，北京：中國青年出版社，2000年。

黃宗羲，《黃宗羲全集》，第10冊，杭州：浙江古籍出版社，2005年。

黃愛玲編，《詩人導演：費穆》，香港：香港電影評論協會，1998年。

黃愛玲編：《費穆電影孔夫子》，香港：香港電影資料館，2010年。

黃衛總著，張蘊爽譯，《中華帝國晚期的欲望與小說敘述》，南京市：江蘇人民出版社，2012年。

黃錦樹，《文與魂與體：論現代中國性》，臺北：麥田出版，2006年。

楊永德、楊寧，《魯迅最後十二年與美術》，北京：文化藝術出版社，2007年。

楊伯峻註，《列子集釋‧說符》，北京：中華書局，1985年。

楊武能，《歌德文集》，石家莊：河北教育出版社，1999年。

葉秀山，《古中國的歌：葉秀山論京劇》，北京：中國人民大學出版社，2007年。

葉嘉瑩，《王國維及其文學批評》，臺北：源流出版社，1982年。

解志熙，《美的偏至：現代中國頹廢唯美主義思潮研究》，上海：上海文藝出版社，1997年。

廖棟樑，《倫理，歷史，藝術：古代楚辭學的建構》，臺北：里仁書局，2008年。

廖棟樑，《詩品》，臺北：金楓出版，1986年。

廖靜文，《徐悲鴻一生：我的回憶》，北京：中國青年出版社，1982年。

熊秉明，《中國書法理論體系》，臺北：雄獅美術出版社，1997年。

臺北縣立文化中心編，《江文也紀念研討會論文集》，臺北：臺北縣立文化中心，1992年。

臺靜農，《中國文學史》，卷1，臺北：國立臺灣大學出版中心，2004年。

臺靜農，《地之子，建塔者》，北京：人民文學出版社，1984年。

臺靜農，《臺靜農論文集》，合肥：安徽教育出版社，2002年。

臺靜農，《靜農書藝集》，臺北：華正書局，1985年。

臺靜農，《龍坡雜文》，臺北：洪範書店有限公司，1988年。

臺靜農先生遺稿及珍藏書札編輯小組編，《臺靜農先生珍藏書札》，臺北：中央研究院中國文哲研究所籌備處，1996年。

趙汀陽，《天下體系：世界制度哲學導論》，北京：中國人民大學出版社，2011年。

趙江濱、汪應果，《無名氏傳奇》，上海：上海文藝出版社，1998年。

趙建章，《桐城派文學思想研究》，北京：北京圖書館出版社，2003年。

趙思運，《何其芳人格解碼》，保定：河北大學出版社，2010年。

齊如山，《齊如山回憶錄》，瀋陽：遼寧教育出版社，2005年。

劉再復，《李澤厚美學概論》，北京：生活・讀書・新知三聯書店，2010年。

劉再復，《魯迅美學思想論稿》，北京：中國社會科學出版社，1981年。

劉岳兵，《日本近代儒學研究》，北京：商務印書館，2003年。

劉偉，《日本視角與中國現代文學研究：以竹內好，伊藤虎丸，木山英雄為中心》，北京：人民出版社，2011年。

劉義慶著，楊勇編註，《世說新語校箋》，北京：中華書局，2007年。

劉靖之主編，《江文也研討會論文集》，香港：香港大學亞洲研究中心、香港民族音樂學會，1992年。

劉勰著，黃叔琳註，《文心雕龍》，上海：新文化書社，1933年。

劉鶚，《老殘遊記》，臺北：聯經出版公司，1983年。

潘知常，《王國維：獨上高樓》，北京：文津出版社，2005年。

蔡英俊，《比興物色與情景交融》，臺北：大安出版社，1988年。

蔡登山：《另眼看作家》，臺北：秀威資訊科技股份有限公司，2007年。

蔡登山：《梅蘭芳與孟小冬》，臺北：印刻文學出版社，2008年。

蔣光慈，《蔣光慈文集》第4卷，上海：上海文藝出版社，1988年。

鄭玄注，唐・孔穎達正義，《毛詩正義》，臺北：新文豐出版社，2001年。

鄭朝、金尚義編，《林風眠論》，浙江：浙江美術學院出版社，1990年。

鄭毓瑜，《六朝情境美學綜論》，臺北：臺灣學生書局，1996年。

鄭毓瑜，《引譬連類：文學研究的關鍵詞》，聯經出版公司，2012年。

魯迅，《魯迅全集》，北京：人民文學出版社，2005年。

魯迅編，《中國新文學大系小說二集》卷5，上海：良友圖書公司，1935年。

黎靖德編，《朱子語類》卷5，北京：中華書局，1989年。

盧廷清，《沉鬱，勁拔，臺靜農》，臺北：雄獅美術出版社，2001年。

穆旦，《穆旦詩文集》，北京：人民文學出版社，2006年。

穆旦，王佐良編，《穆旦詩集》，北京：中國文聯出版社，1947年。

蕭馳，《中國思想與抒情傳統：聖道與詩心》，臺北：聯經出版公司，2012年。

蕭馳，《玄智與詩興》，臺北：聯經出版公司，2011年。

賴永海、楊維中譯註，《新譯楞嚴經‧卷九》，臺北：三民書局股份有限公司，2003年。

錢念孫，《朱光潛：出世的精神與入世的事業》，北京：文津出版社，2005年。

錢理群，《毛澤東時代和後毛澤東時代（1949-2009）》（上下冊），臺北：聯經出版公司，2012年。

錢進、韓文寧，《偽府群奸：汪精衛幕府》，長沙：岳麓書社，2002年。

錢鍾書，《七綴集》，北京：生活‧讀書‧新知三聯書店，2002年。

閻純德、吳志良編譯，《捷克和斯洛伐克漢學研究》，北京：學苑出版社，2009年。

薛仁明，《天地之始：胡蘭成的道與藝》，臺北：如果出版，2009年。

謝明陽，《明遺民的「怨」「群」詩學精神：從覺浪道盛到方以智、錢澄之》，臺北：大安出版社，2004年。

謝靈運著，顧紹柏校註，《謝靈運集校注》，臺北：里仁書局，2004年。

鍾嶸著，曹旭箋注，《詩品箋注》，北京：人民文學出版社，2009年。

瞿秋白，《多餘的話》，南昌：江西教育出版社，2009年。

瞿秋白，《瞿秋白文集》，北京：人民文學出版社，1985年。

顏崑陽，《六朝文學觀念叢論》，臺北：正中書局，1993年。

顏崑陽，《詩比興系論》，臺北：聯經出版公司，2017年。

魏紅珊，《郭沫若美學思想研究》，成都：巴蜀書社，2005年。

曠新年，《1928：革命文學》，濟南：山東教育出版社，1998年。

羅聯添，《臺靜農先生學術藝文編年考釋》，臺北：臺灣學生書局，2009年。

羅鵬（Carlos Rojas），《裸觀：關於中國現代性的反思》，臺北：麥田出版，2015年。

嚴家炎主編，《二十世紀中國文學史》，北京：高等教育出版社，2010年。

酈蘇元，《中國現代電影理論史》，北京：文化藝術出版社，2005年。

龔自珍，《龔自珍全集》，上海：上海古籍出版社，1999年。

龔斌校箋，《陶淵明集校箋》，上海：上海古籍出版社，2004年。

THE LYRICAL IN EPIC TIME
by David Der-wei Wang
Copyright © 2015 Columbia University Press
Chinese Complex translation copyright © 2017
by Rye Field Publications, a division of Cite Publishing Ltd.
Published by arrangement with Columbia University Press
through Bardon-Chinese Media Agency
博達著作權代理有限公司
ALL RIGHTS RESERVED

國家圖書館出版品預行編目資料

史詩時代的抒情聲音：二十世紀中期的中國知識
分子與藝術家／王德威著；涂航等譯. -- 初版.
-- 臺北市：麥田，城邦文化出版：家庭傳媒城邦
分公司發行，民106.10
　　面；　　公分. --（王德威作品集；2）
譯自：The lyrical in epic time : modern Chinese
　　　　intellectuals and artists through the 1949 crisis
ISBN 978-986-344-497-8（平裝）

1. 中國文學　2. 現代文學　3. 文學評論
820.7　　　　　　　　　　　　　　　　106015257

王德威作品集02

史詩時代的抒情聲音：
二十世紀中期的中國知識分子與藝術家

作　　　者／王德威（David Der-wei Wang）
譯　　　者／涂航、余淑慧、陳婧裬、宋明煒、楊小濱、呂淳鈺、陳思齊、蔡建鑫
校　　　對／吳美滿
責 任 編 輯／林秀梅、江灝、林怡君

國 際 版 權／吳玲緯　蔡傳宜
行　　　銷／艾青荷　蘇莞婷　黃家瑜
業　　　務／李再星　陳美燕　杻幸君
編 輯 總 監／劉麗真
總 經 理／陳逸瑛
發 行 人／涂玉雲
出　　　版／麥田出版
　　　　　　10483臺北市民生東路二段141號5樓
　　　　　　電話：(886)2-2500-7696　傳真：(886)2-2500-1967
發　　　行／英屬蓋曼群島商家庭傳媒股份有限公司城邦分公司
　　　　　　10483臺北市民生東路二段141號11樓
　　　　　　客服服務專線：(886) 2-2500-7718、2500-7719
　　　　　　24小時傳真服務：(886) 2-2500-1990、2500-1991
　　　　　　服務時間：週一至週五09:30-12:00・13:30-17:00
　　　　　　郵撥帳號：19863813　戶名：書虫股份有限公司
　　　　　　讀者服務信箱E-mail：service@readingclub.com.tw
麥 田 網 址／https://www.facebook.com/RyeField.Cite/
香港發行所／城邦（香港）出版集團有限公司
　　　　　　香港灣仔駱克道193號東超商業中心1樓
　　　　　　電話：(852)2508-6231　傳真：(852)2578-9337
　　　　　　E-mail：hkcite@biznetvigator.com
馬新發行所／城邦（馬新）出版集團【Cite(M) Sdn. Bhd. (458372U)】
　　　　　　41, Jalan Radin Anum, Bandar Baru Sri Petaling, 57000 Kuala Lumpur, Malaysia.
　　　　　　電話：(603)9057-8822　傳真：(603)9057-6622
　　　　　　電郵：cite@cite.com.my

封 面 設 計／廖韡
印　　　刷／前進彩藝有限公司

■ 2017年（民106）10月20日　初版一刷　　　　　　　　　Printed in Taiwan.

定價：690元
著作權所有・翻印必究
ISBN　978-986-344-497-8